KB044583

한국 현대희곡선

책임 편집 · 이상우

고려대학교 국어국문학과와 같은 학교 대학원을 졸업하고 현재 고려대학교 국어국문학과
교수로 재직 중이다. 연극평론가. 지은 책으로『유치진 연구』『근대극의 풍경』『식민지
극장의 연기된 모더니티』등이 있다.

한국문학전집 45

한국 현대희곡선

초판 1쇄 발행   2017년 2월 15일
재판 1쇄 발행   2021년 8월 18일

지 은 이   김우진 외
책임 편집   이상우
펴 낸 이   이광호
펴 낸 곳   ㈜문학과지성사
등록번호   제1993-000098호

주   소   04034 서울 마포구 잔다리로7길 18(서교동 377-20)
전   화   02)338-7224
팩   스   02)323-4180(편집) 02)338-7221(영업)
전자우편   moonji@moonji.com
홈페이지   www.moonji.com

ⓒ 김우진 김명순 유치진 함세덕 오영진 차범석 최인훈 이현화 이강백
   2021. Printed in Seoul, Korea

ISBN 978-89-320-3877-3 04810
ISBN 978-89-320-1552-1(세트)

한국 현대희곡선

이상우 책임 편집

문학과지성사 한국문학전집 45

| 차례 |

김
우
진

산돼지

최원봉 (29)

차혁 (28)

최영순 (20)

최주사댁 (58)

정숙 (25)

| 몽환(夢幻) 장면 중의 인물 |

원봉이네

병정

포리(捕吏)

원봉

최주사댁

최영순

차혁

정숙

박정식

진군중의 동학당 도중(道衆)[1] 다수

| 장소 |

서울 가까운 어떤 군(郡) 읍내

8

제1막

주사댁 집 앞마당. 오른편으로 건넌방. 그 앞에 누(樓)마루.[2] 왼편으로
두 간 대청. 또 그 왼편으로 안방 영창문[3]만. 그 앞으로 부엌간이 내밀
고 있다. 중류 계급의 견실 순박한 기풍의 세간살이, 장독대, 뒤주, 찬
장 심지어 걸레질 잘해놓은 마룻바닥, 잘 쓸어놓은 마루 밑까지에 낫
하나 있다.
여름날 석양. 바람 한 점 없는 뜨거움이 서늘하게 열어젖힌 대청 안에
서 아직도 서리고 있다.

　막이 열리면 대청 중앙에 원봉이와 혁이가 바둑판을 마주 놓고 앉았
다. 세번째 승부의 끝판이다.

혁　　　(기가 난 듯이 다리를 세우며) 흥, 끝판에 한번 탁 대들어본다.
　　　　오냐, 대들어봐라. (바둑을 놓는다)
원봉　　(냉연하게) 네가 말 아니 해도 벌써 이렇게 대들어 채지 않
　　　　았니?

	(놓는다) 이리로 막아버리면 네 길이 어디냐.
혁	(놓으며) 또 이리로 막아버리면 네 길은 어디고.
원봉	(웃으며) 이 넓은 세상에 길 없을까 봐. (놓는다)
혁	아, 이놈 보게. (생각한 뒤에 놓는다)
원봉	넓은 세상에 길 없을까 봐. 넓은 세상에 길 없을까 봐. (놓는다) 넓은 세상에……
혁	(웃으며) 길만 찾지만 하는 수가 있니. 다 죽어가는 놈이. (놓는다)
원봉	죽더라도 죽을 때까지. (놓는다)
혁	이 애가 왜 이 모양이야. (놓는다) 세 집 다 결단 났는데.
원봉	죽더라도 죽을 때까지. 죽더라도 죽을 때까지. (생각한 뒤에 놓는다)
혁	(놓으며) 이러면 이 집도 날아갔다.
원봉	날아가는 것은 날아가거라. (놓는다)
혁	(승리의 환희) 그리고 남는 것은 목 베인 항우(項羽)[4]만.
원봉	목 베여도 살 수 있으니까 항우란다. 이놈! (놓는다)
혁	(더 큰 환희) 이러면 영영 죽었지. (놓으며) 자, 인제 그만두자. 다 되었는데. 내기한 것이나 얼른 내놔라.
원봉	이거 왜 이래. 세기나 다 세이고 난 뒤에 조르렴. (센다)
혁	죽는 놈 마지막 청이구나. 제 송장 꼴 보려고. 예순 일흔 아흔. 스무 집이나 달리지 않았니? (영순이가 밀수[5]와 복숭아와 칼을 놓은 쟁반을 가지고 와서 옆에 놓는다)
영순	(혁에게 말하듯이) 오빠, 너무 골리지 말아요. 백주에 일년생(一年生)을 가지고.
혁	자, 인제 마지막 백기를 내들어야지.

원봉	이것 영영 졌구나. (물러앉으며) 하는 수 없이 또 당하는 수로군.
혁	(또한 물러앉으며) 아까 네가 욕심 채우다가 여기 있는 것 거두기 때문에 탈이었다. 아, 패전한 배상이 겨우 이건가.
원봉	(바둑을 치우며) 얘, 이래 보여도 이 복숭아가 15전씩이란다. 천진수밀도[6]야, 알기나 아니?
영순	일부러 오시라고 해가지고 무얼 대접할 게 있어야지요.
혁	(웃으며) 영순 씨는 어찌도 그리 잘 아시오. 오라버니 패전할 것을. 세어보기 전에 이런 것을 썩 갖다 놓으니.
영순	그러니까 오라버니 동생 간이지요. (복숭아를 깎는다)
혁	이리 줍시오. (받아서 깎으며) 나도 참 영순 씨만 한 누이만 있었으면. 하지만 패전 예보만은 쏙 빼놓고 말이지요.
원봉	(웃으며) 패전이라도 미리 알려주니 그만큼 고맙지 않니? 동시에 자네에게는 패전 예보의 천사가 된 셈일세.
혁	잔다르크[7]란 말인가.
영순	(잠깐 얼굴을 붉히며) 저는 싸우지도 않았는데 잔다르크예요? 그리고 잔다르크에게 가르쳐준 것은 천사 미카엘이랬더래요.
혁	하하, 이것 또 무식이 탄로되었군. 하지만 오라버니가 미리 질 줄을 알고 있는 것만은 천사 될 자격이 넉넉히 있습니다.
원봉	즉 자네 패전을 미리 알고 있는 천사란 말이지. 똑똑하게 안다.
혁	그 말도 더 똑똑하게 안 말이다. (웃는다)
영순	잡수셔요. (바둑판을 치우고 쟁반을 가운데 놓는다)

원봉	이기기는 자네가 이겼어도 결국은 다 내 덕인 줄 알게. 이런 좋은 복숭아는 물론이고 영순이가 자네 천사인가 무엇인가 된 것까지.
영순	에그, 오빠도!
혁	지고 나서는 그게 변명인가.
원봉	자네나 너나 다 내 앞에 절해야 한다. 위대한 개선장군 앞에 가서 두 애인이 손잡고 축복을 받으려는 것과 같이……
혁	고런 히니쿠[8]는 빼놓고 해라. 비위 상한다.
원봉	비위가 왜 상해? (얼굴이 침울하게 변해지며) 개선장군이란 실상은 패전장군이란 말뜻을 모르니? 게다가 목숨 붙은 장군이 아니라 죽어 자빠진 석상이란 말이야.
혁	이따금 자네 왜 그런 소리는 자꾸 내놓나?
영순	그만두셔요. 다른 이야기나 하셔요.
혁	자네 그러다가는 나하고 당초에 바둑 못 두네.
원봉	목이 달아난 패전장군인데 어떻게 또 두어볼 용기가 나겠는가.
영순	아이고 오빠도. (혁에게) 다른 이야기 하셔요. 좀.
혁	예끼, 사내답지 못한!
영순	모처럼 어머니도 안 계신데 오셨으니 서로 웃음 웃고 이야기하셔요.
원봉	(먹던 복숭아를 내버리고 길게 호흡한다) 시끄럽다.
영순	(밀수를 들어주며) 이것 잡수셔요. 속 시원하게.
원봉	(받아 마시고) 너 왜 그 치마는 또 입고 있니?
영순	이것밖에는 없는 걸 어떻게 해요. 새로 장만하려면 또 돈 들지 않아요. 있는 것 먼저 입어버리지요. 고운 것 아낀다

고 발가벗고 있을 수 있어요?

원봉 흰 모시 치마에다가 집에 있을 때는 행주치마 두르고 있으라니까. 그 치마 아니면 연애 못 하니?

영순 에그, 오빠도!

원봉 얼른 들어가 바꿔 입고 와! 그동안 혁이가 실컷 보고 있었으니까 넉넉하다.

영순 어제 잉크 엎질러서 죄다 버렸어요.

원봉 방정! 공부할 때에도 행주치마 입고 있을 것이 뭐야.

영순 행주치마였기 때문에 관계치 않았지요. 흰 모시 치마도 아까운 것은 아니지만.

원봉 그래 오늘 혁이 보는 데 입으려고 잉크 엎질렀구나.

혁 여보게, 나가 산보나 하세. 집 안에 들어앉아서 공연히 이리 툭적 저리 툭적 하지만 말고.

영순 저녁때 다 되었는데 잠숫고 나가시지요.

혁 (일어서며) 회관에나 가보세. 상무간사가 되면 일요일이라도 한 번씩은 휙— 둘러 봐야 하는 법이야.

원봉 법은 또 무슨 법이야. 저희들이 욕을 하든 말든 내 양심대로만 해나가면 그만이지.

혁 또 그따위 소리 내놓는구나. 그러니까 못써.

원봉 (마루 끝으로 나와 앉으며) 못쓰면 하다못해 끈이라도 달아쓰려무나.

영순 (혁이와 눈을 맞추고 나서는) 왜 또 무슨 말썽이 일어났어요?

혁 자포자기는 또 무슨 자포자기야. (원봉이 가만히 앉았다. 영순에게) 일전 총회 때 불신임 안이 제출되었더랍니다.

영순   누구 불신임 안?

혁   아직 못 들으셨오? 상무간사 불신임 안이래요.

영순   왜? 이번에는 또 무슨 까닭으로요?

혁   까닭은 무슨 까닭이 있겠수. 청년회 간사 욕했다고 그 여독[9]이 안 풀어진 게지요. 원봉이가 접대 바자[10] 수입금에서 돈 썼다고 탈을 잡는답니다.

영순   인제 와서는 별 죄명을 다 붙이는구려. 회계 검사해보면 알 일 아니에요?

혁   회계에 명백하게 기입이 되어 있는 이상 어떻게 할 수 있나요. (말을 그친다)

영순   (말뜻을 호의로 오해하고) 그런데 왜들 그런답니까? 오빠 하나 못 잡아먹어서. 바자는 뉘 덕에 열리게 되었는데. 괜히 남의 충동에만 놀고 있는 자기네들이 부끄러운 줄은 모르고. (혁 침묵) 그것도 저희들이 나쁜 짓을 하니까 나쁜 대로 누가 되든지 간에 말해야 옳은 일 아니에요? 왜 이광은(李光殷)이 따위가 떠나는데 송별연이니 무엇이니 그리 야단을 칠 필요가 어디 있어요. 남의 여자 꾀어가지고 일본 좀 간다고 그것이 그리 영광이 되고 명예 될 게 무엇 있어요. 그런데다가 백여 원씩 쓰는 돈은 하늘에서 떨어진 돈이랍니까? (다 침묵) 글쎄 왜들 그래요. 한 단체로 앉아서 아무 관계없는 이광은이 따위를 위해 돈을 쓴단 말이요. 남의 여자를 빼돌려 가지고 달아나는 그런 더러운 인격자를 무슨 명예가 된다고 그리 찬송을 한답니까. 그렇게 공격하는 것이 잘못된 일이라고 생각하면 정정당당하게 싸워보지. 왜 인신공격은 해요. 접때도 순희가 와서 이야기하는데 오

	빠 화상[11]을 게시판에다가 그려가지고…… (혁이 눈짓을 한다) 그게 무슨 되지 못한 야만의 짓들이에요. 글쎄 왜들 그래요.
혁	그만둡시요. 우리끼리만 분히 여기면 무슨 소용이 있습니까.
원봉	(획 돌아앉으며) 그래 내 화상을 그려놓고 어쨌더란 말이냐?
영순	오빠 화상을 게시판에다가 그려가지고 '산돼지 토벌'이라고 써놓고 야단들이었더래요. 그 앞에 서서 모두 손뼉을 쳐가면서.
원봉	흥, 산돼지 화상! 산돼지 얼굴! (자기를 조소하듯이 웃는다)
혁	영순 씨 그만둡시요. 그까짓 개자식들 하는 짓 일일이 가리다가는 우리만 사람답지 않게 됩니다.
영순	그런데 왜 오빠더러 돈 썼다고 야단들예요.
혁	(원봉에게) 딴 남들까지 다 알고 있는 처지에 영순 씨에게 말 못 할 것 무엇 있니. (영순에게) 장부와 현금은 확실히 50여 원이 축이 난답니다. 그러니까 현금출납을 맡게 된 원봉 군에게 불신임 안이 제출되는 것도 무리한 일이 아니지요. 하지만 이 불신임 안은 결국 불통과가 되었으니 근심하실 것은 없습니다. 왜 그런고 하니 몇 명 힘 있는 자 외에 일단은 불신임 안을 부인하겠다는 생각보다도 원봉 군을 용인하겠다는 생각으로 불통과가 되었습니다.
원봉	그것이 실상인즉 내 마음을 더욱 괴롭게 만드는 것인 줄을 네가 알겠니?
영순	오빠, 그러면 회계검사를 시키면 될 일 아니에요. 당연한 정당방어라고 할 수 있지 않아요.

혁	그 문제보다도 이 불신임 안이 제출되게 된 원인을 캐서 폭로시켜야 할 것이지요. 왜 그런고 하니 한 회의 상무간 사로서 앉은 책임이 있는 이니까 설령 회계에 축이 났다고 하더라도 제가 물어 넣으면 그만일 게 아니냐 말이야. 그런 걸 가지고 일반 회원들의 사실상 신임을 무시하고서는 상임간사의 불신임안이라니 말이 되는가. 자기 회를 자기가 똥칠하는 그런 무식하고 무정견[12]한 짓이 어디 있겠소. 이 내용을 조사해서 확적(確的)한[13] 증거를 제출하지 않으면 안 되네.
원봉	설령 증거를 잡아낸다면 무슨 소용 있니?
혁	너 또 그 소리 내놓는구나. 너 그러다가는 성인군자밖에 안 된다. 그 생각을 좀 해봐. 남의 회의, 더구나 일개인으로 앉은 이에게 분풀이 좀 하려고 그 회의 간부들을 매수하다시피 한 그런 악랄한 자식들이 어디 있어! 이런 악랄한 청년회 놈들과 눈감고 그놈들의 손가락에 놀아난 간부 놈들을 대소독을 시켜버리지 않고 어쩌잔 말이야. 첫째로는 이런 바칠우스 소독하기 위해서 둘째로는 처지와 주장이 태평양만큼 떨어져 있는 저 적군(敵群)[14]을 전멸하기 위해서 이번에 이런 좋은 기회가 어디 있어! 이 기회를 천재일우[15]의 이 좋은 기회를 자네가 모른 척하고 앉을 터이면 그것은 한 가지의 죄악일세. 모르고 행하는 악행보다도, 주의 주장이 달라서 행하는 악행보다도 더 큰 죄악이라고 할 수 있어. 자네는 자네의 개인의 사정으로만 이걸 생각해서는 안 되네. (영순에게) 이건 한 회원의 자격으로 앉아서 영순 씨에게 충고하는 말이요. 이번 일을 그대로 넘

겨서는 결코 안 될 일이오. (원봉에게) 자네도 사람이 아닌가? 의기와 피를 가진 청년이 아닌가? 사람으로서, 청년으로서, 한자리에 앉아서 이야기하세. 우리가 우리 자신을 위해서 사는지 사회를 위해서 사는지 이 문제는 손쉽게 이야기 못 할 것일세. 그러나 다만 한 가지의 점, 나라는 것과 사회라는 것이 합치되는 행동에 가서 우리의 이상이라든지 기대라는 것이 실현된다면 이것처럼 장엄한 사실이 어디 있겠나. 자네 자신으로 앉아서도 여러 가지 의문이 생기고 주저하는 일이 있겠지. 그러나 그 의문과 주저에 몸을 맡긴다면 대체 무슨 까닭으로 죽지 않고 살아 있단 말인가?

원봉 얘, 듣기 싫다. 네 웅변은 인제 기운 빠진 나팔 소리로밖에 안 들린다.

혁 책임 가지고 앉은 상무간사의 대답이 그것뿐인가? 얘, 우리는 다 결점 가진 사람이 아니니? 너의 개인 사정은 개인 사정이고 회 사정은 회 사정이 아닌가? 그렇지만 이 두 가지가 기회라는 절호기에 와 닥친 것을 눈앞에 보고 앉아서 쓸데없이 가슴만 쥐어뜯고 앉아도 잘난 짓이 못 되네. 그래 이 기회 — 나는 이 기회를 말하네. 모든 전선(戰線)이 다 배포된 이 자리에 앉아서 뒤로 물러나서는 안 되네. 칼을 들고 일어나서야 하네. 마지막 결전의 생각으로 네가 죽나 내가 죽나 하고 대들어보아야 한다. 우리는 언제든지 결전하는 생각으로 행동해야 한다. 알아듣겠니?

원봉 고따위 소리는 연단(演壇)에서나 가서 하라니까. 이것은 내 집이야! 내 집! 네 웅변으로 일이 될 것 같니?

혁	(얼굴을 들여다보고) 날 그렇게 무정하게 생각하고 있니?
원봉	(또한 얼굴을 들여다보며) 사람이란 그렇게 연단식으로 되어가는 것이 아니다. 복잡한 머리와 가슴속에서 연기처럼 엉키여 나오는 기운이 이 세계가 되고 이 세계가 돌아가는 것이다. 너 같은 것은 이런 원소(元素)[16]를 연단 위에다가 갖다 올려놓고 희희낙락하는 재주밖에 없는 인생이야.
혁	네가 그렇게까지 완강한 고집으로만 내 말을 들어 줄 터이면 낸들 무슨 용기로 또 말하겠니. 하지만 자네가 너무나 자포자기해서 이쿠데나이(イクデナイ)[17] 하기에 충고하는 말일세. (영순이는 애타는 것을 못 견디는 듯이 마루 끝으로 나온다) 생각해보게. 이 모양으로 자포자기로만 지내다가는 자네 일신은 물론이고 회 일도 말 아니게 될 것일세.
원봉	(픽 웃으며) 내 한 몸이 망하는 것이 네게 그리 원통할 것이 무엇이 있니. 또 회는 나 아니면 일할 사람 없니. 나는 회 일도 다 그만두겠다.
혁	무엇이야! 다 그만둔다고? 흥, 네 말로(末路)[18]가 겨우 그것이로구나. 훌륭하다. 굉장하다.
영순	(가까이 오며 혁에게) 그런 이야기는 나중에 천천히 하셔요. 오빠. 조금만 있으면 어머니도 돌아오실 터이니까 그 전에 진지 잡숴버려야 할 것이 아니어요. 나 저녁 차릴 터이니 바둑이나 또 두고 계세요.
원봉	(동감한 듯이) 그래도 천사 말씀이 옳구나. 한 판 더 두자. (바둑판을 가지러 간다. 영순이는 부엌으로 내려간다) 이번이야말로 최후의 결전으로 두자꾸나.
혁	아니 지금 무엇이라고 그랬니. 회도 다 그만두겠다고, 누

가 그런 꾀를 가르쳐 주더냐.

원봉   꾀? 너는 또 그게 무슨 꾀로 하는 수작이니. 네 눈에는 모두가 꾀로밖에 안 뵈는 게로구나. 네 눈에는 온 세계가 꾀로만 돌아가는 것 같니?

혁   아니 너 그런 말 말고 바로 좀 말해라. 회도 다 그만두겠다는 말은 정신 잃지 않고 하는 말이니? 아니 똑똑히 말 좀 해.

원봉   바자에 회계 축난 50여 원 돈이란 것은 내가 써버린 것이 사실이다. 놀랄 일이지? 현금과 출납부 사이에 축나는 것은 돈이 사실로 써 없어졌거나 그렇지 않으면 장부 기입이 잘못되었거나 하는 외에는 틀릴 까닭이 없지 않니? 그런데 장부 기입 맡은 서무는 확실히 기입 착오가 없다고 하는 데서야 어떻게 말할 여지가 있니? 내가 꼴에 맞지 않는 현금출납을 맡았던 것이 벌(罰)이지.

혁   하지만 사실대로만 발표하면 양해가 있을 것 아니니? 더구나 장부 기입하는 이와 현금출납 하는 이가 별다른 이가 되어놓았으니까 그만한 과실이야 얼마든지 양해가 설 것 아니니? 그만한 것이야 총회에 부칠 것도 물론 없고 간부회에서 의논할 일이지.

원봉   그저 무사평온으로 지내자는 뜻으로 네 생각도 옳긴 하다만 지금 나로 앉아서는 싫다.

혁   왜? 그건 또 무슨 주의야?

원봉   (한참 있다가) 머리 숙이고 네가 잘못하였으니 용서해주시오 하기는 싫다.

혁   (그의 얼굴을 한참 들여다보고 있다가) 너 어쩌다가 돈 축이 났니?

원봉	축난 것이란 부주의라는 죄가 아니니? 그뿐이야. 그뿐.
혁	축난 돈이란 대부[19]로 조월(繰越)[20]해놓으면 그만 아니겠니?
원봉	무슨 명목으로?
혁	글쎄.
원봉	쓸데없는 궁리는 내지도 마라. 하여간 내가 좀 헤프게 쓴 것은 사실이야. 그러나 지금 와서 숫자상으로 50여 원이나 될 것은 참 나도 놀랐다.
혁	그래서 책임상으로 불신임 안을 그대로 승인하겠다는 말이니? 남에게 머리 숙이기 싫다면서도.
원봉	내 잘못에는 머리 숙여도 내 잘못을 피하려고 머리 숙이기는 싫다. 정정당당하게 총회석상에서 자백하겠다. 결심하고 있다.
혁	애, 듣기 싫다. 그것이 무슨 주의니? 아무리 장대하고 위대한 주의라도 오늘 우리에게 필요한 것은 하나뿐이야. '목적을 위해서는 무엇이든지' 하는 신념이 있어야 한다. 일을 위해 또는 성공을 위해서는 굴종이나 치욕이나 심지어 위선까지라도 사양치 아니해야 한다. 알아듣니? 그래서 너는 네 얼굴에 똥칠을 해가면서 회도 흐지부지 만들겠다는 말이니?
원봉	똥칠 아니라 더한 칠이라도 나는 내 양심대로 칠하고 나설 수밖에.
혁	왜 그따위로만 되어가니? 내 말 좀 들어봐라. 접때 불신임 안이 통과 못 된 것은 즉 네게 대한 사실상의 신임이라고 나는 보고 있다. 왜 그런고 하니 설령 이번 바자에서 회계

상의 축이 생긴 것이 과실이라고 해놓고라도 네게 대해서는 회를 위해 신임한다는 증명이 아니겠니? 정치에서 과실은 죄악이라는 금언(金言)[21]을 사실로 부인해버린 이 자리 이 처지가 아니니? 그래도 모르겠니? 그런데 너는 일시의 감정, 사소한 생각으로 그만 소인이 되어버리려고 하니?

원봉   소인 아니라 더 작은 난쟁이가 된다기로 치욕이 될 것은 없다. 나는 아무리 일을 위한다기로 내 과실을 숨기거나 남에게 부당한 사과를 하기는 싫다. 나는 내 과실을 과실대로 그이들 앞에 가서 자복[22]하겠다. 승리를 얻은 장군 이상으로 억찬[23] 자신을 가지고 사죄하겠다. 이것이 좀 넉넉한 짓이겠니? 그러나 나는 남에게 연민이라든지 동정을 얻으려는 마음은 조금도 없다. 내가 내 결점을 알면 그 동시에 그것을 누구에게든지 속 시원하게 발표하고 호소 아니 하고는 못 견딘다.

혁   그것이 무슨 되지 못한 망나니 사상이야. 그것도 니체[24]식이니?

원봉   나도 그전에는 너와 뜻이 맞고 또 너와 같이 일해나갔다만 인제는 못 하겠다. 너희들이 나의 재능과 손을 빌리려고 내 과실을 용서해준다는 그런 더러운 동정은 내게 똥보다도 더럽게 생각된다. 나는 내 뜻대로 일하려면 그 전에 먼저 같이 일할 온 사회를 적진으로 몰아낸 뒤에 일이 되겠다.

혁   (노한 소리로) 그래서 회도 그만두고 조소와 이간[25]을 맞아들여서 모두 뒤범벅을 만들겠다는 말이구나.

원봉   (또한 노한 소리로) 왜 너희들은 나 아니면 상무간사 될 사
      람 없어 그러니? 그리 장언대어(壯言大語)[26] 하는 네가 되
      어 일해보려무나. 그러면 설마 나 같은 산돼지보다 나을
      테지.

혁   (일어서며) 점점 타락해오는구나. 잘되어간다. 산돼지나 되
      었으면 잡아먹기나 하지만 너는 그것도 못 되는 소인이야!

원봉   소인? 소인? 너희들은 얼마나 위대한 대인이니? 이 에고
      이즘[27]에 철저한 놈들. (달려들 듯이) 일을 위해서는 위선까
      지 용서해야 한다고? 그것이 너희들 주의로구나. 더러운!

혁   더 지껄이지 마라. 공연히 내 집도 아닌데 네 집에서 싸워
      서 그런 체면이 있겠니?

원봉   흥, 너 싸워볼 테냐? 목 베인 항우랬지?

혁   항우나 되면 그래도 박물관에나 가지고 가면 값이 된단다.
      너는 산돼지야! 어금니밖에 못 쓰는 산돼지!

원봉   (달려들며) 이 위선자, 내 어금니한테 좀 배워봐라!

영순   (쫓아 나오며) 오빠! 왜 이래요? 무슨 되지 못한 쌈들이에
      요. 이게 무슨 무식한 짓들이에요! (혁에게) 선생님 용서해
      주십시오. 지금 오빠는 보통 때의 감정이 아니니까 보통
      때처럼 이야기해서는 안 됩니다.

혁   네 생각에는 모두가 네 눈 아래로 뵈는 게지? 기실 못난
      김생[28]이야!

원봉   김생? 산돼지라고 바로 대렴!

영순   제발 그러지 마셔요. 선생님이 그런 소리를 하시면 어떻게
      해요. 오빠는 지금 병인(病人)과 마찬가지예요. 참으셔요.

원봉   (영순을 내갈기며) 너까지 날 산돼지 대접을 하려드니?

혁　(영순을 막아주며) 너 이건 또 무슨 못난 짓이야. 얘, 그만두자. 내가 잘못했다. 네가 회를 그만두든 말든 네 주의대로 해라.

원봉　(억지로 참고 마루 끝으로 나온다) 모두가 되지 못한 같은 무리니까 무슨 소용이 있겠니?

혁　(영순에게) 울지 마십시오. 일어나시오. 내가 잘못했습니다. (한참 있다가) 나는 가겠습니다. 공연히 쓸데없는 짓을 해서 미안합니다.

원봉　너 같은 것 다시 내 집에 왔다가는 정갱이[29] 분질러놓는다!

혁　나는 가겠네. 맘대로 하게. 다시 오래도 나 같은 못난이가 무슨 체면으로 오겠나? 자네 어머니 오시거든 이런 위선자 하나 내쫓았다고 자랑이나 해두게. 그리고 어머니 안심하시라고 하게.

영순　더 있다가 가셔요. 네, 선생님. 저녁 다 됐어요. 잡숫고 가셔요.

혁　(내려와서 신을 신으며) 다음에 다시 뵙지요. 공연히 마음만 상해드려서 미안합니다.

영순　천만에— (눈물을 닦고 문밖까지 전송해주며) 틈나면 또 오셔요. 저도 틈나는 대로 또 가 뵙겠습니다. 안녕히 가십시오. (돌아와서 주저앉은 원봉이 옆에 앉으며 한참 말 없다가) 오빠! (달려들어 붙들고 느껴 운다. 점점 황혼이 되어온다)

원봉　(얼굴 밑에 와 닿는 영순이의 머리 위에다가 입을 파묻고) 내가 잘못했나 보다. 울지 마라. 울지 말어. 내가 잘못했다. 생각이 부족했다. 그 애를 그렇게 돌려보내지 않을걸.

영순	(울음 섞인 말로) 관계치 않아요. 내일쯤 내가 가서 사과할 터이에요.
원봉	여간 말해서 마음이 돌려지겠니. 한번 이렇게 오해하고 간 이상에는.
영순	(얼굴을 들며) 오해가 무슨 오해예요.
원봉	입때껏 어머니가 자기를 너한테서 떼내려고 애쓰던 것을 눈치채고 있지 않았니? 그러던 판이니까 지금도 혹시 내가 그 뜻으로 자기와 다툰 줄로만 알고 갔을 게다.
영순	설마 그렇게야 생각했을라구요.
원봉	물결같이 변하는 젊은 사람의 마음속을 누가 아니. 아까 무엇이라고 하고 가더냐. 위선자 하나 내쫓았다구 어머니에게 자랑이나 하라구 하지 않던? 그리고 어머니 안심하시게 하라고 당부하고 나가지 않던? 아마 불러도 다시는 아니 올 듯싶다.
영순	그러면 어떻게 해요. 내가 저녁에 가볼 테에요. 그러는 것이 낫지 않아요.
원봉	(밉살스러운 말로) 가든 말든 네 맘대로 해보렴.
영순	(우는 소리로) 왜 그렇게 말씀하셔요. 내가 그렇게도 미워요? 오빠.
원봉	밉다고 하면 어떻게 할 테니. 홍, 미움받는 것이 그리도 무섭니? 산돼지 미움이 어금니밖에 더 될까.
영순	왜 그리 자꾸만 마음이 비틀어지기만 해가요. (원봉의 무릎에 엎드려 운다)
원봉	(벌떡 일어나 대청 안으로 들어가며) 에이 그 눈물 보기 싫어! 그게 날 위로해주는 꼴이냐? 네까짓 년 눈물이 날? (영순

이 탁 엎드러져서 울기 시작한다) 어서 나가 혁이한테 가서 사죄나 해라. 그리고 입이나 실컷 맞추고 오너라. 잘 운다. 바로 신파(新派) 울음이구나. 눈물통 밑구녕 다 빼놔봐라, 얼마나 속 시원한지. 혁이란 놈이나 보고 있으면 거들어 줄 테지만 불행히 네 오빠가 되었기 때문에 더 서럽겠다. 더 서러워. 잘 운다. 아주 울음에도 신이 났구나. 그만 어서 가보렴. 어서 가 보고와! 산돼지 본래 성정이 그따위로밖에 안 생겨먹었다고 실컷 조둥이[30]나 까고 오너라. 어머니 말 안 듣고 동생 울리고 바자 돈 훔치고 제 말대로 자포자기하는 말인(末人)[31]이라고 실컷 방아 찧고 오너라. 그런 소리를 지껄여야 혁이가 더 이뻐한다. 달라붙어서 입 맞추고 안아주고 거들어주고 하하하.

영순   (일어나 원봉에게 가서) 용서하셔요. 오빠 속도 모르고 불러 온 것이 잘못되었어요. 오래간만에 어머니 없는 틈이길래 오빠 마음 좋게 하려고 불러온 것이에요.

원봉[32]   (주먹으로 쮀지르며) 또 그런 가짓말![32] 네가 혁이 보고 싶어 불렀다고 해라. 그렇게 말하고 나서 울어! 그래야 정말 울음이 되는 법이야.

영순   그러지 마셔요. 내가 잘못했어요. 다시는 안 부를 테요. (원봉이의 눈빛에 수그러져 얼굴을 그의 가슴에 파묻으며) 아 그렇게 미워하실 게 뭐예요. 동생 하나 둔 게 그렇게도 미워요. 난 정말 죽고 싶어요. 오빠가 그러면 난 참말 죽고 싶어요. 모두 잊어버리고 죽고 싶어요.

원봉   죽고 싶거든 죽으려므나 누가 말리니?

영순   (원봉에게 달려 붙으며) 날 죽여줘요. 이 자리에서 죽여줘요. 오빠! 내가 죽어버리면 이런 일 없을 텐데.

원봉 (영순이 얼굴을 두 손으로 들어 자기 뺨에다가 갖다 대며) 내가 잘못했다. 내가 잘못했어. (한참 있다가 영순이 손을 잡고 나와 앉으며) 내가 저녁에 가서 사죄하고 오겠다. 너는 가지 마라. 어머니가 또 아시면 어떻게 하니. 내가 직접 가서 오해를 풀어줘야 하겠다. 그만둬라. 울지 마라. 울지 말어. (눈물 닦아주며) 나도 요새 내 머릿속이 이상스럽게 되어가는 줄을 모르는 것이 아니다. 그러면서도 내가 어떻게 할수가 있어야지.

영순 잊어버려야 해요. 죄다. 오빠! 날 불쌍히 여기시거든 죄다 잊어주셔요.

원봉 그런 말을 들으면 또 내 마음속은 더 산란해진다. 솔솔[33] 같은 것으로나 이리저리 썩썩 내문지르는 것같이 쓰라려지는구나. 너는 이 쓰라림을 모른다. 아무것도 모르고 지금 첫사랑의 단꿈에만 취해 있는 너는 내 가슴속을 모른다. (손을 들어 입에 갖다 대며) 너는 몰라, 모르니까 네 마음은 평화롭지. 아 차라리 벼락이나 와서 죄다 뒤집어엎어버렸으면!

영순 잊어버려야 해요. 애써서라도 억지로라도 잊으셔야 해요.

원봉 하지만 상처가 그리 쉽게 낫게 된다드니? 너는 모른다.

영순 내가 오빠 옆에 있는 동안은 어떤 짓을 해서라도 잊어버리게 해드릴 테요. 날 꼭 믿어주셔야 해요.

원봉 너를 안 믿어 어떻게 하겠니? 믿고 있으니까 머릿속은 더 산란해지고 가슴속까지 쓰라려진다.

영순 (가슴속에서 나오는 소리로) 오빠! 때란 것은 무엇이든지 씻

	어준다고 하지 않아요? 반년이나 혹은 1년이나 그동안이 괴로우시겠지만 참으시고 억제해야 해요.
원봉	(이를 악물며) 네까짓 것 진단이 겨우 그것밖에 더 될라구. 내가 어리석지.
영순	그러지 마셔요. 제발. 오빠 위해서는 목숨이라도 바치겠어요.
원봉	그것이 여성의 독특한 가짓말이란 게야. 툭 하면 목숨 바치겠다고. 너희는 웬 목숨이 그리 많니?
영순	(우는 소리로) 오빠 어떻게 하면 좋아요. 그렇게도 내가 약해요. 내 마음까지 사랑까지 오빠에게 그렇게나 약해 보여요. 며칠이나 더 힘써야 오빠 가슴속에 안기게 되겠어요.
원봉	며칠? 일평생! 사랑하다가 잃고, 잃고 나서는 또 사랑하고 적어도 쉰 번은 그렇게 되풀이를 하고 나서 오너라. 그래도 부족하거든 그때 가서는 내 가슴속이 벌써 화석이 되어버린 걸로만 알아라. 며칠? 네가 묻는 말이란 그런 것밖에 모르는구나.
영순	난 곧 무서워 못 견디겠어요. (얼굴을 가리며) 어떻게 하면 좋아요. 오빠 가슴속 아픈 것이 곧 내 가슴속 아픈 것같이 생각이 되면서도 난 곧 무서움증이 나요. 무엇인지는 몰라도 온몸이 물속에 든 것같이 떨려요. 네, 오빠! 날 그 전같이만 사랑해줘요. 그 전같이만 사랑해주시면 우리에게는 곧 평화가 올 듯싶어요.
원봉	사랑? 사랑이란 것을 네 따위가 알기나 하고 말하니? 너는 적어도 지금 사랑이 무엇인지 조금도 모르고 앉았다. 네 생각에는 네가 조석[34]으로 혁이 그리워하는 것이 사랑인

줄 알고 있겠지? 흥 그것은 여자 된 네 본능뿐이야. 사랑은 무슨 사랑! 너라는 여자는 일평생 사랑이 무엇인지 모르고 지내게 된 인생이야. 하느님이 너를 만들 때부터 일평생 살아 있는 동안 사랑이 무엇인지 모르고 지내게 만들어놨단 말이야.

영순   (원봉이를 쳐다보고 벌벌 떨며) 한 가지만 대답해주서요. 내 목숨이 괴로운 오빠 가슴속을 낫게 해드릴 수 있다면 난 지금이라도 죽어버리겠어요. 정말 난 죽어버리겠어요.

원봉   왜 살아 있어서는 못 하니? 그게 무슨 되지 못한 소리야. 흥, 사랑 모르는 여자라고 했다고 죽겠다는 말이로구나. 그것이 그리 불명예 될 게 뭐 있니? 흐흐흐흐.

영순   살아 있어서 오빠 가슴을 낫게 못 해드린다면!

원봉   살아 있어서 내 가슴을 낫게 못 해준다면? 흐흐흐흐. 무슨 소리야. 살아 있어서 내 가슴속을 낫게 못 한다면! 예잇! 못난 것!

영순   그러면 날 이 집에서 나가게 해주어요. 나가게!

원봉   어머니 허락만 맡아라, 어머니 허락만.

영순   (침묵. 한참 있다가 원봉이의 가슴에 얼굴을 대며) 아이 오빠! 가엾어라.

원봉   불쌍한 영순아! (둘이 포옹. 달이 올라와 마당에서 마루 끝까지 환하게 비춘다. 주사댁 들어온다)

주사댁   둘이 다 집에 있니? 저녁 먹었니?

영순   에그, 벌써 오시네. 만나봤어요?

주사댁   만나긴 만났다만 다 허사다. (올라와 앉으며) 아유, 그 할멈도 딸과 똑같은 년야. 웬 욕을 그리 퍼붓는지!

원봉	뭐라고요?
주사댁	욕이면 그저 욕이지 무슨 뜻 있게 하는 욕이 있다드니. 그저 된 소리 안 된 소리 지껄여 내놓는 게지.
영순	그래도 뭐라고 하는 욕이 있지 않아요? 정숙이가 옳고 오빠가 그르다든지.
주사댁	그까짓 소리 옮기면 뭘 하니. 말하는 내 입만 더러워지지.
원봉	정숙이는 확실히 광은이와 한 주소에 있다고 해요?
주사댁	같구 말구, 여부가 있나. 그러니까, 애야 내가 처음부터 무엇이라고 하드니. 그까짓 년 갈보 같은 년 그만두라고 혀가 닳고 입이 닳도록 말하지 않드니. 그때 한 마디는 지금 열 마디 말보다 더 중한 말이지만 네 귀에는 마이동풍[35]으로 귀 넘겨듣지 않았니. 그러니까 지금 와서는 몇 곱절 더 속이 상해야 마땅하지.
영순	아이고, 그런 이야기 다 그만두셔요. 정숙이 어머니 말은 무어라고 해요. 정숙이가 확실히 첨부터 일본 갈 맘이 있었대요? 광은이가 같이 가자고 했대요?
주사댁	그걸 새삼스럽게 또 묻고 앉았니? 우리 처음 짐작과 꼭 맞지. 글쎄, 얘들아. 낯살 깨나 먹은 이 말이라면 왜 그리 비상국[36]으로만 아니. 더구나 에미가 자식한테 그른 맡을 권할 리가 있니. 아무리 악독한 에미기로.
영순	정숙이 그 애가 날더러는 광은이와 조금도 관계없는 거로만 눈물을 흘려가면서 야사를 까더니! 내 어떻게 같이 따라 울었는지. 지금 속은 것 생각하니 분해 못 견디겠구먼!
원봉	그래 어머니는 무엇이라고 하셨소.
주사댁	내 아들도 인제는 아주 단념하고 다시는 돌아오기를 바라

기는커녕 결혼 같은 것은 꿈도 안 꾸고 있다고 했지. 그게 체면답지 않니?

원봉   어머니는 이따금 왜 그리 체면만 잘 보시려드우.

주사댁   그러면 어떻게 하니? 지금도 이따금 가슴을 쥐어뜯고 가슴 아픈 소리를 내놓고 있다고 하니?

원봉   체면도 볼 때 보셔요. 그까짓 년 잊어버리지 못해서 그러는 것은 아니지만.

주사댁   그럴 것 같으면 그렇게 말하는 것이 왜 체면이라고만 하니?

원봉   그래도 사실 말하는 것이 무슨 꼴 더러워질 게 뭐요.

주사댁   네 속, 내가 모르는 줄 아니? 그까짓 년이 무엇이 볼 것 있다고 그리 잊지 못하니? 사내답지 못한 것도 있다!

원봉   볼 것 있어서 사랑한답니까? 이익이 있어서 사랑하는 것은 창기(娼妓)[37]예요. 어머니가 무엇을 아신다고.

주사댁   지금이라도 그년이 돌아오면 너는 반갑게 안아줄 테지? 그 더러운 것을!

원봉   나는 정녀(貞女)[38]를 요구하지 않아요. 정녀 아닌 여자에게 사랑을 바치는 사내 가슴속을 어머니가 아신다면 천지개벽이 생기지!

주사댁   천지개벽이 아니라 뒤집혀진대도 더러운 것은 더러운 것이야!

원봉   그러니까 어머니는 맨 첨부터 훼방을 놓으셨소그려. 더럽다면서 어찌 참여는 하셨소? 더러운 줄 알면서 참여하신 어머니의 그 가슴속이 몇 곱절 더 더러운지 모르겠습니다.

주사댁   그게 무슨 개 같은 더러운 소리냐. 청루(靑樓)[39] 계집도 그년보다는 정할 게다.

원봉   흥, 정하고 정치 못한 것을 무엇으로 판단하시오?

주사댁   에잇! 듣기 싫다.

원봉   사람이란 더구나 여자란 겉만 보고 판단하려니까 걱정이
        요. 고운 옷 입은 사람이 안도 곱다는 것이 옳지 않으면 더
        러운 옷 입는 것이 반드시 속까지 더럽다고 못 할 것이 아
        녀요? 정숙이가 설령 그 속, 그 뼛속, 그 골속까지 더러웠
        다고 하더라도 내게 대해서는 정한 곳이 있는 것을 알아야
        해요. 어머니 같은 이가 그런 걸 알아보실 수가 있소. 오늘
        거기 간 것도 헛일 될 것이 환하지요.

주사댁   얘, 그만둬라! 듣기 싫다니까.

원봉   걱정 마십쇼. 내가 또 내일이라도 꺼덕꺼덕 그 집에 가서
        꾸벅거리지는 않을 테니까. 그렇지만 어머니 체면을 생각
        해서 안 가겠다는 것이 아닌 줄만 아시요.

영순   어머니가 왜 가셨어요. 내가 간다니까. 어머니가 가시면
        오빠 참뜻을 전하기 어렵다고 그러지 않았어요.

원봉   난 남에게 머리 굽히기 싫다.

주사댁   네가 간다기로 저런 더러운 소리를 옮기겠니? 아무리 낯
        가죽이 두껍기로.

영순   에이구 어머니도! 저러니 남의 가슴속을 알아주실 수가 있
        어야지.

주사댁   시끄럽다니까 그래도 그러는군! (한참 있다가) 너도 나이
        근 30이 되지 않았니? 생각을 좀 해봐라. 맨 첨부터 한 번
        봐서 그년을 모르겠니? 남의 아내가 되어서 집안사람 될
        년이 아니라고 그렇게 일러도 너는 네 한 몸만 제일인 듯

이 어미 말도 동생도 안 돌아보고 돌아다니니 그런 못난 사내자식이 어디 있단 말이냐. 그러고 나서는 지금 와서도 곧 못 잊어서 날 그년 집에까지 가게 만들어가지고 그 더러운 창피한 꼴을 뵈게 한단 말이니.

원봉   흥, 내가 어머니를 보내드렸다고? (뜰에 침을 탁 뱉고 일어나며) 에잇, 더러운 어머니 속이 환하게 뵈이오.

주사댁   (못 들은 척하고 영순에게 말하듯이) 아까 그 할멈 하는 소리 좀 들어봐! 청년회원들이 산돼지 같은 얼굴을 그려놓고 재흥을 어찌 보았든지 그게 말이 퍼져서 그 늙은이 귀에도 들어갔나 보더라. 그래서 그것도 거짓말인지 참말인지 모르지만 그건 너무하는 짓이라고 했더니 찾아온 회원 하는 말이 '흥, 그런 산돼지가 계집이 다 무엇이야. 암산돼지가 격에 맞는 걸 찾지 못했거든 우리 집 암양돼지한테 중매해줄 테다'고 하더라나. 그 이야기 하면서 에미 되는 내게다 어찌 밉살스러운 얼굴을 해가면서 웃어젖히는지. 내 낯이 그만 뜨거워서 외면을 해버렸구나.

원봉   (악살스럽게[40]) 외면을 하다니요. 그건 체면에 맞는 일이요? 달려들어서 고양이 할퀴듯이 낯가죽을 박박 할퀴어주고 오시지. 그밖에 어머니 체면 유지할 수단이 없으셨소그려. 나는 내 체면이 있으니까 이렇게 어머니 앞에 와 대들어 뵈이겠소. 저 어여쁜 영순이 쳐다보고 내 얼굴 쳐다보슈. (대든다)

주사댁   (깜짝 놀란 듯이 일어나 선다) 에잇! 망나니 자식!

영순   어머니 그만 들어가서 옷 갈아입으셔요. 진지 다 차려놨는데.

원봉 (방 안으로 들어가는 주사댁의 등 뒤에다가 내비치는 말로) 흐흐흐흐! 그러고도 어머니 지금 가슴속에 든 그 비밀이 탄로될까 봐서. 벌벌 떨면서도 더러운 것 정한 것 찾아가면서. 흐흐흐흐흐! 이런 산돼지를 내놨으면 왜 제멋대로 산에다가 기르지 않았담. 제멋대로 뛰어다니면서 놀다가 제멋대로 새끼 배가지고 제멋대로 죽어가게 왜 산에다가 기르지 않았담! 일전에 내가 어떤 무서운 꿈을 꾼지 아시요? 나는 어머니만큼이나 아버지도 원망이요. 아버지도! 자기는 동학(東學)인가 무엇에 들어가지고 나라를 위해, 중생을 위해, 백성을 위해, 사회를 위해 죽었다지만 결국은 집안에다가 산돼지 한 마리 가두어놓고 만 셈이야! 반백이 된 머리털이 핏줄기 선 부릅뜬 눈 위에 흐트러져가지고 이를 악물고서는 대드는구려, '이놈 네가 내 뜻을 받아 양반 놈들 탐관오리들 썩어가는 선비 놈들 모두 잡아 죽이고 내 반생[41] 소원이든 내 원수를 갚지 않으면…… 흐흐흐흐. 산돼지 탈을 벗겨주지 않겠다'고! 저승에 들어가서라도 그 산돼지 탈이 벗어지지 않게 얼굴에다가 못 박아두겠다고 대들면서 부젓가락만 한 왜못[42]에다가 주먹만 한 철퇴를 가지고 덤벼드는구려! 아버지 뜻을 받아 사회를 위해 민족을 위해 원수 갚고 반역하라고 가르쳐주면서도 산돼지를 못난이만 뒤끓는 집안에다가 몰아넣고 잡아매어두는구려.[43] 울 안에다가 집어넣고 구정물도 변변히 주지 않으면서! 흐흐흐흐흐! 산돼지 산돼지 산돼지! 흐흐흐흐! 자 이 산돼지 얼굴 좀더 들여다보구려! (방으로 쫓아들어간다)

주사댁　　　(방 안에서) 에구 망칙한 자식! 아, 이놈아, 글쎄 너 미쳤
　　　　　니! (소리. 영순이가 쫓아 나와 달음질해 올라간다)

— 막(속히) —

제2막

원봉이 집 건넌방. 정면은 누마루 오른편 영창이 앞마당 쪽을 향해 있다. 왼편으로 대청을 거쳐서 안방으로 가는 영창. 오른편으로 골방 둑겹창,[44] 책장, 책상. 약병, 화로 등.

가을밤.

원봉이가 이불 덮고 누운 옆에 영순이가 앉아 있다. 병인은 잠들고 그 처녀는 잡지를 들고 앉아서 책장을 뒤적뒤적 하고 있다. 병인이 움직일 때마다 이불을 손보아준다.

주사댁   (들어오며) 너 저녁 먹어라. 그렇게 안 먹기로만 하면 어떡하니? 병인보다도 간병하는 이가 더 정신 차려야 하지 않니? 어서 가서 먹고 오너라. 잠 깨기 전에 어서 가 먹고 와. 찌개도 다 졸아진다.

영순   (정신없이) 당초에 생각이 없어요. 구미가 돌아야지요.

주사댁   억지로라도 먹어야 한다니까 그러는군. 너까지 드러누워 봐라, 나 혼자 감당을 해낼 것 같나.

영순	(일어 나가며 혼자 말하듯이) 어디 조용한 산중으로나 들어 가버렸으면.
주사댁	(머리를 짚어 보고) 아이구, 이 머리 뛰는 것 좀 봐! (대야에 있는 수건을 적셔서 머리 위에 올려놓는다)
원봉	(눈을 떠보고) 몇 점이에요?
주사댁	인제 곧 아홉 점 쳤다. 정신 좀 났니? (무답) 조용히 자야 한다.
원봉	(감았던 눈을 다시 뜨고) 영순이 어디 갔어요? (머리 위 수건을 떼어버린다)
주사댁	안방에 있다. 밥 먹으러 갔다.
원봉	걔 밥 잘 먹게 해주어요. 반찬도 좀 낫게 해주고요. 얼굴이 쑥 빠졌더군요. 아마 내 얼굴보다 더 빠졌을걸요.
주사댁	빠지기는 뭘 빠져. 밥도 잘 먹는단다.
원봉	왜 어머니는 빤히 보이는 거짓말을 자꾸 하시오. 대여섯 살 된 어린애로밖에 안 뵈슈.
주사댁	거짓말은 내가 무슨 거짓말을 한다고 그러니?
원봉	그러고 잠도 잘 잔단 말이지요? (돌아누우며) 걔 얼굴을 쳐 다보고 누었으면 내가 안 볼 때 하는 짓까지 환히 뵈는데.
주사댁	또 그런 소리 하는구나. 그 애한테 물어보려무나, 내 말이 곧이 안 듣기거든.
원봉	(한참 있다가) 어제 저녁에 어디 갔다 오셨소? 혁이한테 갔 다 왔지요?
주사댁	(깜짝 놀라며) 아니, 그것도 내 얼굴에 그렇게 쓰여 있니?
원봉	쓰여 있기는 고사하고 판으로 박혀 있어요.
주사댁	또 꿈이나 꾼 게로군. 그렇게 헛꿈만 꾸다가는 어떡하니.

의원 말은 잠을 못 자니까 그런다고 하드라마는.

원봉   걱정 마셔요. 요사이만큼 잠자면 넉넉하지요. 밤낮 잠만 자다가는 어떻게 하게. 기면병(嗜眠病)[45] 환자 아닌 담에야. 기면병이란 무슨 병인지 아시요? 눈뜰 새 없이 잠만 자다가 그대로 그만 잠들어버리는 게야요. 영구히 잠들어버리는 게야요. 거짓말 잘하는 어머니 얼굴도 밤낮 우는 상[46] 하는 영순이도 교활한 혁이 얼굴도 다시는 안 보고 마는 게야요. 어머니는 내가 이런 병으로나 죽어버리면 속 시원할 듯싶지요. 약 살 돈 안 들이고 어머니 괴롭게 아니하고. 이왕 죽으려 하는 놈에게 돈이나 안 써야 경제가 되지요.

주사댁   (목멘 소리로) 그게 또 무슨 소리니? 왜 남의 속을 그렇게 타게 만드니?

원봉   그뿐인가, 내가 속히 죽어 없어져야지. 내 간호하느라고 영순이 얼굴 축이 안 나지. 사위 고르는 데 수월하게.

주사댁   아이고, 내 가슴이야!

원봉   홍, 나 같은 산돼지가 그런 소리밖에 더 지를라구요. 아니 한마디 물어봅시다. 나 죽으면 영순이를 어떤 데로 시집 보내시려우?

주사댁   잠들기 어렵니? 잠 오는 약 먹여주라?

원봉   천만에, 걱정 마셔요. 이것 봐요. 혁이는 산돼지도 못 되고 집돼지예요. 들돼지도 못 되고. 그러니까 더욱 탈이지요. (웃으며) 그런데 어머니 대답 좀 하셔요. 처음에는 그 집돼지를 미워해서 그리 떼버리려고 애쓰더니 요새 와서는 왜 또 그리 가까이 하시려고 애쓰슈? 내 어머니 속은 참 모르겠소. 영순이가 내 병 봐주느라고 항상 내 옆에 붙어 있으니까 집안일 봐줄 사람 없어서 그러슈? 아 대답 좀 해보셔요. 혹은 집돼지가 진화를 해서 들돼지가 되는 모양이요? 진화란 말을 아슈? 진보한단 말이야. 그러면 더 이상하지. 산돼지가 들돼지로, 들돼지가 집돼지로 진화하는 법은 있지만, 집돼지가 들돼지로 퇴화하는 수가 있소? 한번 집돼지가 되어서 구정물 얻어먹기 시작하면 영영 집돼지로밖에 못 있는 게야요. 그런데 왜 어머니는 그렇게 시종이 변하지요? 왜 아무 말이 없어요? 대답을 좀 해 보셔요. 어머니는 아이고 내 가슴이야 하지만 내 가슴은 어떤 곡절인 줄을 몰라서 더 아파 못 견디겠소.

주사댁   너는 요새 와서 왜 그리 혁이를 미워하니? 그래도 처음에는 친하게 지내더니. 너부터 말 좀 해봐라.

원봉   (웃으며) 어머니는 부끄러워서 먼저 말 못 해주시겠다고. 그러면 내 말하리까.

주사댁   해봐라.

원봉   환한 일 아니에요. 제가 가지고 있던 보석(寶石)이 인제야 값이 비싼 귀중한 것인 줄을 아니까 그럴 것 아녀요. 돼지에게다가 진주를 내던져 준다는 말이 있지 않습니까? 아까운 진주 같은 보석을 돼지 발밑에다가 내던지는 것이 아깝지 않아요? 더구나 그 위선자인 돼지가 내 진주를 뺏어 가려고 허니 내 속이 어떻게 상할 게요. 이왕 돼지 앞에 내던져 주시려거든 그 더러운 집돼지에게다가! 더구나 그 진주는 내가 모르기 전부터 내 것으로 맡아두었던 것을!

주사댁   (원봉이의 말을 못 듣는 듯이 이리저리 고개를 돌리다가) 그게 모두 무슨 말뜻인지 한마디도 못 알아듣겠다.

원봉 못 알아들으셔요? 어머니가 곡절을 이야기 아니 해주니까 내가 더 말씀해드릴까요. 이런 이야기가 있더랍니다. 옛날 옛적에 상놈 하나가 있는데 죽을 때 친구 되는 양반에게 삽살개 한 마리를 선사로 주었더래요. 이 양반님은 그걸 받아가지고 어찌 귀여운지 보물과 음식 넣어둔 곳간 옆에다가 매두고 도적놈을 지키라고 했더래요. 그런데 그놈의 삽살개는 도적 지킬 줄을 알아야지요. 도리어 도적놈한테 몽둥이만 얻어맞고 한마디 짖지도 못하고 있었더랍니다. 그러니 그 양반 놈의 속이 어떻게 상해올 것이요. 호령을 해 가로되 "삽살개에도 양반 상놈이 있구나. 너는 도적 지킬 줄도 모르니 잡아서 개장이나 해 먹겠다" 하고나서는 불일내[47]로 그 개 목숨이 떨어지게 되었더랍니다. 그 개는 그래도 목숨이 아까워서 다시는 아니 그러겠으니 살려만 달라고 애걸복걸한 끝에 다시 보화(寶貨) 곳간 문지기 노릇을 하게 되었더랍니다. 그런데 그 개가 그때에야 비로소 정신을 차리고 보니 제가 지키고 있다는 곳간 안에는 별별 보화와 산해진미가 들어 있는 줄을 알게 되었소그려. 해서 하룻밤에는 문을 뜯어 열어 젖히고 들어가서 한 번에 모두 내 것을 만들려고 했더니 이번에는 도적놈이 나서서 방해를 치지 않겠소. 그 양반 주인이 이걸 보고서는 어찌 분이 났든지 곳간문을 죄 열어 젖히고 그 안에 든 것을 죄다 도적놈에게 내쳐 주었더랍니다.

주사댁 주인도 주인이지만 그런 개가 있더란 말이니?

원봉 이건 내가 옛때옛때[48] 꿈속에서 들어둔 이야기예요.

주사댁   (얼굴을 가리며) 별 이야기도 다 들어두었구나.

원봉   하하, 내 이야기가 그리 무서워요?

주사댁   (번쩍 고개를 들고) 누가 무섭다고 그러니? 너 그런데 또 한
          마디 대답해봐라. 혁이가 너만 못하니? 영순이에게 장가
          올 만한 자격이 못 돼서 그러니?

원봉   왜 그리 시치미를 뚝 떼려구 드슈. (돌아누우며) 흥, 그렇지
          요. 그만둡시다. 산돼지와 집돼지가 비교나 됩니까?

주사댁   너 왜 그리 도야지[49] 말은 잘 내놓니? 무슨 돼지 무슨 돼지
          이름까지 지어가면서. 귓속에 못이 박히다시피 듣고 나니
          까 나도 인제는 진저리증이 난다.

원봉   그러니까 왜 이런 산돼지를 집 안에다가 두고 길렀어요.
          그게 벌써 틀린 일 아녜요.

주사댁   네가 하도 그러니까 나도 요새 와서는 밤이면 돼지꿈에 가
          위만 눌려 못 견디겠다.

원봉   그게 더욱 내 말이, 내 꿈이 거짓말이 아닌 증거예요. 그만
          둡시다. 일이란 되어 가는 대로밖에 더 될라구요.

주사댁   아무리 병이 들어 누웠기로 이 가슴속도 좀 알아다우.

원봉   (한참 있다가 누운 대로 상반신을 들어 주사댁 얼굴을 쳐다보면
          서) 어머니, 거짓말도 그만하고 눈치 따먹기도 그만하기로
          합시다. 모자간에 서로 숨기고 있으면 그런 서먹서먹한 일
          이 어디 있습니까?

주사댁   숨기기는 무엇을 숨겨?

원봉   영순이와 내가 정말 친남매간입니까?

주사댁   (떨리는 소리로) 아이구, 너 미쳐가는구나!

혁   (밖의 마당에서) 계십니까? 계십니까? 영순 씨 계세요?

영순	(안방에서 문 여는 소리 나며) 네, 계십니다.
주사댁	차 선생님이셔요? 이리로 들어오셔요. 여기 있습니다.
원봉	(돌아누우며) 미친놈, 누워 있는 방으로 데리구 오지 말어요.
주사댁	너 왜 그러니?
원봉	나 그 자식 얼굴 보기 싫어요. 이리로 들어왔다가는 산돼지 어금니 맛 뵈줄 테니까 그리 아슈.
주사댁	영순아. 선생님 안방으로 들어가 앉으시래라.
원봉	영순이는 이리 보내줘야 해요. (나가는 주사댁에게) 어머니 철모르는 영순이에게는 아직 아무 말 아니 해야 합니다. 꼭 믿습니다. (주사댁 나간다)
영순	(들어오며) 무슨 이야기를 그렇게 하고 계셔요. 주무시지 않고. (원봉이 돌아누워서 못 들은 척하고 있다) 벌써 주무실 때가 되었는데. 일찍이 주무셔야 한다고 의원이 그러지 않아요? 밤 한 시간의 수면은 아침 두 시간의 수면보다도 더 낫다구.
원봉	너 요새 잠 잘 자니?
영순	잘 자구 말구요. 내 잠을 반만 오빠에게 드릴 수 있으면!
원봉	너 잠잘 때 이상한 꿈꾸지 않니?
영순	꿈은 무슨 꿈이요. 오빠, 잠을 잘 주무셔야 합니다. 잠을 못 주무시니까 억지로 잠이 들면 꿈만 꾸시는 게지요.
원봉	바른 대로 해라. 내가 요새 꿈꾸는 것이 병이 아니다. 그만큼 요새 내 머릿속에는 모든 것이 바꾸어오는데 너도 그런 눈치를 알아차렸으면 왜 꿈을 안 꿀 리가 있니?
영순	나는 오빠 잠 못 주무시는 것이 무서울 것뿐예요. 오빠 머릿속에서 무엇이 요새 뒤끓고 있는지 어떻게 알 수가 있어

요?

원봉 정말이니?

영순 아이구, 가짓말을 왜 해요. 무슨 속 시원한 일이 있겠다구 오빠를 속인단 말예요. 설령 속 시원한 일이 있다기로 오빠에게다가 거짓말을 한단 말예요. 너무 생각하십니다. 병중에 생각만 하시면 해로워요. 병만 나으시면 무슨 생각이든지 맘대로 하실 것 아니에요. 주무셔요. 벌써 열한 시가 가까워가는데요. 그리고 내일 일찍 눈뜨시지요. 그러면 열도 빠질 게고.

원봉 에잇, 듣기 싫다. (양인 침묵)

영순 (다시) 그만 주무셔야 합니다. 이것 잡숴보셔요. (산약봉〔散藥封〕[50]을 집어 오며) 오늘은 한 봉반(封半)[51]을 드리겠습니다. 오늘 밤은 적어도 일곱 시간은 주무셔야 해요.

원봉 (이불을 열고 몸을 일으키러 온 그녀의 손을 내뿌리치며) 그만 둬!

영순 그렇게 열이 있는데 주무시지 않으면 점점 더해지지 않어요.

원봉 에잇! 그만두라니까! 열 있을 때 그런 약은 위장을 나쁘게 한대도 그러는군.

영순 에그, 이 머리 좀 봐! 이런 불덩어리 같은 머리를 해가지고 안 주무셔서 어떻게 해요. 그럼 해열제를 잡수셔요. 주무시게.

원봉 너 왜 그 모양이니? 해열제는 더 위장을 나쁘게 만든대도. 너나 너 어머니나 그저 날 잠만 재우려고 애를 쓰는구나. 옆에서 무슨 짓을 해도 모르게.

영순	(아무 말 없이 대야에서 수건을 짜서 머리에 얹으려 한다) 찬 수건예요.
원봉	그만두라니까! 거기 가만히 앉았기만 해!
영순	(한참 동안 외로운 얼굴로 등[燈]만 바라보고 앉았다가 눈물을 흘리기 시작한다. 그만 흑흑 느끼기 시작한다)
원봉	울긴 왜 울어! 에잇 못난 것! (영순이 더욱 운다) 나흐다질 죄인 노래나 불러다우.
영순	(얼굴을 들어) 불러드릴 테니 이것 잡수셔요. 해열제는 위장 과히 상하게 만드는 것 아니래요. (산약봉을 들며) 내 말도 좀 들어줘요. 이것만 꼭 잡숴줘요.
원봉	너 왜 병인의 비위를 건드리려고 드니? 네 고집 부리려고 내 옆에 와 앉았니? 나가! 나가거라! 나가라니까! 저 방으로 가! 안 갈 테냐?
영순	(눈물 섞인 소리로) 가라면 갈 테야요. 그렇지만 그런 뜨거운 머리를 해 가지고 주무시지도 않고.
원봉	(일어나려고 하며) 그래도 안 갈 테니? 얼마나 고집이 센가 해보자!
영순	(일어나며) 갈 테니까. 가만히 누워 계셔요. 갈 테야요. (나간다. 그러나 안방으로 안 가고 마루 끝에 앉는 모양이다)
원봉	(혼자 누워 있다. 긴 동안의 정밀[靜謐].[52] 졸지에) 영순아! 영순아!
영순	(쫓아 들어오며) 왜 그래요? 왜 그러셔요?
원봉	(얼굴을 골방 쪽으로 돌리며) 나흐다질 노래를 들려다우. 베이스로는 그만두고 테너로만.

아래와 같은 노래가 이어가는 동안 원봉이는 잠들고 무대는 어두워진다. 그리고 몽롱한 달빛 같은 창백색(蒼白色)[53]이 나타난다. 그러나 다만 여름철 그믐 달밤의 하늘과 같이 아무것도 안 보인다. 노래는 다시 누구의 소린지 바스와 합창이 되어가지고 되풀이해나가는 동안 무대에는 무한한 공간만 채어 있는 것 같다.

몇 번 노래가 되풀이되다가 1절이 끝나기 전부터 창백색이 좀 밝아온다. 그리고 나타나는 것은 병실 대신에 동한(冬寒)[54] 중의 벌판이 나타난다. 완경사의 야산이 나지막해지는 곳 중복(中腹)[55]에 무대가 놓인 셈이다. 왼편으로 숲. 잡목. 오른편으로 언덕. 여기저기 석총(石叢),[56] 회색 겨울 하늘이 낮게 걸려 있어서 전경(全景)을 금시라도 내리누를 것 같다. 지상과 언덕 위에는 약간 흰 눈이 덮여 있고 시시(時時)로 회오리바람과 눈 싸라기.

이하의 인물이 등장하기 전에 갑오년(甲吾年)[57] 동학당 진군 행렬의 판토마임이 지나간다. '오만년수운대의(伍萬年受運大義)' 글자를 쓴 오색의 기치를 선두로 도중(道衆)의 어깨에는 '궁을(弓乙)' 등에는 '동심의맹(同心義盟)'이라 박은 삼삼오오의 일대(一隊), 환희와 서계(誓戒)[58]와 격려와 혹은 혼란을 표시하는 판토마임. 천천히 그러나 무거운 수 천리 걸어온 피로된 보조[59]로 지나간다. 무대 한참 동안 공허.

병정   (산발한 원봉이네[원봉 생모]의 손목을 끌어 잡고 들어온다) 이
            년 썩썩 걸어라. 너하고 같이 가다가는 얼어 죽겠다.

원봉이네   (비틀비틀하며) 제발 살려줍시오. 죽으면 죽었지 다시는 더
            못 나가겠습니다. (목메인 그나마 목쉬인 소리로) 제발 적선
            좀 해주시오. 저는 동학 역적 놈을 남편으로 둔 죄로 이 자
            리에서 참형을 당해도 원통할 것은 없습니다마는 이 배 속
            에 든 어린 애기를 위해서 살려주시오. 이 배 속 애기가 불
            쌍하지 않아요?

병정   (따귀를 붙이며) 웬 잔소리야 잔소리가! 그따위 소리는 관
            찰사님 앞에 가서 네 멋대로 지껄이라니까 못 들었니! 썩
            걸어. 걷지 않겠니?

원봉이네   (두 손으로 합장하며) 이 애기를 위해 이 배 속에 든 어린애
            기를 위해 제발 살려줍시오. 이 애기가 무슨 죄가 있습니
            까?

병정   에잇, 귀찮어! 그러니까 누가 네 새끼를 찔러 죽인다니?
            관가로 가기만 가잔 말이야.

원봉이네   더 걸어가다가는 정말 둘이 다 죽겠습니다. 한 발자국도 떼
            어놓지 못하겠어요. 만삭된 이 무거운 몸을 해가지고 30리

나 걸어왔으니 아무리 몸이 튼튼한 년이기로 당할 수 가 있습니까?

병정   아이구, 이 경을 칠 년아! 너 왜 말을 안 듣니? 아니, 작작 잡아 찢어버릴가 부다! 너 그러면 그 배 속에 든 새끼는 쏙 빼놓고 가잤구나.

원봉이네   아이고, 그런 말씀 마시고 그저 이 애기 하나만을 위해 살려줍시오. 이 애기가 무슨 죄가 있습니까? 이 애기가 무슨 죄가 있습니까?

병정   너 왜 그 애기가 죄가 없다고 하니? 아, 역적 놈 애비를 둔 자식이 죄가 없어? 그따위 소리를 누가 하드니? '사문난적(斯門亂賊)'[60]이라는 죄명을 모르니? 경을 칠 년 같으니. (발길질한다)

원봉이네   (비틀거리다 자빠지며) 이 애기가 무슨 죄가 있어요! 땅에 떨어지기 전부터 무슨 죄가 있다고 그러시오! 오오오.

병정   공연히 애기 애기 하고 핑계만 하고 있구나. 너 하나 잡아 가면 돈이 쉰 냥이야! 돈이 쉰 냥!

원봉이네   그러면 며칠만 더 참어주시요. 불과 며칠만. 그러면 애기 나온 뒤에 말씀 아니 해도 내가 관가에 가서 자현(自現)[61] 할게요.

병정   이것 또 핑곌세! 이번에는 꿈자리가 사납더니 별 요망스러운 년을 다 잡아났네.

원봉이네   핑계가 아녀요. 핑계가 아녀요. 제발 불쌍히 여겨주시오. 며칠 동안 참어주시면 극락으로 가실 게외다.

병정   아이구! 이것 경치겠다. 인제 염불을 다 내놓고 자빠졌구나. 너 정 그럴 테니? 너 이 자리에서 나한테 죽어볼 테니?

네 목 하나라도 가지고 가면 그것만이라도 열 냥은 받는다!

원봉이네 어찌 그런 무정한 소리를! 죽으면 죽어도 더는 못 나가겠어요. 이 자리에서 죽여주시오! (운다) 이 애기 하나만! 이 어린 햇빛 아직 못 본 애기가 무슨 죄가 있다고! 오오오오.

병정 (옆으로 가서) 너 그러면 이렇게 하자! 이 길로 우리 집으로 가자. 계집애가 나올지 머슴애가 나올지 누가 아느냐마는 나온 어린 애기는 내가 키울 테니 너는 해산만 한 뒤에 나하고 관가로 가자? 응 그러면 불쌍한 네 자식 하나 살리고 나 돈 쉰 냥 잃지 않고. 피차 적선 아니냐. 네 말과 같이. 알겠지? 응.

원봉이네 (들여다보는 그이의 얼굴을 쳐다보다가는 그만 벌벌 떨며 달아나려고 한다) 그게 무슨 말씀예요. 이 목숨 살려주시는 것도 과한데 댁에 폐까지 끼칠 수가 있습니까?

병정 (따라오며) 너 왜 그러니. 이 청이야 못 들어줄 것이 무엇이냐. 네 목숨 살리고 네 자식 살리고! 이리 와 그러지 말고!

원봉이네 (달아나며) 살려주셔요. 살려주셔요. 애기를 위해서 제발. 무슨 짓을 하더래도 애기만 나오면 해드릴 테니. 아이구! 이게 무슨 짓이야. 이 개자식!

병정 허허, 너 미쳤구나! 돈 쉰 냥 못 벌게 해줄 테면 홀애비 놈 청이나 들어다구. (두 팔을 잡고 한사(限死)하고[62] 달아나려고 하는 원봉이네를 끌고 후경(後景)으로 들어간다. 흑흑 느끼는 소리. 포승 걸린 박정식(朴正植)이가 여기저기 찢어진 의복으로 달려 나온다. 사방을 들여다보고 사람 없는 것을 안심한 듯이 언덕 밑에 툭 주저앉아서 포승을 애써서 끄르기 시작한다. 뒤에서 병

정의 웃음소리가 나면서 원봉이네가 비틀거리며 나온다)

원봉이네 (사람을 보고) 사람 살리유! (정식이 앞에 거꾸러진다)

정식 (앉은뱅이 흉내를 지어가며) 적선 좀 합시오. 이 추위에 입을 옷도 없고 먹을 쌀도 없고 땔나무도 없습니다. 극락세계 가실 양이면 삼대 적선은 못 하시더라도 이 병자 앉은뱅이 하나 불쌍히 여기시오. 극락세계 가실 양이면……

원봉이네 (달려들어) 아이구, 여보! 이것이 어쩐 일이요! 어쩐 일이요!

정식 (모른 척하며) 적선 좀 하라니까 이것이 어쩐 일이요? 여보시오. 두 눈 가지고 사람 볼 줄도 모르오?

원봉이네 내 얼굴을 잊었소? 불과 몇 달에! 아, 서방님. 공주(公州)서 싸우다가 붙잡혔다는 풍설을 듣고 난 뒤에 아무리 기다리고 있어도 소식이 없어 어떻게 속 타고 애타게 기다렸던지! 이런 곳에서 이렇게 만날 줄이야 귀신 아닌 담에야 어떻게 안단 말이요? 하느님 고맙기도 하지!

정식 아마도 댁 남편 되시는 이는 나와도 퍽 방불하게 생겼었나 보오. 이런 앉은뱅이에다가 떨어진 옷 입고 며칠을 굶어 눈이 쑥 들어가고 먹을 것 입을 것 하나도 없고, 이런 불쌍한 이가 조선 천하에 나 혼자뿐인 줄 알았더니 내 신세 같은 이가 또 있단 말이요! 그렇지마는 나는 댁 같은 젊은 아내도 없고 집도 없고 하니까 하여튼지 간에 댁 남편 되는 이가 아닌 줄로만 알구려.

원봉이네 (울며) 실성을 하셨소? 인제 와서는 날 버리려고 하는 소리요? 이 배 속에 든 애기가 불쌍하지 않소? 이 애기만 아니면 이 당장에 목을 매여 죽어도! 내 얼굴 좀 들여다보시오, 그런 무정한 소리가 나올지!

정식	허허, 사람 죽을 일 생겼구려. 세상이 하도 시끄러워지니까 별일이 다 있구려. 적선 좀 해달라니까 남의 여인 몸뚱어리 달란 것이 되었구려. 먹을 것하고 입을 것하고만 적선해주면 그 이외 적선은 다 싫소. 못 하겠거든 난 가겠소. (달아나려 한다)
원봉이네	(부르며) 서방님! 너무 무정하시지 않소? 한번 목숨을 포교(布敎)에다가 바쳤으니 다 그만둔다더라도 이 배 속 어린 애기가 불쌍치 않단 말이요?
정식	세상이 하도 말세난화(末世亂禍) 속이 되니까 별꼴을 다 만나겠네! 공연히 앉은뱅이 마누라가 되려고 자청하는 이가 다 생기고. 그만한 얼굴에 그만큼 젊으니까 남편 될 이 없어서! 이것 봐요, 나는 싫으니까 가겠소! 에이라, 이 팔 놓으라니까! 그러지 않아도 가기 어려운데.
원봉이네	그러면 대답 한마디만 해주시오. 이 배 속에 든 어린 애기에게 '나는 한번 보국안민포덕천하(輔國安民布德天下)에 목숨 바친 몸이니 너나 잘 자라서 불쌍한 어머니 봉양해드리라'고만 한마디만 해주고 떠나시오. 나도 원통치는 않겠소, 그 한마디만 들으면. 그 말 한마디만 내 가슴속에 배겨두고 이 애는 남녀 간에 기어이 입신양명시켜놀 테니.
정식	아이! 왜 이러우? 그 배 속 애기 아버지는 나 아니라고 그래도 그러는군!
병정	(건들건들 나와서 엿듣고 있다가 달려들어) 이놈, 역적 놈! 포승 받아라!
정식	(달려들어 싸운다. 병정을 발길로 내부친다. 거꾸러져 움직이지 못한다. 처에게) 녀 이 당장에 곧 집으로 가거라! 안 가다가

는 너 이 자리에서 이놈 꼴 당한다. 처자가 다 무엇이냐!
(붙들고 우는 처를 내부치며) 그만해도 못 알아듣겠느냐. 못
알아듣겠거든 가르쳐주마. (내부치고 달아나려 한다)

포리 　(쫓아 나와 달아나려는 박정식을 포승으로 결박한다) 어찌된
영문인지도 모르고 공연이! 일어서! 이 육시를 할 역적
놈! 네까짓 녀석이 달아나면 몇 발이나 갈려고. 어서 가
자! (끌고 나간다)

병정 　(정신을 차리고 일어나서 달아나려는 원봉이네를 붙들며) 이 쉰
냥이 어디로 달아나려고!

원봉이네 　(악이 나서 달려들며) 이 개 같은 자식!

병정 　(발길로 차 내부치며) 이 산돼지 같은 년! (원봉이네 소리를
지르며 자빠져서 꼼짝 못 한다. 들여다보고) 홍, 쉰 냥이 날아
갔구나! 아까운 걸! 돈 쉰 냥에다가 밉지 않은 얼굴에다
가! (침을 탁 뱉으며) 이까짓 것 한번 죽은 것 무엇에다가
쓰나! (설렁설렁 걸어나가며) 그래도 죽긴 잘 죽었다. 제가
살면 무엇을 해. 산돼지 같은 역적 놈의 새끼나 내지르지!
주둥이가 이렇게 생기고 낯반대기가 이렇게 된! 하하하
하! (나간다)

무대 다시 어두워졌다가 밝아온다. 여전한 장면. 눈과 바람은 개고 명
랑한 달빛만. 원봉이네 거꾸려져 있던 그 자리에 그 자세대로 원봉이
가 드러누워 있다. 신음.

주사댁 　(들어와 일으켜주며) 아 불쌍해! 가여워라! 못 일어나겠니?

원봉 　어머니! 왜 이 모양으로 나를 내놨소! 산돼지 한 마리 내

50

놓으면 무슨 극락세계로나 갈 줄 알았소?

주사댁 왼 몸이 아프니? 옆구리가 그리도 아프니? 그 무지막도한
       병정 놈이 널 차 내부쳤구나! 염라국으로 쫓아 보낼 녀석
       같으니! 오 불쌍한 원봉아!

원봉   당신한테서 불쌍하단 소리 듣기 싫어요! 무슨 심정으로 날
       내놨느냐 말이요! 대답 좀 해요!

주사댁 내가 어찌 아니? 내가 어찌 알 수가 있니? 영순이 어머니
       인 내가!

원봉   (놀래며) 그러면 우리 어머니는 어데 갔소? 우리 어머니 찾
       아주우.

주사댁 내가 어떻게 아니. 영순이 어머니인 내가!

원봉   우리 아버지는 어데 갔소? 그것이나마 찾아주우.

주사댁 내가 어떻게 아니. 영순의 어머니인 내가!

원봉   당신은 언제까지 날 그렇게 속일 작정이요?

주사댁 (가슴을 쥐며) 그 말을 내 입에서 듣고 싶거든 이 가슴을 칼
       로 찍어낸 뒤에 다시 물어보려무나.

원봉   그러면 영순이더러 물어보겠소. 걔는 날 사랑하니까. (영
       순이 나와서 어린애처럼 철모르는 얼굴을 해가지고 쳐다본다)
       영순아 너는 아니? 우리 어머니가 어데 있는지.

영순   오빠 어머니가 어데 있어 있긴. 여기 계시지 않어요.

주사댁 (둘이 끌어안고 있는 것을 보고) 얘들아, 그게 무슨 짓이니?

원봉   (영순이를 입 맞춰주며) 너 어머니가 저렇게 날 어린애로 대
       접하니까 어디 어머니 정이 들어오니? 너는 내 동생이지,
       내 동생. 아, 변치 않는 내 동생! 내 동생!

영순   오빠! 정숙이란 년한테 긁힌 오빠 가슴은 내가 꼭 낫게 해

드릴 터예요. 이 몸이 녹아서 녹아서 백번이라도 녹아서 옛날 임금님의 발에 발라드리던 몰약(沒藥)[63]이 되는 것도 사양치 않고! 불쌍한 오빠!

원봉   아, 영원을 잊어버렸던 산돼지 눈에도 눈물이 나오는구나.

주사댁   원봉아, 내 말 곧이 듣고 참아라. 내 말 곧이 듣고. 이 애 어미 되는 내 말을 곧이 듣고.

영순   어머니 말도 곧이 들어줘야 해요. 네 오빠!

원봉   당신한테 아무 관계없는 내게다 그게 무슨 염치 없는 말솜 씨요.

주사댁   영순아, 어서 나가봐라. 네나 내 말 곧이 들어다우. 혁이가 와 기다리고 있다.

원봉   (영순이를 안고 안 놓으며) 혁이? 그놈은 연한 살에 고름과 마찬가지예요. 이런 순결한 애를 당신 딸이라면서 왜 중 히 여기지 않소? 굶기지 않고, 옷 안 벗기고, 아들딸 많이 낳게만 만들면 그만 될 것 같소? 이 애는 그렇게 되기에는 너무 순결하고도 깨끗해요. 여름밤 하늘에 별보다도 더 귀 엽고 값이 있어요. 이런 귀한 보석을 더러운 집돼지 발밑 에다가 내던지려고? 왜 자기 손안에 든 진주를 그렇게 더 럽히려고!

영순   나는 그래도 안 더러워져요. 오빠! 나는 결코 안 더러워질 테야요. 오빠만 안 잊어버리고 있는 동안은 영원히 안 더 러워질 테야요.

주사댁   애야, 어서 나가보라니까! 안 나갈 테니? 그만둬라. 내가 불러오겠다. (나간다)

영순   어머니가 저렇게 말하는데! 오빠, 혁 씨 부르러 갔는데!

　　　　　　나가보고 올 테야!

원봉　　(영순이를 끌어안고) 네 눈은 곱구나. 저기 저 하늘 뵈니?
　　　　　네 눈같이 곱고 맑고 티끌 한 점 없이 밝은 저 하늘이 뵈
　　　　　니? 저 하늘같이 곱고 맑고 티끌 한 점 없이 밝은 네 눈에
　　　　　저 하늘이 뵈니?

영순　　네 네 네, 뵈어요. 잘 뵈어요. 어찌 그 하늘에 올라가 앉은
　　　　　것처럼 이렇게 몸이 가벼워져요.

원봉　　몸이 마음이 다 편하지 않니? 하늘가까지 뵈지? 넓고넓다
　　　　　란 바다를 내려다보는 것처럼 다 뵈지? 그것이 하늘이다.
　　　　　그리고 저기 저 밑에 누런 먼지가 가득히 쌓인 세계가 뵈
　　　　　지 않니?

영순　　네네, 뵈어요. 아이구, 갑갑하고 더러운 세계! (눈을 가리
　　　　　며) 아 저런 속에서 어떻게 사나!

원봉　　너도 그 속에서 살아 있다.

영순　　이후도 거기서 살아야 해요?

원봉　　너뿐인가. 사람이란 말을 듣고 있는 온갖 사람들은 죄다
　　　　　그 먼지 속에서 낳고 그 먼지를 들이마시다가 그 먼지 속
　　　　　에서 죽어간다.

영순　　어머니도 혁이도 저 안에 있어요?

원봉　　아, 그런 것 잊어야 한다. 생각해서는 안 된다. 네 눈, 네
　　　　　눈, 저 하늘 저 하늘을 들여다보렴.

영순　　네네, 뵈어요. 그런데 저런 먼지 속에서는 어떻게들 살고
　　　　　있어요. 내려다보기만 해도 가슴이 답답해오는데. 그런데
　　　　　저 하늘은 저렇게 맑고 곱지 않아요? 아, 하느님 어쩌면
　　　　　이런 곳을 다 뵈어줍니까? 저 답답한 먼지 속에서 나온 이

인생에게 무슨 가치가 있다고, 아 어머니!

원봉　그런 생각 잊지 아니하면 하늘 세계에서 오래 살 수 없다. 죄다 잊어야 한다. 네 몸까지도 잊지 아니하면 저런 세계에 올라가지 못한다.

영순　그건 또 왜 하느님도 그렇게 심술궂어요. 그런 데서 살 수 있도록 만들어내신 하느님이 왜 또 그런 무정한 법을 만들어냈어요.

원봉　그러니까 사람이 되었구나. 저기 좀 내려다보렴. 이 하늘을 그리워하면서 모두 올라오려고 애쓰고 있지 않니?

영순　아, 참 뵈는군요. 저런! 저런! 비행기 모양으로 날다가 뚝뚝 떨어지네. 에그, 불쌍해! 어머니도 저 속에 있어요? 혁 씨도 저 속에 있어요?

원봉　아 그런 사람들은 생각해서는 못 쓴다니까!

영순　아, 오빠! 괴로워! 아, 오빠! 나하고 저리로 올라가요. 아 괴로워! 여기는 다 올라가지 않고 중간이기 때문에 이렇게 괴로운 것 아니에요? 구만리장천 저 위에까지 같이 올라가요. 내 손 잡아줘요! 내가 끌어 올릴 테니!

원봉　내 몸이 이렇게 무거운데 어떻게 연약한 네가 날 끄집어 올리니? 산돼지는 땅 위에서밖에 못 큰단다!

영순　그래도 내 힘껏 끌어볼 테야! 아, 날 놓지 말아요. 이 팔을 꼭 붙들어요. 이 팔을! 아, 오빠!

혁　(들어와서 한참 동안 보고 섰다가 그만 달려들어 영순을 끄집어 낸다) 세상이 말세가 되니까 별별 고약한 짓이 다 생기는 군! 영순 씨 저건 당신 오라버니가 아니요? 아, 그 눈을 해 가지고도 안 뵈오?

원봉	홍, 왔구나. 너무 일찍 온 게 잘 되었다.
영순	(혁이 가슴에 안기며) 아, 선생님! (둘이 안고 나간다)
원봉	홍, 데려가거라. 산돼지한테 맡겼다가는 산돼지 배 속밖에 못 채워준다.
주사댁	(들어오며) 내 말 곧이 안 듣더니 그것 봐라. 그래도 너를 갓난애 때부터 기르던 에미가 아니니?
원봉	어머니 흉계는 나도 인제 넉넉히 알았소. 그만두슈.
주사댁	내 말을 곧이들어야 한다. 너 어머니는 너를 낳고 하룻밤을 못 새고 죽어버렸다. 그때부터 영순이 아버지 인정에 끌려서 너를 길러온 어미가 아니냐.
원봉	우리 아버지는 죽었소. 살았소?
주사댁	그걸 날더러 묻니? 너도 미련하구나.
원봉	그러면 아버지도 다르오그려! 왜 그런 이야기를 내가 철든 후에도 안 일러주셨소?
주사댁	내가 어떻게 네게다가 그 까닭을 일러줄 수가 있었겠니? 아 뭐라고 말해줄 수가 있었어야지! 무슨 말로! 모두 내가 마음이 약한 탓이지!
원봉	영순이 불쌍한 꼴이 눈에 안 뵈슈?
주사댁	아, 세상에 불쌍한 이도 많기는 하지만 마음 약한 이처럼 불쌍한 이가 어디 있겠니? 가을 갈대 모양으로 약간 바람만 불어도 이리 흔들 저리 흔들 해지는구나. 내가 그래도 처음에는 영순이 아버지 유언이 있어서 네게다가 죄다 말을 해버리려고 했구나. 그리고 혁이가 들어오는 것을 내쫓고 너와 영순이를 내외로 만들려고 했구나.
원봉	핑계가 마음 약하다는 말이오그려. 아이고, 어머니 핑계

많은 것 생각하면 머릿속이 산란해지오!

주사댁 내 가슴 좀 알아다우. 난들 왜 사람이 아니겠니? 너를 갓
난이 때부터 키워오느라고 얼마나 애를 썼는지 너는 모른
다. 세상 여편네가 애를 낳고 키우고 가르치는 것이 어렵
다지만 나는 그네들보다도 몇십 배 백배를 더 어렵게 지냈
는지 모르겠다. 그것도 처음에는 영순이 아버지의 엄명이
무서워서 억지로 억지로 어미 노릇을 해오려니까 없는 젖
에다가 유모도 대일 수 없고 남의 눈을 속여가면서 얼마나
애타고 속 탄 줄을 모르겠다. 그러다가는 사람의 정이란
이상한 것이지. 너 어머니가 그 짐승 같은 병정 놈한테 욕
을 보고 난 뒤에 그만 세상을 하직한 걸 생각하면서 요 우
에서 앵앵 울고 있는 갓난이 얼굴을 들여다보고 앉았으려
니까……

원봉 이 얼굴을?

주사댁 그때 내 가슴속이 어떠했겠니? 불쌍한 생각에다가 너 아
버지에게 대한 의리도 있고 짐승이 아닌 담에야 나도 억지
로 억지로 마음을 가다듬어 힘을 써왔구나. 그러더니 돌을
지내서 얼굴 알아볼 때가 되어오니까 네 그 얼굴로 날 쳐
다보고는 방긋방긋 웃는 것이 어찌도 귀여웁던지 그만 끌
어안고 눈물 흘렸구나. 너 어머니 영혼이 이걸 봤으면 나
를 몹쓸 년으로는 안 알아줄 게다.

원봉 영순이 아버지는 언제 돌아가고?

주사댁 네가 아홉 살 되든 해 영순이를 낳고 백일을 못 지내서 그
해 겨울에 돌아가셨다. 그것도 동학 때 너 아버지와 한 옥
(獄)에서 지낼 때 얻은 병이 덧나가지고 돌아가셨다. 그때

유언이 '이 애가 크고 내 딸이 크거든 둘을 부부로 만들어 주라'고까지 허셨구나.

원봉　　그게 벌써 실없는 계획이요. 당신 집 종으로나 만들어서 대 대(代代) 은혜 입혀가면서 아무것도 모르게 만들 게지. 흥.

주사댁　　그런 게 아니다. 영순이 아버지는 계사년(癸巳年)[64] 정월 달에 청주서 봉소도소(奉疏都所)[65]를 정해놓고 상감님한테 원소(冤訴)[66] 올린다고 야단들 할 판에 그만 동학당으로 들 어갔구나. 갑오년 겨울에 너 아버지와 같이 잡혀서 하옥을 당했을 때 어찌 서로 뜻과 생각이 맞았는지 그만 손가락을 끊고 의형제를 맺었더란다. 그런데 너 아버지는 어찌도 위 인이 겁 없고 힘세고 생각이 투철하든지. 첫째로는 영순이 아버지 목숨을 구하려고 둘째로는 그때 인이인(仁利仁) 봉 황산(鳳凰山) 등지에 진치고 있었던 정부군과 일본 군사의 내막을 정탐한 걸 전봉준에게다 통고해주려고 하룻밤에는 둘이서 파옥(破獄)[67]을 했더란다. 그런데 불행히 영순이 아 버지는 미처 달아나기 전에 붙잡혀버렸단다. 그때 전봉준 (全琫準)이는 순창으로 와 있을 땐데 거기 가는 길에 태인 서 김개남(金開南)이와 같이 너 아버지도 그만 붙잡혀서. 전주서 효수[68]를 당했구나. 그러니 너 아버지와 영순이 아 버지 사이 의리 인정이 어떠하겠니?

원봉　　그러면 우리 아버지는 내 얼굴도 못 보고 갔군!

주사댁　　아무럼. 파옥한 뒤에 네 집에 들렀더란다. 마침 너 어머니 는 만삭이 된 데다가 병정 놈한테 욕까지 본 뒤가 되어서 얼마나 서러웠겠니? 그래도 소용없이 둘이 톡톡히 쌈만 하고 나서는 네가 나오기도 전에 붙잡혀 죽으려고 그만 집을 떠나가버렸다. 영순이 아버지는 어찌어찌해가지고 살아 나왔지만 그때 벌써 동학당의 운수는 다 기울어진 판이니까 무슨 소용이 있겠니? 불쌍한 너를 집으로 데려다가 여간 세간살이 다 내던지고 돈냥 약간 장만한 대로 이리저리 숨어 다니면서 성명까지 갈고 벼슬 아닌 주사(主事)까지 돼가지고 이리로 와 살게 되었구나. 그때 동학당이란 동자만 입에 지껄여도 그만 역적으로 몰아서 일문일족(一門一族)을 다 없앨 때가 되니까 너를 데리고 다니면서 기르던 고생은 여간 아니었다. 지금 내 마음 약하다고 한탄하지만 실상은 내 간통이 그때 절반은 줄어진 까닭이다.

원봉   참 어머니도 가엾기는 하오. 그러나 지나간 일 다 무엇 하오? 이 자리 이곳에서 이야기합시다그려.

주사댁   그러니까 말이지, 일이 이렇게 된 것도 다 그때 의리로 데려온 너 때문에 내 고생 내 한숨에다가 영순이까지 불쌍한 처지에 빠지게 되지 않았니?

원봉   나 때문에? 흥, 누가 아오. 그 병정 놈 때문인지 동학당 때문인지 우리 아버지 때문인지 영순이 아버지 때문인지 또는 영순이 때문인지 누가 아오! 하느님 때문인지도 누가 아오! 하느님은 목숨만 내주었으니까 이 잘난 인생들 때문인지도 누가 아오! 때문 찾는 건 그리 잘난 생각은 못 되오. 다만 이 자리 이곳에서 이야기해달란 말이요.

주사댁   너는 이곳 이 자리라지만 그래도 이야기하자면 그전 일이 나오지 않니? 네가 정숙이란 년한테 반해서 야단칠 때에는 어찌 그년이 미운지! 끝이 빤히 뵈는 일이니까 내 마음속이 얼마나 분했겠니? 그년 손에 날마다 더럽혀 썩어져가는 네 손목을 칼로 그만 뭉텅 끊어버리고 싶었다. 그러고 나서는 처음 짐작과 같이 그년이 너를 발길로 톡 차버리고 그 음흉한 이(李) 가와 붙어서 일본으로 달아난 뒤에는 더구나 내 속이 어떠했겠니? 그 손목을 잡든 그년 손바닥 냄새가 어찌도 네 온몸에서 나는 것 같은지 하루에도 몇 번씩 그 냄새 안 맡으려고 바같으로 피해 나갔는지 몰랐었다. 이만큼이나 어미 되는 나는 너를 생각했다. 이 곳 이 자리에서라지만 이 어미 마음은 너도 알아줘야 한다.

원봉 또! 또! 또! 또! 거짓말! 아까 무엇이라고 햇소? 의리 아닌 나를 데려다가 키웠기 때문에 어머니 가슴속 고생이 모두 생긴 게라고 하지 않았소? 그렇게 미웁게 나를 생각하시지 않았소? 그런데 나를 생각한 끝에 정숙이를 그렇게 미워하셨다고? 영순이를 사랑했기 때문에 질투심이 나서 그렇게 미워한 것이라고 바로 대시요.

주사댁 아, 날 그렇게 미워할 게 뭐니?

원봉 영순이를 위주해서 날 생각하는 것이 미워요. 그리고 정숙이를 미워한 것도 그만큼 미워요. 미워요! 미워요! 그것이 안 미우면 어떤 것이 미운 것이 있겠소!

주사댁 내가 영순이를 전혀 생각 아니했다는 것도 거짓말이겠지만 영순이 생각도 결국은 너까지 한꺼번에 생각한 끝이 아니겠니? 너희 남매 둘을 다 행복스럽게 만들어놔야지 내 속도 편안해지지 않겠니?

원봉 그렇게 가짓말 하는 것이 미워요! 미워요! 미워요! 미워요!

정숙 (정숙이가 뛰어 들어와서 주사댁 얼굴 앞에 대들며) 미워요! 미

워요! 미워요! 내가 몹쓸 년이기 때문에 욕한 게 아니고 영순이 생각한 끝에 날 떼어내려고 했다고 바로 대어요!

주사댁 (악을 내며) 네 독사 같은 년! 누구 앞에서 고따위 소리를 하니? 이 더럽고 뱀같이 흉한 년!

정숙 아주머니는 얼마나 깨끗하고 착한 마마님이셔요? 누구 앞에서 그따위 소리를 하시오?

주사댁 (달려드는 정숙이한테서 피해 나가며) 이 더러운 년! 흉한 년!

정숙 이 깨끗하고 착한 마마님!

주사댁 일본서나 있지 왜 또 뛰어나와서 무슨 낯을 들고 지껄여! 너는 낯가죽도 없니?

정숙 (원봉에게) 조선 온 것이. 고향으로 돌아온 것이 잘못된 일이요? 저 여인이 날 저렇게 미워하는 게 영순이 불쌍해서 하는 소리 아니요? 아, 왜 그렇게 외면만 하고 있을 게 뭐야! 당신한테 속고 광은이한테 속아서 고향 품에 안기려고 온 것이 그리 몹쓸 일이요? 그러고 나서는 당신에게 사람다운 과실을 용서해주려고 하는 것이 몹쓸 일이야?

주사댁 저 조둥이 까는 것 좀 봐, 뻔뻔스럽게.

원봉 무엇이야! 사람다운 과실을 용서하려고? 누구에게서 그따위 소리를 배웠니? 광은이 따라서 일본까지 갔다 오더니 겨우 그것 배워가지고 왔구나. 하지만 난 예전 원봉이가 아니다. 벌써 예전 원봉이는 네 송장과 같이 북망산[69]으로 날아갔어.

정숙 나도 성인(聖人) 아닌 담에야 내 잘못을 모르는 것이 아녀요. 나는 내 송장 속에서 다시 살아나려고 해요. 예전 것을 죄다 태우고 그 재 속에서 다시 살아 나오는 새가 되려

60

고 왔어요. 펄펄 날아서 예전에는 꿈도 안 꿨던 새 나라로 들어가려고 해요. 그래도 모르시겠소? 그만큼이나 당신은 나에게 힘을 주었어요. 끄지 못할 불로 태워놨어요. 그 재 속에서 피어나는 참다운 꽃을 당신까지 그렇게 침 뱉어 내버리려고 할 것이 무엇이에요.

원봉   예전에는 그런 소리를 네가 아니했었니? 그보다도 몇 곱절 곱고 단 말로 날 속여왔지? 무덤 위에 피는 꽃이 고우면 얼마나 고울 줄 아니? 네가 아무리 몇 백 번 몇 천 번 화생(化生)[70]을 해서 곱게 된다더라도 강변 가에 핀 꽃과는 어림도 없다. 너 같은 인생의 발자취가 가서 더럽히지 아니한 애처로운 강변 가에 피는 꽃을 네가 보기나 했니? 이 송장 속에서 나온 꽃! 썩 발을 돌이켜서 나가거라! 안 나갔다가는 다시 불 질러버릴 테니까!

주사댁   애야, 곱게 말해라. 지금 와서 싸우면 무슨 이(利) 될 게 있니? 정숙아, 나도 사람이다. 사람다운 과실을 가졌구나, 네 말 모양으로. 내가 널 미워한 것은 원봉이를 사랑했기 때문에 그랬던 게지. 결코 네가 몹쓸 애라고 해서 그런 것은 아니다. 단지 밉고도 미운 것은 너를 발길로 내찬 원봉이지!

정숙   그러면 날 용서해주실 테에요? 아주머니! 이 눈물을 무엇으로 막아야 할지!

원봉   또 그런 가짓말을! 어머니. 당신은 골수(骨髓) 속까지 에고 이즘에 독이 들었구려. 언제는 정숙이 어머니한테 가서 체면 차리고 오더니 인제는 정숙이 앞에 서서 현모(賢母) 노릇을 하려고 드는구려. (머리를 둘러싸며) 아, 영순아! 영순아! 왜 벼락이 오지 않니? 왜 벼락이 오지 않니?

주사댁   (울며) 어떻게 하면 좋으니? 아, 너는 나만 가지고 그렇게
        골리려드니. 다 늙어빠진 내가 무엇을 어떻게 하라고 그러
        니? 모두가 잘못이다. 날 이런 구렁에 집어넣은 것은 시초
        가 모두 동학인가 무엇인가가 지랄을 했기 때문이구나. 모
        두 죄를 받으려고 염병이 들어가지고 살생을 하고 겁탈을
        하고 도적질을 하고 나서는 하다못해 죽은 송장에다가 침
        까지 뱉고 있으니 무슨 복이 돌아오겠니?

정식[71] (손에 커다란 못과 장도리를 들고 쫓아 나와 원봉에게 대든다)
        그 산돼지 탈 벗겨져서는 천지개벽이 생기겠다. 이놈! 달
        아나긴 어딜 달아나! (쫓는다. 주사댁과 정숙이 손을 잡고 달
        아난다) 일평생은 그만두고 저승에 들어가서도 벗겨지지
        않아야지! 자, 이 못 받아라! (무대 급히 어두워졌다가 밝아
        지면 예전의 병실이 다시 나타난다)

영순   (고민하는 원봉에게 달려들어 이불을 헤치고) 오빠! 오빠! 정
        신 차려요.

원봉   (가슴에 와 닿는 영순이의 손을 밀어내며) 아! 아!

영순   오빠! 잠 깨세요! 오빠!

원봉   (눈뜨며) 영순아! (가쁜 숨)

영순   정신 차리셔요. 무슨 꿈을 꾸시길래 그렇게 괴로워하셔요.
        (땀을 닦아준다)

원봉   (영순의 손을 잡아다가 입에 꼭 대이며) 영순아!

주사댁   (혁이와 같이 쫓아 들어오며) 왜 그러니? 꿈꾸었니?

영순   가위눌린 모양예요.

원봉   (혁이를 보고) 너 왜 또 왔니? 그 잘난 얼굴 나한테 뵈어야

몇 푼어치 못 된다. 어서 가 잠이나 자거라!

영순　오빠!

원봉　어서 가! 가라니까! 안 갈 테니?

주사댁　너 그게 무슨 못난 짓이니? 아무리 병중이기로 그게 무슨 짓이야. 병중이면은 어린애 아닌 담에야 속 갑갑한 것이라도 억지로 참고 가다듬는 게 아니랴.

원봉　(돌아누우며) 병 보아주는 이도 어린애 아닌 담에야 병인 마음 좀 편하게 못 해줄 것이 무엇 있소.

혁　이 밤중에 누가 문병하러 오겠나. 의논할 일이 있어서 왔지. (원봉이 대답 없다)

주사댁　너 지금 정숙이가 온다면 대면하겠니?

원봉　(한참 있다가) 언제 왔습니까?

혁　그저께. 자네 병 말을 듣고 동경서 쫓아 나왔다네.

원봉　누가 내 병을 통지해줬길래?

주사댁　누가 해줄 이가 있겠니? 저희 어머니나 한 게지.

혁　그 외엔 누가 편지할 이가 있어야지.

원봉　(몸을 돌려 주사댁 얼굴을 쳐다보며) 그건 왜 그따위 짓을 했우?

주사댁　내가 무슨 짓을 했어, 허기는.

원봉　어머니 꾀 다 알아요. 꾀부리고 나서는 모른 척하는 것이 싫어요. 개똥 냄새보다도 더 싫어요.

혁　내가 바로 말하지. 정숙이가 광은이하고 같이 가지 않았나. 그런데 거기 간 지 불과 한 달에 둘이 사이에 틈이 벌어지기 시작해서 견디다 못해 달아나왔다데.

원봉　오긴 왜 와! 넓은 바닥에서 더 발전해나가지!

주사댁	그래도 사람다운 곳이 있어서 고향으로 온 게 아니겠니?
혁	그래도 정숙이는 악인이 아닐세. 그런 꼴을 당하고 나니 본성이 음흉하지 않은 담에야 왜 정신이 안 나겠나. 그래 와서 보니 첫째로는 광은이가 일본 갈 때 청년회 손을 빌어가지고 우리 회의 내부를 교란시켜서 자네에게 분풀이하려고 한 내정(內情)을 알았네. 동시에 정숙이를 꾀인 것도 실상은 자네에게 분풀이한 것인 줄을 알았네. 그러고 나니 그 애 생각이 어떻게 되겠나. 내가 죄다 자네 병을 사실대로 이야기해주니까 울면서 날 때까지라도 간병할 터이니 기어이 허락을 맡아달라고 하데. 지금 자네 병상(病狀)[72]으로 해서는 이런 이야기도 아니 하는 것이 좋을지 모르지만 정숙이가 그만큼 눈이 뜨인 것을 생각하니 설령 자네가 허락을 아니해준데도 나로서는 말 아니하고 지내겠는가.
주사댁	내 생각 같아서는 거기서 다른 놈하고 붙지 않고 온갖 나쁜 말을 들을 것도 미리 알고서도 이리로 온 것만 보아도 그 애가 본래부터 나쁜 계집애가 아닌 것 같다.
혁	소위 '프로디갈 썬의 귀향'[73]이란 게 있지 않은가? 자네로서는 널따란 가슴을 열어서 사랑하는 자식의 귀향으로만 알고 무정한 짓은 아니 하는 게 좋을 것 같네. 혹은 자네의 태도로 인해서는 그 애가 영영 아깝게 버려질지도 누가 아나. 그런 애란 조그마한 동기로서도 기울어지기 쉬운 성질일세, 그것도 극악으로 가거나 극선으로 가거나. 중간에 처져 있지를 못하는 성질이야.
원봉	어머니는 그 애를 기어이 며느리로 삼으실 작정이십니까?

64

주사댁	며느리로 삼고 안 삼긴 어떻게 지금 말하겠니?
원봉	(한참 있다가 혁에게) 가서 이렇게 말하게. 대단히 고마운 말이지만 내 병은 그리 중한 병이 아니니까 걱정 말라고. 그리고 억지로라도 내 눈앞에 나타났다가는 내 병이 정말로 더칠 테니까 그런 생각은 아주 단념하라고.
주사댁	그게 무슨 말이니? 사람 마음을 가지고 그렇게 남의 가슴을 못 알아주니? 설령 말할 수 없이 악독한 사람이기로 불쌍하지 않니?
원봉	불쌍? 그렇게 불쌍하거든 수도원으로나 가라시오.
혁	자네도 지금 곧 대답은 못 할 테지만 밤중이라도 잘 생각해보게.
주사댁	너 그렇게 생각 마라. 잘못은 잘못이고 인정은 인정이란다.
원봉	꾀는 꾀고, 나는 나야요. 다시 여러 말 마십시오.
혁	그건 자네가 너무나 업수이 여기는 말일세. 자네 어머니 요새 가슴속 타는 줄을 자네는 모르고 누웠네. 그리고 설마 어머니로 앉아서 아들 된 사람에게 꾀를 부린다기로 나쁜 일을 권하겠는가.
원봉	(옆에 있던 약병을 들어서 내때리며) 잔소리 듣기 싫어! 나가! 어서 나가! 거머리 같은!

— 막(속히) —

제3막

제2막 몽환(夢幻) 장면이던 산 등 벌판. 봄의 앞잡이인 진달래의 떨기가 여기저기. 초록빛 연한 잔디가 다투어 얼굴을 내밀고 있다. 초춘(初春)의 푸른 하늘이 높게.

원봉이가 양지 볕을 온몸에 받아 가면서 혼자 기대고 있다. 기지개를 켰다가, 하품을 했다가, 일어나서 거닐다가. 심호흡을 하다가 한다. 시계를 내보기도 한다.

영순   (손에 책을 들고 들어오며) 퍽 기다리셨지요?

원봉   (책을 받으며) 그것 좀 가지러 가서 그렇게도 오래 있었니?

영순   (웃으며) 오빠 좋아하는 시라기에 나도 좀 외고 오려고 그랬지요.

        내가 이 잔디밭 우에 뛰노닐 적에
        우리 어머니가 이 모양을 보아주실 수 없을까

어쨌다고? 에그, 오다가 죄다 잊어버렸네.

원봉   (영순 얼굴을 들여다보고 앉았다가) 집에 누가 와 있더니?

영순   (놀래며) 오긴 누가 와 있어요. 누구 기다리시는 이가 있어
       요? 나는 아무도 못 봤는데.

원봉   접때도 네게 말하지 않더니? 속이는 버릇 말라고. 어머니
       본받지 말라고.

영순   에그, 오빠!

원봉   정숙이 왔지? 그래서 늦어졌지 아마. 바른 대로 말해라.

영순   어찌 아셔요.

원봉   그러니까 내게는 속이지 말란 말이야.

영순   (웃으며) 아—니요. 그만했으면 정숙이도 염치가 있을 텐
       데 또 와요? 오빠, 그래도 전연히 못 잊어버리겠지요?

원봉   (책을 영순의 코 밑에 갖다 대이며) 누가 못 잊어 그러니? 이
       것이 누 냄새야.

영순   (맡아보고) 내 손에서 묻은 것이에요.

원봉   오드콜오뉴[74]를 내가 가지고 쓰니? 이 거짓부렁이!

영순   오빠도! 사냥개 같구려.

원봉   그것 보렴. 왜 또 왔다더니? 또 어머니하고 지껄이고 앉았
       지?

영순   그까짓 것 물으셔서 뭘 해요. 그만두셔요. 그 시나 읽읍시
       다요.

원봉   (읽으며)

내가 이 잔디밭 우에 뛰노닐 적에

우리 어머니가 이 모양을 보아주실 수 없을까

어린 아기가 어머니 젖가슴에 안겨 어리광함같이
내가 이 잔디밭 우에 짓둥그를 적에
우리 어머니가 이 모양을 참으로 보아주실 수 없을까

영순   (들여다보고 같이)

미칠 듯한 마음을 견디지 못하여
'엄마! 엄마!' 소리를 내었더니
땅이 '우애!' 하고 하늘이 '우애!' 하오매
어느 것이 나의 어머니인지 알 수 없어라.[75]

원봉   혁이는 안 왔더니?

영순   아—니. 참 서울 갔대요.

원봉   서울? 언제?

영순   정숙이가 그러는데 오늘 새벽에……

원봉   (웃으며) 혼수 흥정하러 간 게로구나. 혼자 갔다더니?

영순   외사촌 숙모님하고. 같이 갈 이는 그이밖에 없는데 그이는 자기 일이 있어서 날짜가 상치된다고 오늘 새벽에 떠났대요. 급히 집에도 못 와보고 떠났다나요.

원봉   못 와본들 무슨 미안할 것 그리 있겠니? 집에서 살 것도 죄다 맡았으니까 사다가 줄 때 와보면 그만이지. (한참 있다가) 그 여편네는 또 왜 그리 남의 일에 주변을 잘 내는지. 시집가면 네게도 큰 복일 게다. 그만한 이도 드물어.

첫째로 늙은 대로 그대로만 성정을 가지고 있구나. 요새 늙은이란 죄다 깍쟁이들뿐인데. 젊은이만 보면 공연히 색 안경을 쓰고 보려고 들지. 게다가 늙은 값 하느라고 제 고집대로만 하려고 드니 젊은이와 뜻이 맞아야지.

영순 아들 없는 게 한이래요.

원봉 아들 없더라도 그런 늙은이면 세상 젊은이가 죄다 자기 아들딸이 될 것 아니니?

영순 그래서 내가 혁이 집사람이 되면은 날마다 와서 시어머니 대신 노릇 해주마고 너털웃음을 웃겠지요.

원봉 그래서 너는 무엇이랬니?

영순 난 날마다 바느질 배우겠다고 했지요.

원봉 바느질 시어머니 노릇이로구나. (웃는다) 요새 계집애들은 너무 바느질을 모르는 모양이더라. 시집살이하자면 바느질 못해서 어떡하니?

영순 오빠도! 언제는 바느질 하나도 할 줄 모르고 밥 지을 줄 몰라도 여자에게 치명상은 아니라고 한참 세우드니.

원봉 그전 말이지. 지금은 내 생각도 변해졌다. 이왕 남녀가 같이 한 지붕 밑에서 살아가자면 남편 하는 일 아내 하는 일 다 달라질 것이 아니니? 일전에 일본서 온 어떤 신문에 보니까 여자가 자전거 타고 가는 옆에 사내가 애를 업고 터덕거리고 가는 만화가 있더라.

영순 (웃으며) 정반댈세.

원봉 너는 웃지만 그런 변태 현상을 긍정하는 이가 있단다. 나도 그전에는 사회 발전의 길에서 할 수 없는 한 과정으로 알았었다. 그래서 그것이 역사상 사실인 이상 역시 부인

할 수 없는 존재 이유를 가진 것으로만 알았다. 그러나 존재 이유는 가졌더라도 변태 현상은 변태 현상으로 보아야 한다. 이 변태 현상이란 점을 보지 않으면 사람의 노력이란 아무 가치 없는 것으로밖에 안 된다. 이를테면 요새 소위 신여성들이 바느질할 줄 모르는 것을 예사로 알고 또는 당연한 것으로 아는구나. 이것은 역시 조선의 여성의 해방 도정에서 당연한 불가피의 길이다. 그러나 이것이 변태 현상이로구나 하는 의식이 없는 이상 그 앞으로 더 큰 해방은 얻지 못하게 된다. 우리는 어느 것이 옳은 것이고 어느 것이 그른 것인지 모른다. 다만 옳고 그르다는 것은 우리와 아무 관계없는 하느님 눈에만 뵐 게지만. 다만 변태이군 하는 의식만 있으면 반드시 그곳에서, 어떤 더 큰 힘이 나온다. 이 의식이 없으면? 하고 묻겠지. 그러나 살아 있는 사람인 이상 없을 리가 없다. 만일 없다면 그것은 송장이나 화석(化石)된 인간뿐이지. 죽지 않고 살아 있는 인생인 이상 반드시 더 큰 힘과 영감이 나온다. 이 힘과 영감이야말로 절대다. 이 힘과 영감이야말로 막을 수 없는 바다 물결 모양으로 완고한 암석 앞에 와서 부딪친다. 싸우려고 와 부딪치는 게 아니라, 부딪치려고 와 싸운다. 싸우려고 사는 게 아니라 살려고 싸운다. 이 싸움이 우리가 억제치 못할 것인 이상 누가 선악을 말하겠니? (영순이 심심한 얼굴을 짓는다. 웃으며) 제 춤에 놀아가지고 그만 연설이 되어버리는구나. 그만두자. 그리고 이 자리에서 연설할 것은 '최영순이는 바느질 잘해야 한다'는 말뿐이다.

영순   여자는 밤낮 바느질만 하고 들어앉았으라고요? 오빠도 인제 반동(反動)일세. 옳지, 봄이니까.

원봉 그것도 전혀 거짓말은 아니다. 그래도 내 말 좀더 하겠다. 가정이란 것이 있는 이상 가정 내의 온갖 일, 즉 밥 짓는 것, 옷 꼬매는 것, 빨래하는 것, 애 낳고 기르고 가르치는 것, 심지어 방 쓸고 걸레질 치는 것, 창 구멍 뚫어지면 종이 바르는 것, 온갖 여러 가지 일이 있지 않겠니? 그렇지?

영순 그래서요.

원봉 그런 이상에는. 이를테면 네가 혁에게로 시집가서 그런 일을 죄다 너 혼자 해나가겠니?

영순 (웃으며) 일이 없으면 심심풀이해서라도 혼자 하지만 바쁠 때는 어떻게 해요.

원봉 동시에 전부 혁이에게만 맡기지도 못할 게지?

영순 더구나 그이는 바쁠 텐데.

원봉 그러니까 서로 일을 바꿔 하게 되지 않니? 즉 분업이로구나. 빨래는 누가 해야 옳겠니?

영순 내가 해도 좋고, 힘 있으니까 틈이 있으면 혁이가 해주어도 좋겠지요.

원봉 그러면 밥 짓는 것은?

영순 날 시험하시는 모양이요? 밥 짓는 것은 사내가 하면 밥만 태운대요.

원봉 그러면 옷 꾸매는 것은?

영순 사내는 성질이 차분치를 못하니까 바늘구멍도 하나 넉넉히 꿰지 못한대요.

원봉 만일 차분한 사내가 되면 어떻게 하니?

영순 그러면 그 사내가 해줘도 손해될 건 없겠지요. 싱가회사 사무원 모양으로.

원봉   즉 남편 성질이 차분하면 남편이 하고, 차분치 못하면 아내가 하고, 그래야겠구나?

영순   그건 저희들끼리 의논해서 할 테지요.

원봉   그러면 결혼할 때에 바느질하기 싫은 여자는 바느질 잘하는 남편을 얻어야겠구나? 너 혁이 바느질 잘하더냐?

영순   아이구, 몰라요!

원봉   그런데, 첫째 결혼 조건은 너도 잘 알다시피 사랑이 제1조가 되어야 하지 않겠니? 그러면 이 제1조에 맞아서 제2조 이하로 온갖 것을 희생해가면서도 결혼을 했다고 하자. 그런데 그 여자는 너 모양으로 바느질하기 싫고, 또 그 까닭으로 바느질할 줄 모르는 여자라고 하자. 그래서 결혼 전에 이상(理想)에는 바느질 잘하는 이를 구해야지, 결혼한 뒤에 발가벗지 않겠다는 생각이 들었을 것 아니니? 그런데 혁이 같은 바느질 한 줄기도 흉내 내지 못하는 남자와 결혼했다면 어떻게 되겠니?

영순   설마 발가벗을라구요. 돈 주고 사 입지도 못해요?

원봉   돈은 누가 내고. 즉, 부자 남편을 얻어야겠구나. 그런데 혁이는 그리 부자니?

영순   왜 이러서요. 공연히. 봄이 되어오니까 참 반동이시오그려.

원봉   조것 좀 봐. 필요한 대목에 와서는 그만 뚜껑을 덮으려고만 하는구나.

영순   오빠 말대로 하면 여자란 아내 되기 위해서 바느질만 배우란 말이오그려.

원봉   여자가 아내 안 될 수 있니? 예외는 빼놓고 말하자. 여자

	는 누구든지 남의 아내가 된다. 결혼하기 위해서 바느질을
	하는 것이 즉 여자 되려고 바느질하는 것이 아니겠니?
영순	걱정 마셔요. 나도 저고리 적삼 따위는 꿰맬 줄은 아니까.
원봉	혁이 외사촌 숙모님한테 바느질 시어머니 되어줍시사 하
	고 청할 만큼 알고 있단 말이지? 훌륭한 아내가 되겠구나.
	이것 봐라. 온갖 것이 분업(分業)이 있고 전업(專業)이 있
	고 본직(本職)이 있다. 천분(天分)과 재능(才能)에 맞는 본
	길이 있다. 이 세상에서 살아가려면 이 본 길을 걸어야 한
	다. 이 본 길에 들어서지 않으면 실패의 생활뿐이다. 그러
	나 이 세상에서 하는 일이 한 가지도 불필요한 것이 없다.
	정치가, 상업가, 농부, 공인(工人), 어부, 웅변가, 대로(大
	路) 연설가, 음악가, 시인, 예술가, 비평가, 좀 많으니?
영순	그러면 오빠의 본 길은 무엇이에요.
원봉	(웃으며) 무엇이 될까. 네가 알아맞춰보렴.
영순	정치가?
원봉	내게 타협이 있니? 수완이 있니?
영순	예술가?
원봉	기교 없는 예술가는 없다. 내가 어느 틈에 기교를 배워놨
	겠니?
영순	상업가?
원봉	내게 겸손이라곤 이욕(利慾)이라곤 그림자도 없다.
영순	비평가?
원봉	그것은 될 듯싶다. 현실의 가치와 새 의식을 찾으려고 애
	쓰는 점에서는.
영순	의심 중이오그려.

원봉	의심 중은 아니어도 내 본 길 전부는 아니다.
영순	그러면?
원봉	네 생각에 나 같은 산돼지에게 무엇이 제일 능하겠니?
영순	에그, 또 그런 소리만?
원봉	왜 너는 이따금 내 말을 농담으로만 알아듣니?
영순	왜 걸핏하면 산돼지래요. 나는 그 소리만 들으면 가슴이 아파요.
원봉	그것이 사실일지도 모르지. 하지만 나는 이 현실 속에 떨어지면서부터 이 탈을 쓰고 나왔다. 이것을 벗으려고 하는 것도 헛 애쓰는 것이지만 동시에 그것을 안 보려고 피하는 것도 거짓부렁이다.
영순	그만두셔요. 다른 이야기 해요. 아이구, 벌써 나비가 나왔네. (일어나서 잡으려고 따라 나간다)
원봉	(가슴을 벌려서 심호흡한다) 아, 봄!
영순	(흰나비를 잡아서 들고 들어오며) 이것 좀 보셔요. 하얀 고운 나비!
원봉	(손뼉을 치며) 너 큰일 났다! 초봄에 흰나비 잡으면 상제(喪制)[76] 된단다더라. 하하 놀래지 마라. 누런 나비를 잡아야 상제된다는 것을 내가 몰랐다. 흰나비 잡으면 복 있는 일이 온다는데.
영순	정말이에요?
원봉	정말이구 말구. 그것 봐라. 나비는 다 같은 나빈데 하나는 복이 오고 하나는 상제가 되는구나. 첫 것, 첫사랑이란 그렇게 위험스러운 것이다.
영순	아이, 오빠도! 이상스러운 소리만 내놓으시네. (풀이 죽어

지며) 날려 보낼까? 불쌍해!

원봉   저 꽃 위에다가 올려놔봐라. (영순이 진달래꽃 위에다가 올려

놓는다. 한참 있다가 활기 있게 날아간다) 네 복도 저 모양으

로 하늘 끝까지 가 닿겠구나. (유쾌히 웃는다. 정숙이가 들어

와서 이 모양을 보고 섰다)

영순   (눈에 띄자) 에그, 정숙이 언니!

정숙   (가까이 오며) 남매 둘이 재미스럽게 노는데 나도 한 축 들

려고 왔다.

영순   어머니는 집에 혼자 계시고?

원봉   (무심한 얼굴로) 누가 오랬어!

정숙   왜 내가 남이 가라 오라 해서 행동하는 사람이요?

원봉   축에 든다니까 말이야.

영순   왜들 또 그래요. 이 봄 잔디밭 위에서 재미있게 놀다가 가

지. 봄빛이 아깝지 않아요.

정숙   그러니까 지금 오지 않았니? (원봉에게 말하는 듯이) 미운

것은 미운 것이고 봄은 봄 아니어요. 봄이 오면 누구에게

든지 와야지 참말 봄이라고 할 수 있지.

원봉   (앉으며) 정숙이 같은 이에게도 봄이 오나?

영순   (정숙이 손을 잡으며) 오빠가 좋아하는 시 보았어?

정숙   (책을 든 대로 읽는다)

내가 이 잔디밭 우에 뛰노닐 적에

우리 어머니가 이 모양을 보아주실 수 없을까

어린 아기가 어머니 젖가슴에 안겨 어리광함같이

내가 이 잔디밭 우에 짓둥그를 적에
우리 어머니가 이 모양을 참으로 보아주실 수 없을까

미칠 듯한 마음을 견디지 못하여
'엄마! 엄마' 소리를 내었더니
땅이 '우애!' 하고 하늘이 '우애!' 하오매
어느 것이 나의 어머니인지 알 수 없어라

영순　이 사람 시는 어떤 것은 좋아도 어떤 것은 징그럽더라.

정숙　징그럽기는 왜.

영순　징그럽다는 것보다도 기름기가 줄줄 흘러요. 그것도 가을
　　　철 살 위에 흐르는 기름기가.

정숙　너같이 신혼 꿈꾸고 있는 애가 그런 시를 좋아하겠니? 너
　　　는 이런 것이 좋지?

이 밤의 저 달빛이 야릇이도
왜 그리 사람의 마음을 흔드는지
가없이 가없이 서리고 아퍼라

아아 나는 이 달의 울음을 쫓아 한없이 가련다
가다가 지새는 달이 재를 넘거든
나도 그 재 우에 홀로 쓰러지리라.[77]

영순　(센티멘털해지는 정숙이를 보고서는) 시인이란 남의 속만 상
　　　하게 만드는 것이야. 이런 것 다 그만둬요.

정숙	너 결혼하면 내게 뭘 선사해주려니?
영순	무엇이든지. 초대장 보낼 테니 꼭 와야 해.
정숙	너 욕 얻어먹어도 날 원망 않겠니?
영순	언니도! 욕은 무슨 욕을 얻어먹어.
정숙	혁 씨가 제일 욕 얻어먹을 걸. 그렇지만 상관있니? 너만 날 생각해주면 다른 이야 뭐라드래도.
영순	아이구, 고을이 좁아놓으니까 그저 할 말이 없어서 이만한 것만 가지고도 야단들이야.
정숙	나 먼 데로 가더라도 잊지 않고 편지해야 한다. 그러겠지?
영순	(놀라며) 어딜 또 가우? 이번엔 나도 좀 따라갑시다. 혼자만 다니지 말고.
정숙	별소리를 다 하는구나. 누가 간댔니? 만일 말이지, 사람 일 누가 알아서.
영순	나는 깜짝 놀랬구먼. 오늘이라도 어디로 달아난다구.
정숙	겁도 많다. 설령 내가 어디로 간다기로 그리 놀랠 것이 무엇이야.
영순	놀래지 않아? 그러면. 언니도 참! 남의 속도 몰라주고.
정숙	그 말 들으니까 나도 마음 놓고 어디든지 가겠다.
영순	정말로 어디 가려우? 속이면 난 언니 원망할 테야.
정숙	가긴 어디를 간다고 그러니 공연한 말을 했구나. 가면 또 편지까지 하라고 부탁하면서 네게 숨길 것 같니?
영순	아까 울고 있었지, 어머니 옆에서.
정숙	내가 작별이나 하러 간 줄 아니? 애야, 넘겨짚었다가는 넘어진다.
영순	그러면 참말이야? 아무데도 안 가고 여기 있을 테야? 언니

아무 데도 가지 말고 여기 있어요. 언니 같은 이가 있어야
지 회를 위해서도 일이 돼나가지. 참 여기 여성들을 위해
서도 언니 같은 이가 하나쯤이라도 나와야 해. 모두 입으
로는 제가 젠체하지만 무얼 한 가지나 하는 것 있더라구.
말뿐이지. 연애뿐이지.

정숙　　모두 너 같은 이만 있으니까 그렇단다. 너는 결혼하고 들
어앉을 몸이 되니까 남더러는 여성을 위해 회를 위해 일
하라그만 하고 앉았지.

영순　　나 같은 것이 어떻게 일을 해. 아까도 오빠와 말했지만 세
상에 제 재능과 천재에 맞는 바른 길을 걸어야 한다구.

정숙　　애야, 세상일이란 이론 가지그만 안 된다. 수판(數板)[78]으
로 놔서 꼭꼭 들어맞듯이 세상이 되어 가면 무슨 걱정이
있겠니?

영순　　정말 언니는 여기 있어야 해. 여러 가지 일을 위해서. (원
봉을 의미 있는 듯이 곁눈질하면서) 언니 한 몸이야 어디 가
든지 살기는 마찬가지겠지만 이런 곳에 있어야지. 생활하
고 일해나가기가 편하지 안허우?

정숙　　네가 그렇게 말하니까 나도 멀리 갈 맘은 없다. 그러나 사
람 일 누가 아니? (침묵)

영순　　오빠, 시계 몇 시 됐어요. 나 먼저 가서 점심 차려놓을 테
야. 언니 점심 잡숫고 가. 이렇게 모였으니. 그리고 나 딴
집 사람 되기 전에 최후로 같이 먹어봐요.

정숙　　'최후의 오찬'인 셈이구나. 차 선생님이 참여 아니 해서 섭
섭하다마는.

영순　　(원봉에게) 언니 꼭 데리고 와야 해요. 그 찌푸린 얼굴 그만

두시구. 네. 상 차리고 기다릴 테예요. 한 시간 넘으면 진지 안 드릴 테니까 그것도 알아두시고. 약속합시다. (달려들어 손가락을 맺고) 언니도 꼭! 응! (달려들어 여전한 동작) 둘이 꼭 와요! (뛰어 나간다)

원봉   (한참 있다가) 어디로 갈 테야? 확정했소?

정숙   (먼 산을 쳐다보고) 누가 아우.

원봉   인제 정숙이도 별천지로 가겠군. 축하할 일이오.

정숙   업수이 여기지[79] 말아요. 지금 앉아서는 그런 소리도 어쭙잖게밖에 안 들려요.

원봉   그전에는?

정숙   그만둬요. 점잖지 않게.

원봉   정숙이가 지금은 그렇게 점잖아졌나. 더욱 축하해야 할 일이로군.

정숙   (골내며) 당신 축하나 실컷 해보슈. (벌떡 일어나 나가려 한다)

원봉   (부르며) 대답 한마디만 하고 가. 언제 어디로 갈 테야. 그것만 가르쳐주고 가우.

정숙   (뜻 있는 듯이) 그것이 그리 알고 싶우? (옆으로 와 앉으며) 원봉 씨, 원봉 씨 가슴에 봄은 왔나 보다만 아직 초봄이오 그려. (손을 잡으려 한다)

원봉   (피하며) 또 이 예전 버릇!

정숙   (울다시피) 사람은 버릇 떼어놓으면 남는 것은 백골뿐이야. 적어도 이 자리에서는.

원봉   그러니까 수도원으로나 가랬지.

정숙   수도원 아니라 절간을 간대도 백골만 가지고 어떻게 가나.

원봉	방향 전환을 해보란 말이야.
정숙	흥, 그렇게도 업수이 여기나!
원봉	그것이 그럭케 섭섭하게 들린대도 내 탓이 아니야. 그 귀 탓이지. 정숙이는 여성운동에 몸을 바쳐보구려. 영순이 말과 같이. 정숙이같이 백골만 남은 몇 백만의 조선 여자를 위해서.
정숙	(코끝으로) 흥, 그리고 이곳에 남아 있으란 말이지? 이 낡은 곰팡내 나는 고을 구석에! 모두 눈깔질만 하는 무서운 굴 속에!
원봉	어디를 갈 테야. 난 모른 척할 터이니까 말해줘.
정숙	그것이 그렇게 알고 싶우? (다시 가까이 가며) 난 생각만 하고 있으니까 지금은 대답 못 하겠소. 원봉 씨 대답 한마디 해보. 우리가 처음 만날 때 누가 먼저 손잡기를 청했나? 대답 좀 해보.
원봉	(외면을 하며) 그까짓 것 또 물어 뭘 해! 모두 옛일을 가지고!
정숙	옛일이니까 지금 이야기해보려는 것이 아니요?
원봉	그까짓 것 무슨 소용으로.
정숙	내게는 소용이 단단히 있어요. 내게 대한 책임을 모르슈?
원봉	(독하게) 거짓부렁이! 누구에게다 밀려고.
정숙	(깔깔 웃으며) 과거라는 막(幕)으로 모두 가려버리려는 수작이오그려. 나는 못 해요. 나는 사내와는 달라요. 당신 같은 사내와는!
원봉	(더 골내며) 너도 몇 천만의 다른 여자와 똑같구나! 잊지 않고 있거든 날 보고 묻지 말고 혼자 앉아서 좀 생각해봐! 흥, 염치란 것을 빼놓으면 여자에게 남는 건.

정숙	(못 들은 척) 내게 와서 부인(婦人) 문제인지 무엇인지 가르
	쳐주겠다고 자청한 이가 누구요. 그러고 나서는 쎙거[80] 부
	인이니 엘렌 케이[81]니 원치도 아니 한 설교를 해가면서.
원봉	(분을 억제치 못하는 듯이) 이 암거미 새끼! (주먹을 든다)
정숙	홍, 남녀동등을 가르치던 이가 인제 주먹을 가르치려 드오
	그려! 덕택으로 남녀동등을 알았으니까 난 조금도 무서울
	것 없습니다.
원봉	왜 너는 남을 불러다가 방 안에다가 가둬놓고 안 내놨니?
	그리고 복장에다가 불붙인 이가 어떤 년이야!
정숙	아이구, 저 말 좀 들어봐! 방 안에다 가두어놨다구!
원봉	그래, 더운 방에다가 집어 처넣고 향수를 내뿜어가면서!
정숙	향수 바르는 여자는 죄다 성인(聖人) 같은 남자의 유혹자
	가 되겠구려. 철리(哲理)[82] 하나 가르쳐주셔서 감사 무지하
	외다.
원봉	그러고 나서는 날더러 어쩌고 어찌했다고? (주저앉으며) 홍,
	그따위 소리 지금 하면 무슨 이(利)가 있겠니? 그만두자.
정숙	나는 그만두지 못해요. 나는 당신에게서 영영 떠나기 전에
	기어이 이 책임을 규탄해놓고 갈 테야. 이것이 내 마지막
	결심이오.
원봉	맘대로 해보렴. 그러니 어쩌란 말이야.
정숙	책임을 지고 내게 죄를 자복하란 말이요. 당신 입에서 이
	말을 듣기 전에는 난 죽어도 가슴이 시원해지지 못해. 가
	슴이 시원해지질 못해!
원봉	그것이 내게 대한 마지막 원수 갚자는 꼴인가? 기껏해야
	그 수단밖에 못 골라냈구나. 불쌍하게!

정숙	날 보통 여자로만 만들어주었더라도 이처럼 괴로운 꼴을

안 보겠소. 그러지 않아도 보통 여자와는 다른 성질과 품
질에다가 그 산돼지 같은 묵직한 힘을 끼쳐주었으니 난 그
것이 원통해요. 보통 인생들의 도깨비장난 같은 짓으로
만 끝내주었더라도 난 또 이처럼 원통치는 않겠어요. 그러
고 나서도 다른 남자의 유혹을 받게 된 걸 눈앞에 빤히 보
면서도 모른 척하고 돌아서니 더 책임이 크다고 할 수 있
지. 홍, 당신은 광은이가 날 꾀어 가는 것에 대해서 당신에
게는 한 점도 책임이 없다고 돌아눕겠지. 그렇지만 철모르
는 어린애에게다가 화약을 주고 그것이 폭발했다고 하면
역시 당신은 그 애에게만 책임을 지우시려우? 당신은 당
신대로 앉아서 봄이 왔느니 갔느니 하고 속이 편하게 있지
만 이 화약을 내 몸에다가 지니게 해준 것이 얼마나 큰 죄
이었는지 아슈? 나는 왜 내가 이성(理性)이라든지 의력(意
力)이라든지를 모르겠소만 그따위 것은 눈 끔적 사이에 둘
러엎을 만한 큰 폭탄을 가지게 되었구려. 낸들 이 운명의
길에 들어선 것이 끔찍한 일인 줄을 알지만 내 힘으로 어
찌 할 수 없는 걸 어떻게 해요. 내 눈앞에도 흰 훤한 밝은
세계가 비치는 것이 뵈지만 그런 속에서는 일순간이라도
살지 못하도록 나를 건드려놨으니 어떻게 해요. 남편 의복
이나 잘 지어주고 밥이나 맛있게 차려주고 간지러운 웃음
으로 살살거릴 수만 있으면 나도 행복스럽게 살아갈 수 있
겠지. 그렇지만 지금 나라는 여자는 그런 것도 아니고 또
는 훤한 대낮 세계의 인생도 못 되니 어떻게 해요. 저녁 황
혼의 세계에 든 인생이야! 날 이런 이상스러운 인생으로

만들어논 것이 누구요? 누가 이 모양으로 만들어내났소?

원봉 나만 그렇게 몰아내가지고 닿는 데까지 욕해봐라! 속 시원
해져도 네 속 시원해질 뿐이고 못 시원해져도 네 속 못 시
원해질 뿐이지. 내게는 아무 관계가 없어. 인제 나는 그것
이 너의 여성 본능이라는 것을 잘 알고 있기 때문이다.

정숙 그리고 또 광은이가 날 데리고 일본으로 가기 전에 나를
거짓과 참 되는 것도 몰라보게 만든 것도 당신이요. 당신
은 회 일로 바빴다지만 그것은 핑계야. 빨간 거짓부렁이
야. 영순이에게다가 의리 아닌 눈치를 보아가면서 '이것
봐라. 네까짓 것 벌써 썩었다'는 듯이 아무 양심의 가책도
없는 듯이 해 보인 것이 또 큰 실수거리였어요. 내가 그때
광은이의 유혹을 받고 있던 한참 중에 만일 보통 여자만
되었어도 아무 탈이 없었을 것이요. 그런데 그 이상야릇한
정신상의 영향으로 해서 나는 두 발을 꼼짝할 수 없이 구
렁창으로만 자꾸 끌려 들어갔소. 사실로 이지(理知)라든지
의지라든지가 간섭 못 할 구렁창 속에다가 당신이 일부러
집어넣고 움직이지도 못하게 두 발등에다가 못질을 해놨
구려. 이런 결박한 몸으로서 어찌 광은이의 그 손에 안 끌
려 가겠수. 만일 내가 당신 말 모양으로 다만 여성 본능으
로만 지내는 저급한 동물만 되었어도 이렇게 당신 앞에 얼
굴을 들고 다시 안 나타났겠소. 그때에도 당신은 영순이에
게다가 그 꼴을 뵈어가면서도 내게만은 옆 눈질만 슬쩍슬
쩍 아니 했다면 또 당신이란 것을 완전히 잊을 수도 있었
을 게야. 그따위 짓으로 나는 아무 힘도 없이 당신 명령대
로만 구렁창에 슬슬 빠져갔구려! 내 일후(日後)[83] 생활이

어떻게 당신 말 모양으로 방향 전환을 해갈지 모르겠지만 어떤 구석에 가 앉았더라도 이것만은 당신에게 대해 책임을 묻겠소! 주저하겠소! 규탄하겠소! (침묵)

원봉 인제 다 지껄였니? 그게 모든 여성 본능이란 것이 지껄이는 수작이야. 하지만 난 과거의 일로 알고 네 말 모양으로 막을 닫아버리겠다. 그러니까 네가 책임을 내게다 지려고 하면 나는 애써서 그리 피할 것도 없지만 동시에 나도 네게다 그 책임을 지이겠다. 사실대로 말하면 너와 나와 둘이 사이에 이 더러운 책임은 우리들 소위가 아니다. 저기 저— 뵈이지 않는 늙은이! 알겠니? 그렇다고 그이에게다가도 책임을 지려고 애쓸 필요는 없어! 허허허, 책임을 지인대야 무슨 잇속이 나와야지. 잇속 없는 짓이면 처음부터 죄다 그만둘 일이야. 그게 사람답지! 사람다워!

정숙 (수건을 쥐어뜯으며) 아 그렇게 그렇게 지금 말하고 앉았는 심장을 쪽쪽 쥐어뜯어 발길까 보다! 그따위로 선선한 얼굴만 해가지고 앉았다가는—

원봉 어떻게 할 테니? 세상 보통 여자 모양으로 끝판을 내겠다는 말이니? 아 참 보통 여자라고는 아니 했지? 보통 여자는 아니라구! 하하하 얼마나 과연 아닐는지 의문이다.

정숙 어찌 그리 자만이 많소? 산돼지가!

원봉 흥, 지금 나는 너 같은 것이야 몇십 길 발밑에 선 조그만한 버러지로밖에 안 뵌다. 난 네 앞에 서서 넉넉히 자만할 만한 자격이 있는 산돼지다! 자, 그 밑에서 날 좀 쳐다보렴. 얼마나 크고 높게 뵈이는 돼진가. 하하하하하.

정숙 (못 들은 척하는 얼굴로 일어나서 간다. 가다가 진달래꽃이 눈에

띄니까 그것을 한 손 뜯어다가 원봉의 앞에다가 뿌리며) 오늘이
삼월 삼짇날이야. 모두 잊었소그려. 자, 이 꽃이나 갖다가
상 위에다가 놔주. 나는 이대로 우리 집으로 갈 테니까.

원봉   아까 그 말대답이나 해두고 가!

정숙   어디 간다는 것? (웃는 얼굴로 다시 가까이 오며) 당신 머리
         가 안 굽혀지는 동안은 죽어도 대답 아니 할 테야.

원봉   자, 이렇게 굽혔으니까 꼭 한마디만.

정숙   흥, 그까짓 절은 난 싫어. 여관집 보이도 그따위 절은 다
         할 줄 아는 것.

원봉   정말이니?

정숙   (그의 얼굴을 한참 들여다보고는) 당신 미련이 있수? 그 깐에
         미련이?

원봉   그래도 있다. 그러니 한마디만 어디로 간다고 해두고 가.

정숙   (돌아서며) 그만둬요. 날 영순이로만 아는 게야. 하여간 아
         직 확정은 못 했으니까, 갈는지 어찌 될는지도 모르니까,
         대답 못 해요.

원봉   (쫓아가 붙잡고) 정숙 씨! 공연히 그러지 말아요. 제발.

정숙   참, 당신도 꼭 어린애 같구려.

원봉   (돌아와 앉아서 꽃을 줍고 앉았다) 영순이만 톡톡히 속았구나.

정숙   왜 속아? 아까 그렇게 약속했는데. 그래도 당신한테는 비
         밀이래요.

원봉   거짓말 마라! 영순이 속 떠보려고 한 소리를 가지고.

정숙   (다시 와 옆에 앉으며) 그런데 당신은 왜 그리 열심히 묻소?
         남한테 머리 안 굽히는 이가. (원봉이 대답이 없다. 같이 꽃
         을 만지다가) 원봉 씨는 어디로 가겠소? 그것만 가르쳐주면

그리로는 당초에 안 갈 테니까.

원봉 내가 간다기로 지구 위에서밖에 더 내왕할까.

정숙 아하, 그러면 난 화성(火星)으로나 가야겠네. (손을 붙잡고)
내게 아까 그 시나 읽어주. 「최후의 오찬」 대신에 「최후의
애원」이라고나 해둘까.

원봉 (정숙의 눈을 한참 들여다보다가는 크게 숨 쉬고 나서 서서히 왼
다. 외는 동안 정숙은 수건으로 자기 얼굴을 가린다)

내가 이 잔디밭 우에 뛰노닐 적에
우리 어머니가 이 모양을 보아주실 수 없을까

어린 아기가 어머니 젖가슴에 안겨 어리광함같이
내가 이 잔디밭 우에 짓둥그를 적에
우리 어머니가 이 모양을 참으로 보아주실 수 없을까

미칠 듯한 마음을 견디지 못하여
'엄마! 엄마!' 소리를 내었더니
땅이 '우애!' 하고 하늘이 '우애!' 하오매
어느 것이 나의 어머니인지 알 수 없어라

— 막(서서히) —

(1926. 7. 13)

김
명
순

두 애인

주인	26세의 후덕스러운 청년
아내	20세 내외의 꿈꾸는 듯한 눈동자를 가진 청초한 여자
유모	50세 내외의 인자한 여인
침모	평범한 30세 내외의 서울 여자

그 외 차부, 방물장사, 행랑어멈, 수인

제1장

시절 봄날 오후

무대 막이 열리면 화려한 중류 이상 가정 대청의 중앙 둥그런 탁자 위
에는 살구꽃병이 놓여 있으며 좌우 옆에 벽을 의지하여 책이 가
득가득 놓인 책상들이 가지런히 놓여 있고 동편으로는 큰방으로
가는 미닫이 덧문이 보이고 서편으로는 건넌방에 들어가는 미
닫이와 둥그런 들창이 있다. 그 외에 뜰 아래로 중문과 부엌문도
있다.
대청 너머로 보이는 후원에는 살구꽃과 개나리가 난만히 피어 있
으며 멀찍이 테를 잡은 벽돌담 밑에는 드물게 선 수양이 푸른 실
을 느럭느럭 흔들고 봄새의 지저귀는 소리조차 노곤하다.
침모[1]는 총채를 들고 책장과 탁자와 미닫이를 부지런히 털고 다
니고 주인은 조선옷을 입고 탁자 주위를 슬리퍼도 신지 않은 채
미심한 일이 있는 듯 거닐고 있다.

주인   그래, 아씨 말씀이 이제부터는 안잠자기[2]도 두지 않는다

고?

침모   네. 그런 비용으로 더 공부하실 책을 사시든지 사회사업을 하신다고 하시면서 저더러도 마땅한 곳을 구해서 나가라고 하시어요.

주인   그러면 살림살이를 손수 할 터이라나?

침모   그야 유모가 아직 늙지 않으셨으니까 그를 믿으시는 모양이시지요.

주인   그렇다 하더라도 내 의복은 어찌할 모양인고? 자기는 여학생 기분을 버리지도 않고 공부할 생각만을 가지고 있으면. (조끼 주머니에서 담배를 꺼내 붙인다)

침모   아마 나리께서는 양복만 입으시도록 하실 모양이신가 보아요.

주인   (한심스러운 얼굴로 담배를 피우며 말없이 탁자 근처를 거닐고 있다)

대문 열리는 소리가 나자 처녀답게 청초한 복장을 한 아내가 조용히 들어온다.

주인   (반갑고 놀라운 얼굴로) 아 ― 기정이 어디를 갔다 오시오?

아내   (주인의 말에는 대답 없이 대문 밖을 내다보고) 차부[3] 그 책을 이리 들여다 주. (명령한 후 천천히 댓돌 앞으로 걸어간다)

차부   (책을 한 아름 들고 들어와서) 어디 놓으랍쇼?

주인   (관후한[4] 얼굴로) 응. 책인가 이 마루 끝에 갖다 놓아주게.

차부   (책을 마루 끝에 놓고 땀을 씻으며, 사치한 집 장식을 돌아다본다)

주인	어디서 오는 길인가?
차부	종로에서 옵니다.
	(주인은 포켓에서 돈을 꺼내 차부를 주니 차부 절을 하며 받아 가지고 나가버린다)
아내	(차부가 돈 받아가는 것을 댓돌 위에 서서 바라보다가 말없이 구두를 벗고 건넌방 문 앞을 바라보며) 침모 저기 있는 슬리퍼 좀 집어다 주어요.
침모	아이 참, 또 잊어버렸습니다그려. 외출하신 때는 마루 앞에 놓아두라고 하시던 것을 저는 정신이 그렇게 없답니다. (미안한 말을 하면서 건넌방 앞에 놓여 있던 빨간 슬리퍼를 집어다가 아내가 올라서려고 하는 마루 끝에 놓아준다)
주인	(차부가 갖다 놓은 책을 이 책 저 책 펼쳐보다가) 여보, 기정이 당신은 퓨리턴(청교도淸敎徒)이라도 되려는 셈이요? 여기 책들은 죄다 히브리주의의 서류들이 아니요? (아내 말없이 건넌방 앞으로 가서 방문을 열려고 할 때)
주인	여보, 기정이 너무도 냉정하구려. 무슨 일로 노여웠기에 사람이 세 번 네 번 말을 걸어도 대답이 없단 말이요.
아내	(괴로운 듯이 뒤를 돌아다보며) 왜 그러셔요?
주인	(괴로운 웃음을 띠고) 흥, 오늘은 당신의 제일 첫 애인인 김춘영 군을 만났구려. 그러니까 오늘만은 나도 당신의 금욕주의 연애신성을 존경하여드릴 터이요. 하지만 과도한 침묵주의만은 더 참지를 못하겠소.
아내	(대단한 노기를 얼굴에 띠고) 무엇이라고요? 나는 책사[5]에 갔다 옵니다!
주인	여보, 기정이 당신은 폭군 같구려. (말을 마치고 다 탄 담배

를 탁자 위 재떨이에 던지는 체하며 댓돌 옆에 내려서 있는 침모에게 눈짓을 한다. 침모는 부엌으로 들어가버린다. 주인 다시 돌아서며) 비록 이름뿐인 남편일지라도 내가 있는 이상 당신이 홀로 나아가 다니면서 설마 다른 남자와 밀회를 하였으리라고는 생각이 안 되오마는 당신이 전일부터 존경하는 주인 — 나는 김춘영 군이 히브리주의자[6]일지라도 당신이 하필 그 참혹한 이중생활을 본받을 필요가 어디 있단 말이요? 김 군이야말로 참 영리한 남자이기 때문에 가는 곳마다 주위의 인심을 잃지 않기 위하여서 더욱이 뭇사람의 동경의 초점이 되는 여자의 마음을 즐겁도록 조종하는 것쯤은 식은 죽 먹기일 것이요. 그런 사람이 당신이 내게 하듯이 그 처자에게 냉혹히 하리라고는 생각이 되지를 않소. 그러니 기정이도 그이를 본받으려거든 내게도 너무 섭섭지 않도록 하여보시오.

아내 (참으로 괴로운 듯이 머리를 푹 숙이고) 제발 그런 잡소리를 마세요. 내 머리가 터질 것 같습니다. 나는 단지 더 잘 살기 위하여 나의 이상을 찾을 뿐입니다.

주인 (아내의 앞에 무릎을 꿇고 아내의 하얀 치맛자락을 붙잡으며) 이렇게 내가 당신 앞에 무릎을 꿇고 비는 것이요. 제발 그 공상누각[7]에서 좀 내려와서 이렇게 같이 살게 된 이상 부디 화평한 가정을 이루어봅시다.

아내 (무섭고 싫은 듯이 손으로 치맛자락을 떨치며) 놓으세요. 이것이 무슨 짓이어요? 이것이 화평한 가정주의라는 것이요? 사람과 사람 사이에 굳이 약속된 조건을 무시하고 왜 축축이 남의 치맛자락을 잡으세요?

주인   나는 당신을 사랑하는 것이요. 사랑에는 조건이 없는 것
       이요.

       (말을 마치며 두 손으로 아내의 치맛자락을 잡아서 아내를 자기
       품에 끌어안으려 한다)

아내   (냉정히 경멸하는 표정으로) 사랑에는 조건이 없다고 하지마
       는 순결이라는 요소는 구비되어 있을 것입니다. 저리 가세
       요! 저리 가세요!! 오늘부터 당신은 나와 약속을 깨뜨린
       나와 아무것도 안 되는 남입니다. 저리 가세요!

       (남편, 아내의 아랫도리를 점점 껴안는다. 아내, 자기에게 점점
       가까이 하는 남편의 어깨를 때려 물리치려 하며) 당신은 이성
       을 아주 잃어버린 사람입니다. 나는 이성을 잃어버린 사람
       을 잘 처치할 줄 압니다. 유모! 유모! 이리 좀 와요. (유모
       부엌으로부터 황황히 등장한다)

유모   왜들 또 그러십니까? 사랑쌈이시지요. 아씨, 너무— 서방
       님께 쌀쌀히 구시면 어멈의 죄까지 커집니다. (유모는 아내
       를 건넌방으로 모셔 간다)

주인   (절망한 듯이) 내가 눈이 어두운 사람이다. 세상에 이름만
       부부 생활을 하겠다고 손가락 하나 안 다치겠다는 조건을
       붙여가지고 허위의 결혼을 하는 남자가 나밖에 또 어디 있
       을라고? 세상에 인심까지 잃고…… 아하, 이날이 언제나
       망해버릴 것인가?

       (대청마루 한복판에 서서 먼 하늘을 쳐다본다)

건넌방으로부터 아내의 "이것이 다 누구의 죄인 줄 아나? 유모가 공연
히 여자는 혼인을 해야 하느니 마느니 하고 사뭇 나를 꾀어낸 탓이 아

닌가? 저이는 나를 아무 구속 없이 영원히 살란다는 약속을 어디 지키
는 인가? 내가 이렇게 고난을 당하는 것이 그래 유모의 눈에는 보기 좋
은가? 참 우습다! 저이가 그래 무조건으로 내 생존을 영원히 보장한다
는 인가?" 발악하는 소리가 들려온다.

— 막 —

제2장

무대 1장과 같으나 탁자 위에는 복숭아꽃이 꽂혔고 책상에 가득가득
쌓였던 책들이 세 무더기로 나뉘어 마루 위에 쌓였는데 유모는
마룻바닥에 앉아서 책을 이리저리 아내가 가리키는 대로 가려놓
고 아내는 아래위로 옥색 옷을 하르르하게 입은 채로 빨간 교의[8]
위에 올라서서 책을 내리어 유모를 준다.

아내 (책을 차례차례 내리다 말고 양손으로 목덜미를 펴며) 유모! 내
가 이렇게 세월을 보내는 동안에는 내 어머니께서 나를 고
요히 쉬어주시던 자장가를 잊어버리게 되는구려. 내가 어
쩌자고 내 어머니의 방 안을 아장아장 걸어 다니며 금방울
소리로 가득 채우던 시대에서 멀리멀리 지나왔던가! (소리
를 높이어) 유모! 내가 육신의 정조만은 지켜왔다 할지라도
이 남자의 환상에서 저 남자의 환상으로 뛰어다니며 온갖
행동을 좌우하는 것이 단지 잃어버린 내 어머니의 그 화평
한 행복스러운 얼굴을 찾고자 하는 데 지나지 않는 것이라

오 하건마는 서툰 화가가 사자를 그린다고 이리도 못 그리
는 것같이 나는 행복을 찾노라 하는 것이 불행을 찾아드리
는 것 같구려! 아하 하나님의 성단 앞에서 붉은 옷을 입고
어린 머리를 숙여 소원이 이뤄지라던 신앙생활에서 벗어
나 내 마음속 일찍이 아무도 이르지 못하게 한 자리에 어
느 결점을 덮은 인격을 앉히고 내 희망 전부를 걸어? 아아
(숨찬 호흡을 간신히 하며 떨리는 손길을 가슴 위에 놓고) 유모!
이 숨찬 것을 좀 보아요. 내 맥은 무엇이라고 이렇게 뛰는
지 내 손길이 떨리는 것을 좀 보아요. 유모라니까!

유모   (졸면서 내려놓은 책의 먼지를 털어 마루 끝에 놓다가 깜짝 놀라
손길에 들었던 책을 그만 무르팍에 떨어뜨리며) 아씨, 왜 그러
십니까?

아내   (괴로운 듯이 웃으며) 유모 졸린 거구려.

유모   (미안한 웃음을 웃으며) 이렇게 늙으니까 늘 졸린답니다. 그
런데 아씨는 엊저녁에 한잠도 안 주무셨으니 좀 졸리시겠
어요.

아내   오— 참 유모는 엊저녁에 나리와 내가 말다툼하는 것을 말
리노라고 한잠 못 잤구려. (가엾은 웃음을 입가에 띠고) 아이
가엾어라. 어서 하루바삐 내가 행복스러워져야 유모도 편
한 잠을 자볼 것 아니오.

유모   (눈이 번쩍 띄는 듯이) 아씨께서 행복스러우시면 게서 더 어
떻게 행복스러우시겠어요? 부자댁 외따님으로 태어나셔
서 어머니께서 세상 떠나신 후 얼마 동안 고생은 하시었다
할지라도 이렇게 호화로운 댁 맏며느리로 남부러울 것이
없으시니 좀 좋으세요.

아내	(원망스러운 듯이) 유모도 역시 내 편은 아니구려. 나는 결국 외로운 사람인 것이 분명하지. 어디다가 속말 한마디 할 곳이 없지. 그러니까 지금까지 유모도 내 심복이 아니었더란 말인가? 그러면 이때껏 내가 유모에게 이러니저러니 사정 이야기해온 것이 거의 다 유모의 비위에 거슬렸더란 말인가?
유모	(죄송스러운 듯이 얼굴을 숙이며) 제 생각에는 아씨께서 너무 팔자가 좋으시니까 딴 염려까지 하시는 것같이밖에 보이지 않는답니다. 그러나 저야 무엇을 압니까? 밥이나 먹으면 일이나 할 줄 알고, 시집가면 한 남편 섬길 줄 알고, 고용 가면 한 주인 섬길 줄 알 뿐이지요.
아내	아이, 어멈 그런 말을 좀 그쳐주어요. 나까지 그렇게 되어버리는 것 같아요. 그런 괴상망측한 현실에 낯익어지는 것이 내게 될 뻔도 않은 일이 아닌가? 어서 아무 소리 말고 이 책의 먼지를 털어서 마루 끝에 내놓아요. 누가 이리로 시집오겠다고 맨 처음부터 하였더란 말인가? 모두 유모의 청승맞은 방정 때문에 이리로 와가지고 밤마다 싸움질이나 하고 별별 연극이 다 일어나는 것 아닌가? 그러기에 내가 처음부터 무엇이라고 하더란 말인가? 이 댁 나리께서 하도 간청을 하시니까 이리로 오기는 오더라도 어디 남녀의 관계로 온다고 하였던 것인가? 반드시 동성 간 친구와 같이 지내자는 조건을 붙여가지고 온 것이지. (무엇을 낙심한 듯이 머리를 숙이다가) 그렇지만 나는 남편을 찾아 헤매는 것은 아니지……
유모	(심란한 듯이 책을 털어서는 마루 앞으로 내어놓다가) 아씨! 작

은아씨! 저보고 그렇게 대들지를 마세요. 저야 단지 작은 아씨께서 더 잘되시기만 바라고 모든 일을 의논하여드렸던 것이지요.

아내   (좀 사그라져서) 그야 그렇지! 나도 유모가 내 속 이야기 한마디도 잘 받아주지 않으니까 그만 열이 나서 하는 말이지 내가 어디 같이 살 남자를 찾는 것인가?

유모   온 천만에 언제 어멈이 아씨 말을 잘 받아들이지 않았다고 하십니까?

아내   아니 잘 받아주지 않는다는 것이 아니라 좋게 생각하여주지를 않는다는 말이야.

유모   (비로소 화평한 낯을 지으며 어린이를 귀여워하는 눈으로 아내를 쳐다보며) 저야 아씨께서 무슨 일을 하시든지 강보에서부터 받아 길러드린 아씨가 그저 귀여울 뿐이지요.

아내   (비로소 낙종[9]하는 얼굴로) 그런데 우리 다른 이야기 좀 해요. 응, 유모! 이 넓으나 넓은 세상 쓸쓸한 정경에 꼭 우리 두 사람만이 서로 믿고 의지하여야 하지 안우. 응, 유모! 유모도 아들까지 버리고 나를 따라온 이상에 아무쪼록 내 뒤를 잘 보아주어야 하지 안우. (유모의 얼굴을 갸웃이 들여다본다)

유모   그렇고 말구요. 제가 재작년 여름에 길 가운데서 작은아씨를 뵈옵고 얼마나 놀랐던지요. 그때 어떻게 신색[10]이 못 되셨든지 아씨께서는 설마 제가 길러드린 어른 같지는 않으셨답니다. 그러나 아씨의 얼굴을 한참 들여다보니 눈매 입매가 그전 모습이 아니겠습니까? 어떻게 망극하던지요. (역시 책을 받으며)

아내   아이. (좀 부끄러워하는 태도로) 저 — 어멈이 시골 가 있는 동안에 내가 열여덟 살 나던 겨울인가 그해에 엄마는 돌아가시고 저 —(음성을 낮추어서) 아버지는 실상 어멈이 알다시피 계부가 아니었었소? 그런데 엄마 돌아가시자 한 달이 못 되어 저 — 서모[11]가 승차를 하겠나? 그러더니 들입다 별별 괴상스러운 연극이 일어나기 시작을 하는데 내 눈에서는 눈물 마를 날이 없겠지. 어머니 돌아가실 임시에는 아버지도 "너희 어머니가 돌아가셨다고 내가 네 눈에 눈물이 흐르도록 하겠니?" 하면서 어머니가 내 주머니에 넣어주시던 금붙이와 보석을 죄다 꺼내 가더니 빨간 거짓말이겠지? 그래서 나는 주머니에 돈 한 푼 넣지 않고 집을 나와서 저 —(음성을 낮추어서) 헌 책장사를 해서 먹어가면서 틈 있는 대로 도서관에도 다니고 어학도 더 배우고 하였지. 그……때 나는 저 — 회당[12]에서 김춘영 씨를 뵈었다나. 그때 그 어른이 단정하시고 청신하여 뵈시던 일. 시방은 무엇 때문인지 안 체 모른 체하시지만 그때는 무엇인지 친절도 하시었지…… 그러나 어떤 때는 눈물이 나도록 매정도 하시었어…… 아마 지금 생각하니까 그 부인이 계신 탓이었는지…… 모르지. (역시 책을 내려서 유모에게 주며) 참 너무 놀라워서 묻지도 않았지마는 김춘영 씨 부인이라고 하면서 여기 왔더라고 하던 여자는 어떻게 생겼습디까? 유모, 아주 퍽 잘났습디까? 아마 김 선생께서는 내가 일생을 이렇게 눈물 가운데 지나갈 것도 모르실 것이요. (무엇을 한참 생각하다가) 그것이 또 당연할 일이지…… 그러니 내 — 마음이 키 — 잃은 배 모양으로 바람결을 따라 청교도인 김춘영 씨에게서 사회주의자인 이관주에게로 옮겨 가는 것이 아니요. (책을 내리다 말고 먼 산을 보며) 걷잡을 수 없는 비인 마음!

유모 그렇지만 아씨께서는 단벌옷을 팔아서 밑천을 하여 가지시고 헌책 장사를 하여 근근 생활하실 때도 김 선생님, 리 선생님 생각하시었습니까?…… 아씨께서는 이미 남의 귀한 댁 아씨가 되신 바에야 왜 남의 집 보금자리를 들추어 버리시려는 듯이 남의 내정을 물으십니까? 그 아낙네는 아씨보다 야무지게 생겼던 걸이요. 그러니까 그 아낙네도 아씨께서 김춘영 씨가 가르치러 다니신다는 학교로 찾아다니신다는 것이 수상해서 일부러 어떤 어른인가 보러 왔던 것 아닙니까? 그런 망신을 다 당하시고 참 딱하십니다.

아내 아아, 어멈이 나를 제법 타이르는구려. 그러나 지금 내 말이 유모를 빈정거리는 것은 아니요. 하지만 나는 내가 아주 여지없이 구차할 때부터 김 선생님을 사모하기 시작하였다가 그가 여지없이 냉정하여진 때 나는 그만 그가 언제 한번은 몹시 칭찬하여 혜성과 같이 그의 학설을 어느 신문에 발표한 리 선생님을 숭배하기 시작한 것이요. 처음에는 단지 그의 인격으로 사상으로 무엇을 얻으려고 하였던 것이나 주위의 환경이 나만을 감정적으로 이상한 곳에 떨어트리었소. 그러나 내가 그들에게 무슨 관능적 쾌락을 얻으려고 하던 것도 아니고 그들의 애처로운 보금자리를 들추려 한 것은 아니요. 그러나 그들조차 나를 바로 알지 못하는 것 같은 때도 하고많았소. 나는 그들에게 사랑 이외에 무엇을 구하려던 것이 시련 못된 몽롱한 의식이었으나마

사실이었소. (이같이 이야기하는 동안에는 그들은 책을 내리우고 옮기던 일을 잊어버리고 이야기를 한다)

유모   아이고, 가엾은 작은아씨. 천사 같으신 마님의 사랑을 잃으시고 무슨 구렁에 헤매이셨습니까? 어멈의 귀에는 들을수록 뼈가 저리기는 하나 무슨 말씀인지요? 아씨는 그저 쓸쓸하시던 것 같기만 합니다.

아내   그 말을 다 어찌해요? 사상의 환경으로 실제의 환경으로 목적 없는 길을 가는 무엇같이 지독히 내 생활은 쓸쓸하였소. 그래서 더 어느 편으로나 목적을 가지고 싶은 본능의 충동인지 굳세고 난처한 요구가 있기 시작한 것이요. 그래서 늘 사상 방면, 신앙 방면으로 같은 사람으로의 숭배자를 구하였었소. (퍽 괴로운 듯이 가슴을 부둥켜 잡을 때 큰방으로부터 전령(電鈴) 소리[13]가 울려 나온다) 아이, 전화가 왔지. 이제부터 침모 대신 내가 전화 심부름을 해야 한다─(큰방으로 들어가서) 어디세요…… ××책사입니까? 그런데 아직 정리는 안 되었지마는…… 천천히 와보시지요…… 네 안 팔 책을 추려 내놓고 한 2천 부 됩니다. ……대개 종교, 철학, 또는 신화, 예수교리 청교도적 헤브라이즘의 것들입니다…… 네 네. (다시 마루로 나와서는 교의 위로 올라서서 책을 꺼내 내리우며) 이 책은 엊그저께 사 온 ××××××의 유물론적 변증법과 부하린의 ××××의 개념 등인데 내가 좀더 보아야 할 터이니 저편으로 내어놓아요. (혼잣소리같이 돌아서서 책을 내리우며) 이즈음에는 나만이 전부 책을 바꾸어 사야 할 것이 아니라 물론 어떤 사람이든지 고고학자가 아닌 이상 전시에 그릇된 상상과 신앙으로부터 써진

것을 전부 바꾸어서 새 시대의 실험적인 자연파의 것과 상
대파의 것과 진화파의 것들 과학적 서류와 바꾸어야 하겠
는데……? 나는 무엇이라고 이렇게 영구히 사람의 본능을
지니고는 지키기도 어려울 헤브라이즘의 금욕주의 책들을
함부로 사들였던가? 참 이것은 주일마다 우매한 신자들을
더욱 굳세게 한다고 강단에 서서 공상적 신화를 짓고 있
는 장로나 목사들에게 필요할 것이 아닌가? '루터'가 살아
서 나를 알면 좀 우스울까? 그러나 나는 김춘영 씨의 일을
본받던 것이 아닌가? 그렇지마는 (무엇을 생각하다가 유모
가 책을 옮겨놓다가 말고 분주히 자기 눈을 비벼서 졸린 것을 깨
우는 모양을 보고 무슨 생각이 들어맞은 듯이) 옳지. 옳지. 그
는 그 자신의 애욕을 억제하기 위하여 자기에게 맞지도 않
는 서류를 사들이던 것을 나는 모르고 ××책사에 탐지하
여 그가 사는 책은 다 사들인 것이 아니었던가? (대문 흔들
리는 소리를 듣느라고 귀를 기울이며) 유모 대단히 졸린 모양
이구려. 눈을 들입다 비빌 때는 하지만 유모는 대문을 열
러 밖으로 나가야겠소. (귀를 기울여 들으며) 밖에 누가 온
모양이야 대문이 너무 멀기 때문에 행랑사람을 내보낸 것
이 퍽 불편한데.

유모   (대청 아래로 내려서며) 괜찮습니다. 대문 열러 나가기쯤 무
엇이 불편하겠습니까? (중문 밖으로 나가서 사라진다. 때마침
큰방으로 전령 소리가 다시 들린다)

아내   (황망히 큰방으로 들어가서) ……네, 어디세요? ……네? ×
×회 누구시라고? ……네 — 리혜경 씨이세요? ……네 염
려 마세요. ……마침 금명간 적지 않은 돈이 내 손으로 들

어올 터이니까…… 그렇지요. 몇십 명의 화재민쯤…… 며칠 동안 지나게 할 수가 있겠어요. ……돈 되는 대로 오늘 저녁이나 내일 아침에 찾아가 뵈옵지요. ……네 — 네? 무엇이어요? 오 — 우리 주인 말씀이세요? ……그것은 왜 물으세요? ……아니. ……우리 사이는 남녀의 관계는 아니랍니다. ……그저 주종 간이라든지 친구 간이라는 말이 맞아요. ……그러니까 며칠 동안 집을 비우시는 것은 드물지 않은 일이랍니다. ……하지마는 나는 우리 주인을 이용하거나 모욕하거나 소홀히 여기지는 않는답니다…… 아 — 그런데 왜 그것을 자꾸만 물으세요? ……네 고쳐 말하면 이름만 부부라는 말이지요. ……그런데 혜경 씨쯤 어떻게 우리 주인이 나가 계시는 것까지, 그렇게 잘 아세요? ……네 네…… 그러세요? ……그러면 혜경 씨의 친구 남편이라는 이도 나가 노는 어른이신가요? (이 동안에 유모는 알지 못하는 행랑어멈을 데리고 들어와서)

유모 그래 댁은 어디 사세요? (어멈의 태도를 살핀다)

어멈 (생각 없는 듯이) 저 — 태평통 이혜경, 아니 저거 — (깜짝 놀라서) 종로 류 주사댁에 있습니다. (안방에서 들리는 전화 소리를 듣고 또 무심히) 우리 댁 아씨하고 전화를 하시나? (한눈을 판다)

유모 (매우 유심하게 어멈의 아래위를 훑어보고) 그래, 우리 댁 나리께서 그 댁에 계십디까? 네 저도 만일 보통 부부관계일 것 같으면…… 그럴지도 모르지요…… 그런 때마다 궁금하고 미안하기도 하답니다. ……무엇이 그렇다고 사실이 아닌 아내의 도리겠어요? 어째서 ××회는 내 가정 일을 조

사할 권리나 있는 것 같구려…… 호호…… 아무래도 관계
찮습니다. ……그렇지요. (아내 밖으로 나오며 유모를 보고)

아내 아이 긴 전화도 다 받았다. 어떻게 수다스러운지 아이. (낯
선 어멈의 모양을 보고) 그런데 저 사람이 어디서 왔소?

유모 (의심스러운 듯이) 태평통 이혜경 씨 댁에서 오셨다나 종로
류 주사 댁에서 오셨다나 하는데, 이 댁 나리가 그 댁에서
어디 가신다고 양복을 보내라고 편지를 하였다나요. (비웃
는 듯이 멍히 선 어멈을 본다)

어멈 (사면을 두리번두리번 둘러보다가 허리춤에서 편지를 꺼내 아내
를 준다) 여기 있습니다.

아내 (편지를 보고 종이를 뒤집어보며) 어째 ××회 종이로 편지를
쓰셨을까? (의심스러운 듯이 편지를 들여다보며) 그런데 유
모, 자기 양복을 다— 보내라고 하였구려.

유모 (행랑어멈을 아래위로 훑어보고) 분명히 나리 글씹니까? (아
내를 유심히 보며 묻는다)

아내 그런 것 같아요. (말을 마치고 어멈을 본다)

(이때 세 사람은 서로 의심스러운 얼굴을 들여다본다)

— 막(천천히) —

제3장

시절 2장으로부터 두 달 후

무대 역시 1장과 같은 대청 뒤 마루 위 이전 탁자가 놓였던 자리에는 침대가 놓였고, 침대 머리맡 옆으로 작은 탁자 위의 청자색 꽃병에는 흰 장미꽃 묶음이 흩어질 듯이 꽂히어 있고 탁상 전화기가 놓여 있으며, 북향한 연두색 벽에는 북으로 열린 미닫이를 좌우하여 두 남자의 등신상이 묵묵히 황금 체 속에 들어 침대를 굽어본다. 미닫이 밖으로 보이는 정원 화단에는 우미인초가 빨갛게 피어 있으며, 장미화가 후원 담을 가리어 하늘 위까지 덩굴 벋을 형세로 피어 있고 군데군데 파초 잎이 무성하여 있다. 막이 열리면 아내는 얼굴을 두 손으로 가리고 침대 위에 걸어앉았고, 유모는 방금 부엌에서 진일[14]을 하다 나온 듯이 댓돌 위에 서서 행주치마에 손을 씻으며.

유모 어디 아씨. 저 보는 데 한번 걸어보세요. 절지 않고는 못 걸으시겠나 봅시다. 어서 아씨.

아내	(얼굴을 양손으로 가린 채 머리를 흔들며) 두어 달 동안이나 누워 있어서 그런지 (한편 다리를 가리키며) 이 다리에 맥이 풀려서 힘을 줄 수가 없는데.
유모	(답답한 듯이) 그래도 저 보는 데 한번 걸어보세요. 하도 오래 누워 계셨으니까 맥도 풀리셨겠지요.
아내	(마지못하는 듯이 얼굴의 손을 떼며 약간 귀찮은 미소를 띠고 침대 위에서 일어나 걸으려고는 하나 잘 일어서지지 않는 듯이 머뭇거리다가 두 번 세 번 주저앉으며 간신히 일어나서 있는 힘을 다하여 바로 걸어보려 하나 절룩절룩 두서너 발자국 걷다가 그만 펄썩 주저앉는다. 유모는 차마 못 보겠다는 듯이 얼굴을 돌리다가 강잉[15]하여 태연해진다. 아내 호소하는 듯이 유모를 바라보며) 어멈, 나는 인제 병신이구려. (한마디 탄식하고는 얼굴을 두 손길에 묻고 혼잣말같이) 잃어버린 행복을 회복하려다 못하여 병신까지 되었다. (유모 얼굴을 돌리고 느껴 운다) 내가 김 선생님을 무소부재(無所不在)하신 교리를 가진 하나님의 회당에서 처음 뵈었을 때 그는 손수 피운 화롯불을 가져다가 영혼까지 식어버리려는 나를 녹여주시었다. 그 이후로 나는 내 세상살이가 참을 수 없이 추운 것임을 알게 되었다. 처음 겸 마지막으로 순간만 더워본 세계의 영원한 냉각이던가? 차라리 이 괴로운 내 머리가 부서지는 편이 나을 뻔하였다. 찬 인정? 몹쓸 세상! 털끝보다 더 작은 내 소원을 이루어줄 수가 없어서 조그만 나 하나를 영영 버리는구나! 역시 이 세상도 조그마하던가? (하늘을 우러러보며) 분별없는 여인! 눈토 매이워서[16] 복수를 한다고야 내게 향한 원망이 아닌 것을 나를 해하였다. (다시 얼굴

을 숙이고 쓰러진다)

유모   (이상스럽게 말을 듣다가 눈이 휘둥그레지며 마룻바닥에 쓰러져
         느껴 우는 아내를 안아 일으키며) 아씨, 왜 사위스럽게[17] 병신
         이 되신다고 하시어요? 어머니의 영혼이 아시면 서러워하
         십니다. 그런데 아씨는 다리를 고치고 돌아오신 당시는 혼
         수상태에 빠지셔서 말씀을 못 하셨고 그다음에는 넘어지
         셨다고 하시더니 시방 말씀을 들으니까 누구한테 상처를
         받으신 것입니다그려. (갑자기 노여움과 원망을 품고 무서운
         얼굴을 지으며) 어떤 년이 그랬습니까? 어떤 놈이 그랬습
         니까? 어째 아씨는 그런 말조차 없으셨습니까? (팔을 내뽑
         으며) 이 어멈의 팔로 그런 연놈에게 복수를 하여드리렵니
         다. 어서 말씀하십시오.

아내   (괴로운 듯이 입술을 깨물고 머리를 흔들 뿐)

유모   (궁금한 듯이) 어째 이 어멈에게 가르쳐주시지 않으십니
         까? 어멈이 아씨께 불민한 일을 해드릴 것 같으십니까? 나
         리께서 아시면 좀 놀라시겠어요?

아내   (아니라는 듯이 머리를 흔들며) 그도 자기의 행복을 찾아 나
         가신 인데 내 불행을 염려하실 리가 있을라고?…… (다시
         머리를 숙이고 앉았다가) 어멈, 내가 ××회에 책을 팔아서
         갖다주던 날이 언제이었는지.

유모   그날이 아씨 발 다치던 날 아닙니까? 벌써 한 두어 달은
         넘었지요.

아내   나는 그날 늦어서 ××회에 갔다 오는 길에 이문 안을 지나
         오노라니까 어떤 여자의 음성이 내 옆에서 "이년, 남의 사
         내 잘 찾아다니는 년" 하는 것 같더니 그저 아뜩해지겠지.

그 후에는 정신이 없어 내가 넘어지고 착각을 일으켰는지 사실 남이 나를 해하였던 것인지 도무지 아득해요.

유모　(그만 맥을 턱 놓으며) 나리께 들어오시라고 기별이나 할까요? 아씨는 지금쯤 그 친절하시던 나리 생각이 나지 않으셔요?

아내　(머리를 흔들며) 불행을 생각하기에 무거운 머리는 아무것도 생각할 수가 없다오.
　　　(밖에서 대문 여는 소리가 나자 행랑어멈이 기쁜 얼굴을 하고 중문 안으로 들어온다. 유모와 아내 하던 이야기를 그친다)

어멈　(댓돌 아래 와 서며) 아씨 저 나리 마님이 들어오셨는뎁쇼. 시방 들어가 아씨께 뵈어도 괜찮겠습니까? 여쭈어보라세요.

아내　(놀라운 표정으로 어멈과 유모를 보고 망설이다가) 당신 댁에 당신이 돌아오시는데 누가 무어라겠습니까? (말을 마치고 얼굴을 푹 수그린다)

유모　(기쁜 얼굴로 "어멈! 어서 들어오십사고" 말을 하면서 중문 밖으로 나가는 어멈의 뒤를 따라 나간다)

아내　(홀로 되어) 불행한 내 몸을 숨길 내 집이 없구나. 이런 때 내 발을 자유로 옮길 수가 있었더라면 얼마나 좋았을까? (말을 마치고 주저앉았던 자리에서 일어서려 하나 일어서지지 않는다. 세 사람의 여섯 발소리가 가까워올수록 일층 더 일어서려고 하나 쓰러질 뿐이다)

　유모, 양복 입은 주인 등장

주인　(역시 인자한 얼굴로) 기정이 오래 앓으셨다고 나를 용서하

108

시오. (주저앉아서 일어서려고 무한히 고통받는 아내를 보고)
당신은 아직 자유로 일어서실 수가 없구려. 어떻게 그렇게
발을 다치셨소?

아내   (역시 일어서려고 고심하며) 나는 그동안에 병신이 되었답니
다. 이 꼴까지 나리께만은 보여드리고 싶지 않았었는데 이
렇게 뵈옵는 것이 본의가 아니올시다. (아내의 말을 측은히
들으며 마루 위로 올라와서 아내를 일으켜주려고 손을 내밀다가
측은히 아내를 바라보며) 일으켜드릴까요?

아내   (일어설 공부를 중지하고) 아니요. 혼자 일어나보지요.
(유모는 슬그머니 부엌으로 들어간다)

남편   (유모의 뒷모양을 바라보다가) 당신은 그래도 나를 의지하여
살아갈 마음은 없구려. 이런 때에도 나는 당신에게 소용이
없습니까?

아내   (면목 없는 듯이 머리를 숙이고) 이날 이때껏 당신을 의지하
그만 살아오지 않았습니까? 그래서 퍽 미안한 때가 많았
답니다. 그런데 지금은 나리께서도 자신의 행복을 따로 찾
으신 바에야 내가 더 괴로움을 끼칠 수가 있겠어요? 당신
의 영원한 행복을 빌 뿐입니다.

남편   (애원하듯) 여보시오! 내가 세상 고생을 해온 사람이었었
기 때문에 또 어느 동경을 가진 사람이었었기 때문에 당신
을 잘 아는 탓으로 불행한 경우에 당신에게 마땅한 대우를
하여드렸던 데 지나지 않습니다. 조금이라도 의식 있게 당
신을 내 아내로 억제하려고는 마음먹지 않았었소. 어떤 때
라도 당신이 내게 돌아오는 날이면 온갖 여자의 후대를 다
버리고 당신의 박대를 받으러 모든 사랑을 다 버리고 당신

의 미움을 받으러 돌아올 것이요. 단지 내가 나를 앎으로 당신을 존경하여드리는 것을 잊지 마시오. 그러고 나를 오해치 마시오!

아내   (머리를 흔들며) 나는 어느 존경할 만한 양반을 미혹시켜가지고 최후 피난처를 삼으려 할 만치 구구한 생활을 하여오지도 않았고 하려고 하지도 않습니다.

남편   그러나 역시 사람이란 이해 조건을 무시할 수 없는가 해요.

아내   (괴로운 듯이 두 손을 비비며) 나같이 불행한 자리에 앉아서 무엇이라겠어요.

남편   (아내의 얼굴을 바라보며 머뭇머뭇) 참, 김춘영 군은 교회와 학교를 나와버렸다는데, 월전 어느 극장에서 보니까 리혜경이의 친구인 추은난이와 나란히 앉아서 구경을 하더니 그저께 저녁에는 밤 열두 시나 지나서 역시 키 작은 여자와 동대문께로 걸어가더군. 아주 딴사람이 된 것 같던데.

아내   (아무 소리에도 관심치 않는 듯이 멍히 하늘을 치어다보다가 혼잣말같이) 그가 나를 몰랐던 것이니 무슨 문제가 있으랴. 그는 추은난이라는 자와 같은 품성의 남자인지도 모를 것이다! 내 눈은 무엇이라고 그렇게 어두웠던고. 역시 나는 남을 원망할 수가 없었다! 내 맘이 어두웠었기 때문에 눈까지 어두워져서 바로 볼 수가 없던 것이다! (참을 수 없는 듯이 얼굴을 찡그리다가 남편에게) 여보세요. 나리와 같이 관대하신 어른은 사람이란다. 눈토 매이워 있는 견지에서 나를 동정하실 수도 있겠지요. 이 헤매이는 꼴을. 불행한 꼴을.

남편   (측은히 아내를 내려다보며 낮은 음성으로) 그렇고 말구요.

아내   (팔을 내밀며) 그러면 나를 좀 일으켜주세요. 무엇이든지 자기의 욕심을 못 채우면 옴두꺼비와 같이 노여워지는 속인처럼 내게다 아무런 조건도 붙이지 마시고요. 그때 빈한에서 건져서 당신의 아내라는 좋은 이름을 빌리어주신 것과 같이요.

남편 (얼른 두 팔을 내밀어 아내를 일으켜 침대 위에 앉히고) 그런데 당신은 왜 다치셨소?

아내 책을 팔아다가 ××회에 기부하고 돌아오는 길에 넘어졌답니다.

남편 (한심한 듯이 사방을 둘러보고) 그런데 당신은 내 살림살이를 다— 어찌하셨소?

아내 (눈을 둥그렇게 뜨고 깜짝 놀라며) 무엇이어요? 보내라고 기별하시지 않으셨어요? 바로 맨 처음 나가 주무시던 이튿날 양복 가지러 왔던 하인이 편지와 인부를 데리고 와서 다— 실어갔답니다. 그러면 당신이 시키지 않으셨어요?

남편 (깜짝 놀라며) 그러면 또 혜경이 장난이로군. 어떤 여자의 사랑은 누구의 미움……만도 못 하게 사람을 귀찮게 하는군. (전령이 운다)

남편 (전화를 받으려 할 때)

아내 내게 온 것일 걸이요.

남편 (빈정거리지도 않고 동정하는 듯이) 이관주 씨에게서? 당신 요사이는 그와 숙친(淑親)[18]해졌소? (아내 부끄러워하는 듯이 미소를 띠고 웃을 때 남편은 수화기를 귀에다 대고) 누구세요? 네? 혜경이요? 곧 가리다 염려 마시오…… 그거 무슨 소리요? ……그럴 리 없소…… 그저 위로해드릴 뿐이오…… 그저 세상 사람이라는 가엾은 견지에서…… 그런

야비한 품성을 지닌 여자는 아니오…… 그런데 당신 내
짐은 가져다가 다— 어쩌하셨소? ……모르다니? ……그
러면 그렇지. ……뜰아랫방에 채워둔 것이 내 것이었소?
……그럽시다…… 되는 대로 속히 가리다…… 네. 네.

아내 아이, 어여 가보세요. 나는 염치없이 위로를 받고 있었습
니다그려.

남편 (원망스럽게) 평생 좀더 있으라고 졸라보구려. 그저 너는
너 하는 대로 해라 나는 나 하는 대로 하겠다요? (수그러지
며) 그러나 때가 아직일는지 모른다.

아내 (부끄러워하는 듯이) 그럼 그밖에 어떻게 해요? 각각 자기
로의 이상을 품고 있으면서야 별다른 도리가 어디 있습니
까? 당신은 너무 하나 빼고 하나 넣는 현실이시고……

남편 (마지못하여 마루 아래로 내려서며) 자— 기정이 다음 뵙기까
지 완연히 걷게 되시오.

유모 (부엌에서 나오며) 그런데 나리께서는 앓는 아씨를 두고 그
렇게도 쉬— 가세요?

아내 (눈을 엄하게 떠 유모를 보며) 여보, 유모! 그 좀 답답히 굴지
를 마시오. 나리께는 이름뿐 아내인 나 이외에 참으로 부
인 되시는 이가 있다오. 나야 어디 사실이오.

유모 (원망스럽게 댓돌 위에서 구두 신는 남편을 바라보고 침대 위에
시름없이 앉아 있는 아내를 보며) 저 같은 늙은이는 나리 댁
일을 도무지 알 수가 없습니다.

남편 (신발을 신고) 자, 그러면 쉬 낫도록 자중하시오. 그러나 이
관주 씨를 삼가야 합니다. 그이들 부부야말로 사이가 좋을
뿐 아니라 옴두꺼비 같은 성질을 가진 이들이오. (남편과

유모 중문 밖으로 나간다)

아내   (두 손길로 얼굴을 가리고 있다가) 혜경 씨가 가시라 하거든
　　　또 오세요. (대문 밖에서 "네—" 대답한다)

아내   (홀로 되어) 세상에는 유혹이 있다 못하여 불행의 유혹까지
　　　있구나. 내가 무엇을 바랐던고?

— 막 —

제4장

무대   3장과 같으나 한편 사진은 바뀌어져서 황금 틀은 깨어지고 유리
     알이 부서진 채 여기저기 마룻바닥에 널리어 있고 댓돌 위에는
     조선 신이 놓여 있다.

아내   (얼굴과 허리를 붕대로 감고 전화기를 붕대 감은 손으로 집어 들
     고) 모시모시. 고― 가몽 후다센― 핫백구나나주― 히도
     방― 부대동입니까?[19]…… 이 선생님이세요? ……그런
     데 선생님께서는 어젯밤에 선생님 부인이 내게 오셨던 것
     을 모르세요? ……어젯밤에요! ……호호 (비웃으며)……
     네…… 그러시겠지요…… 그런데…… 선생님께서는 저
     와의 몇 번 없는 교제와 또 저의 선생님께 대한 숭배를 어
     떻게 해석하시고 부인에게 말씀하여버리신 것입니까? 그
     것은 정말이십니까? ……아니 그러실 것이 아니라 선생
     님께서는 정녕 저를 오해하시었어요…… 아니라니요……
     선생님 부인은 선생님과 사이도 퍽 좋으시다는데…… 그

렇게까지 저를 오해하도록 내버려두시었어요. 내가 선생님을 사모하기 시작한 동기는 단지 애욕뿐이 아닌 듯해요. 나는 그런 것 말고 다른 것을 선생님께 구하였던 것입니다. 선생님과 같이 여자를 다— 선생님 부인 따위의 야욕밖에 안 가진 줄로 보아서는 옳지 않습니다. 그것은 참을 수 없는 여자 전체에 대한 모욕입니다. ……왜 그렇게…… 선생님은 나를 모욕하여야 합니까? ……그것이 온갖 정성을 다하여 선생님을 본받으려던 대가라면…… 나는 선생님께 어느 조목의 인격적 동경을 가졌었더라는 것을 선생과 같이 선생의 부인 앞에 (어음이 점점 격렬하여진다 스스로 가다듬으려고는 하나 부지중에 더 격렬하여지며) 혹백을 가리듯이 변명하게 된답니다. ……흥분된 것이 아니랍니다. ……흥분되지 않았을수록 반드시 나는 선생님께 나는 이런 말을 할 수밖에 없지요. ……뵈옵고 이야기를 할 수가 있었으면 얼마나 다행하였겠어요? 그러나 내 눈은 멀고 내 머리는 부서져 절대안정을 명령받은 이때에 영원히 잃어버린 마음의 침착 때문에 필사의 힘을 다하여 이렇게…… 이야기를 한답니다. ……왜 그렇게 되었느냐고요? 내가 선생님께 잘못 뵈었었기 때문에 또 선생님께 잘못 숭배를 하여드렸었기 때문에 선생님 부인에게 선생님의 사진틀로 다치었답니다. ……이렇게 말하면 선생께서는 곧 선생 부인의 팔 힘을 자랑도 하시고 싶을 터이지마는 선생님의 부인은 내 집에 오자 선생님의 사진이 걸린 것을 보고 허둥지둥 그만 미친 듯 달려들어서 급히 사진을 내리다가…… 가만히 드러누운 내 얼굴에다가 떨어뜨렸답니다. ……그 아름다운 얼굴을 다치었느냐고요? ……아름답게 보지 못할 사람들이…… 아름답게 보았었기 때문에…… 내 생명으로 갚았답니다. (아주 시진한[20] 듯이 음성을 낮추어서) 내가 죽더라도 선생님 부인께 오해를 풀도록이나 하여두세요. ……내가 선생님께 원망을 돌리겠느냐고요? ……그러면 걷지 못하는 발로 행방불명이 되어버릴까요? ……사람이 걷는 발걸음으로 말고 손으로 아니 앞발로 기어서 산에든지 내에든지 들어가버릴까요? ……염려를 마세요. ……나는 그런 변명이 듣기가 싫습니다. ……인제 끊으세요. 다— 귀찮습니다. ……아니 천만에. (전화를 마치고 붕대 감은 팔로 가슴을 부둥켜안고) 유모! 유모!!

(불러보다가 죽은 사람같이 침대 위에 쓰러져버린다)

(중문 밖에서부터 방물[21] 사라는 소리가 들려온다)

방물장사   (중문 안으로 들어서며) 아씨! 분이나 기름 삽쇼. (침대 위를 미처 못 보고) 이 댁에는 아무도 안 계신가? (혼잣소리를 하며 댓돌 위에 놓인 조선 신을 유심히 들여다보고 이리저리 휘둘러보다가 침대 위에 아내가 쓰러져 고민하는 것을 보고는) 아씨! 아씨! 분이나 기름 사시오. 아씨! 어디가 불편하십니까? 아씨! 분이나 기름 사시오.

아내   (붕대 처맨 손길로 손짓을 하며) 유모! 유모!! (신음하듯 부른다)

방물장사   (신발을 들어보며) 아씨! 아씨…… 고 신발 얌전도 하다.

(중문으로 유모와 남편 양복 입고 등장)

남편   (급히 댓돌 위로 올라서며) 여보시오! 기정이! 당신은 불행

116

을 연거푸 당하시는구려.

아내 (머리를 들며 붕대 처맨 두 손길을 내밀며 남편을 어루만지려는 듯이) 나리. 나는 퍽 불행하답니다. 행복을 찾으려다 못하여 참혹히도 죽어버릴 수밖에 없답니다. 몇 해 동안이나 뒤를 보아주시고 보호하여주신 당신을 마지막 뵈옵건마는 내 눈은 상하고 내 머리는 부서졌답니다. 그러니 어떻게 치하를 하고 뵈올 수가 있겠어요?

유모 (침대 옆으로 얼른 가 서며 아내의 귀에) 의사가 무엇이라고 하셨기에 아씨는 이렇게 일어나서 말씀을 많이 하십니까? 아씨께서는 이때껏 전심전력하여 길러드린 유모의 말을 안 듣고 너무 몸을 함부로 가지셔서 늙은것에게 별 참혹한 정상을 다 보이시고도 그저 삼가실 줄을 모르십니까?

남편 (유모에게 손짓을 하며 방물장사에게) 웬 사람이요?

방물장사 방물장사랍니다. 좀 팔아주시오. 하루에 몇십 전 벌어서 근근 살아간답니다.

남편 (지갑에서 돈을 꺼내 방물장사에게 주며) 그저 가지고 가시오.

방물장사 (미안한 듯이) 분을 드릴까요? 기름을 드릴까요?

남편 아마 우리 집에는 분도 기름도 바를 사람이 없나 보오. 머리는 터지고 얼굴은 깨어지고. (고민하듯이 두 손길로 얼굴을 가린다)

방물장사 (혼잣소리같이 중문 밖으로 나가며) 얼굴은 깨지고 머리는 터지고 다리 팔도 다 부러지고 분 기름 소용도 없지. (다시 댓돌 위의 신발을 들여다본다)

아내 (몽유병자와 같이 팔을 내저으며) 유모! 유모! (유모 그 옆으로 가서 그 손을 잡아준다) 나를 교의 위에 앉혀서 김 선생님의 사진 앞에 옮겨주어요. 마지막 청이오.

남편   (주저하는 유모에게) 교의를 이리로 가져오시오. 나하고 둘이 안아서 옮겨 앉힙시다. (유모는 교의 하나를 침대 앞에 갖다 놓으며 아내의 바른편을 부축하매 남편은 아내의 왼편을 부축하여 옮겨 앉히며) 조금도 미안히 여기지 마시오. 나만은 당신을 영 버리지 않으리다. 그러나 당신은 나라는 장애물 때문에 당신의 그 작은 애처로운 이상을 실현치 못하신 것이요.

아내   (머리를 흔들며) 당신은 얼마나 나를 호화롭게 하여주시었어요? 당신은 얼마나 마음까지 부유하신 어른이어요? 내가 이번에 죽어 다시 사람이 되고 또 여자로 태어나거든 꼭 당신 같은 어른에게로 정말 시집을 올 터입니다. 내 어두웠던 이야기를 마세요. 그때에는.

남편   (아내를 힘 있게 끌어안으며) 당신은 이때부터 영원히 내 아내요. 사람의 생각하던 모든 것이 다 열렬하면 열렬할수록 현실에 끌어내려볼 때에는 거의 다 당신같이 상처받게 되는 것이오. 역시 당신은 아름다운 이요.

아내   (한편 사진틀 옆에 앉혀서 상한 손길을 내저으며) 아이고, 상한 손길로 만져 알 수 없는 동경! 사람마다 칭찬하여주시던 이름.

〔『애인의 선물』, 1920년대 후반 작품으로 추정〕

유
치
진

토막 土幕

등장인물

최명서(崔明瑞)	병들고 가난한 늙은이
명서 처	
금녀(今女)	그들의 딸
강경선(姜敬善)	별명 빵보
경선 처	
순돌	경선의 장남
삼조(三祚)	
구장(區長)	
이웃 여자	60여 세
우편배달부	

제1막

때　192X년 가을.

무대　읍에서 그다지 멀지 않은 명서(明瑞)의 집. 외양간처럼 음습한 토
막(土幕)[1]의 내부. 온돌방과 그에 접한 부엌. 방과 부엌 사이에는
벽도 없이 통했다. 천정과 벽이 시커멓게 그은 것은 부엌 연기 때
문이다. 온돌방의 후면에는 골방으로 통하는 방문이 보인다.
　좌편에 한길로 통한 출입구. 우편에는 문 없는 창 하나. 창으로
가을 석양의 여읜 광선이 흘러들어올 뿐, 대체로 토막 안은 어두
컴컴하다.
　우편 방에 꾸부려 앉은 육십 노인은 금녀의 아버지, 명서. 편지를
쓰고 있다. 오랫동안의 병으로 정신이 매우 흐릿한 듯하다. 그가
가진 침울한 성질은 선천적이라기보다 그의 생활의 궁핍과 다년
의 병고가, 그에 영향함이 적지 않다. 좌편 부엌에서 금녀는 타념
(他念) 없이 가마니를 짜고 있다. 그의 멍하니 커다란 눈에는 일
종의 병약(病弱)과 예지의 빛을 감췄다. 가마니 짜는 둔한 기계
소리에 막이 열리면─.

명서 처　　(소리만) 후어! 저놈의 닭들 좀 봐라! 후어! 에그 속상해.

　　명서의 아내, 좌편 입구에서 등장. 호미와 바구니를 든 것을 보면 그는 밭에서 일하고 오는 것이 분명하다. 나이에 비하여 아직 기력이 좋아서 능히 자기의 노력(勞力)[2]을 담당하는 것이다.

명서 처　　(들어서면서) 아이, 세상이 약으니까, 닭들꺼정[3] 약아서. 사람의 소리를 겁을 내야지. (금녀에게) 이년아 넌 집에 있으문서 닭두 좀 못 쫓냐?

금녀　　집에 있으문 누가 노우? 어머니두 참. 밭이나 다 매고 왔우?

명서 처　　(몸의 흙을 떨면서) 아래 밭만 맸지. (남편을 보고) 당신은 그걸 여태 들구 앉았우? 오늘두 끝을 못 내구…… 아이구, 편지 한 장에 며칠이 걸린단 말유?

명서　　……

명서 처　　그렇게 천장만 쳐다보구, 눈만 까무락거리문 뭣이 나오우? 얼른 써유. 삼조가 곧 올 텐데. 일본 간다구. 금녀야, 내 없는 동안에 삼조가 혹 왔다 가진 않았니?

금녀　　아뉴, 아직.

명서 처　　아까 밭에서 보니까 벌써 보퉁이를 들구 나가더라던데. (남편에게) 그 애더러 금년에는 꼭 나오라구 그러쥬. 그리구 나올 때는 돈 좀 가지구 나오구. 그렇게 썼우?

명서　　왜 이 수선야? 정신 헷갈리게.

명서 처　　돈이 있어야 사람이 좀 허리를 펼 게 아뉴?

122

명서	편지라는 건 그리 쉽게 되는 게 아니어.
명서 처	대관절 이 편지를 들구 앉은 지가 오늘이 며칠이우? 사흘째예유. 사흘이문 벙어리두 말을 배우겠네.
금녀	어머니, 누가 오나 봐, 개가 짖어요.

아까부터 개 짖는 소리 들리더니 삼조가 명랑한 얼굴로 등장. 보퉁이를 들고 바랜 양복에 노동화를 신었다.

삼조	명수 어머니!
명서 처	아이구 삼조야, 너 참 훌륭하구나. 양복에다 사포[帽子]⁴를 쓰구서! 그렇게 차리구 오니까, 개두 몰라보구 짖는 게지? 지금 떠나니?
삼조	(미소를 지으며) 예. 명수헌테 전헐 게 있다구요?
명서 처	아이구 구장헌테나 맽겼으문 벌써 다 됐을 걸. 되지도 않는 글씨를 부비다가 그만 좋은 인편을 놓쳐버리겠네.
삼조	여데 안 쓰셨구먼유?
명서	거진 다 되어가는데……
명서 처	그눔의 거진이 또 며칠을 끄을 거진이란 말유?
금녀	그럼 말로나 전허지유, 어머니.
명서 처	그러는 수밖에 없겠다. 삼조야 좀 올라앉으렴.
삼조	바뻐유.
명서 처	바뻐두 좀 걸터앉기래두 해라. 우리 집 형편을 네가 잘 보구 가서 자세히 전해주어야겠다. ……에그, 사람이란 별게 아니로구나. 너두 그렇게 꾸며놓구 보니까 바로 면 주사 나으리 같구나!

삼조	그야 뭘 일본 가서 '곤니찌와' '곰방와'쯤 배우구 구쓰(靴) 신을 줄이나 알문 그까짓 면 서기쯤이야 부러울 것 없겠쥬. (일면 웃는다) 아니, 정말이우.
명서 처	애 부디 그렇게 되드래두 우린 잊지 말아다구.
삼조	그야 그때가 돼봐야 알쥬. 하하하……
명서	너희들은 재주두 좋다. 가뭄에 빗방울보다 귀헌 돈을 어디서 구해서 그만저만의 노자를 다 장만했니?
삼조	집을 잽혔쥬, 뭐.
명서	집을? 허어 그거 될 말이라구?
삼조	거기 가기만 허문 그까짓 돈쯤이야……
명서	집꺼정 팔아가지구 가두 오두 못허는 사람이 부산 뱃머리에게는 장군 같다더라. 너무 헤픈 생각 말구 너두 미리 조심해라. 그리구 일본 가걸랑 우리 집 명수 만나보구 그눔이 요즘 뭘 허는지 좀 기별해다구. 재작년 섣달부터선 도무지 소식이 없구나.
삼조	그야 제가 건너가기만 허문 제절로 만나게 될 테니까 염려없어유.
명서 처	에그, 길이 가까워 가보기나 하겠니, 왕래가 잦은 데라 냉큼 인편이 있겠니?
명서	그눔 간 지가 어엄범 일곱 해로구나. 남의 밥 그만 벌어먹구 인젠 그만 나오래라.
삼조	명수가 나오문 뭘 시킬려구 그러슈? 이 고장에서 살아나갈 방도가 있겠우?
명서 처	남의 집을 살아두 내 고장에서 살구, 흙을 파먹어두 같이 파먹지.

삼조	아따 남의 집 살 덴 있구, 흙 파먹을 덴 있답디까?
명서 처	나와서 장가두 들어야지. 그 애 나이가 벌써 반 쉰이 넘었 단다.
삼조	장가가 다 뭐유? 죽자꾸나 농살 지어두 입엔 거미줄을 면 치 못하는 세상인데……
명서 처	아이참! 여보, 너더럭 장단⁵에 소중헌 돈 말을 빼놓을 뻔 했구려.
명서	정말!
명서 처	얘야, 명수가 냉큼 나올 수 없다거든, 돈이라두 보내라구 그래라. 돈만 있으문야, 이러니저러니 걱정할 것두 없다.
명서	…… 삼조야. 이 집을 한번 둘러봐라. 여긴 사람 겉은 사 람은 하나 없다. 이 할미는 늙어 이렇지, 저 금녀는 금녀 저대로 몸이 착실치 못하지. 게다가 나꺼정 병으로 이 몇 핼 두구 그들의 신세만 지구 있으니 대체 이걸 집이라겠 니, 무덤이라겠니?
삼조	이런 지옥에라두 이대로 죽으란 법은 없을 거예유. 명수 아버지, 너무 상심 맙슈. (일어선다)
명서	에그, 너희들 젊은 눔은 메뚜기 새끼같이 제 좋을 데로 모 두 뛰어들 가버리구 나문 여긴 누가 남는단 말여? 나 같은 늙은 것허구 병신뿐이니, 허릴없는 쓰레기통이로구나.
명서 처	왜 이렇게 궁상만 떨우? 먼길 가는 젊은일 보구……
명서	바쁜데 어여 가거라. 아무리 말해두 너희들의 기상을 돋아 줄 만한 소린 한마디두 없다.
삼조	안녕히들 계세유.
명서 처	부디 잊지 말구, 가든 맡으로⁶ 명수 소식 좀 전해다구.

삼조	염려 마슈.

삼조 퇴장하자마자, 경선이 뛰어들어온다. 들어와서 초조하게 숨을 데
만 찾는다. 그는 코찡찡이다. 그의 빵보라는 별명은 그 때문이다.

명서 처	빵보 영감 또 마누라한테 매를 맞았구료?
경선	(출입문을 안으로 잠그면서 시치미를 뚝 떼고) 내가? 아뉴.
명서	그럼 왜 남의 문을 걸어?
경선	이건 저…… 개가 들어올까 봐 그래. 아주머니 개가 짖어 두 문은 열어주지 말우. (가마니틀 뒤에 숨는다)
경선 처	(멀리서 소리만) 여보! 어딜 숨어버렸우? 여보!
경선	(그의 처의 소리를 듣더니 콩 낱만 하게[7] 옴츠라든다)
명서 처	밖에 저 소리가 개 소리우?
경선 처	(잠근 문을 떨거럭거리며) 금녀 어머니, 우리 집 영감인지, 대감인지, 여기 안 뵙디까?
경선	(없다는 말을 해달라고 애원)
경선 처	아이, 문은 왜 잠겄우? 좀 열어주.
명서 처	(천연덕스럽게) 여긴 없네. 대낮에 뭣헐려구 영감은 찾나?
경선 처	에그, 지지리두 못났지, 이 난리에 어딜 숨어버렸누.
경선	(낮은 목소리로) 금녀야 갔나 좀 봐다구.
금녀	(문을 열어보고) 안 뵈는 걸유.
경선	(끼웃이 문밖을 엿보고 그 처가 없음을 확인하고는 그제서야 대 담하게) 우리 집 마누라 거기 있나 없나. 여보! (하고 부른 다. 대답 없으니) 제에기 어딜 갔어? 영감은 여기다 두구.
명서 처	헹, 없으니까 또 뽐내지.

명서	에키 못난 사람 같으니. 계집에게 쥐여서 그 무슨 꼴이람!
명서 처	바로 팽이[8] 앞에 쥐죠.
경선	그 모르는 소리유. 내가 눈을 부릅뜨구, 한번 이년! 허문 꼼짝달싹 못 허구 파리 손을 살살 부비지. 허지만 양반의 체면으로 내가 어찌 그럴 수야 있나.
명서	허허허……
명서 처	하하하…… 이불 밑에서 웬 활개는 그리 잘 치우?
경선	아니, 정말이우.
명서	아따, 그만두게.
경선	오늘은 제에기, 또 무슨 양복쟁이[9]가 왔다나……
명서 처	양복쟁이라니?
경선	점잖은 집에는 흔히 그런 손님이 드나들지우.
명서	허어, 또 큰소리야.
경선	그러문서 날더러 그 손님을 붙들구서, 한 번만 더 용서해 줍시사구, 애걸복걸하는 거야. 원, 그를 수가 있나. 그래 애초엔 내가 유순허게 '안 되느니라. 점잖은 체면에 그럴 순 없어' 이렇게 달래주었지. 그랬더니 요 맹랑한 것 좀 보지. 내가 순허게 구니까 이년이 건방지게 말대꾸를 헌단 말야. 내 성미에 두구 볼 수 있나? 어림없지. 제격 그년의 머리채를 움켜쥐구 이렇게 보기 좋게…… (이때 사람 오는 기척이 나니까) 이크! 또 오나베. (가마니를 한 장 들고, 언뜻 숨는다. 일동 배가 아프게 웃는다)

경선의 처 등장. 뚱뚱하고 앙탈 궂은 마흔 살쯤 되는 여자다.

경선 처	아이 속상해. 우리 집 영감 좀 찾아주우. (집 안을 이리저리 찾는다)
명서 처	왜 이 성화야?
경선 처	(가마니를 들춰본다. 그 밑에 경선이 죽은 듯이 엎디었다) 글쎄 이게 무슨 병신굿이란 말유? 누가 장난하쟀우? 빨리 집에 나 가봐유.
경선	쥐새끼처럼, 왜 이건, 내 꼬리만 물구 다녀? 사람이 숨두 못 쉬게……
경선 처	아따, 숨 못 쉴 팔자가 됐으니 복은 무척 많이 타구났구려. 글쎄, 여보! 그 복은 다 어쩌구서 계집자식을 요렇게 안녕 하게 건사한단 말유?
경선	(그 처에게) 이왕 그렇게 돼서 방금 경맬[10] 헌다는 마당에 내가 나서문 뭣해? 속만 상허지.
경선 처	에그, 말씀은 점잖구, 마음은 무사태평이십니다그려.
명서	여보게. 이게 대관절 어떻게 된 셈인가?
경선	장리 쌀 몇 가마니 꾸어다 먹은 게 있는데 그걸 무슨 집행 이 나왔다나.
명서 처	(놀라며) 집행?
경선 처	아따, 남의 얘기나 하는 것 같구려. 당신이 병신이라 그렇 지. 그래 사내대장부로서 자기 집이 날아가는 걸 그대로 보고 있담.
명서	아까 경선이가 양복쟁이가 왔으니 손님이 어떻게 되었느 니 하기에 우린 또 농담인 줄만 알구 웃구만 있었지.
경선 처	이 양반은 뭐든지 농담으로만 돌려버리쥬. 그게 병이에유.
명서	아무리 받을 게 중하기로서니 사람을 거리로 내쫓는 그

런……

명서 처   빨리 가봐유. 빵보 영감?

경선 처   (기가 막혀 발을 구르며) 어서 가서 말 좀 해유. 저눔들이 우
리 누더기 쪼각꺼정 마구 가져가나 봐, 어서 좀. 빨리!

경선   난 싫어, 그걸 어떻게 나더러 보구 섰으란 말야? 우리 헬
가져가는 게 뭐 이번이 처음이구, 또 마지막인가, 어디?

경선 처   (혀를 끌끌 차며) 에그, 저 꼴에 불알이 달렸으니 기가 맥힐
노릇이지. 동네방네 쏘다니면서 술이나 처먹구 엄벙뗑한
소리나 허라문 잘했지, 남의 앞에 나서라문 그만 주먹 맞
은 감투가 돼버린단 말여.

경선   우리 집 겉은 걸랑 제 멋대루 떠가지구 가래. 난, 사내답게
다 내줄 테야. 내가 그까짓 걸 두구 떨어? 그런 걸 가지구
울었다문 난 말라서 벌써 북어 신세가 됐을 걸.

순돌이 대여섯 살밖에 안 되는 소아(小兒) 울며 등장.

순돌   엄마, 어서 와, 다 가져가. 다 가져가.

경선 처   에그, 저걸 어쩌나? 어서 가봐유!

경선   (치미는 울화를 억제 못하는 듯이) 제에기 망할 것! 될 대루
되래라. 뭐가 뭔지 뒤죽박죽이다! (이렇게 악을 쓰다가 갑자
기 무엇을 생각하였는지) 어허허허…… 이눔의 일은 점점
가경으로 몰아치는구나. 인젠 어디로 가란 말씀요? 온 세
상을 토파 헤매란 말씀이우? (눈에는 눈물이 맺힌다)

경선 처   바로 미쳤군.

경선   에키, 망헐 눔의 세상 같으니라구! (내빼다시피 퇴장)

경선 처   어딜 가유? 예? (남편의 뒤를 따르며) 여보, 이리 와유. 어딜
          가유? 여보!

경선의 아내 남편을 부르며 그의 뒤를 쫓는다. 아들 순돌은 어머니의
뒤를 따른다.
금녀와 그 어머니는 자기 집 사립문 앞에서 경선의 식구가 나간 쪽을
기막힌 듯이 바라만 보고 있다.

금녀   어딜 저렇게 훨훨 갈까유?
명서 처   살림을 탕을 치니까 정신까지 뒤집힌 모양이지?
금녀   애그, 저것 봐유! 곧장 강을 건너가네.
명서   (노기를 띠어) 그게 무슨 구경거리람? 이리 들어들 와.

명서 처와 금녀, 아무 말 없이 각각 제자리에 돌아가 하던 일을 다시 계
속한다.
구장 한 손에 신문지를 들고 등장하다가 출입구에서 발을 잠깐 멈춘다.

구장   (들어오던 쪽을 멀리 바라보며) 빵보가 술만 처먹구 다니더
          니, 그예 저 지경이지.
명서   아따, 술 먹지 않는 사람두 별수 없습디다. 망해먹으려 드
          는 데야, 막아낼 장수가 있나유?
구장   사람이 갚을 건 갚구 살아야지, 무턱대고 배짱만 내밀면
          쓰나?
명서 처   백죄 영감님두 잘 아시문서 어디, 경우가 없어 그러나유?
          헐 수 할 수 없으니까 그렇지. ……에구 우린 또 어쩌나?

130

구장 영감 우리 구실[11] 때문에 오셨지우? 다 알아유. 조금만 더 참아주슈.

구장 　구실두 구실이지만 오늘은 다른 일이 있어 왔어.

명서 처 　예?

구장 　왜 놀래긴. 걱정 말우. 잠깐 물어만 볼 일이야. ……저 요즘 명수한테서 무슨 소식이나 있소?

명서 처 　음, 우리 아들 명수 말씀이에유? 난 또 뭐라구.

명서 　소식이 아주 막연해유.

구장 　하하…… 막연해?

명서 처 　웬일인지 재작년 섣달부터 그래유.

명서 　왜 그러슈? 어디서 무슨 기별이 있었우?

구장 　(손에 가졌던 헌 신문지를 보이며) 이 신문에 난 이 사진을 좀……

명서 처 　이거유?

구장 　아니, 이것 말이어.

명서 　눈이 어두워서 어디 잘 뵈야지. 얘 금녀야. 이리 와서 좀……

금녀 　(사진을 자세히 뜯어보더니 그 얼굴에 불안의 빛이 감돈다)

구장 　너 오래비 명수 같지 않니?

명서 처 　명수?

금녀 　이상해유, 어머니.

구장 　나두 처음에 무심히 보곤 이상하게 생각했어. 아무리 봐두 비슷한 데가 있단 말야. 그래, 다시 뜯어보니까 여기에 또 최명수란 이름 석 자가……

명서 　어디?

구장 　이걸 보게.

금녀	(보고는) 이게 언제 신문이에유?
구장	모르지 언제 건지. 읍에서 고무신 싸 가지구 온 건데. 뒤지 헐려구 뒷간에 가지고 갔다가 우연히 이걸 봤어. (하면서 날짜를 신문지에서 찾는다) ……옳아.
명서 처	어찌 된 일이에유?
구장	재작년 섣달부터 소식이 없었다지? 이 신문이 바로……
명서	무슨 사연이유? 이 신문에 쓰인 건?
구장	그게 또 이상허단 말야.
명서 처	얼른 좀 들려주세유, 구장 영감.
구장	쉽게 말허문 이 내용이란 건 대판[12]서, 노가다패에 일하는 최명수란 자가……
명서	노가다패라니요?
구장	그걸 몰라? 산에서 굴 파먹고 남포질[13]해서 돌 떼는 놈들 말야.
명서	그래서?
구장	그래, 그 철없는 명수란 자가 노가다패에서 몇몇 동무 눔 들허구 남 몰래 해방운동인가 뭘 했다가……
명서 처	해방이라니 그 무슨 말이유?
명서	오오, 남의 일허는 데 훼방을 놓았단 말이겠지. 그렇쥬? 구장 영감?
구장	훼방이 아니라 해방이야. 해— 방— 운— 동—, 명서두 모 르는구먼.
명서	모르겠는데유.
구장	헹, 말씀 아니군, 우리네 백성이 이처럼 무식해서야 될 수 있나. 대체 해방운동이란 건…… 음…… 저 뭐라더라. 옳

지 이를테면 보천교와 같은 거야.

명서 처   홈치기교?

구장   그렇지. 그런 걸 해먹다가, 그만 탄로가 났단 말야. 그래, 경찰에 붙잡혀서 예심에 붙었다는 거야.

명서   그럼 지금두 그 명수란 애는 갇혀 있을까?

구장   암 그렇겠지.

명서 처   (반항적으로) 거짓말이야. 그 사람은 우리 명수가 아니야. 우리 명수가 그까짓 홈치기교를 해? 그럴 리는 없어. 원 이 세상에 이름 같은 사람이 없구 화상 같은 사람이 없을 거라구.

구장   만일에 거짓말이라문 불행 중 다행이겠지만……

명서   대체 그눔들이 왜 그런 짓을 했답니까?

구장   그야 한 가질 알문 열 가질 안다는 심으로, 외지에 갔다 온 눔들의 행사만 봐두 알 일 아녀? 쥐뿔두 없는 눔들이 괜히 오금에 신물만 들어서 제집 구석에선 넨장 나무껍질 뜯어 먹는다 풀뿌릴 파먹는다는 난리판에 착실히 일할 줄은 모르고 떼를 지어 쏘다니면서 사람은 먹어야 산다! 이렇게 떠들어대지 않던가? 그리구 본시 헐벗구 자란 눔들이 구두는 웬 구두야? 그나 그뿐이문 좋게. 몇십 원씩 허는 양복까지 입구 다니니 대체 이런 눔들이 사람 구실을 헐 상 싶은가?

명서   하기야 누군들 좋아서 헐벗구 즐겨, 나무껍질 풀뿌리를 먹는 사람은 없겠지유.

구장   허허, 이 딱헌 소리 들어보게. 아니 그눔들이 왜 다들 제 집을 버리구 다른 데루 달아나는 줄 아나? 그건 그눔들이 단지 호강이 허구 싶어서 그래, 그래서 모두들 도망을 가는 거여, 못 먹어 허덕이는 제 애비 에미의 꼴이 보기 싫으니까, 그저 맙시사 허구 도망을 가버린단 말야. 말허자문 난리 피란이랄까? 아무렇든 그놈들을 자식이라구 믿구 사는 제 부모들이 가엾지. 그렇잖은가, 명서?

명서 처   구장 영감댁 자제나 그렇지. 우리네 자식은 그렇잖다우.

구장   이렇게 속이 편하니 늙지는 않겠군그래. 허허허…… 하여튼 농사꾼의 자식은 농사만 들여다보게 해야지. 글을 가르치거나 다른 길에 내놓으문 그저 망치는 거여. (일어선다)

금녀   (나가려는 구장에게) 그 청년이 갇혔다문 징역은 몇 해나 갈까유?

구장   법에서 하시는 일을 우리네 백성이 알 수 있냐. 허지만 전례로 봐선 그런 일은 혹 종신 징역까지 되는 수도 있지.

금녀   종신 징역요?

구장   암.

금녀   (갑자기 혹 느껴 울어버린다)

구장   왜 울기는 해? 허허허…… 명서 자네, 그 신문지는 두구 가니까 뒀다 잘 보게나.

명서 처   (나가는 구장을 노려보고 있다가 신문지를 뭉쳐 던지며) 에이 올같잖은[14] 영감쟁이! 가져가! 가져가유! 어디서 이런 흉악헌 걸 물어왔담! 가져가유!

구장   (노하여) 이게 무슨 인사여!

명서 처   에이, 어디 천하에……

명서   여보!

명서 처   (남편의 말리는 소리도 들리지 않는 듯이 우는 금녀에게 화풀이

를 한다) 이년 그쳐! 우는 소리 못 그치겠니? 에그 듣기 싫
다! 보기 싫어! (제 분에 못 이겨 운다)

구장   (어이없는 듯이) 어허허허…… 참 우스운 여편네도 다 보
겠네.

구장 퇴장.
사이.

명서의 처와 금녀의 느끼는 소리만 들린다. 명서는 멍하니 허공만 쳐
다보고 앉았다.

명서   …… 아아 머리꼴이 허퉁[15] 빈 것 같구나. 애, 금녀야 이리
와서 이, 애비의 머리나 좀 짚어주려마.

금녀   (울음을 참으려고 애쓴다)

명서   그만하고…… (골방으로 기어들어간다)

금녀   (그제서야 아버지에게 가서 그 머리를 짚는다)

명서   아아 뭐가 뭔지 꿈같군그래. 금녀야, 난 아찔아찔헌 비탈
위에서 별안간 깊은 구렁 속으로 떨어진 것 같다. 아무리
손을 쳐두 구할 이 없는 구렁 속으로……

금녀   조용히 주무세유, 한잠. 아버지 얼굴빛이 아주 좋지 못해유.

명서   ……

금녀   아버지 몸이 좀 풀리시거든 제발 오빠헌테, 편지를 한 장
해보세유 예. 그러문 금방, 그 구장의 말이 정말인지 아닌
지 알 것 아녜유?

명서   오늘 삼조두 갔으니까, 얼마 안 돼서 무슨 소식이 있겠지,

그때꺼정 기다려볼 일이여.

금녀　　아버지 가만히 좀 주무세요.

　금녀는 골방 문을 닫아준다. 무대에는 명서의 처 혼자. 명서의 처, 눈물을 썻고 구장에게 던진 신문지를 도로 주워 펴본다. 조용히 느낀다. 무대 뒤에서 '구우! 구우!' 하며 닭 부르는 이웃 여자의 소리 들리더니 출입구에서 집 안을 기웃이 들여다본다.

이웃 여자　　금녀네. 우리 집 병아리 여기 안 왔어? 흰 눔이 한 마리 어디 갔는지 안 뵈는데……

금녀　　(골방에서 나오며) 못 봤어유.

이웃 여자　　그럼, 어딜 갔을까? 해가 다 저물었는데…… (다시 '구우! 구우!' 부르며 무대 뒤로 지나간다)

　황혼이 내린다. 금녀 어머니는 깊은 한숨을 쉬고 마루 끝에 앉았다. 골방에서는 명서의 신음 소리 간간이 들린다.

— 암전 —

제2막

익년 초춘의 어느 날 초저녁부터 밤까지. 무대는 앞 장면과 같은 명서의 집. 그러나 전보다 일층 더 쓸쓸하여 풍창파벽(風窓破壁)[16]은 더욱 심하다. 그들의 유일한 생산기관이던 가마니기는 없어진 지 오래다. 경선의 처는 어린아이들을 데리고 부엌에서 기거하고 있다. 부엌 한 구석에는 줄을 쳐서 빨래를 걸고 그 외에 너절한 가구가 잡연하다.

무대가 밝아지면 무대에는 금녀와 순돌.

금녀는 침침한 등불 밑에서 똬리를 만들고 있다. 이미 만든 7, 8개는 줄에 끼어서 걸어두었다.

금녀 일을 하면서 순돌이에게 노래를 가르치고 있다. 나지막한 목소리로—.

개울 바닥에서
자란 문쥐[17]는
눈 어두운 문쥐 떼.

금녀	틀렸다. (부른다) 눈 어두운 문쥐 떼.
순돌	(따라 부르며) 눈 어두운 문쥐 떼.
금녀	다시!
	(양인, 소리를 맞추어 노래한다)

개울 바닥에서
자라난 문쥐는
눈 어두운 문쥐 떼
꼬리 물구 다니며
찌찌쨰째 우는 꼴
우습구두 가엾네.

순돌	(노래를 마치고) 누나, 왜 울 엄아 안 와, 여태?
금녀	글쎄, …… 얘, 걱정 말구 노래나 또 해보자꾸나. (양인, 다시 노래를 시작한다. 밖에서 사람 오는 기척)
순돌	엄마! (하며 언뜻 출입구로 나가보고 실망한 듯이) 치잇! 난 울 엄만 줄 알았지.
명서 처	(똬리 10여 개를 들고 등장. 행상 갔다 오는 길이다. 들어서며) 아이 추워라. 아직두 해동이 안 됐는지 추위가 맹랑헌[18] 걸.
금녀	얼마나 팔았우, 어머니?
명서 처	오늘 같애선 이 장사두 해볼 만허구나. 무시[19]인데두 세 개나 팔렸단다. (주머니에서 돈을 내어 센다) …… 3전, 4전…… 5전, 6전이나 샀네. 이만만 허다문야 가마니 짜기보다 훨씬 낫지?
금녀	(일을 계속하면서) ……차츰 날씨나 풀리문 더 팔릴 거예

유. 봄이 되문 밖에 물 길러 나다니는 아낙네가 훨씬 늘 테니까.

명서 처 암, 이 추운 고비만 어째서 넘겨놓문 차츰 살기두 낫지. 들엔 풀잎두 피겠구 나무엔 물두 오르겠구…… 그러문 산과 들엔 먹을 게 흐드러지지 않겠니. 그러구러 살아가는 동안에 너 오래비헌테서 편지두 올 게구.

금녀 ……

명서 처 참 금녀야, 오늘 편지 안 왔었니? 네 오래비헌테서……

금녀 예.

명서 처 왜 삼조조차 소식이 없을까? 그 애마저 함흥차사가 됐나? 원, 그 애 떠난 지가 벌써 반년이 넘었는데……

금녀 (밖으로 나가려는 순돌에게) 너 어디 가니?

순돌 엄마 찾으러. (퇴장)

명서 처 (품속에 깊이 간수하였던 신문지 조각──구장이 두고 간 것──을 살그머니 꺼내 한참 동안 들여다보고 있더니) 아니어, 이걸 누가 믿는담. 난 안 믿을걸.

금녀 (일하던 손을 멈추고 날카롭게) 어머니 그거 찢어 없애버리지 못허우! 아니, 어머니는 그 심술궂은 구장의 소릴 그래 믿구 있우? 어머니 같은 어수룩헌 사람이 있으니깐 그 영감쟁이가, 엉뚱한 거짓말만 해먹구 산답니다.

명서 처 (신문지 조각을 조심스러이 개켜서 도로 품속에 넣으며) 듣기 싫다, 애. 네가 뭘 안다구 그러니? 허지만 구장두 구장이지, 왜 이런 걸 하필 내 눈에다 뵌담. 애야, 너 아버지헌테 뭣 좀 끓여드렸니?

금녀 여태 않으시다가 인제야 잠이 드셨는걸유.

명서 처	(골방을 들여다보고는) 너 아버지두 저 병세대루 가문, 오래 살진 못허실 것 같다.
순돌	(다시 등장하며 퉁명스럽게) 할머니, 울 엄마 왜 안 와?
명서 처	누가 아니?
순돌	(큰 소리로) 엄마! (하고 허공을 보고 부른다)
명서 처	에키 이눔의 새끼! 어른이 주무시는데 웬 큰 소리야!
순돌	(훌쩍훌쩍 운다)
금녀	참, 애 엄마가 오늘 저녁은 왜 이렇게 늦을까유? 밥을 얻으러 나갔으문 때맞춰 돌아오진 않구.
명서 처	(순돌에게 식은 밥을 주며) 이거나 처먹으렴! (순돌 느끼며 주는 밥을 떠먹는다) …… 네 어미두 사람 구실허긴 인제 틀렸느니라. 살림이 없어지문 허는 수 없기야 허지만, 거지 실성이 들이두 여간이 아닌 걸, 뭐. 게을쿠 추접스러워서 되문 되는 대루, 허문 허는 대루…… (경선의 처의 기거하는 부엌을 가리키며) 저 지저분헌 자릴 좀 봐라. 저게 사람 사는 데야?

경선의 처는 조금 전에 등장하여 문께 섰다. 젖먹이를 업었다. 금녀 어머니의 하는 말을 심술스럽게 가만히 듣고 섰다.

순돌	(어느새 어머니를 발견하고) 엄마!
경선 처	여보, 웬 괄셀 그리허슈? 당신네 집 부엌에 좀 붙어 있다구 그러우? 헹, 번듯한 한간방이나 내주었으문 그 세도 바람에 비깝[20]이나 허겠나.
명서 처	왜 사람이 차츰 못돼가느냐 말야. 우리같이 틈틈이 똬리라

140

두 만들지. 그러문 하루 2, 3전은 벌 것 아냐. 그저 게을러 빠져서 밥술이나 얻어먹으문 늘어져 자구 일어나문 밥 얻어먹기가 바쁘구, 애가 오줌을 싸니 그걸 거둘 줄 알까, 벽이 무너지니 추운 줄 알까······

금녀 　어머니, 가만히 좀 계세유.

경선 처 　(서슬이 시퍼렇게) 어데, 부귀영화를 누리구 사는 이 마나님의 꼴 좀 봅시다. 에구, 이렇게 부판[21]으루 생겼으니 그러시겠죠? 대체 이 돼지우리 같은 움집에 기어들구두 사람 축에나 드는 줄 알구 이래?

명서 처 　(성이 나서) 뭘 어째? 남의 덕으로 사는 년이 무슨 큰소리야? 나가! 보기 싫다!

경선 처 　나가라구? 더럽다! 나가지, 나만 나가문 그뿐이겠지. 이까짓 집이나 한 칸 쓰구 산다구 이렇게 사람을 눈치코칠 헌담.

명서 처 　에그. (혀를 끌끌 하며) 큰소리 말구 제 꼬락서니나 좀 봐.

경선 처 　예. 나야 개지요. 인제 길바닥에서 죽건 뺨을 맞건 부끄러운 줄두 모르구 분헌 줄두 모르는 개예유.

명서 처 　저 돼가는 걸 보니, 저것의 집을 집행해갈 때 저것의 혼마저 빼앗아갔나 보구먼!

경선 처 　헤헤헤······ 맞았어, 우리 집 항아리, 냄비, 들보, 집터를 가져갈 제 눔들은 정녕 내 정신까지 쓸어간 거여, 이 등신만 남겨두구······ (발을 구르며) 이눔들아, 왜 이 등신은 못 가져가니? 이 죽일 놈들아!

순돌 　에그, 누나! (그 어머니의 고함 소리에 놀라 울고 있다가 인제는 오히려 실신한 듯한 그의 어머니를 겁내는 듯이 금녀에게 안긴다)

명서 처	바루 미쳤구나.
경선 처	(서슬이 시퍼렇게) 미치구 말구. 안 미치구 살겠우? 난 늠들을 찾아가서 부르짖을 데여. 이 등신마저 집행해가라구.
명서 처	에그, 계집두.
경선 처	(나가려다가 주춤 서서 훅 느껴 운다)
명서	(골방 문을 살며시 열고) 왜 이 법석이여? 사람이 잠을 잘 수 있어야지.
경선 처	…… 금녀 어머니, 금녀 어머니, 날 좀 죽여주구려, 예. 날 좀. 다신 이 세상 햇빛을 못 보게 때려 죽여주구려.
명서 처	자, 눈물을 씻어요. 젊은 사람이 이 무슨 짓이여?
경선 처	…… 아아, 제발 이년을……
금녀	순돌 어머니, 울지 말우. 이렇게 어린애들까지 놀래 울고 있다우.
명서 처	그만허구 일어나래두.
경선 처	(눈물을 거두며) …… 금녀 어머니, 이 이 더러운 등신을 어디다 쓰구, 어디다 버리겠우. 사람의 껍질을 쓰구서 개만도 못헌 이 등신을……
명서 처	그 무슨 소리여. 되는 대로 살지.
금녀	어린애나 좀 달래유.
경선 처	(아이에게 젖을 빨리며) 금녀 어머니, 우린 오늘 떠날래유.
명서 처	뭐?
금녀	별안간 왜?
명서 처	옳지, 금시 내가 화를 좀 냈다구 그러는구랴. 원 사람이 강구허문[22] 없는 화두 나구 한집에 두 살림을 허자문 별소리가 다 많은 것 아녀?

142

금녀	요즘 어머니가 오빠 생각에 노상 울화가 나서 더구나 그런대유.
경선 처	아니, 그런 게 아니라……
명서 처	그만두어.
경선 처	아까 이 애비를 만났이유.
순돌	(눈이 번듯해지며) 응? 아버지?
명서 처	어디서?
경선 처	저녁밥 얻으러 다니다가, 우연히 거리에서……
금녀	그럼 오늘 저녁에 늦게 들어온 건 그 때문이로군유?
명서 처	어찌 됐든 반가운 일야. 허지만 그 양반두 무심허지. 처자를 버려두구 여태 어딜 다니다가 인제야 찾아온담.
경선 처	등짐장산가 허구 이리저리 떠다녔다나유. 그러다가 들물에 물거품처럼 떠들어왔대유.
순돌	엄마, 아버지 돈 많이 벌었어?
경선 처	쉬! (밖에서 들리는 노랫소리에 귀를 기울인다) 인제 오나베.

경선 약간 취했다. 콧노래를 부르며 등장한다. 행구(行具)를 지고 감발[23]한 양은 등짐장수가 틀림없다.

경선	(떠들썩하게) 모두들 아직 살았냐?
명서 처	빵보 영감!
	(거의 동시에)
금녀	순돌 아버지!
순돌	(달려가며) 아버지! 우리 집 그만 빼앗겼어.
경선	이눔 꽤 컸구나! 아주머니, 그동안 돈맛 좀 보았우?

명서 처	돈맛이라니? 호랑이 똥맛도 못 보구 되려, 우리 집 명줄이 던 가마니틀만 날려버렸다우.
경선	허허허…… 가마니틀을 날려유? 하나 날려, 둘 날려, 집 날리구, 집터 날리문 나두 날구, 너두 날구 너두, 날아…… (꺾어서 노래 부르듯 익살을 피다가 눈을 흘기는 자기의 처를 발견하고) 헤에…… 우리 마누라님 금방석에 앉아 계십니다 그려. 바로 댑짜리²⁴ 밑에 개 팔잔걸.
경선 처	또 취했구려! 이그, 사람이 그만저만의 고생을 허구 왔걸랑, 좀 정신을 차려요!
경선	내가 취해? 원, 천만에! 자아, 내 입을 맡아봐요. (자기 처의 코밑에다 입을 갖다 대며) 안 나지? 그렇지?
경선 처	(남편을 떠밀어버린다. 경선 히떡 자빠진다) 아직두 그 지랄병이 안 나았구랴!
	(모두 웃는다)
명서 처	허허허…… 만나문 싸움이야.
경선	(옷을 털고 일어서며 자기의 처에게 퉁명스럽게) 백 죄 진종일 굶은 사람을 보구……
명서	(골방에서 나와 앉으며) 왔으문 날 먼저 찾는단 말이지, 왜 부엌에서 그래.
경선	…… 아니, 저어…… 자, 자네 말라서 골생원이 다 됐는걸. (경선의 어쩔 줄 몰라 허둥대는 꼴을 보고 일동 또 웃는다)
명서 처	빵보 영감이 오니까 웃음꽃이 피어서 온 집 안이 환해지는 걸요.
명서	…… 자네두 못났지. 그때야말로 집행인가 뭔가를 만나서, 죽는다 산다는 살얼음판에, 그래 처잘 버리구 종적을

감춰버렸다가 인제야 다람쥐 모양으로 코빼기만 살짝 내
민담.

경선   (손을 내저으며) 허어, 말 말게. 그땐 홧김에 서방질한다는
        격으로 그저 무망중!²⁵ 그래서 오늘은 이 사람이 정식으로
        모시러 왔다네.

명서   정식으로? 허허허! 익살은 그만두게.

경선   아니, 정말일세. (자기의 아내에게) 여보, 빨리 짐 챙겨요.

명서   짐? 아니, 이 사람 농담은 아니겠지?

경선   농담이 뭔가?

명서 처 순돌네두 아까부텀, 오늘 저녁에 떠난다구 자꾸 그런다우.

경선 처 (짐을 챙기면서) 하론들 더 있으문 뭘 헙니까?

경선   암, 창피만 더할 뿐이지.

명서   허허허…… 자네두 창피스런 줄 알았으니, 장관일세그려.
        하지만 이 어둔 밤엔 못 떠나네.

명서 처 이왕이문 밝을 때 떠나지?

경선   아무래두 이런 일에는 그저 삼십육계 야간도주가 제일이
        랍디다.

명서   허기야, 밤이건 낮이건, 이리된 마당에 세상이 무서워 못
        헐 일은 없겠지만……

경선   암, 그렇지, 제 고장이란 밥술이나 얻어먹을 땐 따뜻한 양
        지 쪽이지만, 우리같이 잠자리조차 걱정허게 되구 보면 외
        려 감옥이데. 갑갑한 감옥이데그려.

경선 처 (여전히 짐을 싸며) 하로 바삐 우리두 이 감옥살일 벗어나야
        해요.

명서   헹, 이놈의 땅에서 어딜 가문 감옥 아닌 데가 있다구, 누구

나 우린 그림자처럼 감옥을 떠매구 다닌다우.

순돌 아버지, 어딜 가, 우린?

경선 모르지, 어딜 가는지.

경선 처 …… 그동안 이 집이 없었더라문 우리 어찌 됐을꾸? 어느 귀신이 어느 돌다리 밑에서 물어갔는지 지금쯤이야, 흔적도 못 찾았을 텐데, 금녀 어머니 덕분으로 이렇게 살아나 간다우.

명서 처 그런 소릴랑 허지두 말게. 외려 우리가 부끄럽네.

명서 대관절 자넨 뭘 해먹구 살았는가? 거진 반년 동안이나……

경선 등짐장사 했다네.

명서 등짐장사?

경선 자넨, 그 맛을 모를 거야. 동에서 서로 서에서 동으로 바람 부는 대로 맘 내키는 대로 떠다니는, 미상불 참 좋은 직업일세. 1년 내 **뼈빠**지게 일하구두, 가을에 가서 빗자루만 메구 울구 돌아오는 농사짓기보다 몇 갑절 나은지 몰라. 그리구 그중 편안헌 건, 이러퉁저러퉁 남의 실갱이²⁶ 받을 것 없이 거리에서 자구, 별 밑에서 일허는 걸세. 도대체 가진 게 없으니 빼앗길 염려가 없구, 빼앗길 염려가 없으니, 줄창 맘은 푸군허구 푸군헌 맘에는 언제 죽어두 눈을 감을 수 있으니, 요렇게 희한한 살림살이가 또 어딨단 말인가.

명서 허허허…… 자넨 언제든 태평일세그려.

경선 암, 어딜 가두 웃구 지내지. 누가 술을 받아 놓구 제발 울어달래두 난 안 울어주네. 암, 막무가내지. 정말일세.

경선 처 왜 연설만 허구 앉았우? 맞잡아, 짐이나 뭉치잖구.

경선 내 몸뚱이만 해두 내겐 큰 짐이여.

경선 처	(날카롭게) 에그, 주둥이두! 이 짐 챙기는 게 안 보이우?
경선	(질려서) …… 아따, 난 또 뭐라구. (할 수 없이 순돌이에게 옷을 갈아입힌다. 처의 눈치를 살피며 가만히) 정말일세. 명서 난 안 울어주네. 아까두 행길에서 (자기 처를 가리키며) 저 걸 만났을 때 젖먹이를 등에 차구, 바가지를 들구 다니는 그 꼬락서니란 과연 가슴에서 이런 돌덩어리가 목구멍까지 치미데. 그래두 난 참았어. 이를 악물구 참았다니까.
명서	알겠네. 자네 웃음이 얼마나 쓴 줄을…… (짐은 겨우 다 쌌다. 줄에 걸렸던 누더기, 벽에 걸렸던 흰옷, 이불, 냄비, 바가지 등 보잘것없는 것이 그다지 크지는 않으나 한 보퉁이다)
경선 처	여보, 순돌이는 걸릴 테니 젖먹이는 당신이…… (금녀, 경선의 등에다 유아를 업힌다)
명서 처	순돌네. 순돌네꺼정 이 동넬 떠나구 나문 우린 외로워서 어떻게 사나? 모두들 서간도로 일본으로 어디로 뿔뿔이 가버리문 우리 이웃은 열 손가락을 꼽아서 누가 남는단 말야? 명수 그눔은 그눔대루 간 곳을 모르구.
금녀	순돌아, 이 집이나 잘 봐두어라. 크거던 다시 찾아오게.
명서	경선이, 어디 가든 자기 고장은 잊지 말아주게나. 자길 낳아서 길러준 제 고향 말일세.
경선	자식을 등에 업혀 보퉁일 들려서 휘몰아내는 고향 말은 아니겠지, 명서?
명서	뭐래두 고향은 고향일세.
경선	그보다 여보게, 난, 나두 사람이거니 허는 생각이나 잊지 말았으문 좋겠네그려.
금녀	(등불을 주면서) 순돌아, 이렇게 높즉하게 쳐들고 가거라.

말 탄 신랑같이……

순돌 (번쩍 추켜들며) 이렇게?

금녀 옳지?

경선 처 (남편더러) 떠나죠, 얼른.

경선 …… 명서, 실통정을 허문, 오늘 저녁쯤은 난 한바탕 울구 싶네. 그래두 난 안 울어주네.

명서 제발 웃어주며 가게.

경선 처 (보퉁이를 이고) 금녀 어머니, 금녀 아버지, 잘 계시우. 금녀야, 잘 있거라.

명서 처 …… 아이구, 이 추운 밤에 떠나문 어디루 간단 말이우? 하필 오늘같이 별두 없는 밤에……

경선 제비 연 자(字)를 찾아서 강남으로 가죠. 따뜻한 강남 땅으루. 허허허……

순돌은 등불을 들고 선두에 서고 보퉁이를 인 경선의 처는 순돌의 손을 이끌고 경선은 그 뒤에 따라서 퇴장. 금녀와 그 어머니, 문밖까지 나가서 전송하는 소리 들린다.
무대에는 명서 홀로 동(動)치 않고 앉았다.
적막— 바람 소리—.

명서 (혼잣말로) 집 안이 허퉁한 것 같구나. 초상난 집같이……

금녀와 그 모 다시 나타나서 조용히 마루 끝에 앉는다. 금녀는 말없이 일을 시작한다. 명서는 골방으로 기어들어간다.

명서 처	(먹을 것을 끓이려고 불을 피우며) 오늘은 이래저래 일이 많이 밀렸지?
금녀	예.
명서 처	내일 장을 봐 먹으려문, 오늘 저녁은 또 밤샘을 해야겠구나.

이웃 여자 등장.

이웃 여자	금녀네, 순돌네가 금방 떠났다메?
명서 처	왜?
이웃 여자	어이구, 저 망할 년 봐, 아무 말 없이! 내 돈 꾸어간 것 속절없이 떼였구나. 앨 써 달걀 팔아 모은 돈을……
명서 처	노자 보태준 심 치게나.
이웃 여자	금녀네, 내일 읍네 장엘 가지?
명서 처	그럼, 똬릴 팔아야 할 테니까.
이웃 여자	우리 집 닭 한 마리만 팔아다 주어. 순돌네한테서 돈을 받아 영감 제사에 쓸랬더니 이건 또 생닭을 한 마리 팔아야겠는걸.
금녀	(부엌에서 먹을 것을 가지고 나와) 아버지, 이거.
명서	뭐냐?
금녀	쌀물. (아버지에게 떠먹인다)
이웃 여자	(매달아놓은 똬리를 보고) 이렇게 제 손으로 맹그는 일이문 속이나 안 타겠지. 우린 닭의 새끼 궁둥이만 들여다보구 살려니까, 애가 타서 못 하겠어. 그래두 하루 한 알씩이나 나주문 시원하겠지만, 제에기 어떤 놈은 사흘 나흘씩 거르기가 예사란 말야.

명서 처	(힘없이 웃으며) 허허허…… 남의 궁둥이만 바라고 사는 팔자두 상팔잔 못 되겠군. 허지만 우리 집 금녈 봐. 이거 맹 그느라구 햇볕을 못 봐서……
이웃 여자	그래도 금녀네헌텐 일본 간 아들이 있잖어?
명서 처	허허허…… 아들?
명서	오늘두 우편배달부가 안 지나갔지?
금녀	읍내에서 다녀 그런지, 배달이 노상 질정이 없어유. 낮에 두 왔다, 밤에두 지나갔다 하면서……
명서 처	(신문지를 내 뵈며) 참, 이것 좀 봐주구려. 정말 우리 명수 같은지……
이웃 여자	뭔데?
명서 처	여기 우리 명수 화상허구 이름이 백혔다나. 그래두 난 믿질 못하겠어. 어찌 보문 내 자식 같기두 허지만, 자세히 뜯어 보문, 볼수록 눈만 어슴푸레해지고……
명서	(다 먹고 나앉으며) 또 시작이군.
명서 처	자네는 그 애 얼굴을 알지? 그 애 날 때 몸도 풀어주구, 그 애 클 땐 업어두 주구 했으니……
이웃 여자	허지만 그 애 못 본 지가, 이럭저럭 연 일곱 해나 됐으니, 그새 좀 변했겠나.
명서 처	그래두 그 애 피색은 없지? 그렇지?
이웃 여자	왜 이렇게 사진이 희미해?
명서 처	내가 늘 지니고 다녀서 손때가 묻어 그럴 거야.
이웃 여자	내 눈으로두 어찌 보문 같은 피색이 있기도 헌데, 어찌 보문 아주 다르기두 허구…… 대체 이걸루는 이렇다저렇단 말은……

명서 처	암, 그렇구말구! 내 역시 믿을 수 없어. 하늘이 무너진다는 소릴 믿으문 믿었지, 어떻게 이걸 믿는담. 머리끝이 바로 서는 이 무서운 사연을……
이웃 여자	무서운 사연이라니?
명서 처	맙시사! 당치도 않은! 이 조선 천지에 그런 일이 있어서 어쩔려구.
이웃 여자	어찌 됐어? 내게 좀 들려주구랴.
명서 처	…… 뭐라던가? 애그, 정신 봐! 애 금녀야, 그 뭐라더라, 네 오빠 했다는 것 말야.
금녀	또 그런 얘길……
이웃 여자	한 이웃에 살면서, 피차에 기울 게 뭐냐?
명서 처	애 갑갑하다. 이 에미한테 한 번만 더 들려주렴. 그 구장이 하구 간 소리 말야.
금녀	그건 맹탕 거짓말이래두.
명서 처	뭐?
금녀	이웃 마을 오빠의 친구에게 알아봤더니 오빠 헌 일은 정말 훌륭한 일이래요, 우리두 이런 토막살이에서 죽지 말구, 좀더 잘 살아보자는……
명서 처	그럼 그렇지. 그래 종신 징역을 산다는 건 정말이라디?
이웃 여자	종신 징역?
명서 처	거짓말야! 거짓말야! (미친 듯이 부르짖는다)
금녀	암, 거짓말이죠!
명서 처	종신 징역이란 감옥에서 죽어 나온단 말 아냐? 젊어서 새파란 그가! 금지옥지 내 자식이! 내겐 아무래두 아무래두 믿을 수 없는 일야! 그런 청천에 벼락같은 일이 우리 명수

의 신상에 있어 어쩔랴구! 신문에만 난 걸 보구 그걸 우리 명수라지만 그런 멀쩡한 소리가 어딨어? 이 넓은 팔도강산에 얼굴 같은 사람이 없구 최명수란 이름 석 자 가진 사람이, 어디 우리 자식 하나뿐일 거라구? 이건 누가 뭐래두 난 안 믿어.

금녀 어머니, 이러시다가 병이나 나시문 어떻게 해유? 설사 오빠가 죽어 나온대두 조금도 서러울 건 없어유. 외려 우리의 자랑이에유. 오빠는 우릴 위해서 싸웠어유. 이런 번듯한 일이 또 있겠우? 더구나 이런 토막에서 자란 오빠는, 결단코 이 토막을 잊지 않을 거유. 병드신 아버지를 구하려 늙으신 아버지를 섬기시려구. 그리구 이 철부지 나를 불쌍히 여기셔서 오빠는 장차 큰 성공을 해가지고 꼭 한번이 토막에 찾아오셔요. 전보다 몇 배나 튼튼한 장부가 되어 오실 거야. 여기를 떠날 때만 해두 오빠는 나무를 하거나 꿀밭을 매거나 남의 두 몫은 했었는데, 지금쯤은 어머니, 오빤 얼마나 대장부가 됐겠우?

명서 처 …… 옳아! 그놈은 몸도 크구 기상도 좋았겠다! 그놈이 지금은 얼마나 훌륭한 장골이 됐겠니? 제 어미도 몰라보게 됐을 거야. ……아아, 명수야! 이제 명수가 저 싸리문에 나타나서 장부다운 우렁찬 목소리로 이 어미를 부르고 떠벅떠벅 내 앞으로 걸어와서 그 억센 손으로 이 여윈 팔목을 덜컥 붙잡을 것이다. …… 그러면 이 토막에도 서기[27]가 날거야.

금녀 아무렴, 서기가 나구 말구! 이 어두운 땅도 환해질 거예유. ……그리면 어머니는 똬리 파시노라구 거리거리로 떨고 다니실 필요두 없을 거구……

이웃 여자 나는 암탉 궁둥이만 들여다보구 맘을 조리잖아두 좋구……

명서 처 아이구 금녀야! 우린 이런 형상으루 어떻게 우리 명수를 만나니? 이렇게 찌들어진 형상으루! 너의 오빠를 맞이하기엔 이 집은 너무 누추하구나. 금녀야, 우리는 집 안을 치우구 몸을 단속하자. 이런 꼬락서니로 우리 명수를 만나서는 안 된다. 얘야, 이리 와서 머리를 빗어라. 기름두 남았지? 싸리문에는 불을 켜구…… 귀한 사람이 들어올 때 집 안이 컴컴해선 못 쓰느니라.

금녀 (어머니의 미친 듯이 서두는 양을 바라보고 있는 금녀의 눈에는 일종의 공포의 빛이 감돈다)

바람 소리!

명서 처 금녀야, 뭘 하니? 빨리 머리를 풀어라. 에미는 불을 켤 테니까.

금녀 (불안한 듯이 어머니만 꼭 바라보고 섰다)

이웃 여자 좀 답답해서 저러겠니? 보고 있는 나까지 속이 졸이는구나.

금녀 오빠 생각만 나문 저러신대유. 그러던 중에두 오늘은 유달리 심허신걸유.

이웃 여자 당찮어! 무슨 그런 엉뚱한 생각을! 그러지 말구 네가 어머니 위로를 잘해드려라. 위로해드릴 사람이래야 너밖에 더 있냐?

금녀 아무리 위로한댔자 소용없어유. 그리구 내게는 뭐라구 위로해드릴 말두 없구. 다만 이 증세가 속이 지내가기만 바랄 뿐이지.

이웃 여자 　하기야 그렇겠지. 무슨 말이 저 거칠은 마음에 위안이 되
　　　　　겠니. 마치 게 등에 소금 칠이지. (사립문 등불을 다는 명서
　　　　　처에게) 금녀네, 과히 상심치 말게나. 아들 생각다가 지례
　　　　　죽겠네. (퇴장)

명서 　　(골방에서 얼굴을 내밀고) 대체 이게 웬일이야? 왜 이리 야
　　　　　단들을 해?

명서 처 　귀한 사람이 와유.

명서 　　미쳤우! 방정맞게 이렇게 허문 되려 집안의 우환을 사는
　　　　　거여.

명서 처 　귀인이 온다는 데 무슨 잔소릴……

바람 소리 인다.

남자의 소리 　(불의에 밖에서) 여보!

금녀 　　(놀라) 에그머니나!

명서 　　(어리둥절하여) 그 무슨 소리냐?

남자의 소리 　사람 있우, 이 집에?

명서 처 　이애 금녀야 네 오빠 소리 아니냐? 그렇지! 너두 들었지?
　　　　　오오, 명수야. 명수가 왔다. 그놈이 왔다. (명서에게) 자, 내
　　　　　말이 거짓말인가 봐요.

명서 　　……이상헌걸.

남자의 소리 　여보!

명서 처 　금녀야, 빨리 사립문을 열어 귀인을 맞아라. 얼른!

금녀 　　어머니, 무서워!

명서 처	에그, 병신 같으니! 그럼 같이 가자.

모녀 다소 공포에 떨면서 입구 편으로 나간다.

남자의 소리	이 집에 최명서란 사람 있소?
명서 처	일본서 왔우?
남자의 소리	그렇소.
명서	부처 일본서?

그때에 사립문을 박차는 듯이 한 남자 안으로 들어선다. 그는 우편배
달부다. 소포를 들었다.

우편배달부	(들어서며) 왜 밖에 문패도 없소?
모녀	(무언)
우편배달부	빨리 도장을 내요.
명서	도장?
명서 처	(금녀에게 의아한 듯이) 너의 오빠가 아니지?
금녀	배달부예유.
명서	(실망한 듯이) 칫!
우편배달부	얼른 소포 받아가요! 원, 무식해도 분수가 있지. 빨리 도장을 내요.
명서	(반항적 어조로) 내겐 도장 같은 건 없소.
우편배달부	그럼 지장이라도……
명서	(떨리는 손으로 지장을 찍는다, 우편배달부 퇴장)
명서 처	음, 그 애에게서 물건이 온 게로구먼.

명서	뭘까?
명서 처	세상에 귀신은 못 속이는 게지! 오늘 아침부터 이상한 생각이 들더니, 이것이 올려구 그랬던가 봐. 당신은 우환이니 뭐니 해도……
명서	(소포의 발송인의 이름을 보고) 하아 하! 이건 네 오래비가 아니라 삼조가……
명서 처	아니, 삼조가 뭣을 보냈을까? 입때 한마디 소식두 없던 애가…… (소포를 끌러서 궤짝을 떼어보고)
금녀	(깜짝 놀라) 어마나!
명서 처	(자기의 눈을 의심하듯이) 대체 이게…… 이게? 에그머니, 맙소사! 이게 웬 일이냐?
명서	(되려 멍청해지며 궤짝에 씌어진 글자를 읽으며) 최명수의 백골.
금녀	오빠의?
명서 처	그럼, 신문에 난 게 역시! 아아, 이 일이 웬일이냐? 명수야! 네가 왜 이 모양으로 돌아왔느냐? (백골 상자를 꽉 안는다)
금녀	오빠!
명서	나는 여태 개돼지같이 살아오면서, 한마디 불평두 입 밖에 내지 않구 꾸벅꾸벅 일만 해준 사람이여. 무엇 때문에, 무엇 때문에 내 자식을 이 지경을 맨들어 보내느냐? 응, 이 육실헐 놈들! (일어서려고 애쓴다)
금녀	(눈물을 씻으며) 아버지! (하고 붙든다)
명서	놓아라! 명수는 어디루 갔니? 다 기울어진 이 집을 뉘게 맽겨두구 이눔은 어딜?
금녀	아버지! 아버지!
명서	(궤짝을 들고 비틀거리며) 이놈들아, 왜 뼉다구만 내게 갖다

156

맽기느냐? 내 자식을 죽인 늄이 이걸 마저 처치해라! (쇄진

하여 쓰러진다. 궤짝에서 백골이 쏟아진다. 밭은기침![28] 한동안)

명서 처　(흩어진 백골을 주우며) 명수야, 내 자식아! 이 토막에서 자

란 너는 백골이나마 우리를 찾아왔다. 인제는 나는 너를 기

다려서 애태울 것두 없구 동지섣달 기나긴 밤을 울어 새우

지 않아두 좋다! 명수야, 이제 너는 내 품 안에 돌아왔다.

명서　…… 아아, 보기 싫다! 도루 가져가래라!

금녀　아버지, 서러 마세유. 서러워 마시구 이대루 꾹 참구 살아

가세유. 네 아버지! 결코 오빠는 우릴 저버리진 않을 거예

유. 죽은 혼이라두 살아 있어, 우릴 꼭 돌봐줄 거예유. 그

때까지 우린 꾹 참구 살아가세유. 예, 아버지!

명서　…… 아아, 보기 싫다! 도루 가지고 가래라!

금녀의 어머니는 백골을 안치하여 놓고 열심히 무어라고 중얼거리며

합장한다.

바람 소리 정막(靜幕)을 찢는다.

〔1932〕

함
세
덕

산허구리

노어부(老漁夫)   불구자

처

분어미   시집살이하는 큰딸

복실(福實)   둘째 딸

석이(石伊)   막내아들

윤 첨지   동리 노인

젊은 어부

강원도 어부

어시장 사람

기타 동리 사람들(아해, 어른들)

서해안 어느 한촌(寒村).

늦은 가을.

정경(情景): 코를 찌르는 듯한 악취가 밴 습한 누추한 어부의 토막(土幕).
중앙에 개흙¹이 무너져가는 방이 있고 우편으로 비스듬히 부엌. 방머리
에 옹배기²를 엎어놓은 굴뚝. 부엌 뒤로부터 굴뚝같이 얕은 토담이 둘러
싸였고, 빨래, 그물, 생선, 엉겅퀴(薊) 등이 널려 있다. 토담을 돌아 한길
우편에 언덕 기슭이 한길까지 내려와 있고 좁은 산길이 있다.

멀―리 캄캄한 어둠 속에 늠실늠실 물결치는 거친 바다가 보인다. 동트
기 전 꼭두새벽.

처는 얼빠진 사람 모양으로 부엌 뒷문으로 보이는 바다를 물끄러미 바라
보며 죽을 쑤고, 복실이는 마당에 거적을 깔고 조개를 까고 있다.

멀―리 개(浦)에서 "천천히 감게" "줄 던지네" "물 튀" "어디다 뱃머릴
대려고" 등등의 쉰, 거친 어부들의 소리가 발동기 소리에 섞여 파도를 건
너 떠들썩하게 들려온다.

복실	(부엌을 향하여) 어머니.
처	(무언)
복실	(조심스럽게) 어머니.
처	(말없이 솥뚜껑을 열어보고 다시 바다만 바라본다)
복실	(하늘을 쳐다보고 혼잣말로) 날이 좀 갤랴나. (다시 어머니를 보고 좀 크게) 어머니.
처	이년아 숨넘어가지 않는다. 왜 귀찮게 작고 부르니 부르길. 오래잖아 닭 울 텐데 까라는 조개나 깔 것이지.
복실	(퉁명한 어머니의 말에 어이가 없어) 아이 참, 거 대답 좀 하시면 어떻수.
처	말하기도 귀찮어.

사이.

복실	너무 역정만 내지 마세요. 아버지께서도 술만 잡숫고 밤낮으로 트집만 잡으시는데 어머니마저 그러시면.
처	또 한 척 들왔나 본데.
복실	아까 소나무 선 통창에 댔다가 물결이 세니까 이쪽으로 다시 대는 거 아녜요?
처	그 옆에 칠성기(七星旗)³ 단 배 말이다.
복실	나루 못 미처 판돌네 배예요. 허―연 헝겊으로 붉은 돛을 누덕누덕 기운 걸 보다 모르세요?
처	(불평에 찬 말로) 너는 추녀 끝에 옹배기 좀 못 치우겠니? 고 빗방울 똑똑 떨어지는 소리만 들으면 오장육부가 바싹

바싹 오그라드는 것 같다.

복실   (일어나서 굴뚝에 옹배기를 친다)

처   엉겅퀴는 고만 걷는 것이 좋을걸. 그리고 뒤란[4]에 가서 뭘로 지붕 좀 눌러노렴. 그런 것도 일일이 내가 지랄 빨아야겠냐? 밥만 한 사발씩 안겨 잡고 방구만 퉁퉁 뀌었지, 손톱 하나 까딱 안 할랴고 하지, 제―밀할 육신도 아껴. (길―게 한숨을 쉰다)

복실   어머니, 너무 역정 내지 마세요. 한숨에 땅이 푹 꺼질 것 같수. (뒤란으로 나간다)

먼― 마을 개 짖는 소리, 멍― 하고 뒷산에 울려온다. 파도 소리 점점 커진다.

처   (불길한 예감에 놀라 부엌에서 뛰어나오며 눈을 휩뜨고[5]) 그날이 꼭 오늘이야. 그날이 오늘이야.

복실   (뒤란에서 쫓아 나와 매달리며) 어머니, 어머니, 진정하세요. 석이가 불쌍치 않으세요. 이 비 쏟는 추운 밤에 조개 잡어 가지고 오다가도 어머니 이러시는 것만 보면 애가 타서 하는데.

처   (머리에 손을 얹고 잠시 무언)

복실   죽은 제가 쑬 테니 제발 들어가 주무세요. 네!

석이   (쪽지게[6]에 조개를 잡어 지고 개펄투성이로 들어온다) 어머니, 날이 어떻게도 쌀쌀한지 개펄 속에서 정강이가 그대로 빳빳이 굳겠지.

복실   아이, 가엾어라 춥겠구나.

석이	바람이 불기 시작하는 것이 아무래도 또 한바탕 쏟아질랴나 봐. 여드레 밤낮을 쏟았으면 고만이지 지긋지긋이도. (부엌 앞에다 지게를 내려놓으며) 어머니, 어젯밤은 좀 주무셨수?
복실	밤새 개를 울고 헤매셨단다.
처	(먼— 일을 좇는 듯이) 큰아이 죽든 날도 꼭 가을 꼭두새벽 이맘때야. 그날도 청승맞게 황둥개[7]가 짖었지 아마.
석이	(금세 풀이 죽으며) 여드레 밤을 꼬박 울고 새셨으면 고만이지, 또 어젯밤도 개를 헤매셨다니, 하로 이틀 아니고 참말이지 어찌 살겠어요.
복실	큰오빠 죽은 뒤로는 바람만 불어도 갈매기만 안 울어도 작은오빠 죽었다고 물가를 외치고 댕기시니.
처	(석이와 복실의 말은 들은 척도 않고) 느 아버지는 토담 앞에서 그물을 뜨고, 복실이는 지금 앉은 바로 그 자리에서 조개를 까고, 나는 부엌에서 복조가 먹고 갈 시래기죽을 쑤고 있을 때야.
석이	집이라고 터덜거리고 들어와야 웃는 낯이 하나도 없으니 당최[8] 맥이 풀려.
처	시커면, 그 무슨 이상한 생각이 번개같이 획 머리를 지나길래 부엌문을 튀어나왔드니.
석이	(울음 섞인 말로 어머니의 말을 막고) 그때 수상경찰서 순사하고 쇠뿌리 사공이 짠물에 꽁꽁 언 큰성[9] 바지저고리를 들고 들어온 얘기는 안 해도 다— 알어요.
복실	어머니, 이것이 어디 우리만 당하는 일이에요? 지난 일을 끄집어내서 우시곤 우시고 하시면 산허구리에 고기 잡어

먹고살 사람 있겠어요?

석이 　남이라 살라구.

처 　하느님도 설마 복조(福祚)마저야 안 잡어가시겠지. 그러나
　　　같이 나갔든 배들 한 척 두 척 벌써 다— 들왔는디 아직도
　　　열두 척만 꿩 구워 먹은 소식이니 벌써 물귀신 다 됐을 거
　　　야. 지금쯤은 몸뚱이 벌써 죄다 파먹히고 바지저고리만 어
　　　느 바위틈에 꼈을 거다.

복실 　어머니, 무슨 악 바친 소리를 그리 하슈. 빈말이라도 부모
　　　말이 등에 안 떨어진다는데.

석이 　아버지 술 잡술 적마다 큰누나더러 못 산다 못 산다 하시
　　　드니 시집간 후 지금껏 고생만 하지 않어요? 정말 작은성[10]
　　　이 그렇게 됐다면 그래 좋겠어요?

처 　차라리 죽었다면 잠이나 한잠 식—식 자지.

복실 　이번 풍랑은 대단치도 않다는데.

처 　분아범(큰사위)도 내 딸을 시퍼런 과부를 만들어놓고 물에
　　　서 죽었지. 내가 전생에 죄가 많아 그래. 느 아버지 상어
　　　이빨에 왼다리 몽당 끊어지든 날도.

석이 　글쎄, 제발. (울면서 발을 구른다)

처 　(석이의 애통하는 것이 측은하여) 에이, 내가 숫제 말을 말지.
　　　(부엌으로 들어가 앉어서 또다시 멀거—니 바다를 바라본다)

석이 　(복실을 보고) 저러다가 미치시면 어떻게 하니?

복실 　글쎄 말이야.

모—진 바람이 휙 불어 들온다. 썩은 지붕이 들썩한다. 물결 소리 점점
커진다. 동리 사람들 한 떼가 관솔불[11]을 들고 울면서 토담을 돌아 언

덕으로 올라간다.

복실   (조개를 까며) 방죽을 훌—훌 넘든 물결이 점잖듯 하드니
         또 거칠기 시작하는구나.

석이   (물을 떠다가 발을 씻으며) 범바위엔 밀물에 엮여 쇠뿌리지
         서 내리치는 바람에 오늘이야말로 어금니 내놓은 산범이
         더라. 범바위가 거칠 때 송장 안 떠나려온 적 있니?

복실   어머니 들으실라.

석이   아버진 오늘은 설마 술 안 잡쉈겠지.

복실   아까 동네 사람들하고 산허구리 쪽으로 배 내신다드니 어
         장으로 가셨는지.

처   배 들왔냐.

석이   아주 입에 붙으셨어.

복실   부엌에 가서 몸 좀 녹여가지고 까렴.

석이   난 춥지 않다. 장사래 큰누나 벌거벗은 몸에 개펄 칠하고
         덜덜 떠는 것은 차마 두 눈 뜨고는 못 보겠드라.

복실   또 생선점에 가서 도적조개를 잡든?

석이   붙잡힐 땐 죽는 한이 있드래도, 분이 콜록거리고 천정만 보
         고 버둥거리는 것은 못 보겠다고, 암만 말려도 들어야지.

복실   잡히기나 하면 어떻게 할랴고.

처   뭐! 장사래 분어미가 어쨌어?

석이   아니에요. (부엌 뒤로 나간다)

윤 첨지   (한길에서 나온다) 복실네, 이 무슨 얼굴빛이 이런가?

부엌 뒤에서 석이의 소리 누구야, 벌써 닭이 나갔고나. 어느새 닭장 문을 열
         어주면 어떡허니?

복실	열어주긴 누가 열어주니 지가 나가는걸.
석이의 소리	또 술집 밭을 흐트러거리지 않을까? 그놈의 할망구, 닭 성화에 더— 늙겠으니 잡어먹든지 팔어치든지 하라고 극성을 떨고 오기 쉽다.
처	(윤 첨지를 보고) 수복 할아버지 오셨어요.
윤 첨지	복실아, 마른 남구[12] 한 단 가져오느라.
처	밤낮 펴야 나무만 없앨 뿐이에요. 어서 송장 찾을 궁리나 해야지요.
윤 첨지	배가 만일 아침물에 들오다가도 이 깜깜한데 어디가 어딘 줄 알 수 있나. 더구나 물결이 저렇게 세니 떠밀려 여〔嶼礁〕에 얹히지 않도록 방향을 잡게 불은 펴야지.
복실	저녁 질 남구밖에 없는데요.
윤 첨지	당장 우선 배가 들와야지.
석이	(나무를 들고 나오며) 할아버지 오셨수?
윤 첨지	(나무 짐을 어깨에 메고) 어서 석이가 무럭무럭 자라야지.
석이	신문에 물 건너서 파선했다는 말은 없어요?
윤 첨지	너구리섬〔狸島〕 근처에서 열두 척이 행방불명이라고 났다드라.
석이	파선한 것은 없구요?
윤 첨지	없기는 왜! 지금도 산허구리 쪽으로 파선한 배 조각이 자꾸 떠나려오는데.
복실	(얕은 소리로) 어머니 들으시면 또 울고 개를 헤매실 것이요.
윤 첨지	열두 척은 아마 송화리(松禾里)로 들어가서 물결 자기를 기다리는지도 몰라. 아무튼 아침물이나 기대려볼 수밖에.
복실	이번 풍랑에 곰나루엔 물이 넘어서 동네가 왼통 떴다는데요.

윤 첨지	무슨 비가 철 지나 눈 올 때 쏟아진담. 사당 옆에 그 큰 가시나무가 다 쓰러졌다드라.
석이	장사래는 물이 안 들었는지요?
윤 첨지	글쎄 곰나루에 들고 거기 안 들 수 있겠니? 포구마다 파선 안 한 데가 없고 서른 척 마흔 척씩 행방불명 없는 곳이 없다드라.
처	(돌연 호소하는 듯이) 수복 할아버지, 우리 복조는 죽었답디까? 살았답디까?
석이	(달래는 듯이) 어머니, 아무렇기로 작은성이 이까짓 비에 꿈쩍이나 했겠수. 염려 없어요. 아침물엔 꼭 들을 테니.
윤 첨지	(위로하며) 열두 척이 모두 파선해두 그놈만은 살어올겔세. 터진개 곰나루 장사래 근방 어촌을 통틀어 복조만 한 어부가 있나.
복실	더군다나 이번은 천기 잘 보는 느티나무 집 할아버지하고, 키 잘 잡는 성칠(星七) 아버지하고 모범선을 타고 동리 배를 지도하고 안내하는데 설마……
윤 첨지	(처를 보며) 독이 얼어터지든 때도 물속에서 고래같이 헤엄을 친다니깐 그 녀석이.
처	(만족한 듯이 빙그레 ― 웃으며) 마치 벌거숭이같이 겁이 없어요. 그 애가 또 뱃소리를 청승맞게 허지요.
윤 첨지	동리 큰 애기들이 밤잠을 못 잤어. 달밤에 노를 저면서 소리를 내―뽑으면 생선전에서 얼음 채다가, 두메[13]에서 고구마 파다가 말고 모두들 모래사장으로 뛰어 들어왔지.
처	추탕[14]집 음전이가 홀딱 반했지요.
윤 첨지	작년 3월 새우 떼 몰려올 때 서울로 팔려가고 나선 복조 맥

이 아조 풀렸지.

석이   할아버지, 참 아버지 못 보셨수?

윤 첨지   어장에서 발동기 고기 푸는 데 삯일하드니 올 때 보니까
         추탕집에 있드라.

처   육실할 영감쟁이. 자식 놈 물에 나가 죽었는지 산지도 모
         르는데 무엇이 좋아 또 술 처먹고 당긴담.

윤 첨지   술도 유만부득이지. 허구한 날같이 싫증도 안 나는지.

복실   잡숴도 곱게 새기시지 않고 집안 식구를 달달 볶으시니까
         지레 살 수가 있어야지요.

석이   걸핏하면 어머니 머리채 끄들리고[15] 패기가 일순데 뭘.

윤 첨지   늙으면 조고만 일도 공연히 싫단다. 그러니 심약하드래도
         너희들이 참고 아예 노여운 말은 마라.

복실   술에 창자가 아주 곯으셨어요. 바지 밑에다 아침이면 시뻘
         겋게 하혈을 하신답니다.

석이   참 엉겅퀴를 어서 대려라.

윤 첨지   살면 몇 해나 살겠니? 나무다리를 짚고 내일모레 환갑잔
         치 먹을 사람이 어장에서 이 추운데 그 힘에 겨운 일을 하
         니 술 안 먹고야 할 거냐? 복실네 고만 가네.

처   (들은 척 만 척 바다만 바라본다)

복실   죽 타는 냄새가 나요.

처   (무언. 바가지를 꺼내 들고 나간다)

석이   어딜 가셔요?

처   음전네.

석이   (복실을 보고) 어서 한번 물에다 휘자. 이러다가는 늦겠다.
         그놈의 먼— 우굼 놈들 어떻게도 빨리 가는지 버들 방축

지날 땐 벌써 팔고 온단다.

복실   아버지 들어오시기 전에 가야지.

  양인(兩人), 서둘러 조개를 썻는다.

복실   저— 어장에 웬 사람 뗄까?

석이   비 때문에 벌〔沖〕에서 매매가 안 됐으니까 주선 타고 거간들이 모두 어장으로 몰려왔드라?

복실   흥정하는 것이 쌈[16]하는 것 같구나.

석이   이번 천둥에 조기 떼가 모두 우리 개울로 몰렸대. 들어오는 배마다 뱃전이 철철 넘겠지. 아주 드문 대풍년이야.

복실   오빠 배도 들어오기만[17] 하면 좋을 텐데.

석이   아버지도 오늘은 그 턱에 돈 좀 버실걸.
(사이) 작은성 배 들와도 신통할 게 없어.

복실   어물 거간들 몇 푼 던져트리고[18] 죽기 살기 해서 잡은 고기 모조리 휩쓸어갈 걸 생각하고?

석이   고깃배 가라앉도록 가뜩 잡어 들왔댔자 조기 토막 한 번 쪄먹고 읍에 간 적 있냐? 지금도 빈 그물 메고 풀 죽은 얼굴로 작은성 터덜터덜 모래사장 걸어오는 것이 보이는 것 같다. (부엌 뒤로 나가며) 오래잖아 밝겠네.

동리 아이   (조개 지게를 지고 들어온다. 복실을 보고) 모래사장이 환해졌는데 입때[19] 까요?

복실   벌써 왔나? 누구라고.

동리 아이   난 장사래 물 들어온 구경 좀 하고 갈려고 미리 왔지요.

석이의 소리   오늘은 가무락[20] 가지고 가냐?

동리 아이	상업쌀[21]이야. 인심들이 까다로워서 된장찌개도 상업쌀로만 해먹으니까 가무락은 잡어도 팔 수가 있나.
복실	물이 많이 들었다든?
동리 아이	지붕까지 닿았대요. 지금 동리 사람들이 물 구경 간다고 떼를 지어 장사래로 가요. 석아, 먼저 가랴?
석이	(부엌 뒤에서 나오면서) 상한 사람은 없다든?
동리 아이	집이 쓰러진 데가 있대. 아주 지붕은 날러간 채 푹석 주저앉았다드라.
복실	아이 저런.
동리 아이	밤새 비가 쏟아졌으니까 모두들 못 봤지 뭐냐? 새벽에야 일 가다가 봤대. 아까 순사가 가드라.
석이	(근심된 말로) 누구네 집인지 모르냐?
동리 아이	몰라. 지금 가는 길에 가볼 테야.
석이	그리로 가면 너 중상[22]들한테 붙잡혀 상업쌀 반값도 못 받고 팔리고 만다.
동리 아이	그래도 뭍[陸]으로 가야지, 나루터 건너면 나루 삯 줘야지. 참 너도 뭍으로 오느냐. 어저께도 무쇠 누나가 전복 이고 나루터 건너서자 항구 청관에 가면 3원을 받을 걸 1원 30전 받어가지고 울려고 하드라. 안 팔곤 못 간다고 꽉 붙들고 길목을 막어 으리딱딱거리니[23] 할 수 있겠냐. 천천히 오너라. (퇴장)
복실	큰언니네 아닐는지?
석이	큰누나 때문에 맘이 안 놓인다.

노어부. 나무다리를 짚고 숨이 얼끈─히 취해가지고 등장. 때묻은 동

바지 밑에 시뻘건 피가 빙— 하니 뱄다.

노어부 (하늘을 쳐다보고) 저녁엔 눈 오겠는걸. 바람은 좀 잔 듯한
데 물결은 점점 더— 거칠어만 가니. (복실을 보고) 석이 어
미는 또 어딜 까질러갔나?[24]

복실 음전네 지게미[25] 얻으러 가셨어요.

노어부 에이. (침을 뱉으며) 그 혼 나간 사람같이 멀—거니 바다
바라보는 꼬락서니 한시라도 안 보니 속이 시원하다.

복실 (멈칫멈칫하며) 바지 좀 벗으세요. 지레 잡든지 해야지 숭
해서 쓰겠어요.

노어부 (퉁명스럽게) 언제 옷 갈아입을 새 있냐?

석이 엉겅퀴 대린 것 잡숫고 나가세요.

노어부 암만 먹어도 쓸데없어.

석이 밤낮 하혈을 하시면서 술을 아조 입에 대시지 말지 않고.

복실 생선전에 갚을 돈은 생각도 안 하시고 술만 잡수면 어떡
해요?

노어부 (무슨 말을 하려다가 억지로 참고, 노와 뱃줄[26]을 걸머지고 나가
면서) 빨리빨리 해, 이놈아. 남들 다— 갔다온 녘[27]에 어슬
렁어슬렁 가니. 먹고 남은 찌개뚝배기에 조갯살 살 사람
있냐?

석이 지금 곧 가요.

노어부 밤새 요걸 잡으려거든 연기로 철공소나 들어갈 생각해.

석이 (조금 반항적으로) 아버지, 좀 잡어보세요. 귀가 떨어지는
것 같은데 배창자가 꼿꼿해서 허리 펼 수가 없으실 테니.

노어부 모래사장에서 놀았지 뭐야?

172

복실	비가 억수같이 퍼붓는데 놀긴 어떻게 놀아요. 할 말만 하시지 않고.
석이	잠깐만 놀아봐요. 팔다리가 축 늘어져서 졸려 죽겠을 테니.
노어부	(성이 나서) 말대꾸하는 것 봐.
복실	(부엌 앞에서 눈치만 보고 있다)
노어부	에이. (침을 뱉고 나간다)
석이	(쫓아가며) 아버지. (멈칫멈칫한다)
노어부	(돌아다보고 눈을 흘긴다. 사이)
석이	작은성 고깃배 들어올지 모르니 오늘 판 돈으로는 고무신 하나 사 신겠어요.
노어부	산허구리에 고무신 신은 놈 없어.
복실	(무시무시하며) 항구서 싼거리[28]가 났다고 벌써부터 신겠다고 하는걸.
노어부	맘이 없나 돈이 없지.
석이	굴깍지[29]에 뭐진[30] 자리에 흙이 들어가면 쑤셔서 못 견디겠어요.
복실	신작로에 돌을 깔았는데 깜깜한 새벽에 가니까 돌부리에 채서 피가 줄줄 흐르는데요.
노어부	철딱서니 없이. (주먹으로 볼치[31]를 훔쳐 갈긴다. 석이, 비틀거리며 쓰러진다)
복실	(달려가 석이를 붙들고 반항적으로) 안 사주시면 고만이지. 왜 때리세요. 불면 꺼질 것 같은 등신만 붙은 아이를 때리기만 하면 제일이세요?
노어부	뭣이 어째 요년.
석이	누나야 가만있어. 너마저 맞을라.

복실 어린 것이 추울 때 춥다지 않고, 고될 때 고되단 말 한마디 없이 이 천둥번개 비 쏟는데 일껏[32] 조개 잡아가지고 들어온 것을.

처 (바가지를 들고 들어와 멀―거니 보고만 있다가 점점 살[殺]이 뻗쳐) 지랄이군. 자식 다― 잡아먹고 혼자 살 텐가.

노어부 다리 상처에 구더기가 끓을 지경이라도 나도 약 하나 못 쓰고 있지 않나.

복실 술은 무슨 돈으로 잡수세요? 한 잔만 덜 잡수셔도 사주실 걸.

처 기가 나서 발광이야. 적으나마 요새 술 먹을 땐가. 자식이 물에 나가, 온지 간지를 모르는데.

복실 맑으시다가도 집에만 들어오시면 그러셔. (처를 보고) 지금도 석이가 뭐랬나요.

노어부 (성이 나서 어쩔 줄을 모르다가 옆에 있는 생철통을 훔쳐 갈긴다. 복실은 안 맞고 부뚜막에 그릇이 와그르르 깨어진다) 가만히 듣고 있으려니까 꽨 듯싶어.[33]

처 (부엌으로 들어가며) 잘난 세간 나부래기[34] 다― 때려부시구려.

복실 시집가기 전에는 장사래 언니를 콩 볶듯 볶으시더니.

처 인젠 네 차례지 뭐냐.

어시장 사람 (옷 한 벌을 들고 언덕을 넘어가며) 잡기만 해봐라. 젖통을 도려놓을 테니. (퇴장)

노어부 퉤. (침을 뱉으며) 제―밀할. (퇴장)

석이 (아버지의 뒷모양을 바라보다가) 어머니, 왜 그런지 난 그래도 아버지가 불쌍해.

처 불쌍하긴 기급[35] 담벙거지[36]가 불쌍해?

석이   주무실 때 얼굴을 보면 더 한층……

처   (말을 막고) 음전네 간 새에 배 안 들어왔던?

복실   들어오면 어련히 여쭐라구.

처   아침물도 다— 틀렸다. 밀물 끝이 어장 앞에까지 닿는데
            돛대 끝 기색도 없으니 물귀신 다— 됐지 뭐냐? 돈 안 들
            이고 깨끗이 장사 잘 지냈지.

석이   (깐 조개를 지게에 지고) 늦었다.

복실   (바가지를 들고) 밭에 가 고구마 이삭 좀 주워 와야겠다.

처   죽 안 먹고 갈 테냐? 어미 속 썩이지 마라 공연히.

석이   갔다 와서 먹겠수. (복실을 보고) 넝쿨로 똬리 서너 둘레 틀
            어오렴. (양인, 퇴장)

처   오는 길에 통창으로 해서 와. 저녁바람이 불기 시작하니
            복조 시체가 떠내려왔을런지 모르니. 제—길 벌써들 가버
            렸구나. (별안간 또 불길한 예감에 놀라 두 손으로 얼굴을 푹 가
            리고 몸서리를 친다)

    어시장 사람, 한 손에 옷 한 벌을 들고, 한 손으로 분어미 목덜미를 끌고
    나온다. 분어미, 몸을 빼려고 애를 쓴다. 등 위에 아기가 불붙듯 운다.

어시장 사람   악아지[37]를 써도 소용없어.

분어미   옷은 주고 얘기해요. 조막손이 말 못 하나.

어시장 사람   불한당 같으니.

분어미   두 눈으로 똑똑히 봤어요?

어시장 사람   그래도 고백하지 않고. (주먹으로 볼치를 훔쳐 갈긴다. 분어미
            쓰러진다. 머리에 이던 조개가 우르르 쏟아진다)

분어미	어따 손찌검을 하는 거야. 이래서야 과부 살겠느냐? 조개 몇 개 훔쳤기로 어때?
처	(그제야 이 광경을 보고 힘없이) 또 도적조개를 잡았니?
분어미	어머니. (서러운 듯이) 찬비 맞출 수가 있어야지요. 젖도 안 나와 울기만 하는 것을.
처	산허구리 개에 깔린 것이 조개 아니냐?
분어미	몇 마리 줍기도 전에 뺑 둘러 쏜살같이 개굴에 물이 들오 니 옹기 짐을 업고 헤어나올 수가 있나요. (땅에 떨어진 조 개를 줍는다)
어시장 사람	(발로 분어미 손을 차며) 생선전 얼음 곳간에서 하룻밤 자고 나면 두 번 다시 못 하겠지. (잡아끈다)
처	(악이 북받친 소리로) 개돼진가? 잡아끌게.
어시장 사람	이 울팅[38]에 개펄 칠한 것 봐. 사람인가. 멀—리서 뵐까 봐 앙큼스럽게.
처	(어시장 사람의 팔을 물어뜯으며) 못 놓겠냐?
어시장 사람	아야. 아야. 이런 짐승들, 모녀가 똑같구나.
처	훔쳤든, 잡았든, 조개 도로 가져가면 그만 아니야.
어시장 사람	(처를 떠다밀고 분어미를 점점 끌고 간다. 등 위에 애기가 불붙 듯 운다)
분어미	(별안간 호소하는 듯이) 집을 비워놓은 채 밤을 샜는데 밤비 에 쓰러지지나 않았는지 궁금합니다. 다— 기울어진 기둥 을 오리목[39]으로 간신히 받쳐놓았는데.
어시장 사람	전[40]으로 우우와.
처	저놈이 사람 죽이네. 동리에 사람들 없나. 과부라고 죽여 도 좋냐? (외치고 악을 쓴다)

분어미	장사래가 왠통 떴대요. 속탑니다. 눈 꿈쩍하고 놔주세요.
어시장 사람	(어이가 없어) 넉살이 강화년이다.[41]
처	오, 우리 복조가 있다면 저놈을 당장에 주리를 틀 텐데.
어시장 사람	당신은, 아들놈들 산수에 못 묻어줄 팔자예요. 상여 따라 가며 우는 꼴은 아마 내 생전엔 못 볼 거야. 히히.
처	무엇이 어째? 무엇이 어째? (눈을 흽뜨고 미친 듯이) 방자 잘 놀았다. 네놈 3대, 6대가 빌어먹을 게다. 이놈, 이놈, 하―얀 백옥같이 번쩍이는 관(棺)에다 복조 송장 고이 쉬게 해주는 걸 좀 봐라. (자기 소리에 자신이 홀린 듯이 혼잣말로) 하―얀 백옥 같은 관이다. 그놈은 유난히도 키가 컸으니까. 덤쳐서[42] 여드레 밤이나 짠물에 불었을 테니 두 치는 늘여야지.

그동안에 어시장 사람, 분어미를 끌고 퇴장.

처	(벌써 끌고 간 것을 발견하고) 육실할 년 같으니 하필 저 짓을 한담. 모두 어미 잡아먹으려는 애물들이다. 내가 자식을 안 낳고 귀신들을 낳았어.

윤 첨지, 뱃널[板]을 들고 힘없이 등장.

처	복조 배 부서진 거예요?
윤 첨지	복실네, 들어보란 말이야.
처	(불안과 초조에 싸여 돌려가며 자세히 보고) 아니에요. 피가 없는 것이. 석이 아버지 상어 이빨에 다리 끊어질 때 시뻘

겇게 묻은 피가 없어요. (안심의 한숨을 쉰다)

윤 첨지　　만조가 돼서 여울돌에 물새가 물을 하얗게 차고 나는데 다른 때면 바람을 안고 동쪽에서 오리 떼같이 들어올 텐데. 저녁물을 또 기다릴까?

처　　　　칠성기 펄펄 날리고 뱃머리 나란히 나가길래 맘 턱 놓고 고사를 안 지냈더니.

윤 첨지　　응 응, (깜짝 놀란 듯이) 복실네, 복실네, 저걸 좀 보게. 배야, 배. 범바위 옆을 서슴지 않고 도는군.

처　　　　수복 할아버지, (좋아 어쩔 줄을 모르고) 정말요 아무리 물귀신이 주렸기로 큰아이하고 큰사위 잡어가고 둘째마저 잡아갈 것 같지가 않았어요.

윤 첨지　　물결이 세서 통창으로 작고 내리밀리는군. 저런저런.

처　　　　누구네 밸까요?

윤 첨지　　복조 배겠지. 배다리에다가 대려고 하다가 또 밀려갔군. 옳지. 댔다, 댔다. 줄을 던졌어. 내리는군.

동리 사람들 한 떼가 "배 들어왔다" 떠들고 어장으로 달려간다. 어장이 또 법석하게 떠들썩하다.

처　　　　어서 선창으로 가봅시다.

윤 첨지　　지금 이리로 오는군. 동리 사람들하고 갈대밭을 지났어. 추탕집 골목을 막 꼬부라졌으니까 오래잖아 토담을 돌겠군.

처　　　　(허둥지둥하며) 집 안을 좀 치울걸. 복실이년이 어서 와야지 고구마를 찔 텐데. 석이 조개 판 돈으로는 복조가 평시 좋아하는 콩자반을 만들어야지. (밖으로 튀어나간다. 윤 첨

지 빨리 뒤따라 퇴장)

사이.

바람이 휙 불어 들어온다. 부엌 문짝이 달그락거린다. 동녘이 점점 밝
아간다. 무대 잠깐 공허. 윤 첨지, 처, 동리 사람들과 함께 젊은 어부와
강원도 어부를 둘러싸고 등장. 무거운 침묵. 처는 얼굴빛이 그새에 노
래졌다.

젊은 어부   (힘없이) 좌우간 거기까지는 희미하게나마 생각나도 어떻
          게 너구리섬으로 들어갔는지는 모르겠어요.

강원도 어부 (우는 상으로) 빈손 들고 집에 들어갈 걸 생각하니 죽은 것
          만 못하이.

처   뭐, 죽은 것만 못해? 형! 못해? 목숨 하나 찾은 것만 고맙
          게 알어.

젊은 어부   미친년 치맛자락같이 날치는 물지옥에선 그저 살려고 죽
          지 않겠다고 기를 썼지 저런 생각했답디까?

윤 첨지   모범선 말만 꼭 듣고 서로들 찰싹 붙어서 떨어지지만 안
          했으면 괜찮은 걸.

젊은 어부   닻줄을 쥐고 있을 때까지는 그래도 죽지야 않겠지 했지만
          방향도 없이 불던 바람이 북쪽으로 몰려 모—진 눈보라치
          듯 옆으로 내리치자 숨 줄인 돛대가 중등에 댕강 부러지니
          까 배를 놀릴 수가 있어야지요. 싸라기 까불리듯[43] 물결에
          휩쓸려 사방으로 흩어졌지요.

강원도 어부 느티나무 집 할아버지가 쇠뿌리를 넘어서자 구름이 좋지

않으니 너구리섬으로 들어가자고 하였지만. 마나님, (처를 보고) 복조가 우겼어요.

처 (자랑스럽게) 복조는 너희 따위같이 그까짓 바람 같은 건 무서워 안 하거든. 근촌 털어 작은아이만큼 폭풍도 눈보라도 안 무서워하는 사람이 있나?

젊은 어부 (당시의 무서운 광경을 눈앞에 보는 듯이) 복조가 횃불을 날려 진행과 행동을 지도했으나 억수같이 내리 퍼붓는 비에 통째 들어부어도 횃불은 자꾸 꺼지지요. 칠같이 사방은 깜깜하니 모두들 기를 쓰고 악들은 쓰나 들리지도 안 합디다.

처 (울면서) 오, 그놈이 뱃전 붙들고 어미를 얼마나 불렀을고. 그래, 죽었다냐? 살았다냐?

윤 첨지 미처 얘기를 해야지.

젊은 어부 돛대가 부러지자 인젠 죽었구나 하는 생각만 나지, 살겠다는 생각이 안 나더군요. 솜속뚜리[44] 옷에 물이 배서 천금같이 무거운데 사지는 꽁꽁 얼어 굳는 것 같으니 에라 될 대로 되라고 모두들 뱃널[45]에 즐벗[46]이 누웠더랬어요.

처 (조급하게) 복조 말을 좀 시원하게 해.

동리 사람 1 남은 사람 아닌가?

동리 사람 2 자기 자식밖에 모르는군.

젊은 어부 무시무시해서 얘기도 못 하겠어요. 산더미 같은 물결이 시꺼멓게 몰려와서 뱃전을 내리치자 사방에서 여기로 저기로 발딱발딱 뒤집히기 시작했어요.

강원도 어부 배에 물만 안 들어와도 괜찮았을 텐데, 퍼낼 수 없이 넘어 들어오니.

젊은 어부 그러자 옆을 보니 뒤집힌 배 밑 양전을 붙들고 느티나무

180

집 할아버지하고 복조하고 발을 올려놓으려다가는 미끄러
지고 미끄러지고 합디다. 한참들 그러드니 나중엔 지쳐서
단념을 했는지 물끄러미 얼굴들만 보고 있겠지요.

동리 사람 1 느티나무 집 할아버진, 그래서?

젊은 어부 말 떼 달려오듯 넘어온 물결이 내리치자 배 밑으로 쏙—
들어가더니 그대로 안 (거—북한 듯이) 나옵니다.

동리 사람 1 오, 아버지. (외치고 울면서 해변으로 나간다)

윤 첨지 에이, 야박도 하지. 그걸 보고도 가만히 있었나?

강원도 어부 당장에 턱밑에 죽음이 닿는데요? 그러게 이번 풍랑 얘긴
숫제 안 하는 것이 좋아요. 어서들 서둘러 쇠뿌리 바위 속
속 시체 찾을 궁리나 하지요.

젊은 어부 그 바람에 복조는 공중제비[47]를 치고 떨어지더니.

처 (말없이 부엌으로 들어간다. 모—든 것을 단념한 침착한 빛으로)

젊은 어부 순간 제가 또 배 밑구멍으로 쏠려 들어갔지요. 물결이 위
아래로 엉켜 내리쏠리는데 죽을 기를 쓰고 어떻게 해나오
니까 내 앞으로 복조가 배 밑 널판을 붙들고 떠내려가더
군요.

강원도 어부 고래도 그 물결엔 숨 막혔을 거예요.

젊은 어부 사방에서 모가지들만 내놓고 악을 쓰다가는 가라앉고 합
디다. 나루 못 미처 판돌이만이.

윤 첨지 그 열다섯 먹은 것 말인가?

젊은 어부 돛대를 물어뜯고 척 늘어졌어요.

강원도 어부 운이라는 것이 반드시 있는 거야. 우리 배만 돛이 안 부러
졌단 말야.

젊은 어부 그 턱에 나도 살았지. 추탕집에 가서 한잔하고 몸 좀 푸세.

강원도 어부	강원도서 뭘 먹겠다고 여기까지 왔는지 몰라. 모두들 황새 목을 해가지고 문소리만 기다릴 텐데. 빈손 들고 어떻게 간단 말이야. 죽은 것만 못해.
젊은 어부	산 것만 다행이지.
강원도 어부	딸 팔아서 노자 해왔는데 몸값에다 길미[48] 곱 붙여서 갚겠다고.
처	(바가지 물을 퍼서 끼얹으며) 남의 집 안마당까지 들와서 무슨 성화들이야. 살아 돌아온 세도 피우나.
강원도 어부	나한테 분풀이를 할 작정인가.
젊은 어부	(얕은소리로 제하는 듯이) 정신이 이상해진 모양이야.
윤 첨지	참게.
처	그래도 안 들어갈 테야?
강원도 어부	저이 영감쟁인 아까 배 내리자 돈 취해 달라든가 원 기가 차지.
젊은 어부	우리를 꼭 복조로 알았든 모양이야.

양인(兩人)과 동리 사람들, 퇴장.

분어미	(황급히 내려오며) 아이, 집이 어찌 됐을까? 이 어린애 놀라서 간 떨어졌겠다. 가뜩한 데다 어머니 나 때문에 또 속 타셨겠군. 등줄기를 어찌 패는지. 어서 가봐야겠다. (집 안을 기웃하다가 빨리 퇴장)
처	(소반에다 물 한 그릇을 떠 올려놓고, 방에 들어가 초 한 자루를 들고 나와 불을 켜 뒤란으로 나간다)
윤 첨지	(이 모양을 종시 바라보고 있다가) 단념을 했군. 에이, 딱도

하지.

석이   (들어오며 울음 섞인 말로) 할아버지.

윤 첨지 왜, 가다 왔냐?

석이   작은성 죽었다는데 조개 팔러 가야 해요. 초상도 안 치르고.

윤 첨지 (화제를 바꾸려고) 걔에 웬 사람들이야?

석이   동리 사람들이 쇠뿌리로 배들 내요. 허리까지 점벙점벙 잠
그고 울면서 송장 찾으러 간대요.

윤 첨지 여드레 동안 찾아도 못 찾은 걸 지금 서둘면 되나. 석아,
너 들었냐?

석이   장사래 지나다 보니까 무너진 집이 바로 큰누나 집이에요.

윤 첨지 (얼굴을 찡그리며) 원 저런.

석이   뒤란에 축대가 무너져서 버팅겨놓았던 오리목이 쓰러지자
썩은 지붕째 푹석 주저앉았어요. 그래서 큰누나 찾으러 가
다 말고, 오는 길에 동리 사람들한테서 작은성 애길 들었
지요.

윤 첨지 분이를 뉘고 나가진 않았든?

석이   괭이로 지붕을 헤치고 모도 끄집어내는데 분이는 없어요.
업고 나갔나 봐요.

윤 첨지 (훅― 안심의 한숨을 쉬고) 하늘이 도왔구나.

석이   매부가 살았더라면 이렇지는 않을걸. 인제 어데서 살는지
요?

윤 첨지 겨울은 점점 짙어지는데.

석이   (부엌을 보고) 어머니는 어데 갔어요?

윤 첨지 맑은 물 떠놓고 뒤란에서 수신께 비나 보더라. 소리 내지
말고 조용해라. 아주 정신이 맑갛게 하드라.

복실   (고구마를 주워 들고 들어오며) 석아, 또 어장에서 아버지가
       싸움을 하신다.

석이   할아버지, 어서 가서 좀 말리세요.

복실   생선배 풀다 말고 삥 둘러싸서 말리지는 않고 구경들만 하
       드라. 아버지가 나무다리를 뺏기고, 비틀거리다가는 쓰러
       지고, 덤비시다간 자빠지시고 하겠지.

석이   (윤 첨지를 끌며) 듣고만 계시면 어떡해요? 말릴 도리를 하
       여야지.

윤 첨지   새삼스런 일이냐? 어디.

복실   술 먹고 주정한다고 아버지만 몰아대시겠지요. 미친 척하
       고 떡가게 엎으러진다고 하면서.

석이   이런 때 작은성이 있었으면. (윤 첨지를 붙들고 퇴장)

  복실, 부엌에 들어가 고구마를 씻는다. 강원도 어부와 젊은 어부 한길
  에 나온다.

젊은 어부   석이 아버지도 분하게 됐어.

강원도 어부   병신 싸우는 건 못 보겠더군.

젊은 어부   술에 곯아서 바지 밑으로 피가 모래밭에 줄줄 흐르던데.
       그런데 왜 싸웠대?

강원도 어부   대단치도 않은 일인데 복조 때문에 속이 상한 판에 걸린
       모양이야. 이마에 주름살이 생활에 너머도 시달린 것 같
       어?

젊은 어부   퍽 비관하는 모양이야. 샌님 같은 이가 술 먹고 쌈할 줄은
       몰랐다더군. 모두들 쓰러질 적마다 와— 웃고 돌려내니까

하— 하— 건웃음을 웃으며 덤비는 것이 비장하고 불쌍
하대.

강원도 어부 (부엌을 기웃거리며) 왜 이리 조용할까?

젊은 어부 가엽게도 지쳤나 보이. 울지도 않는 것을 보니.

양인, 언덕을 넘어 퇴장.

복실 (부엌 뒤로 나가다가 어머니를 발견하고 뒷문에 우두커니 서서
보고만 있다가 눈물을 닦는다)

처 (뒤란에서 나오면서) 자루 하—얀 괭이는 어떡했니?

복실 아버지가 걸핏하면 들고 날치시니까 뒤꼍에 갖다줬지요.

처 (뒤란으로 나가며) 어디 말이야?

복실 뜨물통 뒤에 없어요, 왜?

처 (괭이를 들고 나와 땅을 파보며 혼잣말로) 복조가 이 괭이를
가지고 조그마할 때는 들뫼에 고구마밭을 맸지. 자루에 아
직도 손 김이 무럭무럭 하는 것 같다.

복실 어머니. (부르고 운다)

처 길이 들어서 썩 잘 파지는구나. 힘도 안 들겠다. 양지 쪽을
골라서 깊숙—히 파고 묻어줘야지. 때[芝]도 그중 연한 걸
로 덮어주고 봄가을 꽃이 피거든 복조 생각하고 목 놓고
울어주지. 서러울 것이 도무지 없어. 뭐이 서러워. 사나이,
물에서 죽는 것은 소원이지. 너머 깊이 팠다가 샘이 솟아
도 일 아니야. (잠깐 허공을 보고 있더니) 오—라, 물에서 자
라서 물에서 살다 물에서 죽었으니까 땅속에 물 기운이 없
어서는 못 써. 알 만큼 파야지.

사이.

처   그 옆에다가 내가 죽을 때 들어갈 구멍도 파둬야지. 아니
        야, 금만 그어두면 석이가 어련히 해라라고. 그놈이 착해.
        (복실을 보고) 참, 너 거기 있었구나. 독아〔喪輿〕집[49]에 가서
        상여 말해뒀냐?

복실   (울기만 한다)

처   복진이 죽었을 땐 초상도 없었겠다 이번은 상여 따라 실컨
        울 테야. 물 건너 너구리섬이 울리도록 울걸.

분어미, 거적에다 이불·냄비 등을 말아 이고 분이를 업고 맥없이 들어
온다.

복실   (쫓아가서) 언니네였수?

분어미   (고개만 끄덕거린다)

복실   어머니 좀 보우. (처를 가리키며)

분어미   아주 실성을 하신 게구나. 붙들고 울고 하면 덧든다더라.[50]

복실   뒤란에서라도 섬피[51]로 막치고 살지.

처   (분어미를 물끄러미 바라보더니 휙 부엌 뒤로 나간다)

분어미   몰라보시나 보다. 난 가겠다.

복실   젖먹이를 업고 어디로?

분어미   항구로 가겠다. 서방 잃고 집 잃고 또 뭐 잃게?

복실   지게미를 끓여 먹더라도 한데 있는 것이 든든하지.

분어미   아버지 등쌀에 있겠니. 벌써부터 항구로 갈려든 것이니 잘

186

	됐지 뭐.
복실	덮어놓고 가기만 하면 강산인가?
분어미	여기 있으면 뭣하니? 항구에 가서 사내놈들 틈에 끼어서 맷돌에 녹두같이 살지.
복실	가더라도 오빠 시체나 보고 가지.
분어미	분아범 또 생각나게.

이때 동리 사람들, 들것에 복조 송장을 태워 들어온다. 물이 뚝뚝 떨어진다. 복실·분어미, 의아하여 잠시 보고 있더니 달려들어 목 놓고 운다. 동리 사람들, 소리를 낮춰 힐끗힐끗 운다.

사이.

처	(부엌에서 나오며) 왜들 우니?
분어미와 복실	어머니, 복조예요.
동리 사람 3	쇠뿌리로 배 내다가 보니 범바위 틈에 꼈습디다.
처	물에서 죽은 놈이 복조뿐인가? 어떻게 복조라고 장담해. (아―무 관계없는 듯이 부엌으로 들어간다)

노어부를 석이와 윤 첨지가 양편에서 꽉 붙들고 들어온다.

노어부	놔두고 볼 거 아니야.
윤 첨지	참어. 참는 데 복이 있다네. 그저 참는 것이 제일이야. 참을 인 자가 셋이면 사람 하나 살린다는 말이 있지 않나.
석이	(그제야 들것과 사람들을 보고) 누나, 이것이 작은성이요?

(붙들고 운다)

윤 첨지   찾았으니 다행이군. (눈물을 씻는다)

노어부   (한참 바라보고 있더니 눈물을 닦으며 서러운 소리로 똑똑히)
몇 해 전에는 배도 서너 척 있었고, 그물도 동리에 뛰어나
게 가졌더랬지. 배 팔고 그물 팔고 나머지는 뭐냐? 내 살
덩이밖에 없었어. 그것도 다— 못 해서 다리 한쪽 뻿겼
지. 고기잡이 3년에 자식 다— 잡아먹는다는 것은, 윤 첨
지……

윤 첨지   (침묵)

노어부   나를 두고 하는 말이야. 두고두고 바랄 것이 인제는 하나
도 없어. (별안간 부엌 뒤로 뛰어들어가더니 괭이를 들고 나온
다. 뒤따라 처가 미친 듯이 달려들어 부지깽이로 노어부의 머리
를 후려 때린다. 노어부 쓰러진다)

처   (괭이를 잡어 뺏으며) 이 괭이가 무슨 괭인줄 알어?

노어부   (덤비려다가 처의 너무도 헬쑥한 얼굴을 보고 고개를 돌려 복조
를 붙들고 운다)

처   내가 맑은 물 떠놓고 수신께 빌었거든. 이것은 우리 복조
아니야. 내 정성을 봐서라도 이렇게 전신을 파먹히게 안
했을 거야. 지금쯤은 너구리섬 동녘에 있는 시퍼런 깊은
물속에. 참 거기는 미역 냄새가 향기롭지. 그리고 백옥 같
은 모래가 깔렸지. 거기서 팔다리 쭉— 뻗고 눈감았을 거
야. 나는 지금 눈에 완연히 보이는걸. 복조 배 위로 무지갯
빛 같은 고기가 숙— 지나갔어. (눈앞에 보이는 환영을 물리
치는 듯이 손으로 앞을 가리며) 눈 감은 얼굴이 너무도 쓸쓸
하군. 이—렇게 (시늉을 하며) 원망스러운 얼굴이야. 불만

스러운 얼굴이야. 다문 입이 너무도 쓸쓸해.

사이, 울음소리.

처	통창으로 가야지. 서남풍이 자고, 동풍이 불면 나를 만나러 올지도 몰라. 아니야, 꼭 올 거야. 저녁물 아니면 내일 아침물 그도 아니면 모레 아침물. 산수 자리를 골라놓고 동쪽을 보고 기다려야지. (일동을 보고 픽— 웃으며) 뭣 때문에 울어들? (괭이를 들고 밖으로 뛰어나간다)
석이	어머니, 어머니, 어머니. (속이 타서 발을 구르며) 아버지, 얼른 가서 어머니 좀 붙드세요. 얼른얼른, 아버지.
노어부	내 알 것 아니야.
석이	(어머니, 어머니 부르며 뒤따라 퇴장)

멀—리서 처의 웃는 소리 우는 소리 번갈아 들린다.

노어부	(일어서며) 윤 첨지, 북망산으로 가지.
복실	촛불 하나 안 켜고 관도 없이 어딜 가요?
분어미	사람 목숨이 이렇게도 싼가. 뒤란에 검부럭지[52] 쓸어가듯 휙 쓸어가면 그만이야.
윤 첨지	장성한 사람을 그럴 수 있나.
분어미	(일어서며) 난 항구로 가겠다. 더 있는댔자 가슴만 졸이지. 울며 웃으며 한세상 살다 그럭저럭 죽을 때 되면 죽지. (언덕을 넘어 퇴장)
노어부	(뒷모양을 바라보다가) 왜, 과부 수절하기가 싫으냐?

석이	(울면서 등장) 어머니가 개에서 괭이로 물을 파며 통곡을 하시다가는 별안간 허파가 끊어진 것처럼 웃으며 (복실의 가슴에 안겨) 누나야. 어머니는 한세상 참말 헛사셨다. 왜 우리는 밤낮 울고불고 살아야 한다든?
복실	(머리를 쓰다듬으며) 굴뚝에 연기 한번 무럭무럭 피어오른 적도 없었지.
석이	(울음 섞인 소리로, 그러나 한 마디 한 마디 똑똑히) 왜 그런지를 난 생각해볼 테야. 긴긴밤 개에서 조개 잡으며, 긴긴낮 신작로 오가는 길에 생각해볼 테야.
복실	(바다를 보고) 인제 물결이 자는구나.
윤 첨지	먼동이 트는군. (나가면서) (노어부를 보고) 사람 삼키더니 물결이 얼음판 같아졌지. 자네 한 잔 쭉— 들이켜고, 수염 닦는 듯이. 어서 초상 준비나 하게. 독아집에 홍녁케[53] 다녀올 테니.

— 막 —

〔1936〕

오 영 진

살아 있는 이중생 각하

| 등장인물 |

이중생(李重生)	53세, 사업가
우 씨(禹氏)	54세, 이중생의 처
하주(夏珠)	35세, 맏딸
송달지(宋達之)	40세, 사위
하연(夏姸)	30세, 둘째 딸
하식(夏植)	24세, 아들
이중건(李重建)	63세, 이중생의 형
최영후(崔榮厚)	45세, 이중생의 고문 변호사
임표운(林杓運)	32세, 이중생의 비서
용석 아범	66세, 머슴
박 씨(朴氏)	47세, 이웃 여자
어멈	40세
옥순	14세, 하녀
복순	14세, 하녀
김 의원	40세, 국회 특별조사위원

시경(市警)경제계원

봉사 1·2, 김 주사, 변 주사, 홍 주사

제1막

때   현대

곳   서울

무대   이중생 씨의 안사랑채. 온돌방에 연달아 상수(上手)[1]로 일본식 다
다미방이 조금 보인다. 8 · 15 이전에 흔히 우리들이 볼 수 있던 소
위 '화선(和鮮)절충식[2]' 주택이다. 후경(後景)은 우리 주인공이 늘
자랑하여 마지않는 정원이다.

석등롱(石燈籠)뿐 아니라 멀리 어렴풋이 정자(亭子)까지 바라보이
니 가히 호화로운 구조를 짐작할 수 있다. 방 안에 놓인 화초분 등
어느 것 하나 값진 물건 아닌 것이 없으나 왜 그런지 공연히 번거
롭고 몰취미해서[3] 풍류의 맛이란 도시 찾아볼 수 없다. 상수에는
안방으로 통하는 일각문이 있고 하수(下手)[4]는 곧 바깥사랑이다.
하수 뒤로 후원(後園)으로 통하는 울타리 길이 조금 보인다. 막이
열리면 용석 아범이 화초분에 물을 주고 있다. 방 안에서는 마나
님 우 씨와 동리 부인 박 씨가 방을 꾸미노라 제대로 부산하다.

우 씨	아우님도 인제 그만 내버려두고 이리 와 좀 다리나 쉬어요. 글쎄 우리네 살림은 전쟁 전이나 후이나 이렇게 분주스러워야 어떻게 낸들 견뎌낸단 말이요. 군정 때도 그랬지만 군정청 손님이라 각 부처의 영감 대감이다 글쎄 요리집인들 이렇겠수. 일류 숙수가 들고나고 기생패가 떼거리로 와 살다시피 했구려. 그나 그뿐인가……
박 씨	형님은 유복도 하시지, 예나 지금이나 어쩌면 그 양반의 세도가 하루같이 쩡쩡하우.
우 씨	에그 유복이 다 뭐 말라죽은 게 유복이유? 글쎄 삐루[5]를 자시기 시작이면 한 상자도 그만, 두 상자도 그만이니 술 잘하신단 외국 손님도 그만 혀를 차고 물러앉고 마는구려. 그러기에 아우님도 알다시피 우리 재목회사도 영감이 맡겠다 안 맡겠다 말두 없는데 해방이 되자 군정청 관리들이 그저 억지로 떠넘기시다시피 하지 않았어요. 겨울마다 아우님네게 보내드린 장작이 바로 그거예요. 한국의 산림 사업을 통째 떠맡다시피 했으니 그쯤이야 뭐, 흐흐……
박 씨	에그 우리도 좀 남에게 베풀면서 살아봤으면…… (우 씨 옆에 와서 앉는다) 후유, 용석이네 뒤뜰 샘터에 가서 나 냉수 좀 따라다 주우.
우 씨	(용석 아범에게) 아범은 아직도 거기서 꿈쩍거리고 있구먼. 늙은 소 홍정도 유만부동이지…… (박 씨에게) 아 글쎄 저 게름뱅이 용석이가 전장에 나가 죽은 뒤론 아주 늘어붙어 있구려, 10년을 두고 저 꼴이니……
박 씨	그야 아쉽겠지만 그런 일이 용석이네뿐인감, 다 제 팔자

	소관이지, 박참판 댁 작은 자제도 돌아가시고…… 참 형
	님, 아드님 하식 도련님은 그 후로 소식이나 있수?
우 씨	소식은 다 뭐유, 해방돼 나오다 노서아[6] 군댄지 공산군댄
	지에게 잡혔다는 소식은 들었지만 죽었는지 살았는지 알
	길이 막연하지.
박 씨	(용석 아범에게) 그것 봐요. 상전댁에설랑 다 그러신데 10년
	이면 강산이 변한다는데 그만 잊어버려야지, 누굴 치원[7]할
	바가 아니거든.
용석 아범	아, 원 치원이라닙쇼…… 그야 도련님도 가구 싶어 갔겠
	소만 우리 용석이놈 죽고, 또 죽은 지 반년이 못 돼 해방을
	당하고 보니 그때 그저 영감마님 명령이라도 한번 거역했
	더라면 싶사와요. 후유……
우 씨	(박 씨에게) 그때만도 출입하시는 영감 입장으로야 어쩌
	는 수 없었지. 하식이도 그래 선참 지원시켰구려, 그 사람
	들이 뭐 얼굴이 예뻐 우리 영감을 그 황금판관회사에 한
	몫 넣어주었겠수. 가는 게 있어야 오는 법이지.
박 씨	그야 그 양반이 어련히 요량해서 잘 처리하셨겠소.
우 씨	아범, 손님들 오시기 전에 빨랑빨랑 해치워요. 뜰도 좀 쓸고.
용석 아범	네……
우 씨	뒤 정원 소제도 하고 어서 연자간[8]에 가서 떡가루도 빻아
	오고 목간[9] 물도 지고 장작도 패야지 않아.
용석 아범	뭣부텀 합쇼?
우 씨	어서 뒤뜰 좀 쓸지 못해?
용석 아범	네…… 네…… (어슬렁어슬렁 울타리 있는 길로 퇴장)
우 씨	에그 곽란[10]에 약 지으러 보내겠네. 글쎄 이렇구려, 늙은 것

은 저러니 뭐가 없어. 젊은것들은 놀러 다닐 궁리만 하구.

박 씨 작은 따님은 아직 인천 별장에서 안 왔구먼.

우 씨 그년이야 어디 1년 열두 달 집에 붙어 있는답니까. 학교 졸업 훈 아주 바람잡이가 됐어. 더구나 아버지 회사일로 외국인 친구를 사귄 후론 그 란돌푼인가 난도셀인가 뭔가 하는 젊은 사람과 아주 단짝이 됐어…… 글쎄 좋지 않은 소문이 났다간 이걸 어쩌우?

박 씨 과년한 처녀는 어서 짝을 지워줘야 해요. 실수 없이…… 여긴 그만 치우고 안에 들어가 봐야겠군.

우 씨 에구 다리도 쉴 틈 없이…… 이 은혜를 어떻게 갚는다우. 난 아우님 없으면 못 살아.

박 씨 에그 형님도…… 그런 소릴 하면 난 갈 테유. (상수로 퇴장, 그와 스쳐서 옥순이, 비와 물통을 들고 나온다)

우 씨 조년이 어디 갔다 이제야 아슬랑아슬랑 들어설까. 아침부텀 손님 오신다구 떠들썩하고 야단들인데.

옥순 마님, 떡가루 보러 연자간에 가라고 하시군 꾸중이셔.

우 씨 조년, 어른에게 일쑤 말대꾸지, 그래 봐왔어?

옥순 벌써 솥에 찐 걸요, 뭐. (방으로 올라와 여기저기 훔친다)

우 씨 반죽은 누가 했구?

옥순 큰아씨가 하셨죠, 차돌이 엄마하구.

우 씨 제 또래가 어떻게 반죽을 헌다니 나도 모르게.

옥순 그래도 되지도 않고 질지도 않고 썩 잘 됐는뎁쇼. 마님이 보신다고 더 하겠어요, 뭐.

우 씨 조년 주둥아리 놀리는 것 보아.

옥순 그럼 안 그래요. 전번에도……

용석 아범, 물통을 들고 나온다.

우 씨   아범은 또 공연한 짓이야.

용석 아범   ……

우 씨   소제 같은 거야, 옥순이년 혼잔들 어련히 못 할려구.

용석 아범   저 연자간엔 애가 다녀왔답니다.

우 씨   누가 연자간 가랬어. 어서 가서 숙수쟁이[11]나 불러와요. 아
          침부텀 오기로 맡긴 놈이 왜 해가 낮이 되도록 소식이 없
          단 말이냐…… (빽 소리 지른다) 어쩌고들 돌부처처럼 멍청
          하니 서 있어. 곧 영감 들어오실 텐데……

용석 아범   아, 아니올시다. (하수로 나가며) 허, 어느 장단에 춤을 춰
          야 할지.

   송달지, 다다미방에서 잇솔[12]을 물고 부스스 나온다. 아마 지금까지 자
고 있던 모양.

송달지   저두 뭐 거들을까요?

우 씨   송 서방은 인제서야 일어났어? 그래서야 병원 일은 어느
          세월에 보누.

송달지   허…… 요즘은 뭐 약이 좋아서 어디……

옥순   서방님 세숫물 떠올깝쇼?

송달지   어? 그만둬, 뒤뜰 샘터에 가서 허지.

우 씨   송 서방도 오늘 같은 날은 일찌감치 일어나지. 원, 장관,
          시장, 재판장 할 것 없이 아주 손꼽아 치는 양반들이 오신

다는데 손님 접대두 해야 할 게 아냐.

송달지 제가 뭐 그런 걸 할 줄 알아야죠. (타월을 들고 후원으로 나간다)

우 씨 (혼잣말로) 에그, 사위라고 하나 맞은 건 저 꼴이니, 쯧쯧.

옥순 마님도 열 사위 미운데 없다고 괜히 그러셔. 큰아씨 명령 잘 듣겠다…… 집안일 잘 보살피겠다…… 의젓하시겠다, 나무랄 데 없으신 서방님이시지 뭐.

우 씨 넌 입 닥치고 저 방이나 치워.

옥순 (퉁명스럽게) 네에. (옥순이 다다미방으로 들어간다. 복순이 상수로 나온다)

복순 마님, 들어오셔서 갈비찜 좀 봐주셔요. 숙수쟁이도 잘 모르겠다굽쇼.

우 씨 오냐, 내가 없으면 갈비찜도 못 만드느냐. 에그 이렇게 분주해서야 내 몸이 열 조각 나도 모자라겠구나. 얘, 옥순아.

옥순 (방에서) 네에.

우 씨 소제 다 하거들랑 방문을 꼭 닫아라. 알았지, 아이 요년이 대답을 안 해.

옥순 (방 안에서 얼굴만 내놓고) 네.

우 씨 (나간다. 옥순이 입을 삐죽한다. 복순이 툇마루에 걸터앉는다)

복순 너 소제 다 했니?

옥순 그럼 뭐 그까짓 대충 훔치면 그만이지.

복순 그럼 이리 와아. 내 좋은 거 줄게. (옥순이는 비를 든 채 옆에 와서 가지런히 걸터앉는다. 복순이 행주치마에 감췄던 약식, 과일을 꺼내준다)

옥순 아유 멋지구나.

복순   잠자코 먹어, 애. 들키면 큰일 난다. 숙수쟁이 솜씬 암만해
도 다르지?

옥순   (약식을 먹으면서) 글쎄 큰아씨 솜씬 아냐. 숙수쟁인 언제
왔니?

복순   아침부터 와 있지 뭐.

옥순   그럼 괜히 용석이 아버질 또 보냈지.

복순   왜 용석이 아버지 어디 갔니?

옥순   마님이 숙수쟁이 집에 두고 숙수쟁이 부르러 숙수쟁이 집
에 보냈네. 호호…… 그러고도 일은 자기 혼자 잘한다구.

복순   그러고도 누구 보고 일을 잘한다 못한다 야단이란다. 그
치, 애……

안에서 '용석 아버지' 하는 소리와 함께 어멈 나온다. 말이 잰 여자.
다음 대화는 굉장히 빠르게 주고받는다.

어멈   계집애들이 여기 있으면서도 대답을 안 해. 용석 아버지
좀 찾아와, 마님께서 떡 치신다고 부르신다.

복순   용석 아버지, 심부름 갔어요.

옥순   숙수쟁이 데리러 숙수쟁이 집 갔는데, 뭐.

어멈   미쳤다고 와 있는 숙수쟁이는 어쩌고 숙수쟁이 데리러 숙
수쟁이 집엘 간단 말이냐.

옥순   마님께서 숙수쟁이 집에 가서 숙수쟁이 데리구 오라니까
숙수쟁이 집에 갔지 뭐유.

어멈   숙수쟁이 집에 와 있는 걸 왜 마님이 숙수쟁이 데리러 숙
수쟁이 집에 보낸단 말이냐.

옥순	그야 마님이 숙수쟁이 집에 온 줄을 몰랐으니까 숙수쟁이 집에 가래지. 그치, 얘?
복순	그렇고말고.
어멈	뭐이 어쩌고 어째.
옥순	그렇지 뭐유.
어멈	계집애가 주둥아리만 까먹고 대답이 일쑤야.
옥순	내 입은 조밥이나 먹으려는 입인가 뭐.
어멈	그럼 네 입도 고량진밀 퍼넣어야 한단 말이냐.
옥순	왜 약식은 못 먹고 그치, 복순아.
복순	얘, 그런 얘기 말어, 얘.
어멈	조 계집애가. (한참 꼬리잡이[13]를 할 때 달지, 하수 울바자[14] 길에서 나온다)
송달지	왜들 떠들어.
어멈	에그 서방님이 나오시네. 글쎄 대감이니 영감이니 재판장 나리니 이런 훌륭한 분들만 오신다구 손이 열이라도 모자랄 지경인데 조 계집앤 주둥아리만 까고 있습니다그려. 마님이 떡 치신다고 용석 아범 좀 불러오래도 숙수쟁이 집에 와 있는 걸 숙수쟁이 집에 온 줄 모르고 숙수쟁이 데리러……
옥순	숙수쟁이 집 심부름 갔다니까.
어멈	숙수쟁이 집에……
옥순	갔어요, 글쎄.
어멈	조년이 가긴 어딜 갔다고 야단이야. (다시 싸움이 벌어지려고 한다)
송달지	내가 칠까.

옥순	네, 서방님 치셔요.
복순	서방님 치셔요, 아이 재미있어. (하주 안방에서 나온다)
하주	당신은 아랫것들과 뭘 떠들고 야단이오, 채신머리[15]없이.
옥순	서방님 떡 치신대요.

하주, 눈을 흘긴다. 달지, 비슬비슬 올라가서 책장을 뒤적거리다가 다
다미방으로 들어갈 즈음에,

하주	얘들아, 너희들은 어서 들어가 일 거들어.
옥순	네에. (3인 하수로 퇴장)
하주	여보, 당신도 국밥이나 떠먹고 훌딱 달아날 생각 말구 이런 기회에 유력자들 좀 알아둬요. 아버지 안 계시면 그런 이들 옆에나 가볼 위인이유. 교제를 할 테면 아버지같이 하지 뭐예요. 글이나 쓰는 소설쟁이 아니면 환쟁이나 한구들 모아놓고…… 인생이 길거니 짧거니 사랑이 둥글거니 모가 났거니 어이구 그이들이 당신 밥 먹여 살린답디까? 그렇잖으면 하루 종일 감자나 심고 있으니 감자만 먹고 하루 세끼닐 에운답디까.
송달지	그야 내 취민걸.
하주	그런 취민 좀 바꾸면 어떻담. 취미가 그렇거들랑 애당초에 농과나 문괄 허지 의사 공분 왜 했수. 환잘 끌고 돈도 남처럼 탐탁히 벌어보려고 했을 테죠.
송달지	그야 그렇지도 않지.
하주	뭣이 안 그러우, 아버지께선 임업회사 방계로 지업회사를 만드신대요. O·E·C 자금으로……

송달지	결정됐대? I·C·A 달러 살 돈을 어디서 조달했누?
하주	여보세요, 돈 있으면 누군들 못하리까…… 영어 한 자 모르는 아버지가 문턱이 닳도록 미국 기관 출입을 했어요, 미국 기관 출입을— 미국 기관도 큰 산림회사를 가진 아버지께 불하하는 게 당연하다 생각했고 또 그게 아무 모로 보아서도 당연한 처사지. 알아들었어요?
송달지	산림회사가 뭐, 아버지 건가? 일본 놈에게서 뺏은 국유림이지. 아버진 그 관리인이다 뿐이지.
하주	관리인이자, 주인이지 뭐유.
송달지	그렇게 되나?
하주	정신 바짝 차려요. (밖에서 떠들썩하며 이중생과 비서 임표운 하수에서 등장)
송달지	준비들 다 됐느냐?
하주	에그, 아버님 돌아오시네.
이중생	에에 또 임 군, 어서 O·E·C 난도셀 씨한테 차를 좀 보내게. 그 사람들은 시간엔 아주 엄격하니까.
임표운	랜돌프.
송달지	미스타 랜? 랜……
임표운	랜돌프.
송달지	헛 이름 고약하거든.
임표운	인젠 돌아왔을까요? 며칠 전 따님 만나러 간다구 했는뎁쇼.
이중생	에끼 이 사람…… 그 사람이 사업을 위한 시간을 어길 위인인가. 사랑은 사랑이구 사업은…… (손으로 입을 막는다)
송달지	하, 하 그래서 하연이가 며칠 안 뵀군, 흐흐……
이중생	뭣이 어쩌구 어째?

송달지	?
하주	당신은 입 닥치고 있어요. 아버지, 손님들 곧 오셔요?
이중생	오오냐. 에에 또, 삐루 있지. 몇 병 이리 가져온.
하주	네. (상수로 나가며 달지에게 눈짓)
송달지	삐루? 삐루?
이중생	자넨, 오늘 병원에 안 나갔나?
송달지	별루 환자도 없길래, 하루 쉴려고……
이중생	(달지의 말은 듣지도 않고) 그리고, 서류 등속을 집어넣고 빨리 중앙청하고 은행엘 다녀와야겠어, 융자 신청이 이렇게 수월히 결재가 날 줄이야. 헛헛……
임표운	(방으로 가서 전화를 건다) 반도임업이죠. 여긴 관리인 댁인데.
이중생	이왕이면 사장 댁이라고 그러게, 관리인이자 사장이지 뭐이 다른가.
임표운	이 사장 댁인데요. 통역 최 군 보고…… 통역 몰라? 통장이 아니라 영어하는 통역 최 군 말야. 에이그 이제야 알았군. 최 군에게 자세히 일러뒀으니 곧 차를 가지고 O·E·C로 가라고 일러. 무엇이? 그런 건 자네가 아랑곳할 게 아냐. (끊고) 온 회사에 똑똑한 게 하나라도 있어야죠. 영감께서도 장차로 한국 전역의 종이를 생산 공급하실 지경이면 심로[16]도 상당하셔야겠습니다.
이중생	만부당관에 일부막개지.
송달지	일부당관(一夫當關)에 만부막개(萬夫莫開)[17]…… (이, 눈을 흘긴다. 송, 질려서) 이, 이 이태백이 시에 있습죠.
이중생	에에 또 자넨 오늘 병원에 안 나가나?

송달지   별루 환자도 없길래 하루 쉬려고……

이중생   (거기에는 대척도 않고) 임 군도 내 바른팔이 돼서 적극적으로 도와야 하네. 우리 반도임업은 오늘까지 한국의 임업을 독점하지 않았나. 또, 그뿐인가? 이제 은행 융자만 받고나면 수백만 달러의 제지 기계가 굴러 들어온단 말일세. 그러고 보면 한국에서 수요되는 종이는 중점적으로 이 이중생이가 공급하는 것이거든. 헛 종이, 알겠어? 종이? 지폐 만드는 원료 말일세. 헛헛…… 임 군, 눈을 좀 감어보란 말이야. 눈만 감구, 귀만 기울이면 나는 일상 야릇하구 애틋한 시경(詩境)에 잠기거든…… 질펀히 깔린 삼림의 바다, 도끼 한 번 대보지 못한 천년 묵은 노목, 열 아름, 백 아름이나 되는 교목거수는 하늘을 찌를 듯이 가지가지를 뻗치고 구렁이같이 서린 우악스런 뿌리는 지축을 꿰뚫을 듯 아침저녁으로 이름 모를 날짐승 들짐승이 찌익찌익 째액, 째액, 뻐꾹, 뻐꾹, 꾀꼴, 꾀꼴, 혹계에 꼬오, 헛헛…… 때로는 비단실 같은 봄비, 솔솔 부는 가을바람이 태산준령을 품속에 포근히 안아 자장가도 부르고 때로는 하늘이 갈라지고 묏부리가 뽑힐 듯이 외치고 용동하는 것이…… 이것이 삼림이라네.

송달지   훌륭한 자연시올시다.

이중생   왜 상징시는 아니고, 에에 또 눈부신 아침 햇빛과 고즈넉한 달 그림자에 반짝이는 이슬의 방울방울은 그대로 내게는 다이아몬드, 사파이어, 루비란 말이야. 백두산 자작나무, 부전 재작이, 구월산 오리나무, 크구 적은 나뭇잎이 그대로 백 환짜리 천 환짜리 팔락팔락팔락 지전장이란 말이야…… 한강수 물 흐르듯 태평양에 물결치듯 끊임없이 무궁무진 흘러나오는 종이, 종이, 먹고, 쓰고 남고, 찍어도 찍어도 모자라는 지폐 종이! 헛헛…… 시를 읊을진 댄 이런 시를 읊어야지, 응. 고인의 말씀에 일년지계는 곡식을 심음만 같지 못허고 십년지계는 나무를 심어라 했지만…… 백년지계는 제지사업이 그만이지.

송달지 일수일획자(一樹一獲者)는 곡야(穀也)요 일수백획자(一樹百獲者)는 인야(人也)라……[18]

이중생 뭐라구?

송달지 저, 저 관자(管子)의 말씀에…… 백년지계(百年之計)는 사람을……

이중생 (송을 묵살하고) 임 군, 가다가는 이중생에게 농림대신이나 상공대신, 재무장관이나…… 하다 못해 조폐국장 한자리 쯤 굴러 들어오지 않으리라고 누가 장담하겠나, 응. 임 군도 정신 버쩍 차려야지, 헛헛……

임표운 황송합니다.

전화벨 소리.

임표운 (수화기를 들고) 네! 네, 관리인 댁입니다.

이중생 오늘부터는 사장이라니까……

임표운 네…… 참 사장 댁입니다. 뭣이? 없어? 그런 사람이 없다니?

이중생 누구 말인가……

임표운 (전화) 세상에 별일도 다 있지. 통역 최 군이 석 달을 두고

연락한 분이 오늘에 와서 없다니 그래 하늘로 솟았단 말인가? 땅으로 꺼졌단 말인가?

이중생 아, 누구가 없다는 거야, 최 군이 출근 안 했단 말인가?

임표운 아니올씨다, 사장님…… 차를 가지고 O·E·C에 갔더니 O·E·C엔 애당초 란돌프라는 사람이란 있은 일이 없다는 말입니다.

이중생 난도셀 씨라니까……

임표운 난도셀도, 란돌프도 없고 최 군도 어제부텀 영 나타나지를 않았답니다. 사장!

이중생 아직 인천서 오지 않은 게 아냐?

임표운 아니올씨다. 애당초부터 미국 기관에 그런 사람이 없다는 걸요!

이중생 허, 그럴 법이! 그러면 O·E·C, 달러를 사준다고 내 돈을 가져간 놈은 누구야?

임표운 글쎄올시다…… (심사숙고하다가) 처음부터 란돌프니 최 군이 좀 태도가 수상하다 했더니만.

이중생 에끼 이 사람…… (전화를 들고) 누군가? 나야, 나…… 뭐, 뭣이, O·E·C에 갔더니 우리 회사 명의로 달러 구입 신청을 받은 일두 없다구! 에끼! 이 사람, (전화기를 탁 놓고) 에이 참 어디 회사에 사람 같은 것이 하나라도 있어야 말이지 여보게 임 군, 나와 함께 그 I·E·C가, O·E·C가에 가세, 암만해도 누가 모략을 했던지 최 군이 다른 자에게 매수당했던지 했을 거야. 목에 줄을 매서라두, 난도셀 씨를 끌구 와야지, 그래 통역 최 군은 어디 갔어?

임표운 어제부터 나타나지 않는다고 한다니까요.

이중생   나타나지를 않아? 그럼 하늘로 솟았단 말인가? 임 군, 이
         중생이가 이만한 일에 물러설 줄 아는가! 천만에 만부당관
         에, (송을 보고) …… 일부당관에!

송달지   만부막개……

이중생   암, 그렇고 말구. 자넨 내가 다녀올 동안에 기생이나 여남
         은 마리 불러둬. 인물 좋고 노래 꽤나 부르는 걸로, 알았
         어!

송달지   ……

이중생   임 군, 그럼 나와 함께 가세.

    이·박, 하수로 퇴장, 달지 멍청하니 서 있다가 모자를 들고 상수 안방
    으로 퇴장. 무대 잠시 비었다가 이윽고 달지와 하주 등장.

하주   글쎄 당신이 언제 기생을 봤다고 이러고 나서우.

송달지   그러면 어떡하우, 장인이 가라시는걸……

하주   서툰 일 맡았다간 나중에 꾸중이나 듣지 말아요. 이번 연
         회가 이만저만한 연회라구 그러시우.

송달지   친구한테 부탁하지, 뭐.

    달지, 하수로 나가자 그와 스쳐 시경(市警) 등장.
    하주 안방을 향하여,

하주   옥순아! 어멈! 어서들 식탁을 좀 날라와요.

옥순이 소리 네에.

시경   이 댁이 이중생 씨 댁이죠?

하주	아이 깜짝이야…… 그렇수.
시경	주인장 좀 보러 왔는데요.
하주	안 계십니다. 주인어른.
시경	안 계셔요? 회사에서는 지금 막 댁으로 왔다는데요.
하주	출타하셨어요.
시경	확실히 출타하셨겠다요. (사이) 틀림없죠?
하주	아 누구길래 안사랑꺼정 들어와 이 야단이요. 이 댁이 어
	딘 줄 알고.
시경	물론 반도임업 관리인 이중생 씨 댁이 틀림없으리라 믿고
	왔죠.
하주	젊은 양반이 추근스레 아주 몰상식허구 무례허군그래. 주
	인 영감을 만나시려거든 미리 시간 약조를 하고 와야지.
	아닌 밤중에 홍두깨 격으로 불쑥 들어선다고 분주허신 양
	반을 그리 쉽사리 만날 줄 아슈?
시경	헛 그 참 세도가 당당하시군. 그럼 시간 약조를 단단히 허
	죠. 들어오거들랑 오늘 저녁 5시까지 경찰서 경제계로 보
	내주십시오, 기다리고 있겠습니다. 만일 오지 않는 경우에
	는 체포합니다.
하주	체포요?
시경	달아나진 못할 테니까…… 그럼 시간 약조를 했겠다요?
하주	저, 저, 잘못 아시고 그러시지 않아요? 아버지 지금 막 중
	앙청으로 가신다구 나가셨는데요.
시경	(혼잣말로) 그럼 길이 어긋난 게로군, 실례했습니다.
하주	저…… 무슨 일이 생겼어요, 네? 왜 아버질 체포해요, 네?
	오늘 서장께서도 이리 오시게 됐는데요.

시경	장차론 서장도 만나고 다 그래야겠지만 우선 나부텀 봐야 할 걸요, 참 가풍을 몰라보고 실례가 많았군요. (하수로 나간다. 옥순이와 어멈이 빈 식상들을 하나, 둘 나른다)
옥순	아씨, 온돌방에서들 잡수시겠죠. 안준 대강 다 됐습니다. 손님들 오시거들랑 말씀하십시오.
하주	(거기는 대답 않고 황망히 안으로 뛰어 들어가려 할 때, 임표운 하수로 황급히 등장) 어머니! 어머니!
임표운	아가씨.
하주	아, 임 선생. 벌써 손님들 오셔요?
임표운	손님은커녕 아가씨 놀라지 마십쇼. 아버지께선…… (와들 와들 떨면서 하주에 귓속)
하주	대체 이게 무슨 변이유? 집에도 금방 왔다 갔어요. (우 씨 등장)
우 씨	내가 없인 식탁 하나 바로 못 놓느냐. 이래서야 내 몸이 견뎌 배기겠니.
하주	아녜요. 어머니. (귓속, 우 씨의 얼굴 갑자기 변한다)
우 씨	그래서? 그래서? 어떻게 됐수, 임 선생, 시원스레 말이나 좀 해줘요.

임, 떨기만 하며 입을 못 연다.

| 하주 | (옥순이와 어멈에게) 뭣들 듣고 섰어. 들어가 일 거들 생각은 않고. |

어멈, 옥순 상수로 퇴장.

임표운 (떨며) 구리개 입구에서…… 저야 뭐…… 그저 깡팬가 했
       죠. 그랬더니 그게 바로 형사이더군요. 저를 내리우고는
       철커덕 사장님께 고랑을 채우고는……

하주   고랑을?

임표운 (여전히 떨며) 네, 그러고는 그 차에 올라타더니 쏜살같이
       을지로 쪽으로 가는 게 아마 중부서로 가는 게 틀림없습
       니다.

우 씨   글쎄 무슨 이유가 있어 데려갑니까, 그들이.

하주   전에라도 아버지께 좋잖은 건이 있었어요?

우 씨   그 어진 양반이 뭘 했다고, 넌 상서롭지 않은 말도 하는
       구나.

임표운 그저 제 생각엔 영감이 임업 사업을 도맡다시피 했는데다가
       또 막대한 원조를 얻어 제지회사까지 차리게 되니까……
       아마 누가 시기해서 고자질이나 하지 않았나 생각됩니다
       만…… 아, 저 인천 가셨던 작은아씨 들어오시는군요.

하주   쟤가 또 갑자기 웬일이야.

    하연, 양장에 수트케이스를 들고 하수로 등장.

우 씨   넌, 웬일이냐, 온단 말두 없이? 글쎄 집안에 큰 걱정이 생
       겼구나.

하연   ……

하주   아버지가, 얘…… (하연, 한곳에 못이 박힌 듯이 서 있다가 케
       이스를 동댕이치며 히스테리컬하게 운다)

210

하연   아버지가 다 뭐야!

우 씨   왜 그러니, 하연아!

하주   얘가 미쳤어, 들어서자마자…… 이 집 상갓집인 줄 알았더냐?

하연   언닌 알지도 못하고 왜 이러우. 어머니, 이 일을 분해 어떡게, 어머니. 언니가 그 봉변을 맞았어도 살지 못해…… 나도 나도 못 살아, 어머니.

우 씨   글쎄 왜 그러니. 어서 말이나 좀 하려무나.

하연   언닌 어쩔 테유. 나, 인, 인천서 내쫓겼어!

하주   별장에서? 그 무슨 당찮은 소리냐, 왜 널…… 주인아씰 어떤 놈이 나가라고 한단 말이냐.

하연   가짜야, 아버지는 그 별장주인이 아냐, 관리인을 속여 뺏은 것이 탄로 났어. 그리고 이것 봐, 아버지가 신주같이 받들던 란돌프도 가짜야. (손에 들었던 신문을 동댕이친다) 가짜야!

임표운   (주어 읽으며) 뭐!…… 국적 없는 외국인 란돌프라는 자는 미국 원조기관 직원을 사칭하고 인천에서 유흥하다가 체포당했음! 뭐! 란돌프가!…… 란돌프가 인천에서?

하연   가짜예요. 가짜…… 가짜…… (운다)

임표운   어이구머니…… 그자들이 수상하다 했더니만……

하주   애야.

하연   모두, 모두가 다 가짜지 뭐야. (발악하며 운다)

우 씨   글쎄 무슨 일이 생겼다고 이리들 야단이냐.

임표운   다른 게 아니라요, 사모님 이거 큰일 났습니다그려. (귓속)

우 씨, 듣고 나서 말문이 막힌다. 사이, 그때 돌연 방 안에서 전화벨.
임, 살같이 뛰어가 수화기를 든다. 일동 긴장.

임표운   네? 네 그렇습니다. 이중생 씨 댁이올씨다…… 네! 네에.
            (수화기를 놓기도 전에)
하주   어디서 왔수. 아버지 나오셨수?
임표운   아, 아니올씨다. 저, 송 선생께서 기생들하구 곧 온다구요.

제2막

제1장

전막(前幕)에서 한 달쯤 지난 후 같은 곳.

오전 10시경. 하주는 전화 앞에 다가앉았고 우 씨와 달지는 툇마루에 걸터앉았다. 이따금 다다미방에서 코 고는 소리. 누가 자고 있는 모양이다.

우 씨   (달지에게) 자넨 학생 때부텀 여러 번 드나들었으니 잘 알 겠구먼.

송달지   뭐, 밖에서 생각하기보담은 편하죠.

하주   당신은 자기 생각만 하고 그렇지만 아버지 같은 분이 어떻 게 하루 이틀도 아닌 한 달 두 달을 유치장살이를 한단 말 이오. 콧구멍만 한 방에 열 명, 스무 명을 구겨 넣고 뒷간 도 방 안에 있다는구려. 그렇죠?

송달지   그렇지, 거기도 뭐 특등이 있을려구.

우 씨   에그머니, 그 냄샐 다 맡고…… 방 안에 헌 버선짝만 있어 도 질색이시든 영감이 그 고린내를 어떻게 견뎌 배긴단 말

이냐. (운다)

하주　(따라 울며) 따귓꾼, 사기꾼, 거기다 살인 강도, 별의별 인종이 한 방에 이마를 마주 대구 있다는구려, 그렇지, 여보?

송달지　응.

우 씨　에그머니 그 양반은 내가 옆에 있는 것만으로도 짜증을 내시는데……

하주　또 벼룩은 없고 빈대는 없고! 이는 꼬이지 않고 글쎄 나중에는 심심파적 이 사냥만 한대요, 어머니.

우 씨　에그 가엾어라. 이를 어쩌누, 너의 아버진 파리 한 마리 위잉 해도 못 주무시는 어른인데.

송달지　조반 먹고 점심 들어올 때까지 이 사냥하는 것, 그게 또한 재미야.

하주　당신은 그때 배운 버릇이 아직 남았구려, 돈 벌 생각은 쥐뿔도 않고, 집 안에 들어앉아 바쿠[19] 사냥만 허니…… 식은 소리 그만하고 아버지 나오시게 헐 궁리나 해요.

송달지　임 군이 오늘 나오신다는데그래.

하주　임 선생에게만 맡기면 그만이에요? 그래도 명색이 장인이라는 이가 유치장에 들어가 달포나 고생허구 계시는데…… 당신 성밀 모르는 반 아니지만 세상에 그런 법이 어딨어요.

송달지　그럼 어떡하면 좋단 말야, 낸들……

하주　그런 걸 누가 알우. 천둥 갓난앤감. 제가 할 일도 꽂아줘야하니.

송달지　냉정히 생각해서 이번만은 좀 힘들 거야. 뭐, 죄목이 한두 가지야지. 우선 업무보고서에서 10년을 내려두고 생산량

의 10분의 1도 안 되는 걸로 보고해놨으니 이게 배임 횡령
이겠다.

하주   뭣이 어째요?

송달지 거기다가 공문서 위조지! 탈세가 되지, 화는 한꺼번에 몰
아치는 거야!

우 씨   아니 그래 자네는 장인 갇힌 것이 당연하단 말인가!

송달지 아녜요, 어머니. 법적으로 따지면 말씀이지. 뭐, 거기다가
은행의 융자 신청도 결국 자기 물건 아닌 삼림을 담보로
했으니 이것도 건이 되죠…… 아마 나오시기 힘들 거요.

하주   듣기 싫어요! 그럼 나오시지 못하도록 축수라도 하구려,
에이, 어디 저 따위가……

우 씨   (다다미방을 돌아보고) 큰소리치지 말어. 큰아버지 깨면 또
한바탕 야단만 나겠다…… 자네야 환자 진찰이나 했지 일
처리하는 게야 모르나만 하도 답답하니 짜증도 내는 게
지. 영감은 큰 살림 벌여놓고 유치장살이요, 큰아버님은
제 동생 때문에 집 한 간 쓰고 살던 것마저 뺏겼다고 날마
다 약주 자시고 저 꼴이니 이 성화를 누가 다 겪어내느냐
말이지.

하주   살림살이 얘기가 났으니 말이지, 아버지도 언제 어떻게 되
실지 누가 알우, 일은 틀려 먹었어요. 벌써 들창나기 전에
분재도 미리 허구 큰아버지 집도 어떻게 한 간 마련해드려
야지 않수, 어머니도 아버지만 믿고 계시지 말고 어머니
몫을 금 그어놓아요.

우 씨   글쎄 오늘이라도 네 아버지가 나오셔야 할 게 아니냐.

하주   우리야 장수 주변이 있수? 집이 있수? 시댁에 돈이 있수?

일생을 집 한 간 없이야 어떻게 살아나가우.

우 씨   그야 아버지가 어련히 잘하실라구, 제 딸년 밥 굶기겠나.

하주   어머니두 누가 밥 굶는대. 남부럽지 않게 살아보겠단 말이지. 글쎄 아버지 그 재산을 다 어떡허우?

우 씨   쉬…… (다다미방을 경계한다)

하주   (소리를 죽여서) 하연이 년은 돈벌이 잘하는 사람에게 주어버리면 그뿐일 게구 하식이는 아직 생사조차 모르니 문제 아니고 딱한 건 우리 사정 아녜요?

송달지   (역시 소리를 죽여서) 굶게 되면 난도 벌지.

하주   (빽 소리 지른다) 입 닥치구 있어요, 당신은. (다시 소곤거린다) 아마 우리 억 환 열은 좀더 되죠?

우 씨   그야 낸들 알겠냐만 값없는 토지지만 전답까지 합치면 여기저기 늘어놓은 세간만 정리해도 열은 될 테지.

하주   어마! 그럼 반반에 나눠도 5억 환? 하기는 살아나갈래면 뭐, 그만큼이야 있어야지. 그럼 우리 몫은……

우 씨   쉿!

이중건 노인 다다미방에서 나온다.

하주   큰아버지, 인제서 일어나셨어요?

이중건   응? 응, 그래, 오늘은 무슨 소식 있느냐?

하주   아까 임 선생 말이 아버지 오늘 나오실 것 같대요.

이중건   오늘 나와? 누가?

하주   나오실 것 같대요. 아버지만 나오시면 어련히 좋도록 처결[20] 안 해드리겠어요?

이중건 에끼! 네 애비가 나와? 사기, 횡령 배임, 탈세범으로 때간
       녀석이 그리 쉽게 나올 법이 어디 있으며 나라에서 내준다
       쳐도 어떤 낯짝을 들고 어슬렁어슬렁 기어든단 말이냐. 글
       쎄 일껀 출세한답시고 조업지전 문전옥답 다아 팔어 헤쳐
       놓고 그것도 모자라서 늙은 형 놈의 집 한 간마저 뺏어먹
       어야 옳단 말이냐?

우 씨   그야, 그인들 이럴 줄이야 꿈엔들 생각했겠어요, 그저 이
       씨 문중이 다 같이 영광이나 볼까 해서 그런 게 아니에요.
       너무 노여워 마세요.

이중건 이, 씨, 문, 중, 의, 영, 광? 헛헛…… 장관 나리와 낚시질
       하는 게 영광이요? 계수님, 난 그런 영광 모르구두 고뿔
       하나 쇠지 않고 60 평생을 배불리 잘 살았어. 뭐, 그 녀석
       이 큰 사업가인 이중생 각하의 형이 초가삼간에 살아선 자
       기 체모가 깎인다구? 기와집을 지어줄 테니 지가 증권을
       몽땅 팔아버리자구? 내가 기와집에 살구 싶어 조업지전을
       판 줄 알아? 조실부모한 이후론 하나밖에 없는 동기라 그
       돈 출입이나 한답시고 일본놈이라 기생년이라 한 무리 몰
       고 다니며, 소풍이니 천렵이니 닭 잡아라 소 잡아라 호령
       대령해도 한 번 쓴 척 단 척 않고설랑 흔연 대접했던 게 이
       녀석 그런 정리도 은공도 몰라보고 그래 자기 돈 아닌 내
       돈으로 집 한 간 지면서 슬쩍 자기 명의로 등길 낸다? 달
       지, 자넨 어떻게 생각하누? 이를테면 이게 생눈 파먹는 날
       도적이지 안 그런가, 달지, 그놈의 돈 횡령하는 재주는 일
       정 때부터라네.

송달지 그야…… 그렇지요, 결국.

이중건	그렇지, 암 그렇지, 이 집안에선 사람 같은 거라곤 자네밖에 없지.
하주	큰아버지 인제 들어가 진지 드세요, 제. 아버지만 나오시고 보면 어련히 해결해주시겠어요.
이중건	엑키, 앙큼한 계집, 잘 처결한다? 헛, 너희들은 다 한 또래야, 한 또래 그렇지, 달지?
송달지	네…… 네……

전화 소리. 하주 달려가서 수화기를 든다.

하주	여보세요, 네. 네? 임 선생이세요. 네에, 어쩌면! 알았어요. 네에. (전화를 끊고 우 씨에 귓속) 아버지 나오셨어요.
우 씨	나오셨어?
하주	어서 큰아버질랑 빨리 안으로 쫓아요. 아버지 고단하실 텐데 까박[21]을 붙이문 어떡허우.
우 씨	(중건에게) 어서 들어가서 진지상 드셔요, 제발. 해장술도 따끈히 데웠습니다.
이중건	(혼잣말로) 제발 소리가 나오는 게 또 돈 내야 할 일이 생긴 게로군, 홍.
하주	(달지에게 빽 소리 지른다) 여보, 당신이 모시고 들어가구려.
송달지	어? 어……
이중건	헛, 헛! 들어가세. 일일지환(一日之患)은 묘시주(卯時酒)[22]요, 일생의 후환은 성미 거센 마누라라 이랬겠다, 자네 죄가 아니지, 아니야. 암 아니고말고. 시원하고 술 먹는 건 흠이 아니야, 우리 들어가세.

218

하주	(달지에게 귓속) 아주 취하도록 술을 권해요. 알았어요? 여기 계셨단 괜히 아버지께 생주정이실 테니.
송달지	나오셨소? 아버지, 야아 이거 기적인데.
이중건	누가 나와?
우 씨	아, 아니에요. 어서 들어가시지.

2인 퇴장.

하주	(달지에게) 그러구 아범더러 목간물 좀 데우래요.
송달지	(무대 뒤에서) 어……
우 씨	애, 어쩌면 이렇게 쉽게 나오니, 아마 임 선생이 퍽 힘쓴 게지.
하주	힘 안 쓴들 누가 아버지를 감히 건드리우.
우 씨	어서 보료나 좀 내오고 삐루도 몇 병 가져다 채우고.
하주	어머닌 어서 새 옷이나 한 벌 가져오세요. 여긴 내 다 할 테니, 겨울 삐루 채지 않으면 어떻수.
우 씨	오냐 오냐 그렇지, 참 그럼. 보료만 내보내랴? 그러면 그럴 테지……

우 씨, 상수로 퇴장. 하주, 혼자서 방 안을 훔치고 의자를 바로 놓고 한 동안 수선할 때 하연 하수로 등장.

하연	언니 또 무슨 연회요?
하주	계집애가 어딜 아침부터 쏘다녀.
하연	내 일로 나다니는 걸 왜 참견이유.

하주	넌 집안의 걱정도 몰라?
하연	그럼 내가 어떡해야 한단 말이유. 별루 섧지도 않은 걸 섧은 척하구 청승맞게 거짓 한숨도 내뿜고 그래야 하우? 그 누구처럼, 참 우스워죽겠네. 아버지야 때갈 일이 있었길래 때간 것인데.
하주	그럼 넌 아버지 나오셔도 기쁘잖아?
하연	아버지 나오신대?
하주	그럼 못 나오시는 게 좋겠니? 어서 안에 들어가 어머니 일이나 거들어. 계집애가 주둥아리만 까먹어 뭣에 쓰니.
하연	언닌 잡자가 요즘은 효부 열녀가 됐어. 우스워죽겠지.
하주	넌 인천서 와서부터는 왜 계집애가 비틀어졌어? 누굴 못 먹어 그러니, 내가 언제 축냈더냐? 걱정 마라. 때가 되면 나도 너희 집 신세 안 질 테니.
하연	누가 그런 얘기하랬어? 나도 내일부터는 내 벌이한다나, 취직했다우.
하주	취직? 네가 집안 망신을 시킬 셈이냐? 누구 낯에 똥칠을 할 셈이냐?
하연	에그 언닌 우리 집안이 그렇게도 훌륭해 뵙디까? 아버지 돈이 그렇게도 소중허구?…… 세상에선 뭐라고 하는지나 알고 그러우. 전과자 딸년 써주는 것만도 고맙지……
하주	입 닥쳐, 밥걱정 없이 너무 호강해서 불만이냐?
하연	그만둬요. 매일 때간다, 가택수색이다, 돈만 있으면 제일이야? 언니 생활이 제일이구 아버지 생활이 제일이야? 세상이 어떻게 돼가는 줄은 모르고 이러우, 이러길?
하주	그렇게 잘 알거든 아버지께 왜 말씀 못 드려?

하연	왜 말 못해! (사이, 용석 아범, 하수로 황급히 등장. 긴장은 일 순 풀린다)
용석 아범	아가씨…… 영감마님 돌아오십니다. 에그 수척도 하셨지. 뵙기가 딱합니다그려. 어서 나가보십쇼.

하주는 하수로 마중 나가고 아범은 하수 안방으로 각각 퇴장. 하연, 멍청히 서 있다가 뒷마루에 걸터앉는다. 이윽고 이중생·임표운·최 변호사 떠들썩하며 하수로 등장. 우 씨는 상수에서 나온다. 이중생에게는 조금도 피로한 맛이 없다.

하연	(자리에서 일어나며) 아버지!……
우 씨	영감!
이중생	어, 잘들 있었어? 집안엔 별 일이 없었고?
우 씨	(눈물지며) 영감은……
이중생	(방 안을 올라서며) 에에또, 최 변호사, 이리 올라오슈. 이번 일만 성사하면 내 톡톡히 갚으리다. 어차피 최 선생과 나는 풍생공사(風生共死)할 처지니까.
최 변호사	원 그야 이르다 뿐이겠습니까? 영감 신세가 언제 펼지 누가 압니까? 그럼 잠깐 여러분 실례합니다. (따라서 다다미방으로 들어간다)
이중생	그럴 시간이 어딨어, 삐루나 있거들랑 몇 병 가져오우.
용석 아범	네. 삐이루입쇼…… (아범 상수로 퇴장)

이중생 여기저기서 서류 등속을 한 아름 꺼내들고 다다미방으로 들어가서 구수협의.[23]

이중생	에에또, 이 뭉치가 죄다 대지와 가옥 등기고, 이게 공장, 이것들은 아직 되지도 않은 건국제지와 한국제재 주권이니 어서 치워버리는 게구…… 이게 반도임업이니 쓸데없고…… 여기 있군, 대지니 가옥 등기도 명의변경을 촌수 있는 대로 바삐 옮겨야 할 게 아뇨.
최 변호사	물론 그렇습죠. 왜 그자들한테 영감 재산에 손가락 하나 다치게 한단 말씀입니까. 어디 가만 계십쇼. 차근차근 좀 바쳐야 할 공금 총액이 6억 2천만 환에 이에 해당하는 세금과 연체 이자라……

옥순과 용석 아범, 삐루와 안주상을 방 안에 들이고 다시 퇴장. 하연이는 임표운과 툇마루에 가지런히 걸터앉았다.

하연	싱크러운[24] 일로 임 선생만 고단하시죠? 자기 일도 아닌 걸 가지고.
임표운	원 천만에요, 사장 영감 일이니 당연히 제가 해야 할 일이죠.
하연	도와드릴 사람도 없는 걸 가지고 애만 쓰셔서, 근데 아버지가 어떻게 이렇게 쉽사리 나오셨어요?
임표운	놓아 보낸 게 아니죠.
하연	그럼요?
임표운	아가씨 놀라지 마십쇼.
하연	……
임표운	사장께선…… 사장뿐 아니라 댁 전체의 문제지만 큰 곤경

에 빠졌답니다.

하연   네에?……

임표운   아버님 명의로 있는 재산은 아마……

이중생   (온돌방으로 나오며) 에— 또 그럼 최 선생, 잠깐 실례합
니다. 이리들 올라오너라. 여보. 마누라도 와 앉아. 하주
도…… 임 군.

임표운   네.

이중생   하연이두 게 있느냐?

임표운   (하연에게) 아버님이 말씀하실 모양입니다.

   일동 온돌방으로 들어가 반달형으로 둘러앉는다.

   이중생 좌중을 훑어보고 내려다보고 하더니 침통한 어조로 말을 꺼낸다.

이중생   이런 소문 저런 소문으로 대강 짐작이 갈 줄 안다마는 이번
일이야말로 이씨 가문의 부침에 관한 큰 문제이니 그런 줄
이나 알고 들어. 그러고 난 아직 자유로운 몸이 아니니 이
번에는 그야말로 1년 걸릴지 10년 걸릴지 모르는 일이야.

우 씨   네?

하주   자유로운 몸이 아니시다뇨?

이중생   내가 집으로 가야 모든 걸 정리할 수 있다는 핑계로 특별
가보석으로 나왔으니 오래 지연할 수가 있겠니, 내 한 몸
고생살이허는 게야 뭐 대수롭겠느냐마는 자칫하면 내 재
산꺼정…… 알아듣겠니? 할아버지 때부터 물려받은 이 재
산이 하룻밤에 녹아나는 판국이란 말이야. 졸지에 우리 집
안이 거지가 되고 만단 말야.

우 씨	세상에 그런 법이 어딨수?
이중생	가만 듣고만 있어, 에에또 O·E·C 융자를 얻느라고 이용한 반도임업이니 제재회사는 애당초 내 것이 아니고 그야 대부분이 나라의 귀속이니 할 수 없다 하지만서도 할아버지께서 받은 재산이라도 죽음으로 지켜야 할 게 아니냐 말이다, 응. 할아버지께서 어떻게 모으신 거냐 말이다.
하주	(임에게) 그럼요, 왜 이유 없이 자기 재산을 다 바칩니까?
하연	언닌 그럼 아버지가 이유 없이 달포나 그 창피한 유치장 신셀졌다고 생각하우? 난 까닭 없이 인천서 쫓겨오구?
하주	그럼 까닭이 있어서 아버님을 데려갔더란 말이냐?
하연	그럼 반도임업이니 건국제재는 왜 갖다 바쳐요? 일편 오빠꺼정 갖다주고 얻은 걸 어디까지라도 싸우시지.
이중생	하연아, 넌 애비를 힐책하는 게냐? 어디 불만이 있으면 말하렴.
하연	밖에선 아버질 뭐라고 말하는지 아셔요?
이중생	그래 뭐라더냐…… 왜 말 안 해.

최 변호사는 옆방에서 슬며시 엿본다.

하연	아버지 너무하셨지 뭐유.
이중생	입 닥쳐, 요망한 년 같으니라구. 딸년에게 낱낱이 고해바치지 않았다고 오늘 와서는 애비에게 항역이냐? 20년이나 키워낸 갚음이 이래야만 헌단 말이냐, 요년.
우 씨	이 계집애야, 잘했건 못했건 네 아버지 아니냐, 부모의 은혤 모르는 건 짐승만도 못해, 응. 은혜를 은혜로 생각잖고

되려 부모 앞에서 발악을 해!

하주   아버지 앞에서 그 말버르장이[25]가 뭐냐, 넌 성두 없고 부모
         도 없어?

하연   언닌 왜 한술 더 떠 야단이유.

하주   뭣이 어쩌고 어째, 그래 네가 잘했어?

임표운   (하연에게) 아가씨 그만허세요, 아가씨……

하연   어머니! 갚음을 바라고 기르셨거든 좋을 대로 하셔요. 오
         빠처럼 전쟁판에 못 내보시겠거든 양공주를 만들어 란돌
         프놈에게 팔아 자시든지……

이중생   에끼, 여우 같은 년. 나가! 썩 못 나가! (후려갈길 듯이 벌벌
         떤다)

하주   아버지 고정하셔요, 네. 하연아, 어서 잘못했다고 빌어, 어
         서 빌어.

하연   언닌 내가 아버지 노염을 풀어도 괜찮수? 그렇지도 않을
         걸 뭐.

임표운   (하연에게) 아가씨 이 자리를 피하십쇼. 이게 무슨 창핍니까.

이중생   이년, 아직도 도사리구 앉았을 테야? 없어지지 못허구.

　이중건 상수로 등장.

이중건   없어져라? 내가 갈 집이 어딨어. 하주야, 젊은 녀석이 한
         병 술에 곤드레가 되다니…… 엇 한 병 술에 취해 떨어진
         단 말야. 에익, 네 남편 놈도 사내 녀석이 못돼.

우 씨   에그 아저씨가 또 나오시네.

이중생   (우 씨에게) 아, 형님이 언제 오셨수?

우 씨	글쎄 영감 때문에 집 뺏겼다고 아주 인젠 여기서 사신답니다.
이중건	오…… 중생이로구나. 에끼 놈! 네가 요즘은 내게 팔아먹을 게 없어 그런지 원두쟁이 쓴 외 보듯 하더니[25]…… 잘 만났다. (비틀거리며 방 안으로 들어간다)
이중생	(쩔쩔매며) 아 형님, 언제 오셨습니까? 이리 올라오시죠. 애들 좀 비켜라.
이중건	언제 왔어? 그래 건 물어 뭣해. 어쩔 셈이냐?
이중생	형님 집 말씀이죠? 제가 잘 처결해드릴 테니 근심 마세요. 헛, 헛…… 그런 걸 가지고 형님두 원.
이중건	네 처결을 기다려라?
이중생	기다리실 것 없습죠. 여보슈 최 선생.
최 변호사	네. (옆방에서 나온다)
이중생	최 선생, 먼저 형님 일부터 처결해드립시다. 서린동 집을 형님 몫으로 내놓기로 하지.
우 씨	이렇게 선선히 처결지시는 걸 가지고 여태 영감만 치원하시구 계셨지.
이중건	그 집이 몇 평이냐?
이중생	150평에 건평이 60평, 이만하면 만족하시겠죠.
이중건	이눔 네가 하늘 무서운 줄 아는 모양이구나.
이중생	아 원, 알다 뿐입니까? 우리가 남부럽잖게 살아온 게 어느 어른 덕이길래.
이중건	그리고 소 값은 어쩔 테냐? 네가 관청 나리들과 댕기문설랑 때려 먹은 게 도합 열두 마리다.
이중생	열두 마리.

이중건	닭이 190마리, 쌀이 열닷 섬.
이중생	가만 겝쇼, 좀 적어야지. (수첩에 적으면서) 소가 12두, 암솝니까? 황솝니까?
이중건	너야 암소갈비 아니곤 입에 대었어?
이중생	암소 12두에 닭이 150수라……
이중건	190마리……
이중생	참, 190마리, 쌀이……
이중건	열다섯 가마니에 현금 지출이 2백만 3천 5백 환이다.
이중생	그럼 이것들을 도합 얼마나 치면 좋겠소, 최 선생.
최 변호사	모르기는 하겠지만 현금허구 집을 제외하고도 사정 가격²⁷으로 쳐도 3백만 환 하나는 놔야 할걸입쇼.
하주	에구머니나! 3백만 환!
이중건	왜 사정 가격이냐? 시장 가격으로 따져야지.
최 변호사	가만 겝쇼. 그런 셈보다도 좀더 심각한 문제가 있지 않습니까. 좀더 근본적인 문제가.
이중생	흠……
최 변호사	이대로 두었단 서린동 집뿐 아니라 영감 전 재산을 처리함에 있어서 난관이 가로놓였단 말입니다.
이중건	무슨 난관?
최 변호사	최후수단인 동시에 큰 모험이죠. 조용히 말씀드릴 수 없을까요?
이중생	응. 여보, (우 씨에게) 애들 데리고 들어가슈. 임 군도 자릴 피해주고 형님도 인제 안심허시구 들어가 쉬시죠.
이중건	안 된다, 이눔. 끝장을 보기 전엔……

우 씨와 하주는 안으로 들어간다. 최 변호사, 중생에게 귓속, 중건은
꾸벅꾸벅 졸기 시작.

하연   임 선생님, 뒤뜰로 산보 가셔요, 네? 뒤뜰도 인제 마지막
                일지 모르잖아요? (임표운 뒤따라 후원 울바자 길로 나간다)

하연   까마귀 날자 배 떨어진다고, 목 날자 밥바가지 떨어지
                고…… 호호…… 이번 통에 임 선생 목만 달아났지.

임표운   제 목이야 한두 번 달아난들 뭐라겠습니까? 일만 잘 피
                면요.

하연   흥, 일이 잘 펴지다니요. 임 선생님은 그렇게 쉽사리 될라
                고 생각하셔요. 저…… 내 임 선생 취직시켜드리리까?

임표운   이번엔 아가씨께서 비서로 채용하시겠어요? 헛헛……

하연   아유, 농담인 줄 아셔. 내가 취직한 공장에서도 사무원이
                모자라서 쩔쩔맨다우.

임표운   아가씨가 취직이요?

하연   그럼요. 그래서 아까도 언니와 싸우잖았어요. 임 선생도
                그럼 반대예요, 그럼?

임표운   아, 아니요. 그래 어디로……

하연   건국제지회사 회계과.

임표운   아버지가 경영하시는…… 제지회사 말씀이요?

하연   (고개를 끄덕하고) 네, 아버지가 경영하시던. (던을 특별히
                강조)

임표운   네에? …… (2인 퇴장)

최 변호사   결국 저 사람들이 문제 삼는 것은 사기, 배임 횡령, 공문서
                위조 및 탈세범인 위대한 사업가 이중생이거든요. 그러니

까 위대한 이중생만 없어지고 볼 지경이면 문제는 아주 간단하다 할 수밖에 없습죠! 탈세한 돈이며 연체된 이자며 횡령한 공금을 받으려야 받을 길이 없을 것이 아닙니까?

이중생   내가 없어진다?

최 변호사   그렇죠. 세상에서, 땅 위에서 없어지고 말아야죠.

이중생   엑기! 여보, 내가 죽고서야.

최 변호사   쉿! 헛헛! 그런 게 아니와요. 일사(一死)면 도무사(都無事)[28]라 아주 돌아가실 수야 있겠습니까, 원. (귓속을 하고 나서) 헛, 헛 법률적으로 자살이란 그리 어려울 게 아니지, 헛헛. 상속법에 관해서는 누구에게도 지지 않습니다.

이중생   헛헛, 그야, 최 선생이야 상속법에는 권위자이지.

최 변호사   저는 그저 영감이 써놓으신 유서…… 유서는 물론 사건 발생 전에 작성된 것으로 하여야 됩니다. 그러고 난 뒤에는 그저 유서의 내용대로 가장 법률적으로 정확 신속히 처리할 따름이죠. 그러니까 영감께선 영감의 전 재산을 가장 신뢰할 수 있고 믿음직하고, 또 차후로 이중생 씨 사업에 관여하지 않을, 따라서 사업의 경험 내지 야망이 없고 법률 상식도 없는 충직한 재산 관리인만 한 분 선택하십쇼그려. 영감께선 그 뒤에 계셔서 모든 것을 지휘하시면 그만 아니십니까? 말썽 많은 이중생만 세상에서 없어지면……

이중생   그자가 죽는 경우엔 어떻게 된다? 내 재산이 또 공중에 뜨게…… 안 되지.

최 변호사   하식 군도 좋고 형님도 좋고.

이중건   (깜짝 놀라 잠을 깨며) 뭐. 뭣이, 이번엔 내 이름을 어째?

이중생	쉬잇.
이중건	쉬이? (두리번거린다)
최 변호사	그리고 남은 문제는 살아 있는 영감의 사망진단서를 누가 용감히 쓰느냐……
이중생	그야 내 사위더러 쓰래면 되지만……
이중건	누가 죽었어?
이중생	가만 계셔요, 형님은…… (무릎을 치고 일어나며) 옳지! 됐어! 됐어! 최 선생, 아주 적재가 있단 말야. 헛헛…… 개똥도 약에 쓸 때가 있다고.
이중건	개똥?
이중생	형님, 누설됐다는 큰일입니다.
최 변호사	큰일이다 뿐이요. 온 존당의 집은커녕 이씨 문중이 큰 봉변을 당하시죠. 비밀, 비밀, 절대 비밀이야.
이중생	형님의 3백만 환도 내 전 재산도 수포로 돌아가고 말죠. 최 선생, 자, 우리 안으로 들어갑시다.

2인 상수로 나가려다가 이중생 다시 돌아와서 이중건에게 귓속.

이중생	비밀입니다. 아셨죠. (나간다)
이중건	비밀…… 비밀? (똥그래진 눈으로 겁나는 듯이 주위를 살핀다)

제2장

이튿날 저녁.

230

송달지, 화초분의 잎사귀를 하나하나 뜯으며,

송달지　줄까, 말까 줄까 말까 줄까 말까, 줄까…… 안 됐어. 다시 한 번 말까, 줄까 말까, 줄까, 줄까, 헛 그럴 테지. 이름 석 자를 빌려줄 수야 있나, 어디 다시 한 번…… 줄까 말까, 줄까 말까 줄까, 어, 어렵쇼. (하연, 하수로 등장)

하연　형부, 혼자 무슨 장난이셔요.

송달지　장난이라니? 내겐 큰 문제야, 그래 취직 제1일의 감상이 어때?

하연　배고파죽겠어.

송달지　연앨 하는 게로군.

하연　연애하면 소화가 잘돼요?

송달지　암.

하연　호호…… 형부도, 우리 산보 겸 운동장에 가셔요, 네. 시민대회를 굉장히 크게 연대요.

송달지　무슨 시민대횐데?

하연　모리배 타도, 우리 아빠 같은 것 숙청 데모, 우리 회사에서도 참가한대나요. 돌아오는 길에 내 청요리 한턱낼 테요. 취직 기념으로.

송달지　집에 걱정이 있는데 그런 구경 다니면 쓰나.

하연　에그, 걱정이 무슨 걱정예요. 언니한테 짜증 들을까 그러시지. 누가 모를 줄 알고.

송달지　무섭긴 뭬 무서워, 집에 일이 있으니까 그렇지.

하연　형부가 있으면 무슨 일 하셔요. 형부나 내나 이 집에선 되려 귀찮은 존잰걸.

송달지	아냐, 내가 있어서 끝장을 지어줘야 할 일이 있어. 왜 하연인 못 들었어, 아버지가 내게 부탁하는 일.
하연	몰라요. 형부께 부탁할 일도 뭬 있을라고.
송달지	개똥도 약에 �쓴다고…… (주위를 돌아보고) 아무 보고도 얘기 말아. 저 아버지가 내 이름을 가지시겠다고.
하연	형부 이름을 가지시다뇨? 아버진 이름이 없어요, 뭐.
송달지	쉬잇, 다시 말하자면 이중생 씨는 없어지고 아버지가 송달지가 된단 거야.
하연	그럼 형분?……
송달지	나 나대로 있지.
하연	호호…… 그게 무슨 연극이야. 그럼 형부가 내 아버지도 되고, 언닌 내 엄마가 되고? 어마, 형분 그러고 우리 엄마 남편도 되시네…… 호호……
송달지	헛헛…… (하주, 안방에서 나온다)
하주	뭣이 우스워 야단들이유.
하연	(그냥 웃으며) 에그 엄마 나오시네요. 형부.
하주	……?
하연	<u>호호……</u>
하주	어서 들어가 저녁 처먹어.
하연	네에 어머니! 형부 그럼 안 가요?
하주	어딜 간다고 그래.
하연	구우경, 형분 집안에 대사가 있어 못 가신다우. 라라라…… (콧노래를 부르며 안방으로)
하주	계집애가 인젠 아주 판에 박은 난봉이야. 밤낮을 쏘다니고 도시 집에 붙어 있질 않는구려.

송달지	집에 마음이 붙지 않으니깐 그렇지.
하주	누가 부엌일을 하랍니까? 소제를 허랍니까, 번둥번둥 놀기 싫어 저 꼴이니 참.
송달지	놀기야 싫지.
하주	그러게 당신도 인제 아버지 대리를 좀 봐요. 놀기 싫은데 쌀값도 안 되는 병원 같은 건 그만 집어치구 떡 들어앉아서 아버지 대신에 출입도 허시고 유지 신사와 교제도 허시고, 좀 좋소. 생각할 게 뭐란 말요?
송달지	그래도 이름을 뺏기면 미상불 불편해질 건 사실이거든.
하주	뺏기긴 왜 뺏긴다고 그러우. 아버지 돌아가신 후 그 이름 어디 가겠소? 도루 찾으시면 그뿐 아니에요.
송달지	아버지 돌아가시는 날엔 송달지란 세상에서 아주 그림자도 못 찾게. 그러고 그뿐인가? 아버지가 일 서툴게 허시다 다시 때가는 날엔 귀신도 모르게 죽어나는 건 이 송달지거든, 그렇지 않소? 천성 아버지 대신에 내가 들어가게 생겼지.
하주	상서롭지 못하게 때가는 소리만 허구 계시유. 어서 작정해요. 아버지께선 벌써 유서도 써놓으시고 인제 이름 석 자만 기입하면 그만이래요.
송달지	우리 친구들은 어떡하구? 단데 빵구 나고[29] 말걸.
하주	그따위 바둑 친구들 상종 안 하시면 그만 아니우. 당신은 우리 아버지 때문에 그만 일도 못하시겠수.
송달지	글쎄 사정은 딱하지만…… 아버지가 출입허시는 동안은 난 꼼짝 못 할 것이고, 우선 '송달지 내과의원'이란 간판도 떼버려야 할 게고 좀더 신중히 생각해봐야겠어.

하주	에그 답답하기두…… 하루 이틀 생각했으면 그만이지. 인
	제 와서 또 생각 여부가 어딨수. 힘들게만 생각허시니깐
	그렇지…… 여보, 몇 년만 집에 꾹 들어앉아 있음 그만 아
	녜요. 그동안 아버지가 송달지 행셀하시겠지만 당신 이름
	으로 말이에요. 그렇다고 늙으신 아버지가 영 앉아 계시겠
	수? 몇 년만 지나고 보우. 아버지의 명예와 사업이 어디로
	가겠수? 거기다가 송달지 이름으루 쌓아놓은 모든 업적도
	몽땅 당신 것 아녜요. 이런 불로소득이 어디 있수. 에그머
	니, 기다리시다 못해들 나오시는군. (이중생. 최 변호사, 안
	방에서 나온다)
이중생	그래 결정됐느냐?
하주	네, 인제 곧 결정한대요.
최 변호사	그야 송 선생도 깊이 생각하셔야겠죠. 말하자면 생사 문제
	요, 인생 문제라고도 할 수 있으니까.
이중생	(방으로 올라가며) 뭐 그리 심각히 생각할 게 없지. 에에또
	최 선생이 어디 유서 한번 다시 읽어보슈. 누락된 점이나
	없나.
최 변호사	(낭송조로) '황천은 굽어 살피소서. 소생은 죽음으로써 전
	생의 모든 과오를 청산하나이다. 개과천선은 고 성현도 용
	납하시는 바이오니 황천은 이중생을 긍휼히 여기사 널리
	용서, 용서하옵소서. 각설…… 소생의 동산, 부동산, 가
	옥, 유가증권을 불문하고 소생 소유의 전 재산을 모모에
	게 양도하오니' 영감, 이 이름 석 자가 문젭니다그려……
	'소생 소유의 전 재산을 모모에게 양도하오니 모모는 마
	땅히 다음의 사항을 처리할지니라. 제일은 현금 3백만 환

과 서린동 XX번지 소재 가옥 150평을 가형 이중건 씨에게 양도할 것이요. 제이는 소생이 신임 존경하는 고문 변호사……' 제이에게도 한 구절 넣습니다. 백 씨 영감께서 꼭 넣어야 한다시길래.

이중생   그야 그럴 것이지.

최 변호사   '소생이 신임 존경하는'…… 헤헤, 존경은 뺄까요?

이중생   어서 읽으슈.

최 변호사   '고문 변호사 최영후에게 대한 적당한 사례금을 망각치 말 것이요. 제삼은 고문 변호사 최영후는 온갖 수속상 추호도 법률적으로 미비 상이함이 없기를 기할지어다. 년, 월, 일, 이중생' 이만하면 만족허십니까?

이중생   완고한 형님이 지으신 걸로선 엔간하군그래. 그럼 내가 친필로 쓰지. (책상 앞으로 간다)

최 변호사   날짜는 훨씬 옛날로, 말하자면 본 사건이 발생하기 퍽 이전으로 하십쇼. 그래야만 법적 효과를 발생할 수 있습니다.

하주   여보, 귀가 있으면 당신도 들었겠구려. (귓속) 아버지가 앉아 계신들 몇 년이나 더 생존해 계시겠수. 왜 그걸 생각 못 허우. 어머니 말씀 못 들었수. 이것저것 아주 헐가로 쳐도 10억만 환은 된다는구료. 거기다 집이 몇 채구 현금이 얼만지나 아시구나 이러우. 그까짓 제재회사, 임업회사 다 갖다 바쳐도 우리 일생은 걱정 없어요. 아버지가 생전에 그걸 다 쓰시겠수? 굴러 들어오는 복을 왜 발길로 차버린단 말유. 이름 빌려주는 게 뭐이 밑천 드는 게라구, 어서 생각 좀 돌이켜요, 네. 당신더러 누가 살고 죽고 하는 것까지 생각하랍디까? 그저 아버지께서 마지막 가시는 길에 당신에게 전 재산을 주신다구만 생각하시구려. 네? 네? 그럼 그렇게 작정하고 맙니다. 작정해요, 네?

송달지　투―비―오, 낫 투―비 댓쯔 더 퀘스춘to be or not to be that's the question.

하주　그건 또 무슨 소리유?

송달지　「햄릿」이야, 유명한 모놀로―그.

하주　(방으로 가며) 아버지.

이중생　오냐. 결정했느냐?

하주　그럼 뉘 영이라 거역하겠어요.

이중생　그러면 그럴 테지.

최 변호사　그럼 송달지라고 이름꺼정 써넣으시죠. 지금이 몇 시더라, 5시 30분, 시간꺼정 써 넣으십시오. 유서란 그래야 하는 법입니다.

이중생　(글을 쓰며) 유서 작성 날짜는 지금으로부터 멀찍이 3년 전…… 이면…… 충분하겠지…… 자살 집행은 오늘 5시 20분.

송달지　살아가느냐 없어지느냐 그것이 문제로다.

이중생　그럼 제이차로 들어가 자살하면 어떤 방법으로 헌다요.

최 변호사　(목을 싹둑 자르는 시늉을 하고) 물론 면도칼이 제일이죠. (하주에게) 마님도 나오시라구 하십쇼.

하주, 안으로 들어간다. 극이 진행하는 동안에 우 씨와 하주, 그리고 훨씬 뒤떨어져 하연도 등장.

최 변호사　면도칼이 뒤탈도 없고 제일입네다. 자, 이리 누우십쇼. 면도칼을 오른손에 쥐시고, 인젠 이 순간부터 영감님이 돌아 가셨습니다. 유서는 이렇게 고스란히 책탁 위에 놓였고 방 안은 온통 피바다…… 붉은 잉크 없나? 없으면 썼어버렸 다 하고, 피비린 냄새가 코를 찌르는 피바닥이올시다. 자, 그럼 여러분, 놀라서 뛰어오십쇼. 마님의 남편 되시는 이, 아가씨의 아버지, 송 선생의 장인, 아니 일찍이 우리 한국 이 낳은 위대한 사업가 영웅 이중생 씨의 최후올시다.

우 씨와 하주는 방 안으로, 송달지는 툇마루 앞에 엉거주춤하고 어쩔 줄 모른다.

최 변호사   제이차로 장삿날을 결정해서 부고를 인쇄합시다. 성복장 두 상스럽고 그저 칠일장이 상식적이죠. 법률상은 24시 간만 지나면 내다 묻어도 괜찮지만 어디 이런 대가에서 야 그렇습니까? 어떻습니까, 상주께선? 그럼 칠일장 결정 했소. 발인은 오전 5시, 아침 일찍이 해야만 조상객이 없 을 게니……

이중생   (벌떡 일어나며) 최 선생, 한 주일 동안이나 어떻게 죽은 시 늉을 허우? 그 좁은 속에서…… 삼일장으루 하지.

최 변호사   그럼 절충해서 오일장, 영감께설랑 움직이지 말구 누워 계 십쇼. 결정합니다. 상주께선 이의가 없으시겠지. 영결 장 소는 자택. (종이에다 일일이 적으며) 묘지는 명성골, 장지를 70리 밖이나 되는 명성골루 정하는 것두 이유가 있습죠. 헛헛…… 누가 진새벽 탈것도 없는 70리 길을 따라 나옵 니까? 헛헛…… 명성골, 상주도 이의 없으시겠죠. 그럼 결

정합니다. 송 선생, 이걸 어서 인쇄소에 돌리슈. 한 1천 장
만 곧 박으라구.

이중생   (다시 일어나며) 1천 장으론 모자라지. 관청 관계만 해도.

최 변호사   허…… 돌아가신 인 가만 계시라니까요. 어디 섞갈려[30] 일
이 됩니까, 온. 그럼 2천 장 결정했습니다. 상주께서도 이
의가 없으시겠죠. 그럼 송 선생은 상주도 또 할 게 있어.
이리 올라와서 진단서 한 장 쓰슈. 경동맥 절단, 다량 출혈
이 사인입니다. 그리고 아범, 아범.

아범 안에서 나온다. 하연이도 뒤따른다.

최 변호사   아범은 이 종이를 가지고 인쇄소로 가서 제일 좋은 종이로
2천 장만 박아 와. 돈은 많이 낼 테니 오늘 중으로 찾아오
기로 맡기란 말야. 그리고 오는 길에 널[31]을 한 틀만 사 오
우. 백자도 좋고 추목[32]도 좋으니.

용석 아범   널입쇼?

이중생   비싼 것 살 게 없어. 백자도 좋으니 제일 싼 걸로……

용석 아범   널은 갑자기 뭣에 쓰십니까?

최 변호사   아랑곳할 게 아냐. 자 이걸 가지고, (돈지갑에서 지전 몇 장
을 뽑아준다. 아범, 머리를 설레설레 저으며)

용석 아범   마님, 이게…… 정말 사오랍쇼?

우 씨   최 선생 분부대로 할 게지 웬 참견야.

용석 아범   네에. (아범 나간다. 하연 깔깔대고 웃는다)

최 변호사   아씨 웃을 일이 아닙니다.

하연   호, 호…… (송을 제외한 일동 눈을 흘긴다)

최 변호사   송 선생 사망진단선 됐소?

송달지   그걸 어떻게 제가 씁니까, 뻔히 살아 있는 사람을.

최 변호사   못 쓰신다고요?

송달지   뻔히 살아 있는데……

이중생   (벌떡 일어나며) 뭐이 어쩌고 어째. 못 써?

송달지   거 위반입니다. 사기죄도 되고……

이중생   그럼 자넨 내가 정말 죽어야만 진단서를 쓰겠단 말인가? 내가 죽어야 위반이 아니란 말이지.

송달지   ……

하주   지금 와서 그게 무슨 소리유, 그게.

우 씨   아무리 원수치불했기로소니[33] 제 장인 보고 아주 돌아가시 라니 정신이 있어 하는 소린가.

이중생   응, 괘씸허군그래.

하주   여보! 대답해요.

이중생   못 쓰겠나? 그래.

최 변호사   송 선생, 끔벅 눈 한번 감어요. 쯧쯧……

하주   뭘 멍청허구 있어요. 여보!

최 변호사   송 선생.

송달지   그것만은…… 안 됩니다.

하주   에그……

멀리 행진곡 들린다.

하연   벌써 지나가네요. 형부, 시민대회에는 안 가셔요? 네, 난 아까부터 기다리고 있었는데.

송달지　　어! 어!

하연, 하수로 나간다. 달지도 꿈에서 깬 듯 뒤를 따른다. 일동, 멍청히
바라보고 있다. 애국가가 고요히 들려온다.

최 변호사　　……영감, 어떡하실 작정이슈?

하주　　못난 녀석.

이중생　　뭣을 어떻게 해? 이 이중생이가 한번 하기로 결심했던 걸
변하는 위인인줄 알어? 그래 내 사위놈이 사망진단서에
도장 안 찍었다구 까딱할 내야? 한번 내쳤던 걸음은 촌보
도 물러서지 않는 게 이중생의 주의 주장야, 내 결심을 누
가 꺾는단 말야. 결행해야지. 암 결행하구말구. 얘, 하주
야, 너 냉큼 병원에 가서 '송달지 내과의원' 도장과 네 남
편 도장을 가져오너라.

하주　　네.

하주, 하수로 나간다. 행진곡 점점 높이 들려온다. 일동 저도 모르게
귀를 기울인다.

제3막

전막에서 3, 4일 후 저녁, 같은 장소. 다다미방에는 거꾸로 둘러친 병풍 한끝이 보인다. 향연(香煙)이 피어오르고 북소리와 함께 봉사들의 독경 소리가 높으락낮으락 들려온다. 경(經)은 우리들이 일상 레코드로 들어오던 저 경쾌하고도 유머스러운 축원경(祝願經)이다. 바깥사랑과 후원 정자에서 이따금 들려오는 웃음소리가 도무지 초상집답지 않다. 막이 열리면 굴건제복을 한 상주 송달지가 혼자 온돌방에서 꾸벅꾸벅 졸고 있다. 동리 부인 박 씨, 우 씨와 함께 안에서 나온다. 박 씨는 무엇인지 가득 넣은 이남박³⁴을 들었다.

박 씨 그럼 형님, 집의 것들 저녁상이나 차려주군 곧 오리다. 집에서들은 명일날이나 온 줄 알겠군. 호호…… (다다미방을 들여다보고) 그저, 세상 떠난 분 하나 불쌍하지. 조금만 참으셨던들 아드님도 만나실걸. 그래도 천도가 무심치 않지. 돌아가신 아버님이라도 한번 보라고 장례 전으로 들어서게 되니 이게 하느님 인도가 아니고 뭐유. 에그 저 사위 양반은 얼마나 고단하길래 저렇게 앉은 채 꾸벅꾸벅 졸고 있을까.

우 씨   그럼 곧 다녀와요. 난 아우님 없인 못 살어. 내 이 은혜는 꼭 갚을 테니.

박 씨   에그 형님도 그런 말 하실 테면 난 아주 발길 안 하겠수. (하수로 퇴장. 우 씨 방으로 가서 송을 깨운다)

송달지   어? 어…… 경 읽는 소리가 맹랑한데. 슬그머니 졸음이 오니.

우 씨   어젯밤도 늘어지게 자구 그렇게도 졸릴까. 정신 차리고 있어. 오늘은 관청 손님이 조사 나온다는데.

송달지   어이 졸려. 하식이 아직 도착 안 했어요?

우 씨   하식이야 하연이가 마중 나갔으니 곧 들어설 테지 관청 손님들이 걱정이군그래. 말썽이나 없을는지 원. 정신 차리고 있다가 손님들 오시걸랑 지체말고 알려요. 술상 준빈 다 됐으니. (상수로 퇴장. 송, 자기 입은 의복을 둘러보고 하품, 이중건, 김 주사, 변 주사, 홍 주사와 함께 후원에서 나온다. 다들 만취했다)

이중건   자 우리들 이리 올라와 마른안주로 다시 한잔허지.

김 주사   아 이젠 전 만취올시다.

변 주사   그만두시죠., 우리도 가봐야겠수.

이중건   어…… 초상난 집에 왔다 그렇게 싱겁게 가는 법이 어디 있어. 여봐라, 게 누구 없느냐!

홍 주사   그 애련하고 품위 있게 경을 읽는 중이 아마 저 도렴골서 온 중이지요.

김 주사   그야 본래 풍성풍성한 댁이니 어디 하나 소홀한 게 있으려고, 아마 저 봉사가 도림골서 왔습죠.

이중건 글쎄 소리깨나 하는군…… 여, 아범. (아범, 주안상을 들고 나온다)

용석 아범 불러 계십쇼?

이중건 거 어디 가져가는 거야?

용석 아범 아까부터 바깥사랑 손님이 찾으십니다.

이중건 여기도 정갈히 한 상 봐 오게.

홍 주사 아아 온 그만두십쇼, 오늘만 날입니까, 인젠 매일같이 와 뵙겠습니다.

용석 아범 영감마님, 도련님이 오늘 돌아오신답니다그려. 저 우리 용석이 놈만 죽었습죠. (머리를 절레절레 흔들면서 하수로 퇴장)

이중건 그야 팔자소관인 걸 너무 상심할 게 아냐.

김 주사 저번 백 참판 댁 상가에도 저 중이 왔었어……

변 주사 백 참판 대감이니 이 대감이니 아까운 분들이지. 세상에서는 인색하다거니 모리배라거니 별별 말두 많았고 실없는 사람의 입술에도 오르내렸지만 진실로 국보적 보물이었어. 하여튼 무슨 일을 했던 간에 이만 재산을 벌어놓았으니 훌륭하지 뭡니까. 모리배라면 어때? 사기꾼이라면 어때? 공범이 어떻고 아님 또 어떻단 말요? 우선 벌고 보는 거지.

홍 주사 그야 자결하시는 것만 봐도 범상한 어른이 아니지. 누가 이 좋은 세상을 두고 한번 가면 그만인 걸 성큼 헌단 말요. 춘추가 몇이더라…… 송 선생.

송달지 쉰?……

홍 주사 갑인 을묘 정유니까 쉰넷이겠군.

송달지	썬셋……
변 주사	일생을 두고 모은 재산을 덥석 이 사위 양반에게 물리고 가신 건 어떻구, 예사 사람이야 아들이 없으시면 딸에게 물릴 것이구, 마누라에게 줄 게 아니요. 그걸 온통 사위 양반에게 주셨습니다그려. 그것도 억만 환 하나둘은 내리지 않으리다.
김 주사	원 정신없는 소릴…… 가옥만 해도 둘이 되고 남지. 이 집 한 채만도 집 지으실 때 구경했지만 건평이 380평이…… 넘죠?
송달지	글쎄올시다. 아직 그런 데는……
이중건	(혼잣말로) 그런 걸 이눔이 단돈 3백만 환.
변 주사	암 그러실 테죠. 오죽이나 상심하셔서 그럴 여가가 있겠습니까, 쯧쯧……
홍 주사	그래 자결하시기까지는 별로 태도엔 이상한 점이 없으셨죠.
김 주사	그야 여부가 있소. 태연자약하셨겠지.
이중건	(책상 서랍에서 면도칼을 꺼내며) 이 면도칼로 경동맥을 싹뚝 끊어버렸어.
변 주사	에그 쯧쯧……
이중건	그러니 콸콸 솟는 피가 펌프 수도 같을 수밖에…… 여기도 피, 저기도 피. 온통 방 안이 피바다가 됐지. 앉은 데가 다 핏자리야.
홍 주사	이 자리가요?…… 어째 으스스하다. 술이 깨는 모양이군. 이거 어째 두고 보니 좌불안석인걸……
김 주사	홍 주사, 인젠 일어서 보지 않으려우. 난 집에 조카 놈이 온다고 한걸.

홍 주사	어 나두 참 깜박 잊었군. 오늘 반상회가 있는걸.
이중건	왜 한잔들 더 안 하시려우?
김 주사·홍 주사·변 주사	네. 다, 다…… 다시 뵙겠습니다. (하수로 퇴장)
이중건	어두운데 조심하우.

그때 다다미방을 거쳐 나오던 봉사 2인, 자기에게 하는 말인 줄 알고,

봉사1	우리는 어둡고 밝은 걸 별루 가리질 않습니다.
이중건	그야 그럴 테지. 어서들 들어가서 좀 주무시지, 오늘도 밤새 수고하셔야겠으니……
봉사2	소경 잠자기로 그것도 별로 가리질 않습니다. (하고 안으로 들어간다)

이중생, 병풍 위로 목만 내놓고 기웃기웃 살피더니 슬그머니 미끄러져 나온다. 수의에 행건 친 차림이 과연 초현실적이다.

이중건	너 여기가 어디라고 어슬렁어슬렁 기어 나와.
송달지	손님들이 많으신데! 어쩌시려고……
이중생	형님, 웬 손님들이 사랑에도 방방이고 정자에도 있고 이러시는 거요? 무슨 잔칫집인 줄 아십니까, 누구 쌀을 축내시느라고.
이중건	삼촌 댁부터 십이촌, 사둔의 팔촌, 집안이란 집안은 콩나물대가리꺼정 다 모였구나.
이중생	관청에선 아무도 안 왔지?
송달지	아직 아무도……

이중생 예끼 고약한 놈들, 올 놈들은 아니 오고— 엥이 제아무리 인정이 백지장 같기로 내가 죽었다는 통지를 받고도 한 놈 얼씬 않는다? 어디 두고 봐라. 엊그제꺼정도 내 앞에서 알짱거리고 꼬리를 쳤던 놈들이 오늘에 와서는 딱 돌아선다? 인젠 알아볼 때가 있으렷다. 내가 다시 살아나고 볼 지경이면…… 에익 괘씸한지고. 하식이두 아직 안 들어오고.

송달지 네, 하연이가 마중 나갔습니다만.

이중생 하식이에게도 전후사를 잘 타일러두게. 탈진이 나지 않게.

그때 전화벨 소리. 이중생, 깜짝 놀라 옆방으로 굴러간다. 송달지 전화를 받는다.

송달지 네 네, 잠깐 기다리세요. 아버지 전화……

이중생 엑끼…… 죽은 내가 전화를 받는단 말이냐?

송달지 아아참, (전화를 계속 받으며) 네 네 알겠습니다.

이중생 (옆방에서) 누구한테서 온 거야?

송달지 임 선생님하고 최 변호사하고 곧 오신다구요. 국회 특별조사위원회의 김 의원 한 분이 같이 오신답니다.

이중생 (다시 나온다) 휘유…… 그 좁은 데를 드러누워 손가락 발가락 달싹 못 하고 있으려니 신경이 칼날같이 되는군그래. 그래 김 의원 한 사람밖엔 안 온댔어?

송달지 딴 이야긴 없는데요.

이중건 (중생에게) 너 어서 들어가거라. 수의 입은 놈과 상복한 놈을 마주 놓고 보기가 어째 으시시하구나.

이중생 어 참 내 잊었군. 형님 금방 여기 앉았던 것들이 홍 주사,

변 주사, 김 주사 아니요?

이중건   글쎄 초면 인사에 기억이 잘 안 된다.

이중생   얼굴 긴 놈이 홍가 놈.

이중건   그래서?

이중생   코 아래 기미 있는 놈이 김가 놈.

이중건   그래서?

이중생   대머리가 변가 놈.

이중건   그래서?

이중생   다시 오거들랑 아예 술상 내지 마슈. 나 죽기를 기다리던 놈들이야. 홍가 놈은 전쟁 전에 5푼 변으로 3만 원 가져가고는 오늘까지 이자 한 푼 안 들여놨습니다. (달지에게) 자네 잊지 말구 기억해둬. 변가 놈은 금전판인 종로에 있는 내 가게를 쓰고 집세라곤 다달이 5천 환 들여놓군 시치미를 떼는 놈이고, 변가 놈은 어물판 구전 5만 환을 나눠 먹기로 약속허군 두 달째 얼씬도 않던 놈이라우. 유서에 써 넣을 걸 깜박 잊었군. (달지에게) 기억해두었다가 이후에라도 다시 오거들랑 채근해 받아. 알았어?

송달지   제가…… 그런 걸……

이중생   그러고 또 한 번 얘기하네만 유산이니 재산이니 그런 얘길랑 딱 잡아떼고 말 말아. 내가 옆방에서 듣고 있지만서도 도시 모른 척하고 잠자코 있으란 말야. 자넨 그런 것 아랑곳할 리도 없지만 대꾸하단 큰일 저지를 테니, 알았어?

이중건   쉬잇 누가 나온다.

이중생   이크! (황급히 옆방으로 가다가 책상에 걸려 넘어진다. 옆방으로 가서 병풍 뒤에 숨는다. 소경 안방에서 나오며 중얼중얼 경문

을 외치며 다다미방을 거쳐 사라진다)

용석 아범   (하수에서 황급히 나오며) 관가 손님이 오십니다.

이중건   응 벌써 와. 아범은 어서 들어가 주안상을 탐탁히 봐 내오
게. 술은 저 뭐라고 했지? 양인들이 먹는 거 그게 상등이
라니 그걸 내오고 안주도 성벽해서 입맛에 당기는 거루 챙
기라고 퀸마나님 보고 여쭤.

용석 아범   네, 네, 걱정 마세요. 아침부터 채려놓고 기다리는 걸요.
(안으로 들어가자 최 변호사, 임표운, 김 의원 등장. 이중건, 버
선발로 마중 나간다)

이중건   공사간 분망하신데 이처럼 오시니 황송합니다.

최 변호사   어서 올라가십시다. 돌아가신 분도 퍽 영광으로 생각하실
겝니다. 아참 소개하죠. 이분이 바로 고인의 친형이신 이
중건 씨, 이분은 국회 특별조사위원회의 김 선생님. 이분
이 상주되시는 송달지 씨.

이중건   잘 보시구 잘 처분해주십시오. 원 이 일 때문에 늙은 게 잠
도 잘 못 잔답니다. (인사를 바꾼다)

김 의원   망극합니다.

송달지   뭐…… 괜찮습니다.

김 의원   영구 모신 데가……

송달지   저 방이올시다.

이중건   그리 급할 게 있습니까. 우리 술이나 한잔 나누시고……
게 누구 없느냐?

김 의원   그럴 시간이 없습니다. 소향[35]을 했으면 좋겠는데요.

송달지   네, 이리 들어오시죠.

김 의원   그럼 잠깐…… (2인 옆방으로 들어간다. 우 씨, 뛰쳐나오며)

248

우 씨	임 선생이 왔다지, 응. 관가에서 나왔다지? 어서 우리들 얘기를 좀 그럴듯하게 해요. 과히 억울치나 않게 돼야 할 게 아니요. 영감도 돌아가신 거루 됐고.
최 변호사	쉿.
우 씨	에그 참 정신도 없어라. 영감일랑 완전히 돌아가셨으니 남은 식구들일랑 어떻게 굶주리지나 않게 돼야 할 게 아니요?
임표운	마님께선 들어가 계십쇼. 최 선생님이 요량해서 잘 처리하실 테이니.
최 변호사	쓸데없는 걱정이랑 덮어놓십쇼, 헛헛. 모두가 수완 나름이죠. 천재일우의 기회를 만만히 놓치겠어요, 헛헛.
우 씨	그럼 꼭 믿습니다. 술일랑 얼마든지 있으니 애들에게 일르슈. 삐루두 있구 영감 자시는 양국 술도 아직 몇 상자 남았다우.
임표운	어서 들어가십쇼, 나오십니다.
우 씨	그럼 최 선생님, 꼭 믿고 있습니다. (우 씨 들어가자 송과 김, 다시 나온다)
최 변호사	이리 앉으시죠. 주안상이 나왔으니 목이나 축이시구.
김 의원	아니올시다. 곧, 실례하겠습니다.
최 변호사	상가에 오셨다 그냥 가시는 법이 어딨습니까?
김 의원	그럼 잔칫집처럼 뛰다니고 놀아야 합니까?
최 변호사	헛, 헛 그런 게 아니와요. 저, 어서 한잔 드십쇼.
김 의원	(마지못해 술잔을 든다) 고인의 아들로 해방 전에 학도지원병 간 이가 있었죠? 아직 소식이 없습니까?
최 변호사	그러니 말씀입니다. 영감도 삼대독자로 눈에 넣어도 아프지 않을 귀여운 자식인데 10년 동안이나 화태[36]에서 억

류되었다가 오늘이야 돌아온다는 소식이 어제서 왔습죠. 며칠만 더 참으셨던들 이런 변이 없었을지도 모를 게 아닙니까.

이중건 죽는 순간까지 우리 하식이 우리 하식이 하면설랑 차마 눈을 못 감더군요.

김 의원 그럼 영감께서는 운명하시는 걸 보셨구먼요?

이중건 그럼요, 내가 눈을 감겼죠. 경동맥으로 면도칼을 싹뚝 잘라버렸는걸.

김 의원 경동맥으로 면도칼을 잘라요?

최 변호사 헛 헛…… 취하셨군. 면도칼로 경동맥을 끊었지.

이중건 어 참……

최 변호사 그래서 온통 피바다가 됐더랍니다. 유설랑 고스란히 책탁 위에 놓여 있었죠. 송 선생…… 유서는 벌써 전에 꾸며놓으셨죠, 네?

김 의원 유언엔 전 재산을 송 선생께 양도하기로 됐다죠?

최 변호사 글쎄 이 점이 또 고인이 대범하시고 출중하신 점이죠. 보통 인간 같고 볼 지경이면 제아무리 열 사위 미운 데가 없다구 한들 아들딸을 한 구둘 두고 어떻다고 사위에게 전 재산을 양도한답니까? 들어보십쇼. 돌아가신 어른의 의견이…… 돈이란 건 그걸 잘 이용할 줄 알고 나라에 유익되게 쓸 줄 아는 사람이 가져야 하는 법이다. 저 혼자 잘 먹고 흥청거리고 놀라고 돈이 필요한 게 아니라 국가적인 사업을 하자고 귀하기도 하고 필요도 한 것이란 말이죠. 그러니깐 돈이란 벌기보담 쓰기가 힘든 물건이라…… 하식 군으로 볼 지경이면 살아온다 해도 아직 입에 젖비린내 나는 서른 살 풋내기야 나라를 위해 적당히 쓸 줄 알 리 없을 터이고, 백씨 영감이야 실례의 말씀이지만 시골 양반이니 세상 물계를 아실 리 없으니 이루 두말할 필요조차 없고 보니, 에라 모르겠다, 그래도 믿을 만한 위인은 문중을 둘러봐도 여기 계신 송 선생밖엔 없으려니…… 그래서 유서도 그렇게 쓰셨죠. 그렇습죠? 고인의 유지가…… 송 선생……

송달지 네— 글쎄 뭐 그렇겠죠.

이중생, 병풍 위로 머리를 내밀고 극이 진행하는 동안에 후수막까지 나와 귀를 기울인다.

최 변호사 그나 그뿐이겠습니까. 유언에 가로되 '황천은 굽어 살피소서' 이랬것다요. '소생은 죽음으로써 전생의 모든 과오를 청산하나이다' 이랬것다요. '개과천선은 고 성현도 용납하시는 바이오니 황천은 이중생을 긍휼히 여기사 용서, 용서하옵소서……' 이 정신이야말로 과연 결백하다고 하겠습니까요, 숭고하다고 하겠습니까요.

이중건 내가 초 잡은 게 어떻소?

김 의원 네? 뭣이라고요. (옆방의 이중생 기절하듯)

최 변호사 (당황해서) 영감께서는 사랑으로 나가 계시죠.

이중건 옳지, 옳지…… 그런 게 아니었다! 저, 저 사랑 손님이 있어서 전 실례합니다. (후원으로 나가면서 독백) 어 참 큰 코 다칠 뻔했군. 기와집과 3백만 환이 제물에 살짝 녹을 뻔했지. 달지, 아범더러 후원으로 한 상 차려오라고 이르게.

최 변호사 영감이 동생 잃은 후론 그만 뒤죽박죽입니다.

김 의원 그러실 테죠.

최 변호사 암 그렇고말고요. 고인의 생전에는 모리배이니 인색가이니 많은 시비도 받았지만 하나밖에 없는 동기간에는 각별했습죠. 이번 유서에도 당신의 백씨 일을 가장 걱정했습니다. 훌륭하시죠. 보통이 아니에요. 자기가 과오를 범했다고 자결하는 그 용기만 보아도 범인이 아닙니다.

김 의원 양심의 가책대로 행동하신 게죠. 그래 송 선생의 희망이라고 할까, 의견이라고 할까, 어떻습니까?

송달지 의견이요?

최 변호사 희망? (이중생, 긴장한다)

김 의원 (달지에게) 조용히 선생을 찾아 말씀드릴 일이지만 고인의 유지두 그러시다니, 우리도 그 유지를 존중하는 의미로 송 선생의 의사를 충분히 참고하여 행정 당국과 사법 당국에게도 댁에 유리하도록 의견서를 제출할 아량이 있습니다. 돈이라는 건 필요하게 쓰고 유익하게 써야 하는 것이 아닙니까?

최 변호사 아량?

김 의원 (그냥 달지에게) 보건 시설 같은 것은 어떻습니까, 선생이 의사라고 하시니 말씀입니다만……

최 변호사 보건 시설?

김 의원 네, 우리나라처럼 보건 시설이 불충분한 나라도 없지요. (이중생 펄펄 뛴다) 그야 그럴 것이, 지금꺼정은 저마다 도회지서만 개업하려 했고 주사 한 대도 돈 있는 이만 맞게 생겼고, 돈 몇 환 있고 없고로 귀중한 생명이 왔다 갔다 하지 않았습니까. 무료로 치료해주는 국립병원이 있지만, 아주 시설이 불충분하거든요.

송달지 (이외로 홍분해서) 그렇습니다. 내가 의사 공부를 시작한 것도 그런 의미에서 한 것이죠. 의사란 상업이 아닙니다.

김 의원 잘 알겠습니다. 판결 결과가 이렇다저렇다 경솔히 말할 수 없으나 송 선생의 생각을 관계 당국에 보고해서 고인의 재산일랑 특별히 이 방면에 쓰시게 하시죠? (이중생 곤두박질한다)

최 변호사 고, 고인의 재산을 어디다 써요. 헤헤…… 아, 아니올시다. 고인의 생각은 그렇잖습니다. 좀더 찬찬히 의논해가지구설랑 결정허시지…… 헤헤!

김 의원 그야 물론 당국에서 가부간 집행할 일이지 여기서 결정지을 성질의 것이 아니죠.

최 변호사 아, 아니올시다. 그런 의미가 아니고 고인의 가족, 이를테면 고인의 마누라…… 그러니까 바로 여기 앉은 상속인인 송 선생의 장모도 계시고, 그의 딸, 다시 말할 것 같으면 송 선생의 부인도 있고, 아들도 있고 안 그렇습니까. 그 가족들의 생각도 알아봐야죠. 그렇게 됐지, 아마 송 선생?

송달지 네, 제 의견만으론……

최 변호사 암 그렇고말고. 가족의 의사도 참작해야지.

김 의원 잘 아실 분이 일부러 오해하시는 것 같구면요. 사기, 배임, 공금 횡령, 탈세, 공문서 위조 등을 법적으로 청산하면 고인에게는 아무런 재산도 남지 않는 것을 잘 아실 텐데……

최 변호사 그렇겠지만 개인 재산이야 침해할 수 없잖아요? 더욱이 이 양반에게 양도된 이상……

김 의원 그렇기에 우리는 이중생 자신이 이미 자기의 죄를 자각하고 국민으로서의 모든 권리와 의무를 포기하였으므로 고인의 소유였던 재산을 법적으로 처리하기 전에 우선 상속자인 송 선생의 의견을 참고하겠다는 게 아닙니까? 만일 가족 가운데 불만이 계시면 자기 죄과를 자인하고 입증하는 고인의 유설랑은 없애버리고 이중생을 다시 살려내 가지고 상속자인 송달지 씨를 걸어 고소라도 하시죠.

이중생, 옆방에서 '그럴 법이' 하고는 제 손으로 입을 틀어막는다. 송과 최, 어쩔 줄을 모른다.

김 의원 ……

최 변호사 아, 아니올시다. 제 목소리가 갈려서…… (헛기침을 하고) 그럴 법이 있습니까, 헤헤. 그럼 이중생이가 다시 살아나야 상소라도 해볼 여지가 있단 말씀이죠?

김 의원 다시 살아날 수도 없지만 기적적으로 부활한다 해도 유서를 자신이 번복할 수야 있겠소? 저지른 자기의 죄과는 어떻고? 사기, 배임, 횡령, 탈세……

최 변호사 가, 가 가만.

김 의원 농담은 그만하시고, 하하…… 그럼 송 선생님의 의견이 그러시면, 진정서라고 할까 의견서라고 할까, 특위에 한 통 제출해주십쇼. 참고하겠습니다. 무료병원 설립은 정부의 방침과도 합치되니까요, 그럼.

최 변호사 잠, 잠깐만…… 김 선생.

김 의원	매우 불만이신 모양이군요. 선생은 상속법의 권위이시니까, 법적으로 따지고 싶은 모양이시니 그럼 법적 장소에서 정식으로 뵙죠, 실례합니다. (최, 어안이 벙벙해 있다. 임표운, 전송한다. 김이 하수로 나가자 이중생 튀어나온다)
이중생	달지!
송달지	……
이중생	(두 팔을 휘두르고 두 발을 궁구르며[37]) 달지! 자네는 누구의 허락을 받았길래 독단적 행동을 한단 말야? 응. 누가 자네더러 무료병원 세워달랬어? 응. 대답 좀 해봐. 나는 그래 무료병원 세울 줄 몰라서 이 지경인 줄 아나? 내가 뭐랬어. 유산이니 재산 문제는 일체 함구불언하라고…… 자네 그래 무슨 원한이 있어서 우리 집안을 망치는 게야. 응, 천치면 천치처럼 말참견이나 말 것이지, 뭐이 어쩌고 어째? 내 의견은 그렇습니다만, 의견이 무슨 당찮은 의견이란 말야. 내 재산, 내 돈 가지고 왜 염치없이 제 의견을 말해…… 응. 의견이 또 도대체 자네 같은 위인에게 무슨 의견이야. 일껀 의견이랍시고 내세운 게 장인 재산 몰에 타버리는 종합병원? 에끼 고약한 놈 같으니라고, 어디서 배운 의견이야? 자넨 살아 있는, 아니 죽어 있는! 아아, 아니 살아 있는 이중생…… 죽어 있는 이중생의 재산 관리인 이외의 아무것도 아닌 걸 왜 몰라, 응. 이 천치! 어서 없어져! (달지 묵묵히 일어난다) 어딜 가! 앉아 있지 못하고. 그래 어떡할 셈인가, 응, 나는 그래 어떡하면 좋단 말야. 이 집은, 토지는 현금은 어떡하란 말이야. 그래 자네 의견대로 빌어먹을 무료병원에 내놓으란 말인가? 어디 좀 말해

보겠나, 응? 이 재산이 내 재산이 어떤 건 줄이나 알고 그
래. 이 사람 왜 말이 없어. 일 처리 그렇게 잘하니 끝을 맺
어야지.

최 변호사　영감, 그만두십쇼. 또 좋은 방법이 서겠죠. 철 머리가 없어
서 그렇게 된 걸.

이중생　(최에게) 뭣이 어쩌고 어째? 그래 자넨 철 머리가 있어서
일견 만들어놓은 게 이 모양인가?

최 변호사　고정하십쇼. 저보고꺼정 왜 야단이슈.

이중생　자네가 뭘 잘했길래. 왜 날더러 죽으라고 해, 응. (면도칼
을 휘두르며) 여보, 최 변호사. 내가 뭘 잘못했길래 이걸로
목 따는 시늉까지 하고 나흘 닷새를 두고 이 고생, 이 망신
을 시키는 거냐. 아! 유서는 왜 쓰라고 했어! 내 재산을 몰
수하는 증거가 되라고! 고문 변호사라고 믿어온 보람이 이
래야만 옳단 말야. 이 일을 다 망쳐버린 게 누구 탓야, 응?
유서는, 저 사람에게 책잡힐 유서는 왜 쓰랬어! 왜 내 입으
로 변명 한마디 못 하게 죽여놨냐 말야, 나를 왜 죽여! 이
이중생을……

최 변호사　영감 왜 노망이슈. 누가 당신 서사[38]고 머슴인 줄 아슈. 누
구에게 욕설이고 누구에게 패담이야!

이중생　에끼 적반하장도 유만부동이지. 빌어먹을 놈 같으니라고!
은혜도 정리도 몰라보고 살고도 죽은 송장을 만들어 말 한
마디 못 하구 송두리째 재산을 빼앗기게 해야 옳단 말인가!

최 변호사　헛 헛…… 영감 말씀 좀 삼가시죠. 영감 가정일은 가정일
이고 내게 내줄 것이나 깨끗이 셈을 하십쇼. 영감 사위께
내 수수료를 청구하리까?

임표운	최 선생, 오늘은 어서 그냥 돌아가세요.
최 변호사	왜? 나만 못난이 노릇을 하란 말인가. 영감이 환장을 해도 분수가 있지, 내게다 욕지거리라니 당찮은 짓 아닌가 말일세, 임 군!
이중생	(벌벌 떨며) 에끼 사기꾼 같으니라고, 아직도!
최 변호사	사기꾼? 영감은 무엇이고. 응, 영감은 뭐야!

독경(讀經) 소리 처량히 들려온다. 일동 무거운 침묵과 긴장한 공기 가운데 싸였다. 용석 아범 룩색을 손에 들고 총총히 등장.

용석 아범	영감마님! 도련님이 돌아오십니다. 도련님이. 이런 경사로울 데가 어딨습니까. 어서 좀 나가보십쇼. (달지, 방에서 뛰쳐 내려와 하수에서 등장하는 하연과 하식과 만난다)
송달지	오! 하식이!
하식	형님…… 아버지.
임표운	하식 씨.
하식	임 선생.
최 변호사	영감, 내일 사무원해서 청구서를 보내드릴 테니 잘 생각하슈. 괜히 그러시단 서로 좋지 않지! 살고도 죽은 척하는 죄는…… 헛 헛 참, 이건 무슨 죄에 해당하누? 형법인가 민법인가! (퇴장)
이중생	하식아!
하식	(비로소 아버지의 의상을 보고) 아버지, 이게 웬일이십니까?
이중생	하식아, 네가 살아왔구나. 네가…… (상수로부터 우 씨, 하주, 옥순 등장)

우 씨	에그 네가 웬일이냐. (운다)
하주	하식아!
하식	어머니! 누나 잘 있었수?
우 씨	에그…… 네가 살아 돌아올 줄야……
하주	얼마나 고생했니? 자, 어서 들어가자…… 아버진 나와 계셔도 괜찮수?
이중생	다 틀렸다, 틀렸어! 네 남편 놈 때문에 다 뺏기고 말았어. 네 남편 놈이 내 돈으로 종합병원을 세우고 싶다고 했어.
하주	네?
이중생	하식아, 최가 놈의 말을 들었지. 내가 죽어서라도 집 재산이나마 보전하려던 게 아니냐. 그런 걸 에끼. (달지에게) 내가 글쎄 자네에게 뭐랬던가, 웅? 난 무료병원 세울 줄 몰라 자네 내세웠나? 자네만 못해 죽은 형지[39]꺼정 하는 줄 아나? 하식아, 글쎄 그놈들이 나를 아주 모리꾼, 사기 횡령으로 몰아내는구나. 그러니, 죽은 형지라도 해야만 집 한 간이라도 건져낼 줄 알았구나. 왜 푼푼이 모아 대대로 물려오던 재산을 그놈들에게 털커덕 내주냐 말이다. 왜 뺏기느냐 말이다. 그래 갖은 궁리를 다했다는 게 이 꼴이 됐구나. 에이 갈아먹어도 시원치 않은 놈! 최 변호사 그놈도 그저 한몫 볼 생각이었지. 하식아, 인제 집엔 돈도 없고 아무것도 없는 벌거숭이다. 내겐 소송할 데도 없고 말 한마디할 수도 없게 됐구나. (흐느낀다) 네 매부 놈이, 매부 놈이 다 후려먹었다. 저놈들이 우리 살림을 뒤집어엎었어! 하식아.
하식	아버지!

이중생   오냐, 하식아.

하식   제가 하식인 걸 아시겠습니까. 제 이야긴 왜 하나도 묻지
      않으십니까?

이중생   오, 참! 그래 얼마나 고생했니?

하식   일본 놈에게 끌려가 죽을 고생을 하다가 그것도 모자라 우
      리나라가 독립된 줄도 모르고 화태에서 10년이나 고역을
      치르고 돌아온 하식이올시다. 하태에서는 아직도 아버지
      같은 사람이 떠밀다시피 보낸 젊은이와 북한에서 잡혀온
      수많은 동포가 무지막도한 소련 놈 밑에서 강제 노동을 허
      구 있어요.

하주   (달지에게) 여보, 당신은 뭣이 잘났다고 참견했수.

송달지   누가 하겠다는 걸 시켜놓고 이래? 이런 탈바가지를 억지
      로 씌어놓은 건 누군데? (상복을 벗어 내동댕이친다)

하주   누가 당신더러 무료병원 이야기하랬소?

송달지   하면 어때? 난 의견도 없고 생각도 없는 천치 짐승이란 말
      야? 난 제 이름 가지고 살 줄 모르는 인간이구? 왜 사람을
      가지고 볶는 거야.

하주   그러고도 잘했다고 되레 야단이야. 우리 집 망치고 뭣이
      부족해서, 천치!

하식   누님!

하주   천치지, 뭐야, 바본 바본 척 입이나 다물고 있으면 좋지
      않어!

송달지   (하주의 뺨을 갈기며) 이것이?

하연   어마, 형부가!

송달지   하식이, 내가 왜 자네 집 재산을 물에 타버리겠나. 재산도

귀하구 아버님의 명예와 지위도 소중하지만 어떻게 나라
를 속이고 법을 어긴단 말인가. 옳다고 생각하는 처사를
돕지는 못할망정 방해까지 해서야 되겠나 말일세. 우리가
그러면 누가 국가의 사업을 돕고. 우리들의 후배는 어떻게
되느냐 말일세. 아버지 일만 해도 한 사람의 욕심과 주변
으로 해결할 수 있는 문젠가? 더구나 나 같은 위인이 가운
데서 무슨 일을 하고 묘한 꾀를 부리겠나? 또 아무리 내,
내 장인이래도 그럴 필요가 어딨겠나? 나는 구변이 없어
말을 잘 못하네만 하여튼 아버지 같은 사람들이 나서서 떠
들 때도 아니고 장차로도 어떤 세력을 믿고 저 혼자의 이
익을 위하여 날뛰어서는 안 될 게 아닌가? 그 사람들은 좋
겠지만 진정으로 나라를 걱정하는 사람은 어떻게 되느냐
말이지. 하식이, 자넨 내가 장인을 두호하지[40] 않는다고
나를 미워할 텐가. 그렇다고 장인을 고발할 수도 없는 놈
이지만. 하식이, 난 어떻게 하면 좋단 말인가? 잘못이 있
거들랑 기탄없이 일러주게나. 광대같이 상복을 입고 꾸벅
꾸벅 졸 수 있는 내 신세가 가련하고도 미련하지?

하식 형님, 고정하십쇼. 잘 알겠어요. 아버지 시대는 이미 지났
어. 형님도 이미 지나간 과거의 일을 가지고 번민할 게 뭐
있수. 형님, 우리 앞엔 우리를 새로운 권력과 독재자에게
팔아먹으려는 원수가 있어요. 나는 골고루 보고 왔어요.
하얼빈, 장춘, 홍남, 그러곤 화태! 어 몸서리가 칩니다. 형
님, 우리나라가 독립된 줄도 모르고 있는 친구들…… 어
서 들어 들어갑시다. 할 이야기가 산더미같이 쌓였어요.
집안일은, 아버지 일은 순리대로 돼나갈 테죠.

우 씨	(중생에게) 여보, 당신은 어떻게 할 테유? (우 씨와 하주도
	망설이다가 들어간다. 사이, 이중생 묵념)
이중생	하식아.
하식	······네?
이중생	나는 어쩌란 말이냐. 네 애빈 그럼 어떻게 하면 좋단 말이
	냐?
하식	······ 아버지, 어서 그 구차스러운 수의를 벗으십쇼. 창피
	하지 않아요?

하식 퇴장. 무대에서는 이중생 혼자 넋 잃은 사람처럼 서 있다. 독경 소리 커진다. 후원에서는 '아범, 아범! 아까부터 술상 봐 오라는데 뭣하고 있어' 하는 중건의 소리와 지껄이는 조객(弔客)의 소리. 박 씨, 혼자 중얼거리며 하수로부터 등장.

박 씨	내가 뭐라고 했수. 형님은 참 유복도 허시지, 자기 아버지
	장사 전에 생사조차 모르던 아드님이 돌아오셨다니 천우
	신조로 하느님이 인도하였지.
박 씨	귀, 귀신, 귀신이야! (온 길로 다라 뺀다. 이중생, 다시 나와 사
	방을 살피고 방 안에 떨어져 있는 면도칼을 무심코 들여다본다)
이중생	귀신? 헛 헛! 그럼 내게는 집도 없고 돈도 없고 자식도 없
	고······ 벗지 못할 수의밖엔 아무것도 없는 귀신이란 말
	이냐. 하식아······ (이윽고 후면으로 사라진다. 독경 소리와
	달빛이 처량하다. 무대는 잠시 비었다)
용석 아범	(술상을 들고 후원으로 가며) 용석이가 우리나라 광복군으로
	가다가 일본 놈들에게 맞아 죽었다고······ 그럴 테지, 그

래야지. 용석아, 잘했다, 잘했어. 도련님이 인젠 네 대신
날 돌보아주시고 네 몫까지 나랏일을 하신다는구나. 용석
아…… 그래야 허지. 우리들 늙은 것들은 다 죽어도 좋아,
암 어서 죽어야지. 서방님이나 도련님 같은 분들이 씩씩하
게 일해야지, 헛 우리들이야 뭐 관 속에 한 발 들여놓은 송
장들인걸, 헛 헛…… (후원으로 가자마자 '악' 소리와 함께 '영
감마님' 하며 아범 뒷걸음질 쳐 나온다)

용석 아범   영감마님, 영감마님, 시첼 누가 널을 헤치고 뜰로 끌고 나
왔어요. 마님, 아이구머니, 이런 흉변이……

술상을 땅에 떨어뜨린다. 전 가족이 놀라 뛰어나와 못에 박은 듯이 한
곳에 정립한다. 후원과 사랑에서도 중건과 조객들이 뛰어나온다. 달빛
은 유난히 밝고 독경 소리 점점 커진다.

— 막 —

〔1949년〕

차
범
석

불모지

| 등장인물 |

최 노인	예순 살, 혼구세업 주인
어머니	쉰일곱 살
경수	스물여섯 살, 아들, 제대 군인
경재	열여덟 살, 아들, 고등학교 3학년
경애	스물세 살, 딸, 영화배우를 꿈꾸는 처녀
경운	스무 살, 딸, 출판사 식자공
복덕방 노인	예순다섯 살(본문에서 '복덕방'으로 표기)

제1막

때   현대

곳   서울

무대   번화한 상가에 자리 잡은 최 노인의 낡은 기와집. 정면에 유리문
이 달리고 마루를 사이에 두고 방이 둘 있고 좌편으로 기역형으
로 굽어서 부엌과 장독대. 유리문 저쪽은 가게, 우편으로 대문을
끼고 헛간과 방 하나의 딴채가 서너 평이 못 넘는 좁은 뜨락을 에
워싸고 웅크리고 앉았다. 해묵은 지붕에는 푸른 이끼며 잡초까
지 자라나서 오랜 풍상을 겪어 내려온 이 집의 역사를 말해주는
듯하다. 배경으로 면목이 일신해져가는 매끈한 고층 건물의 행렬
이 엿보이고 좌우편에도 역시 3, 4층이나 되어 보이는 최신식 건
물이 들어서서 이 낡은 기와집을 거의 폐가처럼 멸시하고 있다.
좌편 건물은 아직도 건축 공사가 진척 중에 있는지 통나무로 얽
어맨 작업 보조대에 거적때기가 걸려서 건물은 반쯤 가려진 채로
다. 이처럼 대차적인 주변의 장애로 말미암아 이 낡은 집 안팎에
는 온종일 햇볕이 안 드는 탓인지 한층 어둡고 습하며 음산한 공

기가 찬바람처럼 풍겨 나온다. 때는 초여름 어느 일요일 오전.

막이 오르면 질주하는 전차며 자동차의 소음이 잇달아 들려온다.

뜰 가에서 경운이가 함석통에 담겨진 빨래를 빨고 있고 부엌에서

설거지를 하는 어머니의 초라한 모습이 보인다. 좌편 담 아래에

마련된 조그마한 화단 앞엔 아까부터 최 노인이 쭈그리고 앉아서

화초며 푸성귀들을 손보고 있다. 입에 물린 파이프에서 이따금

뱉어지는 담배 연기가 한가롭다. 잠시 후 경재가 물지게를 지고

좁은 대문을 간신히 빠져나와 경운 앞에다 부려놓는다.

경재　　　어유 오늘은 웬 사람이 그리도 많아…… 공동 수도엔 난
　　　　　장판인걸! (하며 항아리에다 물을 붓는다)

경운　　　(여전히 빨래를 하며) 비가 개니까 집집마다 빨래하느라고
　　　　　그렇겠지……

경재　　　아버지 우리도 다음엔 제발 물 흔한 집으로 옮깁시다. 물
　　　　　만 길르다가 내년 봄엔 낙제하게 생겼는걸요! 하루 이틀도
　　　　　아니구……

최 노인　　(돌아보지도 않고) 그래……

경운　　　애도 속없는 소리 잘하긴 경애 언니 닮았나 봐! 누가 이따
　　　　　위 골목 구석에서 살고 싶어 살고 있니?

경재　　　살기 싫으면 딴 데로 옮기면 될 걸 왜 이런 깨딱지 굴속에
　　　　　서 산다는 거요?

최 노인　　(눈을 크게 부릅뜨며) 무슨 소리냐? 이 집이 어때서?

경재　　　아버지나 좋아하시지 우리 식구 중에서 이 집을 좋아하는
　　　　　사람이 누가 있어요?

최 노인　　싫은 놈은 언제건 나가라지! 절간이 미우면 중이 나가는

266

법이야.

경재   (남은 물통을 비우며) 중도 없는 절을 뭣에 쓰게요? 도깨비
      나 날걸……

최 노인 (약간 핏대를 올리며) 도깨비가 나건 노다지가 나건 제집 지
      니고 산다는 걸 다행으로 알아 이놈아!

경재   (못마땅한 낯으로) 다행으로 알 건덕지[1]가 있어야죠.

최 노인 (휙 돌아서며) 뭐 뭐야?

경운   (재빨리 공기를 수습하려 들며) 경재야, 한 번만 더 길러와!
      물이 끊어지면 어떡하려고……

경재   또야! 나 시간 약속이 있는데……

경운   (흘겨보며) 너 그러면 나와 약속한 일 국물도 없다!

경재   (짜증을 내며) 정식이하고 도서관에서 공부하기로 했는
      걸…… 9시 40분까지 가야 돼요.

어머니   (설거지통을 들고 부엌에서 나오며) 바쁘면 어서 가려무나,
      설거지가 끝나면 내가 길를 테니……

경재   (펄쩍 뛰며) 엄마가 제일이야! 우리 엄마가 '넘버원'이지!
      그 대신 내일 아침엔 식전에 다섯 지게 길을게요. 어머니!

어머니   (웃으며) 그럼 물 항아리를 더 사놔야겠구나…… (하며 수
      챗구멍에다 물을 버린다)

경재   (손을 씻으며) 항아리 값은 우리의 재무장관인 작은누나가
      치르구 핫핫…… (하며 아랫방으로 퇴장)

경운   깍쟁이! (빨래를 짜며) 어머니가 어떻게 물을 길으신다고
      그러세요! 아직도 허리를 쓰시기가 거북하시다면서……

방 안에서 휘파람 소리가 흘러온다.

어머니	괜찮아……
최 노인	참 그 고약은 다 붙였어?
어머니	예. (허리를 가볍게 치며) 이제 훨씬 부드러워졌어요.
최 노인	뭐니 뭐니 해도 그 강약방의 처방이 제일이야! 내 청이라면 친형제 일보다 더 알심² 있게 약을 써주거든!
어머니	하기야 이 동리에서 예부터 사귀어온 집은 이제 그 강약방하고 우리 집뿐인걸요.
최 노인	그래, 우리가 (과거를 회상하며) 이 집에서 산 지가 꼭 47년이고 그 강약방이 40년이 되니까…… 그러고 보면 나도 무던히 오래 살았어…… 이 종로 바닥에서 자라서 장가들어 자식 낳고 길러서 이제는 환갑을 맞게 되었으니……
어머니	(마루 끝에 앉으며) 정말…… 근 50년 동안에 이웃 얼굴 바뀌고 저렇게 집이 들어서는 걸 보면 세상 변해가는 모양이 환하게 보이는 것 같아요. 제가 당신에게 시집왔을 때만 하드라도 어디 우리 이웃에 우리 집 담을 넘어서는 집이 있었던가요?
최 노인	사실이야! 빌어먹을 것! (좌우의 높은 집들을 쏘아보며) 무슨 집들이 저 따위가 있어! 게다가 저것들 등쌀에 우린 1년 열두 달 햇볕 구경이라곤 못 하게 되었지! 당신도 알겠지만 옛날에 우리 집이 어디 이랬소?
경운	(웃으며) 아버지두…… 세상이 밤낮으로 변해가는 시대인데요……
최 노인	변하는 것도 좋구 둔갑하는 것도 상관하지 않지만 글쎄 염치들이 있어야지 염치가!

경운	왜요?
최 노인	제깟 놈들이 돈을 벌었으면 벌었지 온 장안 사람들에게 내보라는 듯이 저 따위로 층층이 쌓아올릴 줄만 알고 이웃이 어떻게 피해를 입고 있다는 걸 모르니 말이다!
경운	피해라뇨?
최 노인	(화단 쪽을 가리키며) 저기 심어놓은 화초며 고추모가 도무지 자라질 않는단 말이야! 아까도 들여다보니까 고추모에서 꽃이 핀 지는 벌써 오래전인데 열매가 열리지 않잖아! 이상하다 하고 생각을 해봤더니 저 멋없는 것이 좌우로 탁들어 막아서 햇볕을 가렸으니 어디 자라날 재간이 있어야지! 이러다간 땅에서 풀도 안 나는 세상이 될 게다! 말세야 말세!

이때 경재 제복을 차려입고 책을 들고 나와서 신을 신다가 아버지의 얘기를 듣고는 깔깔대고 웃는다.

경재	원 아버지두……
최 노인	이눔아 뭐가 우스워?
경재	지금 세상에 남의 집 고추밭을 넘어다보며 집을 짓는 사람이 어디 있어요?
최 노인	옛날엔 그렇지 않았어!
경재	옛날 일이 오늘에 와서 무슨 소용이 있어요? 오늘은 오늘이지. (웅변 연사의 흥을 내며) 역사는 강처럼 쉴 새 없이 흐르고 인생은 뜬 구름처럼 변화무쌍하다는 이 엄연한 사실을, 이 역사적인 사실을 똑바로 볼 줄 아는 사람만이 자신

의 운명을 개척할 수 있다는 사실을 최소한도로 아셔야 할 것입니다! 에헴!

경운 호……

최 노인 아니 저 자식이 아침부터 조밥을 먹었어! 웬 잔소리냐 잔소리가?

경재 (옷을 털고 일어서며) 잔소리가 아니라요. 이건 웅변대회 때 써먹은 원고의 한 구절이에요! 하…… (경운에게 가서 손을 벌리며) 누나 약속 이행을 해야지!

경운 아쉬운 소리 하는 편이 권리가 더 당당하구나?

경재 노동의 대가를 받는 것은 당연한 권리 행사죠!

경운 허지만 고용주가 돈이 없다고 잡아떼면 찍소리 못 하더라?

경재 누가?

경운 우리 인쇄소에서도 두 달 치나 밀린 월급을 엊그제야 받았지만……

경재 그래도 우리 누나는 그런 악질 기업주는 아니신데 뭐…… (하며 언사를 떤다)

경운 홈 위험한 비행기! (물 젖은 손을 뿌리며 지갑에서 돈을 꺼내 준다) 일찍 들어와! 골목마다 깡패들이 득실거린다던데……

경재 내가 도리어 깡패들의 덕을 봐야 할 형편인걸! 없는 놈은 그런 걱정 없어!

어머니 말두 말아라, 끼니 먹을 것은 없어도 도둑맞을 것은 있단다…… 조심해라!

경재 염려 마세요. 다녀오겠습니다. (나가려다 말고) 아버지!

최 노인 왜?

경재 절 보기 싫으면 중이 나가죠?

최 노인	그래…… 왜 그건 또 묻는 거냐?
경재	(좌우 고층 건물을 가리키며) 저게 뵈기 싫으니 우리가 떠나야죠!
최 노인	뭐, 뭐라구?
경재	시외로 가면 후생주택[3]이 얼마든지 있대요. 집값도 싸고 무엇보담도 터전이 넓어서 화초며 채소는 얼마든지 심어낼 수가 있을 거예요, 공기 좋고 조용하고 집집마다 맑은 우물이 있고 아주 멋지게 살 수 있대요.
어머니	참 창용이네도 지금 들어 있는 집을 팔고 그 후생주택으로 옮긴답디다.
최 노인	그렇게 가고 싶걸랑 따라가 살구려! 난 이 집에서 낳았으니 이 집에서 죽을 테니까!
경재	(일부러 과장된 표정으로) 원자탄 고집 폭발이다! 다녀오겠습니다! (하며 급히 뛰어나간다)

이때 대문 안에 아침 목욕에서 돌아오는 경애 등장, 그의 손엔 목욕용 세숫대야며 화장품이 들렸고 얼굴엔 콜드크림이 범벅되어 반지르르 기름이 흐른다. 머리는 핀·칼을 감은 채로다.

경재	'미스 코리아'가 돌아오시네!
경애	까불어?
경재	도대체 큰누나는 언제 영화에 출연하는 거요?
경애	가까운 장래! (하며 마루에 앉는다)
경재	혜성처럼 나타난 '뉴 페이스' 최경애 양인가?
경애	한국의 '킴 노박'이다!

경재   하느님 맙소사! '최호박'이 안 되었으면……

경애   아니 이 녀석이! (하며 때리려 하자 소리를 지르며 퇴장)

최 노인   경재란 놈은 어디 가던 제 밥벌이는 할 거야. (하며 만족한
         웃음을 띄운다)

어머니   좀 경한 편이죠. (경애에게) 웬 목욕이 그렇게 오래 걸리니?

최 노인   그래도 밤낮 익모초 씹는 쌍판보다는 낫지! 이 집에 그 누
         구처럼……

어머니와 경운은 뜻 품은 시선을 서로 던진다. 경애는 손톱에 손질을
하고 있다.

최 노인   경수 녀석은 어젯밤에도 안 들어왔지? (하며 험악한 시선을
         던진다)

어머니   (변명하듯) 어디 친구네 집에서나 잤겠죠……

최 노인   (성을 내며) 제집과 남의 집 분간도 못 하는 놈이 어디 있
         어? (하며 담배를 다시 피워 문다)

어머니   내버려두시구려! 그 애에게 그런 재미도 없어서야 되겠
         수?

최 노인   재미? 지금 우리 형편이 재미를 보기 위해서 살아갈 팔자
         야?

어머니   그렇지만 마음대로 안 되니까……

최 노인   당신은 좀 잠자코 있어! (하고 소리를 벌컥 지른다)

경운 빨랫줄에다 빨래를 널며 눈치만 보고 경애는 재빨리 건넌방으로
들어간다.

최 노인 사람이란 염치가 있어야 하는 법이야! 제 놈이 군대에 갔
        다 왔으면 왔지 놀고먹으라는 법은 없어! 한두 살 먹은 어
        린애도 아니고 내일모레 삼십 고개를 바라보는 녀석이 취
        직이 안 된다 핑계 치고 비슬비슬 놀고만 있으면 돼? 첫째
        로 경운이 미안해서도 그럴 수는 없지!

경운   아이 아버지두…… 오빠인들 속조차 없겠어요? 아무리 일
        자리를 구하려고 해도 안 써주는걸…… 사회가 나쁘지 오
        빠야 무슨 잘못이에요?

어머니   사실이에요……

최 노인 뭐가 사실이야? 아니 어린 누이가 그 굴속 같은 인쇄공장
        에서 온종일 쭈구리고 앉아서 활자 줍는 노동으로 벌어
        들인 쥐꼬리만 한 월급에만 의지하는 것이 사실이란 말
        이야? 나도 가게가 전과 같이 세가 난다면 이런 소리도 않
        지. 허지만 골목 안 똥개까지 신식만을 찾는 세상이라 사
        모관대⁴나 원삼 족두리 따위는 이제 소꿉장난감으로 아니
        장사가 돼야지! 지난 봄철만 하드라도 꼭 네 번밖에 안 나
        갔지 뭐야! 이럴 때 그 신식 나이롱 면사포나 두어 벌 장만
        한다면 또 모르지만……

경애   (화장하던 얼굴을 내밀며) 아버지 조금만 기다리세요. 제가
        최신식 미제 면사포를 사올 테니까요.

최 노인 네 말은 이제 메주로 콩을 쑨대도 안 믿겠다! 네가 활동사
        진 배우가 되기를 기다리다간 엉덩이에 없는 꼬리가 나게
        됐어!

경애   두고 보세요. 오늘은 꼭 무슨 기별이 있을 테니까.

어머니	경애야! 너도 이제 그만하면 바람 좀 쟀을 텐데 시집갈 궁리나 해라.
경애	시시하게 시집이 다 뭐요? 전 시집 안 가요!
최 노인	그럼 처녀로 늙을 셈이냐? 속 차려! (하며 뒤뜰로 나간다)
경애	영화계로 나선 이상 끝까지 이름을 내고야 말겠어요? 오늘 신인 배우 모집 시험이 있어요!
경운	(흥미를 느끼며) 언니 자신 있우?
경애	10 분지 8, 9는 확실해! (하며 신나게 분첩을 두들긴다)
경운	어떻게 미리 알우?
경애	(뜻 품은 웃음을 뿜으며) 심사위원과 미리 언약이 되어 있어.
경운	어머나! 영화계에도 사바사바⁵가 있어요?
경애	실력이 넷, 고등어가 여섯이면 되지 뭐!
경운	실력이라니 언니가 언제 연기 공부를 해봤우?
경애	영화에 연기가 무슨 필요가 있니? 우선 여배우가 될라면 마스크가 개성적이면서 아름답고, 육체미가 있으면 됐지 뭐!
경운	그렇지만 얼굴만 예뻐도 안 된다던데요?
경애	누가 그래?
경운	영화 잡지에서 읽었어요.
경애	그야 전혀 연기력이 없는 것도 곤란하지만 역시 용모가 제일이지! (하며 거울을 향해 눈썹을 추켜올렸다 눈을 크게 떴다 한다)
경운	언니는 용모에 자신이 있으세요?
경애	그걸 내가 어떻게 아니? 심사위원이 결정할 문제지……
경운	심사위원과 언약이 되어 있다고 했잖아요?

경애	(약간 짜증을 내며) 얘가 왜 이렇게 두더지처럼 파고만 들어! 너 이리 들어와서 허리 좀 졸라매주려무나!
경운	또 언젠가처럼 숨이 막힌다고 기절하시려고?
경애	잔소리 말고 들어와!

경운 방으로 들어간다. 경애는 몇 벌의 양복을 꺼내서 골라낸다. 그리곤 '슈미즈'[6]만이 된다.

어머니	얘야, 누가 볼까 두렵다 문이나 닫아라! (경운 빙그레 웃으며 문을 닫는다)
최 노인	(부엌 쪽에서 나오며) 아 저 빌어먹을 녀석들이 남의 집에다가 구정물을 버리다니 저, 저런……
어머니	누가요?
최 노인	(좌편 건물을 가리키며) 저 2층 다방에서 버린 물이 뒤안[7] 나무 밑에 흥건히 고였어! 2층에서 내리는 수채통이 터졌나 보군! 망할 자식들! 돈 벌 줄만 알았지 남의 집 망치는 줄은 모르는 모양이지…… 도대체 요즘 녀석들은 염치가 없다니까!
어머니	설마 알고야 그렇겠어요?
최 노인	앗따, 속이 넓기는 동해 바다 이상이군! (소리를 지르며) 그래 내 집이 다 썩어가도 설마야?
어머니	허지만 이웃들이 집터를 높이 돋우어서 집들을 지으니까 우리 집이 낮아서 물줄기가 일로 모여드는 거지 누가 일부러……
최 노인	아니 이이가…… 그래 우리가 잘못이란 말이요?

어머니	(고소를 뱉으며) 누가 잘하고 못하고 있어요…… 우리 집 터를 옆집보다 더 높이든지 하지 않은 다음에야……
최 노인	돈, 돈이 있어? 돈이 있어? 장사가 안 되어 가게문을 닫고 세금도 못 내는 판국인데 그래 내 돈 들여서 집터를 돋아 올리자구?
어머니	누가 그렇게 하자구나 했길래 이리 성화시우?
최 노인	그럼 뭐야?
어머니	낸들 알겠수, 여편네 얘기라면 문풍지 소리로나 아는 당신 인데………
최 노인	(넋두리 외우듯) 나 원…… 일이 이렇게 하나부터 열까지 비뚤어지다니 정말 집을 옮기든지 해야지…… 자식 놈이 라고 벌어대기를 하는가, 장사가 제대로 되는가…… 나 원…… 게다가 가게문을 닫은 지가 두 달이나 되었는데 무슨 놈의 세금은 세금이야! 설상가상으로 저 빌어먹을 낮 도깨비 때문에 화초밭이 망쳐지는 것은 고사하고 집 기둥 까지 썩게 되었으니 에잇 참!
어머니	(잠시 생각에 잠기다가 최 노인의 눈치를 봐가며) 여보 영감……
최 노인	뭐요?
어머니	내 생각 같아서는…… (사이)
최 노인	뭣이 어쨌어?
어머니	다른 집으로 갈아 잡는 게 상책일 것 같으오만……
최 노인	(말없이 눈만 부릅뜬다)
어머니	애들하고는 여러 번 의논도 했어요.
최 노인	아까 경재 얘기 말이요?
어머니	예.

최 노인	내가 싫다면 안 되는 일이야……
어머니	그러니까 여태 말을 못 꺼냈죠.
최 노인	이건 내 집이라는 걸 알아야 돼!
어머니	사람이 살기 위해서 집이 있지. 사람 죽고 집만 있으면 뭘 해요 글쎄……
최 노인	우리에게 남은 것이라곤 이 집뿐이야.
어머니	누가 그걸 모르나요. 허지만 이 집을 영영 없애버리자는 것도 아니고 좀 작은 집으로 갈자는 게죠.
최 노인	이 집은 돌아가신 아버님께서 사주신 집이야!
어머니	그렇다고 자식들이 제 구실을 못하고 기도 못 피는 꼴을 보고만 있겠어요?
최 노인	뭐라고?
어머니	경수만 하더라도 빈손으로 취직을 하자는 것이 틀린 채산이죠, 요즘 세상에 공 안 들이고 되는 일이 있답디까?
최 노인	그래 경수 취직 자금을 얻기 위해서 집을 팔자는 거야?
어머니	그것뿐이 아니죠. 경애도 시집보내야겠고 내년이면 경재가 대학에 가야 하고…… 앞으로 돈으로 메꾸어야 할 일이 어디 한두 가지예요?
최 노인	(긴 한숨을 내쉰다)
어머니	나도 무엇이 좋아서 50년 동안 살아온 집을 팔자고 하겠우…… 허지만 참대 같은 자식들을 위해선……
최 노인	(말없이 일어서 화초밭으로 가서 물끄러미 내려다보고만 있다)
어머니	우리야 이제 살면 얼마나 더 살겠어요. 젊은 애들이 불쌍하지…… (하며 눈시울을 누른다)

경운이가 어느새 나와 마루에 서 있다. 최 노인은 좌우의 건물을 번갈아가며 쳐다보더니 서서히 대문 쪽으로 나간다.

어머니	어디 가시우?
최 노인	내 좀 다녀오겠소……
어머니	그럼 지금 얘기는……
최 노인	(쏘아붙이며) 생각을 해봐야지…… (하며 퇴장)
어머니	어유, 저 고집 때문에 이 고생이지.
경운	어머니 너무 염려 마세요. 어떻게 되겠죠. 설마 굶어 죽기야 하겠어요.
어머니	(눈물지으며) 굶는 게 두려우겠니? 사는 일이 두렵지.

이때 화려한 양장을 한 경애가 방에서 나온다.

경운	(감탄을 하며) 언니! 그렇게 차려놓고 보니까 진짜 배우 같군요!
경애	언제는 가짜였니!
경운	김칫국 먼저 마시네요. 호……
경애	요 계집애가…… (하며 구두를 신는다)
어머니	일찍 좀 들어오너라.
경애	일이 끝나야죠. 참 어머니 오늘 일이 해결만 되면 염려 없으셔…… 이보다 더 좋은 집도, 자가용도 그리고 오빠 취직도 만사 오케로 척척박사일 테니까요.
어머니	잔소리말고 시집이나 가! 그까짓 영화배우를 평생 할 테냐!

경애	어머나, 남의 인격을 무시해도 유분수지! 나는 지금 나의 일생을 결정짓는 가장 중대한 인생의 위기에 서 있는 거예요.
경운	아이…… 언니도, 그런 말을 어머니께서 알아들으셔야죠!
경애	(명랑하게 웃으며) 나의 유일한 협력자요 후원인은 경운이 너뿐이구나! 그럼 다녀올게요!
경운	꼭 합격해야 돼요!
경애	하느님께 기도나 올려줘. 호…… (하며 가볍게 춤을 추듯이 퇴장)
어머니	어유, 언제나 속이 들려는지 원.
경운	천성인걸요 뭐! 좋지 않아요?
어머니	좋긴 뭐가 좋아!
경운	명랑하고 솔직하고 자기의 생각대로 직선으로 행동할 수 있는 언니의 성격이 좋지 뭐예요. 난 언니의 성격을 10 분지 1만이라도 닮았으면 해요.
어머니	그러면 이 어미는 진즉 늙어 죽었을 게다.
경운	어머니도……
어머니	네가 있기에 얼마나 마음이 든든하고 미더운지 모른다…… (한숨) 참 너에게 너무 고생을 시켜서……
경운	어머니 그런 말씀하시면 싫어요. 내가 취직을 하고 싶어서 했지 딴생각은 없으니까요.
어머니	왜? 너는 대학엘 가겠다고 했지 않았니?
경운	누구나 한 번씩 해보는 소리죠. 언니도 못 간 대학엘 내가 어떻게 갈 수 있으며 또 집안 형편이 어디 그렇게 넉넉했어요.
어머니	정말 네가 여학교에 들어가던 때만 해도 괜찮았지.

경운	지금이라도 오빠가 취직만 되고 언니가 좋건 궂건 배우로 뽑히기만 한다면 남부럽지 않게 살 수 있을 거예요.
어머니	그걸 어떻게 믿을 수가 있니? 네 아버지께서 집을 팔겠다고 하시기 전엔……
경운	(사이) 이 집을 판다면 얼마나 받을 수 있을까……
어머니	복덕방 얘기로는 250만 환은 받을 거라고 하드라만……
경운	250만 환이요?
어머니	그래.
경운	그러고 보니 우리도 아주 가난뱅이는 아니군요? (하며 앳되게 웃는다)
어머니	집만 있으면 뭘 하니? 칼은 써야 드는 법인걸……
경운	그럼 50만 환으로 후생 주택에 들고 남은 2백 만 환으로 이리저리 굴리면 되겠는데요.
어머니	글쎄 내 얘기가 그 얘긴데도 네 아버지가 그 모양이니 일은 다 틀렸잖니?
경운	제가 보기엔 아버지께서도 정반대는 안 하실 것 같아요.
어머니	왜?
경운	글쎄 제 육감이랄까?
어머니	육감?
경운	아까도 어머니께서 말씀하실 때 저 화초밭 앞에서 계시는 모양이 어떻게 했으면 좋을고 하시며 망설이시는 눈치 같았어요.
어머니	(쓴웃음을 지으며) 너는 지레짐작도 잘하는구나…… 그러나 네 아버지께서 그렇게만 하신다면 너를 고생 안 시키고도 살 수 있을 텐데!

경운	저더러 인쇄소를 그만두라고요?
어머니	그럼 뭣이 좋아서 그런 곳에다 너를 가두어둔단 말이냐?
경운	원 어머니도……
어머니	아니다 나는 늘 마음속으로 너에게 대해서 얼마나 미안했는지…… 남들은 별의별 사치를 하고 다녀도 그 주먹만한 벤또[8]를 싸 들고 비가 오나 바람이 부나 인쇄공장에 틀어박혀서 일하는 일을 생각하면 내가 꼭 무슨 죄를 지은 것 같기도 했단다. (차츰 울먹거리는 음성으로 변해지자 동요하는 심정을 억제하려고 경운은 불쑥 일어선다)
경운	(토라진 소리로) 남에게 동정을 받고 싶어서 취직한 못난이가 아니에요…… 어머니는 공연히 그러셔!
어머니	오냐, 내가 잘못했다…… 다만 네가 벌어대는 돈만 믿고 사는 게 미안해서 그랬을 뿐이지……
경운	자식이 부모를 위해서 생활하는데 무슨 미안이에요 글쎄? 어머니도 그런 말씀 마세요!
어머니	오냐, 이젠 안 하지!

이때 경수가 힘없이 등장. 발걸음이 약간 휘청거리는 게 아마 술에 취한 듯하다. 어머니와 경운은 각각 반가움과 동정으로 맞아들인다.

어머니	경수 오니?

경수 말없이 마루 끝에 가 주저앉아서 후줄근한 웃저고리를 벗는다.

경운	오빠 아침은?

경수   먹었다.

어머니   어디서?

경수   친구 집에서 자고 아침 해장까지 얻어먹었죠. (그의 태도는
        어딘지 차고 쌀쌀하며 자포자기적이다)

경운   (일부러 농조로) 서울 인심은 아니군요?

어머니   (상을 찌푸리며) 술 좀 삼가라. 제 몸을 생각해야지!

경수   생각 끝에 마신걸요. 헛허……

어머니   원 애도…… 참. 거 영등포 어느 공장에서 오란다는 얘기
        는 어떻게 되었지?

경수   기다리라나요?

어머니   (실망하며) 그래……

경수   (혼잣소리로) 밤낮 기다리라지! 육실헐! 죽을 때까지 제깟
        놈 말만 기다리고 살란 말인가?

어머니   그렇지만 기다리라면 진득이 기다려볼 수밖에 없지……

경운   요즘 취직이 그렇게 쉽게 되나요.

경수   그래 네 말대로야! 누구나 하는 소리가 그렇지! 친구고 선
        배고 겉으로는 아주 염려한다는 표정으로 하는 소리가 매
        양 그렇지! 제길……

경운   (금시 울음이 터지려는 표정으로) 오빠, 전 결코 그런 뜻으로
        말한 게 아니에요. 전……

경수   (허튼 웃음을 지으며) 그래 너만은, 내 귀여운 동생만은 아
        니지! 도대체 실업자도 많지만 자기 직업에 대해서 너무
        떨고 매어달리는 사람이 더 많은가 봐요.

어머니   그게 무슨 얘기니?

경수   옛날엔 싫으면 직업을 바꾼다든가 이 자리에서 저 자리

로 옮겨가는 이동이 많았지만 요즘은 그런 사람이 없단 말예요.

어머니   그래……

경수   한번 직장을 붙들면 죽기 아니면 살기로 매어달리니 일자리가 빌 턱이 있겠어요. 못난 자식들!

어머니   난 또 무슨 얘기라구. 흐……

경수   그렇게들 직업에 대해서 지나치게 인색하고 공포증까지 품으며 살고 있으니 어디 우리 같은 놈이 처신이나 하게 되었어요.

경운   정말 그래요. 그렇지 않고서는 살 도리가 없으니까요.

경수   싱거운 친구들! 싫으면서도 싫다는 얘기 하나 못하고 울면서 겨자 먹기로 직업에 매달려서 사니 생전 가야 우리 몫이 나긴 글렀다. 이 말씀이죠!

어머니   그렇지만 전쟁터에서 돌아온 사람은 좀 봐줘야지……

경수   (냉소를 뱉으며) 그걸 안다면 세상이 이 꼴이겠어요? 모두가 자기에게 필요할 때만 형님이요, 아저씨지 볼 장 다 보면 지나가는 똥개 취급이라니까요…… 핫하…… 요컨대는 취직에도 먹자판이지! 밑천 안 넣고는 어림도 없어! 그러니까 또 취직만 되면 그 본전에다 복리까지 가산해서 주어 잡수시기가 일쑤 아니에요. 그러나 내겐 그 돈도 없어! 돈!

어머니   아무리 세상이 막 되었기로그래 인정도 의리도 없단 말이냐?

경수   인정이요? 에미가 자식을 버리고 자식이 애비를 죽이는 판국에 인정이요? 홍? 재주는 곰이 넘고 돈은 왕 서방이 받아먹는 격이죠! 내가 죽어야지! 죽는 것이 가장 편한 길

이야! (하며 마룻바닥에 드러눕는다. 어머니는 슬픈 표정으로 내려다본다)

경운   오빠 방에 들어가서 쉬세요.

경수   경운아 너는 이 오빠가 밉지?

경운   (부러 명랑하게) 오빠가 취하셨나 봐!

경수   내가 취했다구? 천만에……

경운   주정하는 사람이 자신을 가리켜서 취했다고 하는 법은 없
       다나요?

경수   (크게 웃으며) 네가 벌써 그런 소리를 하게 되었다니……
       이제 시집을 가야겠구나.

경운   오빠가 결혼하기 전엔 시집 안 갈 테야!

경수   숫제 남북통일이 되기 전이라고 하는 편이 더 눈물겨울걸.
       핫하……

경운   (성을 내며) 몰라요. 오빠는 남의 속도 모르고…… 자기만
       제일 잘났다는 말씀이신가?

경수   (벌떡 일어나 앉으며) 뭣이? 너 지금 뭐라고 그랬지? (하며
       대든다)

경운   오빠는 너무 이기적이란 말예요!

경수   내가 이기적이라고?

경운   오빠의 심정을 저는 누구보다도 잘 알고 있어요. 허지만
       그런 동정이나 양해만으로 우리가 살아갈 수 있어요? 세
       상의 부패나 못된 꼴을 한탄하고 비난한다고 우리 생활에
       보탬이 되나요?

어머니   애, 경운아! 너는 오빠를……

경운   오빠를 존경했어요! 누구보다도 믿었어요. 허지만 지금은

의심하고 있어요!

경수   나를 의심한다구?

경운   오빠! 오빠는 대학 중도에 군문[9]에 들어갔고 이제 제대가 되었으니까 사회생활에 대해서는 아직 경험이 없으시겠지만 저는 이래 봬도 뭇 남성, 여성 사이에 끼어 3년 동안 사회 맛을 봐온 사회인이에요.

경수   아니 그래 네가 이 오빠에게 설교를 할 적정이냐?

경운   설교가 아니라 의견이지요. 오빠가 제대한 이후 우리 집안은 더 형편이 없고 또 오빠 때문에 집안 식구가 얼마나들 괴로워한지 아세요?

어머니   경운아……

경운   어머니는 잠자코 계세요. 아까도 오빠 얘기는 돈이 없어서 취직을 못 한다고 하시지만 그런 말씀 어머니 앞에서는 삼가야 돼요. 우리 집에 오빠 취직을 위해 쓸 돈이 있으면서 안 냈겠어요?

경수   아니 내가 언제 돈을 달랬니?

경운   직접 말은 안 했지만 그 얘기 때문에 마음을 아파해야 하는 사람이 계시다는 걸 아셔야죠!

어머니   (울음 섞인 소리로) 경운아!

경운   (차츰 풀죽은 소리로) 오빠 우린 이 집을 팔게 될는지도 몰라요.

경수   그게 나와 무슨 상관있어!

경운   (다시 심각한 표정으로) 오빠는 매사를 그렇게 비뚤어진 생각으로 처리하시자는 게 저는 마음에 들지 않아요!

경수   뭐라고? 아니 이 계집애가 못할 소리가 없구나.

불모지   285

경운   저를 때리시겠어요? 때리세요. 그러나 그것으로 오빠는
       만족하지도 못하실 걸요.

경수   너는, 너는 나를 미워하고 있었구나.

경운   두려웠지요. 요즘 세상에서 가장 말썽을 부리는 문제의 하
       나가 제대군인이니까요. 오빠가 돌아오셨을 때 저는 우리
       오빠만은 그런 사람이 아니기를 은근히 바랐고, 또 한편으
       로 두려워했어요. 길을 가거나 전차 안에서나 제대군인을
       보면 저의 마음은 어둡고 쓸쓸해졌어요. 오빠! 아시겠어
       요? 네?

경수   (혼잣소리로) 내가 그렇게 미웠던 것을……

경운   사회가 나쁘고 주위가 무관한 것만을 탓하고 자신의 몸가
       짐을 아무렇게나 펼치고 다니는 것은 약한 짓이라고 봐요!
       오빠! 저를 건방진 년이라고 여기시겠죠! 그렇지만 우리
       는 무슨 짓을 해서라도 살아야만 하는 거예요!

경수   나더러 도둑질을 하란 말이야?

경운   할 일 없으시면 집에 계세요. 남은 제대군인처럼 술 마시고
       행패하고 집안사람을 울리지 마세요, 어머니는 오빠 때문
       에 밤잠도 안 주무신 줄이나 아세요? 어젯밤에도 새벽 2시
       까지 안 주무시고……

어머니   그만두지 못하겠니? 경운아! (그네의 뺨에는 눈물이 흐르고
       있다. 경수는 멍하니 땅을 내려다보고만 있다)

경운   오빠가 취직을 안 하신다고 당장에 굶지는 않으니까요. 제
       가 아직은 벌 수 있어요!

어머니   (애원하듯이) 그래 오늘부터는 밖에 나가지 말고 집에 있
       거라. 어쩌면 이 집이 팔리게 되면 조용한 시외로나 옮

286

	기자. 넓은 터전에다 채소도 가꾸고 닭이며 돼지를 치며 살자꾸나! 경수야! 세상이 아무리 막되었기로 제 속을 남에게까지 빤히 펴 보이며 살 필요는 없잖니? 응?
경수	(조용히) 어머니.
어머니	응? 왜?
경수	경운아 (사이) 지금 얘기 잘 알겠다. 그런 얘기는 알고도 남음이 있어! 허지만 (차츰 흥분해지며) 뵈기 싫은 걸 어떡하지? 가만히 앉아 있을 수 없는 걸 어떻게 해!
경운	그런다고 어느 누가 눈썹 하나 까닥거려요? 오빠 참는 것뿐이에요.
경수	참아? 기다려? 나중에 보자? 힘을 써보자? (거의 광증을 일으키며) 그게 나를 병신 취급하는 수작들이야! 나를 농락하는 건방진 짓이야! 부모도 형제도 나를 적당히 놀리고 있는 거야!
어머니	경수야! 왜 이러니? 경수야!
경수	어머니 나 술은 먹었어요! 그렇지만 먹고 싶어서가 아니에요, 어머니나 경운이 말대로 참기 위해서, 그놈들 말대로 기다리기 위해서요! 그러나 참을 수도 기다릴 수도 없는데 어떻게 해요! 어머니! 나는 불쌍한 놈예요! (하며 어머니 무릎 아래 엎드려 운다)

격동하는 심적 동요를 참으며 어머니는 경수의 머리를 쓰다듬는다. 경운은 돌아앉아 울고 있다. 옆집 공사장에서는 망치 소리가 요란히 들려온다. 이때 최 노인 등장. 복덕방 노인이 따라온다. 두 사람 제각기 자리를 잡는다.

최 노인	자 들어오세요.
복덕방	예 (집을 둘러보며) 예…… 아주 고가군요. 예……
최 노인	우리 선친께서 내가 장가들던 해에 지어주신 집이죠. (기둥을 가리키며) 요즘 이런 재목이 있습디까, 재목만은 귀물인걸요. (아래채를 가리키며) 저기 방과 헛간이 있고…… 저기가 가게고……
복덕방	예…… (기웃거리며) 뒤안으로 돌아가볼까요?
최 노인	(약간 당황하며) 뒤엔 뭐 별거 없어요. 그저 나무 그늘이 있고…… (복덕방이 앞장을 서서 돌아간다. 최 노인 뒤를 따른다)
경운	어머니, 내 말이 맞았죠?
어머니	그러기에 말이다…… 그런데 뒤안을 안 봐야 할 텐데…… 그걸 보면 집값이 여간 깎일 거야……

이때 최 노인, 복덕방 다시 등장.

복덕방	많이 손을 봐야겠는걸요.
최 노인	(약간 당황하며) 손본댔자 그곳에다 고랑을 파고 수챗구멍을 내면 되는 거구…… (화초밭을 가리켜) 여기 이렇게 화초가 있고요…… 집은 괜찮아요, 그리고 무엇보담도 가게가 있어서요. 뿐만 아니라 번지수가 오직 좋습니까?
복덕방	번지수야 좋지요만 어디 번지수에서 사나요. 집 안에서 살지……
최 노인	그래 아까 말대로 그렇게 되겠습니까?
복덕방	(마루에 앉아서 담배를 피우며) 글쎄…… 세 장은 어렵겠

는데요…… 집이 헐고 저렇게 큰 집들 사이에 들어앉아서…… 이건 마치 사람 속에 앉은뱅이가 들어선 격이라서 헛허……

최 노인   그래 얼마면 된단 말이요?

복덕방   잘해야 250만 환……

어머니   (경수에게) 거 봐라…… 내 말이 맞았지!

최 노인   뭐가 맞았어?

어머니   아니에요. 아무것도……

경수   아버지!

최 노인   (퉁명스럽게) 왜?

경수   집을 내놓으시게요?

최 노인   너는 잠자코 있어! 네가 간섭할 게 아니니까?

경수   제 생각 같아선 그럴 필요가 없다고 보는데요.

최 노인   뭣이?

경수   당장에 굶어 죽는 것도 아니고 형편을 봐서 두었다 하시죠. 더구나 집 매매란 사정이 급해 보이면 가격을 형편없이 놓는 법이니까요.

복덕방   아니 그럼 250만 환이 형편없는 값이란 말이요?

경수   4백만 환도 시원치 않은걸요.

복덕방   뭐 뭐요? 저 젊은 양반이 정신 있는 사람인가?

경수   여보, 영감님! 여긴 종로 한복판입니다. 게다가 가게와 살림집이 붙었는데 그래 겨우 250만 환이라고요? 그런 당치도 않은 거짓말은 공동묘지에서나 하시오.

복덕방   뭐 뭐요? 공동묘지에서라고? 예끼 버릇없는 놈 같으니라구!

경수	아니 이 영감님이……
복덕방	그래 이놈아. 너는 애비도 어미도 없는 놈이기에 나이 먹은 늙은이더러 공동묘지에 가라구? 이 천하에.
최 노인	여보, 김 첨지. 젊은 애들이 말버릇이 나빠서 그런 걸 가지고 탓할 게 뭐요?
복덕방	그래 내가 집 거간이나 놓고 다니니까 뭐 사고무친한 외토린 줄 아느냐? 이놈아! 나도 장성 같은 아들에다 딸이 육남매여!
경수	아니 제가 뭐라고 했길래……
어머니	넌 잠자코 있어! 용서하시우. 요즘 젊은 놈들이란 아무 생각 없이 말을 하니까요…… 게다가 술을 마셨다우.
복덕방	음 이놈이 한낮부터 술 처먹고 어른에게 행패구나! 이놈아! 내가 그렇게 만만하니?
최 노인	김 첨지! 글쎄 진정하시라니까…… 내가 대신 이렇게 사죄하겠소. 원!
복덕방	그러고 250만 환이 터무니없는 값이라고? 이놈아 누군 돈이 바람 맞은 대추알이라던? 응? 그것도 잘 생각해서야! 음? 이런 분한 일이 있나!
최 노인	글쎄 참으시고 이리 앉으세요.
복덕방	난 그만 가보겠소이다. 이런 일도 기분 문제니까요! 다른 사람 골라서 공동묘지로 보내구려! 에잇. (하며 퇴장)
최 노인	아 김 첨지! 김 선생! (하며 뒤를 쫓아 나간다)
경수	제길 무슨 놈의 영감이 저래?
어머니	네가 잘못이지 뭐니……
경수	집을 팔지 말라고 했는데……

이때 최 노인 새근거리면서 등장하자 이 말을 듣고는 성을 더 낸다.

최 노인   이놈아! 누가 이 집을 판다고 했어? 응?

경수   아니 그럼 이 집을 파시는 게 아니면 뭐하러 복덕방은……

최 노인   저런 쓸개 빠진 녀석 봤나! 아니 내가 뭣 때문에 이 집을
          팔아? 응? 옳아 네놈 취직 자본을 대기 위해서? 응?

어머니   아니 그럼 250만 환이란 무슨 얘깁니까?

최 노인   네 따위 놈을 위해서 하나 남은 집마저 팔아야만 속이 시
          원하겠니? 전세로 6개월만 내놓겠다는 거야?

경수   예? 전세라구요? (어머니와 경운은 서로 얼굴을 바라본다)

최 노인   왜 아주 안 파는 게 양에 안 차지? 이놈아! 이 애비가 집도
          절도 없는 거지가 되어서 죽는 꼴이 그렇게도 보고프냐?

경수   (당황하며) 아버지 아니에요! 저는……

최 노인   아니면 껍질이냐?

어머니   여보 그럼 집을 전세로 줘서 뭣하시게요?

최 노인   글쎄 아까 어떤 친구 얘기가 요즘 그 실내에서 하는 그 뭐
          더라 '샤풀이뽈'이라든가……

경운   '샤뿔뽀오드'[10] 말씀이에요?

최 노인   그래 '샤뿔뽀오드' 말이다! 그건 차리는 데 돈도 안 들고
          수입이 괜찮다고 하면서 4가에 적당한 집이 있다기에 그
          걸 해볼까 하고 이 집을 보였지. 그래 얘기가 거의 익어
          가는 판인데 글쎄 다 되어간 음식에 코 빠치기로 저 녀석
          이……

어머니   아니 그럼 전세로 250만 환이란 말인가요?

최 노인	그렇지! 저 가게만 해도 백만 환은 받을 수 있어!
어머니	그런 걸 가지고 나는 괜히……
최 노인	뭐가 괜히야?
경운	아버지께서 이 집을 파실 줄만 알았어요.
최 노인	흥! 너희들은 모두 한속이 되어서 어쩌든지 내 일을 안 되게 하고 이 집을 날려버릴 궁리들만 하고 있구나! 이 천하에 못된 것들! (하며 불쑥 일어선다)
어머니	그럴 리가 있겠어요! 다만……
최 노인	듣기 싫어! (화초밭으로 나오며) 이 집안에서는 되는 거라곤 하나도 없어! 흔한 햇볕도 안 드는 집에 뭣이 된단 말이야! 뭣이 돼! (하며 화초밭을 함부로 작신작신 짓밟고 뽑아 헤친다)
어머니	(맨발로 뛰어내리며) 여보! 이게 무슨 짓이오! 그렇게 정성을 들여서 가꾼 것들을…… 원…… 당신도……
최 노인	내가 정성을 안 들인 게 뭐가 있어…… 나는 모든 일에 정성을 들였지만 안 되지 않아! 하나도, 씨도 말야!

경수 말없이 아래채 방으로 뛰어가더니 잠시 후 하얀 붕대에 싼 물건을 품에 넣으며 대문 쪽으로 급히 퇴장.

| 어머니 | 경수야! (경운은 입술을 깨물고 섰다) |

— 막 —

제2막

무대 전막과 같음. 전막부터 약 열 시간 후, 초저녁 때. 거리에는 아직
도 석양의 마지막 숨길이 남아 있는 시간인데도 이 집안은 벌써
전등불이 그리워질 만큼 어둡다.

옆집 다방에서는 재즈 음악이 한층 흥겹게 들려온다.

막이 오르면 화단 앞에서 최 노인과 경재가 화초며 고추모를 이
리저리 옮기기도 하고 다시 심어주기도 한다. 최 노인의 얼굴에
는 모든 잡념일랑 버리고 화초에만 전념을 기울이려는 열성이 서
려 있어 서글프게 보일 정도이다. 좌편 마루에는 어머니와 경운
이가 마주 앉아서 풀빨래를 손보고 있다. 마루 한구석에 저녁상
이 놓여 있다.

어머니는 이따금 밥상 위에 날라드는 파리를 날리면서 화단에서
일하는 두 사람 쪽을 돌아다본다.

경재가 짓밟힌 화초를 쳐들고 그 뿌리가 상했나 안 했나를 살핀다.

경재 (한 포기의 화초를 아버지에게 주며) 이것도 뿌리는 안 상했

으니 심으세요.

최 노인   (풀포기를 받으며) 이게 살아날 수 있을까? (하며 이리저리 살핀다)

경재   괜찮다니까요…… 우선 심고 보는 거죠!

어머니   (최 노인을 향하여) 이제 그만들 하고 저녁이나 먹읍시다! 경재가 시장하겠우……

경재   아버지……

최 노인   (일을 하면서) 배고프면 너 먼저 먹어라. 난 마저 끝내고 할 테니……

경재   (불평스런 어조로) 괜시리[11] 화단을 엉망으로 만드셔놓고 이 고생이에요? 내 참……

최 노인   하기 싫으면 그만두래도!

경재   그럼 제 얘기가 틀렸단 말이에요? 이 화단이 어떤 화단이라고 이렇게…… 숫제 다 뽑아버리시지……

최 노인   (정색을 지으며) 아니 이 녀석이…… 내가 가꾸어놓은 화단은 망가뜨리건 살리건 내 마음이야!

경재   그렇게만도 볼 수 없지요!

최 노인   뭐라고?

경재   물론 우리 식구 중에서 이 화단을 만드는 데 누구보담도 정성을 드린 건 아버지였지요…… 그렇지만……

최 노인   그러니까 내 마음대로 한다는데 무슨 참견이냐? 이놈아!……

경재   (차근차근히) 아버지 혼자만을 위해서 있는 건 아니잖아요? 애당초부터 아버지 혼자서만 보시고 즐기기 위해서라면 이 좁은 뜰에다 이렇게 고생하시면서 가꾸시지는 안 했을 게 아니에요?

최 노인   아니 네 놈이 늙은 애비에게 훈계를 할 셈이냐? (하며 손에
          들었던 호미를 내던진다. 그 소리에 어머니와 경운이가 깜짝 놀
          라며 돌아본다)

경재   (여전히 빙글거리는 표정으로) 훈계가 아니라 의견이죠……
          (호미를 주우며) 아버지께서 화가 나셨기에 그러셨겠지만
          형의 처지도 생각해주셔야죠…… (경수 이야기가 나오자 아
          버지는 획 돌아앉으며 일을 계속한다)

경재   사실 형은 불쌍해요. 군대 가기 전엔 얼마나 명랑한 성격
          이었어요. (약간 시무룩해지며) 아버진 형이 놀고먹는 꼴이
          뵈기 싫다지만 놀고 싶어서 놀게 되었나요?

최 노인   (비꼬운 어조로) 전쟁 때문에 망한 사람이 저 하나뿐이라
          던? 서울 장안에서 제 놈뿐이야? 흥…… 그게 다 핑계라
          는 거야! 하려고 덤비면 뭣인들 못해? 연탄집 준식이도 세
          탁소의 팔룡이도 다 전쟁에 갔다 왔는데도 돈벌이만 잘하
          더라!

경재   그 사람들이야 국민학교[12]도 안 나왔으니까 무엇이건 벗
          어부치고 할 수 있지만 형은……

최 노인   뭐라고? 이 녀석아! 그래 공부 안 한 사람은 일하고 대학
          공부 한 사람은 놀고먹으란 법이라도 생겼다던? 응? 저런
          맹랑한 소리 좀 들어봐? 그래 애비가 너희들 공부시킬 땐
          편안히 누워서 학비를 댄 줄 아니?

경운   (가까이 오면서, 험악해진 분위기를 조정하려는 듯) 원 아버지
          도…… 이번엔 경재하고 싸움이세요? 훗호…… 이러다간
          또 화단을 짓밟으실 테니 숫제 싸움을 마저 끝내신 다음에

하세요…… 호호……

최 노인   (손을 털고 일어서며) 듣기 싫다!

경운   아버지 제가 뒤처리는 할 테니 어서 손을 씻고 진지 잡수
세요.

최 노인은 말없이 마루로 간다. 경운은 눈짓으로 경재를 꾸짖는다.

경재   (속삭이듯) 아버지 고집도 누나의 감언이설엔 맥을 못 쓰
군! 훗후……

경운   아버지 신경을 건들지 말라니까……

경재   언제는 건들어서 성이 났나? 아버지 신경질은 원래가 자
가발전인걸……

경운   (따라 웃으면서) 그럼 자가발전 못 하시게 기름을 넣지 말
란 말이야……

경재   (부러 과장된 동작으로) 예…… 예…… 그저 쩔쩔 빌겠습니
다……

이 사이에 최 노인은 손을 씻고 마루에 걸터앉는다. 어머니는 마음속
에 꿈틀거리는 우울증을 참기라도 하듯이 조용히 앉아 있다.

어머니   경재야! 너도 손을 씻어야지.

경재   예…… (하며 수돗가에 와서 손을 닦으며) 참 큰누나가 합격
되었을까?

경운   (웃으면서) 십중팔구는 확실하다나?

경재   언제는 확실치 않아서 미역국이었나?

경운	(툇마루에 앉아서 땀을 씻으며) 게다가 심사위원까지 약속을 했다니까 또 아니?
경재	(수건에다 손을 씻으며) 그런 약속은 천 번이라도 할 수 있지. 도대체 여자가 영화를 해보겠다는 생각부터가 불순하거든!
경운	예술가가 되겠다는 게 불순해?
경재	예술? 흥! 영화가 예술이야? 틀렸어!
경운	언니가 들었으면 5분간은 기절하겠다. 얘!
경재	오늘도 '미도파' 앞에서 '로케'하는 걸 봤는데 말이야!
어머니	뭐? '노케'라니!
경운	홋호…… 영화를 만드는 데 길거리에서 사진 찍는 거 말이에요.
어머니	오…… 난 또……
경재	글쎄 백화점에서 나와 택시에 오르는 걸 수십 번 되풀이하잖아?
경운	되풀이한다고 예술이 아닌가?
경재	그 되풀이하는 태도가 틀려먹었거든! 무슨 장난이라도 하는지 비실비실 웃으면서……
경운	남자 배우야?
경재	여자지! 그것도 요즈음 인기가 최고라는 '스타'가 글쎄 그걸 못 하잖겠어? 그러니 한국 영화가 외국 영화를 따르겠어?
경운	그렇게 말하는 게 무슨 영화평론가 같구나! 홋호……
경재	장차 일을 누가 알아? 내가 정말 평론가가 될지……
경운	그럼 누나는 여배우요 동생은 평론가니 가관이겠구나! 홋

호…… (하며 부엌으로 들어간다)

경재   누가 아니래! 헛허……

어머니   그만저만 지껄이고 밥이나 먹어라……

경재는 마루에 올라 아버지와 마주 앉는다.

경운   (쟁반에 국그릇을 들고 나오며) 어머니도 올라가세요……

어머니   난 좀 이따가 먹겠다……

경재   어머닌 저게 틀렸다니까…… 식사란 가족이 함께 먹어야
       찬 없는 밥이라도 달게 먹을 수 있어요……

최 노인 넌 모르는 게 없어 탈이더라…… 사내자식이 무슨 주둥아
       리를 그렇게 놀리냐? 쯧쯧……

경재   (머리통소를 긁으며) 그래도 할 얘기는 해야죠……

네 사람이 상을 둘러앉아 밥을 먹기 시작한다. 그러나 어머니는 숟갈
을 들다 말고 우두커니 앉아 있다.

경운   (딱한 듯) 어머니……

최 노인 왜 또 이래? 응?

어머니   (중얼거리듯) 언제나 온 집안 식구가 한자리에 앉아서 밥
       먹는 날이 있을는지! (하며 숟갈을 놓고는 치맛자락으로 눈물
       을 씻는다)

경재   이렇게 바쁜 세상에 어떻게 온 식구가 꼭 같은 자리에서
       밥을 먹어요? 제각기 적당한 때에 먹는 거지! 어서 드세
       요……

어머니	하루 이틀 아니고…… 이렇게…… 어디서 밥을 먹는
	지…… 죽을 먹는지…… 세상에 복도 없는 자식이…… (하
	며 흐느끼기 시작한다)

최 노인은 잠시 어머니를 노려보더니 숟갈을 놓고는 돌아앉는다. 그리
고 담배를 피운다.

경운	(험악한 공기를 예감하며) 어머니…… 괜시리 눈물 바람이
	셔! 참!
경재	형이 어디 가면 밥 굶을까 봐 그러세요? 염려 마세요!
어머니	아침에 그렇게 뛰쳐나갔으니 또 어디서 술만 처마시고 며
	칠이고 뒹굴 테지…… 어유…… 하느님도 너무하셔……
	우리 경수에게 복을 안 내리시면 누가 복을 받는다고……
	어유…… (하며 운다)
경운	어제 오늘 시작한 일이에요? 게다가 기다려보라는 직장도
	몇 군데 있다니까 그러는 동안에 무슨 통지가 오겠죠.
경재	(여전히 밥을 먹으며) 지성이면 감천이라는 말도 있잖아요?
어머니	지성도 한도가 있지…… 벌써 몇 해 몇 달이야. 이러다간
	아주 폐인이 되든지 불한당이 될 거야……
경운	어머닌 왜 그렇게 불행해지는 경우만 생각하세요?
경재	쥐구멍에도 햇볕 드는 날이 있다잖아요?
어머니	그렇지만 아무래도 마음이 안 놓인다…… 요즈막에 와서
	는 꿈자리가 사나운 데다가…… 아침에 네 오빠가 나가던
	때 눈을 봤지? 게다가 방에서 가지고 나간 건 또 뭐였는
	지……

경재	방에서 뭘 가지고 나갔어요?
어머니	뭣인지 하얗게 붕대로 감은 것을 가지고 쏜살같이 나가잖니?
경재	(젓갈을 떨구며) 하얀 붕대로?
경운	경재야, 넌 아니?
경재	(혼잣소리로) 그거야! 틀림없어……
어머니	그거라니?
경재	어머니! 누나! 왜 말리지 않았어요? 네?
경운	아니 그게 뭔데?
경재	권총일 거예요!
어머니	뭣이?
최 노인	(안색이 굳어지며) 권총?
경재	형이 가지고 있는 걸 봤어요……
경운	그럼 왜 너는 여태 말리지 않았었니?
경재	형이…… 불쌍했어요! 아니 형이 권총을 가지고 싶은 심정엔 저도 공감이 갔으니까요!
최 노인	경재야! 자세히 얘기 좀 해라!

경재는 안절부절하며[13] 좀체 말을 하려고 하지 않는다.

경운	경재야, 언제 봤지? 그 권총……
경재	두 달 전인가 봐요…… 잠결에 바시락거리는 소리가 나기에 눈을 떠보니까 형이 일어나 앉아서 무얼 만지고 있지 않겠어요? 그래 뭘 하고 있느냐고 물으니까 형은 몹시 당황하면서 무엇을 '트렁크' 속에 감추는 것 같았어요……

최 노인	그래 네가 봤었니?
경재	그날은 그대로 잠을 잤어요. 며칠 후 공부를 하다가 문득 그 트렁크가 눈에 띄더군요. 저는 남의 물건을 뒤지는 건 나쁜 일인 줄은 알면서도 열어봤어요…… 그랬더니 트렁크 맨 밑바닥에 권총이 붕대에 감긴 채로 숨겨 있었어요.
최 노인	뭣이?
어머니	(와들와들 떨며) 뭣 때문에 그런 걸 감추었을까? 응?
경운	탄환도?
경재	그건 못 봤어. 다만 손에 쥐어보니까 묵직한 게 진짜 권총인 것만은 사실이야!
어머니	어우 저걸 어쩌나?
경재	그날 밤 형은 술에 취해 들어왔어요. 저는 형에게 그런 걸 왜 가지고 있느냐고 캐물었죠. 형은 처음엔 화를 벌컥 내면서 저를 때리려고까지 하더니 나중엔 깔깔대고 웃지 않겠어요?
최 노인	웃어!
경재	예…… 형 얘기로는 그 권총을 볼 때마다 살아나갈 힘이 생긴다는 거예요. 전쟁터에서 총을 겨눌 때는 적을 쏘아 죽이지 않으면 내가 죽고 만다는 그런 절박한 상태에서 불평도 불만도 없는 심경으로 돌아간다는 거예요.
경운	그러니까 그 권총을 가지고 있음으로써 반성하고 자신을 채찍질한다는 뜻이구나?
경재	맞았어! 형은 하루에 몇 번이고 죽고 싶은 생각이 나지만 그 권총을 보면 악착같이 살고 싶은 용기가 난다고요……

최 노인은 길게 한숨을 내쉰다, 어머니는 아직도 떨며 울먹거리고 있다.

경재　저는 그 이야기를 듣고 형과 같은 환경에 놓이면 누구나 다 그렇게 될 수 있다고 느껴졌지요. 형은 저더러 그 얘긴 비밀로 해달라기에……

경운　그렇지만 왜 하필이면 그걸 가지고 나갔을까?

경재　저도 그게 불안해요. (사이) 그걸 팔려고 가지고 나갔을지도 모를 일이지만…… (깊은 생각에 잠기다가) 아니야 형은 그 총으로 자살을……

어머니　뭣이?

최 노인　망할 자식! 자살이라니……

경재　그렇지 않고서야 뭣 때문에 가져갔겠어요?

경운　아버지! 경재 말이 옳을지도 몰라요. 그걸 팔 생각이 있었다면 진즉 돈과 바꾸었을 게 아니에요?

어머니　영감이 그 애에게 너무하셨어요! 그렇게 심히 꾸지람 듣기란 그 애로선 생전 처음 당한 일이었을 텐데……

최 노인　아니 이제 와선 내 탓이야?

어머니　복덕방 이야기만 듣고서 지레 짐작을 한 것은 경수 잘못이기도 했지만 그 애는 그 애대로 부모에게 대해 미안해서 하는 소리를 가지고……

경운　어머니! 어떻든 이러고 있을 게 아니라 오빠를 찾아봐야겠어요……

최 노인　어떻게 찾는단 말이냐?

경재　형이 잘 가는 목로집[14]에 들러보면 대강 눈치를 알 수 있죠! 제가 가보겠어요!

경재가 뜰로 내려서자 경운이도 따라 일어선다.

경운   그럼 나는 오빠 친구네 집을 몇 군데 돌아보겠어…… (하
      며 방으로 들어간다)

무대는 전보다 어두워졌고 배경으로 도시의 불빛이 또렷하게 나타난
다. 경재가 대문 가까이 갔을 때 대문 흔들리는 소리 난다.

경재   (긴장하며) 누구세요? 형님이요? (모두 긴장하여 보나 아무런
      대답이 없다. 경재가 대문을 열어 내다본다. 그러나 밖의 사람은
      들어서지 않는다)
경재   (잠시 살피더니) 큰누나 아니야? 왜 들어오지 않고 서 있어
      요? 어서 들어와요!
어머니   누구냐?
경재   큰누나예요……

이때 비로소 경애가 서서히 들어선다. 아침에 나갈 때와는 달리 풀이
죽은 모습으로 땅만 내려다보면서 툇마루에 가서 앉는다. 심상치 않은
태도에 경재는 말없이 바라본다.

경운   (옷을 갈아입고 나오며) 언니 왔어요? (경애를 발견하자) 언
      니 어떻게 됐우?

경애는 허공을 뚫어지게 바라보더니 차츰 표정이 이지러지며 마침내

두 손으로 얼굴을 가리고 흑흑 느껴 울기 시작한다. 경운과 경재는 서
로 얼굴을 처다만 보며 말을 걸기를 망설인다.

경운   (가까이 가서 어깨에 손을 얹으며) 언니…… 왜 이러세요?

경애   (히스테리컬하게) 제발 나 혼자 있게 내버려두라니까! (뜻밖
         의 태도에 경운은 멍하니 서 있다)

경재   (돌아보며) 아니 웬 요란이야? 지금 집안에서 무슨 일이 있
         었는 줄이나 알고 그래요?

경애   너희들까지도 나를 놀리기냐? 왜들 나만 보고 서 있어?

어머니   경애야……

경애   (중얼거리듯) 도적놈들! 이 세상에 믿을 거라곤 없어! 모두
         가…… 모두가 협잡꾼들이야!

경재   (재빠르게 눈치를 차리며) 흥! 이제야 알았어요?

경애   뭣이?

경재   그러기에 훔치는 도둑보다 도둑맞는 사람을 탓하는 세상
         이죠! (경운에게) 그럼 나 먼저 다녀올게요. (하며 대문 밖으
         로 뛰어나간다)

경운   (동정의 눈초리로) 언니, 그럼 역시 안 됐우?

경애   떳떳이 시험이라도 보고 안 되었다면 덜 분하겠어…… 그
         런데……

경운   (무슨 뜻인지 모르겠다는 듯) 예?

경애   처음부터 이상스런 예감이 들긴 했었지만 그렇게 감쪽같
         이 속일 줄은…… 아…… (하며 다시 흐느낀다)

경운   언니 자세히 좀 말해봐요!

경애   글쎄 그 영화사라는 게 가짜였구나……

304

경운	예? 가짜라뇨?
경애	신인 여배우를 모집한다고 선전만 하구 수속금만 몽땅 긁어먹고선 자취를 감추었으니 어떡하면 좋으니? 응?
경운	그럼 심사위원은요?
경애	그 녀석도 한속이었어…… 30명이나 되는 사람이 그걸 모르고 매일같이 문턱이 닳도록 따라다닌 결과가 이것뿐이라니 분하지 않아?
경운	수속금이 얼마나 되는데요?
경애	만 환이란다……
어머니	그러기에 내가 뭐라던…… 진즉 마음잡아 시집이라도 갔으면……
경운	어머니도…… 일이 잘되기를 바라고 하는 일이었지 누가 이렇게 될 줄 알았어요? 언니! 너무 걱정 말아요. 그까짓 돈 만 환 없어졌다고 어떨려고요? 자 어서 방으로 들어가세요.
경애	(새삼 슬퍼지며) 누가 돈이 아깝다고 했니? 그까짓 돈이 문제가 아니라니까! (하며 허둥지둥 방으로 들어간다)

세 사람은 경애의 뒷모습을 바라보고만 있다. 잠시 후 방바닥에 쓰러지는 소리와 함께 울음소리가 터져 나온다. 경운은 긴 한숨을 뱉으며 서서히 대문 쪽으로 나간다.

최 노인	말세야…… 말세……
어머니	(영감의 말을 가로막으며) 그만 좀 덮어두세요…… 그 애 속인들 오죽하겠수? 원……

최 노인　세상이 아무리 변했다기로 하늘이 땅 되고 낮이 밤 되라는 법은 아닐 텐데…… 자식을 믿는 부모가 등신이지! 이게 무슨 꼴이람! 어서 죽는 게 상팔자지! 에잇…… (하며 자리에서 일어서 뜰로 내려온다)

어머니는 시름없이 상을 들고 마루 구석에다 놓는다. 이때 대문 밖에 인기척이 나며 우체부가 들어선다.

우체부　이 댁에 최경수란 사람 있습니까?

최 노인　예…… 있긴 있는데…… 왜요?

우체부　속달 우편입니다…… (하며 편지를 내민다)

최 노인　속달이요? (편지를 받아 눈 가까이 대보며) 이거 눈이 어두워서 보여야지…… 어디서 왔소?

우체부　(대문 밖으로 나가려다 돌아서며) 영등포에서 왔어요…… 안녕히 계세요.

우체부가 대문 밖으로 나가자 최 노인은 편지를 들고 마루로 와 앉는다.

최 노인　영등포……

어머니　혹시 취직이 되었다는 소식 아닐까요?

최 노인　응?

어머니　아침에 경수 말이 영등포 어느 공장에서도 기다리라고 했다던데……

최 노인　글쎄…… 내 안경이 어디 있던가……

이때 경재가 밖에서 돌아온다.

어머니　　경재냐?

경재　　　목로집엔 안 들렀다는데……

어머니　　얘, 너 이 편지 좀 읽어봐라……

경재　　　편지라뇨?

어머니　　네 형 앞으로 온 편지라는데……

경재　　　그걸 왜 봐요? 남의 편지를 함부로 뜯는 게 아니에요……

최 노인　　읽으라면 읽어봐! 저 녀석은 말끝마다 아는 척이지! (하며 편지를 내민다)

경재　　　(편지를 받아 뒷면을 보며) 광일제약주식회사? 영등포에 있는 회사군요……

어머니　　어서 읽어봐라. (사이)

경재　　　(편지를 읽다 말고) 아버지 됐어요!

최 노인　　뭐가?

경재　　　형님 취직 말이에요……

어머니　　정말이냐?

경재　　　(편지를 읽으며) '귀하를 본사 업무과에서 채용하고자 하오니 오는 30일까지 출사하여주시기 바라나이다……' 어때요?

최 노인　　(얼굴에 빙긋이 미소가 떠오르며) 그럼 틀림없군!

어머니　　제약회사라니 약 만드는 회사지?

경재　　　예! 이젠 어머니 약은 염려 없겠네요? 핫하……

어머니　　원 이렇게 고마울 때가 또 어디 있겠니…… 그러기에 무슨 일이건 꾹 참으면 되는 거래도……

최 노인   참아서 되었나? 제 운이 터져서 된 게지……

어머니   정말 큰애 취직만 되어도 우리 집의 큰 고질은 나은 셈이
         죠. (기쁨을 억제하지 못하며) 소식을 들으면 얼마나 기뻐하
         겠우? 취직이 안 되어 밤낮 서리 맞은 호박잎처럼 비실거
         리더니 이젠 살았어요……

최 노인   허지만 이렇게 일자리 구하기가 고되서야…… 쯧쯧……
         좌우간 우리도 어떻게 서둘러서 다시 가게를 열도록 해야
         겠어……

어머니   그럼 이 집은 어떻게 하시겠어요?

최 노인   어떻게 하다니?

어머니   전세를 놓으시겠다면서요?

최 노인   그건 달리 생각해봐야겠는걸……

어머니   달리 생각하다뇨?

최 노인   (뜰을 이리저리 거닐며) 당신 말대로 작은 집으로 갈아 잡아
         야 되겠소.

경재   예? 아버지! 그럼 후생주택으로 들어가는 거죠? 네? (하며
         최 노인의 허리를 잡아 흔들며 빙빙 돈다)

최 노인   이 녀석아 이 손을 놔!

경재   알고 보니 아버지도 봉건적이라기보다 민주적인데요?

최 노인   뭐라고?

경재   그렇게 자신의 주견을 고집하다가도 전체의 의사를 위해
         서는 양보하시는 아량이 있으시니 말이죠.

최 노인   또 연설이야! 헛허……

경재   핫하……

어머니   그럼 내일부터라도 집을 알아봐야겠네요.

최 노인	그렇게 해요. 그리고 남은 돈으로는 구멍가게라도 차립시다.
경재	그리고 형님 양복이라도 한 벌 맞추어야죠.
어머니	네 말이 옳아. 의복이 날개라는 말도 있지 않아요. 아무리 속에 든 게 많아도 차림새가 허수룩하면 얕잡아보는 세상이니까……
경재	(행복감에 잠기며) 그러고 보니 세상은 살고 볼 일이에요. 이렇게 한 가지씩 일이 처리되어 가니 재미있잖아요?
최 노인	네 형이 취직했으니 이젠 다리 뻗고 자겠다.
어머니	이제 경애 시집보내고 경재 대학에 들어가면 바랄 게 뭐 있우? 경운이는 걱정 없으니……
경재	참 큰누나는 어디 갔어요?
어머니	(방 쪽을 보며) 아무 소리 없는 게 벌써 자나부지.
최 노인	철없는 것! 집안에서 용이 나는지 불이 나는지도 모르고 잠만 자? 어서 깨워라! 경재야!
어머니	내버려두세요. 그 애 마음도 생각해줘야죠. 그렇게 몸 달아 다니다가 그런 꼴을 당했으니 오죽하겠어요. 울고불고 하느니보다는 낫지! 내일부터는 개운한 얼굴로 일어나게 내버려둬요! 그렇게 한번 경을 치고 나야 마음도 여물어지는 법이니까요……

이때 대문 밖에 웅성거리는 소리 난다. 세 사람은 동시에 그쪽을 돌아본다.

어머니	또 무슨 일이 났나?
최 노인	경재야 나가보아라……

경재	예…… (하며 대문 쪽으로 가려할 때 다음 말소리가 들린다)
형사	(소리만) 빨리 들어가지 못해…… 아니 이 자식이…… 왜 안 들어가! 응? (하며 잠시 부비적거리는 소리가 나더니 대문이 열리며 경수가 들어선다. 그의 손엔 수갑이 채워졌다. 경수는 가족들을 보자 재빠르게 얼굴을 돌리며 선다. 형사는 밖에서 몰려드는 사람들을 몰아낸다)
형사	그만 돌아가지 못해. 왜 이렇게 졸졸 따라다녀! 어서!

형사의 호령에 와자지껄하며 사람들이 몰려가는 소리 난다. 형사는 대문을 닫고 돌아선다. 최 노인, 어머니, 경재는 감전된 사람처럼 형사와 경수를 바라보고 있다. 무거운 침묵이 흐른다.

형사	(형식적인 인사를 던지며) 영감님이 이 집의……
최 노인	(부러 태연하게) 예, 이 사람이 주인인데요…… 어디서 오셨는지……
형사	(신분증을 내보이며) 서 수사계에 있습니다. 잠깐 조사할 일이 있어서요…… (경수를 가리키며) 아드님이신가요?
최 노인	예…… 제 큰애입니다…… 무슨 잘못이라고 저질렀나요?
형사	(그 말에는 대답도 안 하고) 방이 어딥니까? 좀 들어가볼까요?
경재	(아랫방을 가리키며) 여기예요.
형사	응…… (들어가려다 말고 경수에게) 도망치면 재미없어! 알았지? (가족들에게) 가족에게도 책임이 있습니다! (하고는 방으로 들어간다)
어머니	(와들와들 떨면서) 경수야…… 이게…… 어떻게 된 일이

냐? 응?······

경수는 돌처럼 서 있을 뿐이다.

최 노인   (경수 곁으로 다가서며) 누구하고 싸웠니? 응? 이게 무슨 창
            피냐?

어머니   (경수에게로 바싹 붙으며) 속 시원히 말 좀 해라! 그렇지
            않아도 경재와 경운이가 너를 찾아다녔는데······ 어디
            서 무엇을 했기에 이런······ (하며 수갑을 내려다본다. 그러
            나 경수는 여전히 말이 없다)

경재   형님 권총은 뭐하러 가지고 나갔어요? (권총 말이 나오니 경
            수의 얼굴에 한 줄기 긴장이 스쳐간다)

경재   죽는다고 만사가 해결되나요? 바보같이 죽기는 왜 죽어
            요? 자살 미수라고 신문에 나면 무슨 창피예요?

최 노인   (그 이상 참을 수 없다는 듯이 노기를 폭발시키며) 왜 말 못
            해? 아가리는 언제 쓰라는 아가리야! 이 천하에 못돼먹은
            자식! (하며 경수의 뺨을 친다. 그래도 경수는 입술을 깨물 뿐
            반응이 없다)

어머니   여보! 때리기는 왜 때려요! (애걸하듯) 경수야! 제발 말 좀
            해라. 이 어미 가슴이 터지고 말겠다. 응? 무슨 잘못을 저
            질렀기에 이 꼴로 끌려다니냐? 응? 경수야!

이때 형사가 방에서 나온다.

최 노인   (형사에게 다가서며) 저······ 선생님 저 녀석이 무슨 죄를

지었나요?

형사 아직 모르시군요? 글쎄 어쩌자고 아들을 그런 못된 짓을 하게 내버려둔단 말이오?

최 노인 무슨 짓을……

형사 그보다 아들이 권총을 숨겨두었다는 것을 몰랐던가요?

최 노인 (경재를 바라보더니) 권총이라니? 전혀 모르는 일입니다……

형사 몰랐어? 집안에서 그렇게 감독이 불충분하니까 밖에서 무슨 짓을 하는지도 모르지…… 영감님 아들은 (잠시 사이를 두고 식구들을 훑어보더니) 백주에 강도질을 했어요!

최 노인 예?

어머니 가, 강도요?

경재 형님!

경수는 두어 발 비틀거리더니 벽에 얼굴을 기대며 돌아선다.

형사 종로에 있는 귀금속상에 들어가서 권총으로 협박 끝에 시가 3백만 환에 해당되는 귀금속을 절취하여 도망쳤어!

어머니 경수야! (하며 마루 끝에 쓰러진다) 이게 무슨 소리냐! 응?

형사 그러나 범행 40분 후에 붙잡혔지요. 그러니까 강도 미수범이지요!

경수 강도가 아닙니다. 두 달만 빌리자고 했어요!

형사 듣기 싫어! 그걸 말이라고 해?

경수 정말입니다! 난 돈이 필요했기에……

형사 돈을 빌리려면 좋게 빌릴 것이지 무기로 위협하면서 빌려?

경수 정말 훔칠 의사는 없었어요. 순간적으로……

312

형사	좌우간 서로 가서 다시 취조를 받아! 자 가자!
어머니	(길을 막아서며) 잠깐만…… 잠깐만 얘기를 하게 해주시우!
최 노인	(덥석 주저앉으며) 얘기는 무슨 얘기야! 도둑놈하고 얘기를 해? 나가라…… 썩 나가지 못해!
경수	아버지! 마지막으로 말씀 올릴 게 있어요. 제가 아버님 어머님에게 곱게 보이려다가 그만 이 꼴이 되었군요. 저 때문에 이 집을 팔 수도 없지만 그렇게 되는 걸 우두커니 방관할 수도 없는 저였어요. 저는 오늘 아침에 집을 나갈 때는 깊은 산속으로 들어가서 아무도 모르게 죽을 작정이었어요.
경재	형님은 천치 바보야! 비겁해!
경수	네 말대로 나는 철저하게 비겁했었지! 그러나 나 하나 때문에 집안이 헝클어지고 그늘질 것을 모르는 척할 순 없었단다…… 나만 없어지면 그것으로 끝나는 일이었으니까…… (사이) 그러나 번화한 거리에 나섰을 때 내 마음은 차츰 변해졌어! 그러다가 보석상 앞을 지나치려던 순간의 나는 벌써 엉뚱한 짓을 공상했었다. 경재야! 이건 정말 어처구니없는 일이지만 그 순간만은 매력 있는 일이었다. '이왕 죽을 바엔……' 이런 생각이 나를 마구 몰아댔다……
최 노인	내가…… 내가 미쳤지. 저런 놈을 자식이라고 믿고 기다리던 내가…… (하며 소리 죽여 운다)
경수	어머니…… 정말 어머니는 불쌍해요. 나는 어머니 때문에 진즉 죽고 싶어도 못 죽었었지만 오늘 죽으려고 한 것도 실은 어머니 때문이었어요…… 어머니……

어머니	경수야! (하며 경수의 가슴팍을 파헤치듯 몸부림친다)
경수	어머니 우시지 마세요. 저는 이미 눈물도 말라버렸어요. 제가 없더라도 경재가 제 몫까지 효성을 바칠 거예요……
어머니	아…… 하느님도 변덕스럽지! 하루만 앞서 소식을 주셨어도 아들 하나 살릴 텐데…… 죽은 다음에 의사를 보내면 무슨 소용이람! 아이구……
경수	무슨 얘기예요?
경재	(마루 끝에 놓인 편지를 보이며) 취직 통지서가 왔었어요…… 영등포에서……
경수	(고랑이 채인 손으로 편지를 받아보며) 고마운 친구야…… 그래도 그 친구만은 신의를 지켜주었군…… (발작적으로 웃으며) 나에게 주는 송별 꽃다발 치고는 최고군! 핫하…… (하며 대문 쪽으로 걸어간다. 땅에 떨어진 편지를 경재가 줍는다)

이때 대문이 열리며 경운이가 마치 유령처럼 들어온다. 뺨에는 눈물 자국이 남았다. 경운과 마주친 경수는 화석처럼 서서 경운을 응시한다.

경수	(속삭이듯 그러나 떨리는 목소리로) 경운아! 용서해라……
경운	왜 남의 이름을 불러요? 나는 아무 관계없는 사람이에요! (하며 외면을 한다)
경수	(입술 가에 심한 경련을 일으키며) 알겠다…… 그렇지! 관계있을 리가 없지…… (뒤를 돌아보며) 어머니…… 경재야…… 아버님을…… (하며 휙 돌아서 나간다. 형사가 대문 밖으로 나가자 밖이 어수선해지면서 군중들의 웅성거리는 소리가 난다)

형사   (소리만) 비켜! 저리 가라니까! 뭘 보겠다는 거야! 저리 가!

이 말과 함께 군중들의 웅성대는 소리도 멀어지며 골목 안은 전처럼 조용해진다. 차도에서 들리는 기적 소리와 이웃 다방에서 울려오는 애상적인 경음악의 부조화음이 유난히도 자극적이다.

어머니   (대문을 쓸어안을 듯이) 경수야! 경수야!

경운은 말없이 마루로 올라 방으로 들어간다. 최 노인은 마루 끝에 앉아 있고 경재는 땅만 내려다보고 있다. 침묵이 흐른다. 경운의 방에 불이 켜지며 발이 걸린 미닫이문 너머로 경운의 모습이 아련히 보인다.

경운   (무엇을 발견했는지 놀라 비명을 지르며) 앗!…… 경재야! 경재야!
경재   누나! 왜 그래?
경운   언니가…… (누워 있는 경애를 흔들며) 언니! 언니! 정신 차려!
최 노인   무슨 일이냐?

경재는 급히 방으로 뛰어간다. 그러나 경운의 통곡 소리가 터지자 어머니가 불길한 예감에 사로잡히며 방 가까이 온다. 경재가 한 장의 종이를 들고 나온다.

경재   큰누나가 자살을 했어요……
최 노인   경애가?

어머니	아니 자살을 하다니……
경운	죽긴 왜 죽어! 못난이! (하며 방에서 뛰쳐나온다. 그의 손에는 빈 약갑이 들렸다) 수면제를 먹었어요……
어머니	뭐라고?

최 노인은 유서를 읽고 있다. 그의 손은 가늘게 떨린다.

경애의목소리	'아버님! 그리고 어머니…… 저는 속았어요. 마음도 몸도 남에게 속았으니 더 이상 살 수 없어요…… 나일론 면사 포를 사드리겠다는 것도 허사가 되었어요……'
최 노인	(유서를 읽다 말고) 아니 이게 무슨 꼴이람! 이렇게 한꺼번에 집안이…… 아니 이게……

최 노인은 벌떡 일어서며 안절부절못한다. 어느새 어머니는 방에 들어가서 경애의 시체를 안고 운다.

경운	아버지 진정하세요…… 네……
최 노인	이런 팔자도 있담! 허…… 풀포기만 시들게 하는 줄 알았더니 사람까지…… 아니 이게 정말이야? 경애야? (하며 발광하는 사람처럼 방으로 뛰어들려고 하자 경운이와 경재가 아버지를 안아 말린다)
경재	아버지 들어가지 마세요.
최 노인	놔라! 이놈들아! 놔! 그년의 죽어 넘어진 꼴을 봐야겠다!
경운	아버지! 이러시지 마세요. 언니의 마지막 길을 조용히 떠나게 해주세요……

316

최 노인 사람 목숨이 그렇게 값없는 것인 줄 알았더냐? 너희들 사
         남매를 길러낼 때 나는 죽음이란 생각조차 못했는데 너희
         놈들은…… 아…… 이게 내가 얻은 전부야? (마룻바닥에
         주저앉으며) 경수야! 경수야! (하며 비로소 방성통곡한다)

경재와 경운은 멍하니 허공을 쳐다보고 있고 방 안의 어머니는 더 슬피
운다.

— 막 —

〔1957년〕

최인훈

옛날 옛적에 훠어이 훠이

1. 이 이야기는 평안북도에 내려오는 전설이다.

2. 전설원화(傳說原話)는 애기를 눌러 죽이는 데까지다.

3. 이 전설의 상징구조는 예수의 생애 — 절대자의 내세(來世), 난세(亂世)에서의 짧은 생활, 순교, 승천의 그것과 같으며, 『구약성서』「출애굽기」의 과월절(過越節)의 유래와도 동형이다.

4. 희곡으로 읽는 경우에는 종교적 선입관 없이, 인간의 보편적 비극으로 읽힐 수 있을 것이다.

5. 상연에서는 연출 지시에 있는 바와 같이, 대사·움직임이 모두 느리게, 그러면서 더듬거리는 분위기가 나오도록 하는 것이 좋으며, 이 같은 비극이 너무 합리적으로 해석되어서는 안 된다.

6. 스스로의 운명을 따지고, 고쳐나갈 힘이 없는 사람들의 무겁고 어두운 이야기로 표현되어야 한다.

7. 인물들은 거의 인형처럼, 조명·음향, 그 밖의 연출 수단의 수단처럼 연출할 것.

8. 마지막 장면에서는 사건의 경위에 관계없이, 지상의 사람들은 신들린 사람들처럼, '흥겹게' 춤출 것.

아내

남편

개똥어멈

할머니

마을사람 1, 2

포졸 1, 2, 3

첫째 마당

오막살이, 눈이 내리고 있다. 저녁 무렵, 흐릿한 등잔불, 아내, 방에서 바느질을 하고 있다. 달이 찬 몸. 열다섯쯤 또는 그보다 아래. 바느질 감을 들어 눈으로 대중을 해본다. 세간이랄 것이 없다. 무대는 방바닥이 되는 네모난 마루 한 장 위에 그녀가 앉아 있고, 등잔대 하나, 화로, 그 밖에는 아무것도 없다.

바느질감을 눈높이에 들고, 가끔 멍하고 있다.

그러고는 자기 배를 내려다본다.

가만히 쓰다듬는다.

기척.

귀를 기울인다.

바람 소리.

귀를 기울인다.

바람 소리.

바느질을 다시 해나간다.

등잔 심지를 바늘 끝으로 들어 올린다.

부엉이 우는 소리.

귀를 기울인다.

화로에 얹은 찌개 그릇을 만져본다.

부젓가락으로 재를 다독거려놓는다.

바느질을 다시 해나간다.

기척.

귀를 기울인다.

바람 소리.

귀를 기울인다.

바람 소리.

아내, 일어서서 방을 나온다. (마루에서 내려선다)

사립문일 듯한 자리로 와서 어둠 속을 멀리 내다본다.

눈이 내려 머리에 쌓인다.

바람 소리.

부엉이 소리.

사이.

천천히 방으로 돌아온다.

기척에 돌아선다.

사이.

다시 걸음을 옮겨 방으로 돌아온다.

등잔 심지를 올린다.

바느질감을 집어 든다.

가끔 손놀림을 멈춘다.

배를 쓸어본다.

웃는다.

바람 소리.

부엉이 소리.

고개를 들어 귀를 기울인다.

기척.

일어선다.

남편, 마당에 들어선다.

지게에 부대 두 개를 포개어 지고 왔다.

지게를 벗어 마루 끝에 세운다.

아내, 지게 벗는 것을 도와준다.

남편 어깨에서 눈을 털어준다.

남편, 신을 턴다.

아내, 남편 바지를 털어준다.

남편, 신을 턴다.

아내, 남편 바지를 털어준다.

모든 움직임은 느리게, 한 가지 한 가지 그때마다 생각난 듯.

느릿느릿.

모든 인물들의 말은 보통보다 훨씬 느리다. 띄엄띄엄, 생각난 듯이.

남편은 심한 말더듬이.

모든 사람의 말의 주고받음이 답답하게, 그러나 당자들은 그것이 자연
스럽게, 한 사람의 말이 끝나고, 받는 말이 시작되기까지의 사이도 보
통보다 지독히 굼뜨게

아무것도 아닌 말을 그렇게, 어렵게 한다.

아내   길이 미끄러웠겠소.

남편   조, 조, 조금.

아내	(자루를 만지며) 잘됐군요.
남편	사, 사정, 사정했더니―.

부대를 마루에 올려놓는다.
아내 부대를 만지며.

아내	조하고, 콩하고―.
남편	으, 응―.
아내	빨리 들어오시우, 아침에 한술 뜨고, 여태 지내자니, 오죽 시장하시겠소. (부대를 옮겨놓는다)
남편	놔, 놔, 놔둬.
	(아내, 그대로 자루를 옮긴다)
남편	(거칠게) 놔, 놔, 놔, 놔두라니깐, 무, 무, 무, 무, 무거운 것, 드, 드, 들, 들지, 마, 말, 말래두.
	(아내 손에서 자루를 빼앗아 들어 옮겨놓는다)
남편	돼, 됐어.

두 사람 마주 본다.

아내	여보 여기 앉아서 몸을 녹이우. (아랫목에 화로를 밀어놓으며, 엎혀 있는 찌개 그릇을 바로잡는다)
남편	괜, 괜, 괜, 괜찮아.
아내	(밥상을 차리며) 자, 여기, 앉아요.
남편	가, 가만있어, 여, 여, 여, 여기 아, 아, 앉아.
아내	여보 난 방에 있는 사람인데.

남편	(화를 내며) 아, 아, 아, 아, 앉으라니간.

아내 할 수 없이 아랫목에 앉으며 상을 차린다.

아내	시장할 텐데.
남편	(가져온 자루를 열고, 조를 한 사발 퍼낸다)
아내	여보?
남편	(자루 아가리를 도로 맨다)
아내	왜 그러우?
남편	(사발을 들고 일어선다)
아내	(따라 일어나면서) 그걸 ─.
남편	가, 가만 아, 앉아 있어, 바, 바, 밥 하, 한 그릇 지, 지, 지어줄게, 겨, 겨우내 바, 밥 한 그릇 모, 못 먹고 모, 몸을 풀 뻔해, 해, 해, 했는데.
아내	여보, 미쳤소? 씨앗조[1]를 어떻게 먹는단 말이오?
남편	괘, 괘, 괘, 괜찮아, 가, 가을에 가, 가서 바, 바, 바치기는 마찬가진데, 이, 이런 때, 하, 하, 한 그릇 머, 머, 먹어봐야지. 어, 어, 얼핏 지어줄 테니.
아내	아이고 여보, 이리 내요.
남편	이, 이, 이, 일없대두.
아내	안 돼요, 이리 내요, 내가, 그 밥을 먹고, 무슨 정승을 낳겠다구, 씨앗조를, 먹는단 말이오.
남편	허, 비, 비, 비, 비키래두.
아내	안 돼요.

(실랑이. 아내, 끝내 사발을 뺏다가 엎지른다)

아내	아이고, 이를 어쩌누, 아이고.
	(기어 다니면서 낱알을 주워 담는다)
아내	(주워 담으면서) 아이고 시장할 텐데. (화로를 가리키며) 여
	보 찌개가 타는데 (화롯불을 덮어놓고) 빨리 들어요.

남편, 돌아앉으며 아내와 함께 흩어진 씨앗을 줍는다.
아내, 주워 담은 씨앗을 자루에 쏟아 넣고, 남편을 아랫목으로 밀어 앉
힌다.

아내	자.
남편	(말없이 개다리소반에 마주 앉아, 아내에게도 숟갈 들기를 눈
	으로 재촉한다)—나, 나, 나물 죽— 겨우내 사, 사, 산나물
	주, 죽— 여, 여, 여보.
아내	안 돼요.

자루 앞에 막아 앉는다.
남편, 할 수 없이 죽을 뜬다.
두 사람 숟갈질.

아내	(자루를 쓸어보며) 잘됐구려.
남편	……
아내	여보 당신 무슨 근심이 있구려.
남편	—아, 아무것도 아, 아, 아니야.
아내	아무, 것도, 아니라니, 그럼, 무슨, 일이—있긴, 있구려?
남편	아니라니깐.

아내	아이 — 갑갑해라.
남편	……
아내	……
남편	저, 저, 저, 저 거, 거, 거, 건너 고, 고, 고, 고을에, 도, 도, 도, 도적이 내, 내, 내, 내려왔대.
아내	도적 — 이요?
남편	과, 과, 과, 관가에 부, 부, 부, 부, 불을 지, 지르고, 나, 나라고, 곳간을 터, 터, 터, 털어갔다는구려.
아내	아이그머니.
남편	도, 도적들이 어, 어디로 나타날지 모, 모, 모르니까, 수, 수상한 그, 그림자라두 보, 보이면 아, 알리라구 바, 방이 부, 붙었어
아내	해마다 — 있는 — 일인데.
남편	그, 그런데, 그 ,그중, 하, 한 도적을 자, 잡아서, 모, 모, 목을 잘라, 과, 과, 관가 앞에 거, 걸어놓은 걸 봤어.
아내	쯧쯧, —구, 굶어 죽거나 —카, 카, 칼 맞아— 주, 죽거나—.
남편	사, 살자고 나, 나, 나라를 거, 거스린 것인데 주, 죽어서야 보, 보, 보람 있나.
아내	그야 — 그렇지요.
남편	그, 그, 그런데 여, 여, 여 여보.
아내	……
남편	그, 그, 그, 그, 그 모, 목 잘린 도, 도, 도적이 누, 누, 누, 누, 누군지 알아?
아내	……?

남편　아, 아, 아 알아?

아내　내가― 어떻게― 아우?

남편　세, 세상에 차, 참 벼, 별일이지, 지, 지난여, 여름에, 비 빌
　　　기먹은 나, 나, 나, 나― 나, 나귀를 끄, 끄, 끌고 왔던 그,
　　　그, 그, 그, 소, 소, 소, 소금장사 있지 않소?

아내　―네.

남편　그, 그, 그, 그, 소, 소―소, 소, 소, 소― 소, 소금장사야.

아내　뭐요!

남편　그, 그, 그, 그, 그렇더라니깐.

아내　아니― 그― 해소기침쟁이가.

남편　차, 차, 차, 참, 벼, 벼, 별일이지.

아내　저런―세상에―, 마루 끝에― 앉아서― 그렇게― 숨차
　　　하더니.

남편　그, 글쎄 마, 말이야.

아내　관가에― 불을― 지르다니.

밖에서 기척.

두 사람 숨을 죽인다.

나뭇가지에서 눈이 떨어지는 것 같은 소리.

남편　(낮은 소리로) 아, 아, 아, 아, 아무것도 아, 아, 아, 아니지?

아내, 귀를 기울인다.

아내, 문가로 다가가서 밖을 엿보려고 한다.

남편, 붙든다.

아내	아무것도— 아닌가— 보우.
남편	응.
아내	(화롯불을 헤치며) 우리한테서 가져갈 게—무에 있다고.
	(문득 씨앗 자루를 돌아보며 입을 다문다)
남편	(얼른, 밖에 대고 하듯) 그, 그, 그, 그, 그렇구 말구, 도, 도,
	도— 도, 도, 도적 어, 어, 어, 어른들도 가, 가, 가, 가—
	가, 가, 갈 만한 데 가, 가, 가, 가시지, 아, 아, 암 .
아내	맞았소, 하기야— 이런 땐— 걱정이 없어— 좋소.
남편	조, 조, 조, 좋구, 마, 마, 마, 말구.

사이.

밖에서는 눈이 여전히.

두 사람 움직이지 않는다.

비로소 마음을 놓고 고쳐앉는다.

늑대 울음소리.

그 소리에 귀를 기울인다.

아내	이 눈이— 마지막, 눈인가— 보오.
남편	오, 올해 누, 누, 눈만은 푸, 푸짐했으니, 노, 농사도 자,
	자, 자, 잘됐으면.
아내	제발.
남편	머, 머, 먹는 이, 입이 하, 하, 하, 하나 느, 늘게 되, 되
	니— .
아내	한두 해 사이에야—먹으니—얼마를 먹게소.

남편	휴, 흉년에 어, 어른은 구, 굶어 주, 죽고, 아, 아이는 배, 배 터져 주, 죽는다지 아, 않소.
아내	물이나, 먹고— 배 터질지, 어디— 무척— 팔자 좋은 고을에서— 생긴 일이었던 게지요. (배를 쓰다듬으며) 태어나도, 이— 배고픈 세상— 살아야 할 테니, —가엾지.
남편	우, 우리네 사, 사는 게, 어, 어, 언제는 다, 달랐나, 따, 따, 따 땅벌레 자, 자, 자식이면, 따, 따, 따, 따 땅벌레지. 하, 하늘이 저, 정한 일을.
아내	여보, 난, 이대로— 있었으면— 좋겠소.
남편	……
아내	낳지는 말고—.
남편	?
아내	애기도— 이 세상에서— 고생 안 하고— 당신도, 나더러 — 씨앗죠를, 먹이겠다니— 그런, 호강— 언제, 하겠소.
남편	배, 배, 배, 밴 애, 애, 애기를, 아, 아, 안 낳았다는 마, 마, 말 드, 들었소?
아내	그야—그렇지만.
남편	저, 저, 저 도, 도, 도, 도토리골 이, 이, 이, 있잖아?
아내	네—.
남편	오, 오, 올봄에, 씨, 씨, 씨, 씨 뿌리기를 끄, 끝내놓고, 거, 거기를 조, 조, 좀, 이, 일궈볼까 해.
아내	일궈요?
남편	응.
아내	거기를— 무슨— 수로— 일구우.
남편	지, 지난여, 여름에 자, 잘 사, 사, 사, 사, 살펴봤는데, 히,

힘은 드, 드, 드, 들겠지만― 좀― 고생하면.

아내 비탈인 데다― 돌― 마당에다―.

남편 그, 그러니 그, 그, 그만한 데가 나, 남아 있지.

아내 그건― 그래요.

남편 거, 거기다 가, 감자를, 시, 심으면, 야, 양식이, 조, 조, 좀, 보, 보, 보태지겠지.

아내 그게, 어디― 모두― 우리가, 먹게― 되겠수?

남편 바, 바치구두 어, 얼마야, 나, 남겠지.

아내 나두― 몸이나, 풀구― 나면― 올라가, 일구지요.

남편 그, 그랬으면, 내, 내년, 보, 봄에는, 거, 거, 거기다, 농사를, 지, 짓게, 되, 되겠지.

아내 이태 전 같은― 흉년만― 들지, 않으면.

남편 그, 그쎄, 나, 나는―.

아내 ……?……

남편 그, 그것보다두.

아내 그것보다두―?

남편 그, 그, 그 도, 도, 도적이 끄, 끄, 끄, 끓는다는데.

아내 도적이― 끓어두― 우리한테서야― 뭘, 가져가겠어요?

남편 그, 그, 그, 그게, 아, 아, 아니라.

아내 ………?

남편 도, 도적이, 무, 무, 무, 무, 무서운가, 어, 어, 어디―.

아내 (끄덕인다)

남편 휴, 흉년, 드, 드, 들고, 나면, 도, 도, 도, 도적이, 끄, 끄, 끄, 끓구, 도, 도, 도적이, 끄, 끄, 끓으면, 토, 토, 토벌이, 이, 이, 이, 이, 있지 않나.

아내	여보. (남편 팔을 붙든다)
남편	벼, 벼, 벼, 병정으루, 끄, 끄, 끄, 끌려나가면—.
아내	관가에— 포졸이— 저렇게— 많은데.
남편	우, 우, 우, 우리한테나, 마, 마, 많지, 그, 그걸, 가, 가지고, 떼, 떼, 떼도적을, 다, 다, 당해, 내나, 그, 그래서, 그, 그, 그, 해도 저, 저, 저, 저, 서, 서울서, 온, 벼, 벼, 병정들이, 끄, 끄, 끝판을 내, 내지 않았나.
아내	아이구.
남편	……
아내	그래, 여보— 돌아가는, 말은— 뭐랍디까?
남편	도, 도, 도, 도, —도, 도, 도적이?
아내	네.
남편	응, 지, 지, 지, 지, 지경 밖으로, 다, 다, 다, 달아났는가, 봐.
아내	그래요?
남편	그, 그, 그, 그— 그, 그— 그, 그렇다나, 봐.
아내	제발—그래야지, 우리, 애기— 낳는 해부터— 제발, 풍년 들고, 도둑— 없어지고—.
남편	그, 그, 그, 그, 말이, 그, 그, 그, 말이지.
아내	참—그렇군요.
남편	그, 그, 그, 그랬으면 (아내의 배를 쓰다듬으며), 저, 저, 저, 복, 있고— 우, 우, 우, 우리, 편하고.
아내	여보, (자기 배를 쓰다듬으며) 이, 애기는, 복이, 있을 거요.
남편	어, 어떻게 아, 아, 알아?
아내	왜— 몰라요, 이것 보세요. (씨앗 자루를 쓰다듬으며) 그, 어른께서, 이렇게— 또, 꾸어주시지— 않았소.

남편	저, 저, 정말— 고, 고개 넘어, 기, 기, 기, 김 가는, 그냥, 돌아가데.
아내	그것, 봐요, 다, 우리— 애기, 복인가— 봐요. (씨앗 자루를 쓰다듬으며) 이렇게, 듬뿍, 가져다, 주지 않아요.
남편	드, 드, 드, 듬뿍. (씨앗 자루를 괜히 조금 옮겨놓고, 꾹 눌러놓고 한다)
아내	게다가—.
	(귀를 기울인다)
남편	(따라서 귀를 기울인다)
아내	눈이— 저렇게.
남편	(끄덕인다)
아내	(남편의 팔을 잡는다)
남편	(아내의 배를 쓰다듬으며)
아내	(웃는다)

아내, 씨앗 자루를 다시 다독거리고, 매만져놓는다. 남편, 아내의 움직임을 좇아 부축하듯 한다.

남편	사, 사, 사, 사, 사내, 아이면.
아내	아빠를— 도와.
남편	바, 바, 바, 밭에 나, 나, 나, 나, 나가고.
아내	계집아이면—.
남편	어, 어, 어, 엄마를 도, 도와 사, 사, 사, 살림을 하고.
아내	여보.
남편	응?

아내	나두— 밭에 갈 때는— 어떡허우?
남편	데, 데, 데— (쉬었다가)— 데, 데, 데리고, 가지.
아내	참—그렇구마.
남편	그, 그, 그— 그, 그, 그럼.
아내	시원한— 그늘에다— 눕혀놓고.
남편	응.
아내	다람쥐도— 보구, 새—소리도— 듣구.
남편	개, 개, 개, 개울에서 미, 미, 미역도 가, 가, 감기고.
아내	구름이— 지나가면— 구름 보고— 웃고.
남편	푸, 풍년만, 드, 들면.
아내	도적만— 끊지 않으면.
남편	가, 같은, 소, 소, 소리라니깐.
아내	참— 그렇구만.
남편	……

두 사람 웃는다.

남편	여, 여, 여, 여 여보, 자, 자, 자, 잡시다.
아내	참— 그렇구만.
남편	……

두 사람 웃는다.
아내, 불을 끈다.
늑대 우는 소리 멀리서.

둘째 마당

봄, 같은 무대, 애기 울음소리,
아내, 부엌에서 나와 방으로 들어가 아이를 안고 나온다.

아내　　　오냐― 오냐, 우리― 애기― 배가 고파서, 자, 자―. (젖
　　　　　을 물린다. 애기, 자꾸 운다)
아내　　　젖이 안 나오니― 이를 어쩨, 에미가― 먹은 게 있어
　　　　　야―젖이 나오지. (일어나 어르면서)

우리 애기 착혼 애기
젖 온 먹고 크는 애기
보채면서 즈란 애기
흉년 들면 도적 되지

도적 되면 넓은 세숭
오도 갈 데 없어지고

관ㄱ 기둥 높은 곳에
잘린 토막 머리 되어

ㄱ묵ㄱ치 쪼ㅇ대면
엄ㅁ 아프 나 ㅇ파
우는 신세 되는 신세
아이 무서 다른 애기
우리 애기 ㅇ닌 애기

아기를 방에 들여다 눕히고 나온다.
고개 너머 개똥어멈 들어선다.

개똥어멈   애기 — 잘 — 크는가.

아내   개똥이 — 어머니.

개똥어멈   자는가, 보군.

아내   네 — 금방.

개똥어멈   젖은 — 잘 — 나는가?

아내   그닥.

개똥어멈   쯧쯧, 먹어야 — 나지, 성한, 몸도, 허기진 — 봄인데, 오
죽, 입에 — 당기는 게 — 많을라구, 이거 — 받게.

아내   아유, 이건, 뭔데 — .

개똥어멈   별게, 있겠나 — 도토리, 묵이라네.

아내   집에두, 아이들 — 많은데.

개똥어멈   먹어두 — 자꾸, 먹자는, 귀신들이, 아홉이나, 되니, 그까
짓 거 — 있으나 마나, 먹을, 사람, 주려구, 가져왔네.

아내	이 양식— 귀한 때에.
개똥어멈	지난, 여름, 내가, 염병, 앓을, 때, 자네, 아니면— 누가, 그렇게 살펴, 주었겠나, 고마운, 일— 내, 잊히지, 않네.
아내	그거야.
개똥어멈	자네, 자, 맛 좀, 보게, 여기— 내, 간장도— 조금— 가져 왔네.

(질항아리를 내놓는다)

아내	이렇게— 너무.
개똥어멈	자, 그릇, 하나— 내, 오게.

(아내, 부엌으로 들어가, 그릇 두 개와 숟가락 두 개를 들고 나온다)

개똥어멈	옳지.

(함지에서 도토리묵을 그릇에 퍼서, 아내에게 밀어놓는다)

아내	형님도.
개똥어멈	(손을 저으며) 내가 먹으려구 왔겠나,—자,—어서. (아내 한술 뜬다)
개똥어멈	어떤가?
아내	꿀이군요, 꿀.
개똥어멈	(으쓱해서) 내가, 도토리, 묵, 하나는, 좀— 다룬다네 (먹는 것을 보면서) 에구, 얼굴이, 부었구만. 친정, 어머니가, 보았 으면— 오죽이나, 가슴, 아플까. (치마꼬리로 눈물을 닦는다)

(아내 숟갈질을 멈추고, 쿨적거린다)

개똥어멈	아이구, 이, 이, 주둥아리야. (제 입을 때리며) 개똥, 아범한 테— 구박을, 당해, 싸지. 글쎄— 우리 아범이, 내, 입하 구— 배(가리키며)가, 달렸더라면, —자기, 팔자가, 열렸 을, 거라는군. 그래도 말이야, 바른, 대로, —그, 배가—

누구, 때문에― 열리우― 응?

아내　(웃으며) 애기가― 많아도, 다, 크면― 입살이²를― 하겠지요.

개똥어멈　입살이가― 뭐요? 파먹을, 땅이, 있어야, ―입살이를, 하지, ―그런데 참, 그― 애기, 들었소.

아내　네―.

개똥어멈　참, 별, 일도― 다, 보지. 세상이, 흉하면― 별, 일이― 다, 나는 가보지. 동생은, ―그, 용마, 우는, 소릴, 들었나?

아내　(고개를 흔든다)

개똥어멈　나도, 못 들었는데, 그― 저, 재 너머, 쇠돌, 어멈은― 두 번씩이나 들었다는군.

아내　그래요?

개똥어멈　응.

아내　어떻게― 우는데?

개똥어멈　들었으니, 아우? 어젯, 밤에도, 좀― 듣자고 별렀더니, 아범이― 글쎄, 사람을, 가만, 둬야지. 호미를 들고, 하루 내 밭에서, 기어 다니다, 들어오면, 밤이면 밤대로, 아범이, 달려들어서― 또― 김을 매는구려. 그러구― 나면, 그, 저, 새벽까지, 죽었다― 깨는데, 어느, 귀로, 듣겠나. 나이 먹으니― 장사가, 있나. ―그런데, 말이야― 장수가, 태어나면― 용마도, 따라서― 태어난다는군.

아내　장수가요?

개똥어멈　(끄덕이며) 그렇대요.

아내　장수면― 어떻게, 생겼을까요.

개똥어멈	글쎄, 전에— 우리, 돌아가신— 친정, 할머니가, 그러시는데, 몸에는— 비늘이, 돋아 있구, —겨드랑 밑에— 날개가— 붙어 있다는군.
아내	아이구— 그럼— 우리 애기는— 아니구면.
개똥어멈	암, 아니어야지, 그리구, 나면서부터, 걸어다닌다는군.
아내	우리, 애기는— 아직, 돌아눕지도, 못하니, 호호— 아니지요?
개똥어멈	아무렴, 장수가— 나봐요, 저도, 죽구— 부모, 죽이구, —온, 마을까지, 쑥밭을— 만들 테니.
아내	마을은— 왜요?
개똥어멈	전에— 어느, 고을에— 장수가, 났는데, 땅이, 나빠— 그렇다구— 온, 마을에— 불을, 질러서, 사람 채로— 다, 태워버렸다더군.
아내	아이구— 그럼, 어떻거나, 죄 없는, 우리— 애기가. (방 쪽을 보며)
개똥어멈	글쎄, 용마가, 운다는— 저, 산이, 우리, 고을 말고도— 세, 고을에, 걸쳤으니, —아마, 그쪽에서— 장수가, 난, 모양이지.
아내	글쎄— 그랬으면— 제발.
개똥어멈	그, 쪽에서는— 관가에서, 말씀이— 용마가, 운다면— 반드시, 장수가, 이, 고을에— 난, 것이니, 갓난, 애기에서— 열 살, 안쪽의, 아이를— 샅샅이, 훑어보고, 좀— 유별난, 데 있는, 놈은— 잡아 올린대요.
아내	저런.
개똥어멈	그런데, 집집마다, 아이들이— 힘깨나, 쓰는 것처럼— 보

일까, 부모들이, 무서워하니까, ―우리 집― 먹는 귀신
들이― 글쎄, 인제는― 나무하러 못 간다구― 자빠졌구,
아래루, 내리― 요강, 그릇 하나― 옮겨놓지, 않는구려.

아내   저런.

개똥어멈   애녀석들― 다, 버리지, 않겠어― 글쎄? 이러다간, 장
수― 한 되려면― 모두― 송장돼야 쓰겠구먼.

아내   갓난애기, 말고도,― 저, 자란, 애기들두.

개똥어멈   글쎄―그, 용마라는 게― 몇 살배긴지, 모르니, 주인
이― 몇 살인지, 알겠소? 누가― 본 사람이 있나? 그러
니, 그저― 미장가전, 아이놈들은, 모두― 관가에서―
짚어본다는군.

아내   (마음이 놓이는 듯) 나는 또―.

개똥어멈   아이구― 나는, 인제― 가야겠소, 어디― 우리, 새끼나,
한번― 볼까, 가만, 내가― 보지.

방문을 살며시 열고, 배를 문턱에 걸치고 아기를 들여다본다. 일어나
면서.

개똥어멈   그, 놈, 훤하게, 장수처럼― 안, 생겼소.

아내   (기쁜 듯이) 그럼요.

남편 급히 들어오며.

남편   여, 여, 여보, 여, 여보.

개똥어멈   왜, 그리― 헐레벌떡.

남편	아, 아, 아, 그, 글쎄 지, 지, 지, 지금, 포, 포졸들이— 도, 도, 도, 도— 도토리골루, 해, 해, 해서, 사, 사, 사, 산으로, 드, 드, 들어가는군요.
개똥어멈	포졸들이— 왜?
남편	요, 요, 용마를, 자, 잡으러, 가, 가, 가 간대요?
개똥어멈	용마가— 우리, 고을에— 있대요?
남편	워, 원님의, 마, 마, 마, 말씀이래요, 고, 고, 고을마다, 포, 포졸들이, 제, 제, 제, 고을 쪽에서들, 후, 훑어, 가는가, 봐, 봐요.
개똥어멈	글쎄, 장수든, 용마든— 우리, 고을에만— 없어준다면야.
남편	포, 포, 포졸들이, 사, 사, 사, 살기등등해서, 오, 올라갔으니, 요, 용마가, 자, 잡히든—.
개똥어멈	용마가— 그리, 쉬이— 잡힐까?
아내	아휴— 당신— 땀 좀— 봐요.
남편	나, 나도, 고, 골안까지, 따, 따, 따라갔다, 오, 오는, 길이야.
아내	당신이, 왜요?
남편	아, 아, 아마, 며, 며칠 거, 걸려 사, 사, 사, 산을, 뒤, 뒤질, 모양이던데, 아, 아, 아래쪽, 밭을 가, 가, 갈아엎구, 이, 이, 있자니, 나, 나리들이, 드, 드, 들어오더군, 자, 잔뜩, 가, 가, 가지구, 오, 온, 수, 수, 술밥을, 지, 지고, 도, 도, 도토리골, 너, 너머까지, 갔다가, 겨, 겨우, 노, 노, 놓여 왔지.
개똥어멈	자기들, 먹을 것—자기, 등으로, 지면— 벼락이 칠까, 온— 사람 못 만났으면— 버리고, 갈 뻔, 했군.
남편	웨, 웬걸요, 오, 오, 올, 때부터, 지, 지워, 가지고, 오, 오던

걸요.

개똥어멈 그랬겠지, 나리들이─ 행여─ 아직, 씨도, 묻지들, 못했
는데, ─이 바쁜 때─ 하하, 하기야─ 용마가, 괜히, 울겠
소─ 누가, 지고─ 왔습디까?

남편 저, 저, 저─저, 저, 개, 개, 개, ─개, 개, 개똥 아, 아, 아,
아, 아범이더군요.

개똥어멈 ─아이그, 저런, 세상에, 길목에, 있으니─ 잡혔군, 그래,
어젯밤에도, 밤새─ 밭을 갈았는데─.

남편 ─바, 바, 바, 밤에두요?

(아내, 어물어물 돌아선다)

개똥어멈 아니─ 그런, 밭이, 아니라─ 아이구, 요놈의, 요년의 주
둥아리야. (입을 때린다) 아니, 아니─ 그런 말이─ 아니
라─ 아이구 요놈의, 요년의─ 주둥아리야. (입을 때린다)

이때 노랫소리

우리 애기 착훈 애기

젖 온 먹고 크는 애기

보채면서 즈란 애기

흉년 들면 도적 되지

도적 되면 넓은 세승

오도 갈 데 없어지고

관ㄱ 기둥 높은 곳에

잘린 토막 머리 되어

노랫소리 점점 가까워진다.

목쉰 소리

세 사람 귀를 기울이며

소리 나는 쪽으로

남편 몇 발짝 움직인다.

할머니 나온다.

하얗게 센 머리 굽은 허리

걸레짝 같은 옷에

지팡이를 짚고

허리에는 우리나라의

옛날 사람들이 하듯

보따리를 찼다.

납작한 보따리

거의 아무것도 안 든.

남편	어, 어, 어, 어디서.
노파	(세 사람을 물끄러미 쳐다본다)
개똥어멈	못 보던 할머닌데.
노파	나, 물 한 모금.
	(아내 부엌으로 들어간다)
	(할머니 땅에 앉는다)
아내	(부엌에서 물을 떠가지고 나와) 여깄어요.
노파	(받아 마신다)
개똥어멈	어디서, 오시우?

노파	저기서.
	(손을 들어 멀리를 가리킨다)
개똥어멈	저기서?
	산 넘어서요?
노파	(고개를 끄덕인다)
개똥어멈	어디를 가시우?
노파	(퀭하니 바라본다)
개똥어멈	어디를 가시우?
노파	아들, 찾으러.
개똥어멈	아들이요?
노파	아들.
개똥어멈	아들이, 어디, 있소?
노파	관가.
개똥어멈	관가?
노파	(끄덕인다)
개똥어멈	관가 어디에 계시우?
노파	높은 데.
개똥어멈	(조금 질려서) 아니, 높은, 양반이, 왜, 제, 어밀, 이렇게, 길에, 내놓누, 그래, 얼마나 높은 양반이우?
노파	높은 데.
개똥어멈	설마 원님만큼 높지야 않겠지.
노파	더 높은 데.
개똥어멈	아니, 원님보다 높다니.
노파	더 높은 데.
개똥어멈	뭐요, 그게 무슨 자리우?

노파	기둥 위에.
	(세 사람 서로 쳐다본다)
개똥어멈	그럼, 저, 혹시, 그, 할머니 아들이, 그 도적이우?
노파	(끄덕인다)
개똥어멈	그래서— 관가— 기둥 위에— 머리를 달아— 놓은— 그— 도적이요?
노파	(끄덕인다)
세 사람	(물러선다)
노파	머리라두— 가져다— 파묻어야지— 물— 잘— 마셨소— 고맙소.

(지팡이를 짚고 일어선다)

반대쪽으로 걸음을 옮기면서 노래를 부른다.

도적 되면 넓은 세상
오도 갈 데 없어지고
관ㄱ 기둥 높은 곳에
잘린 토막 머리 되어

ㄱ묵ㄱ치 쪼ㅇ대면
엄ㅁ 아ㅍ 나 ㅇ파
우는 신세 되는 신세
아이 무서 다른 애기
우리 애기 ㅇ닌 애기

세 사람

노파의 노랫소리가

사라질 때까지

움직이지 않고

귀를 기울이며

서 있는다.

개똥어멈	아니 ― 그래서 ― 우리 ― 아범은― 지금 ― 어디 있소?
남편	아, 아, 아직, 사, 사, 사, 산에, 이, 이, 이, 있어요.
개똥어멈	나으리들한테?
남편	네.
개똥어멈	아니, 그게 ― 웬 소리유, 그래, 한 사람은― 이렇게, 오구.
남편	아, 아, 아, 아, 아범은, 저, 저, 절로, 나, 나, 남았어요.
개똥어멈	절로, 남다니, 아니 ― 웬 소리요.
남편	나, 나, 나, 나으리들이, 오, 오, 오, 오면서, 지, 지, 지, 집들마다, 드, 드, 들러서, 다, 다, 닭을, 부, 부, 붙들어가지고, 와, 와, 왔는데, 개, 개, 개, 개똥이네, 씨, 씨, 씨, 씨암탉도 부, 부, 부, 붙들렸다는군요.
개똥어멈	아, 아, 아, 아이구머니.
남편	그, 그, 그래서, 트, 틈을, 봐, 봐서, 그, 그, 그, 놈을, 빼, 빼, 빼, 가지고 오, 오, 오, 올, 올, 모, 모양입니다.
개똥어멈	아이구 ― 우리 집, 씨암탉을― 아이구, 붙들어가겠거든― 짝을, 맞춰 ― 짐승도― 수탉이나, 잡아갈 것이지, 하필이면― 알토란 같은― 우리, 씨암탉을― 아이구.

남편	(아내에게) 여, 여, 여, 여기는, 아, 아, 안 들렸소?
아내	아니요.
남편	거, 거, 걱정이, 돼서 ―자, 자, 자, 자우?
아내	네.
개똥어멈	나는, 가우, 귀신들만, 두고, 왔으니― 쑥밭이겠군, 어이구―.
	장순지, 용만지― 원수구나― 원수야―.
	(허둥지둥 나간다)

같은 날 밤, 남편, 아내 마주 앉아 있다. 아가는 옆에 잠들어 있다.
씨앗 자루가 윗목에
두 사람 귀를 기울인다.
바람 소리.

아내	잡힐까요.
남편	그, 그, 그, 글쎄―.

늑대 우는 소리

셋째 마당

같은 무대. 아내와 개똥어멈 함께 들어선다. 두 사람 다 괭이를 들었다.

아내   깨지나 않았는지, (개똥어멈에게) 지금― 들어오는― 길
이에요.

(방에 들어가 애기를 안고 나와 마당에 앉아 젖을 물린다)

개똥어멈   (들여다보며) 순하기도, 하지― (퍼드러져 앉는다) 어이
구― 재앙 없는, 세월이― 없구만, 눈이, 푸짐하길래―
올해, 풍년이나, 드나 싶더니― 난데없는― 용마, 때문
에, 남정네란, 남정네가― 모두― 산에, 올라가서― 용
마를, 찾고 있으니, 언제, 밭을, 갈아서― 씨를, 뿌리나,
그, 뿐인가, 벌써― 열흘째― 양식이다, 닭이다 도토리
다, 하구― 마을에서, 거둬, 올려가니, 용마, 잡기, 전
에― 사람, 잡지 않겠나?

아내   집의, 닭은―.

개똥어멈   어느, 닭, 말이오?

아내	수탉, 말이에요.
개똥어멈	글쎄— 어느, 수탉, 말이오.
아내	수탉이— 여러, 마리였던가요.
개똥어멈	짐승, 수탉인지, 사람, 수탉인지, 어느 수탉이냔, 말일세.
아내	아이구, 개똥어머니두—.
개똥어멈	짐승 쪽은, 벌써— 사흘, 전에, 마저, 가져가고, 사람, 수 탉은— 아직 산속에 있다우.
아내	우리, 애아범은— 어제, 낮에— 잠깐, 내려왔다, 갔는데.
개똥어멈	그래, 뭐라던가? 여름까지— 게서 산다든가? 용마를, 낳 아가지구— 온다든가?
아내	오늘쯤— 내려올지, 모른대요.
개똥어멈	그래? 다— 그만두구?
아내	들으셨겠지만, 안— 잡힌대요.
개똥어멈	그렇다더군. 우는, 소리를, 듣고 — 찾아가면— 저쪽, 골 짜기에서 울구, 귀신에— 홀려 다니는, 셈이라더군. 그게, 누구— 탓이나 되는지, —화풀이는— 마을, 사람한테— 하구, 요즈음은, 숫제, 나으리들은— 낮이구, 밤이구— 닭에다— 떡에다, 술추럼[3]이구, 밤에— 말이, 우는, 소리 가, 나면— 우리— 아범들을, 가보라고— 시킨다는군.
아내	어쩌나.
개똥어멈	그러나, 저러나— 글쎄— 올, 농사가, 큰, 일이— 아니 우, 언제— 씨를— 묻는단, 말인가.
아내	오늘쯤— 내려온대요.
개똥어멈	참— 그렇다지.
아내	네.

개똥어멈 일두— 못, 치르면서— 괜한 사람— 고생만, 하지 않았
수. 그래— 용마가, 영물인데— 아무렴— 사람, 손에, 잡
히겠나.

아내 그런, 모양이지요.

개똥어멈 그렇구, 말구, 장사를— 태우러, 나온, 말인데— 우리—
아범 따위, 손에, 잡히겠나. 저한테— 만만한— 말이야,
넓은, 천지에— 어떤 년밖에— 있을라구.

(아내, 못 들은 체하고 일어서서 애기를 방에다 눕히고 나온다)

순하구만— 순해. 자— 가서, 해 지기, 전에— 더, 갈
아— 놔야지. 어이그, 밤에— 좀, 시달리더라두, 빨리, 와
야지, 이건, 아— 나뭇짐, 지고, 밭팽이⁴, 드는, 힘, 있는
게— 장수면, 마을이, 모두— 장수겠는데, 우리, 집, 밥
먹는, 귀신들이— 막무가내로— 꼼짝을— 않으니, 혼자
서— 밭갈랴— 나무하랴, 밥 지을랴.

(두 사람, 연장들을 챙겨 들고 나가다가)

아내 저것 봐요.

(멀리를 가리킨다)

개똥어멈 저게, —내려오는군.

아내 네, 저기— 개울가로, 나으리들이— .

개똥어멈 읍 쪽으로— 가지 않고, 왜— 이리로 돌아드는구?

아내 참— 그렇군요.

개똥어멈 저것— 보게.

아내 네?

개똥어멈 저기서— 쉴, 참인가, 보지— .

아내 네— 그런가— 봐요.

개똥어멈   가, 봐야겠네.

       (개똥어멈 바삐 나간다)

아내   (따라 나가려다가 돌아본다)

 방 안에서 기척이 난다.

아내   깨었나?

       (돌아 들어가서 문을 연다)

아내   아이그머니나!

 엉덩방아를 찧으며 마당으로 굴러 떨어진다.

 와들와들 떨면서 방 안을 들여다본다.

 열린 문으로 방 안을 걸어 다니는 애기가 보인다. (인형)

 팔을 활짝 벌려 들었다 내렸다 하면서 또박또박 걸어 다닌다.

아내   아이구, 이걸, 어쩌누, 아이구, 어쩌면, 좋아.

       (앉은 채 엉금엉금 기어서 문턱을 잡고)

아내   아이구, 아가야, 아이구, 아가야.

애기   (확성기에서 나오는 목소리, 메아리처럼) 못 참겠다!

아내   아이구.

애기   (메아리처럼) 못 참겠다.

아내   안 된다, 아가야, 안 된다.

 조명, 시뻘건 빛, 핏빛처럼, 이윽고 핏빛 조명 스러지고 벙어리처럼 손짓 발짓하며, 허리를 펴고 일어서지도 못하는 아내

방 안에서 또박또박 걸어 다니는 애기

아내, 가서 방 문고리를 건다.

아내, 귀를 기울인다. 연극의 첫 장면에서 남편을 기다릴 때처럼 그러

나 그때하고는 다른 마음을 가지고

기척이 날 때마다 귀를 기울였다가는, 애기가 있는 방 쪽을 살핀다.

이 움직임을 되풀이

기척

아내, 사립문 앞으로 나서며 멀리를 바라보는 시늉

남편, 들어온다.

지쳐서 겨우 옮기는 걸음

망태기⁵를 내려놓고 털썩 마당에 주저앉는다.

남편	아이구.
아내	……
남편	허, 허탕이야.
아내	……
남편	워, 워, 원님이, 노, 노, 노, 노발대발이래.
아내	……
남편	워, 워, 원님, 마, 마, 말씀이, 마, 마, 말을, 모, 모, 모, 못
	잡아오면, 으, 으, 읍으로, 드, 드, 드, 들어올지도, 마, 마,
	말란다는 군.
아내	……
남편	(멀리서 포교들 노랫소리) 저것 봐, 그, 그래, 저, 저렇게 가,
	가, 강 건너에서, 바, 바, 밤을, 새, 새, 새우고, 내, 내일은,
	마, 마, 마을마다, 뒤, 뒤, 뒤져서 자, 자, 장수를 차, 차, 찾

아낸다는군, 아, 아, 아이구, 이 이놈의 —.

아내   ……

남편   (처음, 아내를 똑바로 바라보며 말을 멈춘다)

아내   ……

아내, 남편을 바라본다.

남편   — 왜, 왜, 왜, 왜, 그러우?

아내   ……

남편이 내던진 망태기를 멍하니 쳐다본다.

남편   응?

아내   ……

남편을 쳐다본다.

남편   아, 아니, 왜, 왜, 왜, 왜 그러는 거요?

아내   (고개를 흔든다)

남편   (아내의 팔을 붙들면서) — ?

남편, 문득, 사방을 둘러본다.

아무것도 찾아내지 못한다.

아내   (방문 쪽을 바라본다, 방문은 닫혀 있다)

방 안에서 기척이 난다.

남편　　　(그쪽을 바라본다) 왜, 왜?

　그쪽으로 간다.

아내　　　(말린다)

남편　　　(무엇인가를 느낀, 두려운 몸짓으로) 웅?

아내　　　(붙들었던 팔을 놓는다) 여보.

남편　　　……

아내　　　큰, 일, 났어요.

남편　　　무, 무어? (알아차리고, 방 쪽으로 내디디려던 걸음을 멈춘다)
　　　　　저, 저, 저, 저, 정말이야?

아내　　　(끄덕인다)

남편　　　(방 쪽을 뚫어져라 바라본다)

　방 안에서 기척.
　남편, 아내를 본다.

아내　　　(끄덕인다)

　문고리를 잡아 흔드는 아기.

남편　　　아이구. (풀썩 주저앉는다)

아내, 그 옆에 쭈그리고 앉는다.

두 사람 마주 본다.

그러다가는 방 쪽을 돌아본다.

남편　　　여, 여, 여, 여보. (일어서서 방으로 다가간다. 아내를 돌아본다)

아내, 일어서서 남편 곁에 선다.

아내 앞서서 방문 앞에 와서, 문고리를 벗기려다 말고, 뚫린 구멍으로
들여다본다.

자리를 내준다.

남편, 들여다본다.

남편　　　아이쿠.

엉덩방아를 찧는다.

앉은걸음으로 엉금엉금 물러나서 마당 가운데로 나온다.

아내는 방문 앞에 서 있다.

남편　　　(눌린 목소리로) 여, 여, 여, 여보, 이, 이, 이, 이, 일을―.

아내, 그대로 서 있는다.

남편, 손짓으로 아내를 부른다.

아내, 그대로 서 있다.

남편, 또 손짓한다.

아내, 마당으로 나온다.

아까처럼 남편 곁에 쭈그리고 앉는다.

남편   어, 어, 어, 어, 어쩌면 좋소?

아내, 남편을 쳐다본다. 아무 말도 들리지 않는 것이다.

남편   어, 어, 어, 어쩌면 좋소.

아내   ……

두 사람, 마주 보고 앉아 있다.

오랜 사이.

멀리서 포교들이 노래 부르는 소리.

두 사람 귀를 기울인다.

바람 소리, 아내 깜짝 놀란다.

남편   바, 바, 바람 소리야.

아내, 일어선다.

부엌으로 들어가 소쿠리를 들고 나온다.

소쿠리에 든 산나물을 방문 앞에다 벌여놓고, 가로막고 앉는다.

남편, 아내의 움직임을 눈으로 좇는다. 영문을 모르는 투로.

끝에 가서야, 알릴락말락 고개를 끄덕인다.

그러면서 사립문 쪽을 흘깃 쳐다본다.

문고리가 또 흔들린다.

아내　　　(천천히, 보통 쓰이는 자장가 가락으로)

우리 애기 촉혼 애기

젖 온 먹고 크는 애기

보채면서 즈란 애기

흉년 들면 도적 되지

도적 되면 넓은 세승

오도 갈 데 없어지고

관ㄱ 기둥 높은 곳에

잘린 토막 머리 되어

ㄱ묵ㄱ치 쪼ㅇ대면

엄무 아푸 나 ㅇ파

우는 신세 되는 신세

아이 무서 다른 애기

우리 애기 ㅇ닌 애기

문고리 한 번 더 덜커덩하다가 뚝, 그친다.

남편, 아내를 보고, 또 사립문 쪽을 살핀다.

아내, 뜻 없이 나물을 뒤적거린다.

두 사람, 귀를 기울인다.

남편　　　—바, 바, 바, 바람 소리야.

바람 소리.

아내, 다시 나물을 뒤적거린다.

남편, 아내 손길을 그대로 따라 눈길을 옮긴다.

아내, 일어서서 부엌으로 들어간다.

남편, 뒷모습을 좇는다.

아내, 나온다.

남편, 아내가 다시 문지방 밑에 자리를 잡을 때까지, 눈으로 좇다가,
아내가 다시 나물을 뒤적이기 시작하자, 눈길을 거두면서 얼핏 사립문
쪽을 본다. 한참 그대로 있다가 다시 아내의 손 움직임을 따른다. 조금
엉덩이를 들면서 아내한테 무언가 말할 듯하다가 그만둔다.

남편, 일어나서 뒤꼍으로 간다.

짚을 가지고 나온다.

아내, 쳐다본다.

남편, 사립문 앞에 짚을 벌여놓고 새끼를 꼰다.

오랜 사이.

남편, 문득 손놀림을 멈춘다.

끌리듯, 아내 따라 멈춘다.

밖에서 기척.

사이.

남편, 간신히 옮기는 걸음으로 사립문 쪽으로 다가간다.

귀를 기울인다.

기척.

숨을 내쉬며 돌아선다.

아내의 눈길을 맞으며.

남편   다, 다, 다, 다, 다람쥐.

아내, 고개를 떨군다.
다시 나물을 뒤적인다.
남편, 새끼를 꼰다. 포졸들 노랫소리.
꼬다 말고 아내를 건너다본다.
아내, 마주 보지 않고 나물을 뒤적거린다.
새소리, 갑자기.
두 사람, 깜짝 놀라 고개를 들었다가, 눈길을 마주치고, 방 안 기척을
살핀다.
다시 나물을 뒤적이고, 새끼를 꼰다.
사이.
기척이 없는 방 안.

갑자기 무대, 그늘이 진다.
두 사람, 깜짝 놀라 하늘을 본다.

남편   구, 구, 구, 구 구름—.

천천히 그늘이 벗겨진다.
다시 밝아진 무대.
이때 문고리 덜컹거린다.
남편, 뛰어 일어나며 귀를 막는다.

방문을 돌아보고, 귀에서 손을 떼며, 어쩔 줄 몰라 사립문 쪽을 살핀다.
아내를 돌아본다.

아내　　　(천천히 슬프게)

우리 애기 축흔 애기
젖 온 먹고 크는 애기
보채면서 즈란 애기
흉년 들면 도적 되지

도적 되면 넓은 세숭
오도 갈 데 없어지고
관ㄱ 기둥 높은 곳에
잘린 토막 머리 되어

ㄱ묵ㄱ치 쪼ㅇ대면
엄ㅁ 아ㅍ 나 ㅇ파
우는 신세 되는 신세
아이 무서 다른 애기
우리 애기 ㅇ닌 애기

문고리 흔드는 소리 뚝 그친다.
이 사이 남편은 사립문 앞에서 망을 보다가 돌아온다.
아내, 아무렇지 않게 나물을 뒤적인다.
남편, 주저앉아 새끼를 꼰다.

속의 무서움을 꼬듯이, 그런 몸짓으로.

저녁놀이 비치기 시작한다.

차츰 짙어가는 노을.

시뻘건, 핏빛 같은 노을.

보랏빛으로 바뀐다.

갑자기 어둠.

사이.

이때 먼 데서 말의 울음소리.

두 사람, 화닥닥 놀랐다가 굳어진다.

남편 얼굴에만 조명, 이윽고 아내 얼굴에 조명.

문고리 흔드는 소리.

애기   (확성기로, 메아리처럼) 배고파.

아내, 일어선다.

남편, 일어선다.

아내, 방 안으로 들어간다.

무대 완전한 어둠.

사이.

방 안에 불이 켜진다, 희미한.

아내, 나온다.

아내 얼굴에 둥근 조명.

남편 얼굴에 둥근 조명.

두 사람, 마당 한가운데로 나와 주저앉는다.

사이.

부엉이 소리.

귀를 기울이는 두 사람 얼굴(조명된).

기척.

얼굴에 들어왔던 조명 나감.

무대, 어둠.

사이.

불이 다시 남편 얼굴만 비추면서.

남편　　　새, 새, 새, 새가― 지, 지, 지나가는 거야.

아내 얼굴에도 조명 들어옴.

깃소리, 나무에서 다른 나무로 옮아가는 새의.

부엉이 우는 소리.

조명 나간다.

사이.

어둠 속의 무대.

늑대 우는 소리.

이윽고, 숨을 내쉬듯이.

조명 들어옴.

꼬부리고 앉아 있는 두 사람.

여전히 조명은 얼굴에만.

두 사람의 얼굴 방 쪽으로 돌아간다.

벌떡 일어서서 문고리를 흔드는 애기의 그림자.

문고리 흔들리는 소리.
밤의 고요함 속에서 .
우레처럼 우렁차게.

남편　　　(조명된 얼굴이 아내 쪽으로 돌아본다)

아내　　　(천천히 슬프게)

우리 애기 축흔 애기
젖 온 먹고 크는 애기
보채면서 즈란 애기
흉년 들면 도적 되지

도적 되면 넓은 세승
오도 갈 데 없어지고
관ㄱ 기둥 높은 곳에
잘린 토막 머리 되어

ㄱ묵ㄱ치 쪼ㅇ대면
엄무 아푸 나 ㅇ파
우는 신세 되는 신세
아이 무서 다른 애기
우리 애기 ㅇ닌 애기

사이, 문고리 흔드는 소리 멈춤.
또 한 번 말이 우는 소리.

더 세차게 흔들리는 문고리.

밤의 고요함 속에서 .

그 소리는

우레처럼 우렁차게

메아리처럼.

"내 말!"

확성기를 거친 애기의 목소리.

남편　　　(벌떡 일어서며) 여, 여보. (아내를 내려다본다)

아내　　　(마주 보다가) 안 돼요!

남편의 가랑이를 잡고 매달린다.

남편　　　― (붙잡힌 채 어둠 속을 본다)

메아리처럼, 애기의 목소리

"내 말!"

문고리가 덜컹거린다.

남편, 아내를 걷어차고

방문 쪽으로 다가선다.

아내, 또 매달린다.

남편, 힘껏 걷어찬다.

쓰러지는 아내.

남편, 문을 열고 방에 들어선다.

창호지에 비치는 그림자

큰 그림자가 작은 그림자를 눕힌다.

애기 위에 올려놓은 큰 자루의 그림자

남편, 밖으로 나온다.

아내, 벌떡 일어선다.

남편, 아내를 붙들고 마당에 주저앉는다.

아내, 몸부림치지만, 남편, 놓지 않는다.

문풍지에 비치는 그림자.

버르적거리는, 자루에 눌린 작은 사람의 그림자.

오랜 사이.

방에서 (메아리처럼) "엄마!"

아내, 일어선다.

남편, 아내를 아까처럼 차지른다.

남편, 방 안에 들어선다.

또 하나 포개어지는 자루의 그림자.

남편, 나온다.

먼저처럼 아내를 꽉 껴안고 쭈그리고 앉는다.

가끔 고개를 들어 창호지에 비치는 그림자를 본다.

이윽고, 움직이지 않게 된 그림자 (메아리처럼) 말이 우는 소리. (구슬프게)

방 안의 등잔불이 꺼진다.

달빛.

달빛이 차츰 어두워진다.

구름에 아주 가리운 달빛.

바람 소리.

어둠.

희미한 달빛.

지게에다 무엇인가 지고 나가는 남편, 마당을 가로지르는 무대, 어둠.

바람 소리.

넷째 마당

이튿날 새벽
새소리
무대에는 사람이 없다.
방문은 닫혀 있다.
멀리서 노랫소리 들려온다.

우리 애기 착흔 애기
젖 온 먹고 크는 애기
보채면서 즈란 애기
흉년 들면 도적 되지

노랫소리 차츰 가까워진다. 거친 쉰 목소리. 그러나 뚜렷한, 할머니 나
온다. 먼젓번처럼 누더기옷이다. 다만 허리에 두른 봇짐이 불룩하다.
바가지를 찬 것 같다. 아내 뒤꼍에서 나온다, 뚫어지게 할머니를 바라
본다.

할머니   찾았소. (봇짐을 앞으로 가져온다) 내 새끼를 찾았소.

아내 뒤꼍으로 들어간다. 할머니 땅에 앉는다. 보따리를 어루만지면서 띄엄띄엄 중얼중얼 자장가를 부른다. 거의 들리지 않는다. 가끔 가락이 높아질 때면 아직 노래를 부르는 것을 알 수 있다. 아내 넋 빠진 사람처럼 나온다. 할머니에게 물그릇을 준다.

할머니   고맙소. (마신다) 고맙소. (사발을 땅에 내려놓는다 그리고 보따리를 도로 바로 잡는다) 너는 춥지도 않고, 덥지도 않고, 목이 마르지도 않고, 배고프지도 않고 보채지도 않는 착한 내 새끼야. (일어선다. 아내 바가지처럼 불룩한 데를 눈으로 좇는다) 가자, 가서— 새 울고 볕 좋은 이 에미가 김매는 밭머리께 묻어주마. 가자. (걸으면서 한 손으로 보따리를 토닥거린다) 가볍기도 하지. 갓 났을 때보다 더 가볍구나. (나간다. 자장가를 부르면서)

아내 할머니가 떠나는 것을 바라본다. 할머니가 사라진 쪽을 바라본다. 새소리, 화창한 봄날이다. 새소리와 섞여 할머니의 자장가가 들릴 듯 말 듯 들려오는 것에 귀를 기울이고 서 있다. 방 안으로 들어간다.
사이.
남편, 지게를 지고, 괭이를 들고 들어선다.
말없이 지게를 내려놓고 서 있다.
이윽고, 힘없이.

남편   여, 여, 여, 여, 여보.

　뒷마당으로 돌아간다.

　나온다.

　사립문을 나가면서 두리번거린다.

　한참 있다가 혼자 돌아온다.

　마당에 주저앉는다, 고개를 떨구고.

　사이.

　문득, 방문을 돌아보다가, 그것을 연다.

　대들보에 목을 맨 아내. (인형)

　남편, 뛰어들어가 끌러내린다.

남편   여, 여, 여, 여, 여보.

　아내를 붙들고 흔든다.

　이윽고 아내 곁에 주저앉아버린다.

　무릎 사이에 고개가 파묻혔다.

　사이.

　일어난다.

　끌러낸 띠를 대들보에 건다.

　말이 우는 소리, 사립문 쪽에서 용마를 탄 애기. (말, 애기 모두 인형, 추
상적인 구조의), 마당으로 들어온다.

　무대, 캄캄해지고, 각각, 말과 애기, 남편의 머리 위로 비추는 부분조
명 및 방 안에 누운 아내의 위에서 비추는 조명.

남편	(마당에 내려서다가, 용마와 애기를 보고 주저앉으며)
	너, 너, 너, 너를 무, 무, 무, 무, 무, 묻고 오, 오, 오, 오는 길인데.
애기	(고개를 저으면서, 들고 있던 진달래꽃 묶음을 아버지한테 준다)
남편	(꿈결처럼 걸어가서 받는다)
애기	엄마, 엄마! (확성기를 통한 목소리)
남편	(방으로 들어가 꽃묶음을 아내 가슴에 얹는다) 여, 여, 여보, 다, 다, 당신, 애, 애, 애, 애기가 , 가, 가, 가, 가져왔소, 다, 다, 다, 당신 애, 애, 애, 애기가, 사, 사, 사, 사, 살아 왔소.

아내(인형) 꽃묶음을, 들고, 일어나, 마당으로, 나선다.
아내, 애기한테로 걸어가서 애기를 끌어안는다.

애기	(확성기를 통한 목소리) 엄마 아빠, 빨리 타요.
남편	(아내를 말에 태우면서) 자, 자, 자, 자, 가, 가거라, 어, 어, 어, 어 ―어, 어, 어서 가거라, 사, 사, 사, 사, 사람들이 오, 오, 오, 오, 올라. 네, 네, 네, 네, 네가 주, 주, 주, 주, 죽었다고 해, 해, 해, 해, 했으니 마, 마, 마 마, 마을 사람들이, 오, 오, 오, ―오, 오, 오, ―오, 오, 올 게다.
애기	(손짓하면서)
아내	빨리, 빨리, 포졸들이, 와요.
남편	(소매로 눈물을 씻으면서) 오, 오, 오, 오냐.

끝내 타지는 않고
용마의 고삐를 잡고 사립문을 나간다.

무대, 다시 밝아진다

빈 무대

마을 사람들 여럿과 포졸들 여럿 들어선다.

마사1   여보게.

포졸 하나, 다짜고짜로 문고리를 나꿔챈다.

포졸1   어딜 갔나?

포졸2   분명하겠지?

마사1   예, 경기를, 일으켜서, 간밤에.

포졸3   흠.

마사1   산에, 가져다, 묻고 오는, 길이라더군요.

마사2   저것 보게, 저기.

사람들   아니, 저

세 식구가 말을 타고 하늘로 올라가는군.

꽃을 던지는군.

가거던 옥황상제께 여쭤주게. 우리 마을에 다시는 장수를

보내지 맙시사구.

사람들이 한마디씩 하자

하늘에서.

하늘에서   우리 애기

착한 애기.

사람들   휘이 다시는 오지 말아, 훠어이 훠이. (밭에서 새 쫓는 시늉을 하며)

하늘에서   젖 안 먹고

크는 애기……

사람들   휘이 다시는 오지 말아, 훠어이 훠이.

사람들, 어느덧 손짓 발짓 장단 맞춰 춤을 추며, 어깻짓 고갯짓 곁들여, 굿춤 추듯, 농악 맞춰 추듯, 춤을 추며.

하늘에서   ……보채면서

자란 애기

흉년 들면……

사람들   훠어이 훠이, 다시는 오지 말아, 훠어이 훠이

점점 신명이 난

하늘과 땅이

서로 주고받는 사이에

천천히

— 막 —

〔1976년〕

이
현
화

카덴자

| 등장인물 |

왕
선비
망나니1
망나니2
망나니3
망나니4
망나니5
여자 관객

제1경

때   언제래야 될까.

곳   모처라 해두고.

공연장에 들어서면,

막도 없이

덜렁 알몸을 드러낸 무대.

장치마저 없어

썰렁한 조명이

꽤나 비정하게 느껴진다.

(어지간히 시간을 넘겨 대충 장내가 정리되면)

망나니4   (어디에서부턴가 불쑥 커다란 징을 들고 나타나 객석 좌측 앞에 세

            워놓고 관객을 향해 험상궂게 노려본다. 경계병의 열중쉬어처럼)

망나니5   (역시 불쑥 커다란 북을 들고 나타나 객석 우측 앞에 세워놓고

관객을 향한다. 이놈은 더하다. 얼굴에 칼자국. 그리고 부릅뜨는
시커먼 눈망울)

망나니4   (갑작스럽게 징을 친다. 크게 한 번)

 그 징 소리에 맞추어
 장내 어두워지고.

망나니5   (이어서 북을 치기 시작한다)

 어둠 속의 어떤 장송처럼
 불길하게
 북소리가 객석을 한동안 적시고 나면,
 처절한 비명―.

 그 뜻밖의 오싹이
 길게 잦아들 때
 그 여운을 따라
 F·I.

왕   (어떤 이야기의 계속처럼) 네가 네 죄를 알렷다!
선비   (처참한 몰골로 쓰러져 실신해 있다)
망나니2   (퍼져 있는 선비에게 물을 끼얹는다)
망나니3   (선비의 풀어 흩어진 머리를 움켜쥐고 뒤로 젖힌다)
왕   네가 네 죄를 알렷다!
선비   (간신히 일어서)

　　　　　　나으리는

　　　　　　나으리의 죄를 아오?

왕　　　　　네 재주를 아껴줬거늘 어이 반역하느뇨!

선비　　　　반역에 반역함은 대의라 이르오, 나으리.

왕　　　　　당장 칭신[1]하고 무릎을 꿇지 못할까!

선비　　　　하늘에

　　　　　　두 해 없나니

　　　　　　하물며 땅에

　　　　　　두 나라님이랴.

　　　　　　나의 님은 오직 한 분

　　　　　　창덕궁에 갇히셨거늘,

　　　　　　내 어이 나으리 앞에

　　　　　　무릎을 꿇을고.

왕　　　　　여봐라!

망나니1　　예이.

왕　　　　　저 역적을 당장 꿇리지 못할까!

망나니1　　역적을 꿇리랍신다.

망나니2, 3　(철퇴를 치켜들며)

　　　　　　예이—.

　　　　　　(선비의 좌우에서 정강이를 향해 철퇴를 내려친다)

선비　　　　(뼈가 부서지며 허물어진다)

왕　　　　　이놈, 아직도 과인을 나으리라 하겠는고?

선비　　　　(신음)

왕　　　　　그래도 네놈이 무릎을 꿇지 않았다 하겠는고?

선비　　　　……

포악도 하여라.
뼈는 부서져
무릎은 꿇리네만,
송죽 같은 내 얼은
오히려
나으리 상투 위에 나느니
장부의 큰 뜻
철편인들 꺾을손가?

왕　　그래도 저놈이…… 그래 네놈의 대의는 고작 과인을 죽이
　　　는 것이었더냐?

선비　나으리 나으리
　　　나으리가 앗은 목숨
　　　무릇 하인데
　　　무릇 하인데
　　　주공이 그러하더이까?

왕　　저런 찢어 죽일……!

선비　어진 주검 쌓고 쌓아
　　　나으리는
　　　옥좌를 훔쳤소만,
　　　나리 목숨 하나 앗아
　　　이 내 충절
　　　어린 상왕 모시려오.

왕　　옥좌를 훔쳤다니, 그럼 네 어이하여 과인이 즉위할 젠 아니
　　　된다 아니하고 이제껏 과인의 녹을 먹으며 섬기다 또다시
　　　반역하는고? 결국 야욕을 채우려는 이중모반이 아니더냐!

선비   나으리 내린 녹봉

         씨알 하나 챙겨 챙겨

         모년 모월 표시하고

         헛간에 쌓아뒀소.

         더러운 나리 녹봉

         어서 어서 찾아가오.

왕   저런 주리를 틀…… 여봐라, 저놈의 입에서 상감 소리가

         나오도록 지지지 못할까!

망나니1   지지랍신다.

망나니2, 3 (숯불에서 인두를 빼어들며)

         예이―.

         (선비의 등가죽을 지진다. 살 타는 냄새와 함께 피어오르는 연

         기, 객석으로 넘쳐든다)

선비   ……

         나으리 형벌 참혹도 하여라.

         이 한 몸 기왕에 스러질

         촛불,

         허나

         나으리 명성은 길이길이

         폭군으로

         사서에 새겨질 터,

         이 또한 이 몸의 작은 뜻이 아니런가.

왕   에이, 뭣들 하는고!

망나니1   더욱 지져라!

망나니2, 3 예이―.

(숯불의 인두를 거듭거듭 갈아들며 거칠게 지져댄다)

선비   …… (경련을 일으킨다)

왕   이놈, 그래도 그 아가리에서 상감 소리가 안 나오겠느냐!

선비   이놈들아!

쇠끝이 식었고나.

더 달구어라!

왕   에이, 지독한 놈…… 더욱 지져라!

망나니1   더욱 지지랍신다.

망나니2, 3   예이—.

(부지런히 갈아대는 쇠 인두)

선비   ……

이 몸이 죽어가셔

무엇이 될고 하니

봉래산 제일봉에

낙락장송 되야이셔

백설이 만건곤할 제

독야청청하리라.

왕   저놈의 입에서 저 소리가 못 나오게 하지 못할까!

망나니1   입을 지져라!

망나니2, 3   예이—.

망나니2   (선비의 머리채를 움켜쥐고 머리를 뒤로 젖힌다)

망나니3   (시뻘건 인두를 선비의 입속에 쑤셔 넣는다)

긴 비명—.

그 꼬리에 얹혀 F·O.

어둠 속.

문득 객석 뒤편이 소란스러워진다.

망나니들, 객석 뒤쪽에 있는 임의의 여자 관객 한 사람을 골라 무대 위로 끌고 올라간다.

당황스런 저항.

의외의 실랑이가 한참일 때

징 소리.

크게 한 번.

따라서 F·I.

망나니4, 5	(각기 긴 창을 겨누며 객석을 경계한다. 한 놈이라도 방해해봐라…… 하는 위압적인 부동)
왕	(어리둥절한 여자 관객에게) 네가 네 죄를 알렷다!
여자 관객	(선비와 같은 형태로 묶이며) 이거 왜 이러세요?
왕	(선비에게 하듯 여자 관객의 얼굴에 준엄히 손가락질하며) 네 재주를 아껴줬거늘 어이 반역하느뇨!
여자 관객	(계속 묶이며 창피해져) 아이, 정말 왜 이래요!
왕	당장 칭신하고 무릎을 꿇지 못할까!
여자 관객	(이미 묶였다) 정말 화낼래요?!
왕	여봐라.
망나니1	예이.
왕	저 역적을 당장 꿇리지 못할까!
망나니1	역적을 꿇리랍신다.
망나니2, 3	예이 —.

망나니2	(롤러가 달린 작은 의자를 밀어다 놓는다)
망나니3	(강제로 여자 관객을 의자에 앉힌다)
망나니2	(여자 관객을 꼼짝 못 하게 의자에 묶는다)
여자 관객	(신경질이 나) 정말 왜 이래요!
왕	이놈, 아직도 과인을 나으리라 하겠는고?
여자 관객	아유, 신경질 나!
왕	그래도 네놈이 무릎을 꿇지 않았다 하겠는고?
여자 관객	정말 이거 미치겠네.
왕	그래도 저놈이…… 그래 네놈의 대의는 고작 과인을 죽이는 것이었더냐?
여자 관객	당신들 미친 거 아녜요?
왕	저런 찢어 죽일……!
여자 관객	(객석을 향해)
	이보세요, 이 사람들 좀 말려주세요!
망나니4, 5	……!
	(어느 놈이고 움직여만 봐라! 눈을 부라리며 객석을 휘둘러본다)
왕	옥좌를 훔쳤다니, 그럼 네 어이하여 과인이 즉위할 젠 아니 된다 아니하고 이제껏 과인의 녹을 먹으며 섬기다 또다시 반역하는고? 결국 야욕을 채우려는 이중모반이 아니더냐!
여자 관객	(화가 나 객석을 향해) 이보세요, 전 배우가 아녜요. 정말이에요. 이 사람들 좀 말려주세요!
망나니4, 5	(창을 한 번 바꿔 쥔다. 보란 듯이)
왕	저런 주리를 틀…… 여봐라, 저놈의 입에서 상감 소리가 나오도록 지지지 못할까!

망나니1	지지랍신다.
망나니2, 3	예이 —.
선비	(등에 감춰 부착했던 돼지 껍질을 꺼내 여자 관객의 스커트를 들치고 두 허벅지에 잘 붙인다)
여자 관객	이거 정말 무슨 짓들이에요?
망나니2, 3	(숯불에서 인두를 빼어들어 여자 관객의 허벅지를 지진다. 돼지 껍질 타는 냄새와 함께 피어오르는 연기, 역시 객석으로 넘쳐든다)
여자 관객	(겁이 나) 아! 정말, 정말, 당신들 고발하겠어요.
왕	에이, 뭣들 하는고!
망나니1	더욱 지져라!
망나니2, 3	예이 —.
	(벌겋게 단 인두를 거듭거듭 갈아들며 지져댄다)
여자 관객	……!
	(독이 올라)
	이보세요, 이 사람들 좀 말려달라니까요!
왕	이놈, 그래도 그 아가리에서 상감 소리가 안 나오겠느냐!
여자 관객	어디 임석 경찰관님[2] 안 계세요?
왕	에이, 지독한 놈…… 더욱 지져라!
망나니1	더욱 지지랍신다.
망나니2, 3	예이 —.
	(부지런히 갈아대는 쇠 인두)
여자 관객	(객석의 어느 관객에게) 여보세요, 여보세요, 경찰, 경찰을 좀 불러주세요.
망나니2, 3	……! (객석을 향해 날카로운 창끝을 길게 질렀다가 반원을 그

리며 천천히 둘러 사주경계를 한다. 꼼짝이라도 해봐라!)

왕　　　　저놈의 입에서 저 소리가 못 나오게 하지 못할까!

망나니1　　입을 지져라!

망나니2, 3　예이 —.

망나니2　　(여자 관객의 머리채를 움켜쥐고 머리를 뒤로 젖힌다)

여자 관객　(겁에 질려) 아 —!

망나니3　　(품에서 테이프를 꺼내 여자 관객의 입에 붙인다)

선비　　　　(다가가 여자 관객의 귀에 대고 크게 비명을 지른다)

따라서 F·O.

어둠.

북소리.

어떤 경고처럼 음산하게

한참 높아졌을 때

징 소리.

역시 한 번.

F·I.

왕　　　　(선비에게 하듯 여자 관객에게 눈을 부라리며)

　　　　　　네가 네 죄를 알렷다!

여자 관객　……!

　　　　　　(눈을 똥그랗게 뜨고 왕을 바라본다)

선비　　　　(여자 관객의 머리를 돌려 자기를 보게 하고 그 눈을 똑바로 쏘
　　　　　　아보며 왕에게 하듯) 나으리는 나으리의 죄를 아오?

386

여자 관객	……? (도대체 이것들이 무슨 속셈일까?)
왕	네 재주를 아껴줬거늘 어이 반역하느뇨!
여자 관객	…… (지랄……)
선비	(자기의 머리처럼 여자 관객의 머리를 풀어헤쳐놓으며)
	반역에 반역함은 대의라 이르오, 나으리.
여자 관객	……
	(사정없이 풀어헤쳐지는 자신의 머리가 창피하고 안타깝다)
왕	당장 칭신하고 무릎을 꿇지 못할까!
여자 관객	……
	(미친놈들……)
선비	(역시 여자 관객을 노려보며)
	하늘에
	두 해 없나니
	하물며 땅에
	두 나라님이랴.
	나의 님은 오직 한 분
	창덕궁에 갇히셨거늘,
	내 어이 나으리 앞에
	무릎을 꿇을고.
여자 관객	……
	(그래, 될 대로 되라……)
왕	여봐라!
망나니1	예이 —.
왕	저 역적을 당장 꿇리지 못할까!
여자 관객	……!

（이 미친놈들이 또 무슨 짓을……?)

망나니1 역적을 꿇리랍신다.

망나니2, 3 예이 —.

（바닥에 흩어져 있는 지푸라기와 오물 들을 쓸어모아 여자 관객 머리 위에 붓는다)

선비 （자기의 머리처럼 여자 관객의 헝클어진 머리에 오물들을 여기 저기 묻힌다)

여자 관객 ……!

（모욕감에 이리저리 발버둥치려 하지만……)

왕 이놈, 아직도 과인을 나으리라 하겠는고?

여자 관객 ……

（에이 더러운 놈들……)

왕 그래도 네놈이 무릎을 꿇지 않았다 하겠는고?

선비 （역시 여자 관객에게)

……

포악도 하여라.

뼈는 부서져

무릎은 꿇리네만,

송죽 같은 내 얼은

오히려

나으리 상투 위에 나느니

장부의 큰 뜻

철편인들 꺾을손가?

여자 관객 ……?

（선비를 노려보며, 이 미친놈이 나를 왕으로 아나?)

왕	그래도 저놈이…… 그래 네놈의 대의는 고작 과인을 죽이는 것이었더냐?
여자 관객	……
	(흥, 별 미친놈들……)
선비	나으리 나으리
	나으리가 앗은 목숨
	무릇 하인데
	무릇 하인데
	주공이 그러하더이까?
여자 관객	……?
	(주공? 주공이 누구더라……?)
왕	저런 찢어 죽일……!
여자 관객	……
	(욕들은 험악하게 잘하는군)
선비	어진 주검 쌓고 쌓아
	나으리는
	옥좌를 훔쳤소만,
	나리 목숨 하나 앗아
	이 내 충절
	어린 상왕 모시려오.
여자 관객	……?
	(어린 상왕? 그게 누구지?)
왕	(여전히 여자 관객에게 발을 구르며)
	옥좌를 훔쳤다니, 그럼 네 어이하여 과인이 즉위할 젠 아니 된다 아니하고 이제껏 과인의 녹을 먹으며 섬기다 또다

시 반역하는고? 결국 야욕을 채우려는 이중모반이 아니더
냐!

여자 관객   ……?

(가만있자, 그다음 대사가 뭐더라?)

선비   나으리 내린 녹봉

씨알 하나 챙겨 챙겨

모년 모월 표시하고

헛간에 쌓아뒀소

더러운 나리 녹봉

어서 어서 찾아가오.

여자 관객   ……

(수작, 그럼 그동안 뭘 먹고 살았단 말야?)

왕   저런 주리를 틀…… 여봐라, 저놈의 입에서 상감 소리가
나오도록 지지지 못할까!

여자 관객   ……!

(어이쿠, 이번엔 또 무슨 지랄일까?)

망나니1   지지랍신다.

망나니2, 3 (숯불에서 인두를 빼어들며)

녜이 —.

(여자 관객의 허벅지를 또 드러내놓고 다시 지지기 시작한다. 역
시 고약한 냄새와 연기가—)

여자 관객   ……!

(수치감에 몸을 뒤튼다)

선비   (자신의 얼굴처럼 여자 관객의 얼굴에 피를 묻히며)

……

나으리 형벌 참혹도 하여라.

이 한 몸 기왕에 스러질

촛불,

허나

나으리 명성은 길이길이

폭군으로

사서에 새겨질 터,

이 또한 이 몸의 작은 뜻이 아니런가.

여자 관객　……!

　　　　　(개자식, 화장 버려놓는군. 그래 이왕 버린 것, 해볼 대로 해봐라)

왕　　　　에이, 뭣들 하는고!

망나니1　더욱 지져라!

망나니2, 3　예이 ―.

　　　　　(불 인두를 계속 갈아대며 신나게 지져댄다)

선비　　　(옷에까지 피를 묻혀댄다. 얼굴에서 피가 흘러내린 것처럼)

여자 관객　……!

　　　　　(어라, 이 자식이 이젠 옷까지…… 너 세탁비 안 물어내봐라)

왕　　　　이놈, 그래도 그 아가리에서 상감 소리가 안 나오겠느냐!

선비　　　(옷을 부욱 찢어놓으며)

　　　　　이놈들아!

　　　　　쇠끝이 식었고나.

　　　　　더 달구어라!

여자 관객　……!

　　　　　(어머! 정말 이 자식이…… 이게 얼마짜린데……)

왕　　　　에이, 지독한 놈…… 더욱 지져라!

여자 관객	……!
	(아이 창피해!)
망나니1	더욱 지지랍신다.
망나니2, 3	예이 ─.
	(부지런히 갈아대는 쇠인두)
선비	(등 뒤로 다가가 여자 관객의 귓전에 가까이 하고 암기시키듯)
	……
	이 몸이 죽어가셔
	무엇이 될고 하니
	봉래산 제일봉에
	낙락장송 되야이셔
	백설이 만건곤할 제
	독야청청하리라.
여자 관객	……?
	(어디서 많이 듣긴 했는데……?)
왕	저놈의 입에서 저 소리가 못 나오게 하지 못할까!
망나니1	입을 지져라!
망나니2, 3	예이 ─.
망나니2	(시뻘건 인두를 새로 빼어 든다)
망나니3	(여자 관객의 머리채를 휘어잡고 머리를 뒤로 젖힌다)
여자 관객	……!
	(어이쿠, 이놈들이 진짜 저 인두를 입에 대면 어쩌지?!)
망나니2	(당장 내려칠 듯 인두를 높이 쳐드는데……)
왕	(눈을 부릅뜨고 여자 관객의 얼굴을 향해 손을 뻗치며 준열히)
	네가 네 죄를 알렸다!

선비   (여자 관객의 귀밑에 바싹 붙어 서서 크게)

          으아—!

조명 cut out.

발소리.

수많은 군졸들의 잘 맞추어진 발소리가

회상처럼 먼 곳으로부터 피어올라

어떤 거대한 힘의 관성처럼 점점 밀려오며

2경이 시작될 때까지 계속해서

크게 객석을 위압한다.

제2경

발자국 소리 계속되는데

F·I.

왕   (대신 복장으로, 어떤 중대선언을 선포하듯 객석을 향해)

오늘 밤 요망한 도적들을 척결하여 종사를 편안케 하겠노
니 그대들은 마땅히 약속과 같이 하라.

(한껏 힘주어 위엄을 부린 시선을 객석을 향해 휘두른다)

여자 관객   ……

(머리에 왕관이 씌워져 있다. 자기 머리 위의 왕관을 한번 치켜
보곤 객석을 향해 멋쩍게 씩 웃는다)

망나니1   (불쑥 객석 중앙에서 일어나며)

지당하오이다.

여자 관객   ……?

(저건 또 언제 저기까지 내려갔었노?)

왕   무능 도배들은 권세나 희롱하고 군사와 백성을 돌보지 않

아 원성이 하늘에 닿았으며 군상을 무시하고 간사함이 날로 자라서 장차 불궤[3]한 짓을 도모하려 하는도다.

망나니2 (객석 좌측에서 벌떡 일어서며)

참으로 말씀하신 바와 같소이다.

여자 관객 ……

(육갑……)

왕 당원이 이미 성하고 화기가 정히 임박하였으니 바야흐로 충신 역사가 대의를 분발하여 죽기를 다할 날이도다. 내 이 무리들을 베어 없애 종사를 편안케 하고자 하니, 어떠한가?

망나니3 (객석 우측에서 일어나며)

먼저 상께 아뢰지 않고 임의로 대신을 베는 것이 과연 가할는지……?

여자 관객 ……

(가관이군)

망나니4 마땅히 먼저 아뢰어야 가할 줄로 아뢰오.

여자 관객 ……?

(어라, 저것까지……?)

망나니5 장차 소인들을 어느 땅에 두려 하오니까?

여자 관객 ……

(히히…… 갈수록……)

망나니1 (망나니3, 4, 5에게)

우리들은 용렬하오만 대군께선 고명하시니 익히 계책하셨을 터, 하명을 따르오.

왕 그대들은 의심치 말라. 만일 거사를 이루지 못하면 내 어찌 혼자 살겠느뇨.

망나니2   지당하오이다.

(망나니3, 4, 5에게)

장부는 자기를 알아주는 사람을 위해 목숨을 던지는 것, 지금 대군께서 만 번 죽을 계책을 내어 국가를 위해 의를 일으키는 바인데, 귀공들은 어이 구차하게 작은 절의를 지키려 하는고?

여자 관객   ……?

(애들이 무슨 반정 연극을 하나?)

왕   충과 효에는 두 가지 이치가 있을 수 없으니 구차히 사양하지 말고 큰 효를 이루라.

망나니3   일에는 역과 순이 있어, 순으로 움직인다면야 어디를 간들 이루지 못할 바 있으오리까.

망나니4   장부는 마땅히 역을 버리고 오로지 순을 취하여 종사를 위한 공을 세워 공명을 얻어야 될 것이외다.

망나니5   옳소이다!

망나니1   모의가 이미 정하여졌는데, 지금 비록 의논이 구구하다 하여 거사를 그만둘 수는 없지 않소이까.

왕   빠른 우뢰에는 미처 귀도 가리지 못하는 법, 군사는 신속한 것이 귀하노니, 용병에 있어 진퇴의 결단을 늦추는 것은 가장 해가 크니라.

망나니2   길옆에 집을 지으면 3년이 되어도 이루지 못하는 것, 작은 일도 그러한데 하물며 큰일이겠소이까? 청컨대, 공이 먼저 일어나면 따르지 않을 자가 없을 것이오이다.

왕   (칼을 뽑아 하늘을 가리키며)

지금 내 한 몸에 종사의 이해가 매였으니, 운명을 하늘에
맡긴다. 사직을 위해 죽는다면 장부의 명예가 아니겠느냐.
따를 자는 따르고 갈 자는 가라. 만일 사기를 그르치는 자
가 있으면 내 그 자를 먼저 베리라. 감히 어길 자 누군가?

여자 관객　　……

　　　　　　(어쭈, 지가 무슨 시저라고……)

　더욱 커지는 발소리.

망나니1, 2, 3　(무대로 올라가 왕의 좌우에 나누어 선다)

왕　　　　(결연히 돌아서며)

　　　　　　상감께 아뢰오!

여자 관객　　……!

　　　　　　(아이구 깜짝이야!)

망나니2, 3　(따라 돌아서며)

　　　　　　상감께 아뢰오!

망나니2, 3　(창들을 치들며)

　　　　　　상감께 아뢰오!

여자 관객　　……

　　　　　　(지랄들 하네……)

망나니1　　(여자 관객에게 쳐들어간다)

여자 관객　　……!

　　　　　　(어매, 애가 왜 또 이러지……?!)

왕　　　　상감께 아뢰오!

망나니2, 3　(주먹을 추켜올리며)

상감께 아뢰오!

망나니4　　(징을 친다)

　발자국 소리 수그러져 흐른다.

망나니5　　(북을 두드린다)

망나니1　　(북소리에 맞춰, 의자에 묶여 앉혀진 여자 관객을 옥좌가 놓일
　　　　　　만한 위치에 밀어다 놓는다)

여자 관객　　……?

　　　　　　(이 친구들이 언제까지 날 갖고 놀 셈이지?)

망나니5　　(북소리를 멈추면)

왕　　　　(여자 관객에게)

　　　　　　상감께 급히 아뢰올 말씀이 있사옵니다.

망나니2,3,4,5 급히 아뢸 말씀이, 급히 아뢸 말씀이!

여자 관객　　……?

　　　　　　(그러니까 날 상감으로 치는 건가?)

망나니1　　(여자 관객의 귀밑에 바짝 숙이고 프롬프터처럼 무감정의 어투
　　　　　　로 낮게 되풀이한다)

　　　　　　어이한 일로 급히 입궐하셨소, 어이한 일로 급히 입궐하
　　　　　　셨소.

　　　　　　더욱이 야밤에, 더욱이 야밤에.

여자 관객　　……?

　　　　　　(또 무슨 짓거리들을 시작하려누?)

왕　　　　하늘이 노하고 땅이 놀랄 변고가……

망나니2,3,4,5 변고가, 변고가!

망나니1	(역시 같은 자세와 어투로)
	어서 말씀해보오, 어서 말씀해보오.
여자 관객	……?
	(도대체 애들이 무슨 연극을……?)
왕	조정을 어지럽히는 간신배들이 불궤한 짓을 공모하여,
망나니2,3,4,5	공모하여, 공모하여!
왕	거사를 정하는 등 심히 위급하여,
망나니2,3,4,5	위급하여, 위급하여!
왕	이미 적괴를 베어 없애고 그 잔당을 지금 아뢰어 토벌하고자 하오이다.
망나니2,3,4,5	토벌하고자 하오이다, 토벌하고자 하오이다!
왕	윤허하소서.
망나니2,3,4,5	윤허하소서, 윤허하소서!
망나니1	숙부, 그게 어인 말씀이오, 숙부, 그게 어인 말씀이오.
여자 관객	……?
	(숙부? 그럼 단종 이야긴가?)
망나니2, 3	(칼을 뽑아 든다)
여자 관객	……!
	(어이쿠, 저것들이 또 칼을……!)
왕	역적의 무리들은 상감께서 어리신 것을 경멸히 여기어 널리 당원을 심어놓고,
망나니1, 2	(여자 관객을 향해 한 발짝 다가선다)
여자 관객	……!
	(아니……!)
왕	번진과 교통하며 종사를 위태롭게 하기를 꾀하매 화가 조

석에 있어 형세가 급하고 일이 급박한데,

망나니2, 3   (여자 관객을 겨누며 한 발 더)

여자 관객   ……!

(어? 점점……!)

왕   또 적당이 곁에 있으므로, 부득이 옛사람의 선발후문의 일을 법 받아 괴수는 처단하였으나 잔당이 아직도 준동하므로 지금 척결하기를 바라오이다.

망나니2, 3   (칼을 치켜든다)

여자 관객   ……!

(어머, 이것들이 정말!)

망나니1   (타이르듯)

숙부, 살려주오, 숙부, 살려주오.

왕   윤허하소서.

망나니2,3,4,5 윤허하소서! 윤허하소서!

망나니1   (강요하듯)

숙부, 살려주오, 숙부, 살려주오.

왕   (한 발 나서며)

윤허하소서!

망나니2, 3   (역시 한 발 나서며)

윤허하소서! 윤허하소서!

망나니2, 3   (창을 치켜들며)

윤허하소서! 윤허하소서!

망나니1   (재촉하듯)

숙부, 살려주오, 숙부, 살려주오.

왕   (칼을 치켜든다)

400

망나니2, 3	(서로 칼을 맞부딪치고는 여자 관객의 몸을 향해 겨눈다)
여자 관객	……!
	(어라, 이놈들이 정말 찌를 셈인가!)
망나니4	(징 소리. 크게 한 번)
여자 관객	……!
	(철렁!)
망나니5	(북을 치기 시작한다. 재촉하듯, 강요하듯, 점점 속도를 빨리하며 커지는 북소리)
망나니1	(여자 관객의 눈치를 살피며, 초조하게, 쫓기는 듯한 목소리를 흉내 내서)

과인이 나이가 어려 중외의 일을 익히 알지 못한 탓으로, 과인이 나이가 어려 중외의 일을 익히 알지 못한 탓으로, 간사한 무리들이 은밀히 발동하고, 간사한 무리들이 은밀히 발동하고, 난을 도모하는 싹이 종식치 않으니, 난을 도모하는 싹이 종식치 않으니, 이제 대임을 영의정에게 전하여주려 하노라, 이제 대임을 영의정에게 전하여 주려 하노라.

여자 관객	……!
	(아, 이게 바로 그 얘기였구나!)
망나니2	(더 다가가며)

이미 영의정께서 중외의 모든 일을 다 총괄하고 계시온데……

망나니3	(역시 다가가며)

다시 어떤 대임을 전한다는 말씀이오이까!

여자 관객	……!

(나쁜 자식들……!)

더욱 커지는 북소리.

망나니1   (겁에 질린 듯한 음성을 흉내 내)

상서사 관원으로 하여금 대보를 들여오라 하라. 상서사 관원으로 하여금 대보를 들여오라 하라.

망나니4   (징 소리. 한 번)

망나니5   (따라서 북소리 멈추고)

사이.

침묵.

왕   (비로소 빙그레 웃으며)

번의⁴하소서.

여자 관객   ……!

(저런 뻔뻔스런……!)

망나니2, 3   번의하소서, 번의하소서.

여자 관객   ……!

(에이, 꼭두각시 같은 놈들……!)

망나니1   내가 전일부터 이미 이런 뜻이 있었거니와, 내가 전일부터 이미 이런 뜻이 있었거니와,

왕   번의하소서.

망나니2,3,4,5   번의하소서, 번의하소서.

망나니1   이제 계책을 정하였으니 다시 고칠 수 없노라, 이제 계책

을 정하였으니 다시 고칠 수 없노라.

왕　　　　번의하소서.

망나니2,3,4,5　번의하소서, 번의하소서.

망나니1　　속히 모든 일을 처판[5]하도록 하라, 속히 모든 일을 처판하
　　　　　도록 하라.

망나니4　　(징 소리. 역시 한 번)

망나니5　　(북소리. 점점 빠르고 커지게)

망나니1　　(신경질적으로)
　　　　　뭣들 하는 게요, 뭣들 하는 게요. 어서 옥새를 가지고 오시
　　　　　오, 어서 옥새를 가지고 오시오.

　더욱 커지는 북소리.

선비　　　(홍보에 싸인 옥새함을 받들고 등장. 여자 관객에게로 가 고개를
　　　　　숙이고 흐느끼며 선다)

여자 관객　……?
　　　　　(이 친군 또 왜 갑자기 이러지?)

망나니4　　(징 소리)

망나니5　　(북소리 그치고)

선비　　　(무릎을 꿇고 옥새함을 바치며, 여자 관객에게 울음 섞인 목소리
　　　　　로) 전하, 옥새를 받들고 왔사옵니다.

여자 관객　……?
　　　　　(저게 뭐지? 이쁘게 생겼는걸?)

망나니1　　(태도가 돌변하여)
　　　　　어명이오, 옥새를 받들겠소.

(선비의 손에서 옥새함을 빼앗아 왕 앞에 바친다)

여자 관객   ……!

(저런, 저건 또 무슨 짓이야!)

왕   번의하소서.

망나니2, 3   번의하소서, 번의하소서.

망나니1   (왕을 우러러 무릎을 꿇고 옥새함을 두 손으로 높이 쳐들어 받든다)

어보를 어서 받으소서.

왕   망극하여이다.

망나니2, 3   망극하여이다, 망극하여이다.

(다시 칼을 맞부딪친다)

선비   (여자 관객 옆에 서서)

나 소자가 방가의 부조하지 못할 때를 당하여 어린 나이에 선왕의 대업을 이어받고 궁중 안에 깊이 거처하고 있으므로 내외의 모든 사무를 알 도리가 없으니, 흉한 무리들이 소란을 일으켜 국가의 많은 사고를 유발하였다.

왕   망극하여이다.

망나니2   (왕을 향해 돌아서 무릎을 꿇고 칼을 높이 쳐들며)

아래 백성이 도와 군왕이 되시니,

망나니3   (역시 왕을 향해 돌아서 무릎을 꿇고 칼을 높이 쳐들며)

우러러 천명을 받으셨고,

망나니4   (창을 쳐들며)

큰 덕이 있어 그 보위를 얻으시니,

망나니5   (역시 창을 쳐들며)

굽어 인심에 순응하셨습니다.

망나니1	(옥새함을 왕의 발 아래 내려놓고 여자 관객 쪽으로 간다)
선비	숙부가 충의를 분발하여 나의 몸을 도우시며 수많은 흉도를 능히 숙청하고 어려움을 크게 건지시었다.
왕	망극하여이다.
망나니2, 3	무릇 이를 보고 듣는 자라면,
망나니2, 3	그 누가 기뻐 도무하지 않으리오.
망나니1	(여자 관객의 머리 위에서 왕관을 벗긴다)
여자 관객	……!
	(뭐 이래? 에이, 간신 같은 놈!)
선비	그러나, 아직도 흉한 무리들이 다 진멸되지 않아서 변고가 이내 계속되고 있으니, 이 큰 어려움을 당하여 내 과덕한 몸으로는 이를 능히 진정할 바가 아닌지라.
왕	망극하여이다.
망나니1	(왕 앞에 왕관을 받들어 바치며)
	공경히 생각하건대 총명예지하시고 강건 수정하신 자품[6]으로,
망나니2	그 신성하신 문무의 재덕은
망나니3	곧 큰 기업의 귀속하는 바가 되고,
망나니4	그 위대하신 공렬의 수립은
망나니5	진정 중한 책임을 사양하기 어렵게 되셨소이다.
선비	종묘와 사직을 수호할 책임이 실상 숙부에게 있는도다.
왕	망극하여이다.
망나니들	사직이 안정을 얻으니 조야가 모두 기뻐하고 있소이다.
선비	숙부는 선왕의 아우님으로서 일찍부터 덕망이 높았으며 국가에 큰 훈로가 있어 천명과 인심의 귀의하는 바 되었음

에 이 무거운 부하를 풀어 숙부에게 넘기노라.

왕　　　(왕관을 받아 스스로 쓰며)

　　　　　망극하여이다.

여자 관객　……!

　　　　　(저런, 저런, 도둑……!)

망나니1　신등은 다 같이 용렬한 자질로,

망나니2　다행하게도 경사로운 때를 맞아,

망나니3　저 서기 어린 해와 구름 속에,

망나니4　천명도 새로운 거룩한 성대를 얻어보고,

망나니5　태산과 반석 같은 바탕에서,

망나니들　다시 무강하신 큰 계책을 기대하는 바입니다.

선비　　　아! 종친과 문무의 백관, 그리고 대소의 신료들은 우리 숙
　　　　　부를 도와 조종의 아름다운 유명에 보답하여 뭇사람에게
　　　　　이를 선양할지어다.

망나니4　(징 소리)

　예의 발소리
　다시 높아져 흐른다.

왕　　　(발자국 소리에 맞춰 여자 관객에게 밀어버릴 듯 다가간다)

선비　　　(쫓기듯 원래의 위치로 의자를 밀고 가며 여자 관객에게)

　　　　　전하, 망극하여이다.

여자 관객　……

　　　　　(왠지 서운해져 고개를 떨어뜨린다)

점점 더 높아지는 발소리.

왕　　　　（객석을 향해 군중 앞에 포고하듯）

　　　　　공경히 생각하건대, 우리 태조께서 하늘의 밝은 명을 받으시어 이 대동의 나라를 가지셨고, 열성께서 서로 계승하시며 밝고 평화로운 세월이 거듭되어왔다.

망나니들　（일제히 창검을 높이며）

　　　　　경하하오, 경하하오.

왕　　　　허나 주상 전하께서 선업을 이어받으신 이래, 불행하게도 국가에 어지러운 일이 많았도다.

선비　　　（여자 관객에게 낮게）

　　　　　전하, 망극하여이다.

여자 관객　……!

　　　　　（너무했었구나……）

왕　　　　이에 부덕한 과인이 선왕과는 한 어머님을 모신 아우이고 또한 작은 공로가 있었기에, 과인이 아니면 이 어렵고 위태로운 상황을 진정시킬 길이 없다 하여, 드디어 대위를 과인에게 주시니, 굳게 사양하였으나 이를 얻지 못하였고, 또한 종친과 대신들도 모두 이르기를 종사의 대계로 보아 의리상 사양할 수 없다고 하는지라, 필경 억지로 즉위하고, 주상을 높여 상왕으로 받들게 되었도다.

망나니들　경하하오, 경하하오.

왕　　　　아! 외람되게도 중대한 부탁을 이어받으니 실상 두려운 걱정이 마음에 넘치는 바, 실로 두렵고 삼가는 마음으로 경신[7]의 치화[8]를 넓히고자 하는 바이노라.

망나니들   경하하오, 경하하오.

발소리 더욱 높아졌다 뚝 끊어지면,

왕   ……!

             (갑자기 여자 관객에게 가 뺨을 후려치며)

             이때, 이때, 왜, 왜, 아니 된다 아니했느냐!

여자 관객   ……!

             (얼떨떨해져, 어라 이게 환장했나? 누굴 쳐?)

왕   (목을 움켜쥐며)

             이 찢어 죽일 놈! 네놈은 그때 네 손으로 옥새를 모시지 않

             았더냐! 그리고 이제 와서 거역을 해?! 썩혀 죽일 놈!

             (다시 뺨을 치기 시작한다. 계속해서)

망나니1   (추궁하듯 여자 관객에게)

             네가 네 죄를 알렸다!

망나니2, 3 (역시 여자 관객에게)

             네가 네 죄를 알렸다!

망나니2, 3 (제 위치에서 객석을 향한 채, 창을 찔러 겨누며)

             네가 네 죄를 알렸다! 네가 네 죄를 알렸다!

  F·O

또다시 일어나 높아지는 발소리.

어떤 숙명의 물결처럼,

어떤 악성 질균처럼,

한없이 한없이 번지며 밀려 나간다.

(3경이 시작될 때까지, 에코 되어서)

제3경

어둠 속.

징 소리.
따라서 발소리 지워지고,
정적.

깊은 지하실에서처럼
울려오기 시작하는 음향―
층계를 내려오는 구둣발 소리,
이윽고 육중한 철문이 열리는 긴 쇳소리.
곧 닫힌다.
철커덕―.

날카롭게 켜지는 플래시.
침묵 속에 어둠을 더듬는다.

끝내 멎어지는 곳—

여자 관객의 얼굴.

여자 관객　……

　　　　　(이젠 지쳐 머리를 떨어뜨리고 축 늘어졌다)

선비　　(침묵과 무표정 속에 여자 관객의 턱을 받쳐 올린다)

왕　　　(플래시로, 찢어진 옷 사이로 드러난 여자 관객의 몸 구석구석을

　　　　　장난스럽게 훑는다)

망나니1　(조그마한 스포트라이트를 밀고 나와 여자 관객의 얼굴을 향해

　　　　　겨눈다)

왕　　　(플래시를 끈다)

망나니1　(그것을 신호 삼아 라이트를 켠다)

여자 관객　……!

　　　　　(얼굴에 쏘아대는 강렬한 불빛에 충격을 받는다)

망나니2, 3　(녹음기를 들고 나온다)

여자 관객　(불빛을 피해 눈을 감는다)

선비　　(머리카락을 쥐어 당겨 얼굴을 불빛에 쏘이게 한다)

왕　　　(여자 관객의 뺨을 툭툭 치기 시작한다)

여자 관객　……?

　　　　　(눈을 뜬다)

왕　　　(손질을 멈춘다)

여자 관객　(못 견디겠다는 듯 다시 눈을 감는다)

왕　　　(좀더 세게 뺨을 친다)

여자 관객　……!

　　　　　(눈을 뜰 수밖에)

왕	(다시 손질을 멈춘다)
여자 관객	(정말 견딜 수 없다는 듯 불빛을 피해 다시 눈을 감는다)
왕	(더욱 세게 뺨을 친다)
여자 관객	……!!
	(이 자식이……! 힘들게 눈을 뜬다)
왕	(즉시 손질을 멈추며 씩 웃는다. 입술만)
여자 관객	(별 수 없잖은가? 눈을 뜨고 있을 수밖에. 간신히 눈꺼풀을 지탱한다)
망나니2	(녹음기에 연결된 스피커를 여자 관객의 귀밑에 가까이 받쳐 들고 선다)
망나니1	(라이트를 붉은색으로 바꾼다)
여자 관객	……!
	(얼굴을 덮쳐오는 붉은색의 무자비한 침범에 섬찟해진다)
망나니3	(녹음기를 튼다)
녹음기 소리	(여인의 신음 소리. 지옥처럼 아득한 곳에서부터 서서히 피어오른다)
망나니2	(여자 관객의 귀를 향해 스피커를 가까이 조준한다)
녹음기 소리	(무척 시달린 듯 처절하게 앓는다)
망나니1	(점고되는 음향에 맞추어 불빛의 밝기를 높인다)
여자 관객	(괴롭게 불빛을 피해 눈을 감는다)
선비	(다시 불빛을 향하여 여자 관객의 머리를 튼다)
왕	(여자 관객의 뺨을 친다)
여자 관객	(가늘게 눈을 뜬다)
왕	(더욱 세게 뺨을 친다)
여자 관객	(눈을 크게 할 수밖에에)

왕	(손질을 멈추고, 형식적으로)
	네가 네 죄를 알렷다?
여자 관객	……
선비	(권유하듯)
	네가 네 죄를 알렷다?
여자 관객	……
망나니2, 3	(강압적으로)
	네가 네 죄를 알렷다!
여자 관객	……!
망나니들	(협박하듯)
	네가 네 죄를 알렷다! 네가 네 죄를 알렷다!
여자 관객	……!
	(몸을 뒤챈다)
망나니1	(불빛을 더욱 강하게)
망나니2	(스피커를 더욱 가까이)
망나니3	(녹음기 볼륨을 더욱 높게)
녹음기 소리	(무척 괴롭게 뒹구는 듯 더욱 처절하게 신음하는 여인)
여자 관객	(음향에서 연상되는 여인의 몸부림만큼이나 괴롭게 몸을 뒤챈다)
왕	(신경질적으로)
	네가 네 죄를 알렷다!
선비	(그거 봐…… 타이르듯)
	네가 네 죄를 알렷다!
여자 관객	(몸짓이 점점 음향에 동화되어간다)
망나니1	(화가 나)
	네가 네 죄를 알렷다!

망나니2, 3	네가 네 죄를 알렸다!
망나니2, 3	네가 네 죄를 알렸다! 네가 네 죄를 알렸다!
녹음기 소리	(거의 비명에 가까운 몸부림)
망나니1	(불빛을 더욱 가까이)
망나니2	(스피커를 더욱 바짝)
망나니3	(볼륨을 더욱 높게)
녹음기 소리	(발악에 가까워지던 신음, 긴 비명으로)
여자 관객	(음향과 같이 몸부림치던 여자 관객, 비명과 함께 축 처지며 고개를 떨어뜨린다)
망나니3	(녹음기를 끈다)

정적.

망나니1	(전기밥솥을 들고 와 여자 관객 발 앞에 내려놓는다)
망나니3	(여자 관객의 구두와 스타킹을 벗겨 맨발을 전기밥솥에 집어넣는다)
왕	(전기밥솥에 물을 붓는다)
망나니1	(전기밥솥의 코드를 조명 전원에 꽂는다)
왕	(여자 관객의 얼굴에 물을 끼얹는다)
선비	(여자 관객의 얼굴을 받쳐 든다)
여자 관객	……
	(어렴풋이 눈을 뜬다)
망나니1	(안온하게 조명을 낮춘다)
왕	(이윽고, 잔잔한 음성으로 설득하듯)
	이런들 어떠하며

414

　　　　　저런들 어떠하료

　　　　　만수산 드렁츩이

　　　　　얽어진들 어떠하리

　　　　　(드러난 여자 관객의 몸을 부드럽게 어루만지며)

　　　　　우리도 이같이 얽어져

　　　　　백년까지 누리리라

선비　　　(여자 관객의 뺨을 툭툭 쳐 정신 들게 하며)

　　　　　금생 여수라 한들

　　　　　물마다 금이 나며

　　　　　옥출 곤강이라 한들

　　　　　뫼마다 옥이 날쏜

　　　　　아무리 사랑이 중타 한들

　　　　　님님마다 좇츨야

왕　　　　(짜증스럽게)

　　　　　이런들 어떠하며

　　　　　저런들 어떠하료

　　　　　만수산 드렁츩이

　　　　　얽어진들 어떠하리

　　　　　(여자 관객의 옷을 신경질적으로 뜯어 헤치며)

　　　　　우리도 이같이 얽어져

　　　　　백년까지 누리리라

선비　　　(어지러워진 옷을 여며주며, 단호하게)

　　　　　금생 여수라 한들

　　　　　물마다 금이 나며

　　　　　옥출 곤강이라 한들

	뙤마다 옥이 날쏜
	아무리 사랑이 중타 한들
	님님마다 좃츨야
왕	(전기밥솥의 버튼을 누른다)
망나니1	(또다시 조명을 높인다)
망나니2	(스피커를 정확히 조준)
망나니3	(녹음기를 튼다)
선비	(얼굴을 못 돌리게 여자 관객의 머리채를 휘어잡고 당긴다)
녹음기 소리	(무자비하게 내려치는 채찍 소리. 그 소리에 반응되는 여인의 비명 소리. 계속 귀를 괴롭힌다)
여자 관객	(음향이 암시하는 여인의 몸부림과 같이 다급하게 몸을 팔딱인다)
왕	이런들 어떠하며
	저런들 어떠하료
선비	금생 여수라 한들
	물마다 금이 나며
왕	만수산 드렁츩이
	얽어진들 어떠하리
선비	옥출 곤강이라 한들
	뙤마다 옥이 날쏜
왕	우리도 이같이 얽어져
	백년까지 누리리라.
선비	아무리 사랑이 중타 한들
	님님마다 좃츨야
왕	(김이 무럭무럭 나는 전기밥솥의 레벨을 더욱 올린다)
망나니1	(더욱 높이는 광도)

망나니2	(더욱 가까이 하는 스피커)
망나니3	(더욱 높이는 녹음기 볼륨)
선비	(여자 관객의 코밑과 입언저리에 피를 묻힌다. 마치 코와 입에서 피가 흘러내리는 것처럼)
녹음기 소리	(더욱 높고 빠르게 울리는 채찍 소리와 여인의 비명 소리)
여자 관객	(여인의 비명 소리와 함께 사정없이 내리쳐지는 가상의 채찍을 정신없이 얻어맞으며 발버둥 친다)
왕	이런들 어떠하며
망나니1	저런들 어떠하료
왕	만수산 드렁츩이
망나니2, 3	얽어진들 어떠하리
왕	우리도 이 같이 얽어져
망나니들	백년까지 누리리라.
여자 관객	(전기밥솥의 물이 뜨거워진 듯 발을 뒤틀지만 헤어날 수가 없다)
왕	이런들 어떠하며
선비	금생 여수라 한들
망나니1	저런들 어떠하료
선비	물마다 금이 나며
망나니2	만수산 드렁츩이
선비	옥출 곤강이라 한들
망나니3	얽어진들 어떠하리
선비	뫼마다 옥이 날쏜
망나니4	우리도 이같이 얽어져
선비	아무리 사랑이 중타 한들
망나니5	백년까지 누리리라.

선비	님님마다 좆츨야

더욱더 빠르고 매서워지는 채찍.

더욱더 크고 다급해지는 여인의 비명.

더욱더 다가가는 스피커.

더욱더 뜨거운 김을 내뿜는 전기밥솥.

따라서 통통 뛰는 여인의 온몸.

망나니1	(스포트라이트 색을 여러 가지로 어지럽게 바꾼다. 적·청·황·녹·적·청·황·녹…… 점점 속도를 빨리하며 계속 바꾼다. 따라서 여러 가지로 이지러지며 혼란해지는 여자 관객의 표정)
왕	백년까지 누리리라!
선비	님님마다 좆츨야!
왕,망나니 1	백년까지 누리리라!
선비	님님마다 좆츨야!
왕,망나니 1, 2	백년까지 누리리라!
선비	님님마다 좆츨야!
왕,망나니1, 2, 3	백년까지 누리리라!
선비	님님마다 좆츨야!
왕,망나니1, 2, 3, 4	백년까지 누리리라!
선비	님님마다 좆츨야!
왕, 망나니들	백년까지 누리리라!
선비	님님마다 좆츨야!

극에 달한 소리와 빛.

이윽고

찢어지는 듯한 여인의 마지막 비명―.

동시에 뚝 끊어지듯 정지되는 모든 동작과 소리와 빛.

정적.

여자 관객　　(여인의 비명 소리와 동시에 기절했다)

망나니3　　(전기밥솥에서 여자 관객의 발을 건져낸다. 김이 무럭무럭 나는
　　　　　　여자 관객의 맨발)

망나니1　　(롤러가 달린 커다란 거울을 밀고 와 여자 관객 앞에 세워놓는다)

왕　　(여자 관객의 얼굴에 물을 붓는다)

여자 관객　　…… (완전히 삶은 시금치)

선비　　(왕과 함께 여자 관객의 긴 머리채를 좌우에서 갈라 쥐어 당긴다)

여자 관객　　(머리가 뒤로 젖혀진다. 처참해진 얼굴)

망나니4　　(징 소리, 크게 한 번)

망나니5　　(이어서 북소리. 계속 두드린다)

망나니3　　(녹음기를 튼다)

녹음기 소리　　(여인의 끈적끈적한 목소리. 킬킬대다가, 속삭이듯 낮게)

　　　　　　당신 죄인이지? 당신 죄인이지? ……

　　　　　　(계속된다)

망나니2　　(스피커를 멀리서부터 점점 여자 관객의 귀로 가깝게 가져간다)

망나니1　　(여자 관객의 얼굴 정면을 향해 거울을 천천히 밀고 간다)

녹음기 소리　　(여전히 끈끈하게 휘감아 온다)

　　　　　　당신 죄인이지? 당신 죄인이지? ……

모든 소리와 동작이 동시에 시작되어 같은 보조로 점점 커지고 빨라지면서 여자 관객을 향해 다가간다.

북소리.
거울.
녹음기 소리.

여자 관객　　(다가오는 거울에 비친, 점점 확대되는 자신의 얼굴에 질린다. 처참하게 흐트러진 얼굴)

녹음기소리　　(히히……그렇지?)

　　　　　　　당신 죄인이지? 당신 죄인이지? ……

　　　　　　　(이봐, 그렇지 않아?)

　　　　　　　당신 죄인이지? 당신 죄인이지? ……

망나니1　　(여자 관객의 코밑에까지 거울을 밀어다 붙인다)

여자 관객　　(코앞에 와 달라붙은 자신의 괴기스런 얼굴에 극심한 공포를 느낀다)

녹음기소리　　(헤이, 이봐……)

　　　　　　　당신 죄인이지? 당신 죄인이지? ……

　　　　　　　(그렇지 뭘 그래?)

　　　　　　　당신 죄인이지? 당신 죄인이지? ……

모든 소리와 동작이 더 이상 뻗어나갈 수가 없다고 느껴지게 될 때쯤 해서

왕　　(심한 충격과 공포에 경직돼 있는 여자 관객의 귀밑에 대고 크게)

으아—!

동시에 모든 소리와 빛 cut out.
단지 스포트라이트와 녹음기 소리만 남아 계속된다.

망나니1   (비명 소리가 cue란 듯 스포트라이트를 휙 돌려, 뜻밖의 기습에
당황하는 관객들의 얼굴을 강렬한 불빛으로 잔인하게 헤집으며
쓰다듬고 할퀴고 두들겨댄다)

녹음기 소리, 역시 계속해서 어둠 속을 뒤적인다.
(4경이 준비될 때까지)

제4경

끈질기게 귓속을 후비던

녹음기 소리

어느 순간 멈추면

망나니1　　(스포트라이트를 돌려 호리전트[9]를 비춘다)

붉게 물들어지는 호리전트

노을이라 해두자.

망나니5　　(북을 둥둥 울리기 시작한다. 침울하고 경건하게)

왕　　　　(밧줄 올가미를 천정으로부터 여자 관객의 머리 위에 늘어뜨린다)

말 울음소리.

네 마리.

망나니2, 3　(쓰러져 있는 선비의 두 손, 두 발에 네 개의 긴 밧줄을 각각 묶어,

　　　　　　무대 밖에 세워졌으리라 상상되는 네 마리의 말에 연결해 맨다)

선비　　　(잔잔히 읊조린다)

　　　　　　북은 울리어

　　　　　　인명을 재촉하는데

　　　　　　머리를 돌리니

　　　　　　해는 기울었어라

　　　　　　황천길 가노라면

　　　　　　주막도 없다느니

　　　　　　오늘 밤 이 내 한 몸

　　　　　　뉘 집에서 지새우리.

망나니5　(북소리 빨라진다)

왕　　　　정위치.

망나니1　정위치.

망나니2, 3, 4 정위치!

　　　　　　(망나니2, 3 각기 무대 좌, 우측 끝으로 가 가상의 말 뒤에 서서

　　　　　　부동자세로 다음 명령을 기다린다)

망나니5　(더욱 빨라진 북소리)

왕　　　　행형[10]!

망나니1　행형!

망나니2, 3, 4 행형!

　　　　　　(망나니2, 3은 무대 밖에 세워져 있을 말에게 채찍을 내리치고,

　　　　　　망나니4는 복창과 함께 객석을 향해 앞으로 창을 내찔러 겨눈다)

　채찍에 얻어맞은 말 울음.

움직이기 시작하는 모양이다.

선비   (밧줄이 당겨지기 시작하자 사지가 사방으로 벌려지며 몸이 둥
          실 허공에 떠어진다)

  채찍.
  말 울음.
  채찍, 채찍.
  말 울음, 말 울음.
  북소리는 미친 듯이 날뛰고.

선비   (버티던 사지가 축 처지며)
          으아―!

  정적.

왕   (신음처럼)
          과인에겐 불충불효한 역신이노라만, 후세의 사가들은 만
          고충신이라 이르리라……
망나니2, 3   (여자 관객의 허리와 다리를 묶은 줄을 풀어준다)
여자 관객   ……
          (흐려진 시선을 허공에 떠웠다)
망나니1   (여자 관객의 손에 채워진 수갑을 열어준다)
여자 관객   (여전히 꼼짝 않는 시선)

정적.

왕	(천천히 여자 관객에게로)
여자 관객	……
	(그대로 굳어버렸나?)
왕	(오랫동안 땅속에 묻어뒀던 술독을 꺼내 마침내 개봉하듯 조심
	스럽게 천천히 여자 관객의 입에 붙여진 테이프를 뜯는다)
여자 관객	(여전한 돌)
왕	(차분히 가라앉은 음성으로 낮게, 담담한 질의)
	네가 네 죄를 알렷다.
여자 관객	……!
	(비로소 반응이…… 눈물이 핑 돈다. 천천히 일어선다. 어느새
	눈물이 흘렀다. 드디어!)
	…… 내가 내 죄를 알겠소.

여자 관객, 의자 위로 올라선다.
밧줄 올가미 안으로 스스로의 목을 넣는다.
한 발을 뒤로 크게 올려 막 어떤 행위를 시작하려는데

징 소리와 함께 조명 cut out.

다시 들려오기 시작하는 거대한 집단의 육중한 발소리.
걷잡을 수 없이 밀려오는 물결처럼 끝없이 번지며 계속해서 덮쳐온다.
무대 인사가 끝나고 모든 관객들이 퇴장한 다음에도,
공연장 출구를 나선 관객들이 골목을 돌아서 멀어져갈 때까지도,

계속해서 뒤통수를 쫓으며 밀어닥친다.

— 막 —

〔1978년〕

이
강
백

봄날

장남

차남

삼남

사남

오남

육남

막내

동녀(童女)

백운사 스님들(소리)

이 희곡의 형식은 이중구조를 갖고 있다. 그 하나는 극동아시아, 시베리아, 멀리는 우랄 산맥 너머까지 퍼져 있던 동녀풍속(童女風俗)을 중심으로 엮어가는 줄거리와, 다른 하나는 그 줄거리의 장면과 장면 사이에 봄에 대한 시·그림·영화·연주·속요·산문·약전(藥典)[1]·편지 등을 삽입시킴으로써, 그 두 가지의 구조가 서로 결합 또는 이완되도록 짜여져 있다. 이것은 동녀풍속이 갖고 있는 설화적 요소를 좀더 실제적으로 가깝게 표현하기 위해서다.

무대 또한 크게 둘로 나뉘어 사용되기 바라는데, 무대 중앙과 후면은 아버지와 자식들이 거처하는 집의 공간이고, 전면은 노래·그림·소설·영화 등이 표현되는 공간이다.

등장인물 중에서 특별히 지적해두는 것은, 장남이 갖고 있는 모성애적 성격과 봄이면 천식을 앓는 막내의 병약한 모습이다. 나머지 차남에서 육남까지의 자식들은 코러스 역할을 겸하고 있는데, 그들이 시·그림·소설 등의 다양한 진행을 맡는다.

제1장

아침. 따뜻한 봄볕이 내리쬐는 툇마루에 자식들이 나른한 모습으로 앉아 있다.

차남　　저놈을 몽둥이로 때려잡을까?

사남　　뭔데?

차남　　구렁이야.

자식들　어디 있어?

차남　　저기 흙담 위로 슬그머니 올라가는 게 안 보여?

육남　　아, 저 싯누렇게 늙은 구렁이!

오남　　해마다 봄만 되면 나타나는 놈이잖아?

삼남　　바로 저놈이야! 지난해 봄에도 우리 집 흙담 위로 올라가서 며칠 동안이나 꼼짝 않고 있었어.

막내　　(천식으로 밭은기침을 하며) 내버려둬. 햇볕을 쬐려구 그런 걸……

차남　　저 징그러운 몸뚱이 좀 봐! 올해는 때려잡자구!

삼남	(하품을 하며) 때려잡고 싶거든 혼자 가서 해. 난 노곤해서 꼼짝하기 싫으니깐.
자식들	배고파, 어서 점심때나 되었으면……
육남	우리 장닭²을 한 마리 잡아먹을까? 우리가 몰래 잡아먹고 서는 저 구렁이가 먹었다구 하면 되잖아?
자식들	좋은 생각이야. 어서 가서 장닭을 잡아와.
육남	나 혼자?
오남	난 졸려서 일어날 수가 없어.
사남	나도 그래. 노곤하게 졸려서 일어나기 싫어.
육남	그럼 꿈속에서나 장닭을 잡아먹자구!
차남	저놈의 구렁이, 몽둥이로 딱 때려잡았으면!

사이.

막내	(먼 산을 바라보며 기침을 하면서) 청계산 산불이 아직도 타고 있네.
사남	저 청계산 산불이 왜 일어난 줄 알아?
막내	몰라……
사남	봄 됐다구 암컷 수컷 모여서 뜨겁게 뜨겁게 부벼대니까 불이 나지.

사이.

막내	며칠째 산불이지?
차남	글쎄…… 닷새째인가…… 엿새째인가……

막내 　그런데도 산불을 끄러 가는 사람이 없어?

차남 　청계산 중턱에 백운사가 있잖아. 불에 타 죽고 싶지 않거
　　　든 백운사 스님들이 산불을 끄겠지.

육남 　하하, 꿈속에서나 산불을 끄겠지!

삼남 　옛날 백운사 스님들은 봄이 되면 밥 먹기도 귀찮아서 굶어
　　　죽었대.

오남 　지금 있는 스님들도 귀찮은 모양이지? 겨울 동안 양식이
　　　다 떨어졌을 텐데 마을로 먹을 걸 얻으러 내려오지 않잖
　　　아?

삼남 　(하품을 하며) 아, 졸려…… 마을엔 먹을 게 없으니깐 내려
　　　와봤자지.

　장남, 바구니를 들고 사립문으로 들어온다.

차남 　형님, 어딜 갔다 와?

장남 　쑥 캐러 갔다 온다.

자식들 　부지런도 하네, 우리 형님은.

장남 　(우물에서 두레박으로 물을 퍼서 쑥을 씻는다) 배고프지, 너희
　　　들? 오늘 점심엔 향긋한 쑥떡을 쪄서 줄게.

자식들 　쑥떡은 싫어. 아무리 먹어도 허기만 지는걸!

육남 　장닭 한 마리 잡아먹어!

자식들 　형님, 우리 닭 한 마리 잡아줘!

장남 　그런 소리 하면 못써. 아버지한테 혼난다.

육남 　아버지한테는 저 구렁이가 잡아먹었다구 하면 되지!

장남 　아버지가 모를 줄 알아?

육남	어떻게 안다구 그래? 저 청계산 너머 읍내 장에 가셨는데?
장남	돌아오시면 부뚜막 솥뚜껑부터 열어보실걸. 그럼 우리가 쑥떡을 쪄 먹었는지 닭을 삶아 먹었는지 다 알게 돼.
자식들	설마 솥뚜껑을 열어보실라구……
장남	언젠가 봄에도 그런 적이 있었어. 우리 집에 어머니가 계셨던 때 이야기인데, 어쩌나 일은 많구 허기가 졌는지 어머니는 닭 한 마리 몰래 잡아먹었어. 그랬다가 아버지한테 들켜서는 몽둥이로 흠씬 두들겨 맞고 집을 쫓겨났지.
차남	그거 닭 잡아주기 싫으니까 지어낸 말 아니야?
장남	아니, 참말이야.
차남	그럼 백운사 스님에게 쌀 퍼줬다구 쫓겨난 어머니는 또 누구야?
장남	그 어머니는 막내를 낳은 어머니지.
차남	아까 그…… 닭 잡아먹었다구 쫓겨난 어머니는?
장남	너를 낳은 어머니구.
차남	형님을 낳은 어머니는?
장남	나를 낳은 어머니는 뒤뜰 감나무에 목을 매고 죽으셨지.
차남	뒤뜰 감나무에는 왜?
장남	아버지 몰래 담배를 피웠거든.
차남	담배 피운 게 무슨 죽을 죄야?
장남	아버지 담배를 훔쳐 피웠으니깐 죄가 되지.
차남	닭도 아버지 것, 쌀도 아버지 것, 담배도 아버지 것, 이 세상에 있는 건 몽땅 아버지 것이로군!
장남	이젠 다 씻었다. 이 쑥으로 금방 떡을 해줄게.

장남, 바구니에 씻은 쑥을 담아 들고 부엌으로 들어간다.

차남   저놈의 구렁이, 딱 때려잡았으면!

삼남   괜히 구렁이한테 화풀이하구 있네.

사이, 먼 산에서 두견새의 울음이 한가롭게 들려온다.

육남   닭 한 마리 못 잡아먹게 하구, 쌀 한 톨 남 못 주게 하구,
           담배 한 모금 못 피우게 해서, 아버지는 그걸 모아 뭘 하려
           는 걸까?

사남   죽을 때 가져가려는 거지!

육남   죽을 때 가져가?

사남   다른 사람은 못 가져가지만 우리 아버진 지독해서 다 가져
           갈 수 있어.

차남   네 말이 맞다. 아버지는 꼭 그러실 분이라구. 언제나 가을
           추수가 끝나면 아버지는 온돌방이 춥다구 구들장을 뜯어
           내고 항아리를 파묻지. 항아리를 방에 묻어두면 겨울에도
           따끈따끈해진다구 아버지는 말씀하지만, 그 말을 곧이들
           을 바보가 어디 있겠어?

자식들   아버지는 우리를 바보로 아나 보지! 그 항아리 속에 곡식
           판 돈 담아놓구서!

육남   궁금해. 아버지 방 구들장 밑에 항아리가 몇 개가 될까?

차남   아버지가 사신 나이만큼 묻혀 있겠지!

오남   아, 그만큼 많은 항아리들을 죽을 때 어떻게 다 갖고 가신
           담?

차남	별걱정을 다 하네. 차곡차곡 쌓아서 머리에 이고 남는 건 등에 짊어지고, 그래도 남는 건 손으로 들고 가면 되지.
오남	황천길이 편편한 신작로일까, 가파른 비탈길일까?
차남	마음 좋은 사람한테는 신작로이구, 마음 나쁜 사람한테는 비탈길이지.
오남	그럼 우리 아버지는 큰일 나겠군! 그 많은 항아리를 갖고 가시다가 비탈길에서 넘어지면은, 떼굴떼굴 떽떼구르 항아리들만 신이 나서 굴러가겠네!
자식들	(소리 내어 웃으며) 떼굴떼굴 떽떼구르! 떼굴떼굴 떽떼구르!
차남	아이구 맙소사! 저놈의 항아리를 붙잡아라!
자식들	(더욱 소리를 높여 가며) 떼굴떼굴 떽떼구르!
오남	여보쇼, 저승사자! 저 항아리 좀 붙잡아주소!
자식들	떼굴떼굴 떽떼구르!
삼남	저 항아리 속에 평생 모은 내 돈 들었소!
자식들	떼굴떼굴 떽 떼구르! 떼굴떼굴 떽떼구르!

장남, 부엌에서 나온다.

장남	너희들 뭐 하는 거냐?
자식들	떼굴떼굴 떽떼구르!
장남	그게 무슨 소리냐구?
차남	가파른 황천길에 항아리들이 굴러가는 소리지 뭐.
자식들	떼굴떼굴 떽떼구르!
장남	조용히 하렴. 지금 아버지 흥을 보구 있는 거지?

차남   자식들이 감히 아버지 흉을 어떻게 봐?

자식들   우린 항아리 굴러가는 소리만 내고 있는 거야. 떼굴떼굴 떽떼구르! 떼굴떼굴 떽떼구르!

장남   조용히 하지 않으면 쑥떡 안 준다. (부엌으로 들어가며) 봄이 되니까 양지 쪽에 앉아서 아버지 흉만 보구 있네.

  자식들, 입을 다문다.

막내   아…… 청계산 산불만 잘도 타네.

  사이.

막내   스님들은 뭘하느라구 불도 안 끈담?

사남   양식 다 떨어져서 굶어 죽은 모양이지.

막내   정말 굶어 죽었을까?

사남   그렇게 걱정되거든 네가 백운사에 올라가보렴.

막내   (기침을 하며) 난 숨이 막혀…… 봄만 되면 꽃가루가 날아와서 내 숨을 막아……

자식들   우린 노곤해서 백운사에 못 올라간다.

육남   항아리 굴러가는 소릴 냈더니 맥이 다 풀린걸. (부엌 쪽을 향하여) 형님, 쑥떡이 아직 안 됐어?

장남   (부엌에서) 먹기 좋게 익어간다.

사남   여기 막내가 기운 없다구 쑥떡에 참기름 발라 오래.

막내   내가 언제 참기름 발라 오랬어?

사남   방금 그랬잖아?

막내	난 숨을 못 쉰다구 했지……
사남	그게 같은 소리 아냐? 숨을 못 쉬니깐 기운이 없지.
자식들	(부엌 쪽을 향하여) 형님, 우리 먹을 것두 참기름 발라줘!

장남, 쑥떡을 바가지에 담아 들고 나와서 툇마루 위에 놓는다. 자식들,
몰려들어 쑥떡을 집어 먹는다.

장남	쑥떡이 맛있지?
자식들	맛있어서 먹나, 배고프니까 먹지.
장남	급히 먹으면 체한다. 천천히들 먹어. (숨이 막혀서 먼 산을 바라보고 있는 막내에게) 막내야, 너도 좀 먹어.
막내	난 배고프지 않아.
장남	엊저녁도 안 먹구, 오늘 아침도 안 먹었잖아?
막내	숨이 막혀서…… 못 먹어.
장남	억지로라도 먹어야지.
막내	싫어.
장남	안 먹으면 죽는다. 죽는 게 좋아?
막내	형님, 이리 와서 내 가슴 좀 만져봐. 숨을 못 쉬니깐 가슴 속이 불붙은 듯 뜨거워.
장남	(근심스런 표정으로 막내의 가슴에 손을 얹는다)
막내	뜨겁지?
장남	그래, 뜨거워.
막내	왜 나는 봄 되면 이럴까……
장남	이렇게 아플수록 잘 먹어야지. 뭐든지 잘 먹으면 안 낫는 병이 없어.

막내	가슴속의 이 불 안 끄면 시커멓게 타버릴 거야. 저기 저 청
	계산 산불처럼……
장남	막내야…… 쑥떡에 참기름 발라줄까?
막내	백운사 스님들은…… 굶어 죽었대……
장남	조금만 기다려. 참기름 발라 올게.
자식들	우리 쑥떡에 참기름 발라줘!
장남	막내가 가엾지도 않아?
차남	막내는 병들었다구 아버지가 일도 안 시켜. 하지만 우린
	뼈 빠지게 일을 해야 하구. 그럼 정말 잘 먹어야 하는 건
	누구야? 바로 우리잖아?
장남	참기름은…… 아버지만 잡숫는 거야. 너희들 먹을 것에
	모두 발라주면…… 빈 병만 남아.

　　장남, 부엌으로 들어간다.

차남	참기름도 아버지 것이라니깐 맥이 쫙 풀려……
삼남	(벌렁 드러눕는다) 아, 피곤해…… 졸음만 더 쏟아지네.
자식들	(따라서 눕는다) 아무것두…… 아무것두 하고 싶지가 않
	아……
사남	봄이 싫어. 나른한 게…… 귀찮기만 하구……

　　무대 전면, 자식들이 나란히 서서 봄에 대한 시를 읊는다.

차남	복사꽃 피고, 복사꽃 지고, 뱀이 눈뜨고, 초록 제비 묻혀 오
	는 하늬바람 우에 혼령 있는 하늘이어. 피가 잘 도라……

438

아무 병도 없으면 가시내야. 슬픈 일 좀 슬픈 일 좀, 있어
야겠다.[3]

삼남   강아지 귀밑털에 나비가 앉아본다
실날 같은 바람이 활활 감아들고
히히이 한 울음 모가지를 뽑아보니
구름은 내려와
산허리에 늘어졌다
타는 아지랑이 그 바닥은
새푸른 잔디밭이 아리아리
꿈속같이 멀어라.[4]

사남   벌판 한복판에 꽃나무 하나가 있소. 근처에는 꽃나무가 하
나도 없소. 꽃나무는 제가 생각하는 꽃나무를 열심으로 생
각하는 것처럼 열심히 꽃을 피워가지고 섰소. 꽃나무는 제
가 생각하는 꽃나무에게 갈 수 없소. 나는 막 달아났소. 한
꽃나무를 위하여 그러는 것처럼 나는 참 그런 이상스러운
흉내를 내었소.[5]

오남   어홀없이 지는 꽃은 가는 봄인데
어홀없이 오는 비에 봄은 울어라
서럽다, 이 나의 가슴속에는!
보라, 높은 구름나무의 푸릇한 가지
그러나 해 늦으니 어스름인가
애달피 고운 비는 그어 오지만
내 몸은 꽃자리에 주저앉아 우노라.[6]

육남   먹어도 먹어도
배고픈 시장끼

죽은 나무도 생피 붙은듯
죄스런 봄날
피여, 피여,
파아랗게 얼어붙은
물고기의 피
새로 한 번만
몸을 풀어라
새로 한 번만
미쳐라 달쳐라.[7]

제2장

깊은 밤. 대청에서 장남이 호롱불을 켜놓고 바느질을 하고 있다.

막내   (어둠 속에서) 형님……

장남   (어둠 속의 소리 나는 곳을 향하여) 누구지?

막내   나.

장남   막내?

막내   응. 밤도 깊었는데 뭘 하구 있어?

장남   장에 가신 아버지도 아직 안 오시구…… 너희들 갈아입힐
         봄옷들을 손질하구 있지. 넌 왜 안 자구 나왔니?

막내   (괴롭게 기침을 하며) 밤이 되니깐 숨이 더 막혀……

장남   막내야, 내 곁에 와서 누워.

막내   (가까이 다가와서 눕는다)

장남   (막내의 가슴을 쓰다듬어주며) 마음으로 병을 이겨야지. 마
         음이 약해지면 아무 병도 못 이겨.

막내   형님도 나처럼 아픈 적이 있었나?

장남	그럼 있었지.
막내	언제?
장남	아주 오래전에……
막내	그때 이야길 해줘.
장남	자꾸만 어머니가 쫓겨나니깐 가슴이 아팠어. 너무 가슴이 아프니까 아무것도 먹고 싶지 않구, 살고 싶다는 생각도 없었어.
막내	내가 지금 그런걸, 그래서 형님은 어떻게 했어?
장남	하지만 난 죽을 수가 없었지. 자꾸만 어머니들은 쫓겨나고 집안엔 어린 너희들만 남아서. 내가 대신 너희들을 키워야 했지. 배고파서 울면 미음을 끓여 먹이구, 오줌을 싸면 기저귀를 갈아주면서…… 그렇게 살다 보니 세월은 가구, 내 병은 어느새 다 나았어.
막내	형님은 어머니야. 이렇게 형님 곁에 누워 있으면 형님이 꼭 어머니 같다는 생각이 들어.
장남	(바느질을 하면서) 나는 너희들이 없었으면 벌써 죽었어.

사이.

| 막내 | 그런데 난 무엇에 마음을 붙이구 살까…… |

사이.

| 장남 | 막내야 그만 들어가 자렴. |
| 막내 | 저기 청계산 산불을 바라봐. 저렇게 훨훨 타버리면 무엇이 |

남을까?

장남   재가 남지.

막내   재는 바람에 흩어져……

장남   밤바람이 차가워. 어서 들어가 자.

막내   형님도 나랑 함께 들어가.

장남   난 아버지를 기다려야 해.

막내   형님이 곁에 있지 않으면 난 잠을 못 자.

장남   왜 이렇게 늦으실까…… 청계산 산불 때문에 길이 막혀서 못 오시나?

막내   산불에 길이 막혔으면 갈마재로 빙 돌아오시겠지.

장남   갈마재로 빙 돌아오는 길은 얼마나 먼데…… 150리가 훨씬 넘어.

막내   그럼 새벽에야 오시겠네.

장남   새벽에라도 오셨으면……

막내   (장남의 손을 잡고 이끌며) 나랑 함께 들어가서 자.

장남   아버지는 성미가 급하셔. 불붙은 청계산을 그냥 넘으려구 하신 건 아닐까……

막내   형님은 꼭 어머니야. 근심이 많아.

장남   너 혼자 들어가 자.

막내   (장남의 손을 놓으며) 싫어, 나 혼자는.

장남   막내야.

막내   싫다니까. 여기 형님 곁에 누워서 산불이나 보구 있지.

사이.

막내	무슨 소리지?
장남	(귀를 기울이며) 글쎄……
막내	점점 가까이 다가오구 있잖아?

사이.

막내	이젠 똑똑히 들리지?
장남	그래. 스님들이 목탁 치는 소린데……
막내	(벌떡 몸을 일으켜서 앉으며) 우리 집 문 앞에서 멈췄어.
장남	가만있어봐. 그냥 지나갈지도 몰라.

사이.

막내	스님들이 가지 않구 있어.
장남	(어둠 속의 목탁 치는 쪽을 향하여) 무슨 일들이십니까, 이 밤 중에?
소리 1	소승들은 백운사에서 내려왔소.
소리 2	봄에 양식은 떨어지고, 굶은 지 오래되어 뼈만 남았소.
소리 3	뼈만 남은 소승들은 기운 없어 불을 못 껐소. 백운사는 산불 붙어 재가 되었소.
장남	(괴로워하며) 죄송합니다, 스님. 양식을 구하시려거든 다른 집을 찾아가십시오.
소리들	자비를 베푸시오. 이 동네에서 양식이 있는 집은 이 댁뿐 이오.
장남	하지만 스님들께선 저희 집 사정을 잘 아시잖습니까? 저

희 어머니는 스님들께 몰래 시주한 죄로 쫓겨나셨습니다.

소리 1   양식이 떨어졌소.

소리 2   굶어서 뼈만 남았소.

소리 3   백운사는 불에 탔소.

장남   (더욱 괴로워하며) 용서하십시오. 저는…… 어떻게…… 할
수가…… 없습니다.

목탁 치는 소리 계속된다.

장남   스님, 저희 집을 떠나십시오. 아버지가 돌아오시다가 스님
들께 역정 낼까 두렵습니다.

사이.

장남   어서 떠나십시오.

사이.

소리들   그럼…… 소승들은 물러가겠소.

장남   부끄럽습니다, 스님……

소리 1   소승들이야 정처 없이 떠난다지만 오고 갈 데 없는 아이
하나 있으니 이 댁에서 맡아주시오.

장남   아이라니요?

소리 2   어느 해 봄날, 백운사 불당 앞에 버려진 핏덩이 있어 소승
들이 거둬 키웠소.

소리 3	이제는 더 거둘 여력이 없어 이 댁에 맡기고자 하니, 부디 한 혈육처럼 잘 보살펴주시오.
장남	안 됩니다, 스님.
소리들	자비를 베푸시오.
장남	데리고 가십시오. 저희 아버지가 역정 낼까 두렵습니다.
소리들	부디 자비를 베푸시오.

어둠 속 목탁 치는 소리가 들려오는 쪽에서 고깔을 쓴 동녀가 한 걸음 두 걸음 걸어 나와 마당에 엎드린다.

막내	형님, 목탁 치는 소리가 들리지 않아.
장남	스님들이 가셨어.
막내	저 아이는?
장남	가만있어. 아버지한테 물어보구……
막내	형님은 어머니야.
장남	아…… 가만있으라니깐.
막내	형님은 어머니지. 내가 잘 알아.

무대 전면. 자식들이 벽화(壁畵)를 묘사(描寫)한 그림을 들고 나온다.

| 차남 | (관객들에게 그림을 설명한다) 이 그림은 백운사 불당 벽에 그려져 있던 탱화입니다. |
| 삼남 | 푸른색 연못 가득히 분홍색과 백색의 연꽃들이 만발하게 피어 있고, 그 연꽃 위에 부처님이 살포시 앉아서 미소를 짓고 있습니다. |

사남   못된 심보를 가진 놈의 눈이라서 그런 걸까요? 우리들 눈
         엔 이 부처님 모습이 너무 곱고 고운 여인으로만 보입니다.

오남   어떤가요? 우리들 말을 듣고 보니깐 이 그림 속의 부처님
         이, 백운사 스님들이 밤중에 맡겨놓고 간 그 여자 같다는
         생각이 들지 않아요?

제3장

이른 아침. 아버지가 집에 돌아온다.

아버지   (지팡이를 휘두르며 고함을 지른다) 이놈들아, 자고 있냐? 여태껏 자빠져 자고 있어?

장남   (뒤뜰에서 황급히 나오며) 아버지.

아버지   자는 놈들을 깨워라! 해 뜬 지가 언젠데, 이런 게으른 놈들 같으니!

장남   (툇마루방 앞에 가서) 일어나. 아버지 오셨다.

아버지   그렇게 해서 일어날 놈들이 아니다. 문을 활짝 열어젖히고 다들 끌어내!

장남   (문을 열고 안을 향하여) 아버지 오셨어. 나와서 인사드려야지.

아버지   (지팡이로 툇마루를 내려치며) 이 게을러빠진 놈들아! 냉큼 일어나지 못해!

자식들, 잠에서 덜 깬 모습으로 나온다.

자식들	아버지 이제 오셨습니까?
아버지	산불에 길이 막혀서 갈마재로 빙 돌아오느라 밤새껏 고생했다. 그런데 너희들은 이 애비가 집에 돌아온 게 싫으냐?
차남	그게 아니구요…… 장에서 뭘 사 오셨어요?
아버지	너희들 먹이려구 회충약 사 왔다.
자식들	회충약만요?
아버지	그래! 너희들이 요즘 노곤하게 봄을 타는 건 배 속에 회충이 잔뜩 들어 있어서 그런 거다. (회충약을 꺼내면서, 장남에게) 바가지에 물 좀 떠오너라. 이놈들 약 먹여야겠다.
장남	(우물로 간다)
삼남	(울상을 짓고) 아버지…… 그 약은 너무 독해요……
육남	지난해 봄에도 그걸 먹었더니요…… 하늘이 빙글빙글 돌던데요……
아버지	이놈아, 그래야 배 속에 든 것이 쑥 빠지지!
자식들	아버지……
아버지	(장남이 물을 담아온 바가지를 들고서 자식들에게 직접 약을 먹인다) 봄날은 짧다! 노곤하다구 자빠져 있다가는 곡식 심을 때를 놓쳐!
자식들	(얼굴을 잔뜩 찌푸리고 약을 먹는다)
아버지	약 먹었으면 나가서 일을 해!
사남	아침밥은 먹어야 일을 하지요.
아버지	아침밥은 안 돼! 바로 밥을 먹으면 회충약 효과가 없어! 밥은 저녁때나 먹어라!

자식들	(시무룩한 표정으로 침묵)
아버지	뭣들 해? 어서 쟁기를 갖고 가서 땅을 갈지 않구?
자식들	(침묵)
아버지	(지팡이를 휘두르며) 이 게을러빠진 놈들! 지팡이로 두들겨 맞아야 나가겠느냐?

　자식들, 헛간에 가서 쟁기를 끌고 나온다.

아버지	이놈들아, 머리를 쳐들고 어깨를 펴! 일하러 가는 놈들이 기운차게 나가야지, 그런 맥 빠진 꼴은 보기 흉하다!
자식들	(쟁기를 끌면서 사립문 밖으로 나간다)
아버지	회충약이 남았다. 어느 놈이 안 먹었지?
장남	아까 다들 먹던데요?
아버지	그럼 왜 이게 남았지? 아, 막내 놈이 안 먹었군!
장남	막내는 몸이 약해요. 너무 독한 약을 먹이면 안 좋을 텐데요……
아버지	그렇게 감싸주니깐 더 약골이 되지. (방 안을 향해) 이놈 막내야! 아직도 자구 있냐?
장남	막내는…… 뒤뜰에 있습니다.
아버지	뒤뜰에? 거기서 뭘 하구 있어?
장남	가마솥에…… 목욕물을…… 덥히고 있어요.
아버지	목욕물을?
장남	네.
아버지	몸도 성치 않는 놈이 아침부터 목욕을 해?
장남	아닙니다, 아버지. 어젯밤에…… 백운사 스님들이 찾아와

서요……

아버지 그럼 그 중놈들이 우리 집 뒤뜰에서 목욕을 한다는 거냐?

장남 그게 아니구요…… 산불 때문에 백운사는 불에 타구, 양
식은 떨어져 먹을 것이 없다면서…… 스님들이 거둬 키우
던 아이를 우리 집에 맡겨놓고 간다기에…… 안 된다구,
제발 데려가라구 그랬었지만…… 마당에 들어와 웅크리
고 앉아 있는 그 애가 가엾어서……

아버지 답답하다. 빨리 말해라! 그러니까 뒤뜰로 데려다가 목욕
을 시키고 있다, 그거구나?

장남 네. 새카맣게 재를 뒤집어쓰고 있어서……

아버지 여러 말 할 것 없다. 난 네 마음을 다 알아.

장남 아…… 아버지.

아버지 네 동생들이 다 자랐으니깐 또 어린것을 데려다가 아기자
기 정붙여 키워보구 싶겠지?

장남 아버지……

아버지 하지만 안 돼! 어린애는 아무 쓸모가 없어! 제 밥벌이도
못 하는 게 배고프면 먹을 것 달라 빽빽 울어대고, 일이라
곤 손끝 하나 까딱 안 하는 것이 똥오줌을 싸서 남에게 고
된 일을 시키지.

장남 그런 어린애는 아닙니다. 처음엔 스님의 크고 헐렁한 옷을
입은 채 웅크리고 있어서 몰랐지만…… 목욕을 시키려구
보니깐……

뒤뜰에서 막내가 숨이 막혀서 나온다.

막내	부끄럽다구…… 자꾸만…… 부끄럽다구…… 나더러 가래.
아버지	이놈, 막내야!
막내	장에 다녀오셨어요, 아버지.
아버지	네 얼굴이 그게 뭐냐?
막내	(소매 끝으로 얼굴을 닦으며) 형님, 내 얼굴에 뭐가 묻었나?
장남	글쎄…… 묻은 게 없는데……
막내	그럼 아버지가 왜 그러실까?
아버지	네놈 얼굴이 복사꽃마냥 불그스레 물든 것이 수상해서 그런다. 너, 뒤뜰에서 무슨 짓을 했어?
막내	(얼굴이 더욱 붉어지며) 아…… 아무것도…… 안 했어요.
아버지	내 눈은 못 속여! 나쁜 짓 했지?
막내	아뇨……
아버지	말 안 하면 이 지팡이로 때릴 테다!
막내	아……
아버지	바른대로 말해!
막내	안 보려구…… 안 보려구…… 고개를 돌렸지만요……
아버지	뭘 봤어?
막내	가…… 가…… 가슴을요.
아버지	그 가슴이 어때서?
막내	(입을 벌리고 가쁜 숨을 몰아쉴 뿐 말을 못 한다)
아버지	그 가슴에 능금이 두 개 매달린 듯하더냐?
막내	(말은 못하고 고개만 끄덕인다)
아버지	(장남에게) 백운사 중놈들이 다 큰 계집앨 두고 간 모양이다. 그렇지?
장남	네.

아버지	계집앤 안 된다! 당장 내쫓아라!
장남	아버지……
아버지	계집이 집에 있으면 집안이 망해. 몰래 닭이나 잡아먹구, 중놈에게 쌀이나 퍼주구, 담배나 훔쳐 피울 궁리만 하지. 그렇다고 야단치면 눈물 찔찔 짜다가 도망치질 않나, 야속하다 목을 매달지 않나, 계집은 흉물이다. 냉큼 내쫓아라!
막내	(숨이 막혀서) 안 돼요, 아버지. 내쫓으면…… 안 돼요!
아버지	(지팡이를 휘두르며) 이놈아, 애비 말을 들어라! 뒤뜰의 그 계집앨 당장 내쫓아!

무대 전면. 자식들이 봄에 대한 소설 한 권을 갖고 나온다.

차남	(관객들에게) 봄을 소재로 한 소설은 정말로 너무 많아서, 어느 걸 읽어야 할지 모를 정도인데요, 이효석의 「들」이라는 작품을 골라봤어요. 이 소설의 한 대목을 낭독해드릴 테니깐, 뒤뜰에서 막내의 심정이 어떠했는지 짐작이 가실 겁니다. (낭독한다) 언제인가 개천 둑에서 기묘하게 만난 후 두번째의 공교로운 만남임을 이상하게 여기고 있는 동안에 마음이 퍽이나 헐하게 놓여졌다. 가까이 가서 시룽시룽 말을 건 것도 그리 어색하지 않고 자연스러웠다. 그녀 역시 시스러워 하지도 않고 수월하게 말을 받고 대답하고 하였다. 전날의 기묘한 만남이 확실히 두 사람의 마음을 방긋이 열어놓은 것 같다. (책을 삼남에게 넘겨준다)
삼남	"딸기 따줄까?"
	"무서워."

그녀의 떨리는 목소리가 왜 그리도 나의 마음을 끌었는지 모른다. 나는 떨리는 그녀의 팔을 붙들고 풀밭을 지나 버드나무 숲속으로 들어갔다. 그녀의 입술은 딸기보다도 더 붉다. 확실히 그녀는 딸기 이상의 유혹이다. (책을 사남에게 낭독하도록 넘겨준다)

사남   "무서워."

"무섭긴."

하고 달래기는 하였으나 기실 딸기를 훔치려 철망을 넘을 때와 똑같이 가슴이 후둑후둑 떨림은 어쩌는 수 없었다. 버드나무 잎새 사이로 달빛이 가늘게 새어들었다. 옥분은 굳이 거역하려고 하지 않았다. (책을 오남에게 넘겨준다)

오남   양딸기 맛이 아니요 확실히 들딸기 맛이었다. 멍석딸기 나무딸기의 신선한 감각에 마음은 흐뭇이 찼다. (책을 육남에게 다급히 넘기며) 아, 난 숨 막혀서 못 읽겠다. 네가 읽어라.

육남   아무리 야취의 습관에 젖었기로 철망 넘어 딸기를 딸 때와 일반으로 아무 가책도 반성도 없었던가. 벌판서 장난치던 한 자웅의 짐승과 일반이 아닌가. 그것이 바른가 그래서 옳을까 하는 한 줄기의 곧은 생각이 한결같이 뻗쳐오름을 억제할 수는 없었다. 결국 마지막 판단은 누가 옳게 내릴 수 있을까.

제4장

낮. 쟁기로 땅을 갈고 있는 자식들. 소 대신 세 명이 쟁기에 매달린 줄을 앞으로 끌어당기고, 두 명은 뒤에서 쟁기를 잡고 있다.

차남   땅이 샛노랗게 보여.

삼남   하늘도 샛노랗구.

사남   샛노란 땅이 샛노랗게 빙글빙글 돌아.

오남   샛노란 하늘이 샛노랗게 뱅글뱅글 돌아.

자식들   아아, 어지러워라!

자식들, 비틀거리며 쓰러졌다가 다시 일어난다.

육남   아까 오줌을 눴더니 오줌도 샛노랗던데!

사남   난 오줌도 안 나와. 뭘 먹은 게 있어야지!

차남   어제 낮엔 쑥떡 조금 먹었지.

삼남   어젯밤엔 쑥국 조금 먹었구.

오남   오늘 아침엔 빈속에 회충약만 한 움큼 먹었더니 온 세상이 뱅글뱅글 돌아.

사남   아버지는 저녁밥이나 먹으랬는데……

자식들   저녁이 되려면 언제나 될까?

삼남   삶은 콩에 싹 나와야 저녁이 되지.

육남   죽은 나무에 꽃 피어야 저녁이 되지.

자식들   (쓰러지며) 아아, 어지러워!

차남   (비틀거리며 일어나서 쟁기줄을 잡고, 나머지 자식들에게) 일어나 땅을 갈아야지.

자식들   어지러워 못 일어나겠어.

차남   그래도 일어나서 쟁기질을 해야. 아버지한테 들켰다간 지팡이로 두들겨 맞아.

자식들   (원망스럽게) 아아, 어지러워!

    자식들, 일어나서 쟁기질을 한다.

육남   난 봄이 싫어. 봄이 되면 좋아하는 건 우리 아버지뿐이지!

삼남   나도 싫어. 자식들만 실컷 부려먹구.

사남   샛노란 땅이 샛노랗게 빙글빙글 돌아.

오남   샛노란 하늘이 샛노랗게 뱅글뱅글 돌아.

차남   봄이 몇 번이나 바뀌어야 이 땅이 우리 것 될까?

삼남   삶은 콩에 싹 나와야 우리 것 되지.

육남   죽은 나무 꽃 피어야 우리 것 되지.

자식들   아아, 어지러워라!

자식들, 쓰러져서 일어나지 않는다.

삼남   어, 청계산이 언제 저쪽으로 옮겨갔지? 원래는 이쪽에 있
                      었잖아?

사남   빙글빙글 돌다가 저쪽으로 옮겨갔지!

육남   저기 밭두렁에 샛노란 황소가 거꾸로 서 있네.

오남   뱅글뱅글 돌다가 거꾸로 됐지!

삼남   저건 또 뭐야?

자식들   뭔데?

삼남   샛노란 할망구가 샛노란 아지랑이 속을, 오른손에 부채 들
                      고 왼손엔 방울 들고 뱅글뱅글 춤추면서 가고 있어.

차남   저 할망구는 갈마재 무당이야. 봄이 되면 우리 아버지를
                      찾아와서 자기 손녀딸을 사라구 졸라대지.

육남   얼마나 배고프면 손녀딸을 팔아먹을까?

차남   보리 서 말이면 판다구 했어.

육남   겨우 보리 서 말에?

차남   봄에 양식 떨어지구 굶어봐. 보리 서 말이면 목숨을 건져.

육남   하지만 노랭이 우리 아버지한테 가봐야 소용없을걸!

자식들   보리 서 말은커녕 지팡이로 두들겨 맞고 쫓겨나겠지!

사남   올봄에도 갈마재 무당 할망구, 샛노란 눈물을 흘리면서 되
                      돌아가겠네!

차남   (비틀거리며 일어난다) 그만 쉬고 일어나. 저녁때까지 땅을
                      다 갈아놓지 않으면 아버지가 저녁밥 안 줄지 몰라.

자식들   언제 저녁이 되어 밥을 먹을까?

삼남   삶은 콩에 싹 나와야 저녁이 되지.

육남	죽은 나무 꽃 피어야 저녁이 되지.
차남	봄이 되면 배는 고프구 할 일은 많아.
자식들	아버지는 늙었다고 놀구, 자식들은 젊었다구 일을 하지.
차남	자식들이 일을 해서 많은 곡식 거둬놓으면, 가만 놀던 아버지가 몽땅 다 차지하니 빈손만 남지. 아, 봄이 몇 번이나 바뀌어야 이 땅이 우리 것이 될까?
사남	샛노란 땅이 샛노랗게 빙글빙글 돌아.
오남	샛노란 하늘이 샛노랗게 돌아.
자식들	아아, 봄날은 어지러워! 아아, 봄날은 어지러워라!

무대 전면, 스크린이 천장에서 내려오고 봄의 정경들과 함께 자식들이 들에서 노동하는 모습을 촬영한 흑백 무성영화가 투영된다. 쟁기로 갓 갈아놓은 땅, 땀이 흘러내리는 자식들의 얼굴들, 손, 발, 쟁기의 날, 갈마재 무당의 춤 등이 클로즈업되곤 한다.

제5장

저녁, 아버지가 쑥 바구니를 든 장남에게 말하고 있다.

아버지　　너 쑥 캐러 간 사이에 갈마재 무당 할망구가 다녀갔다. (부
　　　　러진 지팡이를 보여주며)이걸 봐라! 이 박달나무 지팡이가
　　　　부러지도록 두들겨서 내쫓았지. 봄만 되면 찾아오는 그 할
　　　　망구, 나는 그 할망구가 찾아오면 기분이 나빠! 나처럼 늙
　　　　은이는 자기 손녀딸 같은 어린 계집앨 품고 자야만 그 더
　　　　운 양기가 내 몸으로 옮겨와 회춘이 된다구, 자꾸만 보리
　　　　서 말에 사라고 졸라대는데, 늙은이, 늙은이, 난 그 소리가
　　　　정말 듣기 싫어! 빌어먹을 무당 할망구, 밤눈도 밝지. 어젯
　　　　밤에 내가 갈마재를 허우적거리며 넘는 것을 보았다더라.
　　　　예전 젊었을 땐 훨훨 나르듯 넘어갔던 갈마재를, 다리엔
　　　　힘이 없어 후들거리고, 목구멍엔 숨이 차서 헉헉거리고,
　　　　온몸에 양기가 다 빠져 허우적허우적 넘어가더라구 놀려
　　　　대더라. 너 보기엔 내가 어떠냐? 보리 서 말 주고 어린 계

집앨 사서 품고 자야 할 만큼 이젠 내가 늙었느냐?

장남   아버지는 아직 정정하십니다.

아버지   정정하다니, 그게 무슨 말이냐?

장남   젊은이나 다름없으시지요.

아버지   젊은이나 다름없어?

장남   네.

아버지   그게 아닐 거다. 솔직하게 말해봐라!

장남   걱정 마십시오, 아버지. 백 년도 천 년도 더 오래 사실 겁니다.

아버지   (노여워하며) 이놈아, 네가 늙은 애비를 우롱하는구나! 처음엔 이 애비더러 정정하다 하였고, 다음은 젊은이나 다름없다 하더니, 마지막엔 백 년 천 년 더 살 것이라 하니, 그럼 내가 점점 젊어져서 갓난아기로 되돌아간단 말이냐?

장남   아버지……

아버지   나를 속이려구 하지 말아라! 그 갈마재 무당 할망구가 보긴 잘 봤다. 난 늙었어. 어젯밤에 갈마재를 허우적허우적 넘어오면서 나도 이젠 다 늙었구나 탄식을 했다. 지지난해 다르구, 지난해 다르구, 올해가 달라. 해가 갈수록 자꾸만 양기는 빠지구 몸은 쇠약해져서, 올봄엔 무슨 수를 써야지 이러다간 늙은 고목처럼 말라 죽겠다. (부러진 지팡이를 내던지며) 늙은이, 늙은이, 그 소리 듣기 싫어 갈마재 무당 할망구를 두들겨 패줬더니 기운이 쑥 빠졌다. 나를 부축해라. 방에 들어가 눕고 싶다.

아버지, 장남의 부축을 받아서 자기 방으로 들어간다. 사이. 자식들,

쟁기를 무겁게 끌면서 집으로 돌아온다.

오남   하늘이 샛노랗게 뱅글뱅글 돌아.

사남   땅이 샛노랗게 빙글빙글 돌아.

장남   (아버지 방에서 나와 쑥 바구니를 들고 우물로 가며) 고생 많았
          구나, 너희들. 우물에 와서 손발을 씻으렴. 곧 저녁밥 먹자.

자식들   (우물에 와서, 실망하며) 또 쑥이야?

장남   쑥국이 얼마나 맛있다구. 된장을 풀어서 끓여줄게.

차남   쑥국은 싫어. 먹어봤자 허기만 지지.

장남   달래도 캤다. 간장에 무쳐 먹으면 맛있지.

사남   달래는 매워서 싫어!

육남   고기 좀 먹었으면…… 형님, 닭 한 마리 잡아줘!

장남   (아버지 방 쪽을 가리키며) 조용히 하렴. 아버지가 들으신다.

자식들   들으시라구 하는 소리지. (목청을 높여) 닭 한 마리 잡아줘!

장남   나중에, 나중에 그러자. 지금은 아버지 기분이 안 좋으셔.

아버지의 방문이 열린다.

아버지   너희들 돌아왔느냐?

자식들   (움츠려들며) 네.

아버지   (화를 버럭 내며) 젊은것들이 왜 그리 기운이 없어?

자식들   (낮게 탄식하며) 아, 우리 아버지.

아버지   내가 너희들 마냥 젊었을 땐 온종일 일하고 돌아와서 냉수
          만 한 그릇 마셨어도 인삼 녹용 먹은 듯 펄펄 기운이 솟구
          쳤다. 동네 사람들한테 물어봐라! 단옷날 씨름이 벌어지

면 언제나 내가 이겨서 황소를 땄지! 그런데 너희들은 뭐냐? 해가 중천에 뜬 뒤에 나간 것들이 어둡지도 않은데 돌아와서 허기진다 닭 잡아먹자구 해? 이놈들아, 고기 먹고 싶거든 씨름판에 나가서 황소 따다가 잡아먹어! 괜히 늙은 애비 기르는 닭 잡아먹을 생각 말구!

자식들　아아, 어지러워!

아버지　너희들, 오늘 쟁기질을 얼만큼 했냐? 땅은 다 갈았어?

자식들　아뇨…… 반절도 못 갈았어요……

아버지　이런 게으른 놈들 봤나! 내가 너희들 마냥 젊었을 땐 혼자서 단 하루에 논밭 다 갈았어! (한숨을 쉬며) 정말 그때가 좋았지…… 늙어서 자식 놈들 하는 짓만 쳐다보구 살아야 하니 속이 터진다! (장남에게) 그 뭐냐, 백운사 중놈들이 맡겨놨다는 계집애, 내 방으로 들여보내라!

장남　(머뭇거리며) 아버지…… 그 앤 어디에 쓰시려구요?

아버지　이놈아, 늙은 애비가 다시 젊어지는데 싫으냐?

장남　그게 아니라…… 어디로 갔는지…… 안 보여요.

아버지　막내 놈이 뒤뜰 장독 속에 숨겨놨다. 점심때 가만히 보니까 저 먹을 걸 감춰 들고 뒤뜰 장독대로 가더라. 막내한테 가서 말해! 그 계집앨 내놓지 않으면 이 애비가 둘 다 내쫓아버릴 거다! 어둑어둑 날이 저무니깐 내 몸이 싸늘해진다. (방문을 탁 소리 내어 닫으며) 뭘 하느냐? 어서 내 방으로 들여보내라!

무대 전면. 자식들이 징, 꽹과리, 장구, 북, 박 등 타악기를 즉흥적으로 두들기듯 연주한다.

제6장

밤. 아버지 방에 불이 켜져 있다. 대청에서는 장남이 봄옷 바느질을 하고 있고, 막내는 곁에 앉아서 소리를 죽인 채 흐느껴 운다. 멀리서 두견새의 울음이 들리다가 그치고, 그쳤다가 다시 들린다.

장남   (아버지 방에 들리지 않도록 목소리를 낮추어) 막내야 울지 마라.

막내   (더욱 흐느끼는 소리를 낮추려고 애를 쓴다)

장남   그만 울어.

막내   (흐느낀다)

장남   밤새껏 울면 저 두견새마냥 목구멍에서 피가 나온다.

막내   난…… 이제…… 어떻게 살지?

장남   어떻게 살기는…… 참고 살지.

막내   (높아지려는 흐느낌을 억지로 낮추며) 나는…… 못 참아……

장남   겨우 그걸 못 참으면 안 된다. 사람 사는 것이 얼마나 힘이 드는데…… 슬피 울며 한 고개를 넘으면 다음 고개가 있고, 그 고개를 넘으면 또 다음 고개가 있어.

막내   그렇게…… 힘든 걸…… 왜 살아?

장남   얼마나 그 고개가 많은지 알게 되면 사람은 울지 않는다. 오히려 웃지.

막내   아…… 무슨 소릴 해도…… 난…… 못 참아……

장남   막내야, 그 애가 그토록 좋아?

막내   (흐느낌과 기침 때문에 숨이 막힌다)

장남   그 애가 좋을수록 아버지는 밉겠구나? 좋으면 그냥 좋아해야지, 미워하면서 좋아하는 건 괴로운 일이다. 그러니깐 견디지 못해서 네가 울지. (바느질하던 바늘을 가리키며) 이 바늘을 봐라. 예전엔, 난 괴로워 견디기 힘들 때면 이런 바늘로 내 허벅지를 찔렀다. 찌르고 또 찔러서, 훤히 날이 샐 무렵엔 낮아 있는 바닥에 홍건히 피가 고였지.

막내   (숨이 막혀서 헐떡이며) 형님은…… 뭐가…… 괴로웠는데?

장남   좋아하는 사람 때문에 괴로웠지. 좋아하니깐 둘이서 함께 살고 싶었는데…… 아버지는 집에 데려오지 못하게 하구……

막내   왜…… 함께…… 도망가지 않구?

장남   그 생각도 했었지. 하지만 난 너희들을 두고는 갈 수가 없었어…… 참느라구 무던히도 힘들더니만…… 지금은 수월해졌다. 봄은 한철이야…… 여름도 있고, 가을도 있고…… 겨울도 있지.

사이.

장남   (바느질을 끝내고 옷들을 접어서 반짇고리에 담으며) 이젠
       바느질을 다 했다. 아버지가 입으실 옷, 너희들이 입을
       옷…… 내일 아침엔 모두 새 옷으로 갈아입혀야지.

아버지 방의 불이 꺼진다.

장남   아버지 방 불도 꺼졌다. 우리도 그만 들어가서 자자.
막내   (더욱 슬프게, 흐느껴 운다)
장남   울지 마라.
막내   난…… 못 참아……
장남   그렇게 울면 두견새마냥 목구멍에서 피를 토한다.

무대 전면. 자식들이 웅크리고 앉아서 두견새에 대한 속요를 구슬픈
목소리로 노래한다.

자식들   공산야월 깊은 밤에
         두견새는 슬피 운다
         오색채의를 떨쳐입고
         아홉 아들 열두 딸을
         좌우로 거느리고
         상편전 하편전으로
         아주 펄펄 날아든다.
         에— 허 에하어—에
         허어허아 허어어
         좌우로 다니며 슬피운다.[8]

제7장

아침. 자식들이 툇마루에 앉아 있다.

차남　　저 구렁이 좀 봐! 오늘도 꼼짝 않구 있잖아!

사남　　다시 젊어지려구 꼼짝 않는 모양이지.

육남　　늙은 구렁이가 어떻게 다시 젊어져?

사남　　허물을 벗으면 다시 젊어져.

육남　　아, 그래서 구렁이는 해마다 허물을 벗는군!

차남　　그 말을 들으니깐 더 징그럽네! 다들 일어나서 몽둥이로 때려잡자구!

삼남　　(하품을 늘어지게 하며) 난 싫어. 어제 온종일 쟁기질을 했더니 온몸이 나른해.

차남　　그럼 안 일어날 거야?

삼남　　쉿, 가만있어. 오늘은 이상하지? 왜 아버지가 성화를 부리지 않으실까?

오남　　글쎄 말야. 다른 날 같으면 새벽부터 일하러 나가라구 호

466

통을 치셨는데……

삼남 오늘은 아침밥 먹을 때도 나오시질 않았어.

오남 지금 뭘 하시는지 보구 올까?

육남 그러다가 들키려구?

오남 방문 창호지에 침을 발라서 살짝 구멍을 내면 안 들키고 볼 수 있어.

삼남 (드러눕는다) 가만둬. 괜히 긁어서 부스럼 만들지 말구. 나른하게 졸리운데, 아버지는 방에서 꼼짝 안 하시니깐 우리만 잘됐지.

차남 저놈의 구렁이, 딱 때려잡았으면!

삼남 꿈속에서나 때려잡어.

　사이.

사남 (툇마루방 안을 향해) 막내야, 나와봐라. 이젠 청계산 꼭대기까지 산불 붙었다.

오남 막내가 어찌나 슬피 우는지…… 난 어젯밤 한잠도 못 잤어.

차남 나도 뜬눈으로 새웠어.

육남 막내는 울다가 숨이 막히니깐 벌컥벌컥 피를 토했지.

삼남 (돌아누우며) 누군 잠잔 줄 알아?

차남 그런 소리 마. 넌 드렁드렁 코만 잘 골더라.

사남 막내야, 이리 나와. 청계산 꼭대기에 산불 붙었어!

삼남 조용히 좀 하라구. 어젯밤 잠들도 못 잤다면서 졸기나 해.

　장남, 툇마루 방에서 피 묻은 베개를 들고 나온다.

사남	그게 뭐야?
장남	막내 베개.
사남	온통 피가 묻었네!
장남	(베갯잇을 뜯으며) 베갯잇을 뜯어서 빨아야겠다. 그리구 함께 빨래하게 너희들 그 겨울옷을 벗어라.
사남	옷 벗는 건 싫어. 귀찮아.
장남	(대청에 가서 봄옷이 담긴 반짇고리를 들고 툇마루에 돌아온다) 봄 됐으니깐 새 옷으로 갈아입어.
자식들	(하품을 하며) 아, 졸려. 갈아입기 귀찮대두……
장남	어서 옷 갈아입구 일하러 가야지.
차남	오늘은 안 가.
장남	안 가?
차남	일하러 가라는 아버지의 말씀이 없잖아?
장남	아버지가 그런 말씀 안 하셔도 할 일은 해야지.
오남	열심히 일해봤자 아버지는 꾸지람만 하시는걸!
장남	너희들 열심히 일하는 건 땅이 갚아줘. 가을 추수 때면 몇 갑절로 갚아주잖아?
오남	땅이 몇 갑절로 갚아주면 뭘 해? 아버지가 몽땅 다 차지해 버리니깐 우리한테는 아무 소용없지!
자식들	(하품을 하면서) 봄이 됐어도 일하고 싶은 흥이 안 나……
장남	아버지가 백 년을 더 사실까, 천 년을 더 사실까? 나중엔 너희들 것이 될 텐데, 코앞만 생각 말어.
차남	형님은 언제나 우리를 그런 말로 달래려 하지.
장남	너희들이 멀리 못 보구 낙담하니깐 그렇지.

차남	예전엔 그런 말을 믿었어.
삼남	하지만 지금은 꿈속에서도 안 믿지!
사남	아버지는 백 년도 더 사실 거야!
육남	아버지는 천 년도 더 사실 거야!

아버지, 방문을 드르륵 소리 내어 연다.

아버지	왜 이렇게 방문 밖이 시끄러우냐? 이놈들아, 봄날은 짧다! 아침밥 먹은 지가 언젠데 아직도 꾸물거리고 있어?
장남	네, 지금 갑니다. (자식들에게) 일하러 나가거라, 어서.
아버지	이 게으른 놈들아, 봄날은 짧어!
장남	아버지 노여워하신다. 어서 일 나가렴.
차남	아버지는 화를 내구, 형님은 달래구…… 그 등쌀에 끼어서 우리만 골탕 먹지.
아버지	(방문 밖으로 나오며) 이놈들이 그래도 졸고만 있어! 번쩍 정신들 나게 따귀를 얻어맞아야 일하러 가겠느냐?

자식들, 엉덩이를 털고 일어나 쟁기를 끌면서 사립문 밖으로 나간다.

장남	밤새 편안하셨습니까, 아버지.
아버지	너, 나를 자세히 좀 보아라.
장남	(의아스런 표정으로 아버지를 바라본다)
아버지	늙으면 수족이 차고 뻣뻣해서 아침 일어날 때 잘 펴지질 않는 법인데, 오늘은 다시 젊어진 듯 거뜬하니 이것 참 신통하구나! 역시 갈마재 무당 할망구 말이 맞다! 늙은이는

양기가 다 빠져서 어린것의 더운 기운을 보충해야 한다더니, 바로 그 말이 신통하게 맞는구나! 너 보기엔 어떠냐? 내 모양이 완연히 달라지질 않았느냐?

장남 네…… 아버지……

아버지 어젯밤에는 그 어린것한테서 효험을 봤다. 자꾸만 끌어당겨 안았더니, 더운 기운이 옮아와 얼음처럼 차겁던 내 몸이 봄날인듯 사르르 풀리더라. 어젯밤엔 꿈까지 꿨다. 늙으면 깊은 잠이 없어져서 싱숭맹숭 생각만 많지 꿈 같은 건 아예 꾸지도 못하는데, 나는 샛노란 나비가 되어 꽃들이 활짝 핀 봄 들판을 훨훨 날아다녔다.

장남 좋은 꿈을 꾸셨군요.

아버지 암, 좋은 꿈이지! 하지만…… 날이 밝아…… 창문에 햇살이 비치니깐…… 부질없는 그 꿈이 슬프게만 느껴지더라. 나비가 되어 날아다니면 뭘 하느냐? 꽃에 내려앉아 즐기기도 하고, 종자를 맺게 해서 퍼뜨려야 그게 정말 젊은 맛이 있는 거지, 그저 꽃 위로 훨훨 날아만 다니는 건 멀쩡한 헛짓이다. 내 말이 틀렸느냐?

장남 (대답을 못 하고 고개를 숙인다)

아버지 바보처럼 멍청히 서 있지 말구 보리 서 말만 꺼내 오너라.

장남 보리 서 말은…… 왜요?

아버지 갈마재 무당 할망구한테 가서 물어볼 말이 있어. 언젠가 봄에 그 할망구 나더러 하는 말이…… 늙은이가 회춘해서 다시 젊어지더라도 꽃에는 내려앉지 말아라, 만약 그랬다가는 양기가 한꺼번에 다 빠져서 죽게 된다구 했는데, 그게 참말인지 아니면 거짓말인지 분명히 좀 알아봐야 하겠

	다. 어서 보리 서 말만 꺼내오너라.
장남	네. (부엌으로 보리를 꺼내러 들어간다)
아버지	가만있자…… 서 말은 너무 많다. 두 말만 꺼내 오너라. 아 니다, 아냐…… 두 말도 너무 많아. 한 말만 꺼내 오너라.
장남	(자루에 보리를 담아 들고 나온다)
아버지	몇 말이냐?
장남	한 말인데요.
아버지	그것도 많다. 갈마재 무당 할망구, 제 손녀딸은 내놓지 않 고, 보리 한 말이 공것으로 생기는데…… 어깨에 둘러메 고 나를 따라오너라.
장남	(머뭇거리며) 아버지, 저두 갈마재에 가야 합니까?
아버지	이놈아, 그럼 갈마재까지 그 먼 길을 이 애비더러 짐 지고 가라는 거냐?
장남	아뇨…… 제가 메고 가지요.
아버지	아니라면서 왜 머뭇거려?
장남	(툇마루방 안을 향하여) 막내야, 나 아버지랑 저기 좀 다녀 올게. 부뚜막에 죽 끓여놨으니깐 억지로라도 먹어.
아버지	어서 가자. 150리 갈마재를 부지런히 가지 않으면 해 저물 기 전에 못 돌아온다.
장남	(보릿자루를 짊어지고 가면서 막내가 있는 방을 뒤돌아보며) 막 내야, 툇마루엔 봄옷들이 있다. 일하고 돌아오거든 꼭 옷 갈아입으라구 해라.

아버지, 장남을 앞세워 사립문 밖으로 나간다. 사이. 자식들이 몰래 그
광경을 보고 있었다는 듯이, 살금살금 집 안으로 되돌아온다.

차남	흙담 뒤에 숨어서 다 엿들었지. 보리 한 말이나 남을 준다니, 오늘은 해가 서쪽에서 떴나?
오남	보리 한 말이면 고무신이 몇 켤레야?
사남	그까짓 고무신은 왜? 보리 한 말이면 색시를 사서 장가도 갈 수 있지!
삼남	(하품을 하면서 툇마루에 눕는다) 아, 졸려…… 꿈속에서나 장가를 가라구.
차남	졸립다구 또 드러누워?
삼남	그럼 뭘 해? 아버지는 갈마재에 갔으니까 저녁에나 돌아올 텐데.
차남	저녁에나 돌아오니깐 그동안은 우리 세상이라구. 누워서 졸고 있기는 아깝잖아?
육남	잘됐네! 우리 닭 잡아먹을까?
차남	닭 잡아먹는 것보다 더 재미있는 일이 있지!
오남	저 흙담 위의 구렁이 때려잡자구?
차남	아냐, 그것보다 더 재미있는 거!
자식들	그게 뭔데?
차남	(은밀하게 목소리를 낮추어서) 아버지 방에 있는 계집앨 놀려먹는 일이지. 어때, 재미있겠지?
자식들	아, 재미있겠네!
육남	그러다가…… 아버지가 알면?
차남	얼른 놀려먹구 나가서 쟁기질을 하는데 아버지가 어떻게 알아?
사남	계집애가 놀렸다구 일러바치면?

차남	우린 온종일 일만 하고 있었다구 시치밀 떼지.
자식들	(신이 나서) 아, 계집앨 어떻게 놀려먹을까!
차남	그 계집애 얼굴 좀 봤으면 좋겠어. 예쁜지, 미운지, 우리는 얼굴도 못 봤잖아?
자식들	그래, 그 계집앨 끌어내어 얼굴 좀 보자구!
차남	너희들은 대청에 올라가서 아버지 방을 향해 토끼몰이 할 때처럼 고함을 질러. 그럼 난 마당 쪽 방문을 살짝 열어놓을게. 고함에 놀란 계집애가 열린 문으로 나올 거야.
자식들	(대청으로 올라가서 아버지 방을 향해 고함을 지른다) 우— 우우—!
차남	(방문을 열어놓고) 좀더 무섭게 질러!
자식들	우— 우우—!
삼남	아무리 질러도 안 나오는데?
차남	(대청 위에 올라가서) 청계산 산불이 우리 집에 붙었다! 옮겨붙었다!
자식들	(따라서 외친다) 청계산 산불이 우리 집에 불붙었다. 옮겨붙었다!
차남	훨훨 타오른다! 산불이 옮겨붙었다!
자식들	훨훨 타오른다! 산불이 옮겨붙었다!

동녀, 열린 방문으로 뛰쳐나온다.

차남	계집애가 나왔다! 산불이 옮겨붙었다니깐 나왔어!
동녀	(마당에 내려섰으나 어찌 할 바를 모르는 당혹 속에 온몸이 굳어버린다)

자식들	(동녀를 둘러싸고) 고깔을 벗어라! 예쁜지 미운지, 네 얼굴 좀 보자!
차남	고깔을 벗어! 예쁜 얼굴이면 분칠해주고, 미운 얼굴이면 흙칠해주지!
동녀	(고깔을 쓴 머리를 감싸 안고 주저앉는다)
자식들	고깔을 벗어라! 네 얼굴이 예쁘면 분칠해주고, 네 얼굴이 미우면 흙칠해줄게!

툇마루 방에서 막내가 기운 없이 나온다.

막내	그 앨 놀려먹지 말어!
차남	얼굴 좀 보려구 그런다. 네가 이 계집애 서방이냐, 왜 말려?
막내	그만둬. 그 애가 가엾지도 않아?
자식들	뭐가 가여워?
막내	밤새껏 몸에 있는 열을 빼앗기구……
차남	오, 그래서 계집애가 춥다구 바들바들 떠는구나!
자식들	(강제로 동녀의 얼굴을 쳐들고 바라보며) 이 계집애 얼굴 좀 봐! 새하얀 초생달처럼 핏기라곤 전혀 없네!
차남	이 얼굴에 분칠을 해줄까? 흙칠을 해줄까?
막내	(숨이 막혀서 울컥 피를 토하며) 제발 가만두라니깐!
차남	나한테 좋은 생각이 있어. 누구, 곡괭이를 가져와서 마당을 좀 파.
오남	내가 곡괭이를 가져오지. 그런데 마당은 파서 뭘 하려구?
차남	이 계집앨 땅에 심으려구. 너희들도 알지? 봄 되면 나무는

474

잎이 돋아나고 꽃이 피거든. 그건 땅에 있는 양기가 나무로 올라와서 그런 거야. 우리가 이 기집애를 땅에 심어주면, 땅의 양기가 이 계집애 온몸에 올라오겠지! (곡괭이를 가져온 오남에게 마당의 한복판을 가리키며) 마당 한복판, 햇볕 잘 쬐이는 곳에 구덩이를 파라구!

오남   (곡괭이로 땅을 파며) 얼마큼 깊게 파?

차남   나무로 치면 뿌리를 심을 만큼. 됐어, 그 정도면! (자식들에게) 자, 이 계집앨 들어다가 발목을 심구 흙으로 덮어.

자식들   (동녀의 발목을 구덩이에 넣고 흙을 다져 덮는다)

차남   (동녀의 양손을 벌려놓으며) 나무는 가지를 쫙 벌리고 있어야 잎이 잘 돋아나구 꽃이 잘 피는 거야.

자식들   하하, 이건 고깔나무인데!

차남   야, 막내야 이 고깔나무 봐라. 벌써 물오른다. 조금 있으면 잎 돋아나구 꽃이 필 거다!

자식들   (쟁기를 끌고 사립문 밖으로 나가며) 야, 막내는 좋겠네! 고깔나무 꽃 피면 막내는 좋겠어!

사이.

막내   (동녀에게 다가와서 손으로 흙을 파낸다) 내가 흙을 파내줄게.

동녀   그냥…… 흙을 덮어줘.

막내   (동녀를 올려다보며) 그냥 덮어? 너를 놀려먹으려구 그런 건데?

동녀   아까는 추웠어. 하지만 점점 따뜻해……

막내   (파냈던 흙을 다시 덮으며) 넌 우리 아버지가 밉겠구나?

동녀   (고개를 가로젓는다) 아니…… 안 미워……

막내   안 미워? 네 몸의 열을 빼앗아가는데?

동녀   그래도 그걸 가져가서 좋아하시니깐…… 안 미워.

막내   백운사 스님들이 그렇게 가르쳐주던? 뭐든지 빼앗아가도
        미워하지 말라구!

동녀   (침묵)

막내   말해봐! 난 너를 빼앗기구 괴로워서 밤새껏 피를 토했어!

동녀   스님들은…… 아무것도…… 안 가르쳐줘. 내 마음에 없
        는 건 가르쳐줘도……내가 모른대. 그러니깐 가만히 있
        으래…… 그냥 가만있어도…… 내 마음이 알 거는 다 안
        대……

        사이.

막내   (동녀의 발밑에 주저앉아서 한숨을 쉬며) 아…… 네 마음이
        내 괴로움을 알까?

동녀   내 마음속에 네 괴로움이 있으면 알지.

막내   그럼 잘 찾아봐. 네 마음속 어딘가에 내 괴로움이 있는
        지……

        사이.

막내   있어? 없어?

        사이.

막내   없으면…… 없으면…… 나는 죽어.

동녀   (부끄러워 얼굴을 가리며) 있어.

막내   오 있다구! 그런데 얼굴은 왜 가리지?

동녀   부끄러우니깐……

막내   (일어나서, 웃으며) 어디, 얼굴 좀 봐.

동녀   (얼굴을 가린 손을 약간만 내리고, 고개를 숙인다)

막내   빨갛게…… 빨갛게…… 부끄러움 타구 있네.

　　　무대 전면. 자식들이 양손에 꽃과 잎을 들고 나무처럼 서 있다.

사남   (관객들에게 말한다) 신화 속에서 나무는 세계를 떠받들고
　　　있는 기둥이죠. 나무는 하늘과 지상과 지하 삼계를 이어주
　　　고 있을 뿐만 아니라, 대지의 중심부, 곧 대지의 배꼽에서
　　　솟아나 하늘의 배꼽인 북극성에 닿아 있어요. 따라서 나뭇
　　　가지는 천상 높이 퍼져 있어 세계의 영역을 두루 덮고 있
　　　고, 그 뿌리는 지하계의 바닥에까지 뻗쳐지는 것이지요,
　　　대지의 여신이 이 나무 속이 아니면 뿌리에 살고 있고, 장
　　　차 인간들의 애기가 될 영혼들이 새처럼 깃들이고 있고,
　　　해와 달 또한 그 보금자리를 나무에 틀고 있어요.[9]

자식들 (길가의 나무들처럼 일정한 간격을 두고 줄지어 늘어선다. 그리
　　　고 양손에 든 꽃과 잎을 봄바람에 흔들리듯이 살랑살랑 흔든다.
　　　이 길가의 나무들은 다음 '제8장'의 아버지와 장남이 갈마재에서
　　　돌아오는 장면의 무대 뒷배경이 된다)

제8장

저녁 무렵. 아버지와 장남이 갈마재에서 돌아오고 있다.

아버지　(걷다가 주저앉으며) 아이구, 다리에 힘없어서 못 걷겠다.

장남　(아버지 앞에 등을 대고) 제 등에 업히시지요.

아버지　이놈아, 자식 등에 업혀 다니는 애빈 다 죽은 송장이라구 동네 사람들이 흉보더라.

장남　여긴 볼 사람이 없는데요?

아버지　(일어나며) 싫다!

장남　아버지……

아버지, 몇 걸음 걷다가 다시 주저앉는다.

아버지　집에 가려면 아직도 멀었는데…… 해가 저무는구나.

장남　저기 저 조그맣게 우리 집이 바라보여요.

아버지　자식놈들은 뭘 하는지 보이느냐? 게으름 피우고 있는지 모르겠다.

장남   가물가물, 여기서는 보이지 않아요.

아버지   (한숨을 쉬며) 사람은 자식들을 만들 때가 좋은 거다. 그때
        가 지나고 나면 살아 있어도 산 것이 아니지. 생각해봐라.
        씨를 뿌려야 열매 맺는 법인데, 그 씨가 없으면 봄이 되어
        도 무슨 소용 있겠느냐? 난 다시 젊어져서 혹시나 또 자식
        을 가질 수 있지 않을까 마음이 부풀어서 아침에 갈마재로
        갈 때는 지팡이 없어도 훨훨 나르듯 걷겠더니만, 그 무당
        할망구가 자식 만들 짓 하면 금방 죽는다 엄포를 놓으니깐,
        되돌아올 때는 온몸에 힘 빠져서 주저앉게만 되는구나.

장남   이젠 등에 업히시지요.

아버지   (힘겹게 일어나며) 자식 등에 업히기는 싫어!

    아버지, 몇 걸음 걷다가 주저앉는다.

아버지   아무래도 지팡이를 짚고 가야겠다. 야, 지팡이가 될 만한
        나무를 꺾어오너라.

장남   그러지 말구 제 등에 업히시지요.

아버지   나무를 꺾어오라니까!

장남   꺾을 나무가 없습니다, 아버지.

아버지   이놈아, 저기 저 갈마재 고갯마루에서 저기 저 우리 집까
        지, 길가에 나무들이 줄지어 서 있다. 그런데도 나무가 없
        어?

장남   하지만 나무들마다 새잎이 돋아 나구 꽃이 피어서 차마 꺾
        지는 못하겠어요.

아버지	그럼 뭐냐? 늙은 애빈 이렇게 주저앉아만 있으라는 거냐?
장남	(아버지 앞에 등을 돌려 대고) 그러니깐 제가 집에까지 업어다 드리지요.
아버지	싫어! 자식 등에 업혀 가면 동네 사람들이 흉본다.
장남	해가 저뭅니다. 어서요.
아버지	싫다면 싫어!
장남	아버지를 업고 가다가요, 동네 사람들을 만나면 얼른 내려 드릴께요.
아버지	그럴 땐…… 얼른 내려준다구?
장남	네.
아버지	그래…… 그렇다면…… 업어라.

장남, 아버지를 업고 걷는다.

장남	(연민의 감정이 북받치며) 아버지……
아버지	왜 그러느냐?
장남	아닙니다. 아무것두……
아버지	이놈이 애비를 불러놓구 아니라니?
장남	아버지를 업고 가니깐 좋아서요.
장남	아버지……
아버지	왜 또 불러?
장남	아버지…… 그냥 너무너무 좋아서요.
아버지	어느 해 봄날에, 내가 네 어머니를 꼭 한 번 이렇게 업어 줬다. 동네 사람들 보면 창피하다구 안 업히려는 걸 억지로 업구서, 꼭 이렇게 나무들 활짝 꽃 핀 길을 뛰어갔었

지. 그 덕을 받는 것인지. 오늘은 내가 네 등에 업혀서 가고 있구나.

장남 아버지가 그런 말씀을 하시니깐 저두 마음속에 있는 말을 하고 싶어요.

아버지 그게 뭐냐?

장남 덕을 베풀면 언젠가는 베푼 사람에게 되돌아와요. 살아생전이 아니면, 죽은 후에라도 꼭 되돌아온다고 백운사 스님들이 그랬어요.

아버지 그까짓 백운사 중놈들 말을 믿을 건 없다.

장남 아까 아버지도 그러셨지요. 어느 해 봄날에 저를 낳은 어머니를 업어드린 것이, 지금은 제 등에 업혀서 가고 있다구요…… 제가 지금 아버지를 업고 있는 게 아니지요. 그 어머니가 지금 제 몸속에 들어와서 아버지를 업어드리고 있어요.

아버지 이놈아, 너 하고 싶다는 그 말이나 해라.

장남 올봄엔 자식들에게 덕을 베푸시지요. 이젠 자식들이 다 컸어요. 각자 자기 땅을 갖고 싶어 하구, 그런 자기 땅을 나눠줘야 색시를 맞아들여 살림을 차릴 수 있어요. 아버지, 올봄엔 자식들에게 아버지의 땅을 나눠 주세요.

아버지 뭐, 땅을 나눠줘? 그건 안 된다! 땅이라도 꽉 잡고 있으니깐 자식놈들한테 애비 대접을 받는 거다. 그런데 그걸 나눠줘봐라! 당장에 찬밥의 도토리 신세 되어, 이 자식 놈한테 구박받고 저 자식 놈한테 설움 받지!

장남 제가 있어요, 아버지. 제가 평생토록 모시고 정성껏 보살펴드리지요.

아버지	안 돼! 나 죽기 전엔 나눠 줄 수 없어!
장남	(아버지를 업은 채 제자리에서 훌쩍훌쩍 뛰며) 그럼 나눠 주신다구 할 때까지 이렇게 뛰겠어요.
아버지	이놈아, 넘어지겠다! 멈춰라!
장남	나눠 주실 거예요, 안 나눠 주실 거예요?
아버지	멈추지 못하겠느냐!
장남	저는 못 멈춰요.
아버지	왜 못 멈춰?
장남	아버지를 업은 게 제가 아니니깐요.
아버지	그럼 누구냐, 나를 업고 있는 게?
장남	어머니가 아버지를 업고 뜀뛰는 거지요.
아버지	이놈아, 넘어지면 코 깨진다! 멈춰라!
장남	(더욱 위태롭게 뛰며) 어머니께 약속하세요! 올봄엔 자식한테 땅을 나눠 주시겠다구요.
아버지	아이구, 다치겠다! 제발 멈춰라!
장남	어서 약속하세요.
아버지	멈추면 약속하마!
장남	(더욱더 뛰면서) 약속부터 먼저 하세요.
아버지	약속한다! 약속해!
장남	약속했다가 어기면 안 돼요?
아버지	이놈아, 애비가 자식한테 한 약속인데 왜 어겨?
장남	정말 어겼다간 큰일 날 줄 아세요?
아버지	알았다. 알았어!
장남	(뜀뛰기를 멈추고 아버지를 업고 걸어가며) 아버지……
아버지	왜 자꾸만 불러?

장남	아버지를 업고 가니깐 좋아서요.
아버지	별 허튼 소릴 하구 있네! 씨 알맹이 다 빠진 쭉정이만 남은 애비를 업고 가는데 뭐가 좋아?
장남	그래도 좋은걸요!

무대 전면. 자식들이 구전하여 내려오는 민간비법의 약들을 암송한다.

차남	식중독 걸린 데는 감초·괭이밥·검정콩·칡뿌리를 삶아 먹으면 낫고, 설사에는 감·계피·미나리·짚신나물·질경이가 특효약이지.
삼남	종기 난 데는 양파·뽕나무·두꺼비·말불버섯·멸치젓·메꽃이 좋고, 부스럼에는 개쓸개·누룩쇠비름·회나무껍질·만정녹이 직통약이지.
사남	동상에는 비지·가지 뿌리·닭똥·생강즙·얼린 콩이 즉효이고, 화상에는 비름잎·생엿·살구씨·식초를 발라야 낫고, 타박상에는 골담초·달걀 기름·모시 뿌리·생지황·오징어 뼈를 바르면 낫지.
오남	귓병에는 건명태 대가리·부채손이풀·상부꽃·피마자 기름이 좋고, 콧병에는 오이·진지리초·개나리·수세미 덩굴이 특효약이지.
육남	매독에는 수은과 납, 단독에는 돼지고기·미꾸라지·우엉 뿌리, 임질에는 가물치·개오줌·민달팽이가 직통약이지.
자식들	(동시에 말한다) 그런데 늙은 사람이 다시 젊어지려면 무엇을 먹어야 직통약이 될까?

제9장

늦은 저녁. 자식들이 모여서 무엇인가 수군거리며 아버지 오기를 기다리고 있다.

육남   (사립문 앞에서 망을 보고 있다) 저기, 아버지 온다!

차남   어두우니깐 잘 봐. 아버지야?

육남   맞어. 형님이 아버지를 업고서 오는데!

차남   (부엌을 향하여) 그 특효약은 다 끓었어?

삼남   솥에서 부글부글 끓고 있어.

차남   냄비 속에 든 것은?

사남   그것도 잘 끓고 있지.

차남   (사남과 오남에게) 너희들 준비는?

사남   염려 마!

오남   곡괭이는 곧 쓸 수 있게 준비해놨어.

차남   모든 일이 잘되거든 우리 아버지 방에 들어가서 항아리를 파내자구! 그래서 돈을 꺼낸 다음…… 그다음은 어떻게 하면 좋을까? 각자 흩어지겠어? 아니면 다들 붙어 다닐까?

사남   각자 흩어지기로 하지.

오남   그게 좋겠어. 다들 붙어 다니면 수상하게 보일지도 모르구……

차남   그래. 항아리 속 돈을 꺼내 가진 다음은 각자 가고 싶은 대로 가라구……

육남   쉬잇— 아버지가 들어오셔.

   아버지, 장남의 등에 업혀서 집 안으로 들어온다.

아버지   이게 무슨 냄새냐?

자식들   (침묵)

아버지   이놈들, 이 집 안에 진동하는 이 냄새가 뭐냐니깐?

자식들   (침묵)

아버지   너희들, 닭 잡아먹었지?

자식들   (고개를 가로저으며) 아, 아뇨.

아버지   그럼 이 고기 삶는 냄새 같은 게 뭐냐?

자식들   (침묵)

아버지   시치미 떼도 소용없다. 솥뚜껑을 열어보면 다 알아!

차남   저어, 솥 안엔 구렁이를 잡아서 삶고 있어요.

아버지   구렁이를 삶았어?

차남   네. 아버지께 약으로 드리려구요.

아버지   이놈들이 미쳤구나! 애비한테 구렁이를 삶아 먹여?

차남   백운사 스님들이 가르쳐줬어요. 허물 벗는 구렁이 잡아먹으면, 늙은 사람이 다시 젊어진다구요. (자식들에게 동의를

	구하듯이) 백운사 스님들이 그랬었지?
자식들	그럼, 백운사 스님들이 가르쳐줬지!
장남	아버지를 속이면 못 쓴다. 백운사 스님들은 며칠 전에 떠나구 없어.
차남	오늘 다시 돌아왔어. (자식들에게) 우리가 봤지?
자식들	그럼, 우리가 봤지!
차남	우리가 봤다니까 그러네! 쟁기질을 하고 돌아오는데, 스님들과 마주쳤어. 사방팔방 다녀봤지만 청계산이 그리워 되돌아온다면서, 아버님 잘 계시냐 형님은 잘 계시냐 두루 안부까지 묻던걸. 그러면서 스님들이 하는 말이, 늙으신 아버지께 효도하고 싶거든, 우리 집 흙담 위에서 허물 벗는 구렁이를 잡아 드리랬어.
자식들	그리고 구렁이를 먹은 다음엔 송진을 끓여서 얼굴에 발랐다가, 송진이 식거든 허물벗듯 뜯어내랬어. 그러면 주름살이 다 없어지구 아버지의 늙은 얼굴이 젊은 얼굴 됐댔어.
아버지	그 말…… 정말이냐?
차남	뭣 때문에 아버지께 거짓말해요?
장남	아닐 겁니다, 아버지. 그런 거라면 갈마재 무당 할머니도 모르실 리 없을 텐데 아버지께 아무 말씀 없었잖아요?
차남	갈마재 무당 할망구가 알긴 뭘 알아? 도를 닦은 백운사 스님들이 더 잘 알지!
자식들	백운사 스님들이 더 잘 알구말구!
아버지	그건 너희들 말이 맞다. 갈마재 무당 할망구는 다시 젊어지는 법은 알고 있더라만, 그다음엔 아무 짓도 해선 안 된다더라. 그런데 백운사 그 중놈들, 아니 그 스님들은 뭐라

더냐? 구렁이 삶아 먹고 얼굴에 송진 발라 허물 벗으면,
젊을 때마냥 얼마든지 무슨 짓을 해도 괜찮다더냐?

차남   그러믄요! 백운사 스님들 말씀이 그게 비법이래요!

자식들 구렁이가 허물 벗고 새 몸 되듯이, 사람도 허물 벗고 새 몸
       되면, 하고 싶은 무얼 하든 상관없대요! (부엌을 향하여) 솥
       안의 구렁이는 잘 끓고 있어?

삼남   (부엌에서) 응. 부글부글 끓고 있지.

차남   냄비 속의 송진은?

삼남   그것두 잘 끓고 있어.

차남   조금만 기다리세요, 아버지.

아버지 그럼 방에 들어가서 옷 갈아입고 곧 나오마.

아버지, 방으로 들어간다.

장남   아, 너희들 이런 짓 하면 안 돼!

차남   형님은 저리 비켜서 구경이나 해.

장남   너희들 이런 짓 하지 말구 가만 좀 있어.

자식들 지금까지 우리는 참고서 가만있었지.

장남   조금만 더 참고 가만있어. 아버지가 땅을 나눠 주실 거야.

차남   아냐, 그럴 리 없어! 아버지는 백 년도 천 년도 더 사시려
       구 하는데!

자식들 아버지는 백 년 천 년 더 사실 거야!

장남   정말이야. 너희들에게 땅을 나눠 주신댔어!

자식들 그 말을 어떻게 믿지?

아버지, 방에서 나온다.

장남   아버지한테 직접 들어봐. (아버지에게) 아까 약속하셨던 걸 모두에게 말씀해주세요.

아버지   그게 뭔데?

장남   제 등에 업혀서 하셨던 약속을요.

삼남   (부엌에서 쟁반 위에 대접 두 개를 받쳐 들고 나온다) 이걸 봐! 백운사 스님들이 가르쳐준 대로 잘됐지? (아버지 앞에서 대접을 가리키며) 이건 마실 거구요, 또 이건 바르실 겁니다.

장남   아버지, 땅을 나눠 주신다고 다짐하세요.

아버지   (대접을 들고서, 장남을 밀쳐내며) 아, 그건 내가 젊어진 뒤 다짐해도 늦진 않아.

자식들   저걸 봐. 저러니깐 믿을 수 없지!

아버지   (대접에 든 것을 마신다)

차남   다음은 송진을 얼굴에 바르세요.

장남   (아버지에게 다가가며) 아, 아버지……

아버지   (장남을 다시 밀쳐내며) 비키라니깐! (송진 대접에 두 손을 담궈서 얼굴에 바른다) 이렇게 하면 된다더냐?

차남   네. 얼굴에 골고루 바르세요.

아버지   (더 바르며) 골고루 잘 발라졌느냐?

차남   눈가에 주름살이 잔뜩 있네요. 눈을 감고 많이 바르세요.

아버지   (눈을 감고 그 위에 송진을 바른다) 이젠 허물을 벗었으면 좋겠다.

차남   조금만요, 조금만. 송진이 식어야 벗겨내지요.

아버지   (손을 부채처럼 펴서 얼굴에 부치며) 빨리 식어라! 빨리 식어!

자식들	(아버지를 붙잡고 맴을 그리며) 빨리 식어라! 빨리 식어!
아버지	(맴을 돌다가 넘어진다) 아이구, 어지러워!
차남	식어서 굳었는지 눈을 떠보세요.
아버지	송진이 다 굳었다. 눈이 붙어서 안 떠져.
차남	아, 그럼 됐어요! (자식들에게) 아버지 눈이 안 떠진단다! 곡괭이를 들고 가서, 아버지 방 밑 항아리들을 파내라!
자식들	(준비해뒀던 곡괭이를 들고 아버지 방으로 몰려가 파묻힌 항아리를 파낸다)
아버지	(허공을 더듬으며 고함을 지른다) 이놈들이 나를 속였구나! 내 눈이 안 보여!
자식들	(항아리들을 파내 마당으로 나와서 자루에 돈을 담으며) 돈을 봐라! 이 돈을 봐!
아버지	이놈들아, 내 돈이다! 내 돈 내놔라!
자식들	(돈 자루를 들고서 문밖으로 달려나간다)
차남	(장남에게) 형님에겐 미안해. 아버지가 자식들에게 조금씩만 나눠 줬어도 이런 일은 안 당할 텐데…… 우린 이 돈 갖고 각자 갈 길을 가기로 했어.
아버지	(허공에 두 손을 내저으며) 내 돈, 내 돈, 내 돈 내놔라! 내 눈, 내 눈이 안 보여!
차남	아버지 눈은 더운물로 씻어드려. 그럼 송진이 녹아서 눈을 뜰 수 있으니깐. 형님, 잘 있어.
막내	(방문을 열고 툇마루에 나온다)
차남	막내야, 너도 몸조심하구 잘 있어. 아참, 아버지 방에 들어가보렴. 너 좋아하는 그 계집애, 무서워 떨고 있더라.

무대 전면, 자식들이 편지를 읽는다.

차남   아버님 전상서. 세월이 유수와 같이 흘렀습니다. 아버님
         옥체 금안하시고, 어머니 같던 큰형님, 언제나 몸이 약했
         던 막내 동생도 잘 있는지요? 이젠 고향에서 보낸 그 봄날
         이 아스란히 멀게만 느껴집니다. 그 봄날에, 저희 자식들
         은 왜 그렇게 조급했었는지, 아버지는 왜 그렇게 인색하셨
         는지, 꼭 꿈을 꾸고 난 것만 같습니다. 언젠가 꽃 피는 봄
         이 되면 자식들과 더불어 가겠습니다, 그럼 이만 줄이오
         니, 안녕히 계십시오.

삼남   이하 동문.

사남   이하 동문.

오남   이하 동문.

육남   이하 동문.

차남   고향집을 떠난 사람이면 그 누구나 이런 편지를 써서 보내
         고 싶어 하지요. 하지만 마음속의 생각일 뿐, 한 번도 보내
         지는 못했습니다.

제10장

봄이 다 지나간 뒤 무더위가 기승을 부리는 여름날의 대낮, 쇠약한 모습의 아버지가 대청마루에 걸터앉아 물끄러미 먼 곳을 바라보며 부채질을 하고 있다. 마당 우물에서는 동녀가 빨래를 하고 있다. 뒤뜰에서 매미의 울음소리가 흐드러지게 들려온다. 동녀, 빨래를 마당 가운데 매어 있는 빨랫줄에 넌다. 소매를 걷어붙인 두 팔목이 시리도록 희다.

아버지　　　몹시…… 덥구나……

사이.

아버지　　　부채질을 해도 더운 바람만 나구……

사이.

아버지　　　애야, 너의 큰아주버니 어디 갔냐?

동녀	네. 아주버님은 하지감자 캐러 밭에 가셨어요.
아버지	벌써…… 하지감자 캘 때가 되었구나…… 하기는 매미가 극성맞게…… 우는…… 때니깐……

사이.

아버지	막내는? 네 남편은 어디 갔냐?
동녀	살구 따러 갔어요.
아버지	살구 따러?
동녀	네. 제가 신 것을 먹고 싶다구 했더니요……
아버지	네가 신 것을 먹구 싶어?
동녀	(부끄러워하며) 네……
아버지	부끄러워할 것 없다. 애를 가지면 자꾸만 신 것이 입에 당기는 거니깐……

사이.

아버지	내 자식이…… 또 다음 자식을…… 볼 때가 됐지. 자꾸만…… 후회가 된다…… 이렇게……살고 가면 되는 것을……

문밖에서 목탁 치는 소리가 들린다.

아버지	애야, 무슨 소리냐?
동녀	스님들이 목탁 치는 소린데요…… (사립문 쪽을 내다보더니

두 손을 합장한다) 백운사 스님들이에요.

아버지   아무것도 줄 것 없다구 그래라.

동녀   스님⋯⋯

소리들   그동안 잘 있었느냐?

동녀   네.

소리 1   청계산이 그리워 다시 왔다.

소리 2   불탄 백운사를 다시 지으러 왔다.

소리 3   봄날 맡겨둔 너를 다시 데리러 왔다.

동녀   스님, 저는 안 가요.

소리들   안 가겠다니?

동녀   스님⋯⋯ 제 남편이 살구 따러 갔어요. 시디신 것을 먹고
싶다구 했더니⋯⋯ 저는 이 집 사람이 됐어요.

아버지   사방팔방 다녔으면 우리 자식 놈들 봤었느냐구 물어봐라.

동녀   스님, 저희 아주버님들을 보셨어요?

목탁 소리 멈춘다. 뒤뜰의 매미 울음소리만이 흐드러진다.

아버지   뭐라구 하더냐?

동녀   (합장을 한 모습 그대로 가만히 서 있다) 아무 말씀⋯⋯ 없으
셨어요.

아버지   그럼⋯⋯ 보지 못한 모양이구나⋯⋯ 그놈들⋯⋯ 잘 있는
지⋯⋯ 가끔 소식이나 알려줄 것이지⋯⋯ 못된 놈들⋯⋯
이 애비가 얼마나 보구 싶어 하는데 무심한 놈들⋯⋯그놈
들 얼굴이나 다시 봤으면⋯⋯ 죽기 전에 다시⋯⋯ 봤으
면⋯⋯

무대 전면. 자식들이 봄날의 신문을 각자 펴들고 있다.

차남   (관객들에게 말한다) 봄날에 신문을 읽노라면 가출한 사람
           들을 찾는 광고 기사가 부쩍 늘어난다는 걸 알게 되지요.
           모든 신문마다 이렇게, 사람 찾는 기사로 가득 차 있거든
           요. (기사를 읽는다) 김찬식. 강원도 홍천에서 살다가 가출
           한 뒤 소식이 없음.

삼남   박범구. 충청도 예산에서 살다가 올봄에 가출하였음.

사남   이만기. 특징, 얼굴에 사마귀 있음. 경기도 여주에서 살다
           가 가출한 뒤 소식을 모름.

오남   조국진. 전라도 남원에서 가출한 뒤 행방을 모름.

육남   최용남. 경상도 김해에서 살다가 올봄에 가출한 뒤 돌아오
           지 않음.

차남   모든 일을 용서하겠음.

자식들   모든 일을 용서하겠음.

차남   속히 돌아오기 요망함.

자식들   속히 돌아오기 요망함.

차남   아버지.

자식들   아버지.

차남   (신문을 내려놓으며) 아버지가 가출한 자식들을 찾고 있군.

자식들   (신문을 내려놓는다) 아버지가 가출한 자식들을 찾고 있군.

― 막 ―

〔1984년〕

산돼지

1 **도중(道衆)** 불교나 도교를 믿는 무리. 여기서는 동학교도들을 의미함.

2 **루(樓)** 마루 다락처럼 높게 만든 마루.

3 **영창문(映窓門)** 방을 밝게 하기 위하여 방과 마루 사이에 낸 두 쪽의 미닫이.

4 **항우(項羽)** 중국 진나라 말기에 유방과 함께 진나라를 멸망시킨 무장(武將).

5 **밀수(蜜水)** 꿀물. 원문에 '녕수(寧水)'라 표기되어 있으나 이는 꿀물을 의미하는 "밀수(蜜水)"의 오기.

6 **천진수밀도(天津水蜜桃)** 1897년경 일본이 중국에서 도입한 상하이, 텐진 복숭아 품종의 하나로 중국 텐진에서 들어온 텐진복숭아 품종을 의미한다.

7 **잔 다르크Jeanne d'Arc** 15세기 잉글랜드 왕국과의 백년전쟁 말기 오를레앙 전투를 승리로 이끈 프랑스의 구국영웅.

8 **히니쿠ひにく** 비꼼, 야유, 얄궂음, 짓궂음.

9 **여독(餘毒)** 풀리지 않고 남아 있는 독기(毒氣).

10 **접대 바자** 공공 또는 사회사업 등의 자금을 마련하기 위해 벌이는 자선(慈善) 시장인 바자bazzar를 의미한다. 일본어 표기는 'バザー'이다.

11 **화상(畵像)** 인물 그림.

12 **무정견(無定見)** 일정하게 자신이 주장하는 의견이 없음을 의미함.

13 **확적(確的)하다** 정확하게 맞아 조금도 틀리지 아니함.

14 적군(敵群) 적의 무리. 청년회의 반대파를 지칭하는 것으로 보임.

15 천재일우(千載一遇) 절호의 기회.

16 원소(元素) 만물의 근원이 되는 구성 요소를 말하나 여기서는 토론의 소재를 뜻함.

17 이쿠데나이(イクデナイ) 매우 부정적인 성격. extreme과 deny의 합성어로 일본식 발음.

18 말로(末路) 망하여 가는 마지막 모습. 최후.

19 대부(貸付) 은행이나 금융기관에서 돈을 빌리는 것.

20 조월(繰越) 일정 기간 안에 끝맺지 않고 다음 기간으로 순차적으로 넘어가거나 넘김. 미봉책으로 일시 위기를 넘기자는 것.

21 금언(金言) 삶에 본보기가 될 만한 귀중한 내용을 지닌 말.

22 자복(自服) 자백하여 복종함.

23 억찬 억세고 힘찬. 북한 사투리.

24 니체 독일의 철학자 프리드리히 니체.

25 이간 사람 사이를 헐뜯어서 서로 멀어지게 함.

26 장언대어(壯言大語) 장담하고 큰소리 침.

27 에고이즘 이기주의.

28 김생 짐승. 경북 방언.

29 정갱이 정강이의 방언.

30 조둥이 물고기나 짐승의 머리에서 뾰족하게 나온 코나 입 주위 부분.

31 말인(末人) 니체의 초인(超人) 개념에 대응되는 용어. 현재에 만족하고 정신적 안락을 추구하는 사람을 의미한다.

32 가짓말 거짓말.

33 솔솔 솥 안을 닦아내는 데 쓰는 솔.

34 조석(朝夕) 아침, 저녁으로. 항상.

35 마이동풍(馬耳東風) 남의 말을 귀담아듣지 않고 흘려버림.

36 비상국 독약이 들어 있는 국.

37 창기(娼妓) 몸을 파는 기생.

38 정녀(貞女) 절개가 굳은 여자.

39 청루(靑樓) 창기나 창녀 들이 있는 집을 말함.

40 악살스럽게 성품이나 행동이 살기가 있고 악독함.

41 반생(半生) 반평생.

42 왜못 쇠로 만든 못의 일종.

43 잡아매어두는구려 원문에는 이 문장의 "민족(民族)"과 "원수 갚고 반역(反逆)"
에 ×자 표시가 되어 있음.

44 둑겁창 두꺼운 창.

45 기면병(嗜眠病) 밤에 충분히 수면을 취했는데도 낮에 졸음을 참지 못해 갑자기
수면에 빠지는 병. 발작적으로 수면을 취하는 병으로, 일시적이면서 불가항
력적인 수면이 되풀이되어 발생하는 증상.

46 상 얼굴.

47 불일내(不日內) 수일 내로.

48 옛때옛때 옛적에.

49 도야지 돼지.

50 산약봉(散藥封) 가루약이 든 봉지.

51 봉반(封半) 반 봉지.

52 정밀(靜謐) 고요하고 편안함.

53 창백색(蒼白色) 창백한 빛.

54 동한(冬寒) 얼어붙을 정도의 심한 추위.

55 중복(中腹) 산의 중턱.

56 석총(石叢) 돌무더기.

57 갑오년(甲午年) 『김우진전집』(연극과 인간, 1999)에는 '갑자년(甲子年)'이라고 표
기되어 있는데, 이는 오기인 듯함.

58 서계(誓戒) 나라의 큰 제사를 7일 앞두고 제관(祭官)들이 의정부에 모여서 서약
하던 일을 말함.

59 보조(步調) 걸음걸이의 속도나 모양의 상태를 말함.

60 사문난적(斯門亂賊) 성리학에서 교리를 어지럽히고 사상에 어긋나는 언행을 하
는 사람을 이르는 말.

61 자현(自現) 자기 스스로 관아에 자신의 범죄를 고백함.

62 한사(限死)하고 죽기를 작정하고.

63 몰약(沒藥) 예부터 방부제로 사용하던 약으로 미라를 만들 때 사용했다고 전함.

64 계사년(癸巳年) 1893년.

65 봉소도소(奉疏都所) 동학교도들이 교조신원운동을 전개하기 위해 설치한 지도 본부.

66 원소(寃訴) 억울함을 호소함.

67 파옥(破獄) 탈옥.

68 효수(梟首) 죄수의 목을 베어 높은 곳에 매달아놓음.

69 북망산(北邙山) 무덤이 많은 곳이나 사람이 죽어서 묻히는 곳.

70 화생(化生) 불교에서 극락왕생을 의미함.

71 정식 박정식. 원봉의 친아버지. 원봉이의 꿈속에 나타난 박정식의 혼령.

72 병상(病狀) 병의 상태.

73 프로디갈 썬의 귀향 탕자prodigal son의 귀향을 의미함.

74 오드콜오뉴 향수의 일종.

75 「봄 잔디밭 위에」 조명희의 시(전문).

76 상제(喪制) 부모나 조부모가 세상을 떠나 상중(喪中)에 있는 사람.

77 「달 쫓아」 조명희의 시(전문).

78 수판(數板) 셈을 놓는 데 쓰는 기구. 주판.

79 업수이 여기다 '업신여기다'의 함경도 방언.

80 쌩거 마거릿 생거Margaret Sanger, 미국의 여성운동가. 여성의 출산 의무를 반대하고 수태 조절의 사상을 전개하였음.

81 엘렌 케이Ellen Key 스웨덴의 여성운동가. 자유연애론, 자유결혼사상을 주창하였음.

82 철리(哲理) 철학의 이치.

83 일후(日後) 그날 이후.

두 애인

1 침모 남의 집에 매여 일정한 품삯을 받고 바느질을 해주며 사는 여성.

2 안잠자기 남의 집에서 먹고 자며 집안일을 돌보는 여성.

3 차부 마차(馬車)나 우차(牛車)를 부리는 사람.

4 관후하다 마음이 너그럽고 후덕하다.

5 책사(冊肆) 책을 파는 서점.

6 **히브리주의자** 헤브라이즘Hebraism, 헬레니즘과 더불어 서양사상을 형성해온 중요한 사조로서 유일신을 중심으로 한 도덕적 가치관을 의미함. 히브리주의 자는 헤브라이즘을 신봉하는 사람.

7 **공상누각** 자신의 상상(공상)으로 이루어진 누각.

8 **교의** 사람이 걸터앉는 의자를 말함.

9 **낙종** 마음속으로 받아들여 따르는 것.

10 **신색(身色)** 몸의 표면에 나타나는 빛깔.

11 **서모(庶母)** 아버지의 첩, 또는 계모.

12 **회당** 예배당, 또는 회관. 여기서는 교회를 의미하는 것으로 보임.

13 **전령(電鈴) 소리** 전화 벨소리.

14 **진일** 밥을 짓거나 빨래 등 물을 사용해서 하는 일.

15 **강잉** 마지못하여. 부득이.

16 **눈토 매이우다** 정확한 의미를 파악하기 어려움.

17 **사위스럽다** 마음에 불길한 느낌이 드는 것.

18 **숙친(淑親)** 오래 사귀어 친분이 매우 가까움.

19 **모시모시. 고— 가몽 후다센— 핫백구나나주— 히도방— 부대동입니까?** 일본어로 전화하는 내용. "여보세요. 2871번(상대방 전화번호) 부대동입니까?"

20 **시진(澌盡)하다** 기운이 빠져 없어지는 상태.

21 **방물** 여자가 사용하는 화장품, 바느질 도구 등의 물건.

토막

1 **토막(土幕)** 본래 토막은 땅을 파고 위에 거적을 얹고 흙을 덮어 추위나 비바람을 가릴 정도로 임시로 지은 움막집을 의미한다. 그러나 이 작품에 등장하는 집은 온돌방, 부엌, 창문 등을 갖추고 있어서 본래 의미의 토막과는 다르다.

2 **노력(勞力)** 노동력.

3 **꺼정** '까지'의 경상 · 충북 · 함경 방언.

4 **사포(司鋪)** 본래 조선시대 정8품 잡직을 지칭하는 말인데, 여기서는 벼슬아치들이 쓰는 관모(冠帽), 즉 출세한 사람이 쓰는 모자를 비유하는 말로 사용됨.

5 **장단** 쓸데없는 말을 주고받는 바람에.

6 **말로** 도착하는 대로.

7 **콩 낟만 하다** '콩의 낟알'처럼 작다는 의미.

8 **괭이** 고양이.

9 **양복쟁이** 양복(洋服)을 입은 사람을 낮잡아 이르는 말. 권세 높은 사람을 의미함.

10 **경맬** 경매(競賣)를.

11 **구실** 세납(稅納)을 의미하는 말.

12 **대판** 일본의 오사카(大阪).

13 **남포질** 남포를 터뜨려 바위 따위의 단단한 물질을 깨뜨리는 일.

14 **올같잖다** 변덕이 심한.

15 **허퉁** 몹시 허둥대는 모양.

16 **풍창파벽(風窓破壁)** 뚫어진 창과 무너진 벽. 집을 돌보지 못해 허술한 상태를 말함.

17 **문쥐** 서로 꼬리를 물고 줄지어 다니는 쥐.

18 **맹랑허다** 만만치 않다.

19 **무시** '무상시(無常時)'의 줄임말. 특별한 때가 아님.

20 **비깝** 빚값.

21 **부판(負販)** 물품을 등에 지고 다니면서 파는 일.

22 **강구허다** 좋은 대책과 방법을 찾는다는 의미. 여기서는 궁색하다는 뜻으로 사용.

23 **감발** 발감개. 버선이나 양말 대신 발에 감는 무명헝겊.

24 **댑짜리** 대자리. 팔자가 좋다는 의미.

25 **무망중(無妄中)** 별생각이 없이 있는 상태.

26 **실갱이** 실랑이.

27 **서기(瑞氣)** 상서로운 기운.

28 **밭은기침** 병이나 버릇으로 자주 하는 기침.

산허구리

1 **개흙** 갯바닥에 있는 거무스름하고 미끈미끈한 흙.

2 **옹배기** 주둥이보다 배 부분이 넓고 둥글며 바닥이 좁은 질그릇.

3 **칠성기(七星旗)** 인간의 수명과 길흉화복을 주재하는 북두칠성의 신(神)을 상징하는 깃발.

4 뒤란 뒤뜰.

5 휩뜨다 눈을 휘둥그렇게 하여 치뜨다.

6 쪽지게 작은 지게. 등짐장수들이 많이 썼다고 한다.

7 황둥개 누렁이. 털빛이 누런 개.

8 당최 당초에. 도무지.

9 큰성 '큰형'의 사투리.

10 작은성 작은형.

11 관솔불 관솔에 붙인 불.

12 남구 나무.

13 두메 도회에서 멀리 떨어져 사람이 많이 살지 않는 곳.

14 추탕(鰍湯) 추어탕의 줄임말.

15 끄들리다 움켜쥐고 함부로 휘두르는 것.

16 쌈 싸움.

17 들오기만 들어오기만.

18 던져트리고 던져놓고.

19 입때 여태까지.

20 가무락 껍질이 검은 대합과의 조개.

21 상업쌀 조갯살의 일종으로서 상등품에 속함. '상합살'로 통용.

22 중상(中商) 물건을 사서 되파는 상인.

23 으리딱딱거리다 딱딱한 말씨로 심하게 을러대다.

24 까질러가다 싸돌아다니다.

25 지게미 재강에 물을 타서 모주를 짜내고 남은 찌꺼기.

26 뱃줄 배를 끌거나 매어두는 데 쓰는 줄.

27 녘 어떤 때의 무렵.

28 싼거리 물건을 싸게 팔거나 사는 일. 또는 그렇게 팔거나 산 물건.

29 굴깍지 굴의 껍데기.

30 뷔지다 칼이나 날카로운 물건에 베이거나 조금 긁히다.

31 볼치 볼따구니.

32 일껏 모처럼 애써서.

33 팬 듯싶다 심한 듯하다.

34 나부래기 '나부랭이'의 방언.

35 기급 엇비슷함.

36 담벙거지 달뜬 행동으로 몹시 서두르고 덤벙거리는 사람.

37 악아지 잘 안 될 일을 무리하게 해내려는 고집.

38 울텅 웃통. 몸에서 허리 위의 부분.

39 오리목 가늘고 긴 목재.

40 전(廛) 가게.

41 넉살이 강화년이다 경기도 강화에서 생산한 인조견을 팔러 다니는 여인들이 넉살 좋고 뻔뻔하다는 것에서 유래함. 한편, 강화의 연(鳶)이 튼튼하고 잘 날아서 '살이 넷인 강화의 연'이라는 의미로도 사용.

42 덤치다 넘치다.

43 까불리다 쌀알을 바람에 날려버리다.

44 솜속뚜리 솜이 들어간 두루마기.

45 뱃널 배의 갑판.

46 즐벗 나란히.

47 공중제비 사람이나 물건이 공중에서 거꾸로 나가떨어짐.

48 길미 채무자가 화폐 이용의 대상으로서 채권자에게 지급하는 금전.

49 독아[喪輿]집 상엿집.

50 덧든다 덧나다.

51 섬피 곡식을 담는 섬의 겉껍질.

52 검부럭지 검불의 부스러기.

53 홍녁케 부리나케.

살아 있는 이중생 각하

1 상수(上手) 관객석에서 볼 때 좌측 무대를 말함.

2 화선(和鮮)절충식 일본식과 한국식을 절충한 것.

3 몰취미하다 취미가 전혀 없음. 즉 교양이 없음을 의미함.

4 하수(下手) 관객석에서 볼 때 우측 무대.

5 삐루 맥주의 일본식 발음.

6 노서아 러시아.

7 치원(置怨) 남을 원망함.

8 연자간 연자매로 곡식을 찧는 방앗간.

9 목간(沐間) '목욕간'의 줄임말.

10 곽란 음식이 체하여 토하고 설사하는 급성 위장병.

11 숙수쟁이 잔치와 같은 큰일이 있을 때에 음식을 만드는 사람.

12 잇솔 칫솔.

13 꼬리잡이 말꼬리 잡기.

14 울바자 울타리에 쓰는 바자.

15 채신머리 '처신(處身)'을 속되게 이르는 말.

16 심로(心勞) 마음을 수고스럽게 씀. 또는 그런 수고.

17 일부당관(一夫當關)에 만부막개(萬夫莫開) '한 사람이 관문(關門)을 지키면 만 사람
이 와도 뚫지 못한다'라는 뜻으로, 수비하기는 쉽고 공격(攻擊)하기는 어려운
험한 지세(地勢)를 비유하는 말.

18 일수일획자(一樹一獲者)는 곡야(穀也)요 일수백획자(一樹百獲者)는 인야(人也)라 '1년의
계획은 곡식을 심는 것만큼 좋은 것이 없고, 10년의 계획은 나무를 심는 것만
큼 좋은 것이 없다'라는 뜻.

19 바쿠 '바퀴'의 방언.

20 처결 결정하여 조처함.

21 까박 트집을 잡아서 핀잔을 주거나 걸고 드는 것.

22 일일지환(一日之患)은 묘시주(卯時酒) '하루의 우환은 아침 술에서 생긴다'라는 뜻
으로 아침에 술 마시는 것을 경계하라는 의미.

23 구수협의(鳩首協議) '비둘기들이 머리를 맞대듯이 사람들이 머리를 맞대고 의논
하는 것'을 이르는 말.

24 싱크럽다 '귀찮다. 달갑지 않다'는 의미의 방언.

25 말버르장이 '말버릇'의 구어적 표현.

26 원두쟁이 쓴 외 보듯 하다 오이나 참외를 기르는 사람이 잘 익지 않은 오이나 참
외를 보듯이 한다는 뜻으로 피하다, 외면하다는 의미의 속담.

27 사정 가격 관청이나 기관에서 조사하거나 심사하여 매긴 가격.

28 일사(一死)면 도무사(都無事) 한번 죽으면 돌이킬 수 없다는 의미.

29 빵구 나다 탄로 나다.

30 섞갈리다 헷갈리다.

31 널 널빤지.

32 추목 가래나무.

33 원수치부(怨讐置簿) 원수진 것을 오래 기억하여둠.

34 이남박 쌀을 일 때 쓰는 나무 바가지인데, 흔히 둥글게 파여 있음.

35 소향 분향.

36 화태(樺太) '사할린'의 일본식 옛 지명.

37 궁구르다 '구르다'의 방언.

38 서사 '서기(書記)'를 이르는 말.

39 형지(形止) 일이 되어가는 형편, 또는 용모와 행동을 통틀어 이르는 말.

40 두호(斗護)하다 남을 두둔하여 보호하다.

불모지

1 건덕지 '건더기'의 방언.

2 알심 보기보다 야무진 힘.

3 후생주택 주택난을 해소하기 위한 정책의 하나로 일반 서민들이 어렵지 아니하게 구입할 수 있도록 지은 주택.

4 사모관대 사모와 관대를 아울러 이르는 말. 본디 벼슬아치의 복장이었으나, 지금은 전통 혼례에서 착용한다.

5 사바사바 뒷거래를 통하여 떳떳하지 못하게 은밀히 일을 조작하는 짓을 속되게 이르는 말로 일본어에서 유래.

6 슈미즈 여성의 양장용 속옷의 하나. 보온과 땀 흡수를 위하여 입는다.

7 뒤안 '뒤꼍(집 뒤에 있는 뜰이나 마당)'의 잘못.

8 벤또 '도시락'의 일본말.

9 군문 '군대(軍隊)'를 비유적으로 이르는 말.

10 샤뿔뽀오드 샤플보드. 볼링의 레인과 같은 양면에 거터(고랑)가 있는 콘크리트제의 장방형 코트에서 두 명씩 점수를 겨루는 게임. 1950~60년대에 한국에서 유행한 적이 있는 오락.

11 괜시리 '괜스레'의 잘못.

12 국민학교 '초등학교'의 옛 이름.

13 안절부절하다 '안절부절못하다'의 잘못.

14 목로집 선술집. 목로주점.

옛날 옛적에 훠어이 훠이

1 씨앗조 먹지 않고 증식을 위해 심는 곡식(조).

2 입살이 '겨우 벌어먹는다'라는 뜻의 북한말.

3 술추렴 술값을 여러 사람이 분담하고 술을 마심.

4 발쾡이 '구유(소나 말 따위의 가축들에게 먹이를 담아주는 그릇)'의 방언.

5 망태기 물건을 담아 들거나 어깨에 메고 다닐 수 있도록 만든 그릇. 주로 가는 새끼나 노 따위로 엮거나 그물처럼 떠서 성기게 만든 것.

카덴자

1 칭신(稱臣) 스스로 신하라고 자처함.

2 경찰관님 극장에 상주하며 공연을 감시, 검열하는 경찰관.

3 불궤하다 반역을 꾀함.

4 번의하다 먹었던 마음을 뒤집음.

5 처판하다 사무를 분간하여 처리함.

6 자품(資稟) 사람의 타고난 바탕과 성품.

7 경신(更新) 이미 있던 것을 고쳐 새롭게 함.

8 치화(治化) 어진 정치로 백성을 다스려 인도함.

9 호리전트 무대 뒷면에 설치한 'U'자 모양의 굽은 막. 조명의 기교로 넓게 트인 하늘 따위의 배경을 나타내는 데 쓴다.

10 행형 자유형의 집행 방법 및 사형수의 수용, 노역장 유치, 미결수용 따위의 절차.

봄날

1 약전(藥典) 의료에 사용되는 중요한 의약품에 대하여 제법(製法)·성상(性狀)·성능·품질 및 저장 방법의 적정을 기하기 위하여 정해진 기준서(基準書).

2 장닭 '수탉'의 방언.

3 「봄」 서정주의 시(저자 주).

4 「봄」 김춘수의 시(저자 주).

5 「꽃나무」 이상의 시 (저자 주).

6 「봄비」 김소월의 시(저자 주).

7 「봄」 허영자의 시(저자 주).

8 **제목 미기명** 무주 지방의 속요(저자 주).

9 『한국의 신화』 김열규, 일조각, 1998(저자 주).

한국 현대희곡의 계보를 찾아서

이상우

1. 근대희곡의 성립

흥미롭게도 한국 최초의 근대희곡은 소설가 이광수에 의해 씌어진 「규한」이다. 「규한」은 1917년 일본 유학생 잡지 『학지광』에 실렸다. 「규한」을 시작으로 해서 1910년대 후반에서 1920년대 초반에 계몽적 지식인들에 의해 여러 편의 희곡이 발표되었다. 윤백남의 「국경」(1918), 「운명」(1921), 최승만의 「황혼」(1919), 조명희의 「김영일의 사」(1920), 이광수의 「순교자」(1920) 등이 그러한 작품들이다. 1세대 신여성 작가로서 한국 최초의 여성 소설가로 평가받는 김명순도 이 무렵에 희곡 「의붓자식」(1923)을 썼다.

이 시기는 일제에 의해 강제 병합된 지 10년쯤 되었을 무렵이며, 1919년 3·1만세운동을 전후한 폭풍노도의 시기이기도 하다. 그러한 시대에 당대 선각자적 지식인들이 앞을 다투어 희곡을 발표하였던 것은 무슨 이유에서일까. 당연하게도 민족계몽을 위해 연극이라는 예술이 매우 유용한 미디어가 되리라고 판단한 것으로 보인다. 식민지 초기의 근대 지식인들은 그러한 맥락에서 희곡이라는 문학 양식을 발견했다고 볼 수 있다.

1910년대 중후반 동경유학생학우회 회원들은 매년 신입생 환영, 졸업생 환송, 망년회 등을 기념하는 정기 모임을 가졌고, 이 모임에서 여흥으로 연극을 상연하였다. 1918년 겨울 동경유학생학우회의 망년회 여흥 공연 작품으로 씌어진 희곡이 최승만의 「황혼」이다. 명확한 증거가 나오지는 않았지만 이광수의 「규한」도 동경유학생학우회 기관지 『학지광』에 발표된 희곡이고, 최승만의 「황혼」과 유사하게 자유연애, 자유결혼의 제재와 내용을 다뤘으며, 당시 동경 유학생들의 각종 모임의 여흥 공간에서 연극 공연이 이루어지는 사례가 많았다는 점에서 볼 때, 당시 동경유학생들의 여흥 공간에서의 공연 활동과 관련이 있을 가능성이 있다.

그러나 이 시기에 희곡을 썼던 작가들 중에 훗날까지 지속적으로 희곡을 쓰거나 연극을 한 사람은 윤백남 정도에 불과하다. 특히 윤백남의 「운명」은 1921년 갈돕회의 순회공연에서 공연 레퍼토리로 사용되었고, 윤백남 자신도 1910년대 신파극 시대부터 1920년대 신극운동에까지 적극 관여하였다. 직업적인 연극 활동에 직접 투신하면서 희곡을 창작한 작가로는 윤백남이 최초일 것이다. 「운명」 이외에 연극사적 의미를 갖는 또 하나의 작품이 조명희가 쓴 「김영일의 사」이다. 이 희곡은 동경 유학생들이 만든 연극 단체인 극예술협회에 의해 1921년 여름에 고국순회공연에서 상연되었다.

2. 선구적 근대 지식인의 자화상: 김우진과 김명순

극예술협회의 순회공연을 이끈 유학생 중의 한 사람이 극작가 김우진이다. 김우진은 홍해성, 홍난파, 조명희, 마해송, 김영팔, 최승일 등과 함께 동경 유학생, 고학생 모임인 동우회로부터 회관 건립 기금을 모으기 위한 순회공연을 제안받고 순회 연극단을 조직하여 스스로 무대감독을 맡고 직접 재원을 조달하였다. 이러한 순회 연극 경험은 그에게 신극운동에 대한 꿈을 키워준 계기가 되었다. 와세다대학 영문과에서 극작가 버나드 쇼를 연구하여 졸업논문을 쓴 김우진은 1924년 졸업 후 고향 목포로 귀향하여 부친 김성규가 설립한 상성합명회사의 경영을 맡게 되었다. 낮에는 회사를 경영하고, 밤에는 문학 공부에 몰두하여 시, 소설, 평론, 희곡 창작에 열성을 보였다. 그러한 열정으로 희곡 「정오」(연도미상), 「이영녀」(1925), 「두더기 시인의 환멸」(1925), 「난파」(1926), 「산돼지」(1926) 등을 집필하였다. 사실주의, 자연주의 경향의 희곡 「이영녀」는 매음녀 이영녀의 처절한 삶의 의지와 그를 둘러싼 식민지 민중의 생활환경이 객관적이고 냉정하게 잘 그려진 희곡이다. 「난파」와 「산돼지」는 작가 자신을 연상케 하는 인물을 주인공으로 내세워 그를 에워싼 봉건적 인습과 사회적 억압에 저항하는 내면적 고뇌와 갈등을 치열하게 묘파하고 있다. 표현주의, 상징주의를 본격 수용해서 인물의 내면적 갈등 세계를 치열하게 형상화한 한국문학작품으로서 김우진의 「난파」와 「산돼지」를 넘어서는 작품은 찾아보기 어렵다. 이러한 점에서 1920년대 중반 김우진의 희곡 창

작은 문학사적 의미가 크다.

1910년대 구마모토농업학교 재학시절부터 문학에 집착하여 이과 진학을 권한 부친의 뜻을 거스르고 와세다대학 영문과에 진학한 김우진은 목포에서 부친이 세운 회사 경영 생활에 염증과 환멸을 느끼게 된다. 오랫동안 꿈꿔왔던 문학과 신극운동의 길을 도저히 포기할 수 없다는 결론을 내리고, 1926년 6월 출가를 실행하게 된다. 1920년 극예술협회의 창립 시절부터 연극의 꿈을 공유했던 친구 홍해성의 동경 자췻집에 머물면서 1926년 7월 12일에 탈고한 작품이 희곡「산돼지」이다. 김우진은「산돼지」를 극예술협회의 동료이자 친구인 조명희에게 우편으로 보내고, 1926년 8월 4일 시모노세키에서 부산으로 향하던 관부연락선 토쿠주마루(德壽丸)에서 함께 탑승하였던 윤심덕과 함께 현해탄에 투신, 정사하였다. 희곡「산돼지」는 김우진의 마지막 유작이 되고 말았다.

김우진의 유작「산돼지」는 김우진 희곡의 결정체라고 해도 과언이 아니다. 김우진은「산돼지」원고를 조명희에게 보내는 편지에서 "이 희곡은 내가 포부를 가지고 쓴 최초의 것"이라고 밝힌 바 있다.「정오」와「두더기 시인의 환멸」이 소품에 불과하다고 보면, 김우진의 대표 희곡은「이영녀」「난파」「산돼지」세 편으로 추릴 수 있다.「이영녀」가 매음녀 이영녀라는 인물을 객관적으로 묘파한 사실주의 희곡이고,「난파」가 작가 자신과 그 가족사 이야기의 내면을 그린 표현주의 희곡이라고 본다면, 이러한 사실주의와 표현주의 희곡의 양면성을 모두 함축한 작품이 바로「산돼지」라고 할 수 있다.

「산돼지」(총 3막)의 주인공 최원봉은 청년회 상무간사로 바자회 수입금 횡령의 누명을 쓰고 불신임 직전에 놓여 있는 상태다. 원봉에게 반감을 가진 청년회 회원들은 그에게 공금 횡령을 추궁하고 그를 은유하는 '산돼지' 낙서를 그려놓고 조롱한다. 친구이자 누이 영순의 애인 차혁은 차제에 원봉의 반대 세력에 맞서 싸울 것을 주장하다가 원봉과 의견 대립을 보이며 갈등한다. 이러한 상황에서 갑자기 동학혁명 때 동학교도였던 아버지가 체포, 처형당하고 어머니가 능욕당한 사건이 몽환 장면을 통해 제시된다. 이러한 원봉의 비극적인 출생 비밀과 운명이 무대에 제시되면서 그의 내적 갈등과 번민의 근원이 관객에게 알려진다. 마침내 그는 자기 운명과의 대면을 통해 현실에서 자신과 갈등을 빚던 계모 최주사댁, 친구 차혁, 애인 정숙과 화해하고 새로운 삶을 찾아 먼 곳으로 떠난다. 이 극에서 현실의 갈등과 화해하는 계기로 조명희의 시 「봄 잔디밭 위에」가 여러 차례 낭독되는 점이 흥미롭다. 실제로 조명희의 시집 『봄 잔디밭 위에』(1924)는 김우진에게 큰 감동을 주었고, 「산돼지」 창작에도 영향을 미친 것으로 보인다.

김일엽, 나혜석, 박인덕, 김활란 등과 더불어 1세대 신여성의 한 사람인 김명순은 한국 최초의 여성 소설가로 알려져 있다. 그는 1917년에 최남선이 주간한 문예지 『청춘』 현상공모에 단편소설 「의심의 소녀」가 3등상을 받으면서 문단에 작가로 등단하였다. 1919년 김동인, 전영택, 주요한 등이 창간한 문예지 『창조』의 동인으로 참여하여 활동하기도 했다. 1925년에는 첫 창작집 『생명의 과실』을 출간했고, 이후 1930년 무렵 두번째 창작집 『애인의 선물』

(연도 미상)을 펴냈다. 하지만 1930년대 이후 문단의 주류에서 배제되어 고독한 창작 활동을 지속했고, 1951년 동경에서 정신질환을 앓고 쓸쓸하게 생을 마감하였다.

김명순은 많은 시와 소설을 남겼을 뿐만 아니라 희곡 「의붓자식」(1923)과 「두 애인」(연도 미상)을 창작하였는데, 이는 김명순이 나혜석과 더불어 1920~30년대에 희곡을 창작한 여성 작가라는 점에서 주목을 요한다. 그런데, 김명순 희곡 두 편의 공통점은 자전적 이야기를 소재로 삼고 있고, 자신의 독특한 연애 사상이 투영되어 있다는 점이다. 「의붓자식」의 주인공 성실, 「두 애인」의 주인공 기정은 모두 작가를 연상시키는 신여성 인물이며, 작가 자신의 연애사상을 반영하고 있다. 「의붓자식」의 성실은 육체적 사랑에 대한 극도의 거부감을 갖고 있고, 상호존중의 영적 연애를 추구하는 금욕주의자다. 「두 애인」의 기정은 남편과 순결을 조건으로 한 계약결혼을 한 상태로서 히브리주의자(청교도주의자) 김춘영, 사회주의자 이관주를 각각 애인으로 두고 그들과 영적 연애를 즐기고 있다. 그 결과 두 애인의 부인들로부터 모욕과 망신은 물론 심한 폭행을 당해 남편의 품에서 시름시름 앓으면서 죽음을 기다리게 된다. 남편은 기정의 영적 연애를 비현실적 '공중누각'이라며 비판하지만, 기정은 자신의 금욕주의적 연애의 이상을 고집하다가 비극적 결과를 맞는다.

김명순 희곡의 주인공들이 지닌 육적 연애의 거부, 영적 연애에 대한 집착은 당시 근대적 지식인들 사이에서 유행하던 엘렌 케이의 영육일치 연애관과 거리가 먼 것이다. 그럼에도 불구하고 신여성 김명순이 자신의 희곡을 통해 독특한 연애사상을 지닌 주인공들을 묘파한 것은 자신의 개인적 이력과 관련이 있어 보인다. 일본 유학 시절 우에노 공원에서 데이트 중에 성폭행을 당하고 자살을 기도했던 사건이 일생의 트라우마로 작용했던 것으로 보인다. 이 사건이 당시 언론에 보도되면서 가해자가 아닌 피해자 김명순이 오히려 음탕한 여성으로 비난받았고, 당대 남성 작가들이 지배한 문단 주류 사회에서 배제, 소외되는 아픔을 맛보게 되었다. 우에노 공원의 트라우마는 김명순에게 극단적인 금욕주의적 연애관을 갖게 했고, 그러한 연애관이 그의 희곡을 통해 잘 나타나고 있다. 그의 희곡은 시대를 앞서갔다는 이유로 대부분 비극적 운명을 맞았던 1세대 신여성들의 보편적 비극을 비춰주는 반사경의 역할을 하고 있다는 점에서 주목을 요한다.

3. 신극, 경향극, 대중극의 분립

1920년대 중반에 경향극이 등장하면서 신극, 경향극, 대중극이라는 세 가지 유형의 연극이 각자 다른 계보를 형성해가는 근대극의 3분립시대가 열리기 시작한다. 이는 1931년 본격 신극단체 극예술연구회의 설립으로 좀더 확연한 양상을 드러내게 된다. 물론 이러한 근대연극의 구도는 일본으로부터 영향을 받은 것이다. 그러나 일본의 경우에는 1930년대 중반 이후 외압에 의해 경향극이 퇴조하면서 자연스럽게 신극과 통합하고 신극계 전체가 진보적 연극이라는 이미지를 갖게 된다. 반면, 식민지 조선의 경우는 경향극의 퇴조 이후에도 신극과 경향극이 통합하지 못하고 대립하면서 신극/경향극＝우파/좌파＝보수적/진보적 연극이라는 이미지가 고착화되는 경향이 있다. 해방 직후 연극계의 극심한 좌우대립 양상은 이미 이 시대에 잉태된 것이라고 할 수 있다.

김운정의 「기적 불 때」(1924)는 초창기 경향극을 대표할 만한 작품이다. 가난과 노동, 그리고 산업재해로 고통받는 노동자 가족의 처참한 궁핍상을 냉담하게 묘파했고, 그에 자살과 저주로 항거할 수밖에 없는 민중의 처절한 현실을 보여주고 있다. 「기적 불 때」가 자연발생적 경향극의 면모를 보인다면, 김동환의 「불복귀」(1926)나 김영팔의 「부음」(1929), 「곱장칼」(1929) 등은 당시 프로연극운동과의 연계성을 갖는 경향극이라는 점에서 다르다. 김동환은 1927년에 좌파극단인 불개미극단에 소속되었고, 김영팔의 작품은 1920~30년대 많은 프로극단이 앞다투어 상연한 인기 레퍼토리였다.

「부음」은 좌익운동의 동지인 두 남녀가 서로 연애의 감정을 갖고 있지만 운동의 대의를 위해 개인의 욕망을 포기한다는 내용을 갖고 있다. 중병을 앓고 있던 남자의 어머니가 사망했다는 부음이 전해지자 남자가 잠시 흔들리지만 뒷일을 모두 맡을 테니 운동의 임무를 수행하기 위해 떠나라는 여자의 격려를 받고 남자는 무대를 떠난다. 전형적인 운동서사의 연극임을 알 수 있다. 이러한 서사를 지녔기에 「부음」은 운동연극으로서 당시 프로연극의 인기 레퍼토리로 채택될 수 있었다. 송영의 「호신술」(1931), 유진오의 「박

첨지」(1932) 등도 비슷한 이유에서 프로연극의 인기 레퍼토리가
되었다.

이어서 1930년대 초에 토월회의 후신인 태양극장과 조선연극사
의 등장으로 대중극이 정립함으로써 신극, 경향극, 대중극의 3분
립 체제가 확립된다고 할 수 있다. 이러한 현상은 신극계를 대표하
는 단체 극예술연구회의 결성(1931), 프로연극운동의 지도부 역할
을 한 카프 연극부의 설치(1930), 관객 대중으로부터 폭넓은 인기
를 누린 대중극단 조선연극사(1930), 태양극장(1932)의 등장으로
뚜렷한 모습을 드러낸다. 대중극은 1935년 동양극장의 설립을 계
기로 비약적 발전을 이루게 된다. 동양극장 부설 극단 청춘좌와 호
화선을 비롯해 아랑(1939), 고협(1939) 등이 이 시기의 대표적인
대중 극단들이다. 대중극 작품으로는 박승희의 「아리랑고개」 「고
향」, 임선규의 「사랑에 속고 돈에 울고」(1936), 이서구의 「어머니
의 힘」(1937) 등이 주목할 만하다.

4. 식민지 시대 사실주의극의 정수: 유치진, 함세덕

한국의 신극은 1930년대 극예술연구회의 결성을 통해 비로소
확립된다고 말할 수 있다. 1920년대에 일본 쓰키지(築地) 소극장에
서 배우로 활동하고 돌아와 극예술연구회에 참여한 홍해성은 연출
작업을 통해 근대극의 확립에 기여하였다. 극연 내에 엘리트 집단
인 해외문학파 동인들에 의해 제공된 다채로운 서구 근대극 레퍼

토리들과 더불어 유치진, 이무영, 이서향, 함세덕 등이 쓴 창작극들은 1930년대 한국 근대 사실주의극이 성립하는 데 의미심장한 역할을 하였다.

이 시기에 극연이 상연한 창작극 가운데 가장 주목할 만한 작품이 바로 유치진의 「토막」이다. 「토막」은 1931년 12월부터 1932년 1월에 『문예월간』에 발표되고, 1933년 극연에 의해 상연되었다. 연출은 홍해성이 담당했다. 식민지 시대에 극빈층의 하나라고 할 수 있는 토막민(土幕民)의 비참한 삶을 통해 당대 식민지 농민층의 보편적 궁핍을 형상화하려고 한 작품이다. 이 작품의 공연을 위해 극연 동인들은 서울 근교의 토막민 마을을 직접 시찰하기도 했다.

명서네의 빈한한 토막이 작품의 주 무대로 등장한다. 가장인 명서는 병자(病者)이고, 그 딸은 곱사등이다. 가계를 꾸려가는 실질적 가장은 명서의 처이다. 명서네의 유일한 희망은 도쿄에 노동자로 돈벌이하러 간 아들 명수다. 그러나 그는 7년째 소식이 끊긴 상태다. 구장이 전해준 낡은 신문지 조각은 불길한 소식을 암시하고 있다. 결국 명수는 유골로 돌아오고 만다. 신문기사에 따르면 명수는 해방운동을 하다가 체포되어 옥사한 것으로 되어 있다. 7년간 기다리던 아들이 유골로 돌아왔을 때 가족이 겪는 처절한 충격과 슬픔을 「토막」은 극명하게 보여주고 있다. 특히 명수의 유골을 접한 명서의 분노와 명서 처의 초탈, 딸 금녀의 다짐은 명수의 죽음으로 상징되는 민족의 비애, 혹은 민중의 비애에 대한 각기 다른 태도를 반영하고 있는 듯하다.

이러한 점은 후기 극연을 통해 연극계에 입문하게 되는 극작가 함세덕의 「산허구리」에 의해 계승된다. 「산허구리」는 1936년 『조선문학』에 발표되었다. 인천 출신의 극작가 함세덕은 이 작품에서 궁벽한 어촌 마을을 배경으로 가난한 어민의 비참한 삶을 사실적으로 묘파하였다. 상어 이빨에 물려 한쪽 다리를 잃은 늙은 어부의 가족은 가난으로 인해 고난을 겪는다. 온 가족이 나서서 일을 하지만 가난에서 헤어나지 못한다. 집안의 생계는 처가 중심이 되어 꾸려간다. 한창 학교에 다니거나 뛰놀 만한 나이의 어린 복실과 석이마저 조개를 잡으면서 가계에 보탬이 되지 않으면 안 될 형편이다.

이들에게 가난보다 더 슬픈 것은 가족 구성원을 하나씩 바다에서 잃고 있다는 점이다. 큰아들과 사위를 바다에서 잃은 늙은 어부와 그의 처는 고기잡이하러 나갔다가 풍랑을 만나 소식이 끊긴 둘째 아들마저 결국 바다에서 잃고 만다. 둘째 아들 복조가 시신이 되어 돌아왔을 때 나타나는 가족들의 반응을 「토막」과 비교해보는 것은 흥미로운 일이다. 늙은 어부와 그의 처, 그리고 복조의 어린 동생들이 보여주는 가족의 죽음에 대한 태도에서 우리는 「토막」과 같은 차원의 비장함, 광기, 초탈, 자각의 반응이 나타나고 있음을 볼 수 있다. 이러한 점들은 「토막」과 「산허구리」가 모두 존 밀링턴 싱의 희곡 「바다로 가는 기사들」의 영향을 받았다는 사실에서 비롯되기도 하지만 식민지 민중의 처참한 궁핍에 대한 사실주의적 반영에 기초하고 있는 점에서 연원한다고 볼 수 있다. 이러한 점에서 「토막」과 「산허구리」는 근대 사실주의극의 정수를 보여주는 작품들이라고 할 수 있다.

5. 해방기와 전후 사회에 대한 풍자와 비판: 오영진, 차범석

1940년대에 혜성처럼 등장한 극작가가 바로 오영진이다. 본래 그는 일제 말 시나리오 작가로 출발하였다. 경성제대 졸업 후 일본으로 건너가 도쿄발성에서 영화 수업을 받고 일본어 시나리오 「배뱅이굿」(1942)과 「맹진사댁 경사」(1943)를 『국민문학』에 발표하였다. 이 무렵 그는 조선영화주식회사에서 촉탁 작가로 일하면서 기독교계 민족주의자인 부친 오윤선 장로의 학교 일을 도왔다.

해방 이후에 그는 희곡 창작을 통해 당대 사회상을 풍자하고 비판하는 데 주력했다. 「살아있는 이중생 각하」(1949)는 해방을 맞아 친일파에서 친미파로 재빠르게 변신하면서 사회적 책임을 회피하고 자신의 기득권을 유지하고자 하는 이중생을 주인공으로 내세워 그의 탐욕성을 풍자하고 조롱하는 작품이다. 함세덕의 「고목」(1947)과 더불어 해방공간의 정치, 사회적 쟁점이었던 일제 잔재의 청산 과제에 대한 연극적 대응을 보여주는 작품이다. 흥미로운 점은 「고목」 역시 청산의 대상인 탐욕적 인물을 주인공으로 내세워 풍자하는 풍자희극의 방식을 활용하고 있다는 점이다. 차이점이 있다면 「고목」이 일제 잔재의 청산 과제에 대한 좌익 연극계의 반응을 보여준다면 「살아있는 이중생 각하」는 우익 진영의 대응이라는 점일 것이다.

작품의 무대는 이중생의 가옥이고, 배임수재, 횡령, 사기 등의 혐의를 받고 점차 궁지에 몰리고 있는 이중생의 옹색한 처지가 극의 정황이다. 그는 궁지에서 벗어나고자 변호사의 조언을 듣고 거짓 자살극을 꾸민다. 여기에 그의 가족들도 동참한다. 그러나 이중생의 계획과는 달리 거짓 자살극에도 불구하고 자신의 재산이 무료병원사업에 기부된다는 사실에 절망한 이중생은 진짜 자살을 택하고 만다. 자살의 결말은 이 극에서 중요한 의미를 갖는다. 먼저, 도도한 역사적 필연성을 제시한다. 친일협력자가 진정으로 반성하고 참회하지 않으면 변화하는 시대의 흐름에서 몰락하고 말 것이라는 역사적 진실을 작가가 강조하는 것이다. 또 하나는 주인공의 자살은 희극답지 않게 암울하고 엄숙한 결말을 초래하는 것인데, 이는 작가가 종래의 경쾌한 풍자희극과 달리 블랙코미디를 추구한 것으로 볼 수 있다. 그만큼 일제잔재 청산이 중대한 역사적 과제임을 역설한 것이 아닐까.

이중생과 그의 처 우 씨, 최 변호사 등으로 대변되는 부패한 기성세대는 우리에게 절망감을 안겨줄 뿐이다. 그러나 작가는 새로운 시대의 희망을 젊은 세대에게서 찾고 있다. 겉으로는 바보스러워 보이지만 이중생의 재산을 쾌척해서 무료병원을 건립하자고 제안하는 사위 송달지나 사할린 징용에서 돌아와 아버지 이중생의 구시대성을 비판하는 아들 하식 등은 젊은 세대가 새로운 시대를 건설하는 데 중요한 역할을 해야 함을 강조하는 것으로 볼 수 있다. 에이런Eiron[1] 형 인물 송달지와 알라존Alazon[2] 형 인물 이중생의 대조를 통해 일어나는 희극적 효과도 눈여겨볼 만한 대목이라

---

1) 희극에 등장하는 인물 유형으로서 자신을 비하하는 인물.
2) 역시 희극의 인물 유형으로서 기만적 인물, 자신을 실제 이상으로 과장하는 인물.

할 수 있다.

차범석은 1950년대 중반 이후에 등장하는 전후 신세대 극작가 군 가운데 대표적인 작가로 꼽을 수 있다. 1950년대 연극계가 기성세대 중심의 신협과 그에 맞서는 신세대 중심의 제작극회로 양분된다고 하면 제작극회를 대표하는 극작가가 바로 차범석이다. 특히 「불모지」(1957)는 1950년대 전후 사회의 병리적 현상을 흥미롭게 극화한 작품이다. 「불모지」의 배경은 빌딩으로 둘러싸인 서울 도심의 낡은 기와집이다. 이 공간에서 전통 혼구 대여업을 하는 가장 최 노인과 그 자식들 사이에 벌어지는 세대 갈등이 이 작품의 기본구도이다. 이 갈등 구도는 낡은 기와집을 팔고 더 넓고 깨끗한 교외의 후생주택으로 이사하자고 주장하는 자식들과 조상들로부터 물려받은 낡은 집을 지키려고 하는 완고한 가장 사이에 빚어지는 전형적인 세대 갈등 양상으로 비춰진다.

그러나 영화배우를 꿈꾸던 딸 경애가 자살하고 제대군인인 아들 경수가 권총 강도 행각을 벌이다가 체포되는 비극적 결말은 이 극의 세대 갈등 양상이 표면적 갈등에 지나지 않음을 알게 해준다. 낡은 기와집에 살고 있는 최 노인 가족과 그들을 둘러싼 비정한 세상 사이의 갈등이 진정한 심층적 갈등인 것이다. 전후 사회의 피폐함, 그로 인한 실업 문제, 꿈과 희망을 잃고 좌절하는 청년 세대의 문제, 그리고 무분별한 도시 개발로 삶의 터전에서 떠밀려 나는 소시민 문제 등이 「불모지」를 에워싸고 있는 극 중 상황인 셈이다. 차범석은 전후 현실의 모순을 사실적으로 재현하고 비판하는 데 주력하고 있다. 이는 당시 도전적인 젊은 연극인들의 집단인 제작극회의 비판적 문제의식이 표출되는 양상을 보여주는 것이라고 할 수 있다. 「불모지」에서도 역시 미래의 희망은 젊은 세대에서 발견되고 있다. 인쇄소 식자공으로 일하는 경운과 대학 입시를 준비하는 경재는 허황된 망상을 좇다가 파멸한 경수, 경애와 달리 건강한 노동을 통해 차곡차곡 미래를 준비하는 근면한 청년 세대를 표상하는 인물들이다. 「불모지」가 전후 사회의 한 비극적 단면을 사실적으로 그리면서도 밝은 전망을 담지하고 있는 것은 이러한 이유에서일 것이다.

6. 현대적 우화극을 통한 현실비판: 이근삼, 이강백

1960년대에 극작가 이근삼의 등장은 한국 현대연극사에서 획기적 의미를 갖는다. 그의 출현으로 인해 근대 사실주의 연극의 시대에서 벗어나 다채로운 탈사실주의 경향을 추구하는 현대극의 시대가 개막한다는 전환기적 의미가 있다. 특히 그가 1960년에 서사극 양식을 지닌 희곡 「원고지」를 발표함으로써 탈사실주의 연극 시대의 물꼬를 텄다는 점은 매우 의미심장하다. 1960년대 연극계는 이른바 동인제 극단들에 의해 부조리극, 서사극, 전위극 등 다양한 형태의 탈사실주의극이 시도된 실험과 도전의 시대였다. 그러한 시대 변화의 맏형 격의 역할을 한 극작가가 이근삼인 셈이다.

1960년대 이근삼의 희곡이 갖는 큰 의미는 서사극 양식의 실험에서 발견할 수 있다. 그러한 대표적 작품 가운데 하나가 「국물있

사옵니다」(1966)이다. 이 작품은 서사극의 양식을 근간으로 하고 있다. 막이 열리면 연극의 주인공 김상범이 관객 앞으로 나서 해설자의 역할을 맡는다. 주인공인 자기 자신뿐만 아니라 다른 등장인물들을 소개하거나 극 중 상황에 대한 설명을 하거나 자신의 내면 세계를 토로하기도 한다. 이러한 비사실성, 반사실성의 추구는 당시로서는 매우 혁신적인 실험이었다.

김상범은 남들로부터 늘 손해만 보며 사는 인물이다. 마음에 둔 이웃집 처녀를 형에게 빼앗기고, 아버지의 회갑잔치 경비부담을 혼자 떠맡기도 하고, 무례한 이웃 탱크와 현소희, 경비원에게 자택에서의 일상을 침범당하기도 한다. 그러던 중에 우연히 여자들을 훔쳐보기 위해 교회에 갔다가 사장의 눈에 띄어 신임을 얻게 된다. 그는 '새 상식'을 발동하면서 늘 손해만 보던 삶에서 벗어나 출세가도를 달리기 시작한다. 상사의 비리를 고발해 사장의 신임을 얻고, 탱크와 현소희의 협박을 역이용해 출세의 발판으로 삼고, 성아미의 불륜 사실을 협박해서 그녀와 결혼하고 상무의 지위에 오른다. 그러나 새 상식의 발동으로 인한 성공과 출세가 결국 그를 행복하게 하지 못한다는 사실을 깨달았을 때 그는 커다란 좌절감에 빠지게 된다.

이러한 지점은 이 극이 서사극의 문법을 충실히 따르고 있음을 말해준다. 새 상식 이전의 상범과 이후의 상범이라는 두 가지 삶을 병렬시킴으로써 어떠한 삶이 과연 바람직한지를 관객 스스로 생각하게 만든다는 점에서 다분히 브레히트의 서사극을 연상시킨다. 그의 서사극 기법은 독특한 우화적 상황을 창출하는 것으로 설정

된다는 점 또한 주목할 만하다.

이러한 우화적 기법을 본격화한 극작가로서 이근삼의 계보를 잇는 작가가 이강백이다. 우화적 상황에 현실을 빗대어 정치현실을 풍자한다는 점에서 이근삼과 이강백은 유사성을 갖고 있다. 이근삼의 「대왕은 죽기를 거부했다」「제18공화국」「아벨만의 재판」처럼 이강백의 「다섯」「파수꾼」「알」「내마」와 같은 작품은 정치 우화극의 성격을 지닌다. 이강백의 「봄날」(1984)은 우화 대신에 전래의 「동녀(童女) 설화」에서 우의적 상황을 끌어와서 모든 것을 가진 탐욕스러운 아버지와 거기에 불만을 갖고 대응하는 일곱 명의 아들 사이의 갈등을 다루고 있다. 표면적으로는 인색하고 탐욕적인 아버지와 그가 차지하고 있는 것을 빼앗고 싶어 하는 자식들 간의 보편적 세대 갈등을 그린 것처럼 보인다. 그러나 이를 정치적 우화극으로 보고 기득권 세력과 그것에 저항하는 민중 사이의 계층 갈등의 은유로 해석하는 견해도 있다. 인자한 어머니처럼 아버지와 자식들 사이의 중재자 역할을 하는 큰아들이 아버지를 설득해서 자식들에게 가진 것을 나눠 주고자 하나 다른 자식들의 급진적 저항으로 온건한 변화의 가능성이 무산된다. 이러한 점에서 큰아들은 온건 개혁자를 상징한다고 볼 수 있다. 자신이 짝사랑한 동녀를 아버지에게 빼앗기고 시름시름 앓고 있는 막내아들은 희망을 상실하고 좌절한 젊은이를 상징한다고 볼 수 있다.

결국 자신의 탐욕성으로 인해 모든 것을 잃게 된 아버지의 뒤늦은 후회, 참고 기다리지 못하고 아버지의 소유물을 빼앗아 달아나 버린 뒤에 자신들의 조급함을 반성하는 자식들의 회한과 참회 등은 당대 정치 상황에 대한 풍자적 우화로 해석할 수도 있지만, 인류 보편적 욕망의 갈등 서사로 읽힐 여지가 있다. 「동녀 설화」라는 우화적 설정의 토대 위에 동화 속 인물처럼 묘사된 아버지와 자식들이라는 우화적 인물 설정, 그리고 시, 그림, 영상, 연주, 속요, 산문, 약전(藥典), 편지 등을 각 장에 배치하여 서사극적 효과를 불러일으킨 점이 이 작품의 흥미로운 특징이라 할 수 있다.

7. 전통의 재창조와 실험 사이에서: 최인훈, 이현화

1970년대 한국 연극의 키워드는 전통과 실험이라고 말할 수 있을 것이다. 한국 연극이란 무엇이며, 어떤 것이어야 하는가에 대한 자각이 강렬하게 제기되는 시기가 바로 1970년대였다. 한국 연극의 정체성에 대한 자각과 발견은 전통의 현대적 재창조 작업을 통해 주로 나타난다. 그것은 이를테면 한국의 신화, 전설, 민담을 소재로 삼는다든지 가면극, 판소리, 무속 등 전통연희의 기법을 연극 무대에 적극 수용하는 방식 등이었다. 이는 흥미롭게도 서구적 실험 기법들과 접목되는 경향이 강했다. 역설적으로 연극 무대에서 전통의 가치는 해외에서 연극을 공부하고 돌아온 유학파들이 체득해온 외부적 시선에 의해 발견된 것이었기 때문이다. 1970년대 한국 연극에서 전통과 실험의 태풍이 가장 거세게 불기 시작한 곳은 유덕형, 안민수, 오태석 등이 주도한 동랑레퍼토리극단이었다.

1970년대에 소설가 최인훈은 소설 창작을 잠정 중단하고 희곡

창작에 몰두하였다. 「어디서 무엇이 되어 다시 만나랴」를 비롯해 「둥둥 낙랑둥」 「옛날 옛적에 훠어이 훠이」 「봄이 오면 산에 들에」 「달아달아 밝은 달아」 등과 같이 전통 설화를 소재로 한 희곡들을 썼다. 최인훈은 희곡에서 단순히 전통 설화의 소재만을 가져온 것이 아니라 느린 동작과 언어, 율동, 정지, 침묵, 소리, 빛, 가면, 인형, 그림자, 광대 등 다양한 방식으로 실험적 기법을 시도했다. 이를 통해 동양적이면서도 한국적인 비극 세계의 정체성을 추구하고자 하였다.

「옛날 옛적에 훠어이 훠이」(1976)는 최인훈의 희곡 가운데 한국적 비극 세계의 특징이 잘 나타나는 작품이다. 한국 설화 중에 특히 비극성이 강한 아기장수 설화에서 극의 서사를 가져왔다. 도탄에 빠진 민중을 구하기 위해 나타난 민중 영웅인 아기장수가 민중(자기 아버지) 스스로의 손에 의해 제거된다는 비극적 아이러니가 그 비극성의 핵심이 되고 있다. 이 극에서 아버지는 심한 말더듬이로 묘사되고 있고, 극의 흐름과 인물의 동작도 매우 느린 호흡으로 전개된다. 단조로운 설화의 모티프를 보완하기 위해 관아에 항거하다가 효수된 소금장수 이야기를 병치시킴으로써 아기장수 부모의 공포심과 그 행위의 개연성을 강화하였다. 또 한 가지 주목할 점은 용서와 화해의 결말이다. 아버지에 의해 살해당한 아기장수는 용마에 자살한 어머니를 태우고 하늘에서 내려와 아버지에게 함께 용마를 타고 가자고 손짓한다. 죄책감을 느낀 아버지는 끝내 용마를 타지 못하고 고삐를 붙잡고 함께 천상의 세계로 올라간다. 이 환상적 장면은 아기장수 가족의 죽음을 상징한다. 이 비극적 가

족이 서로 용서하고 화해하는 결말은 처벌과 보상, 복수와 응보로
점철되는 서구적 비극과 구별되는 한국적 비극의 정체성을 보여주
고 있다.

이현화는 1970~80년대 한국 연극계에서 전위적 연극실험 작업
에 가장 앞장선 극작가라고 할 수 있다. 특히 그는 자신의 작품에
서 극단적인 부조리성과 의사소통의 불가능성, 세계의 무자비한
폭력성 등에 관심을 표명하였다. 그의 연극실험은 파격적이었고,
난해했으며, 당시 연극계에서 화제와 논란의 중심에 있었다. 「카
덴자」 역시 그러한 작품이다. 이 작품은 외견상 의사-역사극의 형
식을 취하고 있다. 세조의 왕위찬탈과 그에 대한 사육신의 항거를
기본 서사로 설정하였다. 이를 통해 관객에게 오늘날의 정치 현실
에 대한 각성을 촉구하는 연극을 추구한다. 이 극이 단순한 의사-
역사극에서 벗어나는 지점은 여자 관객의 등장에 의해서다. 연극
도중에 객석에서 여자 관객이 사육신을 고문하던 망나니들에 의해
무대 위로 끌려 나온다.(물론 여자 관객은 관객으로 분장한 배우
다.) 여자 관객은 사육신과 함께 묶인 채로 똑같은 고문을 당한다.
여자 관객의 옷을 찢고 벌겋게 달궈진 인두로 허벅지를 지지기도
하고, 오물을 뿌리기도 한다. 뜨거운 전기밥솥에 여자의 발을 넣고
녹음기 소리를 들려주며 스스로의 죄를 자백하도록 강요한다. 여
성의 신체에 행해지는 끔찍하고 가학적인 고문 행위의 연속과 반
복은 잔혹극의 형식을 취하고 있다. 물론 잔혹극의 형식은 강렬한
충격요법을 통해 관객을 깨우치기 위한 연극적 전략일 것이다. 이
현화는 이러한 전위적이고 실험적인 퍼포먼스를 통해 왜곡된 정치

현실에 대한 관객의 자각과 성찰, 현실 참여를 촉구하는 정치적 전언을 전달하고자 한다.

김우진(金祐鎭)

작가 연보

1897년   9월 19일 부친 김성규의 장남으로 전라남도 장성 관아에서 출생. 1908년에 목포 북교동으로 이주.

1910년   목포공립보통학교 졸업.

1913년   목포공립심상고등소학교 고등과 1년 수료.

1915년   일본 구마모토농업학교 입학.

1916년   전남 곡성 정운남의 딸 정점효와 결혼.

1918년   구마모토농업학교 졸업. 4월 와세다대학 예과 입학. 장녀 진 길 출생.

1920년   4월 와세다대학 문학부 영문학과 입학. 극예술협회 창립에 참 여함.

1921년   7~8월 극예술협회 회원들을 중심으로 '동우회 순회 연극단' 을 창설하여 남선, 북선 지역 순회공연 활동을 주도함. 순회 연극 단에서 무대감독을 맡음.

1924년   3월 와세다대학 문학부 영문학과 졸업.

1924년 6월 귀국하여 목포에서 부친 김성규가 설립한 상성합명회사 사장에 취임.

1925년 5월 목포에서 문학 동호회 '5월회Societe Mai' 조직.

1925년 6월 장남 방한 출생.

1926년 6월 출가. 서울을 거쳐 동경으로 감.

1926년 8월 2일 오사카에 레코드 취입을 하러온 윤심덕과 재회.

1926년 8월 3일 시모노세키에서 부산행 관부연락선 토쿠주마루(德壽丸)에 윤심덕과 함께 승선.

1926년 8월 4일 새벽 토쿠주마루에서 윤심덕과 현해탄에 투신, 정사(情死)한 것으로 알려짐.

주요 작품 연보

「공상문학」(소설; 1913. 6. 20 ~ 8. 3)

「아아 무엇을 얻어야 하나」(시, 일문; 1915)

「첫날 밤」(시; 1916)

「어느 날 밤의 환영」(시, 일문; 1918. 10)

「아바지께」(시; 1919)

「스펙테이터의 역사」(평론, 일문; 1920)

「내 어이하랴」(시; 1920)

「파도는 춤춘다」(시, 일문; 1920)

「애란인으로서의 버나드 쇼」(평론, 일문; 1920)

「병고」(시, 일문; 1920. 10)

「이국의 소녀」(시; 1921)

「소위 근대극에 대하여」(평론;『학지광』제22호, 1921. 6)

「사랑의 가을」(시; 1921. 10)

「피로」(시: 1922. 2)

「방랑자의 묘명」(시: 1922. 10. 20)

「사랑은 아니 하였지만」(시: 1924. 2)

「운명을 저주하노라」(시, 일문: 1924. 2)

「가을 강가에 시들어져 가는 당버들을 보았노라」(시: 1924. 10)

「아관 계급문학과 비평가」(평론: 1925.4)

「창작을 권합네다」(평론: Societe Mai 제3집, 1925. 9)

「이영녀」(희곡: 1925~16 추정)

「구미 현대극작가(소개)」(평론:『시대일보』1926. 1 ~ 1926. 6)

「난파」(희곡: 1926. 5. 3 ~ 5. 7 추정)

「자유극장 이야기」(평론:『개벽』1926. 5)

「두더기 시인의 환멸」(희곡:『학조』1926. 6)

「이광수류의 문학을 매장하라」(평론: 1926)

「산돼지」(희곡: 1926. 7. 13 탈고)

「우리 신극운동의 첫 길」(평론:『조선일보』1926. 7. 25 ~ 8. 2)

「축지소극장에서 「인조인간」을 보고」(평론:『개벽』1926. 8)

김명순(金明淳)

작가 연보

1896년 1월 20일 평안남도 평양에서 부친 김희경과 모친 김인숙 사이
　　　　에서 장녀로 출생. 부친과 본처 송 씨 사이에서 태어난 이복 오빠
　　　　기창이 있음.

1904년 평양 남산현소학교 입학.

1907년 서울 진명여학교 보통과 입학. 친모 김 씨가 38세의 나이로 사망.

1911년 서울 진명여학교 보통과 졸업. 졸업 후 일본 유학.

1917년 최남선이 주재하는 문예지『청춘』현상응모에 단편소설「의심의 소녀」가 3등상을 받고 데뷔.

1920년 7월 김동인, 전영택, 주요한 등과 함께『창조』동인으로 참여. 일본에 체류하면서『학지광』,『여자계』등에 시, 수필, 소설 등을 발표함.

1925년 매일신보사에 사회부 기자로 입사. 염상섭, 안석영 등과 동료가 됨. 4월에 창작집『생명의 과실』(한성도서주식회사)을 간행.

1927년 조선키네마사의 이경손 감독의 권유로 영화「광랑」에 출연할 예정이었으나 무산됨. 10월 대륙키네마사의 영화「나의 친구여」에 배우로 출연.

1928년 이경손 프로덕션 제작 영화「숙영낭자전」에 출연.

1929년 영화「꽃장사」「노래하는 시절」「젊은이의 노래」등에 배우로 출연. 두번째 창작집『애인의 선물』(회동서관)을 간행하였으나 판권 부분이 낙장이어서 정확한 발행일을 알기 어려움.

1938년 역사학자 이병도의『조선유학사』원고를 정리해주면서 이병도의 집에 몸을 의탁함.

1951~53년 일본 도쿄의 아오야마(青山)뇌병원에서 사망한 것으로 추정.

주요 작품 연보

「의심의 소녀」(소설;『청춘』1917. 11)

「조로의 화몽」(시;『창조』1920. 7)

「칠면조」(소설;『개벽』 1921. 12 ~ 1922. 1)

「의붓자식」(희곡;『신천지』 1923. 7)

「위로」(시;『폐허 이후』 1924.1)

「탄실이와 주영이」(소설;『조선일보』 1924. 6. 14 ~ 7. 15)

「5월의 노래」(시;『조선일보』 1925. 5. 4)

「꿈 묻는 날 밤」(소설;『조선문단』 1925. 5)

「나는 사랑한다」(소설;『동아일보』 1926. 8. 17 ~ 9. 3)

「두어라」(시;『매일신보』 1927. 2. 24)

「모르는 사람같이」(콩트;『문예공론』 1929. 5)

「두 애인」(희곡;『애인의 선물』, 1930 추정)

「수도원으로 가는 벗에게」(시;『신동아』 1933. 7)

「석공의 노래」(시;『동아일보』 1934. 5. 26)

「생활의 기억」(산문;『매일신보』 1936. 11. 19)

「고아원」(소년소설;『매일신보』 1938. 4. 3)

「그믐밤」(시;『삼천리』 1939. 1)

유치진(柳致眞)

작가 연보

1905년   11월 19일(음력) 경남 거제군 둔덕면에서 부친 유준수와 모친
박우수 사이에서 8남매의 장남으로 출생.

1910년   통영읍으로 이주. 서당에서 한문 수업받음.

1914년   통영보통학교 졸업. 부산 체신기술원 양성소에서 6개월 과정
수료. 통영으로 돌아와 우편국 근무.

1920년 도일(渡日). 가을부터 학원에서 일본어 교육받음.

1921년 4월 동경 부잔(豊山)중학교 편입.

1923년 9월 관동대진재 때 조선인 학살을 체험하고 큰 충격을 받음.

1925년 부잔중학교 졸업. 가친의 강권으로 게이오대학 의학과에 응시
하였으나 낙방. 고향인 통영에서 장노제, 최두춘, 유치환등과 함께
동인지 『토성』 발행.

1926년 릿쿄(立敎)대학 예과 입학.

1927년 릿쿄대학 영문과 입학. 로망 롤랑의 「민중예술론」을 접한 후
연극운동에 관심을 두고 쓰키지(築地)소극장의 공연을 관람. 조선
인 배우 홍해성과 친교를 맺음. 이후 근대극장에서 「검찰관」과 「공
기만두」 등에 출연하고, 아나키스트 극단 해방극장에서 단역배우
로 활동.
숀 오케이시를 중심으로 한 아일랜드 문학에 관심을 가짐. 이를 계기
로 와세다대학 영문과 정인섭과 호세이대학 이하윤과 친분을 맺음.

1931년 릿쿄대학 영문과 졸업. 졸업논문으로 「숀 오케이시연구」를 제
출, 릿쿄대학 학술지 『영미문학(英美文學)』에 논문이 게재됨. 귀국
후 서울로 올라와 연극 활동을 모색. 『동아일보』에서 주최한 '연극
영화전람회'에 참여함. 이를 계기로 탄생한 신극단체 '극예술연구
회'의 창립 동인 중 한 명이 됨.
내자동에 있는 경성미술학교 영어 교사로 취직. 희곡 「토막」 발표.

1933년 2월 극예술연구회의 제3회 공연 레퍼토리 중 하나인 카이저의
「우정」(서항석 옮김)을 처녀 연출함. 11월, 극예술연구회 5회 공연
에 「버드나무 선 동리의 풍경」과 「베니스의 상인」을 연출. 희곡 「버
드나무 선 동리의 풍경」 「빈민가」 등을 발표.

1934년 3월 6개월 기한으로 동경 유학길에 오름.

1935년   희곡「소」「당나귀」등을 발표. 같은 학교 미술교사인 심재순 (沈載淳)과 결혼.

1936년   희곡「춘향전」「자매」등을 발표. 7월 27일부터 8월 5일까지 극예술연구회 하기 극예술 강좌가 진행되어 '희곡작법'과 '배우론' 을 강의함. 8월, 5주년 기념사업의 일환인 전조선 문화 강연을 위 해 평양 강연을 진행함. 장녀 인형(仁馨) 출생.

1937년   희곡「개골산(마의태자)」등을 발표.

1938년   시나리오「도생록」발표.「도생록」으로 인해 채만식과 논쟁을 벌임. 2월,『동아일보』주최 제1회 연극경연대회에 유치진이 번안 한「눈먼 동생」(슈니츨러 작)을 출품하여 단체상을 수상함. 장남 덕 형(德馨) 출생.

1941년   3월 국민극 수립의 봉화임을 자처하는 극단 현대극장을 창단, 그 대표가 됨. 서항석, 함대훈, 이헌구가 유치진과 함께 발기인이 됨. 희곡「흑룡강」발표.

1942년   희곡「북진대」「대추나무」등을 발표.「대추나무」(서항석 연출) 가 제1회 국민연극경연대회에서 작품상을 받음.

1945년   극단 현대극장에서「산비둘기」를 연출하던 중 해방을 맞음.

1947년   희곡「자명고」「흔들리는 지축」등을 발표. 희곡집『소』(행문 사),『유치진 역사극집』(현대공론사) 출간. 이해랑·김동원 등과 함 께 극단 '극예술협회'를 창립하면서 연극 활동 재개.

1948년   희곡「별」을 발표. 한국무대예술원 이사장 취임.

1949년   희곡집『흔들리는 지축』(정음사) 출간. 무대예술인대회의 대회 장을 맡음.

1950년   희곡「원술랑」등을 발표. 국립극장 초대극장장 취임.

1952년   희곡집『원술랑』(자유문화사) 출간.

1953년 희곡집 『나도 인간이 되련다』(진문사) 출간.

1954년 대한민국 예술원 회원에 선임. 한국문학가협회 부위원장 피선.

1955년 희곡 「청춘은 조국과 더불어」 등을 발표. 희곡집 『자매』(진문당) 출간. 제1회 예술원상 수상.

1956년 세계 연극 시찰을 위해 구미 각국을 순방. 이듬해 귀국.

1957년 희곡 「왜 싸워」 발표. ITI 한국본부 위원장에 피선.

1959년 제8차 ITI대회 부의장에 피선. 『유치진 희곡선집』(박문각) 출간.

1960년 동국대 연극학과 초대학과장 맡음. 전국극장문화협회 회장 피선.

1961년 제7회 아시아 영화제 국제심사위원에 선임됨. 제9회 ITI대회 참석.

1962년 드라마센터 건립. 한국연극연구소 초대소장 취임. 부설 연극 아카데미를 설립. 전국문화단체총연합회 초대회장 취임. 예술원 부회장. 문화훈장 대통령장을 받음.

1963년 유네스코 한국위원회 위원에 피임. 제10회 아시아 영화제 국제심사위원.

1964년 희곡 「청개구리는 왜 날이 궂으면 우는가」 발표. 동아연극상 수상.

  극단 드라마센터 창립.

1970년 문공부장관으로부터 한국연극공로장 받음.

1971년 『유치진 희곡전집』 상·하(성문각) 출간. 동랑레퍼터리극단 설립. 한국극작가협회장에 피선.

1973년 서울연극학교를 서울예술전문대학으로 승격시킴.

1974년 2월 10일 향년 69세로 별세. 14일 장례식이 연극인장으로 거행됨.

주요 작품 연보

「토막」(2막 2장;『문예월간』2 ~ 3호, 1931. 12~1932. 1,『삼천리(三千里)』59
　　　호, 1935. 2)
　　　　──극연 3회 공연: 1933. 2. 9 ~ 10, 장곡천정공회당, 홍해성 연출
「시인선(屍人船)」(소설;『제일선』1932. 5)
「칼 품은 월중선」(1막;『제일선』1932. 11)
「룸펜 인텔리」(라디오드라마;『라디오 드라마』, 1933)
「바보치료」(『조선일보』1933. 3. 14, 3. 15, 3. 20)
　　　　──배재고보 연예반, 1933. 1. 14, 장곡천정공회당
「버드나무 선 동리 풍경」(1막;『조선중앙일보』1933. 11. 1 ~ 15)
　　　　──극연 5회 공연: 1933. 11. 28 ~ 30, 조선극장
「수(獸)(빈민가)」(1막 1장; 1933년 창작,『삼천리』70호, 1936. 2)
　　　　──재일교포 극단 삼일극장이 「빈민가」라는 제목으로 공연: 1934년,
　　　일본 쓰키지소극장, 김파우 연출
「망상수기(妄想手記)」(『문학』2호, 1934. 2)
「소」(3막;『동아일보』1935. 1. 30 ~ 2. 22)
　　　　──동경학생예술좌 공연: 1935. 6. 4, 동경 쓰키지 소극장, 한수 연출
「당나귀」(1막;『조선일보』1935. 1. 30 ~ 2. 6)
「제사」(1막 1장;『조광』4호, 1936. 2)
　　　　──극연 8회 공연: 1935. 11. 19 ~ 20, 장곡천정공회당, 허남실 연출
「자매 (1)」(3막 3장;『조광』9 ~ 11호, 1936. 7 ~ 9)
　　　　──극연 11회 공연: 1936. 5. 29 ~ 31, 부민관
「춘향전」(4막 11장;『조선일보』1936. 2. 1 ~ 4. 15)
　　　　──극연 12회 공연: 1936. 9. 29 ~ 30, 부민관

「개골산(마의태자)」(4막;『동아일보』1937. 12. 15 ~ 1938. 2. 6)

　　　── 극단 고협 공연, 「마의태자와 낙랑공주」로 개제: 1941. 3. 10~3.

　　19, 동양극장

「인생극장」(각색; 라디오드라마, 함대훈 원작, 1938)

「도생록(圖生錄)」(시나리오; 1938)

「부부」(1막;『문장』2권 9호, 1940. 11)

「흑룡강」(5막; 1941)

　　　── 극단 현대극장 공연: 1941. 6. 6 ~ 6. 8, 부민관, 주영섭 연출

「북진대」(『대동아』2호, 1942. 7)

　　　── 극단 현대극장 공연: 1942. 4. 4 ~ 4. 7, 부민관, 주영섭 연출

「대추나무」(4막;『신시대』2권 10호, 1942. 10 ~ 1943. 1)

　　　── 극단 현대극장 공연: 1942. 4. 4 ~ 7, 부민관, 서항석 연출

「조국」(1막 2장; 1946)

　　　── 극예술단 공연: 1947. 2. 25, 국제극장

「자명고」(5막; 1947)

　　　──극예술협회 창립 공연: 1947. 5. 9, 국도극장

「흔들리는 지축」(1막; 1947)

「장벽」(1막; 최초 발표 1947;『백민』4권, 20호, 1950. 1)

「남사당」(12경; 1947)

「며느리」(1막;『국학』1947. 11)

「별」(5막;『평화신문』1948. 8 ~ 10)

　　　── 극예술협회 공연 : 1948. 9. 15, 시공관, 허석 연출

「어디로」(4막;『민족문화』1949. 10: 전4막중 제1막만 게재)

「까치의 죽음」(2경; 1950)

「원술랑」(5막 7장; 1950)

─ 극단 신협 국립극장 창립공연: 1950. 4. 30 ~ 5. 6, 명동국립극장

「조국은 부른다(통곡)」(4막; 1951)

─ 극단 신협 공연: 1952. 10. 8, 대구 문화극장

「순동이(푸른 성인)」(3막; 1951)

─ 황금좌 공연: 1952. 3. 30, 중앙극장

「가야금」(3막 4장; 1952)

「처용의 노래」(4막; 1952)

─ 극단 신협: 1952. 11. 14, 부산극장, 윤이상 음악

「철조망」(시나리오; 1953)

「나도 인간이 되련다」(4막; 1953)

─ 신협 공연: 1953. 12. 25, 시공관

「청춘은 조국과 더불어」(1막; 1955)

「사육신」(4장; 1955)

「자매 (2)」(4막;『예술원보』1, 1955. 6)

─ 신협 공연: 1955. 3. 19, 시공관

「단종애사」(각색; 이광수 원작, 1957)

「논개」(시나리오; 1957)

「별」(시나리오; 1957)

「왜 싸워(「대추나무」개작)」(4막;『자유문학』6, 1957. 12)

「한강은 흐른다」(22경;『사상계』1958. 9)

─ 신협 공연: 1958. 9. 26, 시공관, 이해랑 연출

「개화전야(開化前夜)」(시나리오; 1959)

「류관순」(시나리오; 1959)

「별승무」(무용극, 2경; 1959)

「청개구리는 왜 날이 궂으면 우는가」(아동극, 5경; 1964)

함세덕(咸世德)

작가 연보

1915년   5월 23일 부친 함근욱과 모친 송근신의 2남 3녀 중 장남으로 출생. 출생지는 인천부 화평동 455번지. 10월 부친의 직장이 있는 목포부(木浦府) 북교동(北橋洞) 91번지로 이주.

1923년   목포공립보통학교에 입학했으나 다시 인천으로 이주, 인천공립보통학교 2학년으로 전학. 재학 당시 그의 성적은 10점 만점에 평균 8~9점으로 우수한 편이었음. 이때 부친은 객주업에 종사.

1929년   인천공립보통학교를 졸업, 인천도립상업학교에 진학. 5학년이 되던 해에, 인천시립상업학교와 통합되어 '인천상업학교('인상'으로 약칭)'가 됨. 4학년 때 졸업생 환송을 위한 연극 대본을 쓰고 연출도 맡았다고 함. 당시 영화와 악극, 연극을 공연하던 '애관(愛館)'에서 자주 공연을 관람함.

1933년   인상 5학년 여름방학에 친구들과 금강산 여행을 함. 이 여행은 훗날 「동승」(1939)의 창작 동기가 됨.

1934년   일한서방이라는 서점에 취직. 일한서방 재직 시 알게 된 수필가 김소운(金素雲)을 통해 연극계의 은사이자 라이벌이었던 유치진(柳致眞)을 소개받음.

1935년   『동아일보』에 세 편의 시를 투고하여 게재됨.

1936년   「산허구리」를 『조선문학』에 발표함으로써 극작가로 데뷔함.

1939년   6월 「도념」(유치진 연출, 극연좌 공연)으로 『동아일보』 주최 제2회 연극경연대회에 참가.

1940년   1월 「해연」으로 『조선일보』 신춘문예에 당선. 「낙화암」「닭과 아이들」「오월의 아침」「서글픈 재능」「동어의 끝」을 연이어 발표.

9월, 「무영탑」(현진건 원작, 함세덕 각색)을 극단 고협에서 공연.

1941년　3월 극단 현대극장에 참여. 8월 「추석」이 현대극장 부설 국민
연극연구소 제1회 졸업생에 의해 시연됨. 「무의도기행」, 「심원의
삽화」를 발표. 9월 「흑경정」(마르셀 파뇰 작, 함세덕 번안)이 유치진
연출로 현대극장 제2회 공연.

1942년　「추장 이사베라」 발표. 일본에 연극 유학, 극단 전진좌(前進座)
에서 문예부원으로 수학.

1943년　4월 「어밀레종」(서항석 연출)이 현대극장과 성보악극대에 의해
합동 공연됨. 8월 「남풍」(「흑경정」의 개제, 허남실 연출)이 현대극장
에서 공연됨. 11월 「황해」(「무의도 기행」을 개작, 함세덕 연출, 현대극
장 공연)로 제2회 연극경연대회에 참가.

1944년　6월 「낙화암」(안영일 연출)이 현대극장에서 공연됨. 8월 「추장
이사베라」가 성보악극대에서 악극으로 공연됨. 11월 「거리는 쾌청
한 가을 날씨」를 발표.

1945년　8월 해방을 맞아 박민천·황해·서일성 등과 함께 낙랑극회 결
성. 11월 「산적」(쉴러의 「군도」를 함세덕 번안, 연출)을 낙랑극회에서
공연.

1946년　4월 「기미년 3월 1일」을 낙랑극회가 공연하여 조선연극동맹 주
최 제1회 3·1절 기념연극대회에 참가. 7월 「감자와 쪽제비와 여교
원」이 조선연극동맹 주최 희곡의 밤 행사에서 낭독됨.

1947년　1월 「감자와 쪽제비와 여교원」을 개작한 「하곡」이 연극동맹
참가작(이서향, 안영일 연출)으로 조선문화단체총연맹 주최 제1회
종합예술제에서 공연. 2월 「태백산맥」이 3·1절 기념연극제에 공연
되어 성황을 이룸. 4월 「고목」 발표, 6월 희곡집 『동승』(박문출판사)
발간. 제2차 전국문학자대회 이후 월북한 것으로 추정.

1948년 「대통령」발표.

1949년 「산사람들」발표.

1950년 6월 29일 북한 인민군 선무반 제2진으로 남하하다가 서울 신
촌 부근에서 수류탄 오발 사고로 36세의 나이로 사망.

주요 작품 연보

「내 마음의 황혼」(시;『동아일보』1935. 2. 1)

「저 남국의 이야기를」(시;『동아일보』1935. 3. 19)

「저녁」(시;『동아일보』1935. 9. 27)

「산허구리」(1막;『조선문학』1936. 9)

「동승」(1막;『동아일보』주최 제2회 연극경연대회 참가작, 1939. 3;『동승』, 1947
에 게재)

「해연」(1막;『조선일보』1940. 1. 30 ~ 2. 9)

「낙화암」(4막;『조광』1940. 1 ~ 4)

「닭과 아이들」(1막;『동아일보』1940. 3. 15 ~ 31)

「오월의 아침」(1막;『소년』1940. 7)

「동어의 끝」(1막;『조광』1940. 9)

「서글픈 재능」(일명 추석, 1막;『문장』1940. 11)

「심원의 삽화」(1막;『문장』1941. 2)

「무의도기행」(2막;『인문평론』1941. 4)

「추장 이사베라」(1막;『국민문학』1942. 3)

「어밀레종(エミエの鐘)」(5막;『국민문학』1943. 2)

「거리는 쾌청한 가을 날씨(町は秋晴れ)」(1막;『국민문학』1944. 11)

「기미년 3월1일」(5막;『개벽』1946. 4) (『한국연극』1990. 6 ~ 7에 전막 수록)

「고목」(3막;『문학』1947. 4)

「태백산맥」(1947. 3. 제2회 3·1절 기념 공연 참가작)

「소위 대통령」(1막:『종합단막희곡집』, 문화희곡사, 1949)

「산사람들」(2막:『문학예술』12호, 1949. 12)

오영진(吳泳鎭)

작가 연보

1916년　12월 9일 평양부(平壤府) 계리 5번지에서, 오윤선(吳胤善) 장
　　　　로의 3남매 중 막내로 출생. 아호는 우천(又川).

1928년　양정사립고등보통학교 입학.

1930년　평양공립고등보통학교 3학년에 전입.

1933년　3월 평양공립고등보통학교 졸업. 4월 경성제국대학 예과 입
　　　　학. 교지『청량(淸凉)』에 단편소설「할멈」(일문) 발표.

1935년　3월 경성제국대학 예과를 수료하고, 조선어문학과로 진학.

1936년　동인들과 함께 잡지『성대문학(城大文學)』을 창간하여 일문 단
　　　　편소설 4편(「진상(眞相)」「거울」「친구가 죽은 후」「언덕 위의 생활
　　　　자」)을 발표. 영화동호회를 조직.

1937년　첫 평론으로「영화예술론 — 그 예술성과 오락성」(『조선일보』,
　　　　1937. 7. 6 ~ 9) 발표.

1938년　3월 졸업논문으로「영남여성의 내방가사」를 제출하여 경성제
　　　　국대학 조선어문학과 졸업. 급성 폐렴을 앓음. 9월 일본 동경으로
　　　　건너가 도쿄 발성영화제작소에서 영화 수업을 받음.

1940년　10월 일본에서 귀국. 12월 평양 백선행(白善行)기념관에서 조
　　　　만식의 주례로 일본여자대학 가정과 출신의 신여성 김주경(金周

敬)과 결혼. 조선영화주식회사 문예부 촉탁, 사단법인 조선영화사 촉탁.

1942년   교명이 숭인공업학교로 바뀐 가친의 학교에서 강사로 일함.

1943년   12월 조선인학도지원병제 반대운동에 관련되어 매형, 조카 등 과 함께 검거. 4월 「맹진사댁 경사」(일문)를 『국민문학』 4월호에 발 표, 태양극단에 의해 공연됨.

1945년   8월 평안남도건국준비위원회(위원장 조만식) 조직에 참여. 10월 평양에서 예술문화협회 조직을 주도. 11월 조선민주당 창당에 참 여하여 중앙위원 및 조만식 당수의 측근으로 일함.

1946년   1월 조선민주당이 모스크바 삼상회의 반대로 공산당에 의해 강제 개편됨.

1947년   11월 7일 해주를 경유해 서울로 월남.

1948년   서울에 밀파된 공산당 테러리스트에게 권총 피습.

1949년   공보처 소속 대한영화사 이사, 전국문화단체총연합회 중앙위 원에 피선됨. 10월 연극학회 간사 취임. 한국문화연구소 창설.

1950년   6월 국방부 정훈국과 제휴하여 한국문화연구소 내에 비상국 민선전대를 설치, 기획위원에 취임. 국방부 정훈국 영화반 및 해군 정훈감실 촉탁으로 위촉됨. 10월 평양 수복 후 평양으로 가서 조선 민주당 재건에 착수하고 평양문화단체총연합회를 조직, 위원장에 취임.

1951년   3월 전시연합대학 강사로 취임. 10월 전국문화단체총연합회 사무국 차장에 취임.

1952년   2월 이북 출신 문인, 예술인을 규합하여 문총 북한지부를 조 직, 위원장에 취임. 잡지 『문학예술』을 창간하여 대표 및 주간이 됨. 출판사 중앙문화사를 창립, 반공서적을 발간. 『하나의 증언 ――

소군정하의 북한』(중앙문화사)을 저술, 발간. 9월 베니스에서 열린 유네스코 주최 세계예술회의에 한국 대표로 참석.

1953년 4월 한국영화예술협회 창립. 미국 국무성의 Leader's Grant로 도미.

1954년 1월 미국에서 귀국. 12월 예술원 회원으로 피선.

1956년 3월 공보실 영화 「조국의 통일을 위하여」 제작. 7월 사단법인 한국영화문화협회 상무이사로 취임.

1957년 4월 「시집가는 날」(이병일 감독), 제4회 아시아영화제에서 최우수 희극상 수상.

1958년 1월 ITI 한국본부 부위원장에 피선. 6월 국방부 정훈국 자문위원에 취임. 7월 시네마펜클럽 회장에 피선. 「인생차압」(「살아 있는 이중생 각하」 개작)이 부산영화제 각본상 수상.

1959년 6월 헬싱키에서 열린 ITI 제8차 총회에 한국 대표로 참석.

1960년 7월 문교부 저작권 심의위원회 위원으로 위촉. 국립극장 운영위원으로 피선. 11월 샌프란시스코 영화제에서 「십대의 반항」으로 특별상 수상.

1961년 2월 마닐라에서 열린 제8회 아시아 영화제 심사위원으로 피선. 4월 국무총리 문화담당 특별고문으로 위촉. 국가재건최고회의 기획위원회 자문위원으로 위촉. 한국반공연맹 회원.

1962년 한국민주당 창당준비위원회 위원장으로 피선. 유네스코 한국위원회 문화분과위원회 부위원장으로 피선.

1963년 동아연극상 및 『동아일보』 신춘문예 심사위원으로 위촉.

1964년 11월 『조선일보』 주관 청룡영화상 심사위원장에 위촉. 서울특별시 문화위원으로 위촉. 「비바리 서울에 오다」(라디오드라마) 20회에 걸쳐 방송.

1965년 유네스코 한국위원회 집행위원으로 위촉.

1966년 3월 국제대학 국문학과 주임교수로 취임(1968년 사임).

1967년 한국연극영화상 수상.

1970년 『서울신문』 문화대상(각본) 및 한국연극영화 각본상 수상.

1974년 10월 29일 향년 58세로 별세.

주요 작품 연보

「배뱅이 굿」(시나리오;『국민문학』 1942. 8)

　　　── 1957년 양주남 감독에 의해 영화화

「맹진사댁 경사(孟進士邸の慶事)」(시나리오; 일문;『국민문학』 1943. 4)

　　　── 1944년 4월,「맹진사댁 경사」(김태진, 각색·연출로 태양극단 공연,

　　　제일극장)

　　　── 1956년 이병일 감독이 영화화하면서「시집가는 날」이라 개칭, 1957년

　　　제4회 아시아 영화제에서 최우수 희극상 수상

「젊은 용의 고향」(단편소설;『국민문학』 1944. 11)

「살아 있는 이중생 각하」(1947)

　　　── 1949년 6월 1일, 이진순 연출로 극예술협회 공연, 중앙극장

　　　── 시나리오「인생차압」으로 개작, 1958년 유현목 감독에 의해 영화

　　　화, 부일영화상(각본상)을 수상

「정직한 사기한」(『사상계』 1953. 9)

「오곡타령」(음악극; 1951, 미발표)

「꿈」(시나리오; 1959, 이광수의 소설「꿈」각색)

「청년」(시나리오;『문학예술』 1957. 4)

　　　── 희곡「풍운」으로 개작. 1957. 3. 26~31, 극단 신협 공연, 시공관

「하늘은 나의 지붕」(시나리오)

—— 1959년 김기영 감독에 의해 「십대의 반항」이라는 제목으로 영화화

「심청」(시나리오; 1962)

「비바리 서울에 오다」(라디오드라마; 1964, 20회에 걸쳐 방송)

「해녀 뭍에 오르다」(『신동아』 1967. 5)

—— 1967. 4. 28 ~ 5. 4, 김정옥 연출로, 극단 자유 공연, 국립극장

「아빠빠를 입었어요」(『사상계』 1970. 3)

「도산 안창호」(제1부, 8회; TV드라마; 1970)

「모자이크 게임」(『신동아』 1970. 12)

「허생전」(『현대문학』 1970. 12~1971. 1)

—— 1970.11.5 ~ 9, 연출 허규, 극단 실험극장, 국립극장

「나의 당신」(『현대문학』 1971. 9)

「한네의 승천」(시나리오; 『현대문학』 1972)

—— 1976. 4, 장소현 각색, 손진책 연출, 극단 민예극장, 정동문화체육관

—— 1977년 하길종 감독에 의해 영화화

「동천홍」(『현대문학』 1974. 5~7)

—— 1973. 11. 16 ~ 20, 나영세 연출, 극단 실험극장 공연

차범석(車範錫)

작가 연보

1924년　11월 15일 전남 목포시 북교동 184번지에서 부친 차남진, 모
친 김남우 사이에서 3남 2녀 중 차남으로 출생.

1932년　목포제일보통학교 입학.

1938년　광주고등보통학교 입학.

1942년 대학 진학에 실패하고, 2년간 일본 도쿄에서 대입 재수 생활을
하다가 귀국함.

1944년 광주사범학교 강습과 입학.

1945년 3월 목포북교초등학교에 훈도(訓導)로 근무. 6월 징집되어 제
주도에서 복무 중 해방을 맞음.

1947년 연희대학교 영문학과에 편입함. 연희극예술연구회를 조직하
여 연극 활동을 시작.

1949년 10월 제1회 전국대학연극경연대회에 참가하여 「오이디푸스
왕」을 연출.

1950년 학업을 포기하고 목포로 피난함. 이후 5년간 목포에서 중학교
교사로 근무.

1951년 처녀작 「별은 밤마다」를 목포에서 상연함. 장남 순환 출생.

1952년 목포 해군 정훈실에서 발간한 잡지 『전우』에 희곡 「닭」(1막),
「제4의 벽」(1막)을 발표.

1953년 월간지 『갈매기』에 희곡 「윤씨일가」(3막)와 「잔재」(3막)를 발
표함. 장녀 혜영 출생.

1955년 『조선일보』 신춘문예에 희곡 「밀주」가 가작 입선함. 차녀 혜진
출생.

1956년 『조선일보』 신춘문예에 희곡 「귀향」이 당선됨. 서울 덕성여고
로 직장을 옮김. 5월 김경옥·최창봉·오사량·조동화·노희엽·최상
현 등과 함께 제작극회를 창단.

1957년 「불모지」(『문학예술』) 발표.

1958년 「계산기」(『현대문학』) 등을 발표. 「불모지」 「공상도시」를 제작
극회에서 공연함. 차남 순주 출생.

1959년 「성난 기계」(『사상계』) 발표.

1960년 희곡집 『껍질이 째지는 아픔 없이는』을 출간.

1961년 「껍질이 째지는 아픔 없이는」(4막)을 제작극회에서 공연함. 3월 덕성여고를 사임하고, 문화방송 연예과장으로 취임.

1962년 「산불」(5막)을 국립극단에서 공연함.

1963년 「청기와집」(4막)을 잡지 『세대』에 발표. 9월 오화섭·이기하·임희재·김성옥·이순재·전운 등을 동인으로 극단 산하를 창단.

1965년 「열대어」를 극단 산하에서 공연함. 국제 펜클럽 중앙위원으로 피선. 국제 펜대회 뉴욕회의에 한국 대표로 참가.

1968년 한국연극협회 이사장에 취임. 「장미의 성」(4막)을 극단 산하에서 공연함.

1969년 희곡집 『대리인』 출간.

1971년 문화방송 사임. 간염으로 입원 치료.

1973년 『새마을연극희곡선집』을 출간함. 한국문화예술진흥원 이사 선임.

1975년 희곡집 『환상여행』을 출간함. 제2회 반공문학상 수상.

1977년 「손탁호텔」(5막)을 국립극단에서 공연함.

1980년 MBC TV드라마 「전원일기」를 1년간 집필.

1981년 「학이여 사랑일레라」(12장)를 여인극장이 공연함. 대한민국연극제에서 희곡상을 수상함. 대한민국 예술원 정회원 피선.

1982년 희곡집 『학이여 사랑일레라』를 출간함. 대한민국 예술원상 수상.

1983년 제7회 동랑연극상 수상. 제4회 방송대상 라디오 극본상 수상. 서울극작가그룹 회장에 선임됨.

1984년 청주대학교 예술대학장 취임. 회갑기념수필집 『거부하는 몸짓으로 사랑했노라』 출간.

1985년 희곡집『산불』출간.

1987년 평론집『동시대의 연극인식』출간.「꿈하늘」을 국립극단에서
공연.

1989년 서울예술대학 극작가 교수 취임.

1992년 희곡집『식민지의 아침』출간.「청계마을의 우화」를 극단 세미
에서 공연.

1993년 제3회 이해랑 연극상 수상. 회고록『예술가의 삶』출간.

1994년 고희기념수필집『목포행 완행열차의 추억』출간.「바람 분다
문 열어라」를 극단 신시에서 공연함.

1998년 한국문예진흥원 원장에 취임. 자서전『떠도는 산하』출간.

2002년 대한민국 예술원 원장에 취임.

2003년 희곡집『옥단어!』출간.

2006년 6월 향년 82세로 별세.

주요 작품 연보

「별은 밤마다」(2막;『갈매기』, 1951)

「닭」(1막;『전우』, 1952)

「제4의 벽」(1막;『전우』, 1952)

「윤씨일가」(3막;『갈매기』, 1953)

「잔재」(3막;『갈매기』, 1953. 5~6)

「밀주」(1막;『조선일보』1955. 1. 1)

「귀향」(1막;『조선일보』1956. 1. 4~6)

「무적」(1막;『문학예술』1957. 2)

「불모지」(2막;『문학예술』1957. 9)

「사등차」(1막;『자유문학』1957. 12)

「계산기」(1막 2장;『현대문학』1958. 3~4)

「공상도시」(3막;『희곡5인선집』, 성문각, 1958)

「성난 기계」(1막;『사상계』1959. 2)

「나는 살아야 한다」(1막;『신문예』1959. 4)

「분수」(1막;『사상계』1960. 5)

「껍질이 째지는 아픔 없이는」(4막;『껍질이 째지는 아픔 없이는』, 정신사, 1960)

「공중비행」(2막;『사상계』1962. 12)

「태양을 향하여」(4막; 국립극단 공연, 1962)

「산불」(5막;『현대문학』1963. 5~7)

「청기와집」(4막;『세대』1964. 2)

「열대어」(4막; 극단 산하 공연, 1965)

「풍운아 나운규」(드라마센터 공연, 1966)

「장미의 성」(4막;『현대문학』1968. 11~1969. 2)

「그래도 막은 오른다」(1막; 신연극60주년기념공연, 1969)

「대리인」(극단 산하 공연, 1969)

「안개소리」(1막;『월간문학』1969. 7)

「왕교수의 직업」(5막;『현대문학』1970. 10~1971. 1)

「환상여행」(10장;『현대문학』1971. 11~1972. 1)

「위자료」(『현대문학』1973. 2)

「이차돈의 죽음」(5막; 극단 산하 공연, 1973)

「새야새야 파랑새야」(2막 7장; 극단 산하 공연, 1974)

「활화산」(5막; 국립극단 공연, 1974)

「간주곡」(1막;『한국연극』1976, 1)

「손탁호텔」(5막; 국립극단 공연, 1977)

「화조」(9장;『한국연극』1977. 1)

「학살의 숲」(4막; 『현대문학』 1978. 1~3)

「학이여 사랑일레라」(12장; 여인극장 공연, 1981)

「식민지의 아침」(14장; 『예술계』 1986. 7)

「꿈하늘」(18장; 국립극단 공연, 1987)

「사막의 이슬」(극단 대하 공연, 1989)

「안네 프랑크의 장미」(국립극단 공연, 1992)

「청계마을의 우화」(극단 세미 공연, 1992)

「바람 분다 문 열어라」(극단 신시, 1994)

최인훈(崔仁勳)

작가 연보

1936년   4월 13일 함북 회령에서 목재 상인인 부친 최국성과 모친 김경숙 사이에서 4남 2녀 중 장남으로 출생.

1947년   함남 원산으로 이주. 원산제3중학을 마친 뒤 원산고등학교에 들어가 1950년 월남할 때까지 재학.

1950년   6·25동란이 발발함에 따라 12월에 원산항에서 해군 LST편으로 전 가족이 월남함. 부산에 도착한 뒤 한 달쯤 피난민수용소에서 생활 이후 외가 쪽 친척이 있는 목포로 이주.

1951년   목포고등학교 입학하여 1년 동안 재학.

1952년   부산으로 돌아와 서울대학교 법학과에 입학. 서울대학교의 환도에 따라 서울에 정착 이후 1957년 입대할 때까지 재학.

1955년   잡지 『새벽』에 시 「수정」이 추천.

1957년   군 입대. 통역, 정훈, 보도 장교로 근무함. 1964년까지 7년간 근무하면서 문단 활동을 함.

1959년 「GREY구락부 전말기」(『자유문학』 10월호)로 정식 데뷔. 「라울
전」(『자유문학』 12월호)이 안수길에 의해 추천됨에 따라 추천 완료
가 됨.

1960년 「가면고」(『자유문학』 7월호), 「광장」(『새벽』 11월호)을 발표.

1961년 『광장』을 단행본으로 출간.

1962년 「구운몽」(『자유문학』 4월호), 「열하일기」(『자유문학』 7·8월호)
발표.

1963년 「회색인」(『세대』 1963. 6~1964. 6) 발표.

1964년 육군에서 전역.

1966년 「놀부뎐」(『한국문학』 봄호), 「웃음소리」(『신동아』 1월호)를 발표.
「웃음소리」로 제11회 동인문학상 수상.

1967년 단편집 『총독의 소리』 출간.

1969년 「옹고집뎐」(『월간문학』 6월호), 「소설가 구보씨의 일일1」(『월간
중앙』 12월호) 발표.

1970년 희곡 「어디서 무엇이 되어 만나랴」를 『현대문학』에 발표함.
11월 17일 신문회관에서 이헌구 주례로 원춘삼의 장녀 원영희
와 결혼.

1972년 『소설가 구보씨의 일일』을 출간.

1973년 미국 아이오와대학의 '세계작가 프로그램 IWP'의 초청으로
9월 도미. 이후 3년간 미국에 체재함. 『광장』의 일문판을 일본에서
출간.

1976년 미국 체재를 마치고 5월 귀국. 「옛날 옛적에 훠어이 훠이」(『세
계의 문학』 창간호)를 발표. 문학과지성사에서 〈최인훈 전집〉 간행
을 시작. 극단 산하에서 「옛날 옛적에 훠어이 훠이」를 공연.

1977년 「봄이 오면 산에 들에」(『세계의 문학』봄호)를 발표. 「옛날 옛적에 휘어이 휘이」로 한국연극영화예술상 희곡상을 수상함. 서울예술전문대학 교수로 취임.

1978년 「둥둥 낙랑둥」(『세계의 문학』여름호), 「달아달아 밝은 달아」(『세계의 문학』가을호) 발표.

1979년 2월 미국 브록포트대학의 초청으로 동 대학 연극부에서 공연하는 연극 「옛날 옛적에 휘어이 휘이」를 참관하기 위해 도미함. 7월 문학과지성사에서 〈최인훈 전집〉을 완간함. 서울시 문화상 문학부문 수상. 「달아달아 밝은 달아」로 서울극평가그룹상 수상.

1982년 희곡집 『한스와 그레텔』을 문학예술사에서 단행본 출간.

1987년 4월 미국 뉴욕에서 범아시아 레퍼토리극단의 「옛날 옛적에 휘어이 휘이」 공연 참관을 위해 도미.

1993년 러시아를 여행함.

1994년 장편소설 『화두』출간. 이산문학상 수상. 러시아 2차 여행.

1996년 최인훈 연극제. 한중일 연극제 북경 공연에 참가.

2001년 서울예술전문대학 문예창작과 교수직 정년퇴임. 12월 문학과지성사 주관으로 『광장』발간 40주년기념 심포지엄을 개최.

2018년 7월 향년 82세로 별세. 사후 금관문화훈장을 수훈.

주요 작품 연보

「수정」(시; 『새벽』, 1955)

「GREY구락부 전말기」(『자유문학』 1959. 10)

「라울전」(『자유문학』 1959. 12)

「우상의 집」(『자유문학』 1960. 2)

「가면고」(『자유문학』 1960. 7)

「광장」(『새벽』1960. 11)

『광장』(정향사, 1961)

「구운몽」(『자유문학』1962. 4)

「열하일기」(『자유문학』1962. 7, 8)

「크리스마스캐럴1」(『자유문학』1963. 6)

「회색인」(『세대』1963. 6~1964. 6)

「놀부뎐」(『한국문학』1966년 봄호)

「웃음소리」(『신동아』1966. 1)

「총독의 소리1」(『신동아』1967. 2)

『총독의 소리』(홍익출판사, 1967)

「주석의 소리」(『월간중앙』1968. 4)

「옹고집뎐」(『월간문학』1969. 6)

「온달」(『현대문학』1969. 7, 후에「어디서 무엇이 되어 만나랴」로 개제)

「열반의 배」(『현대문학』1969. 11)

「소설가 구보씨의 일일1」(『월간중앙』1969. 12)

「어디서 무엇이 되어 만나랴」(자유극장공연, 1970. 11)

『소설가 구보씨의 일일』(삼성출판사, 1972)

일본어판『廣場』(일본 冬樹社, 1973)

「옛날 옛적에 훠어이 훠이」(『세계의 문학』창간호)

「봄이 오면 산에 들에」(『세계의 문학』봄호)

「둥둥 낙랑둥」(『세계의 문학』여름호)

「달아달아 밝은 달아」(『세계의 문학』가을호)

〈최인훈 전집〉(문학과지성사, 1979) 완간

『한스와 그레텔』(문학예술사, 1982)

「달과 소년병」(『한국문학』1984. 6)

『달과 소년병』(세계사, 1989)

『웃음소리』(책세상, 1989)

『화두』(민음사, 1994)

이현화(李鉉和)

작가 연보

1943년   7월 29일 황해도 재령에서 출생.

서울고등학교를 거쳐, 연세대학교 영문학과 졸업.

1970년   「요한을 찾습니다」가 『중앙일보』 신춘문예 희곡 부문에 당선.

1976년   『중앙일보』 창간 10주년기념 천만 원 고료 문예공모에 「쉬―
쉬―쉬―잇」이 당선.

1977년   문학사상 신인작품상에 「누구세요」가 당선.

1978년   「카덴자」를 발표하여 제4회 영희연극상, 한국연극영화예술
상, 제1회 서울극평가그룹상을 수상.

1979년   현대문학상 수상.

1984년   대한민국 문학상 수상.

1987년   「불가불가」로 서울연극제 희곡상 수상.

주요 작품 연보

「요한을 찾습니다」(『중앙일보』 신춘문예 당선, 1970)

　　　――이진순 연출, 극단 드라마센터 공연, 드라마센터, 1970. 3. 11~16

「라마 사박다니」(최초 발표 1969. 6, 초연기록 불명)

「누구세요?」(최초 발표 1974. 8, 『문학사상』 1977. 12)

— 유재철 연출, 민중극장 공연, 세실극장, 1978. 2

「쉬—쉬—쉬—잇」(1976. 4)

    — 김정옥 연출, 자유극장 공연, 세실극장, 1976. 9. 16~22

「우리들끼리만의 한번」(최초 발표 1978. 10, 『세대』 1978. 12)

    — 채윤일 연출, 극단 세실극장 공연, 세실극장, 1978. 11. 10~15

「카덴자」(1978. 6)

    — 정진수 연출, 민중극장 공연, 세실극장, 1978. 9. 22~27

「오스트라키스모스」(1979. 1. 탈고)

「0.917」(최초 발표 1980. 12, 『문학사상』 1981. 4)

    — 채윤일 연출, 배우극장 공연, 공산사랑, 1981. 1

「산씻김」(최초 발표 1981. 6, 『현대문학』 1981. 9)

    — 유덕형 연출, 동랑레퍼토리극단 공연, 드라마센터, 1981. 10. 9~11. 8

「내일은 뭐 할꺼니?」(시나리오; 1981)

    — 이봉원 감독, 코리아극장, 신영극장 개봉, 1987. 2. 21

「불가불가」(1982. 5)

    — 채윤일 연출, 극단 세실 공연, 문예회관 대극장, 1987. 10. 3~7

「어우동」(시나리오)(1982. 6)

    — 이장호 감독, 단성사 개봉, 1985

「넋씨」(1991)

    — 강영걸 연출, 국립극단 공연, 국립극장 대극장, 1991. 4. 3~8

「키리에」(최초 발표 1994. 7, 『예술세계』 1995. 4~6)

    — 강유정 연출, 여인극장 공연, 문예회관 대극장, 1995. 2. 25~3. 11

「장산특전대」(시나리오; 1999. 10, 미개봉작)

「협종망치」(2000. 1. 24)

    — 강유정 연출, 여인극장 공연, 문예회관 대극장, 2000. 5. 9~22

「다카포」(시나리오; 2001. 3, 미개봉작)

이강백(李康百)

작가 연보

1947년 12월 1일 전북 전주시 풍남동에서 출생.

1955년 전주 중앙초등학교 입학.

1960년 서울로 이주.

1971년 『동아일보』 신춘문예 희곡 부문에 「다섯」이 당선되어 극작가
로 등단. 연출가 이승규의 권유로 극단 가교(架橋)에 입단.

1972년 『동아일보』 신춘문예 장막희곡 부문에 「바악 왕」이 당선.

1975년 크리스찬아카데미 간사로 근무.

1979년 희곡 「개뿔」로 대한민국연극제에 참가.

1982년 『이강백희곡전집』(평민사) 제1권 발간.
제19회 동아연극상 특별상 수상.

1983년 한국희곡문학상, 서울극평가그룹상 수상.

1985년 베네수엘라 제3세계 희곡경연대회 특별상 수상.

1986년 대한민국 문학상 수상.

1987년~88년 독일 체류.

1989년 크리스찬아카데미를 사직함.
「칠산리」로 제13회 서울연극제 희곡상 수상.

1990년 1997년까지 동아연극상 심사위원을 역임함.

1992년 「동지섣달 꽃본듯이」로 제28회 백상예술대상 희곡상 수상.

1995년 「영월행 일기」로 제19회 서울연극제 희곡상 수상.

「불지른 남자」로 제31회 백상예술대상 희곡상 수상.

1996년 「영월행 일기」로 제4회 대산문학상 희곡 부문 수상.

「뼈와 살」로 제20회 서울연극제 희곡상 수상.

1998년 「느낌, 극락 같은」으로 제5회 우경문화예술상 수상.

「느낌, 극락 같은」으로 제22회 서울연극제 희곡상 수상.

2001년 「마르고 닳도록」으로 제37회 백상예술대상 희곡상 수상.

2003년 서울예술대학 극작과 교수 취임.

2006년 대한민국 문화예술상 연극·무용부문 대통령상 수상.

2012년 서울예술대학 극작과 교수 정년퇴임.

주요 작품 연보

「다섯」(『동아일보』 1971. 1. 7~9)

「바악왕」(『동아일보』 1972. 1)

「알」(『드라마』 4, 1973. 4)

「파수꾼」(『현대문학』 1974. 8)

「셋」(『전환기의 희곡』, 김흥우 편, 문명사, 1974. 9)

「결혼」(한국극작워크숍, 『단막극선집』 제1집, 1974. 10; 『연극평론』 1980 여름
호)

「미술관에서의 혼돈과 정리」(『연극평론』 1975 겨울호)

「올훼의 죽음」(『월간문학』 1975. 11)

「보석과 여인」(한국극작워크숍, 『단막극선집』 제3집, 1975. 10)

「내가 날씨에 따라 변할 사람 같소?」(『한국연극』 1977. 11)

「개뿔」(『제3회 대한민국연극제 희곡집』, 한국문화예술진흥원, 1980. 7)

「족보」(『제5회 대한민국연극제 희곡집』, 대광문화사, 1982. 9)

「쥬라기의 사람들」(『한국연극』 1982. 11)

『이강백 희곡전집1』, (평민사, 1982)

「봄날」(『한국연극』 1984. 11)

「호모 세파라투스」(『제7회 대한민국연극제 희곡집』, 대광문화사, 1984. 7)

『이강백희곡전집2』(평민사 1985. 3)

『이강백희곡전집3』(평민사 1986. 2)

「비옹사옹」(『제10회 대한민국연극제 희곡집』, 예니, 1987. 6)

「유토피아를 먹고 잠들다」(『제11회 서울연극제 희곡집』, 예니, 1988. 8)

「칠산리」(『한국연극』 1989. 12)

「물거품」(『한국연극』 1991. 9)

「동지섣달 꽃본듯이」(『한국연극』 1991. 12)

『이강백희곡전집4』(평민사, 1992)

「북어대가리」(『한국연극』 1993. 4)

『이강백희곡전집5』(평민사, 1995. 6)

『이강백희곡전집6』(평민사, 1999. 2)

『이강백희곡전집7』(평민사, 2004. 4)

『황색 여관』(범우사, 2007)

「즐거운 복희」(이성열 연출, 백수광부 공연, 2014. 8~9)

「여우인간」(김광보 연출, 서울시극단 공연, 2015. 3~4)

1. 산돼지

박명진, 「김우진 희곡의 기호학적 분석: 「산돼지」를 중심으로」, 중앙대 석사논문, 1988.

양승국, 『김우진, 그의 삶과 문학』, 태학사, 1998.

김일영, 「「산돼지」에서 몽환장면의 기능 연구」, 『어문학』 제67호, 1999.

서연호, 『김우진』, 건국대출판부, 2000.

홍창수, 「김우진 작가의식과 죽음에 관한 연구」, 『한국근대문학연구』 제 2호, 2000.

이은경, 『수산 김우진 연구』, 월인, 2004.

정대성, 「새로운 자료로 살펴본 와세다대학 시절의 김우진」, 『한국극예 술연구』 제25집, 2007.

김재석, 「김우진의 여성인식에 대한 비교연극학적 연구」, 『한국극예술연 구』 제28집, 2008.

윤진현, 『조선 시민극의 구상과 탈계몽의 미학』, 창비, 2010.

이광욱, 「'생명력'사상의 비판적 수용과 동학혁명의 의미: 김우진의 「산돼지」연구」, 『어문연구』 제42권 2호, 2014.

권정희, 『생명력인가, 이성인가: 일본어가 매개하는 김우진의 텍스트』, 소명출판, 2020.

2. 두 애인

박명진, 「탄실 김명순 희곡 연구」, 『어문논집』 제27호, 1999.

──, 「김명순의 「어붓 자식」」, 『한국극예술연구』 제10집, 1999.

김옥란, 「여성작가와 장르의 젠더화: 희곡과 수필을 중심으로」, 『민족문학사연구』 제28호, 2005.

이민영, 「김명순 희곡의 상징주의적 경향 연구」, 『어문학』 제103호, 2009.

이상우, 「김명순의 자전적 글쓰기와 연애의 사상: 김명순의 희곡 「의붓자식」과 「두 애인」을 중심으로」, 『인문사회과학연구』 제18권 1호, 2017.

김남석, 「혼종의 남성상, 그 '증오'와 '의존'의 양가적 산물」, 『여성문학연구』 제40호, 2017.

3. 토막

서연호, 「'토막', '소'의 이본 재고」, 『민족문화연구』 제18호, 고려대 민족문화연구소, 1984.

윤진현, 「유치진과 아나키즘」, 『민족문학사연구』 제6호, 민족문학사연구소, 1994.

박영정, 『유치진 연극론의 사적 전개』, 태학사, 1997.

이상우, 『유치진 연구』, 태학사, 1997.

윤금선, 「유치진 희곡 연구」, 한양대 박사논문, 1998.

한국극예술학회 편, 『유치진』, 연극과인간, 2010.

동랑40주기추모문집 『동랑 유치진: 한국 공연예술의 표상』, 서울예대출
　　판부, 2014.

유민영, 『동랑 유치진』, 태학사, 2015.

4. 산허구리

오애리, 「새 자료로 본 함세덕」, 『한국극예술연구』 제1집, 한국극예술학
　　회, 1991.

김만수, 「소년의 성장과 새로운 세계와의 연대: 함세덕론」, 『외국문학』
　　1991년 여름호.

양승국, 「함세덕 희곡에 나타난 '바다'의 의미」, 『울산어문논집』 제8호,
　　1993.

노제운, 「자유를 향한 동경에서 닫힌 현실로」, 『함세덕문학전집(2)』, 지
　　식산업사, 1996.

이상우, 「함세덕과 아이들: 가족로망스, 혹은 청년의 탄생」, 『한국극예술
　　연구』 제29집, 한국극예술학회, 2009.

한국극예술학회 편, 『함세덕』, 연극과인간, 2010.

5. 살아 있는 이중생 각하

양승국, 「극작가 오영진에 대하여」, 『문학사상』 1989년 7월호.

손화숙, 「오영진의 '살아 있는 이중생 각하' 연구」, 『한국극작가극작품
　　론』, 산지원, 1994.

김재석, 「'살아 있는 이중생 각하'의 자기모순성」, 『한국연극사와 민족
　　극』, 태학사, 1998.

이미원, 「오영진의 작품세계와 민족주의」, 『한국연극학』 제14호, 한국연

극학회, 2000.

한국극예술학회 편, 『오영진』, 연극과인간, 2010.

김윤미, 「오영진 극문학에 나타난 '민족' 표상 연구」, 연세대 박사논문, 2011.

6. 불모지

오영미, 『한국 전후연극의 형성과 전개』, 태학사, 1996.

정호순, 「차범석의 리얼리즘희곡 연구」, 『한국극예술연구』 제8집, 한국 극예술학회, 1998.

무천극예술학회 편, 『차범석희곡연구』, 중문, 1999.

김향, 『현대연극문화와 차범석 희곡』, 연극과인간, 2010.

김경남, 「차범석의 '태양을 향하여' 개작양상 연구」, 『한민족어문학』 제60집, 한민족어문학회, 2012.

7. 옛날 옛적에 훠어이 훠이

권오만, 「최인훈 희곡의 특질」, 『국제어문』 제1집, 1979.

이상우, 「최인훈 희곡에 나타난 '문'의 의미」, 『한국극예술연구』 제4집, 한국극예술학회, 1994.

김유미, 『한국현대희곡의 제의구조연구』, 연극과인간, 2002.

김향, 『최인훈 희곡창작의 원리』, 보고사, 2005.

이승희, 「보편성에서의 유혹과 정치적 무의식 : 최인훈 희극론」, 『1970년 대 희곡연구(1)』, 연극과인간, 2008.

조보라미, 『최인훈 희곡의 연극적 기법과 미학』, 연극과인간, 2011.

8. 카덴자

박혜령, 「한국반사실주의희곡연구」, 이화여대 박사논문, 1995.

김미도, 「잔혹과 제의와 역사의 놀이」, 『한국극작가론』, 평민사, 1998.

이상우, 「폭력과 성스러움」, 『한국극작가론』, 평민사, 1998.

정우숙, 「한국현대연극에 나타난 여성육체이미지」, 『여성문학연구』 제
    5호, 한국여성문학회, 2001.

이미원, 「이현화 희곡과 포스트모더니즘」, 『한국연극학』 제16호, 한국연
    극학회, 2001.

9. 봄날

김성희, 「우의적 기법으로 드러내는 시대정신」, 『한국현역극작가론 1』,
    예니, 1987.

이상우, 「이강백의 극작세계와 '봄날'」, 『연극 속의 세상읽기』, 내일을여
    는책, 1995.

이영미, 『이강백 희곡의 세계』, 시공사, 1998.

백현미, 「이강백 희곡 '봄날'의 의미론적 구조」, 『이화어문논집』 제16호,
    1998.

한국극예술학회 편, 『이강백』, 연극과인간, 2010.

한국문학전집을 펴내며

오늘의 한국 문학은 다양한 경험과 자산에서 비롯된 것이지만, 그중에서도 우리 앞선 세대의 문학 작품에서 가장 큰 유산을 물려받고 있다. 그럼에도 우리는 가끔 우리의 문학 유산을 잊거나 도외시한다. 마치 그것 없이는 살아갈 수 없는 소중한 물을 쉽게 잊고 사는 것처럼 그동안 우리는 우리가 이루어놓은 자산들을 너무 쉽게 잊어버리고 있었는지도 모르겠다. 인기 있는 외국 작품들이 거의 동시에 번역 출판되고, 새로운 기획과 번역으로 전 세계의 문학 작품들이 짜임새 있게 출판되고 있는 요즈음, 정작 한국 문학 작품들을 체계적으로 정리하지 못하고 있었다는 점을 최근에 우리는 깊이 반성하게 되었다. 그리고 이러한 때늦은 반성을 곧바로 '한국문학전집'을 기획하는 힘으로 전환하였다.

오늘의 시점에서 '한국문학전집'을 기획한다는 것은, 우선 그동안 양적으로나 질적으로 괄목할 만한 수준에 이른 한국 문학 연구 수준을 반영하는 새로운 시각이 전제되어야 할 것이다. 그리고 '우리 것을 지키자'는 순진한 의도에서가 아니라, 한국 문학이 바로 세계 문학이 되는 질적 확장을 위해, 세계 문학 속에서의 한국 문학의 정체성을 찾는 일을 간과해서는 안 될 것이다.

이번 기획에서 우리가 가장 크게 신경 썼던 점은 크게 두 가지이다. 하나는, 그동안 거의 관습적으로 굳어져왔던 작품에 대한 천편일률적인 평가를 피하고 그동안의 평가에 대한 비판적 평가와 더불어 새로운 평가로 인한 숨은 작품의 발굴이었다. 그리하여 한국 문학사를 시기별로 구분하여 축적된 연구 성과들 위에서 나름대로 중요한 작품들을 선별하는 목록 작업에 가장 큰 공을 들였다. 나머지 하나는, 그동안 여러 상이한 판본의 난립으로 인해 원전 텍스트가 침해되고 있는 심각한 상황을 고려하여 각각의 작가에게 가장 뛰어난 연구자들을 초빙하여 혼신을 다해 원전 텍스트를 확정하였다는 점이다.

장구한 우리 문학사의 주옥같은 작품들을 한자리에 모아, 세대를 넘고 시대를 넘어 그 이름과 위상에 값할 수 있는 대표적인 한국문학전집을 내놓는다. 이번에 출간되는 한국문학전집은 변화된 상황과 가치를 반영하는 내실 있고 권위를 갖춘 내용으로 꾸며질 것이며, 우리 문학의 정본 전집으로서 자리매김해 한국 문학의 전통을 계승하고 발전시키는 데 기여하고자 한다. 이 기획이 한국 문학의 자산들을 온전하 게 되살려, 끊임없이 현재성을 가지는 살아 있는 작품들로, 항상 독자 들의 옆에 있게 되기를 기대한다.

㈜**문학과지성사**

01 감자 김동인 단편선

최시한(숙명여대) 책임 편집

수록 작품 약한 자의 슬픔/배따라기/태형/눈을 겨우 뜰 때/감자/광염 소나타/배회/발가락이 닮았다/붉은 산/광화사/김연실전/곰네

극단적인 상황과 비극적 운명에 빠진 인물 군상들을 냉정하게 서술해낸 한국 근대 단편 문학의 선구자 김동인의 대표 단편 12편 수록. 인간과 환경에 대한 근대적 인식을 빼어난 문체와 서술로 형상화한 김동인의 주옥같은 작품들을 만날 수 있다.

02 탈출기 최서해 단편선

곽근(동국대) 책임 편집

수록 작품 고국/탈출기/박돌의 죽음/기아와 살육/큰물 진 뒤/백금/해돋이/그 밤/전아사/홍염/갈등/먼동이 틀 때/무명

식민 치하 빈궁 문학을 대표하는 최서해의 단편 13편 수록. 식민 치하의 참담한 사회적 현실을 사실적으로 전해주는 작품들. 우리 민족의 궁핍한 현실에 맞선 인물들의 저항 정신과 민족 감정의 감동과 울림을 전한다.

03 삼대 염상섭 장편소설

정호웅(홍익대) 책임 편집

우리 소설 가운데 서울말을 가장 풍부하게 살려 쓴 작품이자, 복합성·중층성의 세계를 구축하여 한국 근대 장편소설의 대표작으로 꼽히는 염상섭의 『삼대』. 1930년 대 서울의 중산층 가족사를 통해 들여다본 우리 근대의 자화상이다.

04 레디메이드 인생 채만식 단편선

한형구(서울시립대) 책임 편집

수록 작품 논 이야기/레디메이드 인생/미스터 방/민족의 죄인/치숙/낙조/쑥국새/당랑의 전설

역설과 반어의 작가 채만식의 대표 단편 8편 수록. 1920~30년대의 자본주의적 현실 원리와 민중의 삶을 풍자적으로 포착하는 데 탁월했던 채만식. 사실주의와 풍자의 절묘한 조합으로 완성한 단편 문학의 묘미를 즐길 수 있다.

05 비 오는 길 최명익 단편선

신형기(연세대) 책임 편집

수록 작품 폐어인/비 오는 길/무성격자/역설/봄과 신작로/심문/장삼이사/맥령

시대를 앞섰던 모더니스트 최명익의 대표 단편 8편 수록. 병과 죽음으로 고통받는 인물 군상들을 통해 자신이 예감한 황폐한 현대의 징후를 소설화한 작가 최명익. 무나 현대적이어서, 당시에는 제대로 평가받을 수 없었던 탁월한 단편소설들을 만난다.

06 사하촌 김정한 단편선

강진호(성신여대) 책임 편집

수록 작품 그물/사하촌/항진기/추산당과 곁사람들/모래톱 이야기/제3병동/수라도/인간 단지/위치/오끼나와에서 온 편지/슬픈 해후

리얼리즘 문학과 민족 문학을 대표하는 김정한의 대표 단편 11편 수록. 민중들의 삶을 통해 누구보다 먼저 '근대화의 문제'를 문학적으로 제기하고 예리하게 포착한 작가 김정한의 진면목을 본다.

07 무녀도 김동리 단편선

이동하(서울시립대) 책임 편집

수록 작품 화랑의 후예/산화/바위/무녀도/황토기/찔레꽃/동구 앞길/혼구/혈거부족/달/ 역마/광풍 속에서

한국적이고 토착적인 전통 세계의 소설화에 앞장선 김동리의 초기 대표작 12편 수록. 민중의 삶 속에 뿌리 내린 토착적 전통의 세계를 정확한 묘사와 풍부한 서정으로 형상화했던 김동리 문학 세계를 엿본다.

08 독 짓는 늙은이 황순원 단편선

박혜경(인하대) 책임 편집

수록 작품 소나기/별/겨울 개나리/산골 아이/목넘이마을의 개/황소들/집/사마귀/소리/닭제/ 학/목장수/뿌리/내 고향 사람들/원색오똑이/곡예사/독 짓는 늙은이/황노인/늪/허수아비

한국 산문 문체의 모범으로 평가되는 황순원의 대표 단편 20편 수록. 엄격한 지적 절제와 미학적 균형으로 함축적인 소설 미학을 완성시킨 작가 황순원. 극적인 사건 전개 대신 정적이고 서정적인 울림의 미학으로 깊은 감동을 전한다.

09 만세전 염상섭 중편선

김경수(서강대) 책임 편집

수록 작품 만세전/해바라기/미해결/두 출발

한국 근대 소설의 기념비적 작품인 「만세전」, 조선 최초의 여류화가인 나혜석의 삶을 소설화한 「해바라기」, 그리고 식민지 조선의 현실을 담아내고 나름의 저항의식을 형상화하기 위한 소설적 수련의 과정을 단적으로 보여주는 「미해결」과 「두 출발」 수록. 장편소설의 작가로만 알려진 염상섭의 독특한 소설 미학의 세계를 감상한다.

10 천변풍경 박태원 장편소설

장수익(한남대) 책임 편집

모더니스트 박태원이 펼쳐 보이는 1930년대 서울의 파노라마식 풍경화. 근대 자본주의 사회의 이데올로기와 일상성에 대한 비판에 몰두하던 박태원 초기 작품의 모더니즘 경향과 리얼리즘 미학의 경계를 넘나드는 역작. 식민지라는 파행적 상황에서 기형적으로 실현되던 근대화의 양상을 기층 민중의 생활에 초점을 맞춰 본격화한 작품이다.

11 태평천하 채만식 장편소설

이주형(경북대) 책임 편집

부정적인 상황들이 난무하는 시대 현실을 독자적인 문학적 기법과 비판의식으로 그려냄으로써 '문학적 미'를 추구했던 채만식의 대표작. 판소리 사설의 반어, 자기 폭로, 비유, 과장, 회화화 등의 표현법에 사투리까지 섞은 요소로, 창을 듣는 듯한 느낌과 재미를 선사하는 작품. 세태풍자소설의 장을 열었던 채만식이 쓴 가족사 소설의 전형에 해당한다.

12 비 오는 날 손창섭 단편선

조현일(홍익대) 책임 편집

수록 작품 공휴일/사연기/비 오는 날/생활적/혈서/피해자/미해결의 장/인간동물원/유실몽/설중행/광야/희생/잉여인간/신의 희작

가장 문제적인 전후 소설가 손창섭의 대표 단편 14작품 수록. 병적이고 불구적인 인간 군상들을 통해 전후 사회 현실에서의 '절망'의 표현에 주력했던 손창섭. 전쟁 그리고 전쟁 이후의 비일상적 사태를 가장 근원적인 차원에서 표현한 빼어난 작품들을 선별했다.

13 등신불 김동리 단편선

이동하(서울시립대) 책임 편집

수록 작품 인간동의/흥남철수/밀다원시대/용/목공 요셉/등신불/송추에서/까치 소리/저승새

「무녀도」의 작가 김동리가 1950년대 이후에 내놓은 단편 9편 수록. 전기 작품에 이어서 탁월한 문체의 매력, 빈틈없는 구성의 묘미, 인상적인 인물상의 창조, 인간에 대한 깊이 있는 통찰이라는 김동리 단편의 미학을 다시 한 번 경험할 수 있는 기회이다.

14 동백꽃 김유정 단편선

유인순(강원대) 책임 편집

수록 작품 심청/산골 나그네/총각과 맹꽁이/소낙비/솥/만무방/노다지/금/금 따는 콩밭/떡/산골/봄·봄/안해/봄과 따라지/따라지/가을/두꺼비/동백꽃/야앵/옥토끼/정조/땡볕/형

고단한 삶을 살아가는 순박한 촌부에서 사기꾼에 이르기까지 다양한 삶의 모습을 문학 속에 그대로 재현한 김유정의 주옥같은 단편 23편 수록. 인물의 토속성과 해학성, 생생한 삶의 언어와 우리 소리, 그 속에 충만한 생명감을 불어넣은 김유정 문학의 정수를 맛본다.

15 소설가 구보씨의 일일 박태원 단편선

천정환(성균관대) 책임 편집

수록 작품 수염/낙조/소설가 구보씨의 일일/애욕/길은 어둡고/거리/방란장 주인/비량/진통/탄제/골목 안/음우/재운

한국 소설사상 가장 두드러진 모더니즘 작품으로 인정받는 「소설가 구보씨의 일일」을 비롯한 박태원의 대표 단편 13편 수록. 한글로 씌어진 가장 파격적이고 실험적인 작품으로 주목 받은 박태원. 서울 주변부 중산층의 삶이라는 자기만의 튼실한 현실 공간을 구축하여 새로운 소설 기법과 예술가소설로서의 보편성을 획득한 작품들이다.

16 날개 이상 단편선

김주현(경북대) 책임 편집

수록 작품 12월 12일/지도의 암실/지팡이 역사/황소와 도깨비/공포의 기록/지주회시/
동해/날개/봉별기/실화/종생기

근대와 맞닥뜨린 당대 식민지 조선의 기념비요 자화상 역할을 하는 이상의 대표 단편
11편 수록. '천재'와 '광인'이라는 꼬리표와 함께 전위적이고 해체적인 글쓰기로
한국의 모더니즘 문학사를 개척한 작가 이상. 자유연상, 내적 독백 등의 실험적
구성과 문체로 식민지 근대와 그것에 촉발된 당대인의 내면을 예리하게 포착해낸
이상의 문제작들을 한데 모았다.

17 흙 이광수 장편소설

이경훈(연세대) 책임 편집

한국 최초의 근대 장편소설 『무정』을 발표하면서 한국 소설 문학의 역사를 새롭게 쓴
이광수. 『흙』은 이광수의 계몽 사상이 가장 짙게 깔린 작품으로 심훈의 『상록수』와
함께 한국 농촌계몽소설의 전위에 속한다. 한국 근대 문학사상 가장 많이 연구되고
있는 작가의 대표작답게 『흙』은 민족주의, 계몽주의, 농민문학, 친일문학, 등장
인물론, 작가론, 문학사 등의 학문적·비평적 논의의 중심에 있는 작품이다.

18 상록수 심훈 장편소설

박헌호(성균관대) 책임 편집

이광수의 장편 『흙』과 더불어 한국 농촌계몽소설의 쌍벽을 이루는 『상록수』. 심훈의
문명(文名)을 크게 떨치게 한 대표작이다. 1930년대 당시 지식인의 관념적 농촌
운동과 일제의 경제 침탈사를 고발·비판함으로써, 문학이 취할 수 있는 현실 정세에
대한 직접적인 대응 그리고 극복의 상상력이란 두 가지 요소를 나름의 한계 속에서
실천해냈고, 대중적으로도 큰 호응을 불러일으킨 작품이다.

19 무정 이광수 장편소설

김철(연세대) 책임 편집

20세기 이래 한국인이 가장 많이 읽고 가장 자주 출간돼온 작품, 그리고 근현대 문학
가운데 가장 많이 연구의 대상이 된 작가 이광수의 대표작 『무정』. 쓰여진 지 한
세기가 가까워오도록 여전히 읽히고 있고 또 학문적 논쟁의 중심에 서 있는 『무정』을
책임 편집자의 교정을 충실하게 반영한 최고의 선본(善本)으로 만난다.

20 고향 이기영 장편소설

이상경(KAIST) 책임 편집

'프로문학의 정점'이자 우리 근대 문학사의 리얼리즘의 확립을 결정적으로 보여주는
이기영의 『고향』. 이기영은 1920년대 중반 원터라는 충청도의 한 농촌 마을을
배경으로 봉건 사회의 잔재를 지닌 채 식민지 자본주의화가 진행되어가는 우리 근대
초기를 뛰어난 관찰로 묘파한다. 일제 식민 치하 근대화에 대한 문학적·비판적
성찰과 지식인의 고뇌를 반영한 수작이다.

21 까마귀 이태준 단편선

김윤식(명지대) 책임 편집

수록 작품 불우 선생/달밤/까마귀/장마/복덕방/패강랭/농군/밤길/토끼 이야기/해방 전후

'한국 근대소설의 완성자' '단편문학'의 명수. 이태준은 우리 근대 문학의 전개 과정에서 결코 간과할 수 없는 역할을 담당했던 작가 가운데 한 사람이다. 문학의 자율성과 예술성을 상실하지 않으면서도 현실 문제에 각별한 관심을 보여주었던 그의 단편은 한국소설사에서 1930년대를 대표하는 것으로 인정받고 있다.

22 두 파산 염상섭 단편선

김경수(서강대) 책임 편집

수록 작품 표본실의 청개구리/암야/제야/E선생/윤전기/숙박기/해방의 아들/양과자갑/두 파산/절곡/얼룩진 시대 풍경

한국 근대사를 증언하고 있는 횡보 염상섭의 단편소설 11편 수록. 지식인 망국민 으로서의 허무적인 자기 진단, 구체적인 사회 인식, 해방 후와 전후 시기에 대한 사실적 증언과 문제 제기를 포함한 대표작들을 통해 횡보의 단편 미학을 감상한다.

23 카인의 후예 황순원 소설선

김종회(경희대) 책임 편집

수록 작품 카인의 후예/ 너와 나만의 시간/나무들 비탈에 서다

인간의 정신적 순수성과 고귀한 존엄성을 문학의 제일 원칙으로 삼았던 작가 황순원. 그의 대표작 가운데 독자들의 가장 많은 사랑을 받은 장편소설들을 모았다. 한국 전쟁을 온몸으로 체득하면서 특유의 절제되고 간결한 문장으로 예술적 서사성을 완성한 황순원은 단편에서와 마찬가지로 변함없는 감동의 세계를 열어놓는다.

24 소년의 비애 이광수 단편선

김영민(연세대) 책임 편집

수록 작품 무정/소년의 비애/어린 벗에게/방황/가실/거룩한 죽음/무명/꿈

한국 근대소설사와 이광수 개인의 문학 세계에서 중요한 의미를 갖는 단편 8편 수록. 이광수가 우리말로 쓴 최초의 창작 단편 「무정」, 당시 사회의 인습과 제도를 비판한 「소년의 비애」, 우리나라 최초의 서간체 소설인 「어린 벗에게」, 지식인의 내면적 갈등과 자아 탐구의 과정을 담은 「방황」, 춘원의 옥중 체험을 바탕으로 씌어진 「무명」 등 한국 근대문학의 장르와 소재, 주제 탐구 면에서 꼼꼼히 고찰해야 할 작품들이다.

25 불꽃 선우휘 단편선

이익성(충북대) 책임 편집

수록 작품 테러리스트/불꽃/거울/오리와 계급장/단독강화/깃발 없는 기수/망향

8·15 해방과 분단, 6·25전쟁으로 이어지는 한국 근현대사의 열병을 깊이 있게 고찰한 선우휘의 대표작 7편 수록. 평판작 「불꽃」과 「깃발 없는 기수」를 비롯해 한국 근현대사의 역동성과 이를 바라보는 냉철한 작가의식이 빚어낸 수작들을 한데 모았다.

26 맥 김남천 단편선

채호석(한국외대) 책임 편집

수록 작품 공장 신문/공우회/남편 그의 동지/물/남매/소년행/처를 때리고/무자리/녹성당/
길 위에서/경영/맥/등불/꿀

카프와 명맥을 같이하며 창작과 비평에서 두드러진 족적을 남긴 작가 김남천. 1930년
대 초, 예술운동의 볼세비키화론 주장과 궤를 같이하는 「공장 신문」 「공우회」, 카프
해산 직후 그의 고발문학론을 담은 「처를 때리고」 「소년행」 「남매」, 전향문학의
백미로 꼽히는 「경영」 「맥」 등 그의 치열했던 문학 세계의 변화를 일별할 수 있는
대표작 14편 수록.

27 인간 문제 강경애 장편소설

최원식(인하대) 책임 편집

한국 근대 여성문학의 제일선에 위치하는 강경애의 대표작. 일제 치하의 1930년대
조선, 자본가와 농민·노동자의 대립 구조 속에서 농민과 도시노동자가 현실의 문제를
해결하고자 하는 주체로 성장하는 과정과 그들의 조직적 투쟁을 현실성 있게 그려낸
작품. 이기영의 『고향』과 더불어 우리 근대 소설사에서 리얼리즘 소설의 수작으로
꼽힌다.

28 민촌 이기영 단편선

조남현(서울대) 책임 편집

수록 작품 농부 정도룡/민촌/아사/호외/해후/종이 뜨는 사람들/부역/김군과 나와 그의
아내/변절자의 아내/서화/맥추/수석/봉황산

카프와 프로문학의 대표 작가 이기영. 그가 발표한 수십 편의 단편소설들 가운데
사회사나 사상운동사로서의 자료적 가치가 높으면서 또 소설 양식으로서의 구조미를
제대로 보여주는 14편을 선별했다.

29 혈의 누 이인직 소설선

권영민(서울대) 책임 편집

수록 작품 혈의 누/귀의 성/은세계

급진적이고 충동적인 한국 근대의 풍경 속에 신소설이라는 새로운 서사 양식을
창조해낸 이인직. 책임 편집자의 꼼꼼한 텍스트 확정과 자세한 비평적 해설을 통해,
신소설의 서사 구조와 그 담론적 특성을 밝히고 당시 개화·계몽 시대를 대표하는
서사 양식에 내재화된 일본적 식민주의 담론을 꼬집는다.

30 추월색 이해조 안국선 최찬식 소설선

권영민(서울대) 책임 편집

수록 작품 금수회의록/자유종/구마검/추월색

개화·계몽시대의 대표적인 신소설 작가 3인의 대표작. 여성과 신교육으로 집약되는
토론의 모습을 서사 방식으로 활용한 「자유종」, 구시대적 인습을 신랄하게 비판한
「구마검」, 가장 대중적인 신소설 가운데 하나로 꼽히는 「추월색」, 그리고 '꿈'이라는
우화적 공간을 설정하여 현실 비판의 풍자적 색채가 강한 「금수회의록」까지 당대의
사회적 풍속과 세태의 변화를 민감하게 반영한 작품들을 수록했다.

31 젊은 느티나무 강신재 소설선

김미현(이화여대) 책임 편집

수록 작품 안개/해방촌 가는 길/절벽/젊은 느티나무/양관/황량한 날의 동화/파도/이브 변신/강물이 있는 풍경/점액질

1950, 60년대를 대표하는 여성 작가 강신재의 중단편 10편을 엄선했다. 특유의 서정적인 문체와 관조적 시선, 지적인 분석력으로 '비누 냄새' 나는 풋풋한 사랑 이야기에서 끈끈한 '점액질'의 어두운 욕망에 이르기까지, 운명의 폭력성과 존재론적 한계를 줄기차게 탐문한 강신재 소설의 여정을 한눈에 볼 수 있는 기회다.

32 오발탄 이범선 단편선

김외곤(서원대) 책임 편집

수록 작품 일요일/학마을 사람들/사망 보류/몸 전체로/갈매기/오발탄/자살당한 개/살모사/천당 간 사나이/청대문집 개/표구된 휴지/고장난 문/두메의 어벙이/미친 녀석

손창섭·장용학 등과 함께 대표적인 전후 작가로 꼽히는 이범선의 대표작 14편 수록. 한국 현대사의 비극에 대한 묘사를 바탕으로 하면서도 잃어버린 고향, 동양적 이상향에 대한 동경을 담았던 초기작들과 전후의 물질적 궁핍상을 전통적 사실주의에 기 해 그리면서 현실 비판적 성격을 강하게 드러낸 문제작들을 고루 수록했다.

33 메밀꽃 필 무렵 이효석 단편선

서준섭(강원대) 책임 편집

수록 작품 도시와 유령/깨뜨려지는 홍등/마작철학/프레류드/돈/계절/산/들/석류/메밀꽃 무렵/삽화/개살구/장미 병들다/공상구락부/해바라기/여수/하얼빈산협/풀잎/낙엽을 태우면서

근대 작가의 문화적 정체성이 끊임없이 흔들렸던 식민지 시대, 경성제대 출신의 지식 인 작가로서 그 문화적 혼란기를 소설 언어를 통해 구성하고 지속적으로 모색했던 이효석의 대표작 20편 수록.

34 운수 좋은 날 현진건 중단편선

김동식(인하대) 책임 편집

수록 작품 희생화/빈처/술 권하는 사회/유린/피아노/할머니의 죽음/우편국에서/까막잡기/ 그리운 흘긴 눈/운수 좋은 날/발/불/B사감과 러브 레터/사립정신병원장/고향/동정/정조와 약가/신문지와 철창/서투른 도적/연애의 청산/타락자

한국 근대 단편소설의 형식적 미학을 구축하고 근대적 사실주의 문학의 머릿돌을 놓은 작가 현진건의 대표작 21편 수록. 서구 중심의 근대성과 조선 사회의 식민성 사이에서 방황하는 지식인의 내면 풍경뿐만 아니라, 식민지 조선의 일상을 예리하게 관찰함으로써 '조선의 얼굴'을 담아낸 작가 현진건의 면모를 두루 살폈다.

35 사랑 이광수 장편소설

한승옥(숭실대) 책임 편집

춘원의 첫 전작 장편소설. 신문 연재물의 제약에서 벗어나 좀더 자유롭고 솔직한 그의 인생관이 담겨 있다. 이른바 그의 어떤 장편소설보다도 나아간 자유 연애, 사랑에 관한 작가의 생각을 엿볼 수 있는 작품. 작가의 나이 지천명에 이르러 불교와 『주역』 등 동양고전에 심취하여 우주의 철리와 종교적 깨달음에 가닿은 시점에서 집 된, 춘원의 모든 것.

36 화수분 전영택 중단편선

김만수(인하대) 책임 편집

수록 작품 천치? 천재?/운명/생명의 봄/독약을 마시는 여인/화수분/후회/여자도 사람인가/하늘을 바라보는 여인/소/김탄실과 그 아들/금붕어/차돌멩이/크리스마스 전야의 풍경/말 없는 사람

1920년대 초반 자연주의, 사실주의적 색채가 강한 작품 세계로 주목받았던 작가 전영택의 대표작선. 이들 작품에서 작가는, 일제 초기의 만세운동, 일제 강점기하의 극심한 궁핍, 해방 직후의 사회적 혼돈, 산업화 초창기의 사회적 퇴폐상에 대한 자신의 경험을 소박한 형식 속에 담고 있다.

37 유예 오상원 중단편선

한수영(동아대) 책임 편집

수록 작품 황선지대/유예/균열/죽어살이/모반/부동기/보수/현실/훈장/실기

한국 전후 세대 문학의 대표 작가 오상원의 주요작 10편을 묶었다. '실존'과 '행동'에 초점을 맞춘 그의 작품은, 한결같이 극한 상황에 처한 인간 존재의 의미를 묻는 데 천착하면서 효과적인 주제 전달을 위해 낯설고 다양한 소설적 실험을 보여준다.

38 제1과 제1장 이무영 단편선

전영태(중앙대) 책임 편집

수록 작품 제1과 제1장/흙의 노예/문 서방/농부전 초/청개구리/모우지도/유모/용자소전/이단자/B녀의 소묘/O형의 인간/들메/며느리

한국 농민문학의 선구자로 평가받는 이무영의 주요 단편 13편 수록. 이들 작품에서 작가는, 농민을 계몽의 대상이 아닌, 흙을 일구는 그들의 삶을 통해서 진실한 깨달음을 얻는 자족적 대상으로 바라본다. 이무영의 농민소설은 인간을 향한 긍정적 시선과 삶의 부조리한 면을 파헤치는 지식인의 냉엄한 비판 의식이 공존하고 있다.

39 꺼삐딴 리 전광용 단편선

김종욱(세종대) 책임 편집

수록 작품 흑산도/진개권/지층/해도초/GMC/사수/크라운장/충매화/초혼곡/면허장/꺼삐딴 리/곽 서방/남궁 박사/죽음의 자세/세끼미

1950년대 전후 사회와 60년대의 척박한 삶의 리얼리티를 '구도의 치밀성'과 '묘사의 정확성'을 통해 형상화한 작가 전광용의 대표 단편 15편 모음집. 휴머니즘적 주제 의식, 전통적인 서사 형식, 객관적이고 냉철한 묘사 태도, 짧고 건조한 문체 등으로 집약되는 전광용의 작품 세계를 한눈에 살필 수 있는 계기.

40 과도기 한설야 단편선

서경석(한양대) 책임 편집

수록 작품 동경/그릇된 동경/합숙소의 밤/과도기/씨름/사방공사/교차선/추수 후/태양/임금/딸/철로 교차점/부역/산촌/이녕/모자/혈로

식민지 시대 신경향파·카프 계열 작가로서 사회주의 리얼리즘 문학을 추구한 작가 한설야의 문학적 특징을 잘 드러내는 단편 17편을 수록했다. 시대적 대세에 편승하며 작품의 경향을 바꾸었던 다른 카프 작가들과는 달리 한설야는, 주체적인 노동자로서의 삶을 택한 「과도기」의 '창선'이 그러하듯, 이 주제를 자신의 평생 과제로 삼아 창작에 몰두했다.

41 사랑손님과 어머니 주요섭 중단편선

장영우(동국대) 책임 편집

수록 작품 추운 밤/인력거꾼/살인/첫사랑 값/개밥/사랑손님과 어머니/아네모네의 마담/북소리 두둥둥/봉천역 식당/낙랑고분의 비밀

주요섭이 남녀 간의 애정 문제를 주로 다룬 통속 작가로 인식되어온 것은 교정되어야 마땅하다. 그는 빈민 계층의 고단하고 무망(無望)한 삶을 사실적으로 재현하는 데 탁월한 기량을 보였으며, 날카로운 현실인식과 객관적 묘사의 한 전범을 보여주었고 환상성을 수용함으로써 보다 탄력적인 소설미학을 실험하기도 하였다.

42 탁류 채만식 장편소설

우찬제(서강대) 책임 편집

채만식은 시대의 어둠을 문학의 빛으로 밝히며 일제 강점기와 해방기의 우리 소설 사를 빛낸 작가다. 그는 작품활동 전반에 걸쳐 열정적인 창작열과 리얼리즘 정신으로 당대의 현실상을 매우 예리하게 형상화했다. 특히 『탁류』는 여주인공 봉의 기구한 운명의 족적을 금강 물이 점점 탁해지는 현상에 비유하면서 타락한 당대의 세계상을 여실하게 드러내주고 있다.

43 벙어리 삼룡이 나도향 중단편선

우찬제(서강대) 책임 편집

수록 작품 젊은이의 시절/별을 안거든 우지나 말걸/옛날 꿈은 창백하더이다/여이발사/행랑 자식/벙어리 삼룡이/물레방아/꿈/뽕/지형근/청춘

위험한 시대에 매우 불안하게 살았던 작가. 그러나 나도향은 불안에 강박되기보다 불안한 자유의 상태를 즐기는 방식으로 소설을 택한 작가였다. 낭만적 환멸의 풍경이나 낭만적 동경의 형식 등은 불안에 대한 나도향 식 문학적 향유의 풍경으로 다가온다.

44 잔등 허준 중단편선

권성우(숙명여대) 책임 편집

수록 작품 탁류/습작실에서/잔등/속습작실에서/평대저울

한국 근대소설사에서 허준만큼 진보적 지식인의 진지한 자기 성찰을 깊이 형상화한 작가는 없었다. 혁명의 연성을 기꺼이 인정하면서도 혁명과 해방으로 인해 궁지와 비참에 몰린 사람들에 대해 깊은 연민과 따뜻한 공감의 눈길을 던진 그의 대표작 다섯 편을 한데 모았다.

45 한국 현대희곡선

김우진 김명순 유치진 함세덕 오영진 차범석 최인훈 이현화 이강백

이상우(고려대) 책임 편집

수록 작품 산돼지/두 애인/토막/산허구리/살아 있는 이중생 각하/불모지/옛날 옛적에 훠어이 훠이/카덴자/봄날

한국 현대희곡 100년사를 대표하는 작품 아홉 편. 1920년대부터 1980년대까지 각 시기의 시대 정신과 연극 경향을 대표할 만한 희곡들을 골고루 선별하였고, 사실주의 희곡과 비사실주의희곡의 균형을 맞추어 안배하였다.

46 혼명에서 백신애 중단편선

서영인 책임 편집

수록 작품 나의 어머니/꺼래이/복선이/채색교/적빈/낙오/악부자/정현수/학사/호도/어느 전원의 풍경―일명. 법률/광인수기/소독부/일여인/혼명에서/아름다운 노을

일제강점기 한국문학을 대표하는 여성 작가이자 사회운동가인 백신애의 주요 작품 16편을 묶었다. 극심한 가난과 봉건적 인습의 굴레에 갇힌 여성들의 비극, 또는 그로부터 벗어나고자 하는 의지를 섬세한 필치와 치열한 문제의식으로 그려냈다. 그의 소설을 통해 '봉건적 가족제도와 여성의 욕망'이라는 해묵은 주제가 오늘날에도 여전히 풀리지 않는 과제로 존재하고 있음을 알게 된다.

47 근대여성작가선
김명순 나혜석 김일엽 이선희 임순득

이상경(KAIST) 책임 편집

수록 작품 의심의 소녀/선례/돌아다볼 때/탄실이와 주영이/경희/현숙/어머니와 딸/청상의 생활―희생된 일생/자각/계산서/매소부/탕자/일요일/이름 짓기/딸과 어머니와

일제강점기 한국문학을 대표하는 여성 작가들의 주요 작품 15편을 한 권에 묶었다. 근대 여성의 목소리로서 여성문학은 봉건적 가부장제에서 벗어나고자 개인으로서 여성의 자유로운 선택을 가로막는 온갖 질곡에 저항해왔다. 여성이 봉건적 공동체를 벗어나 개성을 찾아 나서는 길은 많은 경우 가출, 자살, 일탈 등으로 귀결되었지만, 그럼에도 여성 자신의 힘을 믿으면서 공동체의 인습에 저항하고 새로운 공동체를 지향하는 노력이 있었다. 여기에 식민지라는 조건 속에서 민족의 해방은 더 큰 과제이기도 했다. 이 책에 실린 여성 작가의 작품들은 신여성의 이러한 꿈과 현실, 한계를 역실히 드러내 보여준다.

48 불신시대 박경리 중단편선

강지희(한신대) 책임 편집

수록 작품 계산/흑흑백백/암흑시대/불신시대/벽지/환상의 시기/약으로도 못 고치는 병

여성의 전쟁 수난사를 가장 탁월하게 그려낸 작가 박경리의 대표 중단편 7편 수록. 고독과 절망의 시대를 살아내면서도 현실과 타협하지 못하는 결벽성으로 인간의 존엄을 고민했던 작가의 흔적이 역력한 수작들이 담겼다.